Antonine MAES
avril 97

d'aujourd'hui

étranger

collection dirigée par
Jane Sctrick

SHANGHAÏ HÔTEL

VICKI BAUM

SHANGHAÏ HÔTEL

roman

Traduit de l'allemand par

G. BERTHIER

et

F. THOUVENEL

PHÉBUS

OUVRAGE PUBLIÉ SUR LES CONSEILS DE
DANIEL ARSAND

Titre original de l'ouvrage en allemand :
Hotel Shangai

Illustration de couverture :
Gustav Klimt, *Danaë*

Pour la traduction française :

NOTE DE L'ÉDITEUR

Que nos préjugés nous coûtent cher, une marque de margarine nous en avertissait naguère. S'ils ne nous saignent que d'un peu d'argent, ce n'est pas trop grave. Mais qu'ils viennent à nous priver de plaisirs certains, voire de telles rencontres qui eussent pu éclairer glorieusement la médiocrité de nos jours, et c'est une raison de nous trouver impardonnables. L'auteur de ces lignes, qui se fait comme tout un chacun un principe de n'avoir point d'idées reçues, et qui comme tout un chacun en a plus d'une, doit avouer ici qu'il tenait hier encore Vicki Baum – il l'avait peu lue, et ce n'est en rien une excuse – pour une romancière que l'on peut ignorer sans avoir à en rougir. Il rougit aujourd'hui : aujourd'hui que Daniel Arsand (un authentique esprit sans préjugés, lui, disons-le et répétons-le) a bien voulu mettre entre ses mains le livre qu'on va lire ci-après. Et, non point pour se faire pardonner sa sottise, ni pour renverser vertueusement la vapeur, il ose écrire à présent, porté par son enthousiasme de lecteur reconnaissant et par lui seul : Vicki Baum fut un superbe écrivain – ce seul livre suffisant, semble-t-il, à fonder de façon durable une telle affirmation.

Certes elle a écrit d'autres livres, dont la plupart, qui furent des succès mondiaux avant et après la dernière guerre, lui ont valu une réputation de romancière « facile ». Tant et si bien qu'elle en est venue à passer, aux yeux de ceux qui ne l'ont pas lue – ou au moins aux yeux de ceux qui n'ont pas tout lu d'elle –, pour une sorte de Daphné Du Maurier « à l'allemande » : la pesanteur en plus. C'est injuste.

Injuste pour elle, d'abord. Et non moins pour la divine Daphné, qui a produit elle aussi, malgré tous les malentendus attachés au succès, quelques livres parfaitement dignes de passer à la postérité.

Shanghaï Hôtel... *le titre est célèbre, célébrissime même. Et pourtant il n'est pas difficile de s'assurer que la plupart des lecteurs de culture française n'ont fait qu'en entendre parler. Il faut dire qu'en notre langue le livre a joué de malchance : paru en 1939 – année délicate – en la bonne ville d'Amsterdam, et de façon clandestine, en sa version originale allemande, il sera d'emblée interdit par la censure du Reich ; il faudra attendre 1946 pour le voir autorisé enfin à paraître en traduction à Paris (chez Stock), sous un titre qui permettait mal de le reconnaître –* Bombes sur Shanghaï *(!) – ... il est vrai qu'on sortait de la guerre et que cette appellation pouvait sembler de circonstance. Elle contribua malheureusement à banaliser le livre chez nous, puis à le faire oublier, alors que le succès lui était promis dans la plupart des pays de la planète.*

Succès magnifiquement mérité pour une fois, car Shanghaï Hôtel, *roman de l'exil, saga de l'horreur du monde, nous fait découvrir les réalités de l'Histoire à travers des lunettes qui sont celles de la plus intraitable clairvoyance – et qui n'aident pas, on s'en doute, à voir la vie en rose. Pour dire le vrai, il s'agit même d'un des livres les plus noirs de son époque : l'un de ces joyaux couleur de nuit qui sont à ranger dans l'écrin des lectures difficiles à oublier – parce qu'elles ont remué en nous la part d'ombre, parce qu'elles nous obligent à regarder encore et toujours du côté du brouillard, du côté de la nuit.*

Vicki Baum, nul doute, y avait mis tout ce qui venait de lui être donné à vivre de souffrance et de déception – le seul matériau qui ne mente pas.

Le plus drôle, ou le plus triste (ce sont là adjectifs que la vie s'ingénie à rendre synonymes), est que tout l'avait d'abord préparée au bonheur. Née à Vienne le 24 janvier 1888, dans une famille de la bonne bourgeoisie juive, elle avait très tôt manifesté cent talents. Surtout de musicienne : elle étudie six ans au conservatoire de sa ville natale, puis se voit offrir un poste de harpiste à Darmstadt en 1916, en pleine guerre – elle a vingt-huit ans. Bref, elle fait partie de cette génération de femmes que le premier conflit mondial va contribuer à émanciper. Les hommes sont au front, et leurs tendres moitiés, à l'arrière, se voient chargées de faire tourner toutes seules la machine – commerce, industrie, beaux-arts. Elles y perdent un peu de la blancheur célèbre de leurs mains (encore que les cosmétiques arrangent fort bien cela) mais y gagnent une liberté jusqu'alors inconnue, dont elles feront les divers usages que l'on sait.

L'on retrouve ainsi la jeune Vicki à Berlin dans les Années Folles, rédactrice chez l'éditeur Ullstein, et signant divers récits que les revues publient sans que son nom franchisse le petit cercle de l'intelligentsia locale. Jusqu'à cette année 1929 où elle donne Menschen im Hotel (Grand Hôtel), *qui la fera connaître loin au-delà des frontières.*

La voici devenue une célébrité internationale. Elle se retrouve peu après à Hollywood pour l'adaptation de son roman à l'écran. Le monde lui est alors grand ouvert, et elle ne se prive pas de le parcourir à son aise (Shanghaï Hôtel *en porte la trace). Mais dans le même temps ce monde changeait, et la prospérité de la fin des années vingt tournait d'un coup au cauchemar : la crise, brutale, jetait des millions de chômeurs à la rue ; les nazis, profitant du désarroi ambiant, partaient à l'assaut du pouvoir ; et on allait bientôt lui rappeler qu'elle était juive et n'avait donc pas droit de cité dans l'Europe nouvelle qui naissait à l'ombre des canons. Ses livres un peu plus tard seraient jetés au feu, on l'accuserait de propager une littérature cosmopolite « dégénérée ». Elle en tira, douloureusement, les conséquences qui s'imposaient : en 1938, elle obtient la nationalité américaine ; installée en Californie, elle poursuivra sa carrière de romancière – en langue anglaise cette fois –, avec un succès qui ne se démentira pas jusqu'à sa mort (en 1960).*

Elle ne se borne pas à cela. Elle met son argent et son influence au service des exilés allemands qui sont contraints de se réfugier outre Atlantique et aidera en particulier les enfants de Thomas Mann.

Ceux qui goûtent le versant le moins accidenté de son territoire continuent de lui faire fête pour d'assez anecdotiques (et sentimentales) raisons : elle reste pour eux la romancière du Lac aux dames. *Pour les autres, elle est et demeure ce que révèle ici son livre : une vigie impitoyable, et pourtant pleine de pitié (il arrive encore que la vie rende de telles locutions synonymes), qui sait comme peu d'autres dire ce qu'il en était de la mort du monde où il lui avait fallu vivre – et, peut-être, de celle que notre folie nous promet pour demain.*

Ce ne sera pas violer un secret que de dévoiler par avance l'argument de son récit. Dès les premières lignes, nous savons comment l'histoire va finir. Mal : une bombe « japonaise ? chinoise ? », en cette fin des années trente, frappe de plein fouet un palace de Shanghaï, mettant fin aux grandes espérances (espérances déçues, faut-il le préciser) des neuf personnages dont nous est conté ici le destin. Vicki Baum procède exactement comme Hitchcock dans ses meilleurs films. Elle révèle d'emblée où est le cadavre (ici, neuf cadavres – parmi beaucoup d'autres) pour mieux concentrer le suspens de l'intrigue sur le seul point qui compte à ses yeux : comment ces neuf victimes en sursis vont-elles faire pour survivre jusque-là, pour se rencontrer, s'aimer ou se haïr… et résister à la tentation ou à la menace de tant d'autres morts possibles.

Comme bien l'on pense, c'est la ville (le monde) – et non les acteurs – qui aura le dernier mot. Shanghaï (la Shanghaï de Malraux, celle aussi de Sternberg) : Babel frénétique où se heurtent les civilisations, les idéologies, et jusqu'aux différentes strates du temps. Parfums capiteux et remugles de sentine, modernité tapageuse et liturgies conçues pour l'éternité, haute vertu et basse crapulerie, plaisirs raffinés et misère sans espoir : l'auteur dresse un terrible inventaire de la situation du monde à la veille d'une catastrophe que tout annonce et que nul ne consent à envisager. Le lecteur d'aujourd'hui, plus d'un demi-siècle après la parution du livre, sait de quoi il retournait exactement. Il n'en est que plus effaré. Car à fort peu de détails près, l'insupportable évocation vaut encore – et peut-être plus encore – pour aujourd'hui.

Le lieu élu afin de dresser au mieux pareil constat – et lancer pareilles conjectures – est, insistons-y, particulièrement bien choisi : la grande cité au bord du Fleuve, chinoise et cosmopolite tout ensemble, où s'affrontaient alors, comme nulle part ailleurs, les grandes doctrines conquérantes. Et singulièrement un hôtel (véritable sanctuaire magique selon l'imaginaire de Vicki Baum : il revient comme un leitmotiv dans une demi-douzaine de ses romans). Les meilleurs livres de la romancière – celui-ci en tout cas – ne perdent pas une occasion de nous rappeler que nous ne sommes jamais que des passants ici-bas, voyageurs sans bagages en attente du grand départ. Et la porte à tambour du destin se fait ici un malin plaisir d'y mettre du sien, qui ménage à l'un ou à l'autre, avec une ironie cruelle, entrées remarquées et fausses sorties.

Façon adroite de nous aider à ne point regarder l'époque par le seul trou de la première serrure venue. Tout le livre, construit comme un immense castelet où s'agiteraient cent marionnettes humaines (Vicki Baum disciple de Kleist? – de Schopenhauer plutôt), est une constante invite à prendre de la hauteur par rapport à la folie, à l'absurdité du réel. Non point tant roman d'une époque (les années trente) que parabole terriblement charnelle d'un siècle voué à toutes les superstitions de la modernité, et pris pour finir à ses propres pièges : chronique d'une société élargie à l'échelle du vaste monde et frappée de boulimie, malade de son insatiable appétit de puissance, incapable de produire autre chose que des ersatz (ersatz de sentiments, de beauté, d'idées, de bonheur). C'est aussi un roman sur l'humiliation, le découragement, la peur. Sur l'exil surtout : tel Moïse au sommet du mont Nebo, nous sommes condamnés à n'apercevoir jamais la Terre promise que de loin. Condamnés aussi –par quelle malédiction?– à livrer en nous et hors de nous une succession de batailles d'avance perdues.

Car par la voix de ces neuf acteurs, une femme crie d'abord sa haine de la guerre, du faux-semblant –et nous parle de survivance, de liberté et de solitude. A l'entendre (et qu'on ne vienne plus nous dire que les romancières sont incapables d'accéder à la puissance du verbe!) on a parfois l'impression d'être bousculé par un grand vent. Et sa force de conviction est telle qu'elle nous oblige à ce à quoi nous répugnons le plus : envisager –dévisager– le pire. Car c'est une poigne de fer qui nous saisit ici à la première page et ne nous lâche plus. Où nous conduit-elle? On a envie de répondre : au bord de la fosse commune de nos illusions.

J.P.S.

INTRODUCTION

La ville dont il sera parlé dans ce récit n'existe plus. Elle a changé de visage, comme bien souvent déjà dans le passé. Ses rues ont été autrefois le théâtre de combats sans nombre, qui jamais ne furent aussi rudes que pendant l'été et l'automne 1938. Quatre-vingt-huit jours durant, la ville fut assiégée, canonnée, bombardée. Les hommes y périrent par centaines de mille, et pendant longtemps pesa sur elle parmi d'épais nuages de fumée l'odeur de la chair humaine brûlée.

Une des premières bombes qui tombèrent du ciel sur la ville frappa le Shanghaï Hôtel, grande bâtisse neuve élevée quatre ans auparavant, au lendemain de 1932. L'hôtel dressait ses arcades, ses dix-huit étages et sa fameuse terrasse-jardin sur Nanking Road, à mi-chemin entre le Bund et le champ de courses anglais.

La bombe fit des dégâts sérieux. Toutes les vitres volèrent en éclats. Un trou béant dans la façade permettait de voir l'intérieur de plusieurs chambres. Les Japonais prétendirent que la bombe avait été jetée par des aviateurs chinois, les Chinois que c'était une bombe japonaise. Les correspondants de journaux étrangers furent assez portés à croire que la bombe était destinée aux vaisseaux de guerre japonais du fleuve Whang Poo, mais que l'aviateur chinois avait mal visé. Il y eut des protestations, des excuses officielles, car si de temps en temps les quartiers chinois étaient mis en miettes, il était bien entendu qu'au centre de la ville la concession internationale ne devait pas être touchée. Ceux qu'un long séjour en Orient avait familiarisés avec les subtilités de l'art de la guerre dans ces pays semblaient persuadés que les Chinois, en bombardant la concession, avaient voulu donner à entendre aux Japonais qu'ils n'admettraient pas de voir se répéter ce qui s'était passé en 1932. Cette année-là, les soldats de la marine japonaise, s'autorisant de la participation du Japon à la concession internationale, en avaient occupé le centre, et s'étaient servis des quartiers paisibles des concessions comme de bases militaires.

Que la bombe fût chinoise ou japonaise, le Shanghaï Hôtel fut touché ; il y eut beaucoup de blessés et neuf tués, neuf parmi les quelques milliers qui devaient périr en cette première journée de combat.

Nous nous proposons de raconter quelles routes amenèrent à Shanghaï ces neuf personnes, quelle avait été leur vie et comment elles moururent.

PREMIÈRE PARTIE

LES ACTEURS

B. G. CHANG

Chang était né sur une jonque. Il vint au monde dans la nuit ; le fleuve clapotait contre la barque. Sa mère le détacha d'elle à l'aide d'un couteau rouillé. Au matin, elle était morte. Il n'avait pas de père, la jonque servait de maison et de foyer à bien des gens de sa famille et à leurs enfants. Des yeux étaient peints sur sa proue pour l'aider à chercher son chemin. Une natte tendue sur des bambous servait de toit. La sœur de l'enfant, son aînée de sept ans, alla dans le riche village près duquel était amarrée la barque et mendia des fèves pour l'orphelin ; en les écrasant, elle en fit sortir un lait clair que l'enfant affamé suça au bout de ses doigts. Il parvint ainsi à vivre.

Enveloppé de chiffons, il était couché dans le fond du bateau. Une planche le séparait du courant. Il voyait sa sœur, penchée en avant, s'arc-bouter sur la rame pour faire avancer la barque, les veines de ses bras maigres gonflées par l'effort. Quand le petit pleurait, elle le prenait, l'attachait solidement sur son dos et se remettait à pousser la lourde rame. En avant, en arrière, en avant, en arrière.

Le mouvement régulier endormait l'enfant. Comme il n'avait pas de parents pour lui choisir un nom favorable, on l'appela, au petit bonheur, Ah Taï (le Grand). Il eut toute sa vie beaucoup d'affection pour sa sœur, bien qu'elle ne fût qu'une femme. Pour père et pour maître, il eut le fleuve. Il devint grand et fort, bousculant ses cousins plus âgés ou les jetant à l'eau. Ils se moquaient de lui. Chang avait toujours faim et ne pensait qu'à la nourriture. Quand le bateau n'avait rien à transporter, il stationnait dans une anse du fleuve près d'un village. Pendant ces arrêts, la nourriture était maigre et finissait par manquer tout à fait. Chang rêvait alors de nouilles, de pain et de choux bouillants. Il volait de l'ail dans un petit champ et mordillait un morceau de bois comme si c'eût été du pain. Quand on avait un chargement à transporter vers le bas du fleuve, c'était la bonne vie. Il arrivait alors qu'on eût des poules dans la cage, ou même un petit porc. Les hommes riaient, mangeaient, jouaient au pai-ku pour des petites pièces de monnaie trouées, se disputaient, se réconciliaient; on s'amusait du matin au soir. Les femmes et les enfants avaient les restes. Ah Taï, lui, connut rarement la joie d'avoir le ventre plein. Malgré tout, il prospérait.

A la suite des pluies d'été, le fleuve montait, inondant la campagne. Jaune à la saison des pluies, il était gris, le matin, sous le brouillard blanc. Entre les racines enchevêtrées des arbres de la rive, l'eau d'un vert sombre était limpide. Chang prenait à la main les poissons gîtés parmi les racines et portait sa pêche aux revendeurs du marché le plus proche. Son oncle lui arrachait l'argent des mains. Planté devant les marmites géantes des gargotes en plein vent, ses narines noires grandes ouvertes, Ah Taï, affamé, avalait la bonne odeur avec la salive qui lui venait à la bouche.

Personne ne s'occupait de lui. Ses habits étaient pleins de poux. Sa sœur le déshabillait; agenouillée au bord du fleuve, elle étendait les habits sur une pierre et les battait avec une baguette pour les laver. Chang assis au soleil, sur le bord de la barque, les jambes pendantes, sentait la bonne chaleur lui piquer la peau et regardait les reflets de l'eau courir le long de la barque, comme des lézards de lumière. Il avait faim. Il remettait ses habits dès qu'ils étaient secs; serrant sa culotte autour de sa taille, il l'attachait par une ficelle qui lui servait de ceinture et recommençait à se gratter.

Lorsqu'il fut devenu plus malin, il se mit à mendier dans les villes où la barque jetait l'ancre, et il ne tarda guère à apprendre à voler : une poignée de châtaignes à l'étal d'un marchand ambulant, une citrouille dans un champ. Festins secrets, abondants, délectables.

La taille de sa sœur se déforma. Personne ne savait qui était le père de l'enfant. Les mariniers n'y regardaient pas de si près, Ils n'avaient guère le sentiment de l'honneur et ils aimaient à s'amuser. Les barques montaient, descendaient le fleuve, jetaient l'ancre le soir, repartaient le matin. Des enfants naissaient; encore des ventres affamés à nourrir. L'homme que Chang appelait son oncle battit la grande sœur. Chang regardait en riant : c'était très amusant. La nuit, il vit la grande sœur penchée sur le bord de la barque jeter quelque chose à l'eau. Le matin, son ventre était redevenu plat. Un mois après, elle se mit à tousser, mais elle ne quitta point la rame.

En ce temps-là, Chang aidait déjà à charger et à décharger les sacs de farine. Il hissait la voile, tenait la barre, poussait la gaffe quand on s'embourbait, passait le long des autres barques avec de grands cris. Il ne savait pas son âge. Personne ne comptait ses années, mais il était maintenant le plus fort des hommes du bord, un jeune géant aux épaules larges et dures. Il eut une querelle avec son oncle, qui le frappa entre les yeux avec une courroie. Cette nuit-là, Chang sauta du bateau sur la rive et se cacha parmi les tombes au versant d'une colline. Comme il avait peur des esprits, il les chassa dans l'obscurité en vociférant des menaces grossières. Il resta là jusqu'à ce qu'on eût renoncé à le chercher et que la barque eût repris le fil de l'eau. Comme il était très fort, les esprits eurent sans doute peur de lui et ne lui firent point de mal. Il mangeait des choux crus et de petits oignons rouges qu'il déterrait. Il était torturé par la faim. Comme le bateau descendait le fleuve, Chang le remonta. Il arriva dans des pays qu'il n'avait jamais vus car le bateau avait toujours fait la navette entre Senkuang et Gantsing. Il vit sur une montagne un temple aux jolis toits : des gens riches s'y faisaient hisser en litière ou en chaise à porteurs par des chemins escarpés. Pris de curiosité, Chang les suivit : il n'était encore jamais entré dans un temple. Il resta bouche bée devant le grand bouddha doré qui se dressait sous l'immense voûte. Un prêtre chauve frappait sur un gong géant pendu aux piliers. L'air était obscurci par les vapeurs d'encens. Agenouillés devant la table chargée de cassolettes d'encens et de vases en bronze garnis de lotus d'or, prêtres et pèlerins chantaient. Une divinité aux bras et aux mains innombrables brillait dans l'ombre d'une niche latérale. En dehors du temple, dans la première cour, des fidèles brûlaient des pièces de monnaie en papier d'argent et d'or. Des marchands, accroupis à la file, vendaient de l'encens et de la nourriture.

Chang dévorait de tous ses yeux tant de choses nouvelles. Stupide d'étonnement, il restait planté là avec un rire niais. Près de la première entrée, les porteurs de chaise, accroupis, mangeaient des nouilles. Un marchand de thé, debout près d'eux, versait du thé dans les bols bleus et blancs. Chang s'approcha ; l'eau lui en venait à la bouche. Un des porteurs, en manière de plaisanterie, le salua d'un « As-tu mangé ? » La bienséance exigeait qu'il répondît : « J'ai mangé. » Mais Chang n'avait aucun savoir-vivre. Il cria : « Non, mon ventre a faim. » Les porteurs s'esclaffèrent. L'un d'eux lui tendit son bol où restaient des nouilles et des légumes : ce n'était plus bien chaud, mais c'était délectable. Chang voulut saisir le bol, mais l'homme lui donna une tape sur la main, et les autres de rire plus fort que jamais. L'un d'eux, un vieux qui n'avait plus de dents, trouvait la plaisanterie excellente et se tordait de rire en se frappant sur les cuisses. Chang, levant les bras, abattit ses deux poings lourds comme des marteaux sur les épaules du mauvais plaisant. L'homme devint tout petit. Chang lui prit le bol de nouilles et se mit à manger. Les porteurs, d'abord muets de surprise, lui firent de grands compliments sur sa force. Il eut un rire bon enfant et se bourra tant qu'il put. L'homme à qui il avait pris les nouilles le regardait stupéfait. Chang Ah Thaï tenait l'écuelle tout près de sa bouche et, avec les baguettes, enfournait la nourriture aussi vite qu'il pouvait.

Quand Chang eut mangé, il se sentit en bonne forme, plein de force et de courage. Il rôda autour des porteurs, attendant la suite des événements. Lorsqu'en fin d'après-midi ils redescendirent leurs patrons, Chang courut à côté d'eux, en chantant, comme on chantait sur le fleuve. Pour chaque chaise, il y avait trois hommes, deux qui portaient et le troisième pour la relève. Chang regarda avec intérêt l'homme de la relève se glisser entre les brancards et se substituer à l'un des porteurs sans interrompre le rythme de la marche. Le porteur libéré se mettait sur le bord du chemin, toussant, crachant, essuyant du bras la sueur de son visage et suivait la chaise, jusqu'au moment de relever à son tour un camarade.

« Je pourrais porter sans qu'on on ait à me relayer », pensa Chang, et il le dit tout haut. Les porteurs, essoufflés, se moquèrent de lui. L'un d'eux, qu'on venait de relever, resta en arrière, se tordant de douleur, et alla vomir au bord du chemin. C'était un homme d'âge qui s'était collé sur le ventre un emplâtre rouge portant une formule qui devait le guérir. Chang s'arrêta près de lui et le regarda vomir.

– Combien, si je porte à ta place ? demanda-t-il.

L'homme, épuisé, le ventre vide, refusa d'un signe. Chang s'obstina. Il finit par porter la chaise. On ne lui donna pas d'argent, mais il eut une seconde ration de nouilles.

Il passa la nuit avec les porteurs dans le village, au pied de la montagne, et demeura quelque temps avec eux.

Maintenant, il mangeait à sa faim tous les jours. Il vit beaucoup de pèlerins arriver en bateau et monter au temple sur la colline. Des femmes à l'allure sévère, avec leurs esclaves, des hommes gras, riches, le foie trop gros et le souffle court, des étudiants au teint d'ivoire. Un jour, un mandarin vint avec son fils prier pour le succès du jeune homme à l'examen impérial qu'il devait passer à Pékin. Le mandarin avait ses porteurs à lui, ses coureurs et ses courriers; des rideaux bleus fermaient ses litières. Chang, désormais rassasié, chantait et s'entretenait avec les autres porteurs, même dans les montées. Il apprit ainsi bien des détails sur le lieu d'où venaient ses nobles clients et sur leur destination.

Le soir, quand il avait mangé, il s'endormait aussitôt sur la terre nue, roulé dans une natte déchirée. A moitié endormi, il se revoyait dans la barque, sur le fleuve, entendait les vagues battre les planches, humait dans l'air humide l'odeur des roseaux, des herbes aquatiques et des poissons, entendait la toux contenue de sa sœur. C'était quelque chose comme le mal du pays, mais il n'en savait rien.

Bientôt, Chang ne put plus tenir en place, quoiqu'il fût en bonne forme et que son ventre fût content. Un jour, il quitta la montagne et le temple et s'en alla, descendant cette fois le fleuve. Il ne savait pas quelle force le poussait, car personne ne l'avait battu. Les porteurs étaient de joyeux compagnons. Il avait appris d'eux des histoires amusantes. Ses relations avec le grand monde lui avaient un peu enseigné les bonnes manières. Il aida pendant quelque temps à remorquer un gros bateau qui remontait le fleuve : ses épaules saignèrent sous les cordes jusqu'à ce que sa peau se fût endurcie et eût formé des cals. Cette fois il fut payé : une pièce d'argent et dix-sept pièces de cuivre. Il s'acheta des sandales de paille et une veste bleue usagée, car la sienne n'existait plus : il avait travaillé jusque-là le torse nu.

Le froid était venu : il se réfugia dans une hutte de paysans où il n'y avait que des femmes et des enfants. Tous les hommes étaient morts d'une maladie qui leur faisait le visage noir.

– Je peux faire le travail de cinq hommes, assurait Chang.

Et les femmes regardaient le géant avec complaisance et respect. Ce n'était pas qu'il y eût beaucoup de travail ; mais des brigands descendaient souvent des collines et rançonnaient les gens du village. Chang en assomma trois ; l'un d'eux ne se releva pas.

A dater de ce jour-là, la maison connut la paix. Il n'y avait pas grand-chose à manger ; mais les femmes ne gardaient presque rien pour elles, préoccupées seulement de rassasier leur protecteur. Sur les châssis, les vers à soie dévoraient des feuilles de chênes nains, avec un bruit de pluie qui tombe, tombe sans arrêt. Chang dormait avec toutes les femmes, du moins celles qui n'étaient pas trop vieilles. Au printemps, il reprit la route sans se préoccuper des enfants qu'il avait pu semer.

Il vit un jour glisser sur le fleuve la barque où il était né. Sa sœur aînée était debout, maniant son aviron. Il l'appela. Mais elle regardait, comme toujours, droit devant elle, l'air endormi. Chang se recoucha dans l'herbe de la rive, il ne se souciait pas de revoir son oncle.

En ce début d'été, le dragon s'agita, le fleuve déborda, inondant sur ses rives villes et villages. Maisons, bêtes, cadavres s'en allaient vers la mer, et une grande misère fondit sur la Province-à-l'est-des-Montagnes. Quand les eaux se retirèrent et que les hommes se mirent à reconstruire leurs maisons, Chang aida un maître d'école à traîner des solives dans sa demeure et donna un coup de main aux charpentiers.

Lo Si, le maître d'école, était un de ces nombreux étudiants qui acceptent de voir la vie filer entre leurs doigts, et s'obstinent à passer les trois examens d'empire : le premier au chef-lieu de district, le second dans la capitale de la province, le troisième dans la capitale du Nord, à Pékin, dans le temple de Confucius. Le maître, lorsqu'il était jeune, avait passé brillamment le premier examen, puis, pendant deux fois trois ans, il avait été empêché de se présenter au suivant parce qu'il avait dû porter le deuil de son grand-père et de sa mère. Lorsque après neuf ans il se présenta au dernier examen, il n'avait plus la souplesse d'esprit ni la mémoire qu'il fallait, et il était si troublé que sa main tremblait en maniant le pinceau. Il échoua, revint dans son village et décida d'attendre les trois années prescrites avant de faire une seconde tentative. Après un nouvel échec, il renonça à toute ambition. Il vivait maintenant dans son village natal, instruisant les petits garçons pour une modeste rétribution, qui souvent consistait en œufs et en farine.

Le maître avait reporté son ambition sur son fils, jeune garçon plein de vivacité, qui avait de bonnes joues rouges et une voix agréable. Chang et lui devinrent vite une paire d'amis. Chang apprit ainsi les huit premiers signes : le ciel, la terre, le soleil, la lune, la montagne, l'eau, le sol et l'arbre. Le vieux maître lui expliqua un jour le sens du symbole gravé sur la porte neuve de la maison et que Chang avait souvent vu ailleurs : dans un cercle divisé en huit champs, un autre cercle divisé en deux parties, l'une blanche, l'autre noire étaient tracées : ces deux parties se complétaient. C'était le signe Yin et Yang, l'élément mâle et l'élément femelle, ciel et terre, froid et chaleur, lumière et ténèbres, jour et nuit, tous les contrastes qui expriment un tout : rencontre des pôles, équilibres dans le tout. Pour Chang, cela signifiait faim et satiété, pauvreté et richesse. Il n'oublia jamais son séjour chez le maître, parce qu'il s'y débarrassa de ses poux.

Travaillant de-ci de-là, il descendit le fleuve dont le cours s'élargissait et se ralentissait, comme un homme vieillissant, pour atteindre finalement la mer. Au bord de la mer, était la grande ville dont Chang Ah Taï avait déjà entendu parler.

A courir ainsi le pays, il avait forcément beaucoup appris, son esprit s'était formé et il laissait maintenant loin derrière lui le menu peuple du fleuve. Il ne cachait point sa science ; au contraire, il en était fier et aimait à en faire étalage. « Ceci est le signe Tien, disait-il, qui représente le ciel », et ses compagnons considéraient avec respect l'image que l'on pouvait voir dans beaucoup de boutiques : le signe du ciel, grand et puissant, sous lequel était accroupi un petit homme mangeant dans une écuelle. Ce panneau était l'image du parfait contentement. Chang lui-même connaissait maintenant ce contentement. Oui, vraiment : un petit homme, appuyé au grand ciel, mais assis sur la terre avec un bol plein de riz.

Il n'avait jamais vu de ville aussi grande que celle-ci. Trois jours durant, il y flâna en badaud. Il vit les rues réservées aux marchands de soie, aux cuisiniers en plein vent, aux barbiers, aux vanniers, aux fabricants de cercueils, aux fondeurs de cierges, aux marchands d'encens, puis les marchés, les étals de bœuf, de porc, de volaille, les rangées de canards fumés, pendus par leurs longs cous, les sacs de riz venus du Sud, les boutiques paisibles des marchands de thé, qui, vêtus d'élégantes robes de soie, se tenaient devant leurs dix mille boîtes d'étain, et les cornes de cerf, les serpents séchés, les cœurs de tigres exposés aux étalages des médecins.

Dix mille bannières et drapeaux flottaient dans les rues, ainsi que des lanternes et enseignes de tout genre, couvertes de caractères chinois qui invitaient les clients à entrer, vantaient les marchandises ou leur offraient simplement des vœux de bonheur ou de contentement. Depuis que Chang savait reconnaître quelques signes, tous ceux qu'il ne comprenait pas l'inquiétaient. Il se frayait un passage dans la foule, dépassant de la tête tous les autres passants. Les gamins lui couraient après en criant :

– Eh, le Grand ! le Grand ! Bien sûr, ton père était un dragon !

Sur le conseil d'un ami, Chang se fit indiquer le siège de la corporation des débardeurs. C'était une petite maison près du port. Il y trouva deux hommes âgés, vêtus de longues robes noires fort élégantes, qui buvaient du thé. Ils l'interrogèrent.

– On sait bien que les hommes de Shantung sont les plus grands de l'empire du Milieu, mais parmi eux tu es comme une pagode à sept étages, dit le plus âgé.

Chang, très honoré, s'inclina. Il devint membre de la corporation qui lui donna du travail et il paya ses redevances.

Dans le port mouillaient des centaines de navires de toutes formes et de toutes tailles. Chang Ah Taï, en courant les routes, avait bien entendu parler de ces grands navires, mais il n'avait pas cru ce qu'on lui en disait; ce n'étaient pour lui que des contes fantastiques, qu'inventions de hâbleurs. Mais ces bâtiments étaient là, plus grands que le temple de la montagne. Ils pouvaient rugir comme des bêtes et cracher de la fumée noire comme des dragons géants. C'étaient les navires des diables étrangers et ils auraient fait peur à Chang, s'il avait su ce qu'était la peur. Par de longues passerelles étroites et branlantes, il portait du charbon sur son dos; une file d'hommes coltinait du charbon dans le ventre des gros bateaux, revenait, chargeait de nouveaux sacs, passait et repassait; la chaîne des porteurs se déroulait sans arrêt depuis le lever du soleil jusqu'à l'heure où le crépuscule jaunit le ciel. Ils chantaient le chant des coolies qui ressemble à une plainte et rythme le souffle. Le souffle de Chang était puissant et infatigable.

Dans le port, il vit pour la première fois les diables étrangers qui faisaient beaucoup parler d'eux depuis quelque temps. Ils étaient laids et insolents. On disait qu'ils faisaient cuire les petits enfants pour les manger. Chang qui aimait beaucoup les petits enfants ne pouvait pas penser à ces histoires sans ressentir de furieuses démangeaisons dans ses gros poings. La plupart des débardeurs du port avaient peur des étrangers. Chang, lui, s'approchait d'eux, comparait ses muscles aux leurs et était sûr d'être plus fort que le plus fort d'entre eux.

Chang avait chaque jour du travail et gagnait de quoi manger à sa faim. Les ruelles du port étaient bordées de maisons de thé pour les dockers et les marins. Une foule compacte y circulait le soir à la lueur des lanternes. On entendait, dans beaucoup de ces maisons, des femmes chanter d'une voix aiguë : c'était là que se trouvaient les filles ; Chang fit l'économie de sa seconde portion de nouilles, serrant dans sa ceinture l'argent avec lequel il comptait s'offrir un moment de plaisir avec une femme. Lorsqu'il eut économisé assez de pièces de cuivre pour les échanger contre deux petites pièces d'argent, il entra dans une maison de thé où l'on chantait. En bas, des hommes étaient assis, buvant et mangeant, comme dans tous les cabarets ; un escalier étroit menait à l'étage supérieur ; une vieille femme l'attira dans une petite chambre et lui demanda :

– Combien Monsieur a-t-il d'argent ?

Chang Ah Taï montra ses deux pièces d'argent toutes petites et comme perdues dans sa large main. La vieille fit la grimace et cracha.

– C'est tout ce que tu as pour venir chez nous ? dit-elle, méprisante.

Une fille entra, Chang était si troublé qu'il ne vit pas comment elle était ; ses regards étaient rivés aux minuscules chaussures de soie rouge brodée. Quand il s'approcha de la fille, elle le repoussa et cria en riant :

– Va-t'en, tu pues. Rien à faire pour un débardeur puant !

La vieille vint à la rescousse ; elle glapit et le traita d'œuf pourri. Il eut tout juste assez de présence d'esprit pour traiter la fille de « putain maigre » et de « pourriture », et la vieille de « petite-fille de chienne ». Il remit dans sa ceinture les deux pièces d'argent, renversa d'un coup de pied un baquet dont l'eau se répandit sur les nattes, et descendit l'escalier à grand fracas. Il voulut oublier le souvenir cuisant de cette humiliation. Il en resta pourtant quelque chose dans le fond de sa mémoire. Car Chang, le débardeur, content de lui, heureux quand il avait de quoi manger et un coin où dormir, connaissait maintenant les tourments de l'ambition. Il pouvait rester des heures, le regard fixé, ruminant un beau rêve. Dans ce rêve, il arrivait à la maison des petites chanteuses; il descendait de sa litière, vêtu d'une élégante robe de soie, et portant par-dessus une veste de lourd satin noir comme il en avait vu aux riches marchands. Les mains dans les manches, il entrait dans la maison et son serviteur jetait sur le sol une poignée de grosses pièces d'argent bien lourdes. Les filles se précipitaient, se disputaient l'argent. Chang les voyait, entendait sonner les pièces : quitterait-il la maison en disant que les filles étaient trop vieilles et trop laides pour un homme de son rang ? Ou bien leur permettrait-il gracieusement de mettre en œuvre tout leur talent pour le divertir ? Il n'était pas encore fixé sur ce point. Pas plus qu'il ne savait d'où lui viendrait argent et prospérité, car le riche est riche, le pauvre est pauvre et il n'y a guère de pont conduisant de l'un à l'autre.

C'était le temps où eut lieu le grand soulèvement contre les diables étrangers. Beaucoup furent tués, car tel était l'ordre de l'impératrice, la « Vieille Tigresse », ordre venu de la capitale du Nord et proclamé partout. Chang se munit d'un vieux rasoir dont il avait fait l'acquisition au marché – car il n'en était plus à voler –, pénétra avec toute une bande dans une maison et tua deux étrangers et une femme. Tandis que les autres pillaient la maison et pour finir y mettaient le feu, il visitait tranquillement les habits des morts. Il trouva, cousu dans la doublure de l'habit étrange que portait le plus âgé des deux hommes, des papiers où étaient imprimés des caractères indéchiffrables. Il ne savait pas si c'était l'argent des étrangers, mais c'étaient sûrement des papiers de valeur, sans quoi le diable mort ne les aurait pas eus si bien cachés sur lui. Il détacha avec son couteau les boutons qui brillaient sur la robe de la femme, car eux aussi devaient être précieux, et il quitta la maison un instant avant que le toit en flammes s'abattît.

Lorsque le calme fut rétabli dans la ville, Chang confia son butin à un changeur qui prit les papiers et lui remit quarante taëls. Il se crut riche comme un mandarin. Maintenant qu'il pouvait réaliser son rêve, il hésitait à jeter aux filles ce bel argent. Il préféra aller chez un prêteur sur gages dont il avait fait connaissance dans une maison de thé et offrit de lui prêter à intérêts son argent, car l'argent engendre l'argent : chacun le sait.

– Il faut que je gagne de l'argent, car il est temps que je prenne femme et que j'aie des fils, expliqua-t-il au prêteur sur gages qui l'écoutait avec un sourire poli.

– Bien sûr, bien sûr, dit celui-ci.

Et il lui signa un papier que malheureusement Chang ne put pas lire : le prêteur garda le trésor en promettant de lui verser tous les mois une pièce d'argent. Lui-même gagnait six pièces par mois, grâce à ce capital, mais Chang ne le savait pas encore, quoiqu'il fût trop malin pour rester débardeur une vie durant.

Des navires étrangers firent leur apparition dans le port, les canons tonnèrent et des régiments de soldats étrangers sortirent du ventre des bateaux. Ils étaient tous pareils, ils marchaient raides comme s'ils avaient été des personnages en bois et qu'ils voulaient faire peur au monde. Quelques grands chefs de guerre arrivèrent avec eux et prirent le commandement de la ville. Les soldats se mirent à élever des fortifications et on ne parla plus de tuer les diables étrangers : il y en avait trop et ils portaient sur l'épaule des bâtons à feu.

Une nuit que Chang, assis sur le port, fredonnait paisiblement en regardant le ciel où la lune naviguait comme un bateau, il se prit de querelle avec quelques soldats étrangers. Ce soir-là, par exception, il n'était pas d'humeur à se battre : la nuit était belle, il se sentait heureux et satisfait, comme le petit homme du disque lunaire qui s'appuie au ciel ; mais les soldats, trois jeunes gaillards au regard vide, étaient ivres et pleins d'ardeur ; ils voulaient montrer au monde de quoi ils étaient capables. A coups de pied, ils bousculèrent Chang qui perdit l'équilibre et tomba dans l'eau qui sentait la vase et la gadoue des nouveaux égouts. Il en sortit ruisselant, essoufflé et furieux. Les soldats étaient encore là, riant et l'invectivant du haut du quai dans leur langage barbare. Chang Ah Tai essuya ses yeux pleins d'eau et regarda les soldats. Ils portaient de petites épées au côté mais ils n'avaient pas leurs bâtons à feu. Chang se rappela le tonnerre des canons et voulut partir, trempé et humilié, mais ils le suivirent en criant. Il entendait derrière lui le bruit de leurs gros souliers. « Sales barbares », pensa-t-il, car c'est ainsi qu'on les appelait dans de nombreux édits.

Ils le rejoignirent et l'un d'eux se mit en travers de son chemin. Chang voulut l'écarter ; le soldat, dans la langue de Chang, cria :

– Fils de putain, enfant sans père !

Chang n'avait pas connu sa mère et il ne réfléchit pas que le soldat répétait la seule phrase qu'il connût en chinois. Il leva le poing et abattit l'homme comme d'un coup de massue. Les deux autres le terrassèrent. Il se défendit avec rage et se libéra. A genoux sur la poitrine de celui qu'il avait abattu, il lui enfonçait ses pouces dans les yeux et lui cognait le crâne à toute volée contre les pierres du quai. Il sentit sous lui l'homme devenir flasque et mourir. Une sueur froide lui coulait dans la bouche, mais il se releva, bouscula les deux autres et prit la fuite. Il avait un bon souffle et connaissait le port. Il se cacha dans une barque sous la proue d'un grand bateau. Le lendemain matin on le rechercha dans tout le port. Ses amis de la corporation des débardeurs le cachèrent pendant quelques jours, puis ils prirent peur. Son meilleur ami lui conseilla de fuir : les étrangers avaient mis sa tête à prix et sûrement il se trouverait quelqu'un pour le trahir.

C'était l'automne ; un brouillard gris traînait sur le feuillage roux quand Chang reprit la route. Le prêteur sur gages avait refusé de remettre les quarante taëls aux amis de Chang, et Chang avait craint d'être vendu par l'homme s'il allait le trouver. La perte était amère, mais au lieu d'en éprouver du regret, ce lui fut un nouveau stimulant comme l'avait été sa visite malheureuse à la maison de thé.

Au début de l'hiver, Chang se joignit à une bande de brigands qui vivaient sur la montagne, dans des cabanes. C'étaient de pauvres diables, transis de froid, affamés, car ce qu'ils tiraient des paysans du voisinage était peu de chose. Ils avaient donné à leur chef le nom de Hung Tsi le Rouge, parce qu'il avait une grande tache de vin sur la joue gauche. C'était un homme à l'esprit lent qui avait besoin de manger beaucoup pour conserver sa vigueur. Il était maigre, décharné, et il aimait à se vanter du courage et de la force dont il avait fait preuve lors d'aventures passées. Chang se moquait de Hung Tsi, car la faim ne faisait souffrir que son ventre : elle n'avait point prise sur ses muscles, sur son courage ou sur son énergie. Les paysans du district s'étant plaints au préfet impérial, une horde de soldats fut envoyée contre les brigands, et les paysans regrettèrent amèrement de s'être attiré ce nouveau fléau.

Le Rouge fut tué dans une rencontre. Chang emmena en lieu sûr le reste de ses hommes et devint leur chef. Au printemps, il remonta le fleuve avec eux vers la montagne et le temple qu'il connaissait. Ils ne suivaient pas les routes pavées trop fréquentées du bord de l'eau; ils se glissaient par de petits chemins dans les collines. Chang avait de vastes projets; il était las d'extorquer à de pauvres paysans un pain ou une poignée de farine.

Le pays était misérable, car une épidémie avait tué les vers à soie, et les mûriers occupaient maintenant sans profit la place où on aurait pu cultiver du blé.

Au cours de ces années de dur travail, où, sans trêve ni repos, Chang avait couru le pays, l'ambition avait envahi son cœur. Il ne pouvait pas supporter de rester où il était, il lui fallait toujours autre chose. Peut-être cette inquiétude étrange et peu commune tenait-elle à ce qu'il avait été engendré et mis au monde dans un bateau en marche sur l'eau mouvante. Toujours est-il que Chang Ah Taï, chef de brigands, ne se contentait plus de menus larcins, mais tirait des plans pour une opération d'importance.

Il avait, dans le village au pied de la montagne et parmi les porteurs, des espions qui lui annonçaient l'arrivée des pèlerins riches et importants. C'est ainsi qu'il entendit parler du pèlerinage du banquier Wu Tsing arrivé par le bateau avec quelques compagnons, mais sans porteurs à lui. Chang retint ses hommes jusqu'au moment où le banquier repartit et se fit descendre du temple, à la tombée de la nuit. Il attaqua le cortège; les porteurs, complices, s'enfuirent; les compagnons du banquier se défendirent tout juste pour sauver la face et se réfugièrent à bord d'une jonque. Parvenus dans un village éloigné, ils entamèrent de là des pourparlers au sujet de la rançon et envoyèrent de la nourriture et des couvertures chaudes au prisonnier qui était de santé délicate. Chang Ah Taï fit de son mieux pour traiter le banquier comme son hôte, tandis que ses émissaires négociaient avec les émissaires de la famille de Wu Tsing dans le village au pied de la montagne. Il servait son prisonnier, lui racontait les histoires et les bons mots qu'il avait pu glaner sur les grands chemins. Malheureusement, le banquier, venu du Sud, ne comprenait guère son parler d'homme du Nord. Il jouait avec lui au pai-ku et au mah-jong qu'il avait appris dans les maisons de thé de Kiachow. Il assistait au repas de Wu Tsing et l'eau lui venait à la bouche à voir Wu Tsing manger les mets qu'on lui envoyait et qui lui étaient remis scrupuleusement. La famille, pleine de sollicitude, lui envoyait même de l'opium; et le banquier, à qui la fumée faisait voir tout en beau, prenait grand plaisir à la société du jeune colosse.

Les affaires de Wu Tsing n'allaient pas bien. Sa santé et sa faculté de travail étaient minées par l'opium. Les médecins lui avaient conseillé de renoncer à fumer : cela lui avait valu des souffrances aiguës et une terrible agitation d'esprit. Il avait entrepris ce pèlerinage au grand temple dans l'espoir d'obtenir la paix du cœur, le calme et la force de renoncer à son vice. Il s'était mis à fumer après la mort de ses trois fils, parce qu'il ne pouvait supporter son chagrin.

Chang méditait sur tout ce que le banquier lui racontait. Il y pensait tant et tant qu'il en perdait le sommeil. Après avoir bien réfléchi, il fit une proposition : il offrait de réduire la rançon et demandait en échange un emploi dans la maison de banque de Wu Tsing qui était très loin dans le Sud, à Hang-Kéou, sur le lac de l'Occident. Si fantastique que pût paraître d'abord cette demande, le banquier n'avait qu'une chose à faire : l'accepter.

Peut-être aussi le vieillard fatigué s'était-il véritablement attaché à ce jeune homme plein de force, au point de ressentir de la peine à l'idée de le quitter? La rançon fut partagée entre les hommes de Chang Ah Taï, et Wu Tsing emmena Chang.

Ainsi commença la carrière qui fit de Chang Ah Taï le banquier Chang, un des hommes les plus riches et les plus influents de la Chine.

– Oui, c'est un coolie, mais il n'a pas un cœur de singe; il a le cœur d'un lion, dit Wu Tsing, le jour où Chang fit gagner à la banque ses premiers dix mille taëls.

Wu Tsing était un homme las et prudent, dont la politique consistait à faire des prêts peu importants à des commerçants de bonne réputation et de solvabilité certaine. Mais où il y a peu de risque, il y a peu de profit. Chang ne l'ignorait pas, quoiqu'il ne sût compter que sur ses doigts. Aucun scrupule ne le gênait quand il s'agissait de gagner. Comme il n'avait peur de rien, tout lui réussissait. Il conquit sa richesse comme il avait conquis son premier bol de nouilles, parce qu'il était brutal et dur et qu'il ignorait la crainte. Il avançait des capitaux aux grands propriétaires fonciers, saisissait leurs terres quand ils ne payaient pas ponctuellement au jour de l'an; et, sur toutes les terres dont il s'emparait ainsi, il faisait cultiver de l'opium. Une caisse d'opium rapportait plus de six mille taëls, plus qu'une caisse d'argent. Il corrompait les fonctionnaires qu'il tenait ainsi sous sa dépendance. L'argent de la banque était au service des personnages importants, magistrats, préfets impériaux, s'ils en avaient besoin pour sauver la face. En retour, ils se disaient ses amis et avaient pour lui toutes les complaisances. Wu Tsing s'était remis à fumer et laissait faire son jeune associé.

Pour Chang qui venait du Nord, ce séjour dans le Sud fut d'abord comme un voyage en pays étranger; les hommes avaient un autre aspect et parlaient un autre langage. Ils étaient jaunes, petits, avaient la peau luisante, huileuse. Au milieu d'eux, il avait l'air du géant à face rouge qui gardait le temple de Linying, et ils riaient de sa manière de parler. Il les laissait rire et, bon enfant, riait plus fort qu'eux. Peu à peu, il comprit qu'il n'était pas un étranger, mais qu'après tout il était lui aussi un fils de Han comme les gens de Hanchow. Son patron, le banquier Wu Tsing, entreprit son éducation, et bientôt Chang, avec sa science toute fraîche et ses belles manières, brilla comme un taël d'argent neuf.

Quand il fut un homme riche, et que, grâce à lui, la banque elle aussi, s'enrichit, Wu Tsing lui donna un nouveau nom, un nom favorable. Chang ne fut plus Ah Taï, qui était un nom de hasard, bon tout juste pour un coolie qui n'a point de parents. Il devint Bo Gum, qui veut dire : Or précieux. Bo Gum Chang se vantait d'être assez riche pour s'acheter yeux, oreilles et esprit. Il envoya chercher le pauvre magister de village chez qui il avait appris les huit premiers signes. Le maître arriva plein de reconnaissance et Chang l'installa avec toute sa famille dans une cour extérieure de sa maison. Car maintenant il avait même une maison à lui. C'était l'antique et spacieuse demeure d'une grande famille déchue qui laissait les bâtiments tomber en ruines. Les murs extérieurs portaient encore des traces de peinture rouge, souvenirs de la faveur impériale dont la famille avait joui jadis. La maison était située près du lac, au penchant d'une colline ; il y avait des cours et des jardins, des bambous et des pins, des pièces d'eau et de tout petits ponts, des rochers artificiels, des galeries étroites reliant maisons et pavillons.

Le maître d'école comprenait mal le parler des pays du Sud, mais il maniait avec élégance la langue mandarine des gens cultivés. Un reflet de sa bonne éducation tombait sur Chang, tout comme l'or de Chang jetait un reflet sur l'existence du pauvre maître d'école. Bo Gum Chang l'emmenait partout où il y avait des papiers à lire. Il usait de lui comme les vieilles gens à vue affaiblie se servent de lunettes. Le soir, il s'asseyait comme un enfant, le pinceau à la main devant le papier pour apprendre l'art difficile de lire et d'écrire. Il n'avait pas besoin de connaître, comme un étudiant, dix mille caractères ; au bout d'un mois, il savait reconnaître les deux cent quatorze signes principaux. Au bout d'un an, il savait environ six cents lettres : c'en était assez pour lire les journaux, édits, enseignes et contrats qu'il pouvait trouver sur son chemin.

Il envoya de nouveau des messagers dans la province de Shantung et leur commanda de chercher le bateau de la famille Chang qui transportait des marchandises, sur le grand fleuve entre Shantung et Gantsing. Le maître d'école écrivit une lettre bien tournée par laquelle Chang informait sa famille qu'il y avait place pour tous dans sa maison et que lui, Chang, le banquier, les invitait à lui faire le plaisir et l'honneur de manger son riz. Comme les gens du fleuve ne savaient pas lire, Chang dit en peu de mots à ses envoyés le contenu du message. Et environ le quatrième jour de la septième lune, deux de ses messagers revinrent, annonçant au maître que son honorable famille venait d'entrer en ville par la porte du Nord. Chang commanda ses porteurs, revêtit sa robe la plus magnifique et, sur les épaules de ses coolies, dans un palanquin à lui, il se porta à la rencontre de sa famille.

Il avait pris soin de charger ses messagers d'une quantité de beaux habits et leur avait enjoint de ménager à ses parents une entrée en ville digne de son rang. Ils étaient tous là, sept bouches à nourrir, y compris les enfants, le vieil oncle maigre et courbé, le jeune oncle avec sa femme et ses fils et l'antique grand-mère aveugle qui avait toujours traîné dans le fond de la barque comme un petit paquet crasseux de vieux habits. Sa sœur, déformée par le dur travail, desséchée comme une vieille souche, était parée d'une robe brodée, portait un éventail à la main, toussait et crachait. « L'empereur lui-même a des parents en sandales de paille », disait le maître d'école en citant le vieux dicton.

Les misérables voyageurs demeurèrent muets de stupeur lorsque, sur les épaules de leurs porteurs, ils franchirent le portail noir garni de métal et pénétrèrent dans la première cour de la maison de Chang, salués par le portier qui s'inclina devant eux en criant :

– La grande et honorable famille de notre puissant seigneur Chang est arrivée !

Les hommes étaient bruns comme des vieux bois avec leurs mains déformées par le travail. Les femmes et les filles avaient de grands pieds qui n'avaient jamais été bandés. Mais Chang était un homme trop puissant pour rougir de sa famille. Sans fausse honte, et même avec quelque fierté, il disait souvent : « Je suis né sur une barque, j'ai été coolie, mais la force de mes ancêtres qui est en moi m'a aidé à m'élever et a fait de moi un homme riche. »

Il commanda des tablettes d'ancêtres et les fit placer dans sa maison de manière à pouvoir chaque jour aller s'incliner devant elles comme c'est l'usage dans les grandes familles. Et parce qu'il avait beaucoup souffert de la faim, il y avait devant l'autel de riches offrandes de riz et de fruits. A certains jours de fête, il offrait aux ancêtres des poulets rôtis tout entiers. A la vieille grand-mère, il acheta un beau cercueil, et le fit placer à côté de son lit pour réjouir son cœur. Elle ne pouvait pas le voir, puisqu'elle était aveugle. Mais, de ses mains noueuses, elle caressait le bois et riait de contentement. Le vieil oncle ne pouvait s'empêcher de dire : « Te voilà passé du côté des mangeurs de riz ; tu as fait fortune chez les nains. » Et, en effet, Chang qui déjà dans la Province-à-l'est-des-Montagnes était plus grand que tous les autres, semblait ici, dans le Sud, un géant au pays des nains.

Il avait à son service deux bons cuisiniers. Et il devint bientôt aussi lourd et aussi gras qu'il était grand, car maintenant il mangeait tous les plats dont jadis il ne faisait que rêver. Wu Tsing, le vieux banquier, l'appelait son fils et l'approuvait en toutes choses.

Chang avait depuis longtemps passé l'âge où ses parents, s'il en avait eu, auraient dû le marier. Sa mésaventure avec les filles de Kiachow était oubliée, et dans sa maison vivaient quantité d'esclaves jeunes et jolies, achetées pour une poignée de pièces de cuivre. Mais, maintenant, il était impatient d'avoir des fils. Wu Tsing chargea sa propre femme de se mettre en quête d'une fiancée pour Chang.

Lilien, Fleur de lotus, était fille d'un magistrat à qui avait été décernée la dignité du bouton de corail. Lilien avait seize ans, disait-on ; elle avait reçu une éducation raffinée. Aucun homme ne l'avait jamais vue, car elle ne quittait point la cour intérieure de la maison paternelle. Mais, en parlant d'elle dans les marchés et par les rues, les serviteurs de la famille lui avaient fait une réputation de grande beauté. Elle avait été fiancée, tout enfant, avec un cousin au troisième degré, mais ce jeune homme avait été pillé et assassiné dans une auberge, alors qu'il se rendait dans la capitale du Nord pour y passer son troisième examen. Les prétendants pouvaient se mettre sur les rangs.

Chang avait décidé de s'allier à la famille d'un fonctionnaire lettré. Par suite de diverses circonstances, le père de Lilien, un des hommes les plus considérables et les plus distingués de la province, s'était lourdement endetté. Il avait dû, de ses deniers, aider la famille du mort à équiper des soldats pour s'emparer des assassins et les exécuter. De plus, il avait été du petit nombre de ceux qui avaient obéi à l'ancien édit impérial contre l'opium : il avait renoncé, sur ses terres, à la culture du pavot. Comme il ne touchait point de traitement, il était amené, de même que les autres fonctionnaires, à user de ses fonctions officielles pour extorquer de l'argent au public. Mais ce magistrat manquait de poigne. Ses revenus baissaient d'année en année ; cependant il ne pouvait, sans perdre la face, réduire son train de maison, rogner sur les frais funéraires, entretenir moins de serviteurs, d'esclaves et de coolies, réduire son budget de réception et économiser sur les cadeaux qu'il faisait. Il avait emprunté de-ci de-là des sommes importantes qu'on s'était empressé de lui avancer. Beaucoup de prêteurs n'avaient sans doute jamais compté qu'il rembourserait, se contentant des intérêts de leur argent et de l'avantage qu'il y avait à rendre service à un magistrat.

Chang racheta toutes ces créances, ce qui donnait à sa candidature un poids considérable. On savait que Chang n'avait d'égards pour personne quand il s'agissait de recouvrer une créance, et le magistrat n'ignorait pas que, s'il ne pouvait s'acquitter au jour de l'an envers la banque, il perdrait la face. Il agréa donc avec un sourire courtois et indéchiffrable cette déplaisante candidature. En donnant sa fille à l'ancien coolie, il dut éprouver ce que ressent un pauvre diable qui vend son enfant comme concubine. Mais il était bien trop fin pour en rien laisser paraître.

Les actes furent dressés et le mariage célébré en grande pompe. Les rideaux de satin rouge du palanquin qui portait Lilien vers la maison de son époux étaient si richement brodés d'or que, dans la rue, chacun s'arrêtait en poussant des cris d'admiration. Suivait un interminable cortège de porteurs chargés d'habits et d'objets de ménage, les uns loués pour la figuration, les autres faisant réellement partie du trousseau de la mariée. Quelques jours avant la noce, tous les cadeaux furent exposés dans la maison du magistrat ; les visiteurs admiraient les grandes épingles de chignon et la parure de jade précieux que le fiancé avait envoyées à sa fiancée. Lilien, assise avec ses jeunes amies, pleurait pour se conformer aux usages et aussi parce qu'elle avait grand-peur de cet homme qui, disait-on, avait l'air d'un démon géant.

Lorsque Chang Bo Gum, agenouillé avec sa fiancée sur la natte de l'autel, partagea avec elle le vin et le riz, symbole de leur union, il se sentit de nouveau aussi troublé qu'autrefois dans la maison des petites chanteuses. De nouveau, il ne vit rien que les pieds minuscules dans leurs souliers brodés. Lilien, elle aussi, baissait les yeux ; un parfum enivrant se dégageait de toute sa personne ; un peu plus tard Chang vit aussi les mains, les doigts d'ivoire sculpté. Sa poitrine se gonfla d'un grand rire.

Dans l'intimité de la nuit, derrière les rideaux tirés du lit nuptial, il fit d'elle sa femme, et il ne put s'empêcher de rire encore à sentir comme elle était petite et fine. Sa peau délicate comme une soie tiédie par le soleil, ses membres souples et jeunes, tout cela était à lui. Il sentait sous ses doigts les côtes frêles et fit bien attention de ne rien briser. Pour la première fois, il connut auprès d'une femme un sentiment qu'il n'avait éprouvé qu'en tenant un enfant dans ses mains. Mais il ne savait pas que c'était de la tendresse.

Lilien le servait avec une grande politesse et il se surprenait parfois à se poser des questions à propos d'elle : était-elle contente ou triste ? L'aimait-elle ou avait-elle peur de lui ? Mais ses yeux toujours baissés, sa voix douce et ses manières bien élevées et polies ne trahissaient rien de ses sentiments. Maintenant que Chang avait dans son lit une femme à lui, il fut des semaines sans penser aux esclaves qui habitaient dans ses cours. La joie et le contentement étaient dans tous ses membres. Pendant cette heureuse période de sa vie, il s'avisa aussi que sa maison n'était pas seulement une demeure coûteuse et distinguée, mais qu'elle était belle avec ses planchers brillants comme des miroirs sous le vernis de Ning Po, les piliers des galeries extérieures, laqués de rouge, les poissons aux longs voiles dans les pièces d'eau, les fleurs et les arbres, les cours ombreuses et parfumées.

La maison était bâtie sur une colline, et la galerie de la troisième cour avait vue sur le lac. Au-delà du lac se dressait la flèche élancée d'une haute pagode. Les collines reposaient paisibles dans le crépuscule, l'eau était calme et unie. Et le soir, on voyait sortir du pavillon construit au milieu du lac des gens tout petits qui cheminaient vers la rive, une lanterne à la main. Des oies sauvages, emblèmes du mariage, passaient d'un souple mouvement d'ailes, très haut dans le ciel. Un bruit de musique et de rires lointains montait des barques au bord du lac.

Chang fit sculpter sur le portail de sa maison le symbole Yin et Yang et le fit peindre en or et rouge ; cette fois-ci ce symbole signifiait : mari et femme. Il croyait sentir entre ses doigts sa vie pleine et ronde comme sont les deux signes qui se complètent l'un l'autre.

Au troisième mois de son mariage, sa sœur lui annonça que sa femme attendait un enfant, car Lilien se confiait à cette compagne plus âgée comme à une mère. Celle qui avait nourri Chang, en lui faisant sucer au bout de ses doigts ses premiers aliments, se dévouait maintenant à la jeune épouse. Il y eut grande joie dans la maison de Chang ; les femmes se firent porter dans leurs litières closes au Temple-de-la-nuée-de-pourpre pour demander la naissance d'un fils. Dans le premier élan de son orgueil, Chang invita des amis ; on mangea beaucoup, on but plus encore, la grande salle fut pleine de souillures et de tapage. Le lendemain matin, Chang, trop robuste pour que le vin eût prise sur lui, s'en allait à ses affaires, la tête dure et claire. Cependant le doux éclat, la sérénité des premières semaines de son union étaient évanouis, il devint de nouveau l'hôte des maisons de thé, ramenant pour une nuit ou pour dix des filles légères dans sa maison.

Quand le moment de la naissance fut proche, Chang partit en cachette et fit seul quinze *lis* jusqu'au temple des rochers, appelé le Temple-à-l'ombre-des-esprits. Il se sentait un peu honteux, les prières étant l'affaire des femmes. Il s'adressa au dieu du bonheur, Mi-Lei-Fo, qui lui inspirait plus de confiance que les autres parce qu'il était gras et qu'il riait. Mais au lieu de prier, de brûler des monnaies de papier et de planter des bâtons d'encens dans les brûle-parfums de son autel, il menaça le dieu des pires représailles s'il lui envoyait une fille, et lui promit la valeur de cent taëls de monnaie d'esprit et de cierges si c'était un garçon. Chang était homme d'affaires et ne payait les marchandises qu'à la livraison.

Le dieu prit sans doute à cœur menaces et promesses, car le septième jour du huitième mois, Lilien mit au monde un fils à la peau dorée. Et lorsqu'il ouvrit sa toute petite bouche pour crier, les femmes virent que le nouveau-né avait déjà une dent, ce qui est un grand prodige et un présage de puissance sans limites. L'astrologue qui tira son horoscope promit que le premier-né de la maison de Chang serait le chef de milliers d'hommes et deviendrait plus puissant qu'un chef de guerre. Mais il omit de dire que les astres annonçaient une mort prématurée.

L'enfant reçut le nom de Yutsing, qui signifie étoile, parce que la petite dent qui brillait dans sa bouche était comme une étoile, et que, dans les contes, l'homme qui est marqué d'une étoile devra être le chef de milliers d'hommes. A son premier anniversaire, tous ses parents et amis vinrent apporter leurs souhaits. Ils montrèrent à l'enfant toutes sortes d'objets, argent et jade, pinceaux et livres, une flûte, une épée. On pouvait prédire son avenir d'après l'objet vers lequel il tendrait la main. Yutsing ne prit rien de ce qu'on lui offrait, il donna de tous côtés des coups de poing et fit tout tomber. Chang, le père, partit d'un grand éclat de rire.

– Il veut être coolie comme son père, cria-t-il, amusé.

Deux ans après la naissance de l'enfant, parut un nouvel édit impérial interdisant la consommation de l'opium. Cet édit accordait aux gens du commun un délai de trois ans, mais menaçait les fonctionnaires et les mandarins des peines les plus sévères s'ils ne renonçaient pas à leur vice dans les six mois. Il fut pris très au sérieux par les administrateurs des localités, districts et provinces. Le beau-père de Chang s'employa avec énergie et rigueur pour que l'édit fût exécuté dans son district et engagea les paysans à cultiver plus de thé, le célèbre thé de Chekiang.

Chang Bo Gum, qui savait découvrir une source à trois lis de distance, avait aussi un flair très développé quand il s'agissait d'argent. Si l'on cultivait moins d'opium, les prix monteraient : le calcul était simple. Il se concerta avec son vieil associé qui passait la plus grande partie de son temps dans un hébétement satisfait, et quelques jours après se fit porter à la « maison des chars à feu » que l'on venait de construire aux portes de la ville. Il monta sans peur dans une des voitures qui semblaient être de minuscules maisons, traînées par un monstre pareil au dragon et s'en alla vers la ville de la mer, Shanghaï.

Souvent déjà Chang avait eu affaire aux étrangers, quand il voulait affermer des terres appartenant à la banque. Il traitait volontiers avec eux, car ils étaient trop bêtes pour marchander. Ils n'entendaient rien aux belles manières, on ne perdait pas son temps en formules de politesse, et ils tenaient leurs promesses. Chang riait quand il entendait ses amis appeler ces étrangers des diables : les diables sont malins et rusés, et ces hommes à cheveux rouges étaient juste le contraire. Ils faisaient des choses incompréhensibles, ils recueillaient des filles à leur naissance et les nourrissaient au lieu de les tuer ou de les vendre ; ils subventionnaient des écoles gratuites pour les enfants de coolies, ils engageaient tous les malades de la ville à venir dans leur maison blanche, les couchaient dans de bons lits bien propres, leur donnaient des remèdes et souvent même les guérissaient : tout cela sans se faire payer, et sans aucun motif apparent.

Depuis la publication de l'édit sur l'opium, ils faisaient encore autre chose. Ils cherchaient à aider ceux qui, par crainte du châtiment, voulaient perdre l'habitude de fumer quand les souffrances devenaient intolérables, quand le désir de la fumée les rendait furieux et les faisait se tordre comme des vers, ils les recueillaient dans leur maison, les enfermaient, leur donnaient des remèdes calmants, les surveillaient jusqu'à ce qu'ils fussent guéris de leur vice. Chang essayait en riant d'expliquer à son vieil associé les folies des étrangers.

– Ils commencent par introduire en fraude le poison dans le pays. Avec l'argent qu'ils gagnent ainsi, ils construisent leurs absurdes écoles et leurs hôpitaux. Puis ils se mettent à guérir les gens de l'opium qu'ils leur ont vendu. Quand personne ne fumera plus l'opium dans l'empire du Milieu, où prendront-ils l'argent dont ils ont besoin pour eux et les serviteurs ?

Wu Tsing secouait la tête et se contentait de répéter :

– Des diables ! il faut les chasser.

Chang avait envoyé un de ses neveux à l'école des étrangers pour apprendre leur langue. Puis il avait pris le jeune homme dans sa banque comme interprète pour ses relations d'affaires avec les étrangers. Mais il n'avait pas en lui une entière confiance et il était convaincu que, s'il savait leur parler lui-même, il gagnerait davantage. Il se fit expliquer par son neveu les signes d'écriture et les mots de ces diables stupides et s'aperçut bien vite qu'ils n'étaient en effet que des barbares, comme disait son vénéré beau-père. Un enfant de trois ans pouvait apprendre en un jour la poignée de lettres dont ils se servaient ; leur langue était pauvre et n'avait qu'une seule intonation et qu'un seul mot là où sa langue à lui avait cinq intonations et cinquante mots. Ils cherchaient à remédier à cette pauvreté en contournant et en compliquant leurs phrases pour leur donner de l'élégance, mais Chang ne perdait pas son temps à ces acrobaties.

Dans la voiture qui l'emmenait plus vite que l'ouragan, étaient assis deux étrangers qu'il n'avait jamais vus auparavant. Chang essaya sur eux ses connaissances linguistiques. Non seulement ils le comprirent, mais ils semblèrent ravis de pouvoir causer avec lui. Il but avec eux du thé où flottaient des fleurs de jasmin. Un serviteur allait et venait, lui versant de l'eau bouillante chaque fois qu'il avait fini sa tasse.

L'employé de la gare avait dit à Chang que le voyage jusqu'à cette ville lointaine serait court, mais Chang ne l'avait pas cru et il avait emmené un serviteur qui, tout tremblant dans son coin, tenait sur ses genoux un gros paquet de provisions pour son maître. Chang invita les étrangers à partager son repas ; finalement ce fut un vrai festin dont tous ses compagnons de route se régalèrent. Les étrangers sortirent des bouteilles d'une espèce de vin fort et brûlant qui serait monté à la tête de Chang si, en matière de boisson comme en toutes choses, il n'avait pas été un colosse. Son serviteur qui n'avait rien bu, rendu malade par la vitesse, vomissait dans son coin. Deux autres voyageurs tombèrent par terre et s'endormirent ; Chang mâchait des pépins de melon et crachait adroitement sur eux les épluchures.

Il y avait bien des choses étonnantes à Shanghaï, mais Chang ne perdit pas son temps à s'étonner. Il était content de voir des maisons grandes entre toutes les maisons, et des navires grands entre tous les navires, comme il était lui-même grand entre tous les hommes. Il alla voir les confrères de Wu Tsing qui le présentèrent à d'autres confrères. Il découvrit que là où il avait cru être très fort en gagnant dix mille taëls, ces banques en gagnaient cent mille. Shanghaï était la grande porte par où l'opium entrait dans le pays. Les étrangers n'observaient pas l'édit, et les lois venues de la capitale du Nord ne comptaient pas pour eux.

Un sourd mécontentement couvait dans la ville chinoise de Shanghaï, et Chang entendit pour la première fois dire que quelques provinces étaient résolues à secouer le joug des Mandchous. Dans une maison de thé, un jeune homme, qui avait bu trop de vin de riz, s'était levé et avait fait un discours.

– Combien de temps encore promènerons-nous nos longues nattes comme des esclaves ou des buffles marqués au chiffre de leur maître ? Une natte sur la tête d'un Chinois veut dire esclave des Mandchous. Qui gouverne l'empire du Milieu ? Le Vieux Tigre ? Les eunuques du palais de Pékin ? Les mandarins qui nous sucent la moelle des os pour engraisser leur paresse ? Quand te réveilleras-tu, Chine ? Quand secoueras-tu tes chaînes ?

Chang, déconcerté, tâta la longue natte bien tressée dont il avait toujours été fier. « On apprend bien des choses dans cette ville », pensait-il stupéfait. Un homme âgé, au dos rond, qui semblait un lettré, dit sans élever le ton une parole qui semblait la raison même après le discours enflammé du jeune homme :

– Confucius a dit : L'homme de bien au service du souverain s'applique toujours à manifester la plus grande fidélité en présence de son maître, et dans ses heures de loisirs, il médite sur le moyen de réparer les fautes que le maître a commises.

Le jeune homme bondit et cria :

– Confucius n'a pas connu les maîtres qui nous gouvernent. Il n'a pas enseigné que nous devons obéir aux voleurs, aux concussionnaires qui brisent nos bols de riz. Il a dit : Résiste si on te commande le mal.

Il était si excité que sa voix déraillait; dans un coin quelqu'un imita le cri du jeune coq qui ne sait pas encore chanter; un autre dit :

– Sans natte, nous aurons l'air d'un chien à qui on a coupé la queue et on se moquera de nous !

La dispute finit dans un éclat de rire.

Le lendemain matin, Chang acheta des journaux chinois et anglais. Et au bout de trois jours il savait ce qu'étaient des actions et s'entendait même un peu à lire les cours en bourse.

Il constata qu'à la ville un homme élégant ne noue pas ses pantalons autour de ses chevilles et qu'il porte des vestes sans manches. Il s'en fut chez un coiffeur, chose qu'il n'avait jamais faite de sa vie, paya avec de la monnaie d'argent et non de cuivre, et demeura pendant quelques jours parfumé comme une putain. Il prit beaucoup de plaisir dans cette ville, avec des amis, au cours de festins, en mangeant et en buvant, en fréquentant des filles de Sing-Song, en sortant dans des calèches découvertes que traînaient deux poneys.

Il vit tant de choses nouvelles qu'il ne s'étonna pas d'apprendre qu'il existait des voitures qui se traînaient elles-mêmes et que les hommes s'envolaient vers le ciel dans des rikshas modernes et en revenaient sains et saufs.

Comme il avait des intérêts dans les affaires d'opium, il voulut comprendre ce qu'était cette fumée terreuse que tant d'hommes préféraient à la nourriture et à l'amour. En compagnie d'un de ses nouveaux amis il se rendit dans une fumerie d'opium, huma le parfum doucereux qui s'étend, à peine perceptible, sur toutes les maisons et sur toutes les rues du pays, comme si les murs en étaient imprégnés, mais qui semblait si épais en cet endroit qu'on avait l'impression de pouvoir le toucher de la main.

Il s'étendit sur un banc, appuya sa tête contre le rouleau dur et observa le frêle garçonnet qui lui faisait griller l'opium. Il tira deux fois sur sa pipe, demanda qu'on la remplît, tira encore et la fit remplir de nouveau; ce n'était ni bon ni mauvais et il attendait l'effet de la magie.

Mais rien ne se produisit et Chang était aussi lucide qu'auparavant, après sa cinquième pipe. Il n'était ni ému, ni excité comme certains, ni particulièrement sagace, ni endormi comme d'autres. L'opium ne le grisait ni ne le plongeait dans des considérations philosophiques ; il le laissait tel qu'il était : un géant robuste et plein de bonne humeur. Il se leva, repoussa la table sur laquelle se trouvait la lampe à opium, tendit quelques pièces au jeune garçon et s'en alla en riant bruyamment.

Rentré chez lui, il frappa sa poitrine puissante en disant : « Je suis plus fort que la *grande fumée*. » Avant de retourner dans la Ville-au-bord-du-Lac-de-l'Ouest, il fit entrer sa banque dans le consortium qui avait pris en main le trafic de l'opium et il s'acheta une caisse de douze bouteilles de whisky, le breuvage brûlant des étrangers auquel il avait pris goût.

Son voyage à Shanghaï lui avait tant plu, qu'à la mort de Wu Tsing, son associé, il transféra la banque à Shanghaï et y investit des capitaux importants en achats de terrains. Comme il l'avait prévu, l'opium atteignit bientôt des prix astronomiques ; il réalisa de beaux bénéfices pour son propre compte et pour celui de ses clients.

A voir la ville s'étendre, s'étirer comme un jeune animal en pleine croissance, il flaira qu'il y aurait beaucoup à gagner dans les terrains. Bientôt l'argent afflua quoi qu'il entreprît. Il avait vu venir la révolution : elle le trouva du bon côté ; il acheta des actions étrangères, elles montèrent. Il eut bientôt des intérêts dans tout ce qui se faisait à Shanghaï. Son argent travaillait un peu partout. Il possédait des hôtels dans le centre de la ville étrangère, et aussi des taudis dans les faubourgs où habitaient les coolies. Il avait des actions de sociétés cotonnières et des actions de chemin de fer et il fut le premier à s'acheter une auto comme en avaient les étrangers. Il possédait des parts dans une entreprise de location de rikshas, dans les premiers grands cinémas, dans un théâtre chinois de la rue Édouard-VII et dans de nombreuses maisons de tolérance chinoises, coréennes, japonaises et internationales.

Mais là où B. G., comme on l'appela bientôt à Shanghaï, fit les plus beaux bénéfices, ce fut dans les guerres civiles, dans les entreprises des généraux et seigneurs de la guerre et dans les conflits entre provinces. Plusieurs seigneurs de la guerre étaient ses amis ; il buvait avec eux, leur donnait des fêtes où les filles les servaient et les distrayaient.

Il leur vendit des armes et des munitions, leur prêta de l'argent à des taux élevés, pour leur permettre de payer la marchandise, et reçut d'eux en échange une hypothèque sur les impôts qu'ils obtenaient en rançonnant leurs provinces. Chang les aida ensuite à inventer de nouveaux impôts. Il n'envisagea que les choses les plus simples qui arrivent dans la vie de chaque homme : naissance, mariage et mort. Avec l'argent qu'il gagna, grâce à l'impôt sur les cercueils, il acheta le premier avion à son gouvernement.

Il était un bon ami pour ses amis, un dur ennemi pour ses ennemis. Il était capable de dormir pendant quarante-huit heures et de veiller pendant quarante-huit heures; il tenait la boisson mieux que personne et pouvait encore, lorsque son partenaire avait roulé sous la table, résoudre les calculs les plus compliqués. Le jour de son quarante-cinquième anniversaire, il paria qu'il coucherait avec dix filles durant la nuit et il gagna son pari.

Un troupeau de concubines, de serviteurs, de clients et de parasites l'accompagnaient partout. Il aimait assister aux supplices, écrasait hommes, chiens et porcs quand son auto roulait d'un train d'enfer sur les terribles routes de Chine. Il suivait toutes les courses et s'adonnait avec passion à l'aviation. Il parlait correctement l'anglais et le français et savait assez de russe pour tenir tête aux jeunes Russes blanches des boîtes de nuit et aux agents des Soviets. Il envoyait et recevait beaucoup de cadeaux, d'énormes plats d'argent très lourds gravés d'inscriptions élogieuses, auxquels était encore attachée l'étiquette de leur prix. Attaqué un jour par un journal, il l'acheta et renvoya les rédacteurs responsables. Du coup, les journaux ne l'appelèrent plus que le bienfaiteur de la Chine. Il avait l'argent, il avait la force, il avait la puissance.

Dans cette vie intense et triomphante, un seul point douloureux : Chang Yutsing son fils, son fils unique. Ni de sa femme ni de toutes ses concubines, le géant n'avait pu avoir d'autres enfants.

Pendant que Chang dirigeait ses affaires à Shanghaï, pendant qu'il voyageait par tout le pays, tantôt à Canton, siège du gouvernement révolutionnaire, tantôt à Pékin où dominait un chef de guerre après l'autre, où même, de temps en temps, on proclamait un empereur;

pendant que son activité s'étendait sur un champ toujours plus vaste, sa maison du lac occidental demeurait intacte, rien n'y changeait. Derrière le portail noir à deux battants s'étendaient cours et habitations, la vie de famille continuait, serviteurs et esclaves travaillaient, l'encens brûlait devant les tablettes des ancêtres et la beauté de Lilien se fanait.

Mais Yutsing, l'enfant qui avait une dent à sa naissance, ne devenait pas l'homme que son père souhaitait. Il n'était pas né sur le fleuve, lui, il était né dans un lit tendu de soie, et en grandissant il ressemblait de plus en plus à son grand-père le mandarin. Il eut une dentition difficile, et passa par la plupart des maladies d'enfant. Chaque fois que Chang apprenait que son fils était malade, il quittait tout pour accourir auprès de lui. Il s'efforçait de faire plus légère sa démarche lourde et plus douce sa grosse voix. Il s'asseyait près du lit de l'enfant fiévreux, comme s'il avait voulu faire passer en lui un peu de sa propre force. L'enfant le regardait gravement et ne souriait pas quand il voyait son père. Il avait la poitrine étroite, le dos rond et le teint d'ivoire de la vieille famille de lettrés. Il avait à peine trois ans qu'il demandait ce que signifiaient les signes tracés sur les rouleaux de soie pendus au mur. Toujours poli et respectueux avec son père, il semblait avoir peur de lui. Chang se donna beaucoup de peine pour son fils, plus de peine qu'il n'en avait jamais pris pour aucun être humain ou pour aucune chose. Mais ils restaient l'un en face de l'autre comme s'ils étaient sur les deux rives d'un large fleuve. Ils ne se rapprochèrent jamais.

Le vieux maître d'école vivait encore dans une des cours extérieures, près de son fils devenu lui aussi un maître. Ils eurent vite fait d'enseigner à Yutsing les premiers signes, les deux cent quatorze que son père, jadis, avait aussi appris, et les premiers enseignements de Confucius.

Chang n'approuvait pas cet enseignement. Depuis la révolution, Confucius était périmé : il y avait mieux à faire que de rabâcher la science de perroquets des lettrés. Chang trouvait aussi qu'il y avait trop de femmes dans cette maison : pas un homme avec qui Yutsing pût se mesurer et lutter. Sa mère était plus polie que jamais, mais Chang sentait brûler en elle comme une flamme d'hostilité obstinée. Elle et l'enfant étaient toujours ensemble; ils avaient entre eux des secrets, des rires mal réprimés qui s'arrêtaient net quand Chang s'approchait. Au bord de ce lac tout ouaté de brume, Yutsing mâchait des graines sucrées de lotus, comme les concubines. Il était l'être précieux, l'héritier unique, gâté, adulé par tous. Chang un jour consulta ses amis de Shanghaï et emmena l'enfant. Il le mit à l'école des étrangers. Ceux-ci firent de Yutsing un chrétien. Chang n'avait jamais fait grand cas de la religion : peu lui importait à quels dieux son fils adressait ses prières.

La seule chose que Yutsing semblait tenir de son père était l'esprit d'indiscipline et d'inquiétude qui avait poussé Chang sur les grands chemins dans sa jeunesse. Seulement c'était toujours dans le sens opposé aux idées de son père que le jeune Yutsing se sentait entraîné. Loin de la richesse, loin des luttes brutales qui avaient fait de Chang un homme puissant. Chang s'avisa trop tard qu'il avait fait un mauvais choix en envoyant son fils dans cette école où il n'apprenait ni la soumission, ni le respect filial. Chang avait été un révolté qui voulait toujours monter plus haut. Yutsing, lui aussi, était un révolté mais dans le sens inverse. Issu de la classe dirigeante, il se sentait attiré vers les classes inférieures, vers les pauvres, vers les millions de petites gens dont la Chine était faite.

Il n'y avait pas d'émeute à laquelle Yutsing ne prît part, mais toujours du mauvais côté, du côté qui déplaisait à son père. « Il est jeune, pensait Chang, la jeunesse se paie de grands mots et ne réfléchit pas. » Il se souvenait de tous les hommes qu'il avait tués à l'âge qu'avait Yutsing. Il était bien devenu, lui, un animal apprivoisé, il ne tuait plus. Tout au plus assistait-il de loin en loin à une exécution en masse. Yutsing, lui aussi, changerait.

Il avait épousé, comme il convient, la jeune fille à laquelle ses parents l'avaient fiancé tout enfant. Mais aussitôt après son mariage, il quitta la grande maison de Hang-Kéou et emmena sa femme ailleurs, contrairement à toutes les convenances. Il devint étudiant à Canton et ne reparut que trois ans plus tard, vêtu d'un uniforme en loques : il était du parti des rouges. Ce jour-là Chang perdit patience. Il s'emporta contre ce fils dénaturé et le couvrit d'imprécations. Il arriva alors une chose inouïe : Yutsing répondit sur le même ton. Chang leva les deux poings et frappa le jeune homme. Il lui intima l'ordre de renoncer à ses idées de blanc-bec, d'entrer dans sa banque et de mener désormais une vie sérieuse. Le jeune homme, blême et tremblant comme une feuille, répliqua que la banque était un cloaque puant, plein du sang des pauvres. Ces propos grossiers de réunions publiques rendirent Chang fou de rage. Il se sentit sur le point de tuer ce fils qu'il avait engendré. Pour se maîtriser, il enfonça ses poings dans ses manches, et se contraignit à les y laisser pour éviter un malheur. Yutsing se mit à saigner du nez. Lui qui était né avec une dent dans la bouche, était piteux dans son uniforme en haillons, pâle et tremblant, reniflant pour empêcher son sang de couler.

« Le plus misérable coolie a des fils qui lui obéissent et le respectent, pensait Chang, et moi, l'homme le plus puissant de Shanghaï, je me fais insulter par mon fils. » Pour son héritier, il avait conquis un royaume et il s'apercevait que son héritier repoussait ce royaume.

Il ordonna au jeune homme de disparaître de sa vue. Il avait peur de l'assommer s'il le voyait plus longtemps devant lui. Yutsing franchit le seuil sans un mot d'adieu. Quelques gouttes de sang étaient restées sur le sol, que Chang effaça avec la semelle de feutre de sa chaussure. « Il reviendra me demander pardon », se dit-il dans un retour de faiblesse et d'attendrissement.

Mais quatre ans passèrent sans que Chang revît son fils.

LE DOCTEUR EMMANUEL HAIN

Le père d'Emmanuel s'était encore appelé Rosenhain, et possédait la librairie Rosenhain, une librairie bien connue, voisine de la Hauptwache. C'était le grand-père d'Emmanuel, Sigmund Rosenhain, qui l'avait fondée après avoir commencé par faire le commerce des vieux papiers et livres d'occasion. Quant au bisaïeul, on racontait qu'il exerçait le métier de colporteur, portant sur le dos sa pacotille. Par ailleurs, cette vieille famille de l'Allemagne du Sud avait compté dans chaque génération au moins un érudit, souvent même un rabbin; tous les descendants en avait hérité l'habitude de se mouvoir avec aisance dans toutes les questions intellectuelles, en même temps qu'une tendance à la myopie.

Poussé par sa femme, le père d'Emmanuel avait sollicité l'autorisation de changer de nom : la suppression des deux premières syllabes avait fait de ce nom juif un nom allemand.

La mère d'Emmanuel était une jolie femme, élégante, aux cheveux châtains, à la peau blanche : elle aimait à voyager.

– Est-il nécessaire qu'on nous catalogue comme Juifs de Francfort, dès que nous inscrivons notre nom sur un registre d'hôtel ? disait-elle.

Et son mari, à qui ces questions étaient indifférentes, laissa faire. Son frère, le médecin Paul Rosenhain, le taquinait souvent à ce propos, non sans quelque malice. Ce n'était pas un grand médecin : c'était le médecin des familles, très sûr, un vieux garçon d'humeur joyeuse, que les enfants aimaient beaucoup. Sa clientèle se recrutait surtout dans les familles chrétiennes, car les médecins juifs avaient la réputation d'être meilleurs que les autres.

La façon dont Emmanuel s'était comporté lors de son baptême figurait en bonne place parmi les anecdotes que sa mère aimait à raconter. Il avait, disait-on, commencé par regarder gravement le vieux pasteur Meiners, en louchant à force d'attention. Puis à la surprise générale il avait soudain poussé un cri aigu, comme un petit coq. Il avait ri de sa bouche sans dents et cherché à écarter de sa petite tête la main du pasteur – manifestation étonnante de force et de compréhension chez un enfant à peine âgé de trois semaines ! Emmanuel avait entendu si souvent cette histoire qu'il finit par s'imaginer se rappeler son propre baptême, les cierges, le visage bien rasé du pasteur Meiners et l'odeur sèche et froide qu'on respirait dans la cathédrale.

Jusqu'à la naissance d'Emmanuel ses grands-parents avaient habité la maison de ses parents. Mais un mois après son baptême, ils avaient loué un appartement aux grandes pièces hautes de plafond et éclairé au gaz. On ne précisa jamais la raison de cette séparation dans la famille Rosenhain. Tous ses membres étaient trop bien élevés pour ne pas éviter les querelles et trop avisés pour dire tout net ce qu'ils pensaient.

Mais quand le vieux Sigmund Rosenhain se mit au lit pour la première fois dans le nouvel appartement, les pieds sur deux cruchons bien chauds qui avaient contenu du schnaps et que sa femme avait remplis d'eau bouillante, il eut un soupir de résignation et aussi de soulagement.

– Pourquoi madame la conseillère Schönchen se heurterait-elle à deux vieux Juifs chaque fois qu'elle vient en visite ? dit-il, exprimant sa pensée à la manière juive, sous forme de question.

La conseillère Schönchen, la marraine d'Emmanuel, était la meilleure amie de sa mère, depuis les années de pension : si la famille Hain glissait peu à peu au christianisme, c'était assurément sous son influence.

En ce temps-là, c'était, en Allemagne, la belle époque du libéralisme bourgeois : la victoire de Sedan, la fondation de l'Empire, la grande crise financière, tout cela était du passé. Sa prospérité renaissait, la vie était facile. Les banques étaient florissantes et s'installaient dans des édifices grandioses imitant le style du palais Pitti. La maison Hain, sur la Paulsgasse, était située dans le quartier neuf bâti sur l'emplacement des anciens remparts de Francfort. Elle était dans le style vieil-allemand, alors à la mode. Une initiative malheureuse de l'architecte avait doté la maison de pignons Renaissance. Alors que les harmonieuses façades à charpente apparente étaient si nombreuses dans les vieux quartiers de Francfort, les efforts des jeunes architectes de la ville n'avaient abouti qu'à un style bâtard et prétentieux. Mais les bourgeois bien établis dans leur richesse aimaient à voir autour d'eux des imitations de marbre, des tentures en faux cuir de Cordoue, des meubles sculptés dont l'époussetage était élevé à la dignité d'un rite domestique.

C'est là, à l'ombre de lourdes tentures, qu'Emmanuel grandit, confié à la garde d'une bonne d'enfant venue des montagnes de Hesse. Le dimanche une bonne odeur d'oie rôtie et de salade de concombres, de café et de gâteaux frais se mêlait, dans toute la maison, à l'odeur des cigares paternels. Le soir un parfum délicat flottait dans sa chambre : c'était maman habillée pour l'Opéra ou pour aller dans le monde.

Il aimait sa maman, il caressait la peau fine de ses longs gants de suède. Quand la porte se refermait sur elle, il avait bien envie de pleurer. Mais il ne pleurait pas : il était un homme, oncle Paul, du moins, le disait. Oncle Paul veillait aussi à ce qu'il eût chaque matin sa friction à l'eau froide et à ce qu'il allât régulièrement à la promenade.

L'enfance d'Emmanuel était tout ouatée de paix et de sécurité; une sécurité si profonde, si complète, que plus tard elle devait lui paraître incroyable. C'était comme si l'humanité s'était endormie au fond d'un berceau, enfermée dans sa coquille, l'enfant Emmanuel prenant sa toute petite part de cette grande paix.

Derrière la maison s'étendait un jardin qui lui parut d'abord très grand, puis de plus en plus petit à mesure qu'Emmanuel grandissait. En octobre, on abattait les noix du noyer. Dans leurs coques vertes, elles tombaient dans l'herbe avec un bruit mat, à peine perceptible. Elles avaient l'odeur amère de l'automne. A les éplucher on avait les doigts tout noirs. Maman se fâchait et papa, dans un nuage de fumée, riait derrière son journal. Quand venaient les vendanges, toute la famille s'en allait joyeusement parmi les vignes qui couvraient les coteaux du Palatinat.

Le premier chagrin d'Emmanuel fut d'avoir à porter des robes comme une fille. A trois ans, il eut sa première culotte et des bottes vernies à revers. Il les aimait tant qu'il fallait les mettre avec lui dans son lit. Pour aller à l'école, il portait un petit costume marin comme tous les enfants de la bonne société, avec un nœud sortant de sous son grand col. Il se sépara de sa bonne en pleurant et eut beaucoup de peine à s'habituer à Mademoiselle qui la remplaçait. Une petite sœur, Pauline, était venue, un petit être qui ne savait rien que baver. L'impossibilité de jouer avec ce bébé vagissant, la nécessité pour les gens convenables d'apprendre le français, furent deux désagréments de sa première enfance dont Emmanuel s'accommoda en soupirant.

Tous les vendredis soir on menait Emmanuel chez ses grands-parents : on peut supposer que grand-père n'avait pas choisi sans arrière-pensée le vendredi soir pour recevoir la visite de son petit-fils. C'est que ce soir-là commençait le Sabbat : la table était recouverte d'une nappe damassée sur laquelle était placé un pain natté. Deux bougies brûlaient dans des flambeaux anciens en argent ; grand-père marmottait sur elles quelques mots de bénédiction. Une calotte noire ornait sa tête et un châle de fine soie blanche à franges rehaussées de fils d'or couvrait ses épaules.

Les jours de fête juive à Francfort se reconnaissaient aux nombreux messieurs que l'on pouvait voir par les rues, coiffés de chapeaux de soie bien brillants, portant pieusement sous le bras un livre de prières. « Ils s'en vont à la synagogue pour prier », disait-on à Emmanuel. On l'emmena lui-même une fois à la synagogue. Son grand-père le tenant par la main lui fit traverser le vieux Francfort avec ses places, ses pignons et ses fontaines, jusqu'à une antique petite maison toute bossue. Dans la synagogue brûlaient beaucoup de bougies. On y respirait une odeur singulière. Les fidèles y chantaient en nasillant. Emmanuel prit peur et se mit à pleurer. Oncle Paul lui rappela souvent cet accès de larmes pour le taquiner. Maman dit à père :

– Il faut que je le dise, je ne peux pas m'en empêcher : pourquoi grand-père excite-t-il ainsi cet enfant ?

Car, quoique le jeune ménage Hain se fût fait baptiser lui aussi entre-temps, Frau Hain continuait à exprimer ses pensées sous forme de questions.

Du jour où Emmanuel eut été conduit à la synagogue, il cessa de passer la soirée du vendredi chez ses grands-parents; ses visites eurent lieu de jour et il eut vite fait d'oublier l'atmosphère de Sabbat du vendredi soir.

Il avait dépassé la cinquantaine lorsque le souvenir lui revint, de plus en plus net, de son grand-père, des bougies, du pain natté, et du sentiment de sécurité qu'il avait éprouvé, la main bien au chaud dans la main de grand-père, le jour de cette unique visite à la synagogue.

Quand grand-père mourut, l'enfant pleura, mais on ne l'emmena pas à l'enterrement. Il passa quelques jours chez Frau Geheimrat Schönchen. Il y brisa une tasse à café qui avait appartenu à Gœthe.

Il hérita le violon de grand-père. Grossvater avait beaucoup aimé la musique. Il goûtait Mozart et Beethoven, Mendelssohn et Chopin, mais aussi Rossini et Meyerbeer. Mais, acharné dans un sentiment d'hostilité fanatique, il avait mis en garde son petit-fils contre un certain charlatan satanique du nom de Richard Wagner. Quand, par la suite, Emmanuel fut emmené à une représentation d'un opéra de Wagner, il écouta d'abord sa musique avec un sentiment d'angoisse et de répulsion. Il se sentait désagréablement impressionné et agité par cet ouragan de sonorités. Plus tard son aversion première se changea en un sentiment d'amour passionné, en une sorte d'ivresse. Mais il n'en était pas encore là.

Emmanuel allait encore à l'école enfantine, se levait de bonne heure. Grelottant de froid, il subissait les frictions glacées prescrites sans pitié par l'oncle Paul et trottait vers l'école, pendu à la main de Mademoiselle. Il apprenait à lire, à écrire et à compter. Il apprenait aussi un peu d'histoire et de géographie. Ces années de classe laissèrent dans son esprit l'image d'une Allemagne centre et nombril du monde, peuplée de héros, gouvernée par de vaillants empereurs. Ce peuple jamais vaincu était le plus grand de la terre.

Quand il eut dix ans, il entra au gymnase, se laissa seriner le latin. Il peina ensuite sur le grec à la sueur de son front. Les humanités furent bourrées dans son cerveau à le faire éclater : au bout de trois ans, il dut redoubler sa classe. Mais il repartit d'un nouvel élan, et, comme il se trouvait par son âge et sa maturité d'esprit en avance d'un an sur ses camarades de classe, il eut moins de peine à suivre. Maman fut presque contente de sa mésaventure. Il faut dire qu'au gymnase classique de Francfort les petits Juifs étaient toujours les meilleurs élèves. C'étaient les enfants des familles aristocratiques qui emportaient chez eux les plus mauvais bulletins : un comte Moltke par exemple, un garçon qui avait grandi trop vite, était toujours à la queue de sa classe ; il fallut mettre tout en œuvre pour lui faire franchir le cap de l'examen du volontariat. Le fait qu'Emmanuel avait dû redoubler une classe lui donnait, dans l'idée de maman, un certain verni aristocratique. Père, lui, n'était pas content, et parla de la nécessité de prendre la vie au sérieux.

Confirmation, première montre (cadeau de Frau Geheimrat Schönchen), leçons de danse, costume bleu, pantalon long, premiers boutons sur le visage, premiers poils de moustache, premier amour ; période trouble, pleine de difficulté, d'angoisses secrètes dans ce jeune corps qui s'éveillait. Puis les affres de l'examen qui pendant toute sa vie hantèrent par moments les rêves du Dr Hain. Un des candidats – il s'appelait Karl Blei – fut pris de folie pendant qu'ils étaient enfermés pour l'épreuve de mathématiques. Il se débattait furieusement tandis qu'on l'emportait. On sut qu'il était enfermé dans un asile d'aliénés. Emmanuel fut reçu.

– Que vas-tu faire maintenant ? lui demandèrent père, maman, oncle Paul, et Frau Geheimrat Schönchen.

Pendant quelque temps on put croire qu'Emmanuel était pris par le démon de la musique. A quatre ans, en tapotant sur le piano de grand-père, il avait essayé de retrouver ses premières chansons d'enfant et sa famille le tenait pour une manière d'enfant prodige.

« Un nouveau Sarasate ! » s'écriaient les amis quand il avait joué une sonate pour violon.

Les parents d'Emmanuel furent bien surpris quand il déclara qu'il aimait trop la musique pour en faire son métier. En fait, la musique devait demeurer pour lui, toute sa vie, une douce amie qui lui apportait l'apaisement aux heures douloureuses. Un horoscope que l'oncle Paul lui avait donné pour sa confirmation détermina sa vocation.

– Pourquoi ce garçon ne serait-il pas médecin ? Je lui céderais ma clientèle, dit oncle Paul.

– Pourquoi pas ? répondit le père.

Quant à entrer dans la librairie paternelle, il n'en était pas question.

– L'affaire ne rapporte pas de quoi nourrir deux familles, disait le père. – depuis le commencement de ce siècle il s'était souvent plaint des affaires : On lit moins qu'autrefois, disait-il.

Que faisaient donc les gens, maintenant qu'ils avaient la lumière électrique et qu'ils auraient pu passer leurs soirées à lire ? Ils faisaient tantôt une chose, tantôt une autre ; ils jouaient au tennis, par exemple, ce nouveau sport venu d'Angleterre ; ils couraient le pays à bicyclette. Lentement, insensiblement, les gens se transformaient. La sœur d'Emmanuel, elle aussi, jouait au tennis. Elle avait un amoureux, bien qu'elle n'eût que seize ans ; on se donnait des rendez-vous en cachette. Mademoiselle fut congédiée ; il y eut des scènes dans la maison si tranquille jadis.

Puis vint le krach de la Bourse ; tout le monde à Francfort, semblait-il, avait perdu de l'argent. Le père d'Emmanuel eut tout à coup des cheveux blancs. Il maigrit et son dos se voûta. Pour finir, il décida de faire entrer le jeune mari de Pauline dans son affaire de librairie. Emmanuel, décidément, serait médecin. Emmanuel accepta. Il avait à faire auparavant son année de service militaire : il la fit à Wiesbaden au 12e régiment d'artillerie.

Cette année devait rester dans le souvenir d'Emmanuel la plus heureuse, la meilleure de toute sa vie. Il aimait l'uniforme, le service, les camarades, la discipline. Il se sentait libéré de ce foyer où pendant les deux dernières années l'atmosphère était devenue si lourde. Maman était souffrante, en proie à des coliques néphrétiques. Père était soucieux. Les meubles étaient trop lourds, les rideaux trop épais, les pièces trop sombres pour le volontaire Emmanuel Hain. Plus besoin de penser : il était en vacances. Son cerveau se reposait. Il grandit ; ses épaules s'élargirent.

Wiesbaden était sur une hauteur ; l'empereur et beaucoup de ses généraux y venaient prendre les eaux. Un théâtre, propriété de l'empereur, mettait à la disposition des officiers et des « volontaires d'un an » des entrées à bon marché. Dans la journée Emmanuel faisait l'exercice. Le soir, il s'enivrait de musique et d'opéra. La nuit, il allait parfois retrouver une fille de vertu incertaine mais de manières plaisantes.

A sa permission de Noël il étonna ses parents en leur déclarant que sa véritable vocation serait d'être officier. Son père se moqua de lui. Sa mère, les lèvres pincées, demanda :

– Comment pourrais-tu être officier ? Ce n'est pas ton affaire. Ne sait-on pas là-bas que le vieux Rosenhain était ton grand-père ? Pour ces gens-là, tu seras toujours un Juif.

Ce fut la première et unique fois où sa mère lui parla de ses origines. Le père ajouta :

– Ton grand-père a été colporteur. Il a porté sa pacotille sur son dos.

Emmanuel sentit quelque chose se briser en lui. Sa semaine fut mauvaise. Revenu au régiment, il se mit à épier le visage de ses camarades. Le considéraient-ils comme leur égal ? Ne diraient-ils pas de lui comme ils disaient de certains autres : « Un Juif, mais un brave type tout de même. » Jusque-là il n'avait prêté aucune attention à de telles remarques. Maintenant il se formait en lui, presque sans qu'il s'en rendît compte, un point douloureux. A réfléchir, il était juif, fils de parents juifs. Son baptême par le pasteur Meiners n'y changeait rien.

« Mais je ne me sens pas juif ! » se disait-il.

Il regarda une photographie récente de lui : un grand garçon élancé en uniforme, une jolie figure ouverte, des yeux aux paupières lourdes mais de couleur claire, au regard à la fois timide et curieux. Un Juif déguisé en soldat.

L'automne suivant, son service terminé, il se mit à porter des lunettes et partit pour Heidelberg, où il commença de suivre les cours de l'université.

Aux vacances suivantes, quand il revint à la maison, il était transformé, pris dans un tourbillon d'idées nouvelles, d'esprit nouveau : Schopenhauer, Nietzsche, Wagner, Ibsen. Le mensonge de la vie. L'amour libre, le culte de l'individu, le surhomme. Richard Strauss. Oscar Wilde. Dostoïevski. Strindberg. L'art nouveau.

Tout ce qu'il retrouvait dans le logis paternel le faisait penser aux pièces d'Ibsen : vieilleries mangées aux vers. Mensonges. Atmosphère étouffante. Son affection morne, végétative pour ses parents se transforma soudain en un sentiment de révolte. Toute sa génération s'insurgeait. Pères et mères étaient des repus, des gavés, des philistins hypocrites. Il le dit. Il y eut une scène pénible. Maman pleura, désespérée ; elle rentra dans sa chambre en sanglotant ; une odeur désagréable de gouttes de valériane se répandit, comme pour lui faire honte.

Rentré à l'université, Emmanuel se plongea dans l'étude : toutes ses heures de liberté, il les partageait avec son nouvel ami Max Lilien. Ils passaient des heures à discuter en se promenant. Le beau paysage aux lignes douces défilait ; ils ne le voyaient pas. Lilien était socialiste. Emmanuel essaya de lire *le Capital* de Marx. Mais ces longues phrases sèches, dogmatisées, le rebutèrent. C'est seulement quand Lilien lui en exposait les idées qu'il y trouvait de la vie : Emmanuel aimait cet ami, le premier ami véritable qu'il eût trouvé.

Max Lilien était un garçon solide, aux yeux de flamme. Son visage d'ascète faisait penser aux moines dans *le Concert* de Giorgione. Il était tout feu tout flammes, renversait les pots de bière, répandait partout les cendres de sa pipe, lançait des paroles blessantes, marchait sur les pieds des femmes. Il était discourtois, bizarre, cassant, dur, limpide comme le diamant ; socialiste, en ce temps où le socialisme était mal vu.

– Tous les socialistes sont de la racaille, avait dit l'empereur.

Emmanuel n'entendait rien à la politique. Son penchant naturel le portait à la musique, l'éloignait des réalités. Il se passait des choses dans le monde. On se battait, on mourait. Cela ne le concernait pas. La guerre des Boërs : on prenait parti pour les Boërs contre les Anglais et leur cruelle invention des camps de concentration. La guerre russo-japonaise : on prenait parti pour les Japonais, pour ce petit peuple inconnu dont on n'avait presque jamais entendu parler.

Mais ce n'était qu'affaire de sentiments, ce n'était pas de la politique. La décoration « art nouveau » s'inspira de motifs japonais. Lafcadio Hearn écrivit ses études sentimentales sur le Japon. Puis tout cela fut oublié. Lilien eut maille à partir avec un agent de police et fut mis trois jours aux arrêts. L'aventure fit de lui un martyr au petit pied.

Le père d'Emmanuel mourut subitement. Il avait été bien tout l'après-midi. Au repas du soir il quitta la table et, s'excusant, se mit au lit. Quand maman entra dans sa chambre, il était mort. Emmanuel assista aux obsèques comme frappé de stupeur. Maman sanglotait à son bras, soutenue de l'autre côté par l'oncle Paul. Emmanuel n'arrivait pas à admettre que cette petite vieille juive était sa mère, sa maman au parfum chéri qui venait si tendrement lui dire bonne nuit quand il était petit.

La mort de son père le laissa étourdi, comme s'il avait reçu un coup sur la tête. Il assista, gêné, à l'ouverture du testament, tout de noir vêtu, parmi les membres de la famille en deuil qui toussotaient, embarrassés. On s'aperçut que le défunt ne laissait presque rien comme fortune liquide, mais par contre quelques dettes commerciales. La maison était hypothéquée ; on la vendit. Elle avait perdu de sa valeur, elle était démodée, elle ne comportait ni salle de bains, ni lumière électrique. Les tableaux que le défunt avait achetés très cher n'avaient guère de valeur : paysages avec cascades, moines ventrus buvant de la bière, un chat jouant avec une pelote de laine, un portrait désuet de maman. La mode était aux impressionnistes. On parlait beaucoup de « plein air ». Les Manet et les Monet devaient être bientôt dépassés par une nouvelle génération de peintres qui peignaient laid et confus, et se disaient futuristes.

Une fois tout réglé, lorsque maman se fut retirée chez son gendre qui avait assumé la charge de son entretien et repris la librairie, il restait à Emmanuel un capital tout juste suffisant pour lui permettre d'achever rapidement ses études. Le rempart de sécurité à l'abri duquel il avait grandi s'effritait. Le vingtième siècle sortait de l'enfance. Dans les rues, les automobiles, véhicules incommodes et dangereux, avaient fait leur apparition. Lors d'une exposition, on avait présenté les premières images animées. Quelques originaux s'obstinaient à prédire pour bientôt des ballons dirigeables, et les psychologues avaient découvert quelque chose qu'ils appelaient le subconscient.

Pour la première fois de sa vie, Emmanuel connut des soucis d'argent. Il eut avec oncle Paul un entretien sérieux, à la suite duquel il se remit au travail avec un zèle redoublé. Il se trouva qu'il était doué pour la carrière que lui avait choisie sa famille. Il passa brillamment son examen de doctorat, fit son stage dans le service de chirurgie de la ville, puis devint l'assistant d'oncle Paul. Le premier malade qu'il eut à soigner fut la servante de sa sœur qui s'était fait avorter. Il était là tout déconcerté dans l'atmosphère étouffante d'une étroite mansarde. La fille se tordait de douleur sur son matelas souillé de sang. Seule la pensée de Max Lilien l'empêcha de livrer la coupable à la police. Sa sœur ne le lui pardonna jamais. Emmanuel n'aimait pas sa sœur.

Il raconta l'histoire après coup à Lilien, non sans fierté, car la fille s'était rétablie et avait trouvé une autre place. Lilien l'écoutait distraitement.

– L'État devrait créer des consultations pour les questions sexuelles et organiser le contrôle des naissances, dit-il d'un air rêveur.

Il semblait plein d'utopies. Il était devenu rédacteur d'un journal d'extrême gauche. Tous les mercredis Emmanuel passait la soirée avec lui à faire de la musique : ils jouaient des sonates. Max Lilien dans son enthousiasme faisait des fausses notes et soupirait profondément aux passages sentimentaux.

A trente et un ans, Emmanuel devint amoureux d'Irène von Stetten. Il avait bien eu auparavant plusieurs aventures amoureuses : rendez-vous mystérieux avec une femme mariée dans le cabinet particulier d'un restaurant à la mode, fréquenté par les viveurs de Francfort; liaison de près de deux ans avec une modiste qui finit par se marier; passade brûlante avec une actrice du théâtre municipal. Mais cette fois c'était tout autre chose : le coup de foudre, éclair, tonnerre, toute sa vie bouleversée.

– Tu es pincé, cette fois, mon petit Emmanuel, dit oncle Paul avec son indulgence de vieil homme averti.

Il avait beaucoup vieilli. Il avait repassé peu à peu sa clientèle au jeune médecin : c'est chez un de ses malades qu'Emmanuel avait fait la connaissance d'Irène.

Le lieutenant-colonel von Stetten avait rapporté de la guerre franco-allemande des rhumatismes qu'il soignait depuis quarante ans et plus, sans résultat. Les visites de son médecin servaient à le distraire et à le maintenir en bonne humeur, plutôt qu'à le soigner réellement. Oncle Paul avait depuis longtemps renoncé à soulager par des médicaments les douleurs du vieux soldat au côté gauche. Mais Emmanuel, poussé par son amour-propre de jeune médecin et confiant dans un nouveau traitement qu'il avait imaginé, venait tous les jours, appliquait des compresses chaudes électriques, massait les articulations douloureuses, et surveillait l'application d'un régime que le lieutenant-colonel suivait avec un courage tout spartiate.

Irène von Stetten, sa fille, avait vingt et un ans. Elle était très belle. Mais ce qui séduisit Emmanuel fut moins sa beauté que cette vitalité vibrante qui émanait d'elle et comme une indicible limpidité de cristal à quoi faisait songer tout son être. Il était heureux quand elle entrait dans la chambre. Quand elle la quittait, le jour tout à coup s'éteignait. Dans l'antichambre noire de l'étroit logement, quand il lui faisait ses recommandations pour les soins à donner au lieutenant-colonel, il entendait son cœur battre à grands coups ; il en avait honte. Irène riait doucement.

Pendant trois semaines il n'eut pas le courage de l'embrasser ; Irène était tout ce que représentait pour lui ces deux mots : une jeune fille. Elle était grande, élancée, douce et vive à la fois dans ses mouvements. Elle n'était pas prude comme la plupart des jeunes filles. Ses cheveux blonds avaient l'éclat assourdi de l'étain. Elle était noble et pauvre, elle avait un don infini de jouir des choses ; tout en elle se réunissait pour satisfaire des aspirations qu'il n'avait jamais connues jusque-là.

– C'est une jeune fille qui a de la race, disait oncle Paul avec la complaisance d'un vieux garçon qui en son temps avait su déguster les vins et apprécier les femmes.

Le ciel ne croula pas sur sa tête, la terre ne trembla pas, et Irène ne le gifla pas, le jour où Emmanuel la prit dans ses bras. Les mains nouées à son cou, elle reçut son baiser et même le lui rendit.

– Enfin, dit-elle en respirant longuement.

Ils se rencontrèrent alors tantôt en cachette, tantôt presque ouvertement : ils allaient ensemble au théâtre, chaperonnés par Frau Geheimrat Shönchen qui maintenant était une vieille dame. Ils faisaient des excursions, flânaient dans les rues et dansaient. Mais quand Emmanuel parla de mariage, Irène eut un mouvement de recul. Ils se querellèrent à ce propos puis se réconcilièrent. Ils eurent un jour une longue explication sur ce sujet.

– C'est impossible à cause de mon père, ne m'en demande pas plus, dit Irène, je lui ai parlé, bien vainement. Moi, je t'aimerais même si tu étais hottentot. Mais ce qui scandalise mon père dans ce projet de mariage, c'est que tu es juif. Oublie cette sotte idée de mariage. Ne sommes-nous pas heureux comme nous sommes, dis ?

Depuis quelque temps, Emmanuel avait cessé d'habiter avec son oncle. Il avait loué un petit appartement où il pouvait recevoir Irène en toute quiétude. Maintenant encore, quand il tenait Irène dans ses bras, il n'arrivait pas à comprendre qu'elle pût l'aimer, l'aimer presque autant que lui-même l'aimait. Et voilà qu'elle le traitait de Juif ! Il eut le feu au visage, puis se sentit glacé.

– Mais je ne suis pas juif, dit-il subitement buté.

– Non, non, à proprement parler, non, dit Irène avec un sourire, pas pour toi. Pour moi non plus. Mais pour mon père tu seras toujours un Juif. Tu ne connais pas les préjugés de son milieu.

Ils s'embrassèrent et ni l'un ni l'autre ne s'aperçut qu'Emmanuel s'était renié lui-même au lieu d'avoir le courage de ses origines.

Irène parlait de devenir infirmière. Elle avait le désir d'une vie active et indépendante ; et c'était là un des métiers qu'elle pouvait exercer sans déchoir. Mais dans l'extraordinaire splendeur de ce printemps elle oublia ses projets. Tout le long de la Bergstrasse les arbres fruitiers en fleurs semblaient couverts de neige d'où ressortaient en taches carminées les fleurs des pêchers de vigne. Puis vinrent les lilas. Murs de grappes mauves dans les parcs et les jardins de Francfort. L'air en était tout parfumé. Puis ce furent juin, et les rosiers en fleurs. Le monde était comme enivré par la splendeur de ce début d'été. Il y eut une telle abondance de cerises qu'au marché du vieux Francfort les bonnes femmes les vendaient deux pfennigs la livre ; les barques chargées de fruits ne cessaient de descendre le Main.

En juillet apparut une nuée d'orages qui pesa sur toute l'Europe. Les vieux soldats comme le lieutenant-colonel, flairant le vent, prophétisaient la guerre. La jeunesse n'y croyait pas. La guerre en Afrique, en Mandchourie, tant qu'on voudrait, mais à nos portes ? Non !

Le 2 août la guerre était déclarée. Enthousiasme, allégresse, discours, drapeaux, fleurs, ivrognes dans les fossés.

– Je ne connais plus de partis, je ne connais plus que des Allemands, dit l'empereur.

Les premières troupes prêtèrent serment et partirent pour la Belgique. « Dans trois semaines nous serons à Paris, dans six semaines la guerre sera finie », prophétisaient les journaux. L'Allemagne cherchait partout des amis. Les Anglais, nos parents, à qui tant de liens nous unissent ? Les Italiens alliés à nous par des traités solennels ? Peut-être le Japon, ce peuple ambitieux d'Extrême-Orient que l'on estimait et que l'on avait soutenu en lui envoyant munitions et instructeurs ?

Et voilà que tout à coup les Allemands étaient isolés. Ils n'arrivaient pas à comprendre pourquoi : ils n'entendaient rien à la politique et faisaient confiance à leurs chefs, à leurs journaux. Les jeunes régiments allaient à la mort en chantant, et l'on admirait leur sacrifice héroïque. Les soldats plus âgés, les hommes de la réserve s'en allaient calmes et réfléchis. Quand on a « un travail à faire, on le fait ». Chaque jour de nouveaux bulletins de victoire revêtaient les colonnes d'affiches. Chaque jour les cloches sonnaient pour célébrer une nouvelle bataille gagnée. Mais bientôt arrivèrent les premiers messages de mort. On commençait à voir des mères en deuil souriant sous leurs larmes, fières des fils tombés à l'ennemi.

Le Dr Emmanuel Hain, lieutenant de réserve, rejoignit son unité. Avant de partir il avait, dans l'élan de ce début de guerre, emporté de haute lutte le consentement du vieux lieutenant-colonel à son mariage. « Je ne connais plus de partis », avait dit l'empereur. Et Emmanuel était officier maintenant lui aussi. Ces mariages de guerre, hâtifs, avaient lieu par milliers. Emmanuel et Irène n'étaient qu'un de ces milliers de jeunes couples, qui n'eurent pour eux qu'une nuit avant de se séparer. Au petit jour Irène était sur le quai et faisait à Emmanuel des signes d'adieu. Le wagon portait à la craie l'inscription *Nach Paris.* Max Lilien était soldat, lui aussi, volontaire, plein d'enthousiasme comme tous les autres. Irène alla s'inscrire à la Croix-Rouge dans les services de l'intérieur. Emmanuel fut envoyé en Belgique, d'abord dans le service des étapes, puis sur la ligne.

On a trop écrit sur cette guerre pour en parler encore ici. Le Dr Hain y prit une large part. Victoire et défaite, attaque et retraite, boue et sang, enthousiasme et lassitude, assauts, épuisements, pluie et neige, fange et soleil, fracas incessant du canon cinq ans durant. Médecin, il travailla pendant trois ans dans les ambulances de campagne, immédiatement à l'arrière du front : il eut sous les yeux les scènes de combat, soldats allemands et soldats ennemis ; on les ramassait sur les champs de bataille pour les jeter aux ambulances comme les débris que l'on balaye hors des abattoirs. Le Dr Hain désapprit la pitié pour les mourants ; il en avait trop besoin pour les survivants. A travailler sans arrêt sur l'inépuisable masse de matériaux que lui livraient les champs de bataille, il se fit la main et devint bon chirurgien. Il apprit à étouffer ses sentiments, à tenter des opérations désespérées sur de pauvres débris affreusement fracassés qui suppliaient que pour l'amour de Dieu on les laissât mourir en paix. Il était trop las pour penser. Personne ne pensa tant que dura la guerre.

Il était occupé à fouiller le ventre déchiqueté d'un Feldwebel hessois quand son ambulance fut prise sous le feu des canons ennemis. Il continua son opération, non par mépris du danger, mais par cet instinct du chirurgien qui ne peut voir devant lui une blessure sans faire jusqu'au bout ce qu'il faut faire. Ses aides prirent la fuite. Il continua à poser des pinces, à extraire des éclats, et, pour finir, à recoudre le tout. A peine avait-il terminé qu'un obus tomba sur l'ambulance et l'ensevelit avec son patient. L'homme mourut. Hain fut dégagé au bout de deux jours. Il reçut la Croix de fer de première classe. Distinction absurde pour un de ces actes innombrables de bravoure gratuite dont la guerre était faite.

A Bruxelles, il retrouva Irène. Il avait tant souffert d'être privé d'elle qu'elle n'était plus pour lui un être réel, une femme avec des cheveux, des seins petits, de douces mains chaudes ; elle était devenue une idée, une vue de l'esprit, un fantôme de rêve, d'un rêve qu'il avait fait jadis. Et elle était là maintenant, Irène, sa femme, Irène avec sa bouche, son sourire, ses yeux, Irène tout entière. Bruxelles était alors une ville de folie. Femmes belges en deuil, habitants invisibles autant qu'ils pouvaient, une lie noire de haine contre l'Allemand dans chaque visage, dans chaque mouvement. Des champs de bataille on envoyait hommes de troupe et officiers à Bruxelles au repos pour quelques jours, avant de les réexpédier au front. Cette permission de détente était pour les soldats le signe certain qu'ils seraient du prochain coup dur. Troupes de théâtre et cinémas jouaient pour les soldats ; une nuée de femmes s'était abattue sur les hôtels : cocottes pour les officiers, prostituées pour les Feldwebel, bordels de bas étage pour les hommes de troupe. Banquets, dîners, fêtes d'arrivée, fêtes d'adieux, car à Bruxelles venaient les princes et les ducs des petits États allemands qui voulaient rendre visite à leurs troupes.

C'est dans cette ville, antre de sorcière où bouillaient tant d'herbes maléfiques, que les deux amoureux se retrouvèrent. Union profonde faite de liens compacts et inextricables comme ceux qui ligotent les arbres des forêts tropicales. Cette nuit-là fut conçu un enfant, un fils, qu'Irène mit au monde quand déjà la disette régnait en Allemagne.

Elle accoucha sur un drap de papier, le nouveau-né eut des langes en papier car il n'y avait plus de toile. Tout le flot de lainages, qui la première année de la guerre s'était répandu sur les soldats du front, avait depuis longtemps pourri dans les tranchées. On ne trouvait plus que des ersatz. Les troupes avaient des chaussures en ersatz de cuir qui se désagrégeait dans la boue. Les uniformes étaient faits d'un ersatz de drap qui tombait vite en lambeaux. A l'arrière, on se nourrissait d'ersatz et bientôt les ersatz eux-mêmes vinrent à manquer. Les soldats que l'on expédiait au front étaient, eux aussi, des ersatz, des vieillards, des enfants. A l'intérieur, tous étaient las, réduits par la sous-alimentation à un tel état d'apathie qu'ils n'avaient même plus la force de sentir leur détresse.

On n'attendait plus la victoire, on n'attendait plus que la paix. Il ne se passait pas de mois sans que courût une rumeur de paix ; lueur d'espoir qui bientôt s'éteignait. Les hommes qui venaient en permission ou ceux que la guerre avait trop abîmés pour qu'ils pussent encore servir se taisaient. Entre ceux du front et ceux de l'arrière, entre l'armée et les civils, entre mère et fils, entre mari et femme s'ouvrait un abîme de silence qui les faisait étrangers les uns aux autres sans que rien pût les rapprocher.

Puis ce fut l'entrée en guerre de l'Amérique et la dernière lueur d'espoir s'éteignit.

A deux reprises, pendant les deux dernières années de la guerre, le Dr Hain revint à Francfort, pour voir sa femme et son enfant. Le petit Roland semblait bien pousser, mais Irène était de jour en jour plus maigre, plus transparente. Elle caressait son enfant dans des transports désespérés qui faisaient presque peur à Emmanuel.

Le docteur eut encore une fois l'occasion de se montrer brave. Ce fut lors des derniers jours de la guerre, de ceux qui précédèrent l'armistice, dans la débâcle de la discipline. Comment, avec l'aide de son Feldwebel, Planke, put-il ramener en Allemagne un convoi de quatorze grands blessés, dans la boue, sous la pluie, dans le désarroi qui encombrait les routes, à travers les troupes insurgées, à travers l'émeute, au sein de l'épouvante d'une armée vaincue en proie à la révolution ? Cela jamais ne fut raconté ; et jamais, non plus, le Dr Hain ne fut décoré pour ce haut fait. A la gare de Wiesbaden, lorsqu'il remit à d'autres ses blessés, un mutin s'approcha de lui et lui arracha ses épaulettes. Le Feldwebel Planke frappa la brute en pleine figure d'un tel coup qu'elle s'écroula. Ainsi finit la guerre pour le Dr Emmanuel Hain.

Le pays était plongé dans le chaos, un chaos bien allemand, ordonné, réfléchi, organisé. Fils de fer barbelés et barricades, quelques coups de feu dans les rues, puis retour au calme, au silence. Des conseils d'ouvriers et de soldats assemblés au petit bonheur étaient au pouvoir. Le Dr Hain se présenta, se mit à la disposition des autorités. Il n'avait aucune hostilité contre les hommes du jour. Il savait trop ce qu'ils avaient eu à endurer. Un homme barbu, le front barré par une large cicatrice se précipita sur lui, l'embrassa à l'étouffer : c'était Max Lilien.

– Camarades, s'écria-t-il, cet homme est mon ami, nous avons vécu ensemble, nous avons rêvé de l'avenir et déclamé du Karl Marx. Pas vrai, mon vieil Emmanuel ?

Le Dr Hain ne protesta pas; après tout, c'était presque vrai. Il consentit à entrer dans le conseil. Il croyait de son devoir de seconder ces administrateurs sans expérience, de les aider à empêcher les troupes qui rentraient de rapporter au pays vermine et maladies vénériennes. Il eut bientôt plus de travail qu'il n'en pouvait faire à organiser un service de désinfection et d'épouillage. Ce n'était pas par défaut de caractère qu'il se mettait à la disposition du nouveau régime. Il était juif : l'entourage, quel qu'il fût, déteignait sur lui.

Le mercredi soir Lilien vint le voir. Bonne soirée : ils jouèrent la sonate en *la* majeur de Brahms pour violon et piano, de leurs grosses mains de soldats, mais avec beaucoup de sentiment. Irène amena son petit garçon, Roland, pour qu'il dît « bonne nuit ». Lilien, surpris de sa beauté, ne pouvait en détourner les yeux.

– Voilà la plus jolie petite créature que j'aie jamais vue de ma vie, dit-il gravement.

Le Dr Hain prit l'enfant dans ses bras. Il respirait la chaleur de ses cheveux blonds argentés. Il sentait en lui une telle tendresse qu'il en aurait pleuré.

Lentement, les choses reprirent leur cour : l'État, la vie, les occupations quotidiennes, et la vie de ménage du Dr Hain. Le temps était venu pour Irène et lui d'organiser leur vie commune. Il y avait entre eux une harmonie qui dépassait toute attente. Irène, grâce à son expérience d'infirmière, put l'assister dans ses consultations, veiller à la propreté de ses instruments, s'intéresser aux maladies qu'il soignait.

Son père était assis près d'eux, marmottant, très vieux, presque tombé en enfance, incapable de rien comprendre aux événements. Il en était resté à Sedan.

– Canailles, marmottait-il, bande de lâches, coquins !

Quand le traité de Versailles fut signé, il eut une attaque. A dater de ce jour, il resta dans sa chambre au fond de l'appartement, squelette de vieux guerrier paralytique qui donnait bien de la peine à Irène.

Déjà le pays, à peine remis de ses désastres, se lézardait de nouveau : la honte du traité de paix imposé était pour beaucoup d'Allemands une douleur cuisante ; ils méprisaient le nouveau gouvernement si désireux d'amadouer ses ennemis qu'il supportait toutes les humiliations imméritées dont l'Allemagne était abreuvée. Ils s'étaient battus bravement, désespérément, seuls contre tous. Et pourtant les vaincus n'avaient à attendre des vainqueurs aucune générosité. Des régiments de Noirs campaient en pays occupé. L'Allemagne, exsangue, affamée, devait tout subir pour avoir la paix. La moitié du peuple n'était guère attaché à la liberté si neuve de ses institutions. Liberté bien débile dès sa naissance ; et le monde, en dehors de l'Allemagne, ne faisait rien pour consolider ce régime de liberté.

En se ralliant au conseil d'ouvriers, le docteur n'avait pas fait un calcul intéressé. Il n'était pas du tout opportuniste. Il se laissait emporter par le courant. Cependant, quand Lilien devint secrétaire d'État, son adhésion lui valut une situation officielle à Berlin. Nommé chirurgien-chef de l'hôpital Charlotte, il était lancé. Bientôt, il se trouva porté au premier rang. « Le Juif a bien mené sa barque », disait-on derrière son dos.

Les Hain louèrent, puis achetèrent une villa joliment situé dans le Grünewald, près d'un petit lac, avec un jardin et une minuscule carrière de sable ou le petit Roland pouvait jouer.

Chaque mercredi soir, des artistes de l'Opéra venaient prendre part à des séances de musique de chambre qui remplaçaient les sonates plus ou moins écorchées autrefois. Irène portait à son joli cou un rang de perles. Par un rare bonheur, l'amour qui unissait Emmanuel et sa femme restait vivace comme au premier jour, alors que si souvent, dans le mariage, l'amour s'use comme un vêtement qui montre la corde. Travail, succès, aisance auraient fait du Dr Hain un homme parfaitement heureux si son fils ne lui avait pas donné de graves soucis ; une inquiétude toujours grandissante.

Roland devenait de jour en jour plus beau, d'une beauté si rare que les gens en avaient le souffle coupé en le voyant pour la première fois. Emmanuel aimait cet enfant d'une affection passionnée, d'un amour presque physique, comparable en quelque sorte à celui qui le liait à Irène. Mais Roland envers lui restait distant, presque étranger, comme si ses deux premières années vécues loin de son père les avaient séparés à jamais. Depuis sa naissance, il avait les nerfs extrêmement sensibles ; un rien le faisait fondre en larmes. Dans ses contacts avec la vie quotidienne, de toutes petites choses l'effrayaient. Par exemple, on ne put jamais l'habituer à dormir sans lumière ; la peur de l'obscurité lui provoquait des vomissements, des accès de fièvre. Les yeux révulsés, il semblait sur le point d'être pris de convulsions. Il ne se contentait pas d'une lampe voilée, il exigeait qu'on laissât toutes les ampoules allumées ; si l'on essayait d'éteindre, il s'éveillait aussitôt.

Emmanuel aurait voulu réagir, mais l'éducation de Roland était le seul point où il ne fût pas d'accord avec Irène. Roland était son enfant, son enfant à elle ; ils avaient ensemble des secrets ; de sa chambre venaient des chuchotements, des rires étouffés. On traînait des meubles, on sonnait, on entendait un bruit d'étoffes froissées. Quand Emmanuel ouvrait la porte pour prendre part au jeu, les rires cessaient, la maman et le petit garçon se taisaient comme pris en faute, et cachaient dans un coin ce qui leur servait de jouet.

Chacun des repas de Roland exigeait des trésors de patience. Il fallait raconter des histoires ; on adjurait son ange gardien qui habitait l'arbre devant la fenêtre de le regarder manger. L'ours Teddy prenait part aux repas. Irène priait, pleurait, gémissait avant que Roland daignât avaler quelques bouchées. Autre histoire quand il s'agissait d'aller se coucher. Tant que Roland fut petit, on ne comprenait pas. Mais quand il eut neuf ou dix ans et qu'il sut s'exprimer, il confia à Irène qu'il avait peur de ses rêves.

– Je fais des rêves si épouvantables, dit-il.

Ce fut tout ce que l'on put tirer de lui.

Irène ne permit jamais qu'on l'empêchât d'aller elle-même endormir ce grand garçon. Elle restait assise auprès du lit de l'enfant qui roulait sur un doigt une mèche de cheveux de sa maman. Sans sa présence, il ne pouvait s'endormir. Irène attendait, à la vive lumière des lampes, qu'il dormît profondément. Alors seulement elle se permettait de commencer sa soirée à elle.

Le Dr Hain appela d'abord à son aide la psychanalyse, sans résultat appréciable. Reconnaître un état donné, en discerner les causes est une chose. Le guérir est une autre affaire. D'ailleurs, en chirurgien dont le bistouri fait au grand jour un travail propre, il avait une certaine répugnance pour les procédés obscurs, si spéciaux de la psychanalyse. Il prescrivit des exercices physiques, de l'huile de foie de morue, du grand air.

« Un enfant de la guerre », disait Irène. Elle pensait à Bruxelles, caverne d'enfer, à la nuit où elle l'avait conçu ; à l'heure de misère où elle l'avait mis au monde ; aux mois d'angoisse où elle l'avait porté et nourri de son lait. Du reste, Roland était plus grand et plus fort que la plupart des enfants nés pendant les années de famine. Il était extrêmement doué pour tous les sports. Dès son entrée au lycée, il fut le plus fort en gymnastique et le nageur le plus rapide et endurant des lacs de Grünewald. Au tennis, l'entraîneur de son club promettait d'en faire un champion. Quand on acheta une auto, il sut la conduire sans qu'on eût besoin de rien lui apprendre, En classe, il était le premier en histoire, Mais dans les autres matières, il faisait peu de progrès. Il avait un tour d'esprit sceptique et mordant, assez rare chez un enfant.

Le Dr Hain aurait bien voulu que son fils ne restât pas fils unique. Mais il semblait qu'en mettant au monde cet enfant si beau et si étrange Irène eût épuisé son pouvoir de donner la vie.

C'est à ce moment que l'entrée de Kurt Planke dans la maison donna à Roland le meilleur des camarades. La rencontre du Dr Hain et de son ancien Feldwebel se fit dans des circonstances curieuses. Une des obligations de sa charge consistait à faire des démonstrations opératoires aux étudiants. Il eut ainsi à opérer un matin un cas assez compliqué de calculs biliaires. Quoique ces démonstrations fussent devenues pour lui une affaire de simple routine, il prenait toujours le même plaisir, quelle que fût l'opération, à faire du travail propre. Lorsque Hain entra dans la salle d'opérations, le patient était déjà endormi, couvert de linges blancs qui ne laissaient visible que le champ opératoire. Il opéra donc sans voir à qui il avait affaire. Ce ne fut que le lendemain soir, au moment de la visite, en s'approchant du lit de son malade, qu'il reconnut Heinrich Planke, son ancien Feldwebel. Il était faible, blême encore de l'anesthésie, démoralisé. Les deux hommes revécurent d'un coup la retraite, la camaraderie de la guerre, les dangers partagés. Un instant ils se retrouvèrent par l'imagination dans un autre monde, dans ce monde des hommes de la guerre, monde auquel ceux qui ne l'ont pas faite ne comprenaient rien. Planke quitta la salle commune et fut installé dans une chambre à partager avec un autre malade.

Le Dr Hain surveilla lui-même les progrès de la guérison, et ne tarda pas à remettre sur pied son Feldwebel. « Je me sens mieux que si j'étais tout neuf », disait le Berlinois. Sa bonne figure de phoque reprit vite des couleurs. C'était ce qu'on appelle un malade des assurances sociales ; ouvrier dans une usine de pneus, il bénéficiait de la loi nouvelle sur les assurances. C'était là une de ces lois qui créaient beaucoup de mécontentement. Les employeurs qui payaient des cotisations mensuelles, que leurs employés fussent malades ou non, se plaignaient de cette charge nouvelle. Les employés, qui devaient abandonner un pourcentage de leur salaire hebdomadaire, se plaignaient plus encore. Plus que tous, les malades se plaignaient, persuadés que les médecins se donnaient moins de mal pour eux que pour les autres malades et qu'ils les laissaient mourir délibérément.

La paix était conclue depuis cinq ans et l'Allemagne était encore en proie aux convulsions. Une inflation – démesurée – provoquait une dévaluation de jour en jour plus catastrophique. On payait avec des milliards-papier des objets qui valaient quelques pfennigs. Des nouveaux riches s'étalaient, ridicules, tandis que la bonne bourgeoisie de jadis se voyait privée de tout, nourriture, charbon, lumière, vêtement, logement et considération.

Puis les anciens ennemis se décidèrent enfin à venir en aide au pays malade ; une politique plus compréhensive sembla annoncer des temps meilleurs. L'Allemagne revenait à la vie : un renouveau artistique en était le signe, car musique, livres, bon théâtre sont pour l'Allemand plus nécessaires que le pain. Un souffle de liberté passa sur Berlin. On pouvait presque croire qu'une véritable démocratie allait naître sur le fumier sanglant de la guerre.

Mais précisément, en ce temps de renaissance apparente, une nouvelle difficulté surgit : le pays était trop petit, trop peuplé, on y travaillait, on y produisait au-delà des besoins. Les grandes usines obligées de payer les salaires imposés par les syndicats se mirent à licencier des ouvriers. L'industrie se dressa contre le gouvernement et se réjouit de lui créer des difficultés.

– Ils m'ont fichu dehors, vint dire Planke, quand il fut guéri, chômeur ! Ah les salauds !

C'est ainsi que Planke vint à conduire l'auto du Dr Hain. Avec sa femme et son fils il s'installa dans le logement du chauffeur. A ses heures de liberté il travaillait au jardin. Kurt, son fils, était de trois ans plus âgé que Roland : un gars solide, aux grandes mains, aux yeux vifs. Le docteur encouragea vivement l'amitié qui se noua entre les deux garçons. Souvent de sa fenêtre il les écoutait avec un sourire de satisfaction s'amuser à grand bruit dans le jardin.

Un mercredi soir du mois de juillet, comme on faisait de la musique toutes portes ouvertes et que l'air chaud d'une belle nuit claire entrait par la terrasse, Max Lilien aperçut le jeune Planke, alors âgé de treize ans, blotti dans l'ombre d'un hêtre. Il écoutait la musique, le visage tendu, les mains serrées convulsivement l'une contre l'autre. C'était le second mouvement du quatuor de Schubert en *ré* mineur.

– Qui est ce gamin, demanda le secrétaire d'État, on dirait qu'il est saoulé par cette musique.

– Tiens, mais c'est Kurt, répondit Irène.

Et elle ferma la porte-fenêtre. Mais Lilien voulut voir le jeune garçon. Il se glissa dehors, pendant le mouvement suivant du quatuor et s'assit dans l'herbe près du gamin. Au bout d'un moment, il se mit à parler à l'enfant qui souriait timidement. Il découvrit bientôt que ce fils de chauffeur, le fils du Feldwebel Planke, n'avait qu'un rêve et qu'une idée : devenir musicien.

Lilien entraîna de force le jeune garçon, si intimidé qu'il était près de pleurer. Dans le salon de musique, il le présenta aux musiciens et aux invités. Sous une avalanche de questions et de sourires, Kurt dut s'asseoir au piano et jouer. Il joua d'après un enregistrement sur disque qu'il s'était fait tourner bien des fois par Roland : prélude et fugue en *mi* bémol mineur de Bach, extraits du *Clavecin bien tempéré* et enregistrés par D'Albert. Les invités amusés écoutèrent l'étrange exécution pleine de fautes, d'erreurs d'interprétation, d'accrocs, de fausses notes et de contretemps, mais étonnante malgré tout de ferveur naïve.

Kurt, avec ses oreilles rouges écartées, semblait depuis longtemps avoir oublié ses auditeurs, tant il était pris par la musique. Lorsqu'il s'arrêta et que tous l'applaudirent en riant, il fut effrayé comme un somnambule qui s'éveille. Sa mère le gronda quand il rentra et s'excusa auprès d'Irène. Mais le docteur et Max Lilien avaient pris en main l'avenir de Kurt.

Après plusieurs examens et auditions, il entra au Conservatoire national de musique dans la classe du célèbre professeur Boskowitz. Le professeur était un homme singulier, avec un nez énorme et des oreilles d'éléphant qui percevaient les moindres nuances. « Il flaire avec les oreilles », disait Roland.

Kurt se donna corps et âme à son maître. Roland se trouva de nouveau tout seul; il le prit très mal. Il était maintenant en pleine formation et devenait de plus en plus difficile à vivre. Impossible de le laisser au lycée. Il travaillait à la maison, mais ne s'intéressait qu'à… la science héraldique. Le plus clair de son temps se passait à étudier ce qui concerne les vieilles familles d'Allemagne, les noms et les blasons. Il dessinait aussi des figures abstraites aux lignes vermiculaires ou géométriques qui ne ressemblaient à rien de ce que l'on voit sur terre ou dans l'eau. Il les peignait à l'aquarelle de couleurs pâles, anémiques, délicates, et en fixait au mur au-dessus de son lit. De ces images irréelles, se dégageait quelque chose de mystérieux et pourtant d'une étrange et confuse logique. Irène passait souvent de longues heures à les contempler. Quand on le questionna, Roland répondit sans hésiter que ces dessins étaient les portraits de ses rêves. Le Dr Hain déroba deux de ces bizarres graphiques et les montra au neurologue de son hôpital, qui ne sut que penser.

– Cet enfant m'inquiète, disait Emmanuel à sa femme quand, tard dans la soirée, ils rentraient du théâtre ou d'une réunion mondaine et que la fenêtre de Roland projetait son brutal éclairage dans le jardin, les arbres se dressant silencieux dans la lumière.

– Notre garçon est en pleine crise de puberté, attends qu'il en sorte, disait Irène pour le rassurer.

Ils entraient sur la pointe des pieds dans la chambre : Roland dormait profondément, étendu de tout son long, et respirant régulièrement. Son visage clair, aux traits si beaux, au front hardiment dégagé sous la chevelure blonde, restait tendu, durci même dans le sommeil. Le Dr Hain en venait presque parfois à comprendre pourquoi ils étaient si étrangers l'un à l'autre, lui et son enfant : ils n'étaient pas du même sang, ni de même race.

Le docteur commençait alors à sentir les fatigues de l'âge. Il se levait tous les jours à six heures, déjeunait seul, se faisait conduire à l'hôpital, opérait de huit heures à midi sous la lumière blanche d'une de ces lampes d'invention récente qui ne donnent pas d'ombre. Quand il avait fini, il retirait son masque de toile, se lavait les mains, ôtait ses bottes de caoutchouc, fumait une cigarette, puis une autre cigarette, et encore une autre. Il mesurait sa fatigue, au nombre croissant de cigarettes qu'il éprouvait le besoin de fumer.

Il passait la visite de ses malades, prenait un repas rapide dans un petit restaurant, donnait ses consultations, se rendait auprès des cas urgents et désespérés, recommençait à opérer, opérait à toute heure du jour et de la nuit.

Il n'avait pas le temps de penser, à peine le temps de vivre. Il avait pris l'habitude de se contenter de cinq heures de sommeil. Il pouvait ainsi le soir goûter un peu de musique, un peu de la présence d'Irène. Il savourait ce loisir de respirer librement, de se laisser aller à sa fatigue. Quand il était assis à l'Opéra ou à la maison, quand il entendait de la musique de chambre, fumant sans arrêt, il sentait l'affaissement le gagner. Son dos était fatigué, ses yeux, ses épaules ; épaules rentrées, dos voûté de Juif. Les rides qui sillonnaient son visage étaient des rides de Juif, ces rides gravées au visage d'un peuple qui pendant des millénaires a cligné ses yeux au soleil du désert.

Il se trouva tout naturellement que le cercle qui se forma autour du Dr Hain se composât surtout de Juifs. Max Lilien, le professeur Boskowitz, musiciens, directeurs de l'Opéra national, acteurs, écrivains et journalistes, avocats, médecins qui fréquentaient sa maison, tous étaient juifs. Les amis d'Irène venaient de l'autre camp : familles de conservateurs à tendance nationaliste, mécontents du régime nouveau ; nobles appauvris, riches hobereaux venus à Berlin pour la semaine sainte ; et les fils, les filles de ces gens qui ne savaient que faire.

Déjà l'époque avait pris figure nouvelle : jazz, robes courtes, cheveux courts ; suffrages des femmes, jeunes filles encombrant l'Université, contrôle des naissances ; pragmatisme nouveau style, relativité, records d'aviation, américanisme, films, pacifisme, vitesse, vitesse, vitesse. Les spartakistes de la révolution étaient devenus communistes, selon le modèle russe qui n'était guère adapté à l'Allemagne. Le Parlement était divisé en tant de partis qu'aucun n'avait la majorité absolue. Le peuple était déchiré par le manque d'entente, ce mal originel de l'Allemagne. Max Lilien quitta son parti, résilia ses fonctions et devint communiste. Il y avait du danger dans l'air. Mais dans les milieux des boîtes de nuit, les orchestres jouaient et l'on dansait. Aux étrangers on montrait comme une spécialité de Berlin ces clubs de nuit où de jeunes homosexuels en habits de femme et des lesbiennes à monocle venaient pour les distraire. Le nombre des chômeurs croissait, des files lamentables de mendiants s'alignaient dans les grandes artères et sur les places de la ville.

Pour la première fois, Emmanuel et Irène se querellèrent. Il lui reprocha de gâter le jeune garçon, de le mener à sa perte par trop de faiblesse. Elle répondit qu'il ne comprenait pas l'enfant et que le moindre cas d'appendicite avait pour lui plus d'importance que le développement de Roland.

Pendant ce temps on pouvait voir à tous les coins de rue le portrait de Roland. Le peintre von Ruding, un des cousins d'Irène, avait fait le portrait du jeune garçon, les cheveux au vent, et l'avait utilisé pour l'affiche d'un groupement nationaliste : le fils du Juif, image de l'Allemand cent pour cent.

Souvent Emmanuel était pris d'angoisse à voir se relâcher encore les faibles liens qui l'unissaient à son fils. Il s'efforçait de lui parler. Mais le garçon lui échappait toujours comme un farfadet. Il pouvait pendant des jours entiers s'amuser à dire vous à son père et ne s'adresser à lui qu'en l'appelant « Herr Professor ».

– Comment vous sentez-vous ce soir, monsieur le Professeur ?

Combien de cadavres monsieur le Professeur a-t-il mis au saloir aujourd'hui ?

Le jeune Planke faisait de grands progrès. Il était devenu un auditeur silencieux des soirées du mercredi et assistait souvent aux réceptions que donnaient les Hain. Le professeur Boskowitz s'était coiffé de son élève, il discutait avec lui de problèmes compliqués, de contrepoint, et des questions ardues de philosophie. Il lui enseignait les échecs. Emmanuel avait parfois l'impression que ce fils de prolétaire était plus son enfant que Roland. La querelle qu'il avait avec Irène finit par l'envoi de Roland dans une de ces écoles de plein air nouvellement créées. Il ne venait à la maison que de loin en loin en fin de semaine. Il fallut y renoncer au bout de dix-huit mois. Un des professeurs s'était épris du jeune garçon : trop sensible au charme étrange de Roland, il s'était tué d'un coup de revolver. Scandale, catastrophe. Roland racontait son aventure comme un fait divers lu dans le journal ; il semblait indifférent vis-à-vis de cette aberration de l'amour et du drame qui en était résulté.

Manifestations dans les rues, tant communistes que nationalistes. Le mouvement antisémite qui, après la guerre, avait enflammé quelques esprits brouillons, prenait corps et recevait un nom. Longtemps on s'était moqué de ces gens, de leurs manifestes désordonnés, d'inspiration barbare, presque bestiale, et de leur Führer dont bien des gens mettaient en doute l'équilibre mental. Et voilà qu'un parti nouveau avait surgi : le parti national-socialiste. Il entrait au Parlement, il avait le droit de s'y faire entendre, son influence dans le pays grandissait. Des adhésions venaient à lui. Parti de desperados et fait pour des désespérés.

L'Allemagne était comme un malade qui se tourne d'un côté sur l'autre, attend et espère d'un changement quel qu'il soit un soulagement à ses souffrances. Aucun des partis existants ne promettait des changements aussi profonds que les nationaux-socialistes : aucun n'avait une telle force de propulsion, aucun ne s'inspirait d'une idée aussi simple, aussi dynamique.

Les Juifs, qui avaient depuis plus de mille ans poussé des racines dans le pays, qui faisaient partie intégrante de l'Allemagne par les liens innombrables de la communauté de langue, de culture, de civilisation, qui ne se sentaient pour ainsi dire plus juifs, dressèrent l'oreille. Ils se souvinrent de l'arrière-grand-père colporteur qui courait le pays, sa pacotille sur le dos. La race se rappela les souffrances de jadis dont chaque individu avait perdu le souvenir. Ils sentirent le danger avec les antennes d'un peuple qui, pendant si longtemps, n'a connu aucune paix, qui a toujours vécu dangereusement. Le Dr Hain, comme les autres, sentit se ranimer en lui la mémoire ancestrale des Juifs. Son fils Roland était devenu membre de la jeunesse hitlérienne. Il s'apprêtait à suivre les étapes de la carrière d'un jeune national-socialiste. Tout ce qui était héroïsme romantique l'attirait. Il rentrait des réunions et des excursions en commun, plein de joie, d'exaltation, d'enthousiasme. Discussions désespérées entre les époux, murmurées la nuit dans l'ombre de la chambre à coucher.

– Cela ne peut continuer ! Il faut que je dise au petit qu'il a du sang juif dans les veines. J'aurais dû le lui dire depuis longtemps, depuis bien longtemps ! Je l'aurais fait si j'y avais attaché quelque importance. Maintenant, c'est urgent. Il faut qu'il sache, il le faut, disait le docteur de plus en plus agité.

– Impossible. Attends encore. J'ai peur. L'enfant est trop sensible. S'il se tuait ? S'il en perdait la raison ? S'il ne peut supporter le coup ? Que feras-tu alors ? Attends qu'il soit moins jeune, qu'il soit plus homme, qu'il puisse comprendre, répondait Irène, désespérée.

Ils étaient couchés l'un contre l'autre, la tête de la femme sur l'épaule de l'homme dans l'abandon et l'intimité de toujours. Il respirait l'odeur de ses cheveux qui pour lui avaient gardé leur parfum et leur éclat.

– Es-tu toujours à moi, Irène ? demandait-il, pris d'anxiété.

Il sentait qu'elle souriait dans l'ombre.

– Tu es bête, disait-elle avec tendresse, et tout était bien ainsi.

Quelqu'un tira sur Max Lilien et le tua. Ce fut le début d'une série d'assassinats politiques. Le meurtrier se tira une balle dans la tête avant qu'on eût pu l'arrêter. Ce suicide remplit Roland d'un enthousiasme violent, sauvage.

– Voilà un héros, un vrai… Il a payé de sa propre vie ! s'écria-t-il. Et maintenant les Juifs n'ont qu'à bien se tenir !

Il était debout devant la fenêtre, sa silhouette se détachait sur le jardin couvert de neige, les bras étendus comme des ailes. Emmanuel, blessé à vif par la perte de son ami le plus cher, fut glacé d'épouvante jusqu'au cœur par les propos de son fils. Roland, qui était sensible, vit son père tout pâle.

– Excuse-moi, dit-il par politesse. J'oubliais que Lilien était ton ami. C'est une chose que je n'ai jamais pu comprendre.

« Nous sommes nous-mêmes des Juifs, moi tout à fait, et toi à moitié », allait répondre Emmanuel. Mais il ne put parler. Irène s'était approchée par-derrière, avait posé les mains sur ses épaules, comme pour le retenir. Le moment décisif passa, il l'avait laissé passer… passer à jamais. Du logement du chauffeur on entendait Kurt jouer du piano. Cette polonaise de Chopin, aux accents triomphants, c'était intolérable.

– Tu as encore tes devoirs à faire, Roland, dit Irène, et Roland quitta la pièce en sifflotant.

Peu après l'arrivée d'Hitler au pouvoir, le Dr Hain résilia ses fonctions de chirurgien en chef de l'hôpital Charlotte sans attendre qu'un décret le destituât. Il avait une belle clientèle. A l'hôpital on continuait à faire appel à lui pour les opérations délicates. A la maison, des changements se firent peu à peu. L'atmosphère n'était plus la même : on s'isola davantage, on se repliait sur soi-même dans l'anxiété. Les incidents blessants ne manquaient pas.

Roland vivait parmi tout cela comme un somnambule, trop occupé de lui-même pour rien remarquer. Dans les rues, pas martelés des ligueurs ; à la radio, éclats de voix fanatiques du Führer ; dans les journaux, phrases ronflantes sur le troisième Reich ; drapeaux, bannières, croix gammées, enthousiasme bruyant, opposition sourde qui n'osait se manifester. A table, assis en face de son fils, le Dr Hain se sentait comme sur la corde raide.

Pour la première fois, Roland s'intéressait sérieusement à quelque chose. Le Führer de son groupe de jeunes, Erhardt Gerhardt, garçon élancé aux cheveux longs, venait parfois à la maison.

– Ce Gerhardt s'est attaché au petit comme un chien, disait Irène.

– Comment l'entends-tu ? demandait Emmanuel, que tout inquiétait maintenant.

– Je ne sais pas… Il a dans son expression quelque chose d'un chien quand il regarde Roland, dit-elle.

– Espérons que nous ne verrons pas se renouveler l'histoire de l'école, reprit le docteur, troublé.

Irène lui caressa la tête.

– Oiseau de malheur, fit-elle, plaisantant sa manie de voir tout en noir.

Un soir de juin, Roland ne parut pas à table.

– Où est le petit ? demanda le docteur.

– Il est sorti avec trois garçons, dit Irène.

– Quand doit-il rentrer ? demanda encore le docteur.

Il y avait ce jour-là dans l'air une inquiétude étrange.

– Je ne sais pas ; ils ont une réunion ou quelque chose de ce genre. Tu devrais manger, mon petit Emmanuel, dit Irène ; Roland est maintenant un grand garçon. Il serait ridicule de vouloir toujours contrôler son emploi du temps.

« C'est juste », pensa Emmanuel.

– Il va peut-être faire de l'orage, dit-il encore.

Il repoussa son assiette, alluma une cigarette. Sa main tremblait. Roland ne rentra pas. Deux fois dans la nuit, le docteur se leva pour aller dans la chambre de Roland. Les lampes n'étaient pas allumées, le lit n'était pas défait. Il ne put fermer l'œil. Il essayait de se moquer de lui-même, de son inquiétude. « Le garçon a sa première aventure, pensa-t-il. Il est pour la première fois avec une femme. » Roland avait près de vingt ans et n'avait jamais fait attention aux femmes. De là venait peut-être l'étrange rayonnement qui le rendait si attirant : *noli me tangere*. Le docteur s'efforça de dormir. Il avait à faire le lendemain matin une opération délicate, une tumeur au cerveau : il lui fallait être calme et maître de ses nerfs. Mais son angoisse éloignait le sommeil.

Au matin, avant de quitter la maison, il entra chez son chauffeur. Frau Planke essuya une chaise en s'excusant ; il refusa de s'asseoir.

– Il faut que je parle à Kurt, dit-il brièvement, et il s'approcha du lit où le jeune homme sommeillait.

– Roland est sorti avec trois garçons de la Jeunesse hitlérienne ; il n'est pas rentré, dit le docteur ; peut-être sais-tu de quoi il s'agit ?

Kurt ne pensait plus à dormir ; il avait l'air soucieux, plus soucieux même que ne semblait le comporter la question du docteur.

– Je vais tout de suite me mettre à sa recherche, dit-il, rejetant ses couvertures.

– Téléphone-moi à l'hôpital ce qui se passe, dit le docteur, un peu rassuré par l'empressement de Kurt, mais inquiet aussi de le voir si sombre.

Ce jour-là, des bruits couraient la ville, des nouvelles répétées tout bas qui semaient l'angoisse et l'horreur. Les journaux se taisaient encore. Mais bien des gens savaient que le Führer, de sa propre main, s'était fait le justicier des ennemis dressés contre lui dans son propre parti.

Quand le docteur revint chez lui, ni Kurt, ni Roland n'avaient reparu. Irène allait et venait dans sa chambre. En voyant son mari, elle s'efforça de sourire.

– Après tout, ces gamins sont peut-être partis pour une escapade de plusieurs jours. Ou bien ils sont sur les lacs avec leur canot pliant. Nous nous inquiétons pour rien, dit gaiement le docteur.

Irène répondit avec empressement :

– C'est bien possible.

Ils n'en croyaient rien. Ils évitaient de se regarder. Des heures passèrent, interminables. Le soir, Kurt rentra en disant que, dans le groupe de Roland, personne ne savait où il pouvait être.

– Espérons qu'il n'a pas eu une histoire avec Gerhardt, ajouta-t-il.

– Pourquoi Gerhardt ? demanda Irène.

– Ils ont eu une scène, Roland et Gerhardt, dit Kurt d'un ton bref. Gerhardt voulait, Roland ne voulait pas.

Il se fit un silence.

– Il faut que je m'en aille, dit Kurt.

– Bonne nuit et merci bien, dit le docteur.

Un jour, deux jours, trois jours. Les journaux avaient publié de longs récits des événements du 30 juin. On avait connu les listes des tués. Derrière les portes bien closes, on parlait tout bas de centaines d'autres partisans assassinés. Un nuage de plomb pesait sur la ville. Les arbres du jardin bruissaient soudain puis se taisaient. Kurt faisait des exercices de piano dans le pavillon du chauffeur.

– Bon Dieu ! On dirait Sodome et Gomorrhe, monsieur le Docteur, dit Heinrich Planke qui avait lu les journaux.

Le troisième jour Irène entra dans la chambre, chapeautée et gantée.

– Je ne peux plus y tenir, dit-elle, s'efforçant de sourire. Je sors un instant.

– Où vas-tu ? demanda Emmanuel.

– Nulle part… peut-être chez Brandt… répondit-elle.

Brandt était un parent éloigné des von Stetten. Le régime nouveau en avait fait un avocat général. Irène ne pouvait le supporter. Le docteur le savait. Il reprit sa place à la fenêtre, le regard perdu au travers du jardin envahi lentement par la nuit. Le téléphone sonna : un de ses malades le priait de venir le voir pour des crampes d'estomac, des souffrances intolérables. Le Dr Hain fut presque heureux de la diversion. Il s'était mis à pleuvoir, de lourdes gouttes tombaient, une odeur de poussière mouillée montait.

– Vite, Planke ! dit-il en revenant de sa visite. – il croyait sentir que Roland était rentré, joyeux, bien portant, que ces jours d'angoisse n'étaient plus qu'un souvenir dont on sourirait désormais : Il est venu quelqu'un ? demanda-t-il en poussant la porte.

– Deux jeunes gens ont apporté un paquet. Ils l'ont posé dans la chambre de M. Roland… dit la servante en s'essuyant les mains à son tablier.

Emmanuel courut à la chambre de son fils. Il y faisait très sombre ; Emmanuel donna de la lumière. Sur le lit de Roland était posé un sac. Le sac était trempé de pluie, long, grand, brun foncé. Avant d'y toucher, le docteur savait ce qu'il contenait. Tout tournait dans la chambre ; puis cela cessa de tourner. Il s'approcha lentement du lit. La chose qui était dans le sac, molle, encore tiède, c'était Roland.

Des quelques minutes qui suivirent, Emmanuel ne sut jamais rien. Il avait vu bien des morts. Des milliers pendant la guerre, des centaines à l'hôpital. Il avait taillé dans les chairs vives sans un frisson. Il tenta de se reprendre. Il ne pouvait pas penser. Ce lui fut un grand allégement. Il retira du sac le corps de son enfant. Il l'examina. Le cadavre n'était pas encore rigide. Il trouva la blessure de la tête. La boîte crânienne avait été défoncée par un instrument contondant ; un coup de hache, sans doute. Le corps était couvert de contusions. Le visage avait une expression de hauteur et aussi d'étonnement. Le docteur lava le corps, ferma les yeux au regard fixe, puis s'essuya les mains. Il était comme absent, la tête perdue. Il chercha un drap, recouvrit le corps. « C'est ma faute, pensait-il, ma faute, ma faute, ma faute. » Il éteignit les lampes : le drap blanc était d'une cruelle et éclatante blancheur. Il resta assis dans le noir près du lit où lentement son enfant devenait froid et raide.

Le plus horrible ensuite fut qu'Irène voulut avoir toutes les lampes allumées, jour et nuit. « Tu sais qu'il a peur de l'obscurité », disait-elle sans cesse. Elle ne pleurait pas, ne se plaignait pas. Mais elle ne cherchait pas à consoler son mari et n'acceptait pas elle-même de consolation. Par moment, il croyait qu'elle allait s'effondrer, à bout de forces. Mais elle était ainsi faite que rien ne pouvait la briser.

« Notre fils Roland, âgé de dix-neuf ans, est mort d'un accident », dit l'avis funéraire. Il n'y eut pas de poursuites, pas de procès. « Ma faute, ma faute, pensait le docteur, ma faute ! »

Une semaine plus tard, la police vint faire une perquisition. Une semaine plus tard encore, Irène fut appelée au téléphone par le procureur Brandt, ce parent éloigné, enfant chéri du nouveau régime.

– Votre mari a été dénoncé. Il aurait tenu des propos dangereux pour la sûreté de l'État, et sa maison serait un centre de menées révolutionnaires. La Gestapo doit procéder après-demain à son interrogatoire. Vous savez ce que cela veut dire ? C'est par amitié pour vous que je vous avertis, dit le procureur.

Et il raccrocha avant qu'Irène pût répondre. Elle passa au salon où Emmanuel, le violon à la main, debout devant la fenêtre, essayait de jouer pour secouer cet égarement qui s'emparait de lui.

– Il faut que tu fasses tout de suite ta valise et que tu passes la frontière, dit-elle.

Le docteur tenait encore l'archet sur les cordes. La dernière note se brisa avec un grincement grotesque.

– Passer la frontière ? Pour aller où ? Et pourquoi ? demanda-t-il.

– Brandt nous avertit. La Gestapo. C'est la prison. Je ne veux pas qu'ils t'assassinent, toi aussi, dit Irène.

Elle parlait un peu comme une enfant. Emmanuel réfléchit quelques minutes.

– Bien, dit-il enfin. – et il se leva : Viens-tu avec moi ? Nos passeports sont en règle.

– Non, il faut que je reste, je ne peux pas. Plus tard… dit-elle d'une voix saccadée. – elle ajouta : Je ne peux pas laisser père tout seul.

Le prétexte était évidemment faux : le vieux lieutenant-colonel, tombé en enfance, assis quelque part dans un fauteuil roulant, n'avait plus connaissance de rien au monde.

– Sans toi, que m'importe la vie ? dit Emmanuel.

Irène le regarda longuement.

– Je comprends bien, répondit-elle en lui caressant les cheveux.

Ce geste accoutumé, si tendre, lui mit les larmes aux yeux, les premières larmes depuis la catastrophe.

– Tout s'arrangera, dit Irène. Pars, hâte-toi. Fais tes valises. Je te rejoindrai... bientôt. Nous referons notre vie. Pour l'instant, je ne peux pas encore.

Elle s'était écartée, la largeur de la chambre les séparait, creusant entre eux comme un abîme sans fond. Il est des obstacles qu'un être humain ne peut surmonter. Hain le savait trop par lui-même. Il s'en alla, docile, faire ses valises.

– A la gare de Friedrichstrasse, Planke, dit-il. Je m'absente pour quelques jours.

Le chauffeur le regarda avec une curiosité apitoyée. Au moment du départ, Kurt s'approcha de la voiture et tendit sa grosse main :

– Au revoir, dit-il.

Le Dr Hain s'attendrit au contact de la chaude pression des doigts de Kurt.

– Peut-être au revoir, Kurt, répondit-il.

– Dois-je partir avec vous, Monsieur ? demanda Kurt. Je voudrais tant m'en aller d'ici.

Emmanuel secoua la tête. La voiture passa le portail du jardin. Il laissait sa maison derrière lui. La dernière chose qu'il vit fut la fenêtre de la chambre de Roland, éblouissante de lumière. Puis ce fut Irène qu'il quitta sur le quai, un sourire figé sur son visage désespéré.

Cette même nuit, le Dr Hain passait la frontière. Son passeport était en règle ; il avait le droit d'emporter cinquante marks. Derrière lui, les ruines de sa vie détruite. Devant lui le néant. Au matin, sous la pluie, il arrivait à Paris.

KURT PLANKE

Kurt passa les six premières années de sa vie dans la hutte de pêcheurs de ses grands-parents, sur une petite colline, située en arrière des dunes qui bordent la Baltique. Sa mère, Anastasia Dreggsen, était placée à Hambourg comme domestique. La vie monotone de Hillingenlei ne lui plaisait pas. Elle revint chez ses parents enceinte de huit mois, accoucha à l'hôpital du chef-lieu voisin, confia l'enfant à ses parents et revint à Hambourg.

Elle était bonne domestique et gagnait quarante Reichsmarks par mois. Elle en mettait vingt-cinq à la caisse d'épargne, en envoyait dix à ses parents pour l'entretien de l'enfant, et en gardait cinq pour elle. Heinrich Planke, le père de l'enfant, travaillait dans une usine de caoutchouc et promettait de l'épouser quand ils auraient mis de côté cinq cents marks à eux deux. Ils n'y étaient pas encore parvenus quand éclata la guerre mondiale. Planke, oubliant qu'il était socialiste, rejoignit son régiment avec un bel enthousiasme. A sa première permission, il épousa Anastasia. Elle put ainsi toucher une partie de sa solde. Mais elle resta chez ses patrons.

Le vieux ménage de pêcheurs, à Hilligenlei, n'était pas très content d'avoir un petit-fils illégitime. « Qu'est-ce que les voisins doivent penser de nous ? » disaient-ils. Mais la chaumière la plus rapprochée était à plus d'un kilomètre, et il n'était pas du tout rare que les filles qui allaient à la ville eussent des enfants sans être mariées. Lorsque Anastasia, dans une lettre gauchement tournée, leur annonça son mariage, et qu'au début du mois elle envoya douze marks au lieu de dix, les vieux commencèrent à trouver que tout allait pour le mieux.

Le lopin de terre où ils habitaient et où ils cultivaient des pommes de terre ne leur appartenait pas ; il faisait partie d'un grand domaine, Einstam. Mais terre et maison étaient louées par bail emphytéotique, de sorte que c'était un peu comme s'ils avaient été propriétaires. Ils avaient à payer un loyer annuel de cinquante marks. Les hommes étaient tenus en outre d'aider à la moisson sur tout le domaine. Plus de cent ans après l'abolition du servage, les Dreggsen se considéraient toujours comme attachés au domaine. Cela ne plaisait pas aux jeunes gens, aux fils et aux filles de pêcheurs de la côte du Schleswig. Aussi s'en allaient-ils nombreux à la ville, travailler dans les usines.

Kurt grandit, les oreilles remplies du rythme des vagues, les yeux ouverts sur le vaste horizon de la mer. Il vivait en pleine liberté, dans l'espace sans limites. Rien n'arrêtait son regard : devant lui la mer sans bornes, l'herbe des dunes battues par le vent. Un grand marais, plein de baies et de tourbe à l'odeur âcre, s'étendait entre la chaumière et le village. L'enfant Kurt s'en allait vêtu d'un pantalon de son grand-père tout rapiécé qu'on avait raccourci pour lui. Il vivait d'un peu de lait écrémé, bleuâtre, et de pommes de terre, sans savoir que ses grands-parents, sa mère et lui-même étaient de pauvres gens. Quand tout le pays environnant souffrit de la faim, les pêcheurs, eux, trouvaient toujours à manger. Ils pêchaient des crabes, ramassaient des coquillages, cueillaient les airelles du marais. Quand la nourriture se fit encore plus rare, ils mangèrent les champignons dédaignés qui poussaient par millions dans les prés du domaine où paissaient les moutons. Sans doute, sur l'ordre des autorités, il avait fallu tuer les cochons dès la première année de la guerre, encore que cet ordre fût une absurdité. Kurt avait six ans quand il mangea pour la première fois de la viande. Il la cracha et se mit à pleurer : il lui trouvait le goût et la puanteur d'une bête morte.

Il eut la nostalgie de la Baltique quand, la guerre finie, il alla tout à coup vivre à Berlin, chez deux étrangers qui s'appelaient Père et Mère. Il fut quelque temps avant de s'habituer à eux : ils parlaient un dialecte nouveau, incompréhensible pour lui. Ils habitaient dans une alignée interminable de maisons qui s'appelait Keglitzstrasse. Toutes les maisons étaient pareilles, chacune divisée en petits logements pour cinquante, soixante familles d'ouvriers. Les maisons avaient six étages, une première cour et une deuxième cour. L'escalier du bâtiment de devant était recouvert d'un tapis en fibres végétales, celui du second corps de bâtiment d'un tapis de linoléum, celui du troisième n'avait que des marches de bois toutes nues, vite usées.

Kurt regrettait amèrement l'odeur iodée de la mer, le grand vent, les tempêtes, les histoires qu'il inventait, couché sur la grève, les chants qu'il poussait bravement dans le fracas du ressac. Il cherchait partout un bout de terre, mais il n'existait rien de pareil dans la Keglitzstrasse. La terre était étouffée partout sous une couche d'asphalte et sous des pavés. Le matin à sept heures retentissait le hurlement des sirènes de toutes les usines. Les hommes fourraient leur pain sous leur chemise et s'en allaient en groupes sombres. La maison sentait le chou et l'odieux rutabaga, nourriture de bêtes que les hommes avaient mangée pendant la guerre. L'odeur persistait. Elle était dans les murs et rien ne pouvait l'en déloger.

Toujours en quête de terre, d'air, de plantes, à la recherche des impressions de son passé qu'il ne savait préciser, Kurt poussait de plus en plus loin ses courses vagabondes. Plus fort, plus grand, plus intrépide que les enfants de la ville, il était devenu peu à peu le chef d'une bande de gamins. Les enfants de la rue, tout comme leurs pères, étaient divisés en deux camps : socialistes et communistes. Les deux troupes se livraient de grandes batailles et vivaient perpétuellement en état de guerre. Kurt était socialiste comme Heinrich Planke. Il devint un grand batailleur et criait plus fort que tous les autres. Quand le pain se fit rare et que les boulangeries fermèrent leurs portes, il fut de la bande qui prenait d'assaut et pillait les boutiques. Il rapportait fièrement comme un trophée la moitié d'un pain rassis qu'il avait conquis. Son père le giflait et mangeait le pain.

Il devint si étranger à ses parents que son père querellait sa mère.

– Cet enfant n'est pas de moi, lui criait-il, tu t'es fichue de moi. Cela saute aux yeux, que ce gamin n'est pas mon fils !

Kurt entendait alors sa mère pleurer à la cuisine, pendant que sur le feu les galettes de pommes de terre brûlaient. Il aurait bien voulu savoir si son père était ou non son père. Il ne pouvait pas le souffrir.

Lorsque Heinrich Planke eut cessé de travailler à l'usine et s'en fut résider à Grünewald, le socialiste assez tiède qu'il avait été se mua en un réactionnaire à tous crins. De l'union d'anciens combattants dont il avait été fier de faire partie il glissa, presque sans s'en apercevoir à l'organisation nouvelle des Chemises brunes. On y buvait de la bière, on y entendait de la musique et des discours qui vous secouaient jusqu'à la moelle des os.

Heinrich Planke surveilla sa tenue plus qu'il n'avait fait depuis longtemps, porta un nouvel uniforme et accrocha au mur le portrait du Führer, avec sa petite moustache. Le trouble régnait à Berlin : procès de corruption, chômage, recrudescence de crimes, misère et mendicité.

– Les Juifs, disait Heinrich Planke aigri, les Juifs sont cause de tout. On devrait les empoisonner comme des rats.

– Mange donc ta tartine, mon homme, disait pour le calmer Frau Planke, inquiète de l'humeur belliqueuse de son mari.

Kurt quittait la pièce, claquant la porte en manière de protestation. Il était allé un jour à une de ces réunions où son père apportait un si fougueux enthousiasme. Ce qui s'y passait lui parut intéressant, passionnant même, mais répugnant aussi au dernier degré. Ce déchaînement des menaces contre les Juifs l'exaspéra et il décida une fois pour toutes qu'il ne pouvait pas être le fils de son père.

Dans la maison des patrons vivait aussi un garçon, Roland Hain. Lui et Kurt tournèrent quelques jours autour l'un de l'autre, se flairant comme de jeunes chiens curieux et méfiants. Un jour Roland, dans le jardin, resta planté devant le petit pavillon du chauffeur et feignit de s'intéresser aux bourgeons de l'espalier. Kurt, dans la maison, faisait marcher la radio. Il ouvrit la fenêtre. Une symphonie de Haydn en sortit, dansante, chantante, trépidante. Kurt, qui ne pouvait entendre de la musique sans éprouver au creux de l'estomac une sensation d'étrange bien-être, douce, douce, au point de ressembler presque à de l'angoisse, jeta au dehors un regard plein d'espoir vers le jeune maître. Mais Roland semblait ne rien entendre. Kurt, déçu, voulut refermer la fenêtre. A ce moment Roland passa la main entre les deux battants.

– Laisse donc, dit-il brusquement.

– Enlève ta patte, dit Kurt.

– Plus souvent, répliqua Roland.

Refermer la fenêtre était devenu pour Kurt une affaire d'honneur qu'il fallait régler. Il poussa brutalement les battants, pinçant la main de Roland. Il dut lui faire très mal, mais Roland ne broncha point. Seuls ses yeux étranges devinrent noirs de colère ; il retira lentement sa main toute violette, lorsque Kurt, effrayé de sa brutalité, lâcha la fenêtre. Roland se baissa, ramassa un gros caillou et le jeta dans la vitre.

Frau Planke accourut au bruit de la vitre brisée et arrêta la radio ; il s'ensuivit un beau tapage qui parvint jusqu'aux oreilles du Dr Hain. Étrange début d'une amitié qui eut sur toute la vie de Kurt une drôle d'influence.

Roland était plus intelligent que lui et d'une nature plus fine. Il avait de l'argent. Kurt, lui, était plus averti, plus fort ; quand ils luttaient, il pouvait sans grands efforts lui faire toucher les épaules. Quand il fut bien établi qu'il était le plus fort, Kurt s'institua le protecteur et le frère aîné du jeune garçon. Ils fréquentaient la même école, dans des classes différentes. Roland apprenait le latin et le grec, Kurt choisit la section moderne, plus facile, avec anglais et français.

Ils entrèrent dans le même groupe de « Wandervögel », Roland avec un enthousiasme rêveur, Kurt seulement pour pouvoir le protéger là aussi. Ces filles, ces garçons avec leurs fanions, leurs petits drapeaux, leurs luttes et leurs chants, c'était pour lui le comble de la puérilité et de la niaiserie.

Roland exerçait sur lui une profonde influence en raison du gramophone qui se trouvait dans la grande maison. Kurt mendiait des disques, encore et encore, comme un morphinomane mendie une piqûre. L'*Appassionata* par Arthur Schnabel, *la Symphonie héroïque* de Beethoven par Nikisch, la *Toccata et fugue* de Bach jaillissant d'un orgue anonyme. Ensemble, ils fumèrent leurs premières cigarettes tandis que l'aiguille suivait les fines spirales d'où s'élançait la phrase du quintette pour piano.

– Quel soûlard, disait Roland, le blaguant gentiment, tu te soûles de musique.

– Et toi, de quoi te soûles-tu ? demanda Kurt, hérissé.

– Moi ? Tu voudrais bien le savoir, répondit Roland, reprenant son air hautain et fermé.

Quand ses parents étaient sortis, Roland permettait à Kurt de chercher des airs sur le piano. Toutes les notes de la musique étaient dans les touches blanches et noires. Toute la musique qui enfermait le cœur dans sa chaîne brûlante, qui éveillait la nostalgie et l'apaisait, était cachée dans le bois noir du piano. De ses gros doigts maladroits, Kurt essayait de l'en faire sortir. Toute musique était soumise à une loi, à un ordre, il le sentait. Et ce garçon de quatorze ans n'avait pas de désir plus ardent que d'être initié à ses secrets et de devenir lui-même un musicien. C'est seulement quand il entra au Conservatoire national de musique et qu'il y commença ses études que sa vie eut un but et fut remplie.

Mais en vérité la musique, qui avait été pour lui un vague délice, insaisissable comme un rêve, s'éloignait de lui à mesure qu'il travaillait à s'en rendre maître. Entre lui et la musique se dressait comme une barricade d'interminables et ennuyeux exercices de mécanisme, toute une brousse de lois et de règles théoriques à franchir, qui mirent à la torture son cerveau lent. Il avait de grandes mains lourdes comme du plomb, héritage prolétarien de ses père et mère. Il lui fallut travailler davantage que ses camarades plus agiles, pour un moindre résultat. Malgré tout, la musique était sa vie. Les galeries supérieures des théâtres d'opéra et des salles de concert devinrent son véritable chez lui. Il se livra corps et âme à son maître Simon Boskowitz, un Juif russe fanatique. L'univers tournait autour d'un point unique : l'étude ou la sonate que travaillait Kurt. Chose étrange, tous ceux qui le touchaient de près ou qui lui venaient en aide étaient des Juifs. Les hommes qui subvenaient aux frais de ses études musicales étaient des Juifs. Son professeur de piano, l'impitoyable, le sonore Simon Boskowitz, à la noire chevelure, était un Juif. Le Dr Hain, qui avait recueilli son pèle malade et sans travail, était juif lui aussi.

– Le docteur ? Quelle sottise vas-tu te mettre en tête ? cria Heinrich Planke à ces propos de son fils. C'est un homme bien, ce n'est pas un Juif. J'étais avec lui à la guerre. Il a reçu la Croix de fer de première classe. Crois-tu qu'on l'aurait donnée à un sale Juif, à un lâche ?

Kurt n'était pas convaincu.

– Dis-moi, êtes-vous vraiment juifs ? demanda-t-il à Roland dans la cour de récréation.

– Tu n'es pas fou ? répondit Roland en se frappant le front avec le doigt.

L'homme envers qui il se sentait le plus d'obligations n'était pas seulement juif, il était communiste : Max Lilien. Cet homme, plus très jeune, brûlait pourtant toujours de la même flamme. C'est lui qui avait emporté de haute lutte pour Kurt le droit de faire des études musicales. Il continuait à veiller sur lui, discrètement. Il l'invitait chez lui, causait avec lui, lui prêtait des livres, lui faisait connaître d'autres jeunes gens, peintres, acteurs, journalistes et ouvriers.

De politique, il n'était guère question entre eux ; Kurt lui en était reconnaissant. L'air était déjà bien assez empoisonné. Kurt ne voulait pas en entendre parler. Tout ce qui touchait à la politique sonnait faux à son oreille comme une dissonance pénible. Le Parlement était divisé en tant de partis qu'il s'en trouvait paralysé. Le mécontentement croissait. Les réunions où allait son père finissaient maintenant par l'irruption de bandes communistes et tournaient en bagarres violentes. La police était sur les dents. Dans les quartiers industriels on en était venu à des coups de feu. Mais à Grünewald, le calme régnait toujours.

Le groupe de jeunesse dont ils faisaient partie, Roland et lui, avait passé insensiblement au parti national-socialiste. Kurt continuait de le fréquenter, mais pour des raisons à lui. Les groupes de Wandervögel réunissaient garçons et filles : au cours des excursions, dans les auberges de jeunesse, sous les tentes, dans les bois, au bord des ruisseaux il se faisait bien des rapprochements. On n'en parlait pas. Cela était, voilà tout. Kurt eut de bonne heure le désir de la femme, non pas de telle ou telle femme, mais de la femme en général. Les prostituées ne l'attiraient pas, et il n'avait pas d'argent à leur donner. Les intrigues avec les filles du groupe des Wandervögel étaient assez vagues et n'engageaient à rien. Il y fallait voir simplement une pratique dictée par le retour aux instincts primitifs qui donnait toute satisfaction à tous comme la cohabitation entre indigènes dans certaines îles lointaines et sauvages.

De plus Kurt avait toujours le sentiment qu'il devait protéger Roland. Aussi, bien qu'il eût maintes fois formé le projet de quitter le groupe, il n'eut pas l'énergie de le faire.

Il eut un jour une discussion avec Max Lilien. Venu lui emprunter des livres, il le trouva occupé à faire sa valise. Kurt fut frappé de son air triste et désemparé.

– Où comptez-vous aller ? demanda-t-il.

Max Lilien haussa les épaules.

– A Munich, sans doute, dit-il après un temps.

Kurt s'approcha du piano placé contre le mur et leva machinalement le couvercle.

– Un peu de Bach ne ferait pas de mal, dit Lilien en fourrant des chaussettes dans la valise. Entendre du Bach, rien de tel pour mettre les idées d'aplomb.

Kurt feignit de ne pas entendre, plaqua au hasard quelques accords et referma le piano.

– Je joue comme un cochon, en ce moment, dit-il, désolé.

Lilien voulut le réconforter.

– Boskowitz est content de toi, mon garçon, dit-il, s'approchant de Kurt pour lui frapper sur l'épaule.

– Boskowitz ne sait pas où j'en suis, gronda Kurt.

Lilien le regarda.

– Qu'est-ce qu'il y a donc ? demanda-t-il amicalement.

– Rien, dit Kurt, cherchant ses mots, embarrassé. Il n'y a rien, c'est justement cela. Ou plutôt il y a tout, comprenez-vous. Toutes ces saletés, cette sale vie que nous menons. Où allons-nous ? Qu'allons-nous devenir ? Personne ne le sait : on apprend, on étudie, on fait des exercices, on trime, on veut arriver à un résultat. Et à tout instant, on se dit que tout ça est idiot. Cela ne mène à rien. Des sans-travail, encore des sans-travail, toujours plus de sans-travail. Bach, dites-vous ? Qui se soucie encore d'entendre Bach quand tout est sens dessus dessous ?

– C'est justement le moment où jamais, dit Max Lilien doucement. Par exemple, pendant la guerre… toutes les salles de concert étaient bondées… tous les théâtres…

Il se tut sous le regard ironique du jeune homme. « Idéaliste ! » pensait Kurt avec mépris. Et fixant son regard sur les yeux ardents de son ami vieillissant, sur ses cheveux aux boucles argentées, sur ses faibles mains de rêveur…

– Il est joli, le monde que vous nous laisserez, reprit-il suivant son idée. – il avait bien de la peine à exprimer sa pensée : Un monceau de décombres… un tas d'ordures… qu'est-ce que nous pouvons bien en faire ? A quoi devons-nous croire ?

– Je sais, vous êtes la génération sacrifiée; vous y mettez votre coquetterie, dit Lilien agacé. Vous êtes devant des problèmes douloureux, c'est entendu. Crois-tu donc que nous n'avons pas eu, nous aussi, nos problèmes, quand nous étions jeunes?

– Tout est un tel chaos! dit Kurt sans l'écouter. Tout… toute cette cochonnerie… par exemple, cette chiennerie des Wandervögel… C'est une telle dégoûtation… à faire frémir.

– Pourquoi y restes-tu? demanda Lilien.

Kurt pour toute réponse leva les mains et les laissa retomber d'un geste résigné sur le piano.

– Es-tu nazi? fit Lilien.

– Quelle question idiote! répliqua Kurt, grossier pour le mieux convaincre.

– Donc, tu n'es pas nazi, reprit Max Lilien. Es-tu communiste? Non, ça non plus. Qu'est-ce que tu es, au fait? Tu n'es rien. Je vais te dire ce qui t'arrive, mon garçon; tu n'as pas de but dans la vie. Ce qui te manque, c'est une idée qui vaille de vivre pour elle.

Kurt, moqueur, regarda les mains de son ami qui s'agitaient nerveusement et gauchement, en bourrant du linge dans la valise.

– Alors, il faut être quelque chose? L'un ou l'autre. Il n'y a que cela au monde : être nazi ou communiste? Pourtant, vous-même, vous n'avez pas toujours été communiste, dit-il, amer.

Le sang monta au visage de Lilien, la large cicatrice de son front, rapportée de la guerre, devint toute rouge. Le garçon avait touché un point douloureux, le point le plus sensible, la plaie vive qui saignait dans cet être qui avait nom Max Lilien. Des années durant, il avait représenté le parti social-démocrate, jusqu'à ce que dégoûté par la veulerie de ses camarades, dégoûté de les voir aller de concessions en concessions, céder à la corruption, s'embourgeoiser, il fût passé au communisme. Il avait des ennemis dans tous les camps et n'était chez lui nulle part.

– Quand j'ai une conviction, je lui sacrifie tout; qu'importe si j'en subis les conséquences? dit-il, haussant le ton comme s'il voulait faire taire une voix intérieure. Fais-en de même. Hors cela, il n'y a que lavasse et manque de caractère, indigne chez un homme de ton âge. Pourquoi n'entres-tu pas au parti? Tout alors prendrait pour toi un sens.

Kurt rouvrit le piano et se mit à jouer un de ces morceaux qui ne signifient rien, une étude de Czerny : un carillon…

– On naît homme de parti, on ne le devient pas, dit-il encore.

Et il se tut. Max Lilien ferma sa valise. Kurt ne devait plus le revoir. Il fut tué d'un coup de revolver dans la gare de Munich.

– Quelle chose horrible que la politique ! dit Kurt à son maître, Simon Boskowitz.

Il avait les yeux rouges, les lèvres gonflées d'avoir pleuré, cela lui donnait un air puéril. Il avait passé la nuit en larmes, et cela se voyait.

– Il faut lutter, Florestan, nous avons tous à lutter, répliqua le professeur Boskowitz avec force. (Il l'appelait Florestan en hommage à l'œuvre de Schumann, *les Danses du Davidsbund*, comme il aimait le faire dans les circonstances graves.)

Quelques jours plus tard, Kurt s'en fut à la maison de Liebknecht, Bülowplatz, pour s'inscrire au parti communiste. L'escalier était plein de monde, toute la maison était comme une ruche bourdonnante. Des jeunes hommes ouvraient les portes en coup de vent, couraient, des papiers à la main, avec des airs importants. Sur les murs, les appels du parti : « Prolétaires de tous les pays, unissez-vous ! » Loin d'enthousiasmer Kurt, cette affiche lui donnait envie de se moquer. Il finit par se trouver dans une pièce qui sentait la bière et le cigare froid. Il dit son intention à un homme assis derrière un bureau. On le soumit à un interrogatoire sévère ; d'autres personnages du parti venaient prêter main-forte au questionneur. Il y avait en Kurt quelque chose qui ne leur plaisait pas. Le prenaient-ils pour un mouchard nazi ? Sentaient-ils en lui quelque défaut du fanatisme ? En vérité, il voulait se faire communiste en souvenir de Max Lilien, comme d'autres portent une couronne sur une tombe. Il montra les lettres calmes, graves, profondément pensées qu'à l'occasion son ami lui avait écrites. On les lut dans ce bureau avec respect, avec émotion, mais sans attendrissement. Pour finir, on lui présenta un papier qu'il signa sans le lire. Poignées de main… Tapes sur l'épaule…

– Vous savez sans doute qu'il y a quelque danger à être communiste dans l'Allemagne d'aujourd'hui ? lui dit un jeune homme bien rasé avec les yeux d'un homme qui ne dort pas assez.

– Il est difficile de ne pas s'en rendre compte, répondit Kurt d'un ton aigre.

Il reçut l'ordre d'aller à quelques réunions qui ressemblaient beaucoup à celles du parti adverse, où il avait accompagné son père. Il ne se sentait ni exalté, ni même convaincu. Il prit part à un cortège de manifestants qui finit par une bagarre. Il rossa un homme plus gros mais moins fort que lui, qui criait sans arrêt : « Allemagne, réveille-toi ! »

Au fond, tout cela ne rimait à rien, « Max Lilien m'a menti, pensa-t-il, à quoi sert d'appartenir à un parti ? Une absurdité de plus ! Il ne remplit plus qu'avec négligence les obligations du parti. La musique, pensa-t-il, la musique vaut mieux que la politique. »

Un soir de février, il revenait de l'ancienne académie de chant où l'on avait donné *la Passion selon saint Jean.* Il était encore de bonne heure. Tous les omnibus étaient bondés. Il rentrait lentement à pied. Cela lui arrivait souvent, quand il avait, comme ce jour-là, la tête pleine de musique. Il se remémorait ce qu'il venait d'entendre, reproduisant d'un geste à peine esquissé, pour qu'on ne se moquât pas de lui, les indications du chef d'orchestre.

Il franchit la porte de Brandebourg, entra dans le Tiergarten et, comme la nuit était douce, il erra dans des allées détournées, encore plein de cette musique dont les échos résonnaient en lui. Soudain, au-dessus de lui, le ciel rougeoya. Des voitures de pompiers aux sonneries sinistres passèrent à toute allure dans la grande allée. Des gens qui couraient le tirèrent brusquement de son rêve. Il y avait le feu au Reichstag !

Kurt suivit la foule, courant vers l'incendie. Un cordon de police retenait les curieux. Muets et noirs, les gens regardaient là-haut la coupole en feu. Des individus se glissaient dans les groupes silencieux, criant, gesticulant vers les flammes, montrant le poing.

– Les communistes ! A bas les communistes ! Ce sont les communistes qui ont fait le coup, criaient-ils.

La foule commençait à s'agiter. Kurt se mordit les lèvres. « Des agents provocateurs », pensa-t-il. A ce moment l'idée lui vint que la passion politique n'était pas étrangère à l'incendie. A côté de lui, un homme d'âge, tenant devant sa bouche sa main tatouée d'un aigle glissa à l'oreille de Kurt Planke :

– Les communistes ? Saleté ! Tu verras qui a mis le feu au Reichstag. Tu seras bien surpris, mon garçon !

Il cracha, remit ses mains dans ses poches, remonta son pantalon d'un geste habituel aux matelots et se perdit dans la foule.

Kurt rentra chez lui, déprimé et inquiet. Il attendit. Il ne se passa rien. On ne se battit pas, il n'y eut pas de révolution.

Quelque temps plus tard, le parti communiste fut dissous : arrestations, exécutions, silence dans une atmosphère de crainte et de méfiance.

Pendant des heures, Kurt, pour s'exercer, plaquait au hasard sur son piano des accords de septième diminuée. Le bref épisode de son activité politique avait nui à son attaque. Maintenant il se plongeait à corps perdu dans la musique. Depuis l'assassinat de Max Lilien, il se sentait isolé, désemparé. Il parlait l'argot cynique de sa génération. La sensibilité et le sentiment étaient devenus choses exécrables. Il essayait de prendre modèle sur l'esprit impassible de Roland. Mais au fond il se sentait un tendre, infiniment vulnérable.

Peu après que le Reich se fut engagé dans sa nouvelle voie le professeur Boskowitz donna sa démission.

– Plutôt vendre des lacets de chaussure à Haïfa que de donner des concerts à Berlin ! dit-il.

Kurt s'efforça de ne pas montrer quel coup dur c'était pour lui. « Je me fais l'effet d'un gâteau que l'on sort du four avant qu'il ait fini de cuire », disait-il en affectant un air dégagé. Il avait appris en dernier lieu les variations en *ré* mineur de Mendelssohn. Il n'était pas encore un musicien, il était un élève sans maître. Sans but précis, il faisait chez lui des exercices sur le piano dont Max Lilien ne payait plus la location. La plupart de ses camarades d'étude passèrent à l'étranger avec Boskowitz. Kurt se plaignait au Dr Hain qui avait payé une partie de ses études.

– Je ne sais trop que devenir…

Le docteur l'écouta en pensant à autre chose.

– Je ne peux pas te donner de conseil, dit-il, tu es aryen cent pour cent, tu n'as pas de sujet d'inquiétude.

Kurt, à qui la musique avait affiné l'entendement, comprit ce que le docteur ne disait pas : Roland n'était pas aryen cent pour cent, et le pire était qu'il semblait l'ignorer. Roland allait son propre chemin, comme si quelque chose avait enfin rempli en lui ce vide dont il s'était souvent plaint. « Absurde ! Tout est absurde ! » Il n'avait eu que ce mot à la bouche. Maintenant il était tout affairé, plein d'importance.

En mai, quelques jeunes gens du groupe firent une excursion de trois jours dans le Spreewald. Roland insista si fort auprès de Kurt pour qu'il l'accompagnât, que, un peu à contrecœur, mais inquiet pour son ami plus jeune, attiré aussi par l'idée de retrouver une jeune fille du groupe, il se laissa convaincre.

Dans un tourbillon de moustiques les barques plates glissaient le long des canaux bordés d'arbres. On chantait les chants nouveaux. Kurt était assis, silencieux, avec un sourire railleur pour ces purs aryens qui paradaient dans ces villages restés si purement slaves.

Ils campèrent dans un pré, et Kurt passa une heure avec une jeune fille, Trude Heilig, qu'à plusieurs reprises déjà il avait trouvée complaisante. C'était une fille solide, ardente, au corps jeune, affamé de caresses. Elle se donna à lui volontiers dans l'herbe humide, au chant triste des crapauds, tandis que haut dans l'air bourdonnaient des nuées d'insectes. Quand il traversa le camp endormi pour regagner l'abri qu'il partageait avec Roland, il entendit parler à mi-voix dans la tente de Gerhardt, le chef de groupe.

« Très bien, mon garçon, comme tu voudras ! Mais pour ce qui t'arrivera, tu ne pourras t'en prendre qu'à toi », disait Gerhardt. La toile s'ouvrit et Roland sortit. Il ne vit pas Kurt, fit quelques pas, s'arrêta, leva les yeux vers le ciel avec une expression étrange de tristesse hautaine. Le fanion à croix gammée qui flottait au sommet de la tente, comme ensommeillé, bougeait à peine au souffle de la nuit. Roland reprit sa marche sur la mousse qui étouffait le bruit de ses pas. Kurt rejoignit Roland. Ils ne parlèrent ni l'un ni l'autre. En silence ils regagnèrent à tâtons leur tente.

Roland se déshabilla dans le noir puis s'approcha tout nu de l'entrée de la tente et s'y arrêta un instant, jetant de nouveau vers le ciel son même regard grave et triste de solitaire. La demi-clarté de la lune voilée de nuages éclairait doucement d'une lueur blanche son corps élancé d'éphèbe. Kurt, déjà étendu sur sa couverture, le corps rassasié, ensommeillé, léger après son aventure amoureuse, le regarda surpris et demanda :

– Vous êtes-vous disputés, Gerhardt et toi ?

Roland haussa les épaules, rentra dans la tente et s'étendit sur sa couverture.

– On peut appeler ça une dispute, si l'on veut, dit-il.

– Qu'est-ce qu'il te voulait ?

– Pas besoin d'être bien malin pour le deviner, fit Roland hautain. Ils veulent tous la même chose, garçons et filles. C'est ignoble !

Kurt ne répondit rien. Roland se retourna et s'endormit. Kurt l'écouta un instant respirer, puis s'endormit à son tour.

C'est seulement après la mort de Roland qu'il se rappela combien sa voix sonnait froide et solitaire dans la nuit de la tente. Il était, lui aussi, de cette génération d'après-guerre que l'amour entre êtres du même sexe n'étonnait pas. Peut-être survivance du temps de guerre où l'on avait vécu entre hommes ? Ou bien dégoût de procréer dans un pays surpeuplé ? Les uns trouvaient cela comique, d'autres tragique, d'autres intéressant. Beaucoup y venaient par snobisme, comme on suit une mode. Quand la science s'occupa du problème, il sortit du domaine de la morale pour entrer dans celui de la médecine.

L'« épuration » du 30 juin, les exécutions secrètes dont on ne sut jamais le nombre, la persécution des survivants, tout cela éclata comme un coup de tonnerre. Kurt eut de nouveau un haut-le-cœur, et dans la bouche un goût de cadavre comme jadis, après la guerre, quand il avait mangé de la viande pour la première fois : Gerhardt, le chef de groupe, avait, lui aussi, disparu.

Une inquiétude étrange s'empara de Kurt, un besoin impérieux de savoir, de percer le mystère, d'apprendre comment tout avait pu se passer, pourquoi Roland avait été tué, qui avait fait le coup. Il ne put rien savoir. Le silence se fit sur la victime, la recouvrit comme d'une eau noire, profonde.

Morceau par morceau, le monde où Kurt Planke avait vécu, où il se sentait chez lui, s'effondra. Cela avait débuté par l'assassinat de Max Lilien. Puis le professeur Boskowitz avait émigré, ses amis s'étaient dispersés, les livres étaient interdits et brûlés, la musique changeait de visage, la langue elle-même était transformée. Roland était mort. Le Dr Hain en fuite.

Quelque temps encore les lampes brûlèrent, éclatantes, durant des nuits entières, dans la chambre de Roland. Puis la maison dut être vendue à un prix qui faisait de l'opération une véritable confiscation. Réduit à l'état de squelette antique, le lieutenant-colonel von Stetten fut roulé dans son fauteuil jusqu'à un taxi qui l'emmena. La mère de Roland était, disait-on, dans un sanatorium et n'avait plus tout à fait sa tête à elle. Les Planke quittèrent le pavillon du chauffeur. Le piano de location fut enlevé et disparut, emporté par une voiture de déménagement.

Kurt demeurait les doigts inoccupés : ils s'engourdirent bientôt et désapprirent leur délicat travail. Comme le père de Kurt avait été des premiers à s'inscrire au Parti et qu'il y était bien vu, il réussit à se faire embaucher dans une usine. Mais c'était une usine de produits chimiques, on le traita en ouvrier non qualifié. Les salaires étaient réduits et subissaient de multiples prélèvements. Les ouvriers étaient-ils contents ou non ? personne ne pouvait le dire : car personne n'exprimait sa pensée. Chacun avait peur de son voisin. Mais bien des gens, qui jusque-là n'avaient rien été, étaient maintenant quelque chose, dont ils pouvaient être fiers : ils étaient aryens allemands. A un peuple humilié on avait rendu l'orgueil de lui-même. Des aspirations profondes du peuple allemand, négligées pendant l'ère démocratique, trouvaient enfin leur satisfaction : besoin de spectacles pompeux, splendides, grandioses. Besoin de se sentir commandé, de s'enorgueillir des grandes tâches qu'on exigeait de lui. Besoin de discipline et d'ordre. Besoin d'entendre de grandes phrases, des appels retentissants. Besoin d'être à l'unisson de la masse des autres, besoin d'un uniforme.

Kurt s'étonnait souvent de ne pouvoir s'adapter, de n'être pas heureux, enthousiaste comme ces millions d'êtres humains. « Tu as fréquenté trop de Juifs », disait son père. « C'est possible », pensait Kurt. Il restait assis dans la cuisine de leur petit logement d'ouvriers, étranger à ce qui l'entourait, malheureux. Sa mère le traitait de fainéant. Il entra à l'union des musiciens pour avoir l'autorisation de travailler, mais il ne trouva point d'embauche.

S'il avait eu de l'argent, il aurait quitté ses parents. Mais il n'avait pas un pfennig à lui. Les jours où l'entrée était gratuite il allait dans les musées, à l'Aquarium, uniquement pour tuer le temps. Il pouvait rester longtemps en contemplation devant certains poissons bleus des mers du Sud. Des bribes de musique de piano montaient alors en lui, des airs qu'il avait joués naguère. Il allait aussi le dimanche dans les églises catholiques pour y écouter les chœurs et l'orgue.

Un jour, il fut arrêté. La police était venue, avait fouillé sa petite armoire. On trouva des lettres de Max Lilien, des livres interdits qu'il n'avait pu rendre à l'ami assassiné, des indices établissant qu'il avait été communiste. Sa mère pleura, son père cria. Au fond, Heinrich Planke n'avait jamais bien cru que ce garçon si différent de lui fût son enfant.

Kurt resta trois jours prisonnier. Toutes les nuits on l'extrayait de son cachot pour l'interroger. On voulait qu'il donnât des noms, des adresses de suspects. Des tracts communistes passaient de main en main, d'où venaient-ils ? Qui les distribuait ? Comme il n'avait rien à dire, il fut malmené. On ne le battit pas, mais on lui appliqua un système raffiné de torture morale. Puis le troisième jour, il comparut devant un nouvel enquêteur qui se montra très aimable. Il l'invita à s'asseoir, lui offrit des cigarettes (Kurt avala la fumée comme un affamé) et l'interrogea habilement. Les nerfs du jeune homme étaient comme une gélatine froide et tremblante.

– Nous serons tout disposés à être gentils pour vous, si vous êtes gentil avec nous, dit le commissaire.

Kurt eut un sourire empressé, comme s'il était à bout de résistance. On lui offrit une bourse au Conservatoire national de musique. On lui demandait, en échange, de dénoncer tout ce qui lui paraîtrait suspect ou dangereux pour la sûreté de l'État, la moindre conversation, le moindre propos tenu par les élèves ou par les maîtres.

– Je ne sais pas si je suis assez adroit pour ça, balbutia Kurt.

– Ce serait bien fâcheux pour vous si vous ne l'étiez pas, dit le commissaire.

Kurt fut relâché : il avait l'ordre de revenir dans deux jours. En sortant de prison, Kurt s'en alla tout droit chez Frau Irène Hain. La nouvelle adresse d'Irène lui était revenue à la mémoire avec une précision surprenante. Tout ce qu'il faisait maintenant, il le faisait avec une étrange lucidité. Pendant les dernières soixante-douze heures on ne l'avait jamais laissé dormir plus de dix minutes de suite; de là peut-être venait cette lucidité de somnambule avec laquelle il agissait.

Frau Hain vivait maintenant avec son père, dans un quartier relativement moderne et bon marché, derrière le Preussenpark. Kurt passa devant les bancs du parc dont certains, récemment peints en jaune, portaient l'inscription : « Réservé aux Juifs ». Il trouva l'appartement dans le bâtiment sur cour.

Frau Hain lui ouvrit la porte elle-même ; elle était rentrée depuis peu du sanatorium. Avec une émotion qu'il ne put réprimer, Kurt reconnut les meubles familiers d'autrefois entassés dans une petite pièce. Frau Hain n'avait pas changé, et dans l'état de lucidité où était Kurt, il reconnut dans son visage comme le spectre du beau visage de Roland. En quelques mots essoufflés il lui dit qu'il avait besoin d'argent pour passer la frontière.

– Pour aller où, Kurt ? demanda-t-elle en souriant.

Elle souriait sans arrêt ; cela lui donnait encore plus l'aspect d'un spectre.

– A Paris, je pense, dit Kurt, le professeur Boskowitz y est, je crois, et aussi le Dr Hain ?

Elle le considérait toujours souriante, à la fois pensive et surprise.

– Pourquoi veux-tu partir ? demanda-t-elle encore.

– Si je ne pars pas, c'est le camp de concentration, dit-il seulement.

Elle resta encore un instant à le regarder, puis se détourna.

– Je vais te donner l'adresse de mon mari, dit-elle.

Le lieutenant-colonel, assis dans la pièce, battait des doigts impatiemment le bras de son fauteuil roulant.

– Mon mari sera content de te voir… Il t'aimait bien, dit Frau Hain en écrivant l'adresse, il n'est pas mal à Paris, je crois.

Elle mit le pli sous enveloppe et prit dans une cassette fermée à clef cinq billets de dix marks ; Kurt n'avait pas le droit d'emporter davantage.

– Ton passeport est-il en règle ? demanda-t-elle.

– Oui, dit Kurt, surpris de sentir ses idées si bien en ordre dans sa tête. Oui, je l'avais pris quand j'ai été arrêté.

Frau Hain le regarda toujours pensive.

– Tu peux t'estimer heureux qu'ils te l'aient rendu, dit-elle, en mettant l'argent dans l'enveloppe. Écoute, Kurt, dis à mon mari que je vais bien, que j'ai bonne mine, car j'ai bonne mine, n'est-ce pas ? Dis-le-lui, je t'en prie. J'espère que tu feras bon voyage… ajouta-t-elle avec une politesse distraite.

Une fois dans la rue, Kurt se demanda s'il devait aller dire adieu à ses parents. « Mieux vaut pas », pensa-t-il. La vie pendant cette dernière année avait été si étrange que cette fuite soudaine en état de somnambulisme paraissait en être la suite logique. Le papier donné par Irène indiquait : 37 rue des Acacias. Il gagna la gare du Zoo, prit son billet, resta deux heures dans la salle d'attente, mangea deux pommes, lut et relut machinalement les tableaux d'arrivées et de départs des trains.

Pour la première fois depuis des années, son cerveau était silencieux, vide de mélodies. A peine assis dans le train, il s'endormit. Dans son rêve il se revoyait enfant, la Baltique chantait la grande chanson des vagues. Il cherchait des champignons dans les prés où paissaient des moutons ; ces prés jadis en étaient pleins ; mais dans son rêve, il n'en trouvait pas un seul.

De tout temps, Paris a été la ville qui accueille les réfugiés, l'asile des bannis, des suspects politiques, une retraite hospitalière pour tous ceux qui aiment la liberté, qui souffrent pour la liberté. Paris les accueillait sans trop de formes, créait des comités de secours, organisait le premier flot des émigrés, se montrait accueillant et plein de compréhension, sans rien changer pourtant au train ordinaire de sa vie.

On avait accueilli Russes, Arméniens, Hongrois, rois détrônés, généraux chinois indésirables mis en congé, Italiens libéraux fuyant Mussolini, réactionnaires, insurgés, réfugiés politiques de tous les pays en proie à des troubles ; c'était maintenant le tour des Allemands. Ils vivaient dans de petits hôtels bon marché, dans des mansardes de la rive gauche, et aussi dans les élégantes maisons neuves du quartier des Champs-Élysées où de riches émigrés offraient à des réfugiés un abri provisoire.

Ils formaient deux camps nettement tranchés : ceux qui avaient fait sortir à temps de l'argent d'Allemagne ; et ceux qui vivaient des cinquante marks qu'on leur permettait de recevoir par mois, ou des secours qu'ils pouvaient trouver.

Ce qui rongeait tous ces gens, ce qui les vidait, c'était leur inaction forcée. Ils étaient tous habitués à travailler. Mais la France leur refusait tout permis de travail. La France avait assez de ses propres soucis : chômage, désordres éclatant brusquement dans la rue. Elle pouvait donner un toit à ces étrangers, rien de plus. Les Allemands traînaient dans les cafés, restaient pendant des heures devant une tasse, le cuir fait aux réflexions insolentes du garçon. Ils discutaient, parlaient politique, philosophie. Ils avaient le mal du pays, douloureusement, tous ces Juifs, tous ces communistes.

Chaque jour c'étaient de nouvelles histoires sur « Lui ». On inventait de bonnes plaisanteries qui amusaient un peu la misère de ces pauvres gens. On faisait des projets, on brassait des idées : quelque chose finirait bien par arriver. Cela ne pouvait pas durer ainsi. Il n'était pas un émigré qui n'eût un quelconque espoir pour se rattacher à la vie.

Kurt trouva le Dr Hain rue des Acacias, dans un appartement peuplé de fantômes. Les meubles étaient couverts de housses, les lustres enveloppés de grands sacs de toile. L'air sentait la poudre antimite. Les parquets étaient nus. Tout ce luxe enseveli sous un linceul de housses témoignait d'une certaine élégance, d'un assez grand train de vie : l'impression n'en était que plus lugubre. Le docteur habitait un coin de la vaste cuisine, où il avait installé un divan. Sur la table de la cuisine traînait de la vaisselle sale. Le lit n'était pas fait, l'oreiller n'avait pas de taie ; le Dr Hain restait là à rêvasser, les pieds dans des pantoufles éculées, une vieille robe de chambre passée sur son pyjama.

– La femme de ménage m'a planté là, dit-il.

Kurt feignit de croire ce mensonge embarrassé.

– Puis-je rester quelques jours avec vous, docteur ? demanda-t-il. A part vous, je ne connais personne à Paris… et je ne peux pas rentrer.

Il fut épouvanté en voyant le visage du vieil homme s'altérer, et il s'aperçut avec émotion que le docteur pleurait. Il avait déjà reçu un rude coup en apprenant, dès son arrivée à Paris, que Simon Boskowitz était mort à Zurich. En Allemagne, on ne savait rien de ce que devenaient les émigrés.

Kurt se mit à ranger la cuisine qui était dans un état lamentable.

– L'appartement est à une de mes anciennes malades, expliqua le Dr Hain. Les Menolesco sont à Cannes. C'est une sérieuse économie pour moi de pouvoir loger ici en leur absence.

Le portrait à l'huile de Mme Menolesco était accroché au-dessus de la cheminée du salon ; une femme opulente, drapée de voiles verts, l'éventail à la main. Elle avait dû être jeune et belle, vers 1900, quand on avait peint ce portrait.

– Française ? questionna Kurt pour dire quelque chose…

– Non, Roumaine, répondit le docteur. Elle a une fille très belle qui apprend la danse. C'est pour cela qu'elles se sont installées à Paris.

– Quand reviendront-elles ? demanda Kurt.

– Je ne sais pas, répondit le docteur.

Kurt s'inquiéta. A chaque coup de sonnette il sursautait : « Où irons-nous, alors ? pensait-il. Où ? »

Jour après jour, le docteur attendait des nouvelles de sa femme. Mais c'est à peine s'il avait une lettre une semaine sur deux.

– Elle va bien. Elle viendra me voir quand j'aurai un logement à moi. Ses lettres sont si vaillantes, disait le docteur en levant les yeux de sa lettre pour regarder Kurt, elle ne peut pas dire tout ce qu'elle voudrait ; les lettres sont censurées. Il faut savoir lire entre les lignes.

Il s'asseyait aussitôt pour répondre, mais il déchirait l'une après l'autre des feuilles du papier bon marché qu'il achetait à cet usage. Il écrivait qu'il allait bien, très bien même, et qu'il espérait la revoir bientôt. « Le professeur Lafitte, un de mes anciens élèves, tu te souviens de lui, peut-être ? s'emploie à obtenir qu'on fasse une exception en ma faveur et qu'on me donne un poste à l'hôpital Saint-Antoine. La solution doit intervenir au cours de ce mois-ci. »

La solution intervint : un refus poli. Le Dr Hain raconta la chose à Kurt, en réussissant à sourire bravement.

– Reste encore l'affaire de Rouen, dit-il plein d'espoir, j'ai de grandes chances de pouvoir m'y établir, je n'ai plus besoin que de l'autorisation du préfet.

Kurt s'étonnait parfois que le docteur eût encore le courage de vivre : devant lui aucune perspective d'avenir, aucun espoir possible. Quand une semaine passait sans lettre de sa femme, il semblait s'écrouler comme un feu qui s'éteint. Mais chaque nouvelle lettre avec sa gaieté forcée, sa confiance menteuse, rendait la vie à cet homme fini. Kurt comprit peu à peu qu'une seule chose rattachait le docteur à la vie : la volonté et l'espoir de pouvoir offrir à sa femme une existence nouvelle dans ce pays nouveau.

Le mercredi soir, il s'en allait rue de l'Université où, dans une écurie transformée en atelier, il faisait de la musique de chambre avec un Russe, un Belge et un Allemand. « J'ai pu me déshabituer de fumer, disait-il, mais je ne peux pas me passer de musique. » Kurt l'accompagna deux fois, mais il ne put pas supporter d'entendre les fausses notes que les quatre malheureux, l'air inspiré, tiraient de leurs instruments.

Il s'était installé dans le lit sans draps de Mme Menolesco. La tête du lit tendue de satin brillant exhalait un relent de parfum fade et passé. Quand il se réveillait dans la nuit, il voyait de la lumière à la cuisine et entendait un murmure monotone. Il se levait à tâtons. Il allait voir. Le docteur, assis sur son divan, apprenait par cœur des phrases françaises dans un manuel de médecine. Kurt refermait doucement la porte. Lui-même apprenait la langue par l'oreille. Il parlait à tous, au facteur, à la concierge qui balayait l'escalier, chez le fruitier où il achetait des pommes de terre pour leurs maigres repas, au garçon du café où l'emmenait parfois le docteur. Il apprit ainsi des bribes d'un français de Paris assez vulgaire qui sonnait drôlement dans la bouche de cet Allemand du Nord.

Il y avait un piano dans le salon. Il était fermé à clef. Kurt s'habitua à faire de longues promenades sur les boulevards extérieurs. Le besoin de la femme le tourmentait de nouveau. Mais il n'en connaissait pas dans cette ville étrangère ; et il n'avait pas d'argent. Il allait, allait pour fatiguer la bête. Les rues étaient pleines de filles qui le regardaient, provocantes, tout en bouche, en poitrine, en cuisses. Il vivait dans un brouillard rouge. Il souffrait de vertiges, de maux de tête, se demandant ce qu'il allait devenir.

Un jour arriva un télégramme des Menolesco. Une heure plus tard, elles étaient là : Mme Menolesco, sa fille Elaine, très belle, une femme de chambre française et un pékinois du nom de Fo ; fleurs, éclats de rire, échange de salutations, parfums ; des gens sans soucis, vivants. Mme Menolesco embrassa le docteur, et quand il lui présenta Kurt comme son fils adoptif, elle l'embrassa lui aussi.

– Quel bonheur que vous soyez là pour tenir compagnie à notre pauvre docteur, s'écria-t-elle, il m'a parlé de vous, je sais tout ! C'est vous le virtuose ! Qu'il est gentil ! Il rougit, vois donc, Elaine. Vous pouvez bien accepter un baiser d'une vieille femme.

Mme Menolesco avait l'air plus jeune que son portrait qui datait de vingt ans. Elle avait les cheveux souples, décolorés blond platine, l'allure svelte et robuste d'une femme que les massages, la culture physique, la sudation et le jeûne maintiennent en forme. De grands yeux, la peau soignée.

– Je suis noire comme une bohémienne, dit-elle.

Devant le miroir elle épingla sous son menton une touffe de fleurs pour cacher l'endroit critique ou l'âge commence à marquer une femme.

Tout d'un coup l'air, la lumière et le bruit entrèrent dans cette demeure qui était jusque-là comme un sépulcre. On ouvrit les fenêtres toutes grandes, les housses disparurent ; des fleurs dans les vases, le couvert mis. On envoya la femme de chambre à la cave chercher du champagne. Le téléphone sonna, le chien aboya, Elaine joua une valse ; Mme Menolesco s'en fut à la cuisine faire sa fameuse omelette aux fines herbes. Le Dr Hain fit sa valise, cette valise luxueuse, élégante, souvenir de temps meilleurs.

– Nous allons prendre congé de vous, Madame, dit-il dans la cuisine.

– Vous partez ? Où allez-vous ? demanda-t-elle.

– A l'hôtel, dit le docteur.

Mme Menolesco, la cuiller à pot à la main, le regarda un moment, l'air de réfléchir, puis :

– Quelle bêtise ! Docteur, je ne vous lâche pas. Vous m'avez sauvé la vie – il m'a sauvé la vie ! Monsieur –, et maintenant vous croyez que je vais vous laisser aller à l'hôtel ? D'ailleurs, nous sommes bien contentes qu'il y ait des hommes dans la maison. Elaine, cria-t-elle vers le salon, n'est-ce pas que nous sommes bien contentes qu'il y ait des hommes dans la maison ?

– Tout à fait heureuses, répondit Elaine, glaciale, sans s'arrêter de jouer.

On mangea, on but à des temps meilleurs. Le Dr Hain, qui avait devant lui une boîte à cigarettes en argent, fumait sans arrêt. Mme Menolesco, comme d'un coup de baguette magique, découvrit une chambre vide. A vrai dire c'était une chambre de bonne, sous les toits. Mais de cela on ne parla pas. On y monta des meubles avec l'aide du concierge asthmatique. Mme Menolesco parcourut l'appartement, prenant vases, miroirs, livres, chaises et les fit monter. Quand ce fut terminé, elle examina son œuvre et parut satisfaite.

Par pure bonté d'âme, elle s'excusa auprès du docteur de n'avoir rien de mieux à lui offrir.

– Je n'ai pas autant de ressources que Margot, dit-elle en riant.

Et elle raconta que Margot était une « poule ». Elle ne faisait pas le trottoir, à proprement parler, mais certaines boîtes de nuit étaient ses terrains de chasse. Au nombre de ses clients, elle avait un Allemand, un homme d'affaires qui venait régulièrement à Paris et, régulièrement, passait une soirée avec Margot. Puis vint Hitler, et Margot reçut une lettre : « Chère Margot, Il faut que j'aille à l'étranger, j'ai une femme et deux enfants, je ne peux emporter qu'une petite somme; je t'en prie, donne-moi un conseil : où puis-je habiter avec ma famille ? »

Margot répondit : « Mon pauvre chou, j'ai un appartement de trois pièces, comme tu sais; je n'en utilise qu'une. Je ne vois pas pourquoi tu n'habiterais pas chez moi avec ta famille aussi bien que n'importe où. Tu payeras quand tu auras de l'argent. »

– Et voilà comment la famille, avec armes et bagages, habite chez Margot. La femme du monsieur ne se doute pas de la manière dont la chose s'est faite.

Mme Menolesco mettait à tout un feu, une bonne humeur irrésistibles. Elle parlait le français avec aisance. Kurt, suspendu à ses lèvres, ne comprenait pas tout, mais il s'amusait beaucoup. Le champagne lui montait à la tête; il se leva pour un speech. Mme Menolesco fut malade de rire d'entendre son accent faubourien. Elaine elle-même eut un pâle sourire. Elle était aussi glacée que sa mère était ardente : une belle fille froide, à la peau blanche, aux yeux sombres.

– La déesse de la Lune, dit Kurt, à qui les fumées du champagne brouillaient un peu les idées.

– Bébé devient lyrique, dit Mme Menolesco en riant. Allons, au piano, Bébé; jouez-nous quelque chose de bien.

– Quoi ? demanda Kurt à Elaine qui s'assit près de lui sur la banquette du piano.

– Le *Boléro* de Ravel, dit-elle.

Il avait entendu ce morceau, il ne l'avait jamais joué. Ses doigts étaient rouillés. Mais, comme il était ivre, il joua. Au bout d'un moment, Elaine se leva et dansa, glissant sur le parquet du salon. Il ne pouvait pas la voir, mais il la sentait dans ses moindres fibres. Mme Menolesco eut une bonne idée.

– Dansons, puisqu'il n'y a pas de tapis, s'écria-t-elle ravie.

Déjà, elle apportait le phono, se pendait au téléphone, battait le rappel de ses amis. Et la soirée se termina dans une orgie de tangos et de petites saucisses que l'on alla chercher vers minuit dans un restaurant.

– Je n'ai jamais été aussi gai de toute ma vie, confia Kurt au docteur lorsqu'ils allèrent dormir dans la mansarde nouvellement installée.

Il eut un sommeil troublé de rêves ardents où tout se mêlait. Il rêva des dames Menolesco, confondues en une seule femme : Elaine si belle et sa mère qui dansait si bien le tango avec l'ardeur jouisseuse qu'elle apportait a tout ce qu'elle faisait.

Kurt eut un désir très vif d'Elaine ; il chercha plusieurs fois à l'embrasser. Elle ne résista pas, mais ne lui rendit pas son baiser. Si le mot « amour » avait fait partie de son vocabulaire, il aurait compris qu'il aimait Elaine. Cela ne l'empêcha pas, au bout d'une semaine, d'être l'amant de la mère.

– Quand on m'aime, on m'appelle Gucia, lui dit-elle dès le premier jour.

On en resta à Gucia et à Bébé. Elle prit possession de lui, toujours joyeuse, en femme qui ne s'encombre pas de scrupules. Il se laissa faire. Elle était très maternelle et cela semblait bon à ce garçon sans foyer. Elle lui montra Paris : ils parcouraient la ville des heures durant, dans la grosse voiture de la dame, s'en allaient à Fontainebleau, à Versailles. Ils mangèrent dans de bons restaurants connus des seuls gourmets. Ils dansaient dans les boîtes faussement bohèmes de Montmartre. Ils firent des excursions plus lointaines, passèrent la nuit dans de petites auberges d'autrefois faites tout exprès pour les couples d'amoureux. Il possédait en tout un costume très fatigué : elle le mena chez le tailleur, choisissant les étoffes elle-même, assistant aux essayages, se plaisant à faire ressortir ce qu'elle aimait en lui. Elle disait au tailleur :

– Monsieur a les épaules larges, il n'a pas besoin qu'on les garnisse ; Monsieur a les hanches étroites, il faut que le pantalon soit ajusté.

A son tour, il devait l'accompagner quand elle se commandait des robes. Les directrices des maisons de couture étaient tout juste polies pour le jeune amant d'une femme vieillissante, le gigolo entretenu. Quand ils sortaient, Mme Menolesco lui remettait sa bourse :

– Prends-la sur toi, Bébé, je t'en prie.

Et il payait l'addition élevée, en baissant les yeux. Puis elle lui signa des chèques en blanc.

– Je t'en prie, Bébé, prends de l'argent à la banque pour nous ; tout ce que tu croiras nécessaire, c'est plus simple.

Kurt n'avait jamais eu à manier d'argent. Il ne savait comment s'y prendre. Il employait l'argent de sa maîtresse à des achats de fleurs, à des cadeaux. Il donnait des pourboires excessifs. « Gigolo… » ricanaient les garçons derrière son dos.

Cette même expression de mépris amusé, il la retrouvait sur les visages de la femme de chambre, de la concierge, de la grosse cuisinière. Jusqu'à Fo, lui-même, le petit chien, qui prenait avec lui des airs condescendants. Seule Elaine semblait ne s'apercevoir de rien. Quant au docteur, il était absorbé par la préparation d'un examen qu'il lui faudrait passer en français au cas où il recevrait l'autorisation de s'établir à Rouen.

Un soir, ils dansèrent dans un bar dont les murs étaient tout en glaces. Kurt s'y aperçut et se trouva très bien. Il portait son smoking neuf, large des épaules, ajusté aux hanches. Il arborait des perles à sa chemise ; au poignet, une montre en platine, présent de Gucia. Ses cheveux plaqués étaient luisants de brillantine. Son visage semblait pâle sous la poudre dont Gucia lui avait fait prendre l'habitude. Il avait à la boutonnière un œillet rouge sombre. A l'intérieur du saphir qu'il portait au petit doigt de la main gauche était gravée la date de leur première nuit.

Il reçut un choc en apercevant dans la glace l'image de Gucia. Il avait été souvent frappé de voir combien le soir elle avait l'air fané ; surtout lorsqu'elle avait bu : des poches se formaient sous les yeux, ses épaules se tassaient. En un quart d'heure elle vieillissait de plusieurs années. Lorsqu'il se vit ainsi dans une glace, beau gigolo avec une vieille femme à son bras, il fut effrayé. Réveillé tout d'un coup, il revint à lui pour la première fois depuis des semaines. « Que j'aime une femme plus âgée que moi, après tout, cela ne regarde personne », pensa-t-il. Mais il vit leur couple dans la glace et songea que les autres le voyaient aussi. Un petit frisson passa dans son dos.

Il voulut avoir avec le docteur un entretien sérieux. Ce n'était pas chose facile que de le tirer un instant de son travail et de le ramener à la réalité. Il mettait à l'étude un tel fanatisme que rien d'autre n'existait plus pour lui. La fatigue rougissait ses paupières et gonflait les veines de ses mains.

– Ce n'est pas une petite affaire, pour un vieux comme moi, d'apprendre tout ce fatras d'étudiant, gémissait-il, l'air absent.

Kurt lui dit tout ce qu'il avait sur le cœur. Mme Menolesco était bonne, elle lui voulait assurément du bien, mais il semblait à Kurt qu'elle ne savait pas s'y prendre. Il pria instamment le docteur de lui parler, de lui faire comprendre que lui, Kurt, ne voulait pas de cadeaux, mais voulait gagner de l'argent, si peu que ce fût. Il voulait travailler, étudier son piano et aussi avoir du temps à lui.

– C'est que je suis musicien, elle n'arrive pas à le comprendre, disait-il suppliant.

– Dis-le-lui toi-même, répondait le docteur très embarrassé.

– Impossible !

– Pourquoi donc ?

– Je ne peux pas vous l'expliquer.

Le docteur lui jeta un regard pénétrant. Il parla le soir même à Mme Menolesco. Elle fut tout émue et ravie.

– Comme c'est gentil ! Bébé veut travailler ! Quel garçon délicat tu es. Et moi, vieille femme, qui te traîne bêtement dans les boîtes de nuit au lieu de te laisser en tête-à-tête avec Beethoven… Mais c'est fini. Soyons sérieux.

Elle lui sauta au cou, lui tira l'oreille et frotta son nez contre le nez de Kurt.

Kurt trouva du travail avec une facilité surprenante. La Serginskaya, le professeur de danse d'Elaine, cherchait un pianiste, lui dit-on. Elle répétait un ballet pour une revue, et donnait des leçons du matin au soir. L'association des musiciens, chose extraordinaire, n'intervenait pas dans l'attribution de cet emploi.

Pourtant, dans le monde entier, toutes les professions étaient fermées : tout était aux mains des associations et des syndicats. Les unes n'acceptaient plus de nouveaux membres. Beaucoup étaient fermées aux étrangers.

Kurt pendant les premières semaines de son séjour à Paris s'était heurté à bien des portes closes. Et voilà qu'il était introduit à l'école de danse de la Serginskaya ! On travaillait dans l'odeur de transpiration qui s'exhalait de toutes ces jeunes filles en mouvement.

Travail monotone. Une, deux, trois, quatre… une, deux, trois, quatre, pendant des heures, des heures…

Les jeunes filles, en short de travail, ne le traitaient pas comme un homme. Pour elles, il était comme un végétal. Elles ne se gênaient pas, sortaient devant lui à demi nues du vestiaire improvisé, du coin qui servait de cabinet de toilette. Elles lui passaient la main dans les cheveux, posaient la tête sur son épaule, lui demandaient de lacer leurs souliers, de boutonner leur robe, de garder leur bâton de rouge. Elaine était une des élèves. Le désir qu'il avait d'elle, et qui s'était assoupi dans les bras de la vieille dame, se réveilla.

Comme ses doigts étaient rouillés, il travaillait à la maison pendant des heures sur le piano du salon. Mme Menolesco s'ingéniait à ne pas l'interrompre. Elle marchait sur la pointe des pieds, lui jetait des regards admiratifs, s'asseyait près de lui avec un ouvrage.

– Je ne ferai pas plus de bruit qu'une petite souris, murmurait-elle d'un ton pénétré.

Ces précautions indiscrètes l'agaçaient. Il fermait brusquement le piano.

– Impossible de travailler ! criait-il exaspéré.

Aussitôt les larmes se mettaient à couler sur les joues fanées de Mme Menolesco. Elle regagnait sa chambre sur la pointe des pieds : Kurt était bien forcé d'aller la consoler.

Avec l'argent du premier mois payé par la Serginskaya, il prit une chambre, si l'on peut donner ce nom au trou qu'il loua dans un petit hôtel près de la gare Montparnasse. D'étudier sur le piano il n'était plus question. Depuis qu'il travaillait, Mme Menolesco n'était plus contente de lui. Elle se plaignait :

– Tu es devenu ennuyeux comme un mari !

Dans l'ombre où il traînait maintenant sa vie désemparée, le Dr Hain était dévoré de soucis. Non, il n'avait pas été autorisé à s'établir à Rouen. Il correspondait maintenant avec l'université de Jérusalem. Il en reçut une réponse froidement polie. La Palestine avait fait son plein d'émigrants. La Terre promise ne pouvait plus absorber de médecins, ni de façon générale d'intellectuels. C'étaient des paysans qu'il lui fallait.

Au comité d'émigration, on lui donna à entendre que la Palestine n'avait nul besoin des Juifs qui, comme le Dr Hain, avaient eu assez de faiblesse de caractère pour se faire baptiser.

Il s'était mis depuis quelque temps à travailler l'anglais, à étudier la médecine en anglais. Il avait cinquante-trois ans et son aspect était celui d'un vieillard. En Amérique, disait-on dans les cafés, en Amérique, il était facile de recommencer une carrière…

La nuit, Kurt restait auprès du docteur, dans sa mansarde, à lui poser des questions élémentaires de chimie organique, à lui faire réciter des leçons comme à un écolier. Une lettre encourageante d'Irène était fixée par des punaises au mur lambrissé de la mansarde, au-dessus du lit.

L'école de danse de la Serginskaya organisait un récital de danse avec entrées payantes. Elaine apprenait quelque chose qui s'appelait : « Danse de la pêcheuse de perles ». Elle pria Kurt de la faire travailler à la maison. On roula de nouveau le tapis du salon. Kurt jouait des passages de *l'Arlésienne.* Il entendait derrière lui la respiration haletante de la jeune fille, toute à son travail. Après chaque pirouette, il entendait ses pieds retomber sur le parquet avec un bruit sourd. Leurs rapports étaient tendus, comme chargés d'électricité. Un soir l'orage éclata. Kurt se jeta sur Elaine et l'embrassa : il s'était si longtemps contenu, et à si grand-peine ! Elaine ne le souffleta pas, elle fit bien pis : elle se détourna et cracha par terre. Kurt, glacé de la tête aux pieds, devint blême.

– Pourquoi êtes-vous si grossière avec moi ?

– Si vous vous faites entretenir par maman, ayez au moins la pudeur de ne pas la tromper avec sa fille, et sous son propre toit, cria Elaine.

Elle éclata soudain en sanglots, s'écroula. Elle semblait une pauvre petite chose, et pleurait sur sa vie misérable.

– Toujours la même histoire. Les gigolos croient pouvoir tout se permettre avec moi ! Mais je ne suis pas comme ma mère !

Kurt s'en alla ; il se sentait comme couvert de fange, comme s'il était tombé dans un bourbier.

Le lendemain, il y eut une scène violente à l'école de danse.

– Vous dormez, lui cria la Serginskaya. Vous n'êtes bon à rien, vous gâchez tout !

– Si vous n'êtes pas contente de moi, je n'ai qu'à m'en aller, dit Kurt.

Tous ces affronts l'avaient piqué au vif, comme s'il avait avalé un paquet d'aiguilles.

– Vous ferez bien, cria la danseuse exaspérée. Voilà beau temps que j'en ai assez de toute cette histoire. Si Mme Menolesco veut vous donner de l'argent, elle n'a qu'à le faire elle-même. Qu'est-ce que ça signifie, toute cette comédie !

Les jeunes filles du ballet étaient là, gardant la pose, les mains placées gracieusement sur leurs tutus. Kurt prit son pardessus et s'en alla, s'efforçant dans son naufrage de garder quelque tenue.

Il ne se montra pas de quelques jours rue des Acacias. Puis il eut une explication avec Mme Menolesco.

– Tu n'avais que de bonnes intentions, je le sais bien, dit-il, apitoyé. Mais tu m'as plongé dans la boue jusqu'au cou, je ne sais plus comment en sortir.

Mme Menolesco, désolée, chercha à le consoler. Elle avait une nouvelle toquade, un Russe de l'école de danse, au teint mat, aux yeux sombres, à l'air mélancolique.

Quelques jours plus tard, M. Menolesco apparut. C'était un petit homme énergique, au souffle court, la bouche meublée de dents en or. Mme Menolesco le désignait toujours par les mots : « le pauvre chien », quand il lui arrivait de parler de lui. Le pauvre chien liquida en toute hâte l'installation de Paris et emmena sa femme et sa fille à Bucarest. Tout ce décor s'évanouit comme une bulle de savon, de savon bon marché, trop parfumé, trop rose.

Le docteur vint s'installer avec tous ses livres et ses soucis dans la minuscule chambre de Kurt. Pendant des semaines le parfum de Mme Menolesco demeura attaché aux cheveux de Kurt, à son linge, à sa mallette, à ses pyjamas de soie brodés à ses initiales. Puis le parfum, lui aussi, finit par se dissiper. Kurt avait souvent le regret de Gucia… ou peut-être d'Elaine.

Les projets d'installation en Amérique du docteur n'aboutirent pas. Les immigrants sans argent n'étaient pas admis ; il fallait présenter des garanties, justifier d'une certaine surface financière. Le docteur découragé, à bout de forces, abandonna ses livres anglais. Pendant quelques semaines les deux émigrés furent tout à fait désemparés. Mais il restait les lettres de Berlin, il restait cette idée fixe qui rattachait Emmanuel à la vie : faire encore à sa femme une vie convenable. Comme s'il avait eu à se faire pardonner cette grande faute : être juif !

Parmi les émigrés beaucoup avaient trouvé à gagner leur vie : ils faisaient de la pâtisserie allemande et la vendaient à d'autres Allemands qui avaient un peu d'argent. Ils écrivaient des adresses. Ils fondaient même des revues. Ils faisaient aussi des saucisses ; confectionnaient des poupées, des couvre-théière ; reliaient des livres. C'étaient des Allemands persévérants, travailleurs, et ils ne se laissaient pas abattre.

« Mon métier à moi ? Gigolo », pensait Kurt, tombé tout à fait bas. Le Russe de l'école de danse, qu'il rencontra dans la rue, se moqua de lui et de ses soucis. Il l'emmena dans une boîte de nuit où l'on demandait des danseurs. Il y avait dans Paris bien des dames qui voyageaient seules ; elle adoraient danser et souvent glissaient un pourboire dans la main du cavalier. Kurt et le docteur vécurent pendant quelque temps de cet argent.

Un Anglais que le docteur avait soigné jadis lui écrivit de Shanghaï. Il suffisait d'avoir dix dollars dans sa poche pour débarquer et y demeurer. On y pouvait exercer la médecine sans avoir à passer d'examen. La lettre de l'Anglais était pleine de reconnaissance et d'estime pour son ancien médecin. Il conseillait au docteur de venir s'installer à Shanghaï. Cette lettre sonna comme une fanfare dans la détresse de leur vie parisienne. Emmanuel écrivit à sa femme ; elle répondit aussitôt. Elle se sentait pleine de courage ; elle le suivrait jusqu'au bout du monde, même en Chine. Shanghaï lui plaisait particulièrement : c'était comme un paradis de vie libre et insouciante qui s'ouvrait devant eux. Hain se sentait revivre. Il montrait sa lettre dans les cafés et ne parlait plus que de ce nouveau projet.

– J'ai reçu une invitation à m'établir à Shanghaï, disait-il avec une vanité puérile.

Personne ne le croyait.

– Hé, si vous avez de si alléchantes perspectives, pourquoi ne vous en allez-vous pas ? demandaient les Allemands des cafés, aigris par le chagrin.

– Pourquoi ? Et l'argent du voyage ?

Et le docteur haussait les épaules avec une résignation bien juive.

Kurt vendit ses boutons de perle, sa montre en platine, son saphir, son smoking, tout ce qu'il possédait. Il manquait encore treize cents et quelques francs pour payer leur passage à tous deux en troisième classe sur un petit paquebot des Messageries maritimes. Kurt tenta alors quelque chose de désespéré : il demanda cet argent à une Australienne avec qui il dansait. Elle n'était plus jeune, elle était très maigre et parlait un français d'une basse vulgarité. Kurt se confia à elle. Il s'offrit, tenta de se prostituer. Mrs Adélaïde Wilkin ne donna pas l'argent.

Une petite poule qui venait parfois dans la boîte de nuit les avait observés. Elle avait bon cœur, la main large, surtout quand elle était sous l'effet de la cocaïne. Elle eut pitié de lui et donna l'argent, vite, brusquement. « Tu m'enverras une carte postale, mon chou, et un petit Chinois. »

Ils reprirent goût à la vie, s'embarquèrent dans une fièvre de joyeux espoir. Avant le départ, Irène était venue passer trois jours à Paris pour dire adieu à son mari. Elle lui tut les difficultés qu'elle avait eues à obtenir l'autorisation de partir.

– Quand j'aurai dix malades, tu viendras me rejoindre, dit le docteur.

Et Irène :

– Alors, dans deux mois.

Et elle souriait de ce sourire qui ne la quittait plus. Son petit mouchoir blanc dans la traînée que laissait le train derrière lui fut la dernière vision que Kurt emporta de Paris.

Quand ils arrivèrent à Shanghaï, l'Anglais sur qui comptait le docteur était enterré. Accident de polo, chute de cheval, fracture du crâne. Un mauvais tour du Destin. Le néant où vivaient les émigrants les reprit, noir, profond, plus impénétrable que jamais. La ville étrangère les engloutit.

JELENA TRUBOVA

Elle n'avait aucun souvenir de la Russie, ensevelie pour elle dans un oubli profond. Les jeux de lumière d'un lustre de cristal, c'était tout ce que Jelena pouvait se rappeler de sa maison natale. Enfant, quand elle était au lit avec un mal de gorge et un peu de fièvre, le lustre de cristal lui tenait compagnie. Il pendait sous une rosace de plâtre, tout là-haut. Des mouches bourdonnantes volaient autour de ses branches – pour Jelena le lustre avait des branches et vivait comme un arbre du parc. Le soleil allumait de petits arcs-en-ciel sur ses pendeloques. Quand papotchka faisait les cent pas dans sa chambre juste au-dessus, les facettes de cristal remuaient doucement. Des étincelles en jaillissaient, blanches ou colorées et projetaient au plafond des reflets vivants. Sa njanja entrait sur la pointe des pieds et disait : *Polotchy tri rahsa, golubushka.* « Gargarise-toi trois fois, mon petit pigeon. » Jelena se gargarisait sans plaisir avec la vilaine drogue rouge.

Il y avait aussi Grischa, son frère, en uniforme de collégien. Il venait aux vacances de Pâques et tout le monde s'embrassait en disant : *Khristos woskrese* (Christ est ressuscité. En vérité il est ressuscité.) « Parlez donc français, mes enfants », disait mamotchka.

Une nuit Jelena fut tirée de son lit et roulée dans une couverture de laine comme une petite paysanne. Elle oublia tout le reste, mais elle ne devait jamais oublier l'odeur de cuisine de cette laine qui la grattait, tout contre sa figure. Dans son souvenir, cette fuite laissa une impression de chaos : la cohue, le bruit, les cris, le voyage interminable dans des trains bondés…

Les Tschirikov la ramassèrent abandonnée dans un coin d'une gare perdue. Mme Tschirikov, Par la suite, raconta l'histoire mille et mille fois, Jelena fut bien forcée de la connaître.

« L'enfant était couchée dans un coin. Elle dormait. Quand elle se réveille, je lui demande :

« – D'où es-tu ?

« Elle répond :

« – Je veux rentrer à la maison.

« – Où est-elle, ta maison ?

« Elle ne sait pas. Elle ne sait pas au juste quel âge elle a, elle ne sait rien.

« – Comment t'appelles-tu ?

« – Jelena.

« – Jelena quoi ?

« – Jelena Feodorovna Trubova, dit-elle, clairement.

« Elle savait son nom patronymique et tout et tout.

« – Où sont tes parents ?

« Alors, elle se retourne sans répondre.

« – Est-ce que Grischa aussi est mort ? demanda-t-elle ensuite.

« J'en ai eu le cœur tout retourné.

« – Est-ce que Grischa aussi est mort ?

« Et cette enfant-là, toute seule, si jolie, avec des boucles bien roulées, elle avait l'air d'une princesse dans ses haillons. Quand je la déshabille, voilà que je trouve des bijoux dans un sachet noué autour de son corps : un bracelet, deux broches. Ça n'avait pas grande valeur : des pierres taillées à la mode d'autrefois. J'ai vendu tout ça à Constantinople. J'ai gardé l'enfant par charité. Et comment en ai-je été récompensée ? Comment ? Je vous le demande ? »

Mme Tschirikov était une bonne femme aussi longtemps qu'on admirait combien elle était bonne. Elle se sacrifiait quand on admirait ses sacrifices, et qu'on lui en faisait compliment. Elle ne pouvait supporter d'avoir la migraine ou d'être piquée par un moustique sans prendre devant toute la famille des airs de martyre qui souffre en silence.

M. Tschirikov, petit homme d'humeur chagrine, avait été journaliste, un journaliste de seconde zone. Il aurait peut-être pu changer d'opinions et se mettre au service du nouveau régime. Mais il avait peur des bolcheviks. C'est cette peur qui lui avait fait entreprendre ce projet héroïque : la traversée de toute la Russie, de Pétersbourg à Odessa et d'Odessa à Constantinople, pour se mettre à l'abri.

Les Tschirikov avaient trois enfants. Le garçon s'appelait Grischa, comme le frère de Jelena. La famille vivait avec de nombreux Russes blancs dans une maison baroque, une maison en bois avec des escaliers cocasses et des moucharabiehs grillagés. La vermine des murs se mêlait à la vermine que les réfugies apportaient dans leurs habits. Tous ces gens faisaient leur cuisine sur des réchauds Primus, et l'on se querellait ferme au sujet de l'origine des différentes odeurs qui emplissaient la maison. Jelena se rendait parfaitement compte qu'elle n'était pas comme les autres enfants de réfugiés. Elle savait fort bien qu'elle ne leur ressemblait pas ; à ceux notamment qui avaient les cheveux noirs, le nez crochu et ne parlaient pas français.

Tout comme on avait cru que la guerre ne durerait que quelques semaines, quelques mois tout au plus, on croyait maintenant que la révolution n'était qu'un moment désagréable à passer. Les hommes revenant du café ou de la rue apportaient des nouvelles réconfortantes : les Russes blancs avançaient, les rouges subissaient de graves défaites. Encore quinze jours de patience et l'on rentrerait à Pétersbourg. Encore un mois... deux mois... patience, toujours patience... Chaque famille avait pu sauver un peu d'argent ou des bijoux, on en vivait. Un moment à passer : patience. Le soir, on chantait des chants russes et tous avaient les larmes aux yeux. Ils pleuraient facilement ; leurs âmes, malades du mal du pays, étaient toujours pleines à déborder.

Dès le premier jour, Jelena ressentit de la haine pour ses bienfaiteurs. Elle haïssait la poitrine molle, mais haut corsetée sur laquelle Mme Tschirikov l'avait serrée dans un élan d'émotion et d'attendrissement, en proclamant sa résolution d'adopter l'enfant abandonnée. Elle haïssait les doigts de M. Tschirikov, tout jaunes de tabac, la lueur et la fumée de sa cigarette dans la chambre où ils dormaient tous : sept personnes, les parents dans le lit, les enfants sur le plancher. Plus que les autres, elle haïssait Grischa, sa voix qui muait et son visage couvert de boutons, qu'il essayait de faire éclater en gonflant la joue avec sa langue, tout en contorsionnant sa tête devant le bout de miroir qui servait à la toilette de toute la famille.

Dans le souvenir de Jelena, la Russie s'estompait. Il n'en resta bientôt plus qu'un reflet d'arc-en-ciel dans une pendeloque de cristal. Elle scandalisa les Tschirikov en déclarant qu'elle voulait aller à l'école turque. Elle finit par obtenir satisfaction. Elle savait assez bien écrire les lettres françaises. Elle apprenait maintenant l'alphabet turc. Grischa essaya de lui montrer l'alphabet russe. Elle finit par mélanger les trois alphabets et les trois langues. Les Tschirikov se moquaient d'elle. Jelena exaspérée cogna dans le tas. Elle cassa une dent à l'aînée des filles Tschirikov. C'est chose précieuse qu'une dent ! M. Tschirikov, sommé par son épouse de la châtier, lui administra une raclée tout en soupirant. Jelena entendit alors, pour la première fois, Mme Tschirikov s'écrier éplorée :

– Je l'ai ramassée par charité, et voilà ma récompense ! Voilà comment elle me remercie !

Jelena était dans un tel état d'exaspération qu'elle ne desserra pas les dents pendant sa punition. Après la fessée, non seulement elle refusa de promettre de s'amender, mais à peine M. Tschirikov, fatigué de la battre, eut-il rangé le cuir à rasoir qui lui avait servi de martinet qu'elle déclara :

– Je suis bien contente d'avoir cassé une dent à Véra !

Au fond d'elle-même elle sentait qu'elle était une pâte plus fine, d'une origine plus relevée que celle des Tschirikov. Elle se révoltait à l'idée d'être humiliée par eux. Elle s'était procuré, on ne sut comment, un gros revolver d'ancien modèle et déclara qu'elle abattrait quiconque s'aviserait encore de l'offenser.

Il lui arrivait de disparaître pendant toute une demi journée. Elle allait se cacher dans le cimetière turc du Bosphore où les branches de rosiers courent d'une tombe à l'autre. Elle y restait blottie, secouée de sanglots : elle ressentait un tel désespoir de n'avoir plus son papotchka, de ne plus sentir le parfum de brillantine de sa moustache, de ne plus pouvoir, plus jamais, se réfugier dans ses bras.

Le lustre de cristal étincelant devint dans son imagination un palais rempli de visiteurs, avec un portail surmonté d'un écusson armorié, comme celui qu'elle avait vu un jour au-dessus d'un portail de Tsarzkoïé-Sélo. Son frère Grischa devint un page de l'empereur, mamotchka une princesse, papotchka un prince.

Les Tschirikov manifestèrent un jour l'intention d'adopter Jelena.

L'orpheline d'origine inconnue, Jelena, fit une scène, montra son revolver, menaça de tuer tout le monde et de se tuer elle-même.

– Voilà comment on me remercie ! s'exclama une fois de plus Mme Tschirikov.

Lorsqu'il fut bien établi que le changement survenu en Russie n'avait rien de provisoire, qu'il marquait la fin d'un régime et l'avènement d'un ordre nouveau, le monde commença à s'occuper des réfugiés russes. Des tentatives furent faites pour organiser la masse de ces gens qui avaient de la sensibilité mais peu de sens pratique, pour les classer, les répartir entre les différents pays d'Europe. Un comité de secours fut créé à Londres ; on fut invité à s'y faire inscrire. La Société des Nations délivra des passeports d'un type nouveau qui leur permettraient à tout le moins de poursuivre leur voyage. Le cas de Jelena fut un problème difficile pour le jeune major anglais plein de bonnes intentions mais peu débrouillard, chargé de recenser les réfugiés. Elle n'avait pas la moindre pièce d'identité. On calcula, non sans peine, qu'elle pouvait avoir de huit à neuf ans.

Si elle avait été moins jeune, on aurait pu croire qu'elle se mettait en frais de coquetterie pour le major Alden. Toujours est-il qu'elle revint le lendemain toute seule, en cachette, pour lui confier que son passeport ne devait pas porter le nom de Jelena Trubova tout court mais devait être établi au nom de la princesse Jelena Trubova.

L'enfant amusa l'officier. Comme la nuit tombait, il l'accompagna lorsqu'elle se décida à rentrer, car les rues n'étaient pas trop sûres. Jelena le divertit d'un récit coloré, détaillé de son enfance et de la description des splendeurs de la maison des princes, ses parents. Alden crut tout ce qu'elle disait : il avait lui-même trop peu d'imagination pour savoir mentir.

Jelena, tout heureuse, se grisait de mensonges. Elle ne savait pas encore que le mensonge était son élément et sa patrie véritable. Elle s'efforçait de marcher du même pas allongé que l'officier. Sa petite main tenue fermement, bien au chaud dans la grande main de l'Anglais, elle se sentait pour la première fois depuis son enfance en sûreté, protégée.

– Je me suis permis de raccompagner cette jeune personne, dit-il poliment quand il entra dans la chambre mal rangée des Tschirikov pour leur remettre Jelena.

A l'aide de malles et de couvertures Mme Tschirikov avait coupé la pièce en plusieurs compartiments ; du réchaud Primus montait une odeur de cuisine. Au moment où il la quitta, Jelena força le major à se baisser, noua les bras autour de son cou et le baisa sur la bouche. Sa moustache d'homme bien tenu sentait la brillantine et il comprenait le français.

A Belgrade, Mme Tschirikov s'établit couturière. A Budapest, M. Tschirikov fit un extra de garçon de café. A Vienne, ils ouvrirent un institut de beauté.

– En Russie, j'habitais une maison à moi, j'avais quatre domestiques, racontait Mme Tschirikov à ses clientes en leur massant le visage avec de la crème.

Ce n'était pas vrai, mais tous les Russes faisaient de même : de loin, leur pays perdu leur paraissait plus beau ; le passé devenait plus prestigieux, à mesure qu'il se perdait dans le lointain, à mesure que le présent se faisait plus terne.

Par une entente tacite tous ces Russes respectaient la prétention de chacun d'avoir occupé jadis de hautes situations. De leurs belles mains souples les femmes russes massaient les visages des clientes, leur appliquaient du rouge et leur livraient quelques-uns de leurs secrets de beauté. Il n'y eut bientôt plus en Europe un seul institut de beauté qui n'eût son personnel russe.

Jelena apprit l'allemand, en plus du français, du russe, du turc, du serbe et même du hongrois. Elle était très grande pour son âge et beaucoup trop jolie pour une écolière. Dans toutes les classes, elle était la meilleure élève. Pour un devoir moins bon, elle était dévorée de rage et de honte. Elle ne pouvait pas supporter l'idée de n'être pas plus grande, plus forte, plus belle, plus intelligente que toutes ses compagnes. Elle avait décidé de son propre chef qu'elle était princesse, elle se devait d'être supérieure à toutes les autres. De son mensonge était née l'ambition qui devait devenir la règle de toute sa vie.

A Vienne, Grischa Tschirikov s'était mis à apprendre le violon et son maître faisait grand cas de lui. M. Tschirikov collaborait à une obscure revue publiée par les Russes. Dans la cuisine, Mme Tschirikov s'affairait à brasser une crème pour le visage : la Pavlova, affirmait-elle, s'en servait toujours. Jelena flânait dans la Kärtnerstrasse, regardait les devantures des magasins élégants. Aucun détail des robes exposées ne lui échappait. Elle installa un atelier de couture dans la chambre qu'elle partageait avec les deux filles Tschirikov, au fond de l'appartement : elle y faisait des robes pour elle et pour toute la famille, puis pour quelques dames russes de leur connaissance ; ces robes étaient bâclées mais elles avaient beaucoup de chic.

A quatorze ans, ses études terminées vaille que vaille, elle quitta l'école et entra en apprentissage dans une grande maison de couture. Quand elle eut quinze ans, on alla la chercher derrière sa machine à coudre pour l'employer à présenter les modèles. Plus d'un acheteur venu de province lui fit de brutales propositions. Jelena fit mine de ne pas entendre.

– C'est une grande-duchesse, disait la directrice à l'oreille des clientes.

Jelena rentrait le soir, lasse, excédée. Mme Tschirikov racontait d'une voix gémissante ses épreuves de la journée. Une fois la vaisselle faite, Grischa allait avec son pupitre et son violon s'installer à la cuisine pour travailler sans être dérangé. Au travers de la porte vitrée à l'ancienne mode, on entendait le chant grêle du violon. Les filles Tschirikov démontaient le samovar pour l'astiquer. M. Tschirikov faisait une patience et geignait doucement quand elle ratait. Mme Tschirikov plaçait devant elle une corbeille pleine de bas de soie à repriser.

– Les robes courtes sont une invention du diable, disait-elle, amère. – et elle restait là, sans rien faire, sans toucher à la corbeille, en disant sur un ton de résignation dramatique : Je ne peux plus.

Les deux filles se disputaient, Grischa passait la tête dans l'entrebâillement de la porte vitrée et se plaignait :

– Je ne peux pas penser à ce que je fais dans tout ce bruit !

Les Tschirikov habitaient toujours des appartements trop petits. Ils étaient toujours à court d'argent. Ils en gagnaient pourtant, mais jamais assez. Mme Tschirikov pour payer des dettes en faisait de nouvelles. De loin en loin, M. Tschirikov se lançait : il investissait deux cents schillings autrichiens dans une entreprise tentée par un autre Russe. Ces entreprises ne donnaient jamais rien. Jelena était là, muette, étrangère parmi les autres : elle se faisait les mains bien soigneusement, cousait une garniture nouvelle à un corsage, une voilette à son chapeau.

Soudain Mme Tschirikov eut sa crise, une crise qui la prenait de temps à autre. C'était une douleur dans le dos, une douleur mystérieuse qu'aucun médecin n'arrivait à expliquer ni même à localiser. Gémissante, soutenue par son mari, suivie des regards apitoyés de ses filles, elle se traîna jusqu'à sa chambre. Jelena fut chargée de préparer les sacs de son très chaud, seul remède qui parût la soulager.

– Comédie ! disait-elle dégoûtée.

Elle détestait rester à la cuisine, seule avec Grischa, car tout récemment, il s'était avisé de tomber amoureux de sa sœur adoptive.

– A ta place je me raserais, lui dit-elle quand il voulut s'approcher pour l'embrasser.

– Je me rase deux fois par jour, affirma Grischa. – c'était vrai, mais cela ne l'empêchait pas d'avoir les joues bleues et piquantes : Quand la barbe pousse vite, c'est signe de tempérament, dit-il, froissé mais fier, en remettant son violon sous son menton.

– Tu ne sais pas ce que je sens au-dedans de moi-même, dit-il en recommençant à jouer.

– Je ne tiens pas du tout à le savoir, répliqua Jelena.

L'odeur désagréable du son chauffé remplissait la cuisine. Jelena préparait les sachets, faits dans de vieilles chaussettes de M. Tschirikov ; ses doigts eux-mêmes – chacun de ses doigts – en étaient dégoûtés. Grischa posa son violon et voulut la prendre par la taille quand elle quitta la cuisine. Elle le repoussa.

– Qu'est-ce qui te prend ? lui dit-elle en colère, pas trop haut cependant, de façon que les autres, dans la chambre, n'entendissent rien.

Soudain, son visage fut couvert de larmes qui coulaient malgré elle.

– Au nom du ciel, dit Grischa. Au nom du ciel ! Jelena, qu'est-ce que tu as ?

– Laisse-moi, je suis si malheureuse, murmura-t-elle.

Et elle claqua la porte derrière elle. Grischa reprit son violon. « Si tu avais un peu de cœur, tu serais plus heureuse », pensait-il.

Jelena ne savait pas trop si elle avait seize ou dix-sept ans, quand par un beau temps chaud de septembre, M. Leibel, propriétaire et directeur de la maison de couture, l'emmena à Paris pour choisir et acheter les nouveaux modèles.

– Vous avez du goût et vous connaissez la clientèle, Leni. Les services que vous me rendrez là-bas couvriront vos frais de voyage, dit-il en homme pratique.

Jelena savait parfaitement ce que cette invitation signifiait.

– Il faut que je réfléchisse, dit-elle, quoiqu'elle fût bien décidée à partir avec lui.

– Vous tenez sans doute à me voir bien habillée ? Il faut que je sois convenable pour représenter notre maison, lui dit-elle deux jours plus tard. – et le dernier jour : Je n'ai besoin que d'un sac à main, un joli sac, j'en ai déjà un bon marché. – puis : Je ne sais pas si mes parents adoptifs me laisseront partir, dit-elle, quoiqu'elle fût bien décidée à ne pas souffler mot de toute l'affaire aux Tschirikov.

Le vieux – comme on disait dans la maison en parlant de M. Leibel – était sur des charbons. Jelena se trouva pourvue d'un trousseau magnifique, avant qu'elle consentît – au dernier moment – à accepter l'invitation de M. Leibel, que tout autre mannequin eût acceptée d'enthousiasme.

M. Leibel avait dépassé la cinquantaine. Il portait des costumes d'une bonne coupe et se croyait un autre Menjou, le jeune premier de cinéma à la mode. Cette opinion avantageuse de lui-même lui venait de s'être trop souvent regardé dans les glaces de sa maison de couture, taillées ingénieusement pour faire paraître plus sveltes les clientes. En bon Autrichien, il avait en toutes choses un sens aigu de la qualité, tant pour les étoffes, les robes, les vins, la nourriture, les parfums que pour les femmes. Jelena était un morceau de choix, une conquête rare.

Cette petite fille était si belle, si grande dame, elle avait tant d'allure et d'assurance que M. Leibel, qui s'était toujours cru un don Juan, fut assez embarrassé quand il comprit qu'elle ne ferait aucune difficulté pour se plier à ce qu'il désirait. En réalité, Jelena avait depuis longtemps dressé ses plans : le vieux monsieur y figurait en bonne place bien avant qu'il sentît s'éveiller en lui ce désir lancinant qui aujourd'hui l'amenait avec elle à Paris, dans un hôtel où seule une porte non verrouillée séparait leurs deux chambres. M. Leibel appartenait à l'espèce très commune des maris qui, chez eux, sont le modèle des époux et des pères et qui, en voyage, se laissent aller, parce que les choses qui se passent en dehors du milieu habituel ne comptent pas.

– J'aime ma femme, dit-il, comme Jelena, déjà déshabillée, l'attendait assise sur le lit.

Jelena, froidement, avec un sourire amusé, répondit :

– Naturellement, je le sais bien.

Elle avait voulu quitter les Tschirikov, quitter Grischa et ses protestations d'amour si ridiculement sentimentales. Tout moyen était bon, qui la mènerait à une vie indépendante.

Le lendemain matin, toute seule, savourant le plaisir de s'attarder dans son bain, Jelena s'étonnait que d'une chose si simple on fît une telle affaire. Quant à M. Leibel, qui ajustait sa ceinture Gentila, le corset tant vanté de l'homme bien habillé, il se sentait légèrement déçu et refroidi. « On a bien raison de dire, pensait-il, que les femmes parfaitement belles sont les moins bonnes au lit. »

Avec tact et décision l'aventure s'achemina vers sa conclusion. Jelena donna à entendre que M. Leibel préférerait peut-être qu'elle ne revînt pas reprendre sa place dans la maison de couture sous les yeux de sa femme. « Le vieux » se montra tout de suite disposé à lui laisser assez d'argent pour vivre modestement à Paris pendant trois mois.

– D'ici là je trouverai sûrement quelque chose, dit-elle sans préciser.

Elle l'accompagna jusqu'à son train, lui serra la main, effleura poliment de ses lèvres sa joue rasée de près qui sentait la lavande de bonne qualité.

Aux Tschirikov, elle avait envoyé un télégramme avant de quitter Vienne. Elle leur écrivit un peu plus longuement, se donnant beaucoup de peine pour écrire en lettres russes : elle les remerciait, disait qu'elle ne voulait plus être une charge pour Mme Tschirikov, leur souhaitait à tous plein de bonnes choses ; à Grischa spécialement elle souhaitait un brillant avenir.

Jelena était donc seule à Paris. Elle était semblable aux jeunes femmes qu'on voit sur les affiches de publicité, grandes, les membres allongés, les cheveux roux, la peau blanche, la bouche grande, rouge, les yeux verts un peu obliques. Ce que les hommes lui murmurèrent à sa première promenade aurait suffi à remplir tout un livre pornographique.

Le premier pas de Jelena dans sa nouvelle carrière fut un essai d'amateur et tourna mal. Tout ce que lui rapporta sa liaison avec le peintre Pierre Colin fut un peu d'expérience et un nouveau nom.

– Fini, usé, le cliché grande-duchesse, lui dit Pierre. Tout juste bon pour les journaux humoristiques.

Jelena eut quelque peine à abandonner ce mensonge dans lequel elle avait grandi. Elle devint Hélène Renard. Ce nom allait bien à ses cheveux roux. Pour Pierre, elle fut Pompon. Elle s'était laissée aller à cette aventure avec Pierre parce qu'il portait la marque du génie : du moins Jelena le croyait. En art, elle en savait juste assez pour se faire rouler. Sur les hommes, elle en savait encore moins : sa sensibilité n'entrait pour rien dans sa manière de les apprécier ; ils n'étaient pour elle que les pièces d'un échiquier.

Pierre avait de lui-même une haute idée et se prédisait un avenir glorieux. Autour de lui s'agitait un groupe de jeunes artistes qui le proclamaient fondateur d'une école nouvelle. Un mauvais plaisant disait de lui qu'il ne pourrait faire le portrait d'Hélène avant d'avoir compté ses cheveux un à un. Il avait juré male mort au surréalisme et peignait des tableaux minuscules avec une précision de microscope. Ce qui ne l'empêchait pas de barbouiller ses toiles tout de travers et de mal dessiner.

Jelena calcula que, modèle et amie de Pierre Colin, elle partagerait sa gloire. Comme elle parlait français avec l'accent parisien qu'elle avait appris dans son enfance, on l'accueillit volontiers. Elle prit rapidement le ton de ce milieu nouveau : l'esprit rapin ne lui déplaisait pas. Elle savait que Pierre l'exploitait. Il faisait parade de sa liaison, lui imposait d'interminables séances de pose qui étaient un supplice. Pour finir, il lui emprunta de l'argent, tout ce qui restait du capital laissé par Leibel. Quant au sentiment que Pierre inspirait à Jelena, le plus que l'on peut dire c'est qu'il ne lui était pas antipathique. Mais quand elle s'avisa qu'il allait d'échec en échec, que partout on refusait ses tableaux et qu'il n'avait aucun avenir, elle commença à le trouver déplaisant et ridicule. Pierre, lui, était devenu sérieusement amoureux d'elle. Ce ne fut pas une petite affaire de se débarrasser de lui.

Paris était plein d'Américains ; tous les Parisiens s'en plaignaient. Leur ville n'était plus Paris. Mais beaucoup d'industries vivaient de leurs dollars. Les grandes maisons de couture étudiaient leurs modèles dans le goût un peu tapageur des Américaines. Pendant une semaine, Jelena fut la compagne d'un homme d'affaires américain : elle le trouvait amusant. Au début de la saison suivante elle se fit engager comme figurante dans une revue à grand spectacle. La mode était aux girls nues évoluant en masse. Celles qui avaient une gorge présentable touchaient des cachets doubles. Parmi les Françaises aux hanches larges, aux jambes courtes, Jelena détonnait, on l'exhiba à part : elle traversait lentement la scène en soutenant sur sa tête, de ses bras levés, une énorme couronne de raisins artificiels. Elle s'attendait qu'un millionnaire fît des propositions. Elle ne vit rien venir. La beauté parfaite fait peur à l'homme moyen. Les poupées qui l'entouraient avaient chacune son « petit vieux ». Personne n'attendait Jelena à l'entrée des artistes.

Elle était depuis deux ans à Paris lorsqu'elle revit Grischa. D'abord vinrent les affiches, puis les articles de publicité dans les journaux, puis Grischa en personne, Grischa Tschirikov, le virtuose du violon, la révélation du jour, la célébrité à la mode. Jelena pleurait rarement : elle pleura de rage. Elle avait joué la mauvaise carte, elle avait misé sur Pierre Colin, un charlatan, au lieu de miser sur Grischa, un vrai talent.

Ses cheveux plats et brillants rejetés en arrière, les joues bleues blanchies par la poudre, les yeux clos, vêtu d'un habit noir de bon faiseur, Grischa joua son programme devant un public enthousiaste. Après le concert, Jelena fut de ceux qui se pressaient à l'entrée des coulisses : elle sauta au cou de Grischa à la manière russe.

– Je suis marié, dit aussitôt Grischa.

Et il lui présenta une femme russe à la taille élancée, aux grands yeux, qui, visiblement, attendait un enfant. Jelena eut vite fait d'estimer à leur valeur la robe, le manteau de fourrure, les bagues que portait la femme de Grischa. Elle se rendit compte que, jusque-là, elle n'avait fait que de fausses manœuvres. Cette soirée d'amertume la fit plus dure encore qu'auparavant.

Peu après Jelena tomba malade et perdit son emploi au music-hall. Elle avait de tout temps souffert de maux de gorge fébriles qui lui venaient par accès. Maintenant les streptocoques en forme de chaîne, les bacilles redoutables envahirent son sang. Elle faillit mourir. Elle était couchée, en proie à une fièvre brûlante. Dans sa tête retentissait un bourdonnement continu. Quand elle ouvrait les yeux, elle croyait voir le lustre de cristal se balancer, tournoyer devant elle, un arc-en-ciel l'éblouissait, elle se sentait étouffer.

Cette maladie la laissa faible et amaigrie. Sa concierge, qui savait combien de termes devait Jelena, l'injuria quand elle descendit l'escalier, sans vergogne ni pitié, avec la grossièreté que les Français, si aimables d'habitude, peuvent montrer dès qu'il s'agit de leurs sous.

Jelena avait une nouvelle ambition : elle voulait chanter. Dans la foule d'admirateurs qui se pressaient pour féliciter Grischa après son concert, elle avait fait la connaissance de Mme Cernovka, une ancienne artiste dramatique d'un embonpoint formidable. Mme Cernovka prétendait avoir été prima donna à l'Opéra impérial de Pétersbourg, et montrait à tout le monde une photographie de Chaliapine dédicacée : A ma chère collègue, à la grande artiste Marva Cernovka.

Cette femme, qui serrait sur son énorme poitrine quiconque était Russe et se prenait pour lui d'affection frénétique, fut la seule amie de Jelena pendant sa maladie. La Cernovka montait de temps en temps, tout essoufflée, l'étroit escalier qui menait à la misérable chambre de Jelena; elle lui apportait de la soupe faite par elle, des pirojki froids, et même un jour une minuscule boîte de caviar.

Puis elle découvrit que Jelena avait de la voix et commença de lui donner des leçons. Jelena travailla, fit des exercices, chanta. La Cernovka ne faisait pas payer ses leçons. Mais pour Jelena, il s'agissait de vivre jusqu'à ce qu'elle fût en état d'aborder la grande carrière que lui prédisait Mme Cernovka. Elle avait renoncé à son nom français et s'était remise à jouer les grandes-duchesses.

Ce printemps-là, Jelena avait appris le japonais en plus des langues qu'elle savait déjà : il fallait vivre, avoir de l'argent. Son premier ami japonais fut un jeune prince à qui ses lunettes donnaient un faux air d'instituteur effaré. Il disposait, semblait-il, de ressources inépuisables et avait été habitué à dépenser beaucoup d'argent avec les femmes. Le prince Hayashi traitait Jelena avec une extrême courtoisie. Son plus grand plaisir semblait être de l'habiller, de la déshabiller, de draper sur elle des étoffes toujours nouvelles. Il apportait la passion des Japonais pour les beaux kimonos des geishas au choix des toilettes parisiennes qu'ils allaient acheter tous deux au cours de longues séances chez les couturiers.

Jelena échangea ce qu'elle savait de français contre le japonais d'Hayashi. Elle avait pour les langues une oreille très fine. Elle eut tôt fait d'apprendre toutes les fleurs de rhétorique qui au Japon distinguent la langue parlée par les femmes de celle des hommes. Son goût s'affina dans la société d'Hayashi; le calme imperturbable, l'inépuisable courtoisie de son ami, lui firent du bien. Le prince Hayashi avait tout l'orgueil du samouraï et, en même temps, ce complexe d'infériorité de son peuple en face des Européens.

De tous les hommes que Jelena connaissait, Hayashi était celui qui lui plaisait le plus parce qu'il n'attendait d'elle aucune manifestation sentimentale. Il aurait même trouvé tout à fait déplacée l'expression d'un sentiment quelconque chez la femme qu'il payait. Des mois passèrent en gazouillis d'aimables compliments. Soudain Hayashi fut rappelé dans son pays. Le chef de sa famille, ministre dans le cabinet au pouvoir, était tombé, victime d'un attentat.

Jelena abandonnée par Hayashi devint une manière de mascotte pour la colonie des étudiants japonais. A les voir, ils étaient tous pareils et se comportaient tous exactement de la même façon. Car leurs manières étaient réglées par les mêmes rites. C'est à peine si Jelena s'aperçut qu'elle passait de main en main, toujours gazouillant, bien habillée, traitée par tous avec la même courtoisie, comme un jouet précieux dont ils auraient tous hérité. Quand éclata la guerre de Mandchourie, tous ces Japonais disparurent d'un coup : Jelena avait un petit compte en banque, un renard argenté et un kimono vert de brocart ancien.

Ses études de chant, décidément, ne donnaient qu'un piètre résultat. Quelques tentatives qu'elle fit pour chanter devant des connaisseurs ne lui valurent qu'humiliations et refus catégoriques. L'amitié de Mme Cernovka se refroidit. Jelena avala ce nouvel échec comme une drogue amère; à le digérer elle devint plus dure encore, dure comme du ciment. Rien ne pouvait plus l'émouvoir; tout rebondissait sur elle. Elle n'avait encore jamais aimé personne, personne ni rien. Les fleurs ne lui faisaient plaisir que si elles étaient chères : violettes en automne, muguet en hiver, orchidées qu'elle épinglait à son renard. Des bijoux, elle ne voyait ni la forme, ni la monture; elle ne voyait que la valeur des pierres. De même pour les hommes : ce qu'il y avait en eux, elle voulait l'ignorer; pour elle n'entrait en ligne de compte que ce qu'ils pouvaient rapporter.

Jelena pourtant était russe. Quelque part, en elle, se cachait l'âme du pays aux horizons infinis. Tout au fond d'elle-même, enseveli sous les décombres, pétrifié, gisait un reste de sensibilité. Elle-même n'en savait rien. Une des particularités de son caractère était qu'elle ne rêvait jamais. Tout ce monde illimité des ombres crépusculaires de la rêverie lui était inconnu. Elle avait des nuits d'insomnie à des intervalles de plus en plus courts. Mais quand elle dormait, son sommeil était si profond qu'au réveil elle ne se souvenait pas d'avoir rêvé. Chose étrange, il lui arrivait pourtant, au matin, d'avoir les cils et les joues humides, comme si elle avait pleuré en dormant.

A vingt-deux ans, Jelena donna brusquement un coup de barre à sa vie. Elle orienta ses ambitions dans une direction nouvelle, courant dans le vent, toutes voiles dehors : elle était lasse de ces brèves liaisons; lasse de dire adieu ou d'entendre les autres lui dire adieu. La famille française, le foyer français étaient pour elle des forteresses imprenables, aux portes closes, aux ponts-levis fermés devant elle. Le demi-monde où elle évoluait était un monde usé, fini. Les hommes ne se souciaient pas de se ruiner pour des filles. Les armes de la séduction étaient les mêmes pour toutes les femmes, un uniforme : fards et poudres, lèvres peintes, cheveux teints, bas de soie, dessous arachnéens, robes ajustées telle une peau étincelante.

Toutes les femmes faisaient les mêmes gestes, parlaient le même argot. Toujours prêtes à se donner. Leur valeur tombait à rien. La virginité avait cessé d'être un bien précieux. Le vice avait perdu son attrait mystérieux. Jelena décida de se marier. Le beau mariage, le mariage avec un homme riche, lui parut une carrière préférable à toute autre. Mais passer du monde où elle avait évolué au monde des jeunes filles et des fiancées n'était pas chose facile.

Elle lut dans un journal que la baronne Meyerlink de Vienne était descendue à l'hôtel *d'Athènes*. Jelena se souvenait bien de la baronne : elle lui avait présenté des modèles dans les salons de la maison Leibel; une dame grisonnante, poudrée, avec des fossettes et des petites mains potelées. Toujours affairée, elle faisait partie d'innombrables comités, organisait ventes de charité, batailles de fleurs, tombolas de bienfaisance : elle était ce que les Viennois appelaient une « Gschaftlhuberin », une manière de touche-à-tout. Ce qui ne l'empêchait pas d'être aussi une grande mondaine amusante, aimable. Elle commandait toujours des robes couleur de violette de Parme.

Jelena envoya des fleurs à son hôtel : « Une admiratrice d'autrefois prend la liberté de vous adresser son souvenir respectueux, Jelena, princesse Trubova. » Le lendemain, elle téléphona.

– Vous ne vous souvenez sans doute pas de moi, baronne. Vous m'avez connue en des temps où je n'étais guère heureuse, mais j'ai bien souvent pensé à vous.

– Mais si, je me souviens très bien de vous, ma petite fille. N'étiez-vous pas le merle blanc de la maison Leibel ?

Cela se termina par un déjeuner : Jelena, très femme du monde, robe noire, gants blancs, renard argenté. La baronne, ravie, prenait pour elle tous les regards d'admiration qui allaient à Jelena.

– Vos affaires se sont arrangées, maintenant, n'est-ce pas, ma petite fille ? Cela se voit.

– J'ai fait un petit héritage, dit Jelena sur la réserve. Mon oncle, le général, est mort. Je vis très retirée, à Paris, un peu seule parfois.

La baronne se rendait à Torquay. Quelle coïncidence ! dit Jelena avec un sourire ; elle aussi pensait aller à Torquay, et descendre précisément dans le même hôtel : l'*Impérial*. Ce serait charmant. On se verrait davantage, proposa la baronne qui se réjouissait dans la simplicité de son cœur. Elle aimait la beauté sous toutes ses apparences.

– Au revoir, à bientôt !

– Au revoir !

Jelena parvint à grand-peine à réunir l'argent du voyage et du séjour en Angleterre. Elle avait le génie de s'habiller élégamment à peu de frais. A Torquay, à l'hôtel *Impérial*, elle réussit à faire partie de la bande joyeuse et élégante qui entourait la baronne Meyerlink.

Au tennis, elle retrouva le major Alden et le reconnut aussitôt. Il avait l'air plus jeune qu'autrefois à Constantinople : il s'était, depuis, rasé la moustache.

– Nous sommes de vieux amis, dit-elle, lorsqu'on le lui présenta.

Il rougit, embarrassé. Il sentait bon la lavande, comme jadis. Un instant, Jelena revit nettement la poussière sèche des rues de Péra, les réverbères très espacés, sa petite main bien au chaud, à l'abri dans la grande main du major.

– Un jour, je vous ai donné un baiser à Constantinople, dit-elle en souriant.

Alden rougit encore plus. Lui aussi se souvenait.

– La princesse était l'enfant la plus ravissante que j'aie jamais vue, dit-il en se retournant vers ses amis.

Un galant gentleman qui n'était plus tout jeune remarqua d'un air fin :

– Tiens, tiens, qui l'eût dit à la voir maintenant ?

La baronne était ravie de ce hasard romanesque. Le soir on fêta joyeusement la rencontre.

– Comment avez-vous vécu pendant ce temps ? demanda Alden, tandis qu'ils dansaient.

– Des hauts et des bas, dit-elle brièvement.

Elle n'avait pas envie de lui raconter des mensonges. Elle se sentait lasse tout à coup, faible et sans résistance. Elle cherchait des mots pour rendre cette impression si nouvelle chez elle.

– Vous me rappelez mon père, dit-elle, pensive.

– Cela, c'est du ressort du psychanalyste, répliqua Alden.

Elle ne releva pas la réponse. Plus tard dans la soirée :

– Vous êtes le premier avec qui j'ai plaisir à danser le tango.

– Est-ce bien un compliment ?

– Pourquoi ?

– Les bons danseurs sont en général des gigolos ?

– L'exception confirme la règle.

– Merci. Combien de temps pensez-vous rester ici ?

– Ne parlons pas ; dansons, dit Jelena.

Ils ne parlèrent plus jusqu'à la fin de la danse. A table, la bande applaudit quand ils revinrent. Jelena ne se reconnaissait plus : elle éprouvait une sensation nouvelle, inconnue. Comme si elle avait senti un glaçon fondre au dedans d'elle-même. Elle avait le désir d'être assise près d'Alden, de lui parler, de danser encore avec lui. Lorsqu'ils se séparèrent, il l'aida à mettre son manteau du soir : elle attendait un signe d'entente secrète, un geste de tendresse, qui ne vint pas. En s'endormant, elle était heureuse à l'idée de le revoir le lendemain. Il avait promis de lui apprendre au tennis un bon service.

A Paris, Jelena avait appris, vaille que vaille, l'anglais à l'usage des touristes ; maintenant elle se mit à apprendre sérieusement la langue.

Une règle bien connue veut que seules les quatre premières langues donnent de la peine. Il ne fallut pas plus d'un mois à Jelena pour parler comme Alden, avec le même accent. « Pur anglais de Cambridge », dit Lord Inglewood, le vieux gentleman, qui ne pouvait s'empêcher de dire de temps à autre une galanterie à Jelena. La baronne Meyerlink, qui avait la vocation d'arranger des mariages, avait dès le premier jour signalé à Jelena qu'Inglewood était un des hommes les plus riches d'Angleterre, et qu'il était vieux garçon. « Diamants, Afrique du Sud », lui avait-elle soufflé à l'oreille. La dame joignait à une naïveté désarmante une grande habitude du monde. Elle avait flairé que Jelena faisait la chasse au mari. Elle s'amusait à l'aider. A Lord Inglewood, elle disait :

– Notre petite princesse est plus délicieuse que jamais. Il faudrait la présenter à la cour. Importer un peu de beauté dans Buckingham Palace ne ferait pas de mal à ce vieux palais.

Lord Inglewood, qui était myope, mettait son monocle chaque fois que Jelena passait à portée de sa vue. Mais Jelena ne faisait pas attention à lui.

Si on s'était avisé de lui dire qu'elle était amoureuse d'Alden, elle en aurait bien ri. L'amour n'avait aucune place dans son plan de vie. Elle se permettait seulement, avec un sourire d'indulgence pour elle-même, une passade sentimentale. A tout ce qu'elle disait à Alden, se mêlait toujours le souvenir de cette promenade d'un soir à Constantinople, comme si elle s'était sentie attirée vers lui parce qu'il l'avait connue à un moment où elle était encore tout près de la Russie, où la vie ne l'avait pas encore corrompue. Elle lui parla un jour du lustre de cristal. Le lendemain il lui apportait une pendeloque de cristal qu'il avait prise sur un vieux lustre déniché chez un marchand d'antiquités. Ce fut le premier cadeau que Jelena apprécia en dehors de sa valeur marchande.

Elle s'était donné beaucoup de mal pour se faire admettre dans la bonne société sous le patronage d'une authentique femme du monde, et voilà qu'elle gâchait toutes ses chances ! Elle se laissait aller pour la première fois. Elle faisait non ce qui était utile, mais ce qui lui faisait plaisir. Elle passait tout le temps possible avec Alden. C'était un luxe plus coûteux que des fourrures ou des diamants.

Alden, sans aucun doute, se plaisait en sa compagnie. Et pourtant il restait sur la réserve, sans jamais s'en départir. Jelena attribuait son attitude à du respect. Elle en riait. « Éducation anglaise », pensait-elle. La saison avançait, Jelena entrevoyait ce qui arriverait alors. « Je me suis habituée à Frédéric », pensait-elle en manière d'excuse à sa conduite.

Quant à lui, il se montrait soucieux, distrait, gêné, d'humeur inégale. Ces symptômes réjouissaient Jelena. Un soir, il lui fit quitter la salle où l'on dansait et l'emmena par l'étroit sentier de la falaise jusqu'à la plage. Une brise d'été douce et chaude jouait avec sa robe légère.

– Voilà longtemps que je voulais vous demander une chose, Helen, dit-il très vite, voulez-vous, seriez-vous disposée à m'épouser ?

– Je ne sais guère ce qu'on répond dans ce cas, Frédéric, dit-elle, le souffle coupé.

– Attendez, j'ai encore quelque chose à vous dire.

Il jeta sa cigarette dans le sable et en alluma une autre aussitôt. Sa main tremblait. Jelena ressentit une profonde joie à le voir si troublé.

– Vous êtes très belle, Helen. Vous avez été très bonne pour moi. Vous n'avez pas cherché à me dire des mensonges comme aux autres. Je vous en sais beaucoup de gré. Naturellement, beaucoup des gens que nous fréquentons vous considèrent un peu comme une aventurière, Helen, quoiqu'on ne vous le fasse pas sentir. Le monde est devenu très petit et, en même temps, il est devenu plus tolérant, jusqu'à un certain point. Je vous en prie, Helen, ne parlez pas encore.

Il lui serra le bras lorsqu'elle voulut répondre. Elle se tut. Elle se sentait bafouée, ridicule.

– Vous n'êtes pas faite pour la grande aventure, Helen, et j'ai pensé que vous feriez certaines concessions pour être à ce prix admise dans la bonne société. Tout cela, je le dis plus durement qu'il ne le faudrait. Je veux vous parler sans détour. Écoutez-moi bien. Il faut que je me marie, tout de suite. Ma famille est très pieuse et très conservatrice. Il faut que je me marie pour faire taire certains bruits qui sont venus jusqu'aux oreilles des miens. Me comprenez-vous, Helen ?

– Pas très bien…

– J'espérais que vous me comprendriez. Vous avez de l'expérience ; et c'est pourquoi je viens à vous. Je ne peux pas épouser une petite jeune fille du comté qui ne saurait rien de la vie. Je… ne voulez-vous pas m'aider, Helen ?

– Bien volontiers. Mais comment ?

– J'ai… je n'ai aucun goût pour les femmes. J'aime un jeune garçon. Je ne pourrais pas le quitter, non, jamais ! Ce que je vous offre, c'est un nom convenable et une amitié très, très profonde, ma reconnaissance et ma… ma protection… si vous voulez que j'use de ce mot. Oh, ce n'est pas brillant, je sais ! Je dispose de mille cinq cents livres de revenu. Ce que je vous demanderai, c'est de me comprendre, d'avoir quelque complaisance pour moi, quelque tolérance… C'est oui, Helen ?

Ils allaient et venaient sur le rivage, le silence qui avait suivi les paroles d'Alden se prolongeait.

– Donnez-moi une cigarette, dit enfin Jelena.

Il scruta son visage à la lueur de l'allumette. Jelena avala une grande bouffée.

– Oui, finit-elle par dire.

Quelque chose mourut en elle qui avait commencé à vivre. Quelque chose se ferma qui aurait voulu s'ouvrir. Quelque chose de très doux qui s'était éveillé se fit dur comme pierre.

Elle fut une Mrs Alden parfaite, comme elle avait été une écolière modèle, un mannequin remarquable, une remarquable figurante de revue, une maîtresse irréprochable pour étudiants japonais. Tout ce qu'entreprenait Jelena, elle s'efforçait de le faire à la perfection… seulement, ce n'était jamais ce qu'elle aurait dû faire.

Dower House était une habitation du Hampshire, ensevelie sous le lierre, un peu humide dans les encoignures, d'un inconfort de bon ton, avec de grandes cheminées dans chaque pièce, de la belle argenterie ancienne, des serviteurs peu maniables, durs d'oreille mais d'un dévouement fanatique. Il y flottait une odeur de viande fumée. On y respirait un lourd ennui de bon ton. Jelena Helen Alden se fit plus réservée, plus hautaine que le reste de la famille.

Le dimanche, elle allait à l'église avec sa belle-mère et sa belle-sœur Mabel qui n'était pas mariée. Le soir on jouait au bridge ou on tricotait des vêtements de laine grise, rude et grossière pour une œuvre charitable. Les Alden allaient voir leurs voisins. Les voisins venaient les voir. Frédéric avait un pied-à-terre à Londres, Duke

Street, il y disparaissait à des intervalles assez espacés pour respecter les bienséances.

– Voulez-vous faire la connaissance de Gérald ? lui demanda-t-il un jour.

– Ce serait d'assez mauvais goût, je préfère l'éviter, répondit Jelena.

Elle se faisait l'effet d'être enterrée vive. Ses mains étaient toujours glacées. Quand le deuxième automne gris et humide vint peser sur Dower House, elle pensa au divorce. Le sentiment qu'elle avait eu pour Frédéric, elle l'avait étouffé avec une telle énergie et si parfaitement que maintenant les marques de la plus élémentaire politesse vis-à-vis de lui étaient pénibles.

Elle aurait pu le secourir, si elle avait tenté d'être bonne, au lieu de s'en tenir à une attitude strictement correcte. Elle ne vit pas qu'il était malheureux, qu'il allait et venait comme une bête traquée, qu'il brisait des centaines d'allumettes en regardant fixement le feu brûler dans la cheminée. Elle ne sut rien du chantage qu'on exerçait sur lui, du scandale dont il était menacé. Elle ignorait que Gérald, un joli petit acteur sans talent, avait quitté Frédéric. Et si elle l'avait su, elle s'en serait réjouie.

En octobre, Frédéric mourut. Accident de chasse, dit-on. Vie discrète, mort discrète. La maison revint au frère cadet de Frédéric, et Jelena resta sans autre revenu que la petite rente d'une assurance sur la vie.

Sotte affaire. « Veuve Alden, voilà ce que je suis », songeait-elle. Elle avait vingt-cinq ans.

Lord Inglewood était un ami de la famille d'Alden. Il avait vingt ans de plus que Frédéric. Il venait régulièrement le mercredi soir jouer au bridge. Son domaine d'Inglewood Hall était voisin de Dower House. Après la mort de Frédéric, il vint plus souvent, à cheval ou en voiture, tenir compagnie à Helen. Le jour du mariage, c'était lui qui l'avait conduite à l'autel. Il se sentait un peu responsable des suites de cette union. Jelena s'ennuyait terriblement en sa compagnie. Elle lui donnait poliment la réplique en étouffant ses bâillements.

Inglewood était ultra-conservateur. Il aboyait à tout ce qui ressemblait à un changement dans l'ordre établi, à tout ce qui sentait le progrès. La puissance, le prestige anglais allaient en s'affaiblissant.

C'était pour lui un sujet d'amer mécontentement. Sa pression artérielle laissait à désirer.

– Au lieu de prendre ce qui nous revient de droit, nous marchandons, nous chipotons, comme si nos ministres étaient des épiciers, grognait-il en lisant son journal.

Le temps où l'Angleterre pouvait joyeusement empocher sans scrupule une colonie après l'autre était passé. Les dominions devenaient de plus en plus indépendants. Aux Indes surgissaient des difficultés sans fin. Lord Inglewood était de ces hommes qui écrivent des lettres au *Times*. Il faisait collection d'armes, tirait la perdrix et s'entendait un peu à la culture des tulipes. Il entretenait Jelena de ses soucis politiques et de ses joies de campagnard, si longuement qu'elle pâlissait de fatigue et d'ennui.

Mais quand il se mit en tête de l'épouser, elle se réveilla et revint à la vie. Elle avait vingt-cinq ans, il en avait soixante-cinq. Elle pouvait espérer devenir sa veuve et son héritière dans un temps pas trop éloigné. Jamais Jelena n'avait calculé ses chances plus froidement, jamais non plus ses calculs n'avaient semblé promettre de plus beaux résultats. Lord Inglewood était, pour ainsi dire, seul dans la vie. Son frère cadet, Edgar, était mort à la guerre, lui laissant deux enfants qu'il avait élevés comme ses fils, mais ils ne lui avaient valu que des déceptions. Clarence, l'aîné, était depuis quelque temps entré au Parlement ; il s'était inscrit au Labour Party, passant dans le camp de ceux que Lord Inglewood, d'une voix tremblante de colère, appelait « ces canailles de radicaux ». Son discours sur l'abolition de la Chambre des lords avait été très remarqué ; le vieil Inglewood avait failli en avoir une attaque. Le cadet, un beau garçon nommé Bertie, avait terminé ses études à grand-peine, à force de protection. Puis après deux ans passés à Sandhurst, il avait fini par renoncer à la carrière militaire. Depuis, il traînait dans les clubs, les bars et les boîtes de nuit. Ce qui irritait Lord Inglewood plus que tout, c'était que, s'il venait à mourir sans enfant, son domaine irait à Clarence Russell. A l'idée qu'Inglewood Hall pût tomber entre les mains d'une de ces canailles de radicaux, le vieillard se sentait au bord d'une crise de foie. C'est pourquoi, lorsque Jelena lui donna à entendre qu'ils étaient tous deux bien seuls, bien déçus et qu'ils pourraient peut-être se consoler l'un l'autre de leurs déceptions, il sauta sur cette idée.

Épris déjà de la jeune veuve de son ami, il se sentit plus jeune, plus vert qu'il n'avait été depuis longtemps. Et tirant de la culture des tulipes des comparaisons flatteuses pour son amour-propre, il vint à espérer que de sa maturité, unie à la jeune beauté d'Helen, pourrait bien naître un héritier, objet de ses désirs. Jelena, ou plutôt Helen Alden, serra les dents, marcha droit vers le but qu'elle s'était assigné. Elle accueillit avec bonne humeur les ronds de jambe de son vieil amoureux, puisque à ce prix elle pouvait devenir Lady Inglewood et hériter les millions de Lord Inglewood.

Les courses de Goodwood eurent lieu sous la pluie comme tous les ans. Lord Inglewood y prit froid, éternua et dut garder le lit. Il se mit à tousser, frissonna de fièvre. Puis il sentit des douleurs dans la poitrine ; sa respiration devint pénible. Les médecins parlaient encore de bronchite alors que le vieux lord se mourait déjà d'une congestion pulmonaire. On l'enterra trois semaines avant la date fixée pour le mariage.

Pendant quelque temps, Jelena resta comme pétrifiée. Elle ne revint à elle qu'à l'ouverture du testament. Ce testament, dont le vieux *solicitor* de la famille donna lecture d'une voix tremblotante, avait été rédigé au moment où Clarence Russell s'était inscrit au Labour Party. Il héritait d'Inglewood Hall et du titre : c'était pour lui la fin de sa carrière socialiste. Mais le reste de la fortune, à l'exception de quelques petits legs particuliers, revenait à Bertrand Russell. « Au cadet de mes deux neveux qui n'est pas encore un membre utile à la société, mais qui du moins n'est pas un radical », avait stipulé le vieil Inglewood dans sa fureur.

Comme le testament était antérieur à ses fiançailles, le nom d'Helen n'y était même pas mentionné. Sa rancune contre le mort ne connut pas de bornes : s'il était mort, rageait-elle, c'était par pure méchanceté à son égard. Elle n'eut que haine et envie pour les héritiers.

Quand on offrait un whisky soda à Bertie Russell, il refusait en disant : « Je ne bois pas. » L'instant d'après, d'une main tremblante, il se versait un verre, puis un second… puis un autre… A la fin de la soirée, il était régulièrement ivre, toujours très correct, ses cheveux couleur de sable rejetés en arrière, bien lisses, impeccable dans son habit noir, poli, tranquille, peut-être seulement un peu trop droit et trop raide. Le lendemain, il se réveillait très abattu. Pour se remonter, il commençait sa journée avec du whisky. Une promenade à cheval achevait de le remettre d'aplomb. Il se promettait de ne plus jamais boire. « Merci, je ne bois plus », disait-il au club.

Comme tous les buveurs, il croyait qu'il pourrait s'empêcher de boire s'il le voulait, mais il n'avait encore jamais voulu. A jeun, il avait de lui-même un sentiment assez misérable : il se sentait vide, bon à rien ; à peine avait-il bu qu'il se sentait gentil garçon, plein d'esprit, en sympathie avec le monde entier. La déchéance d'une vieille famille se montrait en ce beau garçon, aux bonnes manières, qui ne se sentait vivre qu'en état d'ivresse.

Il avait en outre le goût des mauvaises fréquentations. Il se plaisait à courir les bouges de Lienehouse et des docks. Par euphémisme, on appelait cela faire la noce, une distraction très chic. Mais chez Bertie, il ne s'agissait pas de simple snobisme. Il restait attablé des nuits entières avec des matelots ivres et de vieilles prostituées du port, trinquant avec eux, se battant à l'occasion. Il rentrait, les yeux pochés, au petit matin. Il jetait n'importe quoi à la tête de Potter, son butler, qui n'en soufflait mot, soucieux de la respectabilité de son maître et de la sienne.

Quand Bertie s'agitait comme un fou furieux, ce qui arrivait parfois, ses amis inquiets faisaient appel au vieux médecin de la famille qui l'expédiait à la maison de santé. Il subissait précisément une de ces cures de désintoxication qu'on ne peut interrompre, quand son oncle mourut. Il ne parut ni aux obsèques ni à l'ouverture du testament. Il ne se montra que trois semaines plus tard pour faire à Helen une visite de condoléances. Helen vit un joli garçon bien tranquille, de bonnes manières, d'un an plus jeune qu'elle, à supposer que l'âge indiqué sur le passeport de la jeune femme fût exact. Bertie était naïvement, et même un peu bêtement, fier d'avoir fait sa cure. Loin d'en faire mystère, il aimait à en parler.

– Ils ont là des méthodes fichtrement épatantes ! disait-il. Ils vous emballent proprement, vous ligotent, comme ces machins qu'on voit dans les musées – comment appelez-vous ça ? – des momies. Quand on a été ficelé tous les après-midi comme une momie, c'est extraordinaire comme cela vous fait passer l'envie de boire. Vous pourriez maintenant, à la minute m'offrir le meilleur whisky : Non, merci ! Essayez, je vous en prie, si vous ne me croyez pas.

Helen n'essaya pas. Elle examinait le jeune homme, cherchant à estimer ce que pouvait valoir ce garçon inculte, désarmé, à la tête vide. Elle décida de l'épouser. « Je ne peux pas me laisser dépouiller de cinq millions de livres par cet idiot », pensait-elle.

Sans doute, c'était l'aîné qui avait hérité du titre. Helen se contenterait d'épouser l'argent… et l'*Honourable* Bertie Russell par-dessus le marché. Elle se dit qu'elle ferait de lui ce qu'elle voudrait. Elle se sentait assez forte pour inoculer à Bertie sa propre ambition et pour le guider dans la vie.

Helen étant décidée à épouser Bertie, elle l'épousa, aussitôt qu'elle put quitter décemment le deuil de son fiancé. Mais là s'arrêta l'influence qu'elle put prendre sur son mari. Il était comme un vase fêlé qui ne retient plus rien, comme un outil brisé, hors de service, comme une machine détraquée qui ne tourne plus.

On l'avait déshabitué de boire. Pendant quelque temps il refusait les verres de whisky de l'air d'un danseur de corde qui fait un tour difficile. Puis Helen crut remarquer dans son regard comme une flamme vacillante, et dans sa manière d'être des moments d'euphorie. Elle découvrit qu'un ami lui avait donné de la cocaïne. Elle intervint avant qu'il eût pu s'y habituer. Par bonheur il avait horreur de tout ce qui était piqûre, de sorte qu'il ne risquait pas de devenir morphinomane. Il se plaignit alors de maux de tête et se mit à avaler par centaines des pilules : aspirine, pyramidon et autres remèdes universels. Il en éprouva quelque soulagement. Quand son médecin voulut le rationner, il se remit à boire.

Si Helen avait eu du cœur ou simplement un peu de sensibilité, elle aurait pu le sauver. Mais si elle avait eu du cœur, Alden n'aurait pas fini par se suicider ; sa vie d'ambitieuse n'aurait pas été une suite de succès qui en réalité étaient des échecs. Jelena n'avait pas de cœur, ou si elle en avait, il était trop profondément pétrifié ou revêtu d'une carapace trop dure. Elle renonça à toute ambition pour son mari. Au début, elle s'était donné beaucoup de peine pour sauver au moins les apparences. Mais lorsqu'il fut visible à tous que Bertie s'enivrait, lorsqu'il se remit à priser de la cocaïne, elle renonça à lutter pour se retrouver toujours désillusionnée, devant le néant. Quand elle n'eut plus à choisir qu'entre le désespoir doré et l'ennui sinistre, elle se mit à voyager.

Dans ses moments de lucidité, Bertie subissait entièrement l'influence de sa femme. Il était à elle, pieds et poings liés. Quand il était ivre, une sombre fureur de jalousie s'emparait de lui. Il la suivait partout où il lui prenait la fantaisie d'aller. Il exigeait de partager sa chambre. Il lui arrivait parfois de pleurer pendant des heures sur son épaule sans qu'elle eût un geste de pitié. Parfois aussi, il la battait. Helen Russell, une des femmes les plus riches d'Europe, merveilleusement habillée, couverte de bijoux, fardée, parée comme une idole, traînant partout son ivrogne de mari, errait de ville en ville : Paris, Monte-Carlo, Salzbourg, Varsovie, Budapest, Nice.

On les voyait tous deux partout où l'on pouvait s'étourdir, partout où l'on pouvait ne pas entendre les voix intérieures, partout aussi où le spectacle d'un gentleman ivre en habit noir n'étonnait personne.

Au Touquet, au moment où elle quittait la table de chemin de fer, un Anglais aux cheveux gris s'approcha d'elle. Elle avait une robe de soirée blanche. Elle portait ses émeraudes, ses paupières étaient fardées en vert.

– Vous aimez le jeu, Mrs Russell ? demanda-t-il. Je vous ai observée. J'ai eu déjà le plaisir de vous être présenté… à l'enterrement du pauvre Inglewood.

– Je me rappelle, dit Helen. – le capitaine Cyrill Sanders était un personnage important dans l'Intelligence Service : Oui, je joue. La vie est si ennuyeuse.

– C'est bien vrai, dit Sanders. On me dit que vous allez faire le tour du monde avec votre mari. Peut-être le voyage vous intéresserait-il davantage si vous aviez quelque chose à faire ?

– Que voulez-vous dire ? demanda-t-elle les yeux fixés sur ses bagues.

– Oh ! rien que d'innocent. Vous avez de l'expérience, vous savez beaucoup de langues, et vous vous connaissez en hommes. Écrivez-moi quand vous verrez chemin faisant des choses intéressantes… ou importantes pour l'Angleterre… ajouta-t-il.

– Et cela me rapportera ?… demanda Helen pour qui tout était objet de calcul.

– Quoi ? le jeu, l'attrait, l'excitation du jeu ; peut-être une pointe de danger ? Je vous ai toujours tenue pour une femme ambitieuse. Vous pouvez nous rendre des services, quoique votre mari ne se soucie guère de servir l'Angleterre…

Helen réfléchit avant de répondre. Elle avait toujours cru que le Service secret avant de recruter ses agents et ses espions leur faisait subir, portes closes, des épreuves prescrites par un rite mystérieux. Elle releva la queue de sa robe.

– Bien, dit-elle. Peut-être vous enverrai-je de temps en temps une carte postale si… je m'ennuie trop.

Elle s'embarqua sur le *Victoria* suivie de son mari, de son chien, d'une femme de chambre, d'un valet de chambre, de dix-huit malles ; les escortait une bande d'amis qui avaient copieusement arrosé le départ. Dans les yeux de Bertie, les pupilles étaient réduites aux dimensions d'une tête d'épingle. Elle fouilla ses bagages, son lit, ses poches, et trouva la poudre blanche dans un tube de pâte dentifrice. Elle la jeta dans la mer par le hublot de la cabine.

LUNG YEN

Le bruissement sec des bambous agités par le vent berça les premières années de Lung Yen. La maison de famille – la maison des ancêtres – s'élevait au creux de deux collines, un peu à l'écart du Village-des-Montagnes-claires ; ses murs crépis de blanc étaient entourés de champs. Le toit était de paille : solidement assemblé au faîte par des liens de fibre, il s'incurvait doucement, en forme de bateau, vers le sommet. La paille, décolorée par le soleil et la pluie, avait pris un ton argenté. L'ombre des bambous s'agitait sur les murs. Au printemps, le poirier était tout blanc de fleurs ; ses feuilles, d'abord couvertes de duvet, brillaient ensuite comme du satin. En automne, les gros fruits ronds tombaient dans l'herbe avec un bruit sourd, bien agréable à entendre. De beaux nuages passaient dans le ciel. Dans la mare creusée près du temple barbotaient autant de canards que Lung Yen avait de doigts à une main. Le « Vieillard », le père vénéré, sortait de la maison, portant avec précaution un oiseau dans une petite cage de bambou. L'oiseau couleur d'or s'appelait Ying. Il avait une voix semblable à la flûte dont jouait au marché le mendiant aveugle. Parfois, le vieillard descendait avec l'oiseau jusqu'au canal, s'asseyait sur le talus d'où l'honorable oiseau et l'honorable grand-père, béatement, regardaient les bateaux glisser devant eux. Parfois, il portait Ying au soleil, suivait avec lui les digues des champs de riz et l'oiseau chantait alors à plein gosier. D'ordinaire, l' « Honorable Vieillard » portait la cage jusqu'à la grande tige de bambou dressée à côté de la maison où l'on suspendait aux jours de fête la « Lanterne du Ciel ». Il hissait la cage le long du mât jusqu'à ce qu'elle pendît, minuscule, tout en haut : alors l'oiseau chantait un chant d'allégresse. Le chant des alouettes, le matin, n'était pas plus clair ni plus beau que le chant de l'oiseau Ying. Lung Yen commença de découvrir le monde du haut du dos de sa mère. Solidement attaché par une bande d'étoffe, il allait partout avec elle comme s'il était encore une partie d'elle-même. Quand elle faisait la cuisine, elle le déposait tout près d'elle sur la terre battue, dans un nid qu'elle lui arrangeait avec de vieilles robes ouatées. Il regardait monter la vapeur qui s'échappait des marmites maçonnées dans le mur. Quand elle s'en allait laver le linge au canal, elle le reprenait sur son dos. Tactactac, disait le battoir en bois dont elle battait le linge sale. Slop, slop, slop, disait l'eau ruisselant sur ses mains vives.

Quand elle travaillait aux champs, elle le posait parfois au bord du sillon. Mais s'il se mettait à crier, elle le reprenait vite sur son dos où il était si bien au chaud.

Quand vint un autre enfant et, qui pis est, une petite sœur, elle le chassa de ce nid douillet et le bébé prit sa place : Yen se sentit profondément froissé. Sa mère, accroupie à la lisière du champ, donnait à téter à la petite créature méprisable. Yen, qui se tenait déjà sur ses jambes, attendait avec impatience, la bouche ouverte, que sa mère lui donnât ce qui restait encore dans son sein. Son père, le travail fini, le prenait sur ses genoux, l'exhortant à se montrer plus sociable. Il consentit à apprendre à cette petite fille, sa sœur, à marcher, comme son frère aîné le lui avait appris. Il lui passait sa ceinture sous les bras et la traînait de-ci de-là jusqu'à ce qu'elle sût mouvoir elle-même ses jambes grasses. Puis, pendant longtemps, il ne naquit plus d'autre enfant.

Trois années durant, les champs de la famille Lung avaient donné de bonnes récoltes. Les enfants étaient dodus – tout comme les poules et les onze porcelets que la truie avait mis bas. Le père les porta l'un après l'autre à la ville, les vendit au marché et en rapporta toutes sortes de bonnes choses : du thé, de la pâte de fèves, de la cotonnade bleue, assez pour habiller de neuf toute la famille. La vieille maman surveillait sa bru et lui faisait faire avec du riz des gâteaux de lune pour les offrir aux esprits vénérés des ancêtres : il fallait qu'eux aussi eussent leur part de ces années d'abondance.

Lung Yen eut une enfance heureuse, sans jouir cependant dans la maison d'aucun privilège particulier. Il était, en somme, le fils cadet du fils cadet : il n'y avait pas de quoi être fier. Mais il appartenait à la famille Lung, une famille de paysans considérés, établis dans le village depuis huit générations. Le « Vieil Homme », le sage grand-père, siégeait au conseil des doyens du village. Ils possédaient cinq champs de bonne terre noire patiemment travaillés par tous les Lung et qui donnaient encore des récoltes. De vieilles sépultures dressaient leurs terres çà et là dans les champs, ombragées de cyprès où les esprits des ancêtres pouvaient venir se reposer. Quand ils labouraient, les hommes de la famille guidaient leurs buffles de façon à contourner les tertres avec précaution. Le jour de la fête des ancêtres, ils allaient de tombe en tombe, portant des aliments et de l'encens. Ils s'inclinaient trois fois jusqu'à terre et confiaient silencieusement aux ancêtres les vœux qu'ils devaient aider à réaliser.

Beaucoup d'êtres humains habitaient sous le toit de chaume. La nuit, la maison était pleine de toux, de ronflements, parfois des cris d'un dormeur qui faisait un mauvais rêve, et aussi des grattements quand le buffle se frottait au mur de terre. Il y avait le patriarche et la grand-mère, leur fils aîné – l'oncle de Yen – avec sa femme, qui était lente au travail, parce que c'était une femme de la ville qui avait les pieds bandés. Elle avait apporté quelque argent à une époque où la maison et les champs étaient grevés d'hypothèques. Elle avait trois enfants ; le fils aîné, Lung Fu, garçon intelligent, une fille et puis un autre fils. Dans la maison vivait aussi un jeune oncle, le plus jeune frère du père de Yen, un garçon joyeux, adroit de ses mains, qui savait réparer le toit, faire une chaise de bois pour la « Vieille Dame », et qui gagnait toujours au jeu des doigts.

Un an avant la naissance de Yen, un édit impérial avait interdit brusquement aux paysans la culture du pavot qui sert à faire l'opium. Les paysans s'endettèrent. Ce fut la misère : quand on contrevenait à l'édit, qui n'accordait que trois ans de délai pour transformer les cultures, il fallait soudoyer les fonctionnaires du Yamen, sinon on subissait les peines prévues par l'édit. Ou coupa beaucoup de têtes qui furent exposées sur les murs de la ville.

Les diables étrangers n'en continuèrent pas moins, malgré l'édit, à importer l'opium venu des pays situés au-delà des quatre mers : pour ceux qui ne purent se passer de la coûteuse mixture étrangère, ce fut bientôt la déchéance, puis la misère. Yen aimait à entendre raconter ces histoires du temps passé, de ce temps où les mandarins paradaient dans leurs ceintures empesées, des plumes de paon ou des boutons de corail au bonnet ; où les étudiants s'en allaient en cortège passer solennellement les examens d'empire. Mais Lung Fu, son cousin, le fils aîné de l'oncle, se moquait de lui : « Histoires bonnes à bercer les enfants », disait-il.

Lung Fu allait à l'école du village où il apprenait à écrire, à lire et à compter. Il rendait les plus grands services au moment de la vente de la récolte. Pendant le reste de l'année c'était un beau spectacle de le voir tenir un journal, le lire en épelant et raconter ensuite à la famille réunie pour l'écouter les choses qui se passaient dans l'empire du Milieu.

Sun Yatsen s'était emparé du pouvoir : on disait de lui qu'il était plus grand que Confucius dont les enseignements avaient, pendant plus de deux mille cinq cents ans, fixé la vie, les mœurs et les usages de son peuple. Trois ans après la naissance de Yen, les provinces avaient usé de leur droit antique de déposer le souverain quand il ne gouvernait pas selon la vertu. La dynastie mandchoue avait disparu.

Malheureusement, les fonctionnaires, loin de devenir meilleurs, se montraient pires. « Si tu veux garder ton buffle, ne va pas au Yamen », disait le Vieil Homme. Lung Yen apprit de son grand-père les bonnes manières, et avant tout la politesse qui vaut plus que l'argent. Le Vieil Homme s'efforça également de lui inculquer les quatre vertus cardinales. Il leur arrivait d'échanger à la dérobée un sourire, quand Fu, l'aîné, qui avait étudié, élevait la voix et se montrait impertinent et grossier dans ses propos.

Ces premières années de la vie de Lung Yen furent calmes comme une eau dormante où les choses viennent se refléter. Il descendait souvent au canal et regardait les pêcheurs qui faisaient plonger leurs cormorans. Ceux des oiseaux qui ne travaillaient pas étaient perchés, enchaînés au bord des barques, battant des ailes, jaloux de leurs congénères qui de leurs longs becs cueillaient les poissons. Le pêcheur leur laissait les petits poissons, et gardait les gros pour lui. Des barques aux voiles couleur de rouille glissaient sur le canal. Un héron blanc prenait son vol au bord des champs de riz. Sur l'étroit chemin de halage, empierré, grinçaient les charrettes des coolies traînant leurs fardeaux. A leur grincement répondait la note grave et monotone d'une roue élévatrice mue par un buffle tournant en rond. Dans l'air des libellules rouges, immobiles, s'envolaient soudain dans un éclair. Les saules laissaient tomber dans l'eau leurs branches en une courbe harmonieuse. Une mère suivie de trois enfants descendait le talus en trottinant, portant sur l'épaule un bambou d'où pendaient deux seaux.

« Ma mère aussi est forte », pensait Yen avec satisfaction. Elle avait de grands pieds, marchait d'un pas assuré, sa large face disait la femme de devoir à qui l'on peut faire confiance. Grâce à elle, jamais de dispute à la cuisine ; respectueuse, empressée, elle obéissait en tout à la Vieille Dame : comme si l'esprit nouveau avait passé sur elle sans la toucher.

Yen s'en allait souvent très loin, jusqu'à Fu Kang, la petite ville dont on voyait toujours les remparts gris à l'horizon. Une légère brume bleue flottait en tout temps sur les champs de riz, sauf vers la fin de l'automne : alors seulement les collines et les arbres se dessinaient en lignes nettes.

La route qui menait à la ville franchissait l'arche élevée d'un pont : il y avait toujours sur le parapet de pierre des gens assis à regarder l'eau. Des hommes âgés, des hommes comme l'honorable grand-père se retrouvaient là, portant leurs oiseaux ou fumant leurs longues pipes à fourneau minuscule.

Il faisait frais sous la porte de la ville : le cœur de Yen battait très fort quand il se risquait si loin de la maison. Mendiants et marchands de châtaignes et de fruits tenaient leurs assises derrière la haute voûte d'entrée. Quelques petits hommes, coolies de riksha, paressaient là entre leurs brancards. Ils plaisantaient Yen, lui criant :

– Qu'est-ce que c'est que ça qui se promène sur deux pieds et n'a pas de dents ?

Il fermait bien vite sa bouche brèche-dents, et passait rapidement en s'efforçant de prendre un air digne. Car le Vieil Homme lui répétait sans cesse le proverbe : « Dignité vaut mieux que robe de soie. »

En passant près de la tour aux Enfants, il se retenait de respirer, tant l'odeur qui en sortait était insupportable : sans doute la tour ne servait-elle plus comme au temps jadis dont parlait le grand-père qui savait tant de choses. Mais il arrivait encore qu'on y jetât des petites filles dont on n'avait pas souhaité la naissance, et aussi des garçons près de mourir avant d'avoir eu leurs premières dents. Il était très important de ne pas les laisser mourir à la maison : on empêchait ainsi leurs esprits inapaisés de rôder dans la maison.

Yen sentait souvent ces esprits errants dans les parages de la tour aux Enfants lui tirer le nez ou verser du froid dans son dos. Il se cachait le visage dans ses mains et s'éloignait à toutes jambes de ces lieux pleins de dangers, à travers des nuées de grosses mouches bleues, poursuivi par les aboiements des chiens qui rôdaient près de la tour et des petits cadavres en décomposition.

Aussitôt franchis les murs de la ville, on voyait les maisons de thé, les cuisines en plein vent à la bonne odeur chaude d'ail et de graisse, et la rue où habitaient les jolies petites chanteuses. On y voyait aussi un écrivain public, un homme très savant, un homme du temps jadis coiffé d'un bonnet de mandarin et le nez chaussé de lunettes; à côté de lui, un diseur de bonne aventure qui savait lire dans les lignes de la main et du visage.

Mais ce n'était pas cela qui attirait vers la ville le petit Yen. C'étaient les prodiges qu'il voyait s'accomplir sous ses yeux à mesure qu'il grandissait et qu'avec les années il comprenait plus de choses. C'étaient les maisons à la mode étrangère, avec leurs toits tout droits et leur multitude de fenêtres où jouait la lumière du couchant; les boutiques où s'étalaient les marchandises des diables étrangers.

C'était redoutable, mais si attirant! Des jeunes gens, vêtus à la mode d'Occident, stationnaient dans la rue en fumant des cigarettes. Il était arrivé à Yen de ramasser un bout de cigarette et d'achever de la fumer. La salive lui en était venue à la bouche, âcre et amère, et la tête lui tournait. Malgré tout il avait envie de sentir encore ce goût âcre et amer et ce léger vertige. Pour tout dire, la perspective de trouver quelque bout de cigarette était un des principaux buts des expéditions de Yen vers la ville.

A peine le jaune crépuscule s'était-il éteint, à peine les rues se remplissaient-elles d'ombre que d'un seul coup les lumières s'allumaient sur les places, aux coins des rues, dans les boutiques et même dans les maisons d'habitation. C'était la force de la foudre qui donnait à ces lampes leur éclatante lumière blanche; Yen avait appris cela de son cousin plus âgé que lui. Yen contemplait bouche bée cette chose prodigieuse apportée d'Occident en Chine par les étrangers. Il enviait les jeunes gens qui circulaient sur des bicyclettes, plus vite et d'une allure plus égale que les barques sur le canal.

Mais l'endroit le plus excitant, c'était la place où, une fois par jour, s'arrêtait le char à feu, soufflant très fort, comme un monstre méchant qui se serait frayé un passage à travers le rempart de la ville. Yen calculait d'après le soleil à quel moment il lui faudrait être à la station pour assister au spectacle. Il y avait là beaucoup de monde : on se pressait contre la barrière pour voir l'arrivée et le départ. Il y avait là des femmes avec leurs enfants sur le dos et même des jeunes filles de bonne famille, car les mœurs se relâchaient de jour en jour. Yen s'en revenait à la maison des ancêtres le ventre et la tête farcis d'expériences nouvelles. Sa mère dit un jour au père :

– Ton vaurien de cadet a déclaré qu'il veut aller à l'école des diables étrangers.

Le père, occupé à prendre son repas du soir, le regarda par-dessus son bol de riz et dit simplement :

– Les cygnes ne sortent pas des œufs de cane.

Pour apprendre aux jeunes filles à labourer, on les attelle avec leurs mères. De même Lung Yen suivait son père et son oncle pour apprendre à cultiver la terre. Son travail consista d'abord à faire rentrer les canards à la nuit; puis on le mit derrière le buffle qui faisait marcher la roue du puits : il avait à le faire tourner en rond pour que les champs eussent de l'eau en quantité convenable. Ensuite, il assista au repiquage du riz mais il ne s'y montra pas tout d'abord très habile.

Le jour où son père lui mit dans la main le mancheron de la charrue et où, tremblant sous le coup de l'émotion et de l'effort, il essaya de tracer un sillon dans la terre grasse – son premier sillon, pas très droit et même raté –, il fut très fier et sentit que, maintenant, il était un homme. Ce petit homme, c'était Lung Yen, fils de paysans, issu de toute une longue lignée de paysans, Lung Yen, garçon de dix ans, la tête rase sauf une longue mèche noire sur le front, les jambes fortes, la poitrine bombée, un peu de biceps, fils cadet d'un fils cadet, né en un temps ou toutes choses devenaient autres qu'elles n'avaient été pendant des millénaires.

La nuit du jour de l'an, selon une vieille coutume, on fixait à l'entrée de la maison les images des guerriers qui veillaient sur la porte. Le village retentissait du bruit des fusées, et la famille mangeait de la viande, des beignets, des plats sucrés. Les ancêtres eux aussi prenaient part à la fête. Hors de la maison, aux montants de la porte pendaient des bandes de papier portant des devises : *Vent doux et pluie au bon moment, Paix dans le pays, Joie aux hommes*. Elles pendaient encore quand vinrent les mauvais jours, et la guerre qui ravagea le pays.

Si Yen n'avait pas été un enfant, il en aurait su plus long sur les faits inquiétants qui précédèrent l'invasion des soldats : de lourds impôts pesaient sur le paysan, des impôts qu'on aurait pu payer si les dieux avaient accordé une bonne récolte.

Mais maintenant c'était l'hiver, un temps de « huit-robes ». Il faisait froid dans la maison, plus froid encore au-dehors. Les provisions étaient presque épuisées. Une mince couche de glace grise couvrait le matin la mare aux canards.

Personne n'était en mesure de payer d'avance trois années d'impôts, comme on le demandait. L'oncle et le père de Yen prirent dans la maison tous les objets qui n'étaient pas indispensables et les portèrent en ville au prêteur sur gages. Ils en tirèrent dix-huit taëls pour lesquels ils durent encore payer chaque mois des centaines de sous d'argent percés. Lung Fu se livra à des calculs difficiles et compliqués :

– Douze pour cent d'intérêt par mois. affirma-t-il.

L'honorable grand-père restait assis sans mot dire, comme s'il n'avait rien entendu, comme s'il ne s'était pas aperçu que le chandelier de cuivre, l'objet le plus précieux de la maison, n'était plus sur l'autel des ancêtres.

Aux portes de la ville, on pouvait lire chaque jour de nouvelles affiches ; les gens stationnaient là, en groupe. S'il se trouvait quelqu'un sachant lire, il indiquait aux autres ce que les autorités demandaient. La province de Kiangsu s'agitait pour sauvegarder les droits des pauvres gens ; mais en même temps les seigneurs de la guerre extorquaient au peuple jusqu'à sa dernière sapèque, jusqu'à son dernier grain de riz.

Les doyens du village se réunirent et décidèrent l'envoi d'une députation au Yamen afin de demander des délais pour le paiement des impôts. Ces hommes simples avaient encore dans le sang la crainte et le respect de la classe des fonctionnaires : aussi ne purent-ils rien obtenir.

– Va au Yamen, marmottait le Vieil Homme, en se réchauffant les mains au foyer, on te donnera un chat et tu perdras ta vache.

Dans la ville, les boutiques des étrangers furent prises d'assaut et mises au pillage. Un bruit courait, obstiné : les diables étrangers n'auraient fait passer la loi sur la culture du pavot que pour gagner davantage en vendant l'opium qu'ils fabriquaient eux-mêmes. Le gouvernement s'était livré à un acte de désespoir : il avait acheté les stocks d'opium des étrangers et les avait brûlés ; il avait brûlé les contributions extorquées aux paysans en les saignant aux quatre veines. Malgré tout – comment cela pouvait-il se faire ? – il y avait dans le pays plus d'opium qu'auparavant. Après un léger recul, le vice reparaissait maintenant partout. Dans la Ville-au-bord-de-la-mer, à Shanghaï, la ville des étrangers, on pouvait fumer l'opium autant qu'on voulait : pourvu qu'on pût payer.

Des étudiants arrivaient maintenant dans la ville et même dans les villages, des jeunes gens de bonne famille qui avaient étudié au pays des étrangers. Ils faisaient appel aux sentiments de fierté et de dignité des hommes, et promettaient aux femmes un sort meilleur. Dans le Shantung étaient installés depuis longtemps les Japonais, ces petits hommes bruns, ces parvenus méprisés, détestés, qu'il s'agissait maintenant de combattre. A l'ouest, il y avait la Russie, un pays presque aussi grand que la Chine. Là aussi, l'empereur avait été détrôné ; des lois nouvelles assuraient aux paysans, aux pauvres, l'exercice des droits nouvellement acquis. Les villageois écoutaient les orateurs, le visage ferme, impénétrable. Ces nouveaux guides n'avaient pas la courtoisie ni l'élégance de ceux qui jadis opprimaient le peuple. Ils ne citaient pas les classiques, ne se montraient pas arrogants. Ils avaient de bonnes intentions, mais leur séjour à l'étranger les avait transformés eux-mêmes presque en étrangers. Ils s'exprimaient en chinois, mais ils avaient des voix grossières et usaient de mots nouveaux, inconnus : communisme, nationalisme, parti nouveau. Ils adjuraient les paysans d'envoyer leurs enfants dans les écoles, de ne pas tant cracher, de s'unir entre eux dans tout le pays contre les grands propriétaires et les usuriers. Ils parlaient d'une répartition nouvelle plus équitable des terres, de l'annulation de toutes les dettes.

« Les jeunes chiens aboient plus fort que les autres », disait le Vieil homme. Il avait bien froid à rester assis immobile dans la maison glacée ; les autres avaient mis en gage le petit réchaud où il se chauffait les mains. Il toussait obstinément et crachait plus que jamais.

Puis vinrent les soldats et ce fut la guerre entre les provinces du Kiangsu et de Chekiang. « Une seule fois la guerre est pis que trois fois les sauterelles », disait le vieux père. Il avait raison comme toujours. Le village disait : « Un chien en paix vaut mieux qu'un homme en guerre. » Ce n'étaient pas des régiments, c'étaient des hordes sauvages qui envahissaient le pays, sans aucune des quatre vertus, mais pleines de méchanceté et de vices. Elles piétinaient les champs comme si elles n'avaient jamais entendu parler de semailles ou de moisson. Elles ne respectaient même pas les tombes et se comportaient dans les maisons comme un troupeau de buffles sauvages. Elles arrachaient les portes et s'en servaient pour dormir, si bien que les bêtes s'enfuyaient des étables et que le vent pénétrait dans les chambres. Elles violentaient les femmes, et toutes les familles qui pouvaient en faire la dépense envoyaient leurs filles au loin chez des parents habitant des régions plus paisibles. Le père de Yen se prit de querelle avec un soldat qui portait la main sur la fille de son frère : le soldat l'abattit et le piétina. De ce jour, le père rendit du sang par les entrailles et il ne tarda pas à mourir dans de terribles souffrances.

Malgré leur férocité, ces soldats étaient généreux. Après le pillage ou quand ils touchaient leur solde, ce qui arrivait rarement, ils jetaient aux enfants des pièces de monnaie et riaient de les voir se battre pour les ramasser. Ils apportaient du vin dans les maisons où ils logeaient et invitaient tous les habitants à manger et à boire avec eux.

Mais pour payer les soldats, les seigneurs de la guerre avaient besoin d'argent. Ils étaient extraordinairement ingénieux pour imaginer des impôts nouveaux, pour tirer de la province ce qui y restait encore : impôt sur tout cochon qui naissait, si bien que les paysans suppliaient le dieu de la fécondité de rendre leurs truies stériles ; impôt sur chaque fils, impôt sur les mariages et les enterrements ;

jusqu'à un impôt sur l'encens que l'on offrait aux dieux pour débarrasser le pays des soldats.

La guerre allait et venait. beaucoup d'extorsions, peu de combats. Que l'un ou l'autre gagnât ou perdît, le peuple avait toujours à payer. L'honorable grand-père disait : « Les soldats sont des loups quand ils sont victorieux, des tigres quand ils sont en retraite. »

Les enfants, dans un coin de la cuisine, avalaient dans leurs bols de l'eau chaude ; la mère essayait de leur faire croire que c'était de la soupe. Le jeune oncle dit tout à coup :

– Nous devrions nous remettre à cultiver les pavots. Qui fume la drogue étrangère ne sent pas la faim.

La mère de Yen geignait dans la pièce voisine. Dans toute cette misère, elle accouchait, assistée par la tante de Yen. L'enfant était un nouveau petit frère qui hurlait toute la nuit. Il aurait fallu lui mettre un petit bonnet, et des chaussures décorées d'une tête de tigre. Mais la famille Lung était devenue si pauvre qu'elle ne pouvait même plus vêtir ses fils comme il convenait à leur condition.

L'amère plaisanterie du jeune oncle devint vérité : le seigneur de la guerre qui commandait la région ordonna que pour chaque *mo* de terre que l'on possédait on cultivât un demi-mo en pavots. Ces pavots, ses hommes à lui les percevaient en guise d'impôt. Quant aux paysans, ils n'avaient qu'à se débrouiller pour vivre sans riz et sans nourriture.

Cet été-là, Yen vit pour la première fois un champ de pavots. Les hommes de la famille avaient mis en pavots leur meilleur champ, celui qui descendait en pente douce vers le canal ; ils avaient commencé par semer du trèfle puis, ce trèfle aux fleurs rouges tout bourdonnant d'abeilles, ils l'avaient enterré en y passant la charrue pour engraisser le sol dévasté par les hordes guerrières. Et voilà que maintenant les fleurs de pavot se balançaient sur leurs longues tiges. Quand le vent y passait, c'était comme la caresse d'une main sur un grand visage paisible. Dans chaque fleur, il y avait des ombres noires, noires comme les ombres que l'opium met aux paupières des fumeurs. Du champ montait une odeur lourde, une odeur que Yen aspirait à pleines narines.

Au cours de ces années de guerre, il était devenu grand garçon ; il commençait déjà à penser aux femmes. Quand vint le temps de percer les capsules des pavots, il se mit au travail avec ardeur. Au moyen d'un canif, il entaillait la capsule. Le lendemain matin, il roulait le suc visqueux dans les pétales desséchés. En cachette il mangea un peu de cette pâte au goût de résine ; il eut la même impression que jadis quand il avait fumé son premier mégot. Un nuage passa devant ses yeux. Il sentit son cœur se soulever. Il fit des efforts convulsifs pour avaler et finit par s'endormir, couché tout contre le buffle amaigri, dans l'étable où les trous du mur étaient bouchés par de la paille.

En ce temps beaucoup d'habitants de la région tombèrent malades de la maladie « chaude-et-froide », à laquelle ni la médecine de jadis ni la nouvelle ne connaissaient de remède. On brûla des branches de cyprès aux portes des maisons et à l'entrée du village, sans grand résultat. L'épidémie gagna tout le district et prit une telle gravité qu'on ne trouvait plus de cercueils.

– Tu peux jeter de l'argent dans la rue, personne ne le ramassera, on a trop peur de la contagion, soupirait la mère de Yen.

Yen tomba malade, lui aussi. Il endura des souffrances telles qu'il n'aurait jamais cru pouvoir les supporter. Il restait étendu sur son lit sans bouger, sans parler, se tordant de douleur quand il souffrait trop ; il n'avait de répit que dans les moments où il perdait connaissance. Le grand-père, le patriarche vénéré, mourut et la petite sœur aussi mourut. Mais Yen guérit. Il s'agissait maintenant de faire au défunt grand-père les funérailles conformes à son rang. L'oncle s'en fut à la ville trouver un homme riche et lui parla humblement. Il hypothéqua la maison et les champs comme cela se doit, quand il s'agit des obsèques d'un père. Tous ses parents proches ou éloignés l'approuvèrent – sans rien dire – d'avoir rempli son devoir filial.

La famille Lung se trouvait complètement ruinée, sans qu'il y eût de sa faute, comme il arrive si souvent. Les hommes n'étaient ni ivrognes ni joueurs. Ils n'allaient pas dépenser leur argent dans les maisons de thé ou avec ces filles, belles comme des papillons, habiles à sucer l'argent des hommes comme les abeilles extraient leur miel des fleurs. Les femmes étaient travailleuses, économes, et ne se disputaient pas plus qu'il n'est inévitable quand on est plusieurs à faire la cuisine sur un seul foyer. Même les enfants, dans la mesure de leurs moyens, faisaient honneur à la famille, depuis Lung Fu passé maître en calcul et dans l'art de lire et d'interpréter les nouvelles ordonnances, jusqu'au petit frère de Yen qui savait déjà garder le buffle. Le plus durement frappé était le jeune oncle. Fiancé depuis longtemps à la fille du voisin, il ne pouvait, dans la ruine de la famille, penser à se marier.

– On ne peut rien à cela, disaient-ils tous, résignés.

Les funérailles, le feu d'artifice dont ils ne songèrent pas à faire l'économie, le repas qu'ils offrirent à leurs parents et amis leur donnèrent toute satisfaction.

Dans ce temps-là le mécontentement grandit parmi les habitants du Kiangsu. Jusque-là calmes et résignés, ils en vinrent à un tel degré d'exaspération qu'ils se révoltaient à l'idée que depuis des centaines et des centaines d'années les pauvres eussent toujours à payer pour permettre aux riches de vivre dans l'abondance et le désordre. La jeunesse se réunissait dans l'échoppe d'un tailleur, écoutant les discours d'hommes venus des grandes villes, de Canton et de Hang-Kéou pour leur donner courage. Lung Fu, le cousin de Yen et son aîné, assistait souvent à ces réunions secrètes et parlait à Yen du parti nouveau. Yen, curieux comme on l'est à son âge, accompagna Fu à la réunion suivante. Il ne comprit pas tout ce que l'on y disait. Mais les autres ne comprenaient pas davantage. L'air stupide, le visage sans expression, ils écoutaient; les muscles de leurs tempes ne tressaillaient que lorsqu'on venait à rappeler telle humiliation, tel affront, tel acte de brigandage commis dans la région. Yen ne comprenait qu'une chose : il fallait un changement, un changement en mieux. Et puis l'orateur lui était sympathique : c'était un jeune homme aux traits fins, à la poitrine étroite, aux longs doigts minces, recourbés; on voyait bien qu'il appartenait à une grande famille de lettrés.

– Comment s'appelle l'honorable orateur? demanda Yen à son cousin.

– C'est Chang Yutsing, l'ami des petites gens, répondit Fu. Son père, c'est Chang Bo Gum, l'homme le plus riche du pays au sud du grand fleuve.

Tous dressèrent l'oreille; dans la province tout le monde connaissait le nom de Chang le richard, et il circulait toutes sortes d'histoires sur sa brutalité, son caractère impitoyable, le nombre de ses concubines, les splendeurs de sa propriété au bord du lac occidental, près de Hang-Kéou. Yen examinant de près l'orateur ne pouvait pas comprendre qu'il fût le fils du grand Chang Bo Gum, comme on le disait.

– Je voudrais savoir combien de piculs de riz l'honorable gentleman serait capable de porter, pensait-il avec un dédain mêlé d'admiration.

La mine chétive de Chang Yutsing, sa poitrine étroite, son dos rond de lettré le classaient dans une catégorie sociale où l'on ignore le travail manuel. Yen ne put, de longtemps, oublier les traits de cet orateur. Certaines choses qu'il avait dites restèrent gravées dans son esprit. Mais le respect qu'il avait pour son oncle devenu le chef de la famille lui interdisait de parler des réformes qu'il avait entendu prêcher dans l'échoppe du tailleur.

Depuis que la pauvreté s'était installée au foyer, depuis que l'ancêtre, avec l'autorité que donnent la sagesse et la réflexion, n'était plus là pour prêcher le calme, la bonne entente et la pratique des quatre vertus, depuis que les enfants étaient devenus de jeunes hommes et de grandes filles, la vie de la famille Lung était profondément troublée. « L'homme affamé ne voit pas la lune », dit un vieux poème. La joie de vivre avait disparu, les enfants même ne savaient plus rire depuis qu'on avait faim et qu'on vivait dans les querelles et la discorde.

Lung Fu parla un jour sérieusement avec Yen et cet entretien eut sur la vie de Yen une influence décisive.

– Yen, frère aîné, dit Lung Fu usant de cette formule polie pour rendre moins amer ce qu'il avait à dire, nous n'avons plus de riz à mettre dans nos écuelles. Il y a trop de bouches à nourrir dans la maison de nos aïeux. Je sais que mon père pense à vendre ses filles. Avec tout le respect que je lui dois j'ai essayé de l'en détourner. Quel est ton avis ?

– Tu as raison, répondit Yen après mûre réflexion. Vendre les filles ferait le plus grand tort à la famille.

Ils évitaient tous deux d'envisager la pire conséquence d'un tel acte : si la famille en venait à cet expédient désespéré, elle perdrait la face !

– Il viendra des jours meilleurs, les dettes seront payées et nos champs seront dégagés. Mais vendre les filles c'est perdre tout espoir, dit Yen tristement.

Et Lung Fu reprit :

– Je sais lire, écrire et compter. Je vais aller à la ville et me louer chez un commerçant. Wong, le marchand de thé, m'a souvent promis mon bol de riz ; c'est un parent de ma mère. – il se tut un instant puis reprit : Et toi, que penses-tu faire ?

Yen comprit que son cousin voulait gagner de l'argent pour payer les dettes et remettre la famille à flot. Il aurait bien voulu, lui aussi, aller à la ville. Il réfléchit longuement et dit enfin :

– Je suis fort, je peux porter des fardeaux. Je vais demander son avis à mon frère aîné.

Le cousin le regarda en dessous puis baissa les yeux. Porter des fardeaux c'était déchoir : c'était passer de la classe des paysans à celle des coolies.

– Il faut trouver un moyen de nous tirer d'affaire, dit seulement Lung Fu.

Le frère aîné de Lung et son oncle, le chef de la famille, approuvèrent le projet de Yen. Il s'en fut à la ville où l'on cessa de l'appeler par son nom de famille. Il y devint Yen le porteur d'eau.

– J'ai trouvé un emploi dans la boutique de M. Ling, dit-il à sa famille sans préciser que son travail consistait à porter de grands seaux d'eau bouillante dans les maisons assez riches pour se permettre ce luxe.

Ling tenait boutique dans la rue du Lever-de-Lune, non loin du parc municipal aménagé sur l'emplacement laissé libre par la démolition d'une partie des anciens remparts.

Yen prenait presque plaisir à son travail. L'odeur qu'on respirait à la ville n'était plus celle de la campagne. Le bruit des rues l'amusait. Les mouvements des habitants étaient plus alertes, plus rapides. Dans la rue des marchands de drap et des tailleurs, les jeunes vendeurs prônaient en chantant leurs marchandises. Le marchand d'huile poussait sa brouette, chargée d'énormes jarres, avec un cri particulier pour attirer les clients. Le marchand de galettes de fèves agitait sa cloche. Le rôtisseur en plein vent, portant sur son épaule une perche où pendaient ses casseroles, frappait l'une contre l'autre deux baguettes de bambou. Les vendeurs de châtaignes, de mangues, de canne à sucre, de riz et de cent autres denrées avaient chacun son cri spécial.

Yen courait parmi eux, couvert de sueur, bousculait les enfants, se faufilait dans les groupes, dépassait les gens de qualité et leurs porteurs. Car il lui fallait courir toujours à la même allure sous peine de couper sa respiration et de sentir peser plus lourd sa charge pendue à une perche sur son épaule. Le magasin de thé où travaillait son cousin était une maison paisible de bel aspect derrière ses portes vitrées. De belles jeunes filles y venaient acheter des sucreries, des graines de lotus sucrées et des oranges confites venues des provinces au sud du grand fleuve. Yen, lui, faisait un travail grossier, et il lui fallait oublier la politesse que lui avait enseignée son grand-père s'il voulait faire son chemin.

Une des maisons où il avait à livrer de l'eau chaude matin et soir était habitée par des diables étrangers. C'était une grande maison avec quatre cours, des bassins à poissons dorés, des massifs de fleurs, d'étroites galeries extérieures aux pilastres peints en rouge. Les étrangers l'avaient louée à une famille ruinée par le jeu et l'opium ; ne pouvant payer ses dettes, elle avait perdu la face et quitté la ville.

Lorsque Yen aperçut pour la première fois la dame étrangère, il eut presque peur : elle était d'une laideur indescriptible. Elle avait l'air d'un spectre avec ses cheveux rouges en désordre et ses yeux blanchâtres pareils à ceux du mendiant aveugle du marché. L'homme avait l'air d'un cadavre, et – ce qui était pire encore – il sentait le cadavre.

Mais quand la dame lui parla il trouva sa voix agréable, et il rit sous cape parce qu'elle ne savait pas parler. Elle voulait lui dire « Vide cette eau. » Au lieu de cela elle dit : « Lâche ton eau. » Yen racontait souvent cette histoire, le soir, dans la boutique pleine de buée de M. Ling, où il dormait par terre avec les autres porteurs d'eau.

Yen apprit de-ci de-là quelques bribes de *pidgin*[1] puisque les étrangers étaient trop bêtes pour parler la langue. Le pidgin, à l'oreille, ressemblait au coassement des grenouilles, mais il était facile à apprendre. Yen sut bientôt assez de signes étrangers pour déchiffrer aux portes les noms gravés dans le bois ou les signes qui indiquent le

1. Mélange composite de vocabulaire anglais et d'éléments de grammaire chinoise utilisé en Extrême-Orient.

nom des rues. Il vit dans la rue beaucoup de diables étrangers, mais comment savoir s'ils étaient nombreux ? Ils étaient tous pareils et Yen ne savait jamais s'il ne rencontrait pas toujours les mêmes.

Yen alla au village voir sa famille avant le jour de l'an qui est la date redoutable où toutes les dettes doivent être réglées. Grâce à lui et à Fu on parvint à payer une petite partie des dettes et à prouver ainsi aux créanciers que l'on était honnête et de bonne volonté : la famille put encore garder la face.

L'été suivant, Yen eut dix-huit ans. Son oncle le prit à part pour lui dire qu'il avait le devoir de le marier et de le mettre à même d'avoir des fils : il ne fallait pas laisser se perdre en lui le fleuve de vie. Yen baissa les yeux parce qu'il connaissait une jeune fille qui lui plaisait. Mais ce n'était pas la jeune Wong Sing, à qui on l'avait fiancé tout enfant. L'histoire de Wong Sing était un peu spéciale : selon un bruit qui courait dans le village, elle aurait été violée par un soldat et abandonnée après avoir été contaminée. Mais personne n'avait eu la cruauté de chercher à savoir si l'histoire était vraie ou non.

Yen avait aperçu Wong Sing de loin en loin dans la rue du village ou dans le chemin qui borde les champs. Elle lui plaisait de moins en moins. Elle louchait. Sous la veste bleue, ses seins gros et lourds pendaient comme ceux d'une vieille femme fanée. Quand il pensait à cette malencontreuse fiancée, Yen grognait : « Pourquoi devrais-je manger ce qu'un autre a rejeté ? » Et aussi : « Tout homme est libre de choisir une femme qui lui plaise. »

C'était là une phrase qu'il avait entendue dans les réunions. Il connaissait d'ailleurs en ville de jeunes couples qui s'étaient mariés sans se préoccuper le moins du monde de ce que pensaient leurs parents.

La jeune fille qui plaisait à Yen s'appelait Jasmin : elle travaillait dans la maison des diables étrangers. L'homme, Mr Lee, était un docteur qui pratiquait la médecine apportée du pays d'Occident. Sa femme et lui avaient recueilli Jasmin dont les parents venaient de mourir dans une épidémie. Elle n'était pas esclave ; on ne la traitait pas comme une servante, mais plutôt comme l'enfant de la maison.

Yen la trouvait tout à fait déconcertante. Elle était toujours là quand il versait l'eau fumante dans la baignoire de zinc des étrangers. Elle lui parlait sans gêne comme ne le font d'ordinaire que les filles des maisons de thé. C'est qu'elle avait été élevée à la mode étrangère. Au début Yen fut effrayé de ce sans-gêne et de la liberté de ses manières. Il se passa bien des jours avant que Yen prît sur lui de lui adresser la parole, car il avait été, lui, élevé selon le code de civilité de son vieux grand-père.

– As-tu mangé ? lui demanda-t-il enfin un jour.

Et comme elle lui plaisait beaucoup, il ajouta :

– As-tu mangé de bonnes choses, des choses qui t'ont fait plaisir ?

Mais après avoir ainsi donné libre cours à ses sentiments, il avait tout de suite repris sur son épaule la perche où pendaient les seaux vides, et il était parti bien vite.

Ce premier entretien l'avait profondément troublé. Ce soir-là, après qu'il eut mangé son riz, il revint dans la rue où habitaient les étrangers ; c'était la « rue de la Paix ». Il resta quelques minutes appuyé au mur derrière lequel Jasmin dormait. Une lune ronde était suspendue dans le ciel comme une grosse lanterne jaune. Yen poussait des soupirs comme s'il avait trop mangé. Puis il rentra dans le domaine humide du marchand d'eau chaude. Roulé dans une couverture derrière la grande chaudière de cuivre encastrée dans le mur, il chercha à s'endormir. Mais il entendit bourdonner les moustiques, et le gong du veilleur de nuit frappa la seconde veille avant qu'il pût fermer les yeux.

Le lendemain matin il s'attarda au marché. Après de longues réflexions il acheta pour deux pièces de monnaie des sucreries et des gâteaux de sésame enveloppés de papier rouge qu'il offrit à Jasmin. Il s'était vite accoutumé à cette idée qu'elle manquait d'humilité et au fait qu'elle osait parler ; en fin de compte, elle lui plaisait plus que toutes les jeunes filles qu'il avait pu voir, beaucoup plus surtout que Wong Sing, dont le visage aux yeux louches semblait mort. Le visage de Jasmin, au contraire, était plein de vie.

Yen voyait la jeune fille tous les jours ; elle était toujours parfaitement nette et élégante. Elle portait une robe à la mode, ajustée, fendue sur le côté et ne laissant apercevoir qu'un peu du pantalon. Elle savait lire et écrire, et maniait la machine à compter avec une grande dextérité. Elle parlait anglais et s'efforçait de faire entrer un peu de chinois dans la cervelle en désordre logée dans la grosse tête dure de la dame étrangère. Jasmin avait adopté la religion des diables étrangers et saisissait toutes les occasions d'en parler avec Yen. Les chrétiens étaient nombreux en ville : il y en avait même quelques-uns dans le village. Quand on priait le dieu du étrangers, disait-on, on recevait du riz en paiement. L'image de ce dieu accroché au mur suffisait, pensait Yen, à vous détourner de lui. Il avait le corps émacié d'un homme qui a trop fumé l'opium : son visage décharné, au lieu d'exprimer la sérénité qui sied à un dieu, était défiguré par une grimace de souffrance qu'il était incapable de réprimer. Yen disait à Jasmin :

– Il est visible que ce dieu ne sait pas se commander lui-même. Comment pourrait-il commander à d'autres dieux ?

Elle répondait gravement :

– Il aime les pauvres gens et leur vient en aide.

Quand Yen avait rempli la baignoire en zinc et empoché ses quelques pièces de cuivre, Jasmin savait toujours s'arranger pour se trouver dans la dernière cour, près de la porte de la Lune par où il quittait la maison. Ils restaient là chaque jour à bavarder quelques minutes, jusqu'au moment où la vieille *amah* appelait Jasmin. Elle raconta que ses parents avaient été très pauvres, qu'elle-même était aussi pauvre qu'une tige de blé sans épi. Un jour même, elle dit, les yeux baissés, sa honte de vivre dans la maison des étrangers et de dépendre d'eux. Car on disait partout que les étrangers n'avaient rien à faire dans le pays et qu'on devrait les en chasser.

Yen, de son côté, expliqua qu'il n'était pas coolie, et qu'il faisait cet humble travail de porteur d'eau uniquement pour aider son honorable famille à payer ses dettes. Jasmin l'en loua ; si Yen avait osé la regarder en face, il aurait pu voir des larmes d'émotion briller dans ses yeux. L'amah arrivait en clopinant sur ses pieds bandés et grondait :

– Fils et petit-fils de crapauds, que fais-tu encore ici ? Hors d'ici, propre à rien !

Yen prenait ses seaux et s'en allait.

Un soir où, ayant livré sa seconde charge d'eau, il sortait dans l'étroite ruelle par la porte de la Lune, il entendit derrière lui le bruit léger de deux semelles de feutre. Il se retourna et aperçut Jasmin qui le suivait à quelque distance, un peu comme aurait fait une épouse, dans la ruelle éclairée par la lune. Il feignit de ne pas la voir et poursuivit son chemin. Arrivé à la boutique de M. Ling, il déposa sa perche et les seaux et, par une fente des volets placés pour la nuit, il regarda dans la rue. Jasmin allait et venait, un panier à la main comme si elle était allée aux emplettes. Yen se lava rapidement le visage et les mains, se rinça la bouche, mais ne mangea point, son estomac était trop contracté par l'émotion. Puis il sortit, se dirigeant vers les remparts. Jasmin le suivait toujours. Il traversa le nouveau parc, franchit le fossé par le vieux pont de pierre en dos d'âne et s'assit dans l'herbe sur l'autre bord du fossé. Il ne tarda pas à voir Jasmin passer le pont, elle aussi. Comme il la regardait venir, elle ralentit le pas et un instant s'assit à quelque distance. Ils restèrent à regarder la lune monter à l'horizon dans la buée d'argent qui couvrait les champs de riz.

La nuit était claire et chaude, grillons et cigales menaient grand bruit, les grenouilles coassaient dans les roseaux du canal, un rossignol chantait bien loin dans les saules. Yen se sentait heureux et content, en plein accord avec les dix mille choses qui sont dans l'univers. Il n'était qu'une parcelle dans le grand tout. Lorsqu'il regarda du côté de Jasmin il la vit toujours assise, les mains croisées sur ses genoux. Elle souriait, douce, les yeux baissés : ce silence, cette humilité inaccoutumée sonnaient au cœur de Yen comme un gong. Au bout d'un moment elle se leva. Il la suivit à son tour le long du canal. Sur le chemin se dressait un petit pavillon où porteurs et voyageurs se reposaient aux jours de chaleur. Jasmin s'arrêta à l'ombre noire de son toit. Yen la rejoignit. Sa chair se mit à brûler, il se saisit d'elle et la prit.

Quelques semaines plus tard, Jasmin lui annonça qu'elle était enceinte. « Je vais l'épouser, elle est la femme qu'il me faut », pensa-t-il souvent dans les jours qui suivirent tandis que, dans la boutique de Sing, il soulevait le grand couvercle de bois du chaudron de cuivre pour se laver à l'eau chaude, bien proprement.

Il économisa ses pièces de cuivre pour le jour où Jasmin aurait son fils. Il se disait encore : « Si je dois engendrer des fils et dormir avec une femme, pourquoi ne serait-ce pas avec une femme que j'aime, qui est plaisante à voir, porte des habits propres et sait lire ? » Mais il n'osait pas s'en ouvrir à sa famille ; car il savait bien que Jasmin ne serait pas à sa place dans la maison de Lung. Et puis, il était encore fiancé avec Wong Sing.

Un soir, le travail fini, il se sentit plein de courage. Il passa le pont et suivit le canal jusqu'à la maison des ancêtres, un peu à l'écart du village. Les chiens le reconnurent et n'aboyèrent pas. Il ne fit point de mauvaises rencontres : ni brigands, ni soldats, ni esprits ne se trouvèrent sur son chemin. Point de lumière dans la maison, tout le monde dormait. Il appela sa mère à voix basse ; elle l'entendit aussitôt et ouvrit. La faim et les soucis avaient fait d'elle une vieille femme. Lorsque Yen vit ce visage ravagé, il perdit tout courage et n'osa pas ouvrir la bouche. « J'ai encore le temps d'annoncer la nouvelle », pensa-t-il. Pour expliquer sa visite nocturne, il dit simplement qu'il avait voulu venir voir comment se portait l'honorable famille. Et l'on ne tarda pas à éteindre la lampe. Yen s'enroula dans une couverture à côté de son jeune frère. Mais le lendemain il acheta de l'encens pour cinq pièces de cuivre et le donna à Jasmin, en disant :

– Offre-le à ton dieu. Et si tu apportais aussi de l'encens ou de la monnaie d'esprit à la déesse de la miséricorde qui est dans le temple de Confucius, cela ne nous ferait pas de mal.

A toute heure du jour on pouvait entendre dans la ville le martèlement de la presse qui, avec du papier d'argent, frappait pour les dieux la monnaie que les croyants venaient brûler devant eux, car la fumée est agréable aux dieux.

Quand la taille de Jasmin commença de se déformer et que l'amah, d'abord, puis la dame étrangère, découvrirent qu'elle allait avoir un enfant, ce fut un beau tapage. Jasmin fut chassée et lorsque Yen arriva avec son eau chaude, il fut accueilli par les plus violentes injures qu'il eût jamais entendues.

Le pire fut que les diables étrangers lui firent perdre son gagne-pain. M. Ling, le marchand d'eau chaude, le patron de Yen, était chrétien. C'est ce qui lui valait la clientèle des étrangers. Le Dr Lee, un homme grand, maigre, les cheveux flamboyants, se rendit en personne chez le marchand pour demander le renvoi de Yen. M. Ling s'inclina sans protester.

– Les étrangers agissent sans ménagement, mon fils, dit-il à Yen pour s'excuser en le congédiant.

Faible consolation dans toutes les difficultés qui accablaient Yen. Pour se donner du courage il assista à une réunion du Parti et s'en alla aussitôt après au village pour parler à sa famille.

La mère de Yen se mit à pleurer sans bruit. Mais avec son oncle et son frère aîné, la dispute fut bruyante. Il avait encore la tête pleine des discours incendiaires qu'il venait d'entendre et qu'il servit tout chauds à sa famille épouvantée. L'oncle ne cessait de crier :

– Qui paiera à la famille de Wong Sing l'indemnité qu'elle demandera pour un tel affront ?

Yen répondit en criant :

– Wong Sing ne vaut pas trois liards ; elle est malade, pourrie, elle a louché vers les soldats et traîné avec eux ! Je paierai ce qu'elle vaut, pas plus.

En parlant de sa fiancée de façon si désobligeante et si méchante, Yen n'arrangeait rien. En fait, on sut bientôt que la famille de Wong Sing demandait trente taëls d'indemnité. L'affaire vint devant le doyen du village. Grande perte de face pour la famille ! Car elle ne put même pas payer les huit taëls sur lesquels on se mit d'accord. Pour retrouver la face, les parents de Yen le désavouèrent publiquement et le rejetèrent de la famille. Ce fut comme si le ciel s'écroulait sur lui.

Le fils de Yen ne put donc venir au monde dans la maison des ancêtres. Il naquit dans la maison des étrangers. Jasmin, mariée, put y être admise quand elle fut près d'accoucher. Le Dr Lee, lui-même, s'occupa d'elle et elle fut bien soignée.

Yen faisait alors la besogne la plus basse qui soit : il ramassait les grandes jarres qui contiennent le fumier humain et les ordures de la nuit et portait sa charge puante jusqu'aux champs où cet engrais était entassé dans de petites baraques. L'odeur en restait attachée à ses habits quand il allait voir son fils à l'hôpital. C'était un beau garçon robuste avec une épaisse touffe de cheveux noirs ; dès le troisième jour, il essayait déjà de rire. On l'appela Saileang.

Lorsque le docteur étranger sut la situation lamentable de Yen, il lui offrit de reprendre dans sa maison Jasmin et son enfant. Elle y trouverait le vivre et le couvert et s'y rendrait utile. En échange, Yen devait accepter que son fils fût baptisé et élevé dans la religion chrétienne. Sujet de profondes et pénibles réflexions. Yen demandait sans cesse à Jasmin :

– Est-ce que cela ne portera pas malheur à notre fils ?

Elle secouait la tête en souriant, visiblement contente et soulagée à l'idée que le Dr Lee avait fait la paix avec elle.

Un soir que Yen venait voir sa femme, il trouva près de son lit la dame étrangère qui tenait l'enfant sur ses genoux et lui suspendait au cou une petite croix d'argent.

– C'est pour le protéger contre les mauvais esprits, dit Jasmin.

Et Yen fut satisfait.

Lorsque Jasmin quitta l'hôpital pour retourner dans la maison des étrangers, le Dr Lee prit Yen à son service comme porteur de chaise. On lui permettait, la nuit, de coucher avec sa femme dans une chambrette minuscule, avec son fils tout contre lui. Dans la journée, il traînait dans la cour avec les autres coolies, attendant d'avoir à porter le maître ou la maîtresse. Il avait été baptisé, lui aussi; c'est tout juste s'il s'en était aperçu.

Il y avait bien des heures où Yen pensait avec amertume qu'il n'avait plus de famille et que le premier venu pouvait l'appeler : « chien sans maître ». Il affectait le dédain ridicule du citadin pour le paysan stupide. Mais en secret, au fond de son cœur, il avait la nostalgie des champs. L'odeur de la terre, le bruit paisible du buffle qui rumine, la chute sourde des poires mûres dans l'herbe, le vent passant sur les rizières, tout cela lui manquait.

En septembre, quand le bruit des fléaux battant les gerbes de riz parvenait jusque dans les rues de la ville, il ne pouvait tenir en place. « Je ne suis pas un coolie », murmurait-il. Et parfois, la nuit, quand il ne pouvait pas dormir, quand il entendait le gong du veilleur de nuit, veille par veille, les aboiements des chiens, le martèlement affairé de la presse qui frappait la monnaie pour les esprits, il répétait : « Je ne suis pas un coolie », tout près de la chaude petite tête de son fils. Jasmin le consolait comme elle pouvait : « Celui qui se fait porter dans sa chaise est un homme, disait-elle, et celui qui porte la chaise est aussi un homme. » C'était un bon dicton d'autrefois.

Réunions secrètes, la nuit, dans des chaumières de paysans, dans des garages, dans des caves, réunions publiques au coin des rues, discours enflammés des orateurs… En haut, tyrannie des seigneurs de la guerre et des fonctionnaires sans honneur. En bas, dans le peuple, misère toute nue. De nouveaux troubles éclatèrent, de nouvelles bandes parcoururent le pays : soldats ? brigands ? Comment les reconnaître !

Dans le Sud, c'était de nouveau la guerre. Elle approchait : ce qui faisait trembler les vitres, ce n'était ni le tonnerre, ni la tempête, mais le bruit lointain des canons. Les magistrats de la ville regrettaient d'avoir fait démolir les remparts. La lumière que les étrangers allaient chercher dans les éclairs manqua soudain : il fit nuit noire dans les rues. Pas de lune. Seules, les lanternes minuscules qui se balançaient aux rikshas donnaient une lueur incertaine. Nuit rêvée pour les bandits et les pillards. De grandes perches étaient plantées le long des routes. Des fils de métal couraient de l'une à l'autre, par où les fonctionnaires du Yamen pouvaient échanger des nouvelles. On entendait souvent les fils murmurer, mais jamais on ne comprenait les paroles. Deux jours plus tard les soldats étaient là. Non pas les bandes déguenillées ramassées de-ci de-là par les seigneurs de la guerre, mais des petits soldats bien propres, munis de fusils, en uniformes d'Occident. Ils marchaient et ils manœuvraient exactement comme les étrangers. Ils avaient été instruits, disait-on, par les diables étrangers. Amis ? ennemis ? ces régiments du Kuomintang ? Qui pouvait le dire ?

Nouvelles affiches aux portes de la ville ; roulements de tambour par les rues de la ville pour annoncer que désormais l'ordre régnerait et que la tranquillité serait assurée. Au petit jour, soixante-quatre personnes furent étranglées dans la cour de la prison.

Puis un grand silence tomba sur la ville. Tous les visages se fermèrent, car on entendait de plus en plus le crépitement des coups de feu. Soudain, le ciel devint tout noir de fumée, puis s'éclaira de la lueur jaune et rouge des incendies. Le feu avait pris dans le voisinage de la porte du Nord-Est, là où se dressait ce qui restait encore des remparts. Un gamin, disait-on, habitué à la lumière froide captée dans les éclairs, aurait laissé tomber sa lanterne dans la paille. Mais la plupart pensèrent que des brigands avaient mis le feu à la ville pour piller à leur aise. D'autres, de ceux qui savent toujours le fin du fin, disaient tout bas que les partisans du gouvernement avaient allumé l'incendie pour enfumer les soldats du Kuomintang et les forcer à déguerpir.

Quoi qu'il en fût, le feu s'étendait de quartiers en quartiers, se frayait un chemin le long des rues, franchissant d'un bond le toit de chaume d'un pauvre homme, et s'installait dans les solives d'une grande maison. L'âcre fumée asphyxiait et aveuglait les sauveteurs.

Les sonneries inaccoutumées des soldats éclataient par là-dessus : le désordre était indescriptible.

Yen, ce soir-là, avait aidé à porter le docteur chez un malade qui habitait à la lisière de la ville. Il s'était endormi en l'attendant. Le bruit, la fumée, la lueur des incendies, les cris des fuyards qui passaient en courant, le réveillèrent. Il était là, bouche ouverte, ne comprenant rien à ce qui se passait

– Le feu, le feu, on a mis le feu à la ville ! criaient les gens qui fuyaient, chargés de ballots et d'enfants.

Un âne, pris dans la foule, se mit à braire plaintivement.

– Où ? Où est le feu ? demanda Yen épouvanté.

Le ciel était rouge, la fumée venait de l'est où se trouvait la rue de la Paix.

– Quartier de l'Est, lui cria un vieux qui serrait sur sa poitrine une cage contenant un oiseau.

Yen tenta de remonter le flot des fuyards. Il oubliait que son devoir était d'attendre son maître et il ne pensait qu'à son fils, au petit Saileong resté dans la maison qui brûlait peut-être.

Il traversait en courant des nuages de fumée parmi les craquements des murs qui s'écroulaient. Les masures des pauvres gens, construites en nattes, brûlaient comme des torches. Yen courait, essuyant ses yeux que la fumée faisait pleurer.

Il atteignit la rue de la Paix. Elle était en flammes. A l'entrée de la rue on faisait la chaîne. Les seaux d'eau passaient de main en main. Parmi les crépitements, les écroulements, retentissaient encore les sonneries militaires. Les flammes montaient toutes bleues dans le ciel sombre rougi par l'incendie,

Yen se rua en avant et atteignit la maison. Le mur extérieur tenait encore, le portail était ouvert ; il se précipita à l'intérieur. Il n'avait qu'une pensée : son fils.

La cour grouillait de monde. La maison ne brûlait pas encore. Sur le seuil, la maîtresse, toute seule, une lampe à la main. Lorsque le flot humain l'atteignit, elle poussa un grand cri. Yen fonça en avant ; il ne pensa pas un instant à porter secours à sa maîtresse ; il fallait atteindre la seconde maison et, dans cette maison, l'étage supérieur où Saileong dormait dans la petite chambre.

Quand il passa en courant devant la porte, il vit la maîtresse tombée à terre et piétinée par la foule qui se précipitait dans la maison. Impossible de s'arrêter, il fallait continuer à courir. Il atteignit la seconde maison, la chambre : elle était vide.

Il s'arrêta un instant dans la chambre vide pour reprendre haleine. Tout à coup, derrière lui, près de la cuisine, une flamme monta. Des cris confus se mêlèrent au sifflement du feu qui avait gagné la maison. D'un bond, Yen fut en bas de l'escalier. Il ne savait où chercher Jasmin et l'enfant, mais il espérait qu'ils étaient saufs. Quand il revint dans la cour, ils se trouva pris dans les remous de la foule qui criait et jurait. Il y avait de tout dans cette foule, même des soldats. Dans la maison, les meubles étaient renversés, les coffres forcés, plusieurs soldats emportaient un misérable butin d'une chambre où déjà l'incendie faisait rage.

Yen parvint à se frayer un passage jusqu'à l'entrée. Il voulait demander à la maîtresse ou étaient Jasmin et son enfant ; il s'approcha : le corps piétiné était sans vie. Comme il s'écartait, il se heurta à un homme qu'il connaissait sans lui avoir jamais parlé. C'était Kwe Kuei, le chef de la corporation des voleurs de la ville. C'était un homme de grande taille, au visage maigre, farouche, aussi barbu qu'un diable.

– Vite, le toit s'écroule, cria Kuei à l'oreille de Yen en l'écartant violemment du seuil.

Yen ferma les yeux. Tout craqua derrière lui ; les solives enflammées s'écroulèrent sur la maison dévastée.

Dans tout ce fracas Yen crut entendre de faibles cris. Il était de nouveau dans la cour, si serré dans la foule qu'il sentait ses côtes près de se briser. Ceux qui avaient atteint le portail extérieur refluaient soudain vers l'intérieur et ceux qui étaient encore dans la cour répondaient à la poussée par des cris furieux et des jurons. Yen, poussé deci de-là, ne savait plus où il était. Il ne pouvait plus tenir ouverts ses yeux brûlés par la fumée.

Lorsqu'il atteignit la rue, il comprit trop tard pourquoi la foule avait reflué dans la cour en feu. Dehors, se tenait un cordon d'officiers sévères, impassibles, qui arrêtaient tous les pillards, gens du peuple et soldats sans distinction. Ceux qui se défendaient étaient assommés à coups de crosse ou fusillés sur place. Le reste fut emmené par des soldats vers la prison, près du Yamen. Yen se trouva parmi eux.

Il était prisonnier et ne savait pourquoi. Il joignit les mains, résigné, attendant son destin. De temps en temps on venait chercher un groupe de prisonniers. Puis on entendait des coups de feu dans la cour. Yen pensait qu'il mourrait avant le lever du soleil. Il vécut quelques minutes de grande angoisse. Puis il eut l'impression qu'il s'était rayé lui-même du nombre des vivants, comme autrefois, pendant sa grande maladie. Autrefois, il ne sentait même plus la souffrance ; maintenant l'angoisse se dissipait et il avait l'impression d'être vide. Seul son ventre lui faisait mal, comme s'il avait mangé du riz pas cuit.

Un prêtre de Bouddha, la tête rasée, accroupi parmi les prisonniers, égrenait son chapelet et marmonnait sans arrêt. Une femme était étendue face contre terre et gémissait. Quand Yen fermait ses yeux brûlants, il voyait des flammes, la maîtresse étrangère sur le seuil et la bouche de son fils qui riait sans dents. Kwe Kuei était accroupi près de lui, contre le mur. Comme la femme gémissait de plus en plus, il tira quelque chose de sa manche et le lui donna en disant :

– Mange, petite mère, c'est bon quand on souffre.

Yen, tiré de sa torpeur, regardait avec curiosité. La femme mâcha. Elle avala péniblement la chose offerte par Kuei. Au bout de quelques minutes, elle cessa de gémir. Dehors, des coups de fusil, encore des coups de fusil.

– Peut-être vont-ils tout simplement nous laisser brûler ici ? dit un des soldats prisonniers.

L'air était chaud, chargé d'une âcre fumée. Une nouvelle vague d'angoisse envahit Yen. Il regarda Kwe Kuei qui maintenant mâchait aussi quelque chose avec un sourire rêveur. Il avait le visage ravagé d'un mangeur d'opium. Yen s'entendit soudain dire :

– A moi aussi.

Et il tendit la main.

La ville était brûlée, les champs de la famille étaient donnés en gage, on avait faim dans la maison des ancêtres. Yen en avait été chassé, il était prisonnier : c'était, pensait-il, plus qu'il n'en pouvait supporter.

Il avait dans le creux de sa main un morceau minuscule de pâte noirâtre. Kuei, dans son farouche visage de diable, lui souriait. Yen murmura un mot de remerciement et porta l'opium à sa bouche. Le goût amer et doux de la drogue lui donna un haut-le-cœur, vite dissipé. Il se mit à mâcher cette pâte élastique. Plus d'angoisse. La peine qui pesait sur son cœur avait disparu comme disparaissent les nuages du soir. En lui, tout n'était plus que légèreté, harmonie, comme jadis, comme la nuit où Jasmin était devenue sienne. Il se sentait la tête lucide comme jamais. Il lui semblait que cent moyens s'offraient à lui de s'enfuir et de retrouver son fils. Il le voyait, ce fils, qui déjà marchait et parlait. Autour de lui, le vent passait sur les champs de riz, sur les champs de pavots aux fleurs blanches, aux longues tiges flexibles. Le poirier se couvrait de fleurs nouvelles. Un coup de vent balaya une nuée de pétales. « Je vais aller à l'école, apprendre à lire, à écrire », pensait Yen.

Il levait le bras, traçait des traits bien nets : il calligraphiait. La femme qu'il avait vue étendue à terre se mit à rire tout haut. Dehors les fusils claquèrent. On venait chercher une nouvelle fournée.

Ce fut Chang Yutsing qui lui sauva la vie. Il siégeait parmi les officiers qui jugeaient les incendiaires, les voleurs, les pillards et les émeutiers. Les autres officiers relâchaient ceux qui avaient sous la main de quoi les acheter. Chang Yutsing, lui, ne se laissait pas acheter. Il reconnut le jeune paysan, son auditeur attentif des réunions secrètes.

– Es-tu parent de Lung Fu ? demanda-t-il.

Yen qui voguait encore sur les flots enchantés de l'opium répondit fièrement qu'il était le cousin de Lung Fu, l'humble descendant de l'honorable famille Lung, et le père indigne de son fils Lung Saileong.

Chang Yutsing, après un bref interrogatoire, affecta Yen à un groupe de travailleurs employés à des transports, et à la construction de routes et de ponts. Quand Yen se réveilla, il se sentit profondément misérable. « Fini l'opium ! Plus jamais… » pensait-il. Avec Kwe Kuei le voleur, l'homme sans honneur, qui était son compagnon de chaîne, Yen se traîna sous le soleil et sous la pluie, dans la poussière et dans la boue, creusant des tranchées à coups de bêche, charriant des sacs de sable, portant des fardeaux. Souvent battu, jamais payé, mal nourri, maniant la bêche, travaillant dur, il arriva à Shanghaï, la Ville-au-bord-de-la-mer.

Il crut d'abord que les maisons, plus hautes que la pagode la plus haute, allaient crouler sur lui. Ses oreilles étaient assourdies par le bruit des voitures et les cris des hommes qui parcouraient les rues. Son nez fut offusqué par l'odeur des véhicules qu'on appelait les voitures puantes. Il ne sentait plus rien, ses yeux s'enflammaient, brûlés par l'âcre poussière des rues asphaltées.

Quand la bataille faisait rage dans les rues, Yen se croyait mort dans l'ivresse de l'opium et arrivé en enfer, dans cet enfer dont Jasmin lui avait souvent dit l'épouvante. Derrière lui, des officiers, le revolver à la main, le forçaient à construire des barricades. Le feu régnait partout devant lui, derrière lui. Les maisons croulaient ; des cadavres jonchaient les rues. Dans une allée de maison, Yen trouva cinq enfants morts ; il pensa à son fils. Mais les choses auxquelles il pensait ne semblaient pas réelles ; il se faisait l'effet d'un mort pensant à des vivants. Puis cette impression s'effaça.

– Viens-tu avec moi ? lui demanda Kuei le brigand, le paria avec qui il avait marché sur les routes, rivé à la même chaîne.

– Où cela ? demanda Yen.

– Opium, répondit Kuei.

– De l'argent ?

– Assez pour acheter de la fumée pour nous deux, dit Kuei.

Yen le remercia. La grande fumée était maintenant la seule chose qu'il désirât encore : la paix, la clarté de l'esprit, la suppression de toute souffrance dès les premières bouffées. « On a bien raison, pensait-il, de dire que seule la grande fumée rend la vie supportable ! »

Il apprit beaucoup à Shanghaï en oubliant tout ce qu'il avait su auparavant. Il travailla comme ouvrier dans une manufacture de coton à Putung : mauvais ouvrier, indiscipliné, travaillant douze heures par jour pour un salaire de famine à trier du coton. Ici encore, discours d'agitateurs, esprit de révolte et de rébellion contre les chefs d'équipe, grève… Il avait les poumons pleins de fibre de coton. Tout ce qu'il gagnait s'en allait à la fumerie. Ses habits étaient imprégnés de l'odeur tenace de l'opium, son visage ravagé disait son vice. Quand les ouvriers se mirent en grève et qu'il ne gagna plus rien, il eut une telle soif d'opium, il sentit dans ses entrailles de telles douleurs qu'il crut mourir. Sa poitrine se creusait.

Il prit la place d'un coolie de riksha tombé mort dans la rue. Il était encore jeune, il pouvait soutenir un trot régulier et s'entendait à écarter les autres coolies quand un client se présentait. Certains jours il se faisait soixante pièces de cuivre, d'autres jours il en gagnait cinq. Sur ce qu'il gagnait il lui fallait payer l'entrepreneur qui lui louait son riksha, le policeman – le grand Sikh redoutable du coin de la rue –, le portier-chef de l'hôtel qui lui permettait d'attendre les clients devant l'hôtel, la guilde des coolies de riksha et tel ou tel encore de qui sa vie dépendait.

Quand il avait vingt pièces de cuivre bien à lui, il courait à Chapeï, par des rues où les maisons démolies au cours des combats récents se reconstruisaient lentement, tournait dans des ruelles de plus en plus étroites, au pavé glissant, et finissait par atteindre la maison de Kuei qui, avec de l'argent volé, s'était acheté une fumerie d'opium. Couché sur un lit de camp malpropre, roulé dans une natte déchirée, Yen le coolie se sentait alors de nouveau en harmonie avec les dix mille choses de l'univers.

A vingt-six ans Yen se mit à cracher le sang. Des médecins étrangers avaient ouvert à Chapeï un dispensaire où les coolies étaient soignés gratuitement. Le Dr Hain, le médecin-chef du dispensaire, l'envoya d'office dans une des stations de désintoxication créées dans tous les quartiers de la ville. On lui donna un an pour se guérir de son vice. Si, au bout de ce délai, on le reprenait à fumer de l'opium, il tomberait sous le coup de la loi et serait condamné à mort.

C'est ainsi que Lung Yen, descendant d'une lignée de paysans, petit-fils d'un doyen de village, fils indigne de l'honorable famille Lung, chassé par les siens, dévoyé, déchu, pauvre coolie malade, se trouva jeté sur le pavé impitoyable de Shanghaï.

RUTH ANDERSON

Il avait plu pendant la nuit. Au matin le vent avait tourné et les rues étaient couvertes de verglas. Quand Mrs Anderson voulut aller chercher à la grille son journal et son lait, elle glissa sur les deux marches qui conduisaient au jardinet, devant la maison, et tomba. A la suite de cette chute, elle mit au monde des jumeaux quatre semaines trop tôt. L'un des enfants mourut le jour même, mais Ruth, bien soignée à l'hôpital où on la plaça dans une couveuse, vécut. A sa naissance, elle était aussi bien proportionnée et aussi bien achevée qu'une mignonne poupée. Jack Anderson ne se lassait pas d'admirer les petits orteils, les ongles, les cils, toute la délicate perfection de sa petite fille. Il avait vingt-quatre ans à sa naissance. Elle fut son enfant, absolument.

Le grand-père d'Anderson venait de Suède. D'abord valet chez un fermier du Minnesota, il était devenu le gendre de son patron. Le père d'Anderson avait été contremaître dans une des grandes minoteries de Minneapolis ; et Jack Anderson, le fils, était allé à l'école secondaire publique, où le cours d'imprimerie l'avait particulièrement intéressé. Il était entré très vite comme apprenti à Saint Paul, il s'était épris de la jeune fille qui servait les sandwiches au drugstore où il prenait son repas du soir. C'était une petite brune, très active. Il l'épousa. Il n'avait pas vingt-deux ans. Jusque-là, il avait toujours suivi des cours du soir pour arriver à une situation plus élevée. Mais quand, au sortir du tourbillon où l'avaient jeté ses préoccupations amoureuses et son mariage précipité, il reprit pied dans la vie, il se donna complètement à ses obligations d'homme marié. Il renonça vite et complètement à ses projets ambitieux et fut heureux de trouver un emploi de typographe à l'imprimerie du *Morning Herald* de Flathill, Iowa, à trente-deux dollars par semaine. Il ne se débarrassa jamais complètement d'un vieux fonds d'habitudes suédoises. Il disait *Vad?* au lieu de *What?* quand, l'esprit ailleurs, il n'avait pas écouté ce que lui racontait sa femme.

Flathill était une ville de moins de trente mille habitants, orgueilleuse et suant l'ambition comme une grande ville. Des maisons rouges, des maisons grises s'élevaient au milieu de champs verts et jaunes. Aux abords de la ville, étaient semés dans de champs de maïs des stations d'essence, des silos pour les grains et quelques usines. L'usine de faucheuses mécaniques Watson était la plus importante, et les Watson étaient les personnages les plus considérables de la cité.

Il y avait des églises de toutes confessions : l'église catholique était construite dans un style discrètement gothique, tout comme la synagogue, avec ses vitraux encastrés de plomb. Au centre de la ville, trois gratte-ciel. Devant le palais de Justice, un parc carré, où chaque visiteur de marque était invité à planter un arbre. Ces petits arbres donnaient chacun leur petite tache d'ombre et grandissaient moins vite que la ville. Les célébrités de passage appartenaient à diverses catégories : vieux messieurs à cheveux gris ; dames d'un certain âge à manches flottantes, venues faire des conférences au cercle féminin ; virtuoses du violon ; chanteuses de seconde classe qui donnaient des récitals dans la salle municipale des concerts, pour boucher les trous de leurs tournées ; prédicateurs en renom venus en visite pour ranimer le zèle des fidèles ; politiciens apparaissant au moment de l'élection d'un juge, d'un sénateur, d'un représentant ou d'un président des États-Unis. Tous s'enveloppaient d'un nuage d'amour de l'humanité, de vertus civiques, d'optimisme pour vanter les mérites de leur candidat.

La rue principale, Commerce Street, était d'une longueur respectable. Les magasins s'y pressaient, éclairés même la nuit : c'est dans cette rue que se dressaient les trois gratte-ciel de Flathill. Un quatrième, destiné à héberger la Banque d'Amérique, venait d'atteindre ses dix étages dans le fracas assourdissant des foreuses automatiques et des poutres métalliques tombant les unes sur les autres. Le samedi, jour où les fermiers des environs venaient en ville, Commerce Street n'avait pas assez de place pour toutes les vieilles autos parquées obliquement le long des trottoirs. Dans Commerce Street se trouvait aussi le Grand Hôtel de Flathill (trois cents chambres avec salles de bains, à trois dollars la chambre). Dans son hall décoré de marbre se réunissaient les « Elks », « Rosary », « Kuvanes ».

Dans le pâté de maisons voisin était le siège du *Colony Club* où, le vendredi et le samedi soir surtout, se retrouvaient les jeunes viveurs de Flathill : jazz, dîner-dancing à un dollar. Tous les soirs deux représentations vous offraient l'exhibition des huit « colonettes » en costumes variés mais toujours sommaires, les grasses plaisanteries du speaker au microphone, et le blues que la femme de celui-ci, Alabama Lily, chantait d'une voix grave en contrefaisant l'accent du Sud.

Les gens élégants de Flathill ne fréquentaient pas le *Colony Club*, du moins pas ostensiblement. La société se réunissait le samedi soir au *Country Club* où, même au temps de la prohibition, on trouvait à boire. On y dansait jusqu'à une heure. Le club ainsi que le terrain de golf, conquis sur les champs de l'Iowa, qu'il avait fallu gratter puis gazonner, se trouvait sur la « butte Watson », le quartier élégant de la ville, baptisé du nom de la famille patricienne qui y habitait depuis trente ans déjà. Pour être plus exact, la première maison qu'avaient bâtie ces Watson était une ferme sur une butte à peine visible au milieu des champs de maïs étalés tout autour. Maintenant la butte Watson ou « Watson Height » était devenue un quartier d'élégantes villas, entourées de jardins bien soignés, aux rues plantées d'arbres, où les enfants des chauffeurs de grande maison zigzaguaient sur leurs patins à roulettes.

A l'est de la ville, le faubourg de Newflat présentait un aspect tout différent. Newflat était dominé par la grande usine où l'on fabriquait les célèbres sièges de W.-C. « Harmony » en usage dans toute la contrée, et aussi par le grand gazomètre, dressé derrière la gare. On y voyait des terrains vagues où se brocantaient des voitures usagées, bonnes encore pour des fermiers, le dépôt des trams de la ville, la tête de ligne des grands cars desservant les environs, et encore des usines. Le tout parmi des champs de haricots, des chantiers de construction, des écoles et la prison.

Newflat était à lui seul une petite ville, avec sa grand-rue, ses grands magasins bon marché et ses hôtels à prix modérés. La petite ville était desservie par vingt-quatre rues désignées par de simples numéros, et traversées par six boulevards rectilignes, également numérotés : rien qui rappelât le quartier fleuri de Watson Height avec sa rue des Jacinthes, sa rue des Magnolias… A l'endroit où les vingt-quatre rues de Newflat venaient empiéter sur les marécages qui bordaient Flathill s'élevait un petit quartier nègre où les huttes en bois construites sur pilotis étaient de bric et de broc. Une usine d'engrais artificiels qui travaillait jour et nuit répandait par tout le quartier une odeur chimique très particulière.

Les Anderson habitaient la 14ᵉ Rue : quand le vent soufflait de l'est, ils respiraient un peu les relents de l'usine ; par vent d'ouest ils entendaient le carillon de l'hôtel de ville et le bruit des trains manœuvrant dans la gare. Jack Anderson avait même pris l'habitude de se réveiller en entendant décharger le tram de 5 h 23 qui apportait le lait.

Leur habitation était une petite maison pareille à toutes les autres petites maisons de la 14ᵉ Rue. Ils vivaient comme tous les autres habitants de la rue. Devant la maison on voyait un jardinet d'où deux marches menaient au perron. Sur ce perron se trouvait un vieux fauteuil à bascule. De là, on entrait directement dans le living-room décoré d'un poêle à gaz camouflé en cheminée. Il y avait deux chambres à coucher, séparées par une salle de bains. La cuisine était divisée en deux parties. L'une était la salle à manger.

En hiver la maison sentait le gaz et les pommes rôties. Mrs Anderson faisait le ménage en robe de cretonne à fleurs, les cheveux relevés et protégés par un foulard, en souliers à talons hauts, les mains gantées. Son mari, comme font tous les Américains, l'aidait, portant le charbon, poussant la voiture d'enfant, essuyant la vaisselle et balayant le perron. Il pensa toujours que sa femme, plus raffinée que lui, lui était très supérieure.

Ruth était une enfant petite et mignonne, mais robuste et bien portante. Elle avait à peine deux ans qu'elle manifesta le désir passionné de s'occuper d'enfants plus jeunes qu'elle. Aussitôt qu'elle put parler, elle demanda instamment qu'on lui donnât un poupon vivant. Mrs Anderson ne voulait pas d'autre enfant : elle avait eu des couches difficiles et ne tenait pas à s'exposer à de nouveaux dangers. Ruth se mit donc à porter dans ses bras, à laver, à nourrir, à dorloter tous les bébés du quartier. Elle n'aimait les poupées que si elles étaient malades : aussi les cassait-elle très vite pour les panser et les soigner à son aise, Elle ramenait à la maison toutes sortes de bêtes malades et couvertes de vermine ; cette ménagerie d'éclopés était son plus cher trésor. Mrs Anderson la grondait en riant devant cette collection de chatons aveugles sauvés de la noyade, de chiots malpropres à la race douteuse, d'oiseaux déplumés aux ailes brisées. Un jour, même, Ruth apporta à la maison une grenouille et lui donna un bain chaud en disant :

– La pauvre petite bête a froid.

La mère de Ruth semblait mue par un curieux moteur qui fabriquait nuit et jour un nouveau besoin de luxe : une permanente, un nouveau sac, un flacon d'eau de Cologne, un réchaud à gaz à quatre brûleurs, une glacière d'occasion, un col de fourrure pour rajeunir son vieux manteau d'hiver, un poste de radio, une auto. On versait des acomptes, on payait les échéances, on payait les intérêts, on achetait trop cher. Mais Mrs Anderson obtenait toujours ce qu'elle voulait. Jack Anderson se donnait beaucoup de mal, tout en sachant fort bien qu'il n'arriverait jamais à gagner plus de vingt-cinq dollars, salaire limite. Il n'avait jamais tout à fait assez d'argent et restait toujours endetté.

Jack Anderson avait un penchant secret pour le socialisme ; membre convaincu de son syndicat, il lisait parfois une des publications rouges que lui passaient ses amis « rouges », mais il la jetait bien vite. Elle le mettait de mauvaise humeur et le rendait mécontent alors qu'il était parfaitement satisfait de son sort. Quand Sacco et Vanzetti furent exécutés, il s'émut beaucoup ; un peu plus tard il signa toutes les pétitions réclamant la mise en liberté du socialiste Mooney, injustement condamné. Mais rien ne fit de lui un vrai socialiste, surtout à partir du moment où il se mit à rêver d'un alphabet gothique, qui lui semblait bien plus intéressant que la politique. Pour le coup le syndicat perdit son attrait. D'ailleurs il importait de cacher à sa femme ses petites escapades politiques, car Hazel Anderson avait une âme de capitaliste. Elle n'avait pas d'argent, mais c'était pur hasard. C'était une mondaine, sans relations mondaines. Elle savait les noms de tous les habitants de Watson Height ; elle était au courant de tout ce qui s'y passait : fiançailles, divorces, petits scandales ; rien ne lui échappait de la vie de ce paradis du grand monde. Les articles des journaux qui donnent aux femmes, par petites doses, des conseils sur les bonnes manières, la tenue d'un ménage, la toilette et le goût, étaient ses lectures favorites. Elle les absorbait avidement, comme une terre desséchée reçoit une pluie bienfaisante. On y lisait : « Soyez hardies dans la composition de vos salades. » « Maîtresses de maison, soignez vos mains. » « Coiffure bien personnelle à peu de frais. » « Le charme est la clef qui ouvre toutes les portes. »

Hazel Anderson se gantait pour faire la cuisine. Avant de se coucher elle s'enduisait le visage de crème *Fascina*, qu'elle trouvait dans un magasin à prix unique. Elle achetait un gardénia artificiel pour sa boutonnière. Toute seule dans sa cuisine, elle faisait des effets de charme et des essais de « manières naturelles relevées d'un soupçon de personnalité ». Parfois elle sortait avec Ruth, vêtue ainsi que sa fille de ses plus beaux atours, et prenait le tram qui menait à Watson Height. Tenant sa jolie fillette par la main, elle se promenait dans les rues élégantes et si agréablement dessinées : Magnolia Street, Carnation Street et Daffodil Street. A Newflat, toutes les rues étaient droites.

Dans une de ces promenades, elle fit la rencontre du vieux Mr Watson, le grand homme du pays, le roi de Flathill. Il sortait de son jardin pour promener son chien, tout comme le premier venu. Le chien, un jeune setter brun, avait sans doute flairé en Ruth une amie des bêtes. Il se précipita en aboyant joyeusement à la rencontre de la petite fille. Ruth lui mit ses bras autour du cou, l'appelant de tous les vulgaires noms d'amitié en usage dans la 14e Rue.

Mr Watson cria :

– Ici, Duke !

Duke n'obéit pas et léchait le visage de Ruth en remuant la queue. Ruth était ravie et poussait des cris de joie. Sur quoi Mr Watson s'approcha de Mrs Anderson, la salua en disant :

– Je suis désolé : cette bête a de bien mauvaises manières.

Hazel Anderson, faisant appel à toute sa science du savoir-vivre, répondit d'un ton dégagé :

– C'est nous qui devons nous excuser, mais Ruth a une telle passion pour les animaux !

Mr Watson sourit aimablement et dit :

– Tout comme moi. Votre Ruth est une charmante jeune personne.

– Trop aimable, dit Hazel ; viens Ruth, dis bonjour. Quel joli chien ! Comment s'appelle-t-il ? Duke ? Comme ce nom lui va bien !

Mr Watson fit une caresse à Ruth, Mrs Anderson caressa le chien, Mr Watson resta là, le chapeau à la main, ses cheveux blancs rebroussés par le vent, jusqu'à ce qu'elles eussent tourné le coin de la rue. Hazel Anderson pensa souvent à cette rencontre flatteuse et si réussie. Elle était convaincue que Mr Watson les avait prises pour une dame et une petite fille habitant Watson Height.

Pendant ce temps, Jack était à la maison, jouant avec son alphabet gothique qui exhalait une odeur d'encre d'imprimerie. Ses yeux étaient toujours enflammés et rouges. Il était obligé de les baigner chaque matin avec de l'eau boriquée. Dans un coin de leur living-room, il s'était fait une sorte d'atelier miniature qui désobligeait beaucoup Hazel ; éclairé comme il en avait l'habitude par une lampe puissante, il restait à dessiner souvent fort avant dans la nuit. Le matin de bonne heure, quand le train laitier entrait en gare à grand fracas, il se levait et s'apprêtait à partir pour l'imprimerie.

– Qu'est-ce que tu dessines donc tout le temps, Jackie ? demandait Ruth à son père.

– Des pattes de mouche, mon petit, rien que des pattes de mouche, répondait-il en déchirant quelques feuilles qu'il jetait.

Ruth grimpait sur une chaise, appuyait ses coudes sur la table où son père travaillait et, la tête dans les mains, le regardait faire. Elle ne se lassait pas du spectacle de Jackie au travail. Un pot de café léger mijotait en chantant sur le poêle à gaz. D'un air important Ruth s'en approchait de temps à autre et versait une tasse à son Jackie. La mère sortait de sa chambre, le chapeau sur la tête, disant :

– C'est l'heure d'aller au cinéma.

– Tout de suite, disait Jackie, rien que deux minutes, je suis sur une bonne piste.

– Tu ne veux donc jamais venir au cinéma ?

Mrs Anderson était jeune et jolie, elle s'était fait faire une permanente. Elle ouvrait la radio et dansait. Jack la regardait puis se remettait à gribouiller.

– Ce n'est rien, disait-il, rien qu'un jeu… pour m'amuser.

– Viens-tu, oui ou non ? demandait Hazel en mettant ses gants.

Elle portait toujours des gants, au grand amusement de la 14e Rue.

– Qu'est-ce qui est plus important à ton avis ? que j'aille au cinéma ou que je réussisse ? répondait Jackie un peu agacé.

Hazel se contentait de répondre :

– Oh, je peux aussi aller avec les Cobb. Mais alors il faudra que tu couches la petite.

– Entendu, acquiesçait Jackie, soulagé.

Ruth disait fièrement :

– Je peux bien me coucher toute seule.

Mrs Anderson partait et c'était alors une fameuse soirée, avec pommes rôties et concours de grimaces…

Puis les Anderson quittèrent Flathill pour New York. Ils se logèrent d'abord dans un petit appartement, puis à Whipe Plains, dans une maison à eux. La vie était bien changée ; Ruth, trop triste même pour pouvoir pleurer, demeurait dans son coin : toutes ses poupées cassées et ses bêtes malades étaient restées à Flathill. Pour la consoler on lui donna un chien de race, un terrier. Mais ce ne fut jamais pour elle qu'une relation, et non pas un ami comme les créatures sans nom qu'elle ramassait dans la 14e Rue. Elle regrettait aussi les autres enfants du quartier, et le coin de Jackie avec la table où il travaillait, les soirées où elle s'occupait à lui préparer le café, à griller des toasts, à ouvrir et fermer la radio.

Poussé sans arrêt par sa femme, Jack Anderson avait fini par faire son chemin. Il avait créé l'« Alphabet gothique Anderson », une police de caractères simples et beaux dans un style très personnel. Après sept années passées à travailler à dessiner ses lettres, à rejeter et à reprendre ses esquisses, à recommencer ses essais, ceux-ci avaient fini par aboutir : il avait cessé d'être le typo à vingt-cinq dollars qu'il s'était cru condamné à rester toute sa vie.

Jack n'avait rien d'un homme d'affaires ; son ami Conwell, par contre, avait le sens du commerce. Conwell, de la section publicité, avait fréquenté une école commerciale d'Indianapolis qui portait le nom pompeux d'« Université des Échanges et du Commerce d'Indiana » : il prit en main le lancement de l'*alphabet gothique Anderson*. Sans résultat d'abord. Puis une imprimerie de Chicago offrit d'acheter pour trois mille dollars le droit d'utiliser les caractères Anderson. Lorsque Conwell eut en main cette offre écrite, il fut comme fou. Jack Anderson eut beau protester, Conwell vendit sa vieille voiture et celle de Jack en même temps. Les trois cent vingt dollars que produisit cette double vente lui servirent à prendre un billet pour New York et à couvrir les frais du séjour qu'il y fit.

Cinq semaines plus tard il écrivait à Jack Anderson de venir le rejoindre. Il envoyait de l'argent car il avait vendu comptant à une grande agence de publicité une option pour l'usage exclusif de l'*alphabet Anderson*. Puis vint une pluie de propositions, l'argent affluait : Anderson en avait le souffle coupé. Pour finir, tout le monde partit s'installer à New York, où Jack et Conwell associés ouvrirent un bureau : Jack y dessinait les caractères que Conwell vendait à de grosses maisons pour leur publicité. La *Gothique Anderson*, à elle seule, leur apportait un revenu régulier, croissant d'année en année. Il y eut des semaines où ils gagnèrent jusqu'à quatre mille dollars ! Ce qu'il y avait d'original et de personnel dans les créations d'Anderson faisait prime dans ce pays ou tout était conformiste et standardisé. Les Anderson habitaient maintenant un quartier à leur goût, parmi des gens de leur classe. Ils avaient dans leur jardin deux arbres et une plate-bande de roses. Le perron s'appelait ici terrasse. Quand on venait les voir, on entrait d'abord dans un hall minuscule au lieu de pénétrer tout droit au salon. La cheminée n'était pas un poêle déguisé, on y pouvait faire du feu, du vrai feu. Il y avait deux salles de bains et un garage pour deux voitures.

Hazel Anderson réalisait l'ambition de toute sa vie : elle avait une servante négresse, qui portait un bonnet blanc, et une blanchisseuse. Elle avait son bootlegger, son bridge et appartenait à trois clubs. Elle se faisait faire les mains, allait de temps à autre au théâtre voir les pièces dont elle avait lu le compte rendu dans le journal. Elle savait quel parfum était à la mode et quelle actrice avait la vogue. Elle persuada Jack de jouer au golf : c'était bon pour sa santé. Et Ruth, assise au piano récemment acheté, s'efforçait, parmi les pleurs et les grincements de dents, de jouer simultanément des notes différentes de ses deux mains.

A treize ans, elle commençait à savoir manier le poudrier et le rouge à lèvres, comme toutes les filles de son âge ; les garçons de sa classe n'étaient plus des gamins et devenaient prétendants. L'un d'eux embrassa Ruth dans l'escalier des toilettes et elle en conserva pendant quelques jours une haute idée d'elle-même. Puis elle oublia l'incident.

– Depuis que nous sommes des gens chic, on s'amuse beaucoup moins qu'autrefois, confia-t-elle à son père.

Quelque chose lui manquait, elle ne savait quoi. Elle avait vécu la vie de sa rue, la vie de sa classe, la vie des autres. Maintenant sa personnalité se formait peu à peu, elle était différente des autres : elle était Ruth Anderson.

Elle mit une robe du soir, une robe longue couleur rose thé, pour assister à la fête de fin d'année de son collège. Elle entrait tout de bon dans la vie.

Souvent elle regardait son père à la dérobée. Elle lui trouvait l'air fatigué. Le succès impliquait pour lui l'obligation, le cas échéant, de se mettre au travail à toute heure du jour ou de la nuit.

– Qu'est-ce qui ne va pas, Jackie ? lui demandait-elle tendrement.

Il parlait vaguement d'hypertension, disait qu'il se faisait vieux. Ruth calculait : son père n'avait que quarante et un ans ; on est pas un vieillard à quarante et un ans ! Sa mère faisait partie maintenant d'un club de femmes très fermé. Elle avait de l'ambition : elle n'eut de cesse qu'on l'eût nommée secrétaire de la commission des programmes. Elle avait un manteau de fourrure qui avait coûté très cher, mais elle n'en était pas plus heureuse : elle maigrissait, son visage devenait anguleux. Jamais elle ne se comparait à ceux qui étaient moins fortunés qu'elle, elle ne voyait que ceux ou celles qui avaient ce qu'elle n'avait pas. Il en était de même pour tous les Américains : en affaires, en mondanité, en amour, tous les producteurs s'ingéniaient à susciter des besoins nouveaux, tandis que les clients souffraient de ne pouvoir se procurer ce dont ils n'avaient jamais jusque-là soupçonné l'existence. Course au clocher encouragée par des moyens artificiels : le pays en vivait.

L'argent gagné à grand-peine était vite dépensé. On fumait, on buvait énormément. La prohibition avait fait de la consommation de l'alcool une affaire de haute importance. Gangsters, bootleggers, police se mêlaient à ne pouvoir s'y reconnaître. Le puritanisme tournait au libertinage. Mais en réalité c'était là affaire de mode. Dans le fond des individus, l'esprit simple et sérieux des premiers pionniers subsistait, et aussi l'esprit d'entraide et le sens de ce qui est honnête ;

d'inépuisables réserves de force et d'esprit d'entreprise, un trésor de bon sens et de bonne humeur.

L'entrée de Ruth au collège fut l'occasion de son premier conflit sérieux avec sa mère. Ruth savait très exactement ce qu'elle voulait. Elle voulait être médecin et faire ses études à l'université de Columbia, où l'admirable, l'incomparable professeur Albin enseignait la médecine générale. Elle voulait être médecin d'enfants, apprendre à soigner les tout petits. Elle se voyait déjà tenant des menottes fiévreuses, prenant le pouls, discernant d'un diagnostic infaillible la nature de la maladie et guérissant les jeunes malades. Obstinée, elle tenait tête à sa mère, elle ne pleurait pas – pour rien au monde elle n'eût pleuré – mais elle répétait :

– J'ai les qualités qu'il faut, je sais que je les ai. Si tu ne me permets pas de faire mes études de médecine, je ferai de grosses bêtises et tu en auras du chagrin.

Mais Hazel Anderson était têtue elle aussi. Elle avait depuis longtemps consulté la revue la plus élégante d'Amérique pour savoir dans quel collège elle devait envoyer sa fille. On lui avait recommandé Flynn's Collège, près de Boston. Flynn's avait une vieille tradition de snobisme, on y parlait l'anglais d'Angleterre et on y organisait des réunions dansantes où les jeunes gens n'étaient admis qu'en tenue de soirée. Flynn's, c'était la vie mondaine et ses raffinements ; quant aux études, il n'en était pas question. A Flynn's Collège, c'était à qui aurait les robes du soir les plus coûteuses, la famille la plus riche, le plus de rendez-vous avec les jeunes gens du même monde, les plus grosses orchidées au corsage. Ruth, désolée, disait :

– Je me vois à Flynn's comme Chip dans une exposition canine.

Chip était le roquet le plus pouilleux, le plus galeux, le plus piteux de tous les roquets qui avaient traîné dans la petite maison de la 14e Rue. Sa mère inflexible répondait :

– J'ai décidé de faire de toi une dame, et tu seras une dame quand tu sortiras de Flynn's.

Ruth se plaignit à son père :

– Elle veut faire de moi une dame, même si je devais en mourir.

Jackie n'avait pas bonne mine ; la grande ville ne lui réussissait pas. A Flathill, même dans l'atelier de composition, on respirait le grand air pur des vastes plaines parfumées par les champs ensoleillés et les senteurs des jeunes pousses de maïs. Comme il souffrait de vagues douleurs mal localisées, il s'était fait, sur l'avis du médecin, arracher neuf dents pour couper court à une auto-intoxication, provoquée par des racines malades.

Ce jour-là il venait de se mettre à table, à contrecœur, et restait sans manger : il avait trop de peine à mâcher avec son râtelier. Il eut un geste de lassitude et regarda Ruth comme s'il s'était senti coupable.

– Mon petit, tu devrais savoir que nous ne pouvons rien contre la volonté de ta mère. Ce qu'elle veut elle le fait toujours.

– Tu verras où cela me mènera de me mêler à des snobs prétentieux, dit Ruth d'un air sombre et comme menaçant.

Jack la supplia :

– Cède pour l'instant, plus tard nous irons ensemble à Vienne; c'est là, me dit-on, qu'on trouve les meilleurs médecins.

Ruth eut pitié de son père, elle le baisa sur le bout du nez et dit pour se consoler :

– Je ne tarderai pas à être mise à la porte de Flynn's.

Elle n'en eut pas le temps. Le krach boursier de 1929 ruina Anderson. Il avait joué à la bourse, comme tout le monde, pour pouvoir suffire aux dépenses toujours croissantes de sa femme. Il avait joué à découvert. Ce fut la débâcle. L'ivresse des gains faciles était dissipée, les bénéfices de guerre étaient partis en fumée. L'Europe ne payait pas ses dettes, le marché mondial étouffait sous le flot d'une surproduction que tous les économistes du monde étaient impuissants à endiguer. On brûlait les sacs de café, on jetait le blé à la mer, on enfouissait l'excédent de coton, le chômage s'aggravait à mesure que les moyens de production se perfectionnaient : une machine faisait le travail de trois cents ouvriers.

Conwell qui s'entendait si bien aux affaires avait entraîné dans ses spéculations Jack Anderson qui n'y connaissait rien. Il fallut vendre la maison, l'auto et même la bague de diamants que Jack avait donnée à Hazel pour le vingtième anniversaire de leur mariage. On renonça au bureau, le loyer était trop cher.

Pour parer aux difficultés les plus pressantes, Jack Anderson, dans un coup de désespoir, vendit en bloc sa *Gothique* dont il avait tiré jusque-là un bénéfice régulier. Il finit par trouver dans une revue un petit emploi de dessinateur de caractères ; il n'était plus jeune. Son esprit inventif se fatiguait. Tous les titres qu'il imaginait se ressemblaient. Les demandes d'emploi de plus en plus nombreuses amenaient la baisse des salaires. Vingt-cinq dollars par semaine.

– Les montagnes russes, dit Jack à Conwell, ça monte… ça descend… à en être malade…

Ce fut de nouveau la petite maison dans le faubourg de Jamaïque ; quartier, voisins, tout faisait d'eux des déclassés. On entrait de nouveau tout droit du perron dans le living-room, on n'avait même plus un simulacre de cheminée ; rien qu'un poêle à gaz ; la salle de bains était vieille, triste et sentait le gaz ; plus de servante, fini le luxe, fini les bridges élégants.

Hazel Anderson put alors donner sa mesure. Elle ne se plaignit pas, ne fit pas de reproches à son mari fatigué, elle fit tout ce qu'il y avait à faire, sacrifia tout ce qu'il lui fallait abandonner, mais… se lança dans la « Christian Science ». Elle y trouvait un réconfort et un apaisement. Elle lisait le *Monitor* et assistait aux réunions tous les mardis. De ces séances, elle rentrait souvent en larmes, mais elle se sentait meilleure.

Ruth avait quitté Flynn's Collège, elle n'était pas la seule. Elle n'en éprouvait ni orgueil ni humiliation. Elle semblait accueillir ce retour à la pauvreté comme une bonne fortune. Elle confia à son père :

– Je pourrais chercher une place de bonne d'enfant et mettre de l'argent de côté pour étudier la médecine.

– Quoi ? demanda-t-il l'air absent.

Elle caressa ses cheveux clairs de Suédois qui se faisaient rares et lui demanda :

– Voulez-vous manger des pommes rôties, Mr Anderson ?

Quand, le soir, il s'efforçait de trouver des caractères nouveaux d'imprimerie, et qu'il s'endormait sur son travail, elle lui retirait son crayon des mains et le menait à la petite chambre à coucher où il faisait froid.

Jack Anderson devait mourir à la suite d'une simple opération d'appendicite. Le médecin avait prédit : « Il a usé toutes ses réserves. »

– Tête haute, avait dit Jackie à Ruth, prends soin de ta mère, ma petite fille.

On lui donna un peu de morphine, très peu ; il ne se réveilla pas.

Le chagrin qu'éprouva Ruth, à voir mort ce père tant aimé, fit d'elle une femme.

Il fallut quitter la petite maison. Mrs Anderson s'installa dans une pension bon marché. La Christian Science, absorbée à doses massives, l'aida dans ce désastre. Ruth, qui n'avait pas assez d'argent pour étudier la médecine, se décida très vite à devenir infirmière. Elle entra à l'école d'infirmières de la clinique Urban.

– C'est presque aussi bien et souvent mieux que d'être médecin, disait-elle à sa mère. L'école d'infirmières, comparée à Flynn's, c'est le paradis.

Les élèves logeaient dans une aile ancienne de la clinique. Quatre jeunes filles dans la même chambre. Tenue de travail bleue, raide d'empois, discipline très stricte, serment solennel répété chaque matin comme une prière : « Je jure solennellement devant Dieu et en présence de cette assemblée de passer ma vie dans la pureté… de m'abstenir de toutes actions mauvaises ou détendues… de garder le secret sur toutes les affaires personnelles qui peuvent m'être confiées… de seconder le médecin dans sa tâche et de me consacrer au bien-être de ceux qui me seront confiés. »

Bûcher, apprendre par cœur, apprendre sans fin des formules et des mots inintelligibles. A quatre, elles se récitaient réciproquement leurs leçons, s'aidaient les unes les autres, pour tout oublier aussitôt. Puis venait peu à peu une lueur : elles entrevoyaient que tout ce fatras appris par cœur avait un sens. Mots nouveaux, notions nouvelles, toute cette classification, tous ces chapitres difficiles. Médecine générale, anatomie, bandages, désinfection, physiologie, premiers soins, pharmacologie. Premiers essais pratiques, peur du médecin, trac aux examens. Et les rires sous cape, les commérages, les petites jalousies, les petites ambitions, les petits succès si merveilleux, d'une si immense importance.

Elles s'exercèrent à faire des pansements sur un mannequin nommé Ali Baba ; elles faisaient des piqûres à des oranges, donnaient le bain à des poupées-bébés, elles devenaient cyniques, se permettaient des plaisanteries sur Johnnie, le squelette, comme avaient dû le faire avant elles des générations d'élèves. Leurs mains devenaient rudes, dures, leurs dos douloureux, elles avaient les nerfs à vif à force de plaindre les malades gémissants, à force de s'énerver contre les récalcitrants, les nerfs sans cesse à vif dans la crainte de se tromper, dans l'angoisse de rencontrer des cas désespérés. Le premier mort, la première opération, le premier accouchement ! Ruth apprit à ne pas éprouver plus de dégoût devant un malade que devant le mannequin Ali Baba. Elle apprit à considérer la naissance et la mort comme des faits habituels et naturels et à ne pas s'en émouvoir. Elle reçut des éloges et des blâmes, se fit des amis et des ennemis. Elle eut une belle passion pour le professeur Borner, le chirurgien. Il parlait un anglais pitoyable et était âgé de soixante-quatre ans. Son gilet était toujours couvert de cendres de cigare, ce qui n'avait rien d'hygiénique. Quant au jeune Dr Synge qui s'était épris d'elle, il ne lui faisait aucune impression. Elle s'habitua à l'odeur du désinfectant qu'elle respirait dans les couloirs ripolinés. Elle ne s'en apercevait même plus. Elle eût su préparer les yeux fermés les plateaux pour les pansements : bandes enroulées, pinces stérilisées, ciseaux pointus, ciseaux ronds, scalpel et seringue, ampoules, pommades, mercurochrome, alcool, peroxyde, cuvettes pour les pansements sales. Elle portait le bassin comme elle aurait porté un bouquet de violettes. Elle fit des lits, encore des lits, toujours des lits où gisaient de grands malades immobiles dans l'odeur de la fièvre.

Parfois, dans ses rares moments de claire conscience, elle sentait qu'elle possédait un don : les malades souriaient quand elle entrait dans leur chambre. Un pauvre homme qui souffrait d'insomnie s'endormait quand la nuit elle s'asseyait un instant près de son lit. La mère d'un enfant mort-né s'arrêtait de pleurer et de gémir quand elle lui parlait.

Son cauchemar, c'était la théorie, l'épouvantail du dernier examen. En présence d'un malade, elle savait toujours ce qu'elle avait à faire, mais les mots et les formules n'avaient pour elle aucun sens ; elle avait beaucoup de mal à les faire entrer dans sa tête. Ils fuyaient à tire-d'aile, dès qu'elle pensait à autre chose. Elle se répétait questions et réponses en s'endormant, en prenant son bain, en faisant sa toilette, en se brossant les dents. Elle passa l'examen avec succès : un vrai miracle, pensa-t-elle.

A sa grande joie elle fut désignée pour la clinique d'accouchement. Son travail consistait surtout à donner le bassin et à le nettoyer. Mais elle était heureuse de vivre parmi toutes ces accouchées. Apporter, remporter ces petits êtres si faibles, ces paquets tièdes, laver à l'alcool le sein des mères, voir ces tout petits sachant déjà si bien téter était pour Ruth une grande joie étrangement réconfortante. Elle avait des bébés de toutes les couleurs, de toutes les dissemblances. Dans la grande salle, des bébés blancs, des blonds, des bruns ; dans la petite salle, des bébés jaunes, des bébés rouges, des bébés nègres aux grosses lèvres, et même dans le nombre des bébés chinois ou japonais aux yeux bridés, aux cheveux noirs sur un front ridé. Mères italiennes à l'opulente poitrine, Mexicaines agitées, superstitieuses, Juives habituées à la salle d'accouchement, qui mettaient un enfant au monde tous les ans, et des primipares inquiètes. Ruth admirait également toutes ces femmes qui accomplissaient le miracle de fabriquer de petites créatures si douces et si délicieuses.

Les dernières économies tiraient à leur fin. Et Ruth était loin de pouvoir subvenir à l'entretien de sa mère. « Tête haute, prends soin de ta mère, ma petite fille. » Elle se remémorait les dernières paroles de son père, mais elle ne savait comment faire.

Le bruit se répandit soudain à la clinique qu'on demandait des infirmières diplômées pour l'emploi d'hôtesses de l'air sur une importante ligne aérienne. Ruth n'était jamais montée en avion, elle n'était pas très rassurée à l'idée de vivre en l'air dans ces machines si peu stables. Elle surmonta son appréhension et posa sa candidature. Vingt-sept dollars par semaine : trois paires de bas neufs et un chapeau neuf pour sa mère ; pour elle un sac acheté en solde ; enfin une soirée au cinéma et un souper chez Shraft pour elles deux.

Pour remplir l'emploi, il fallait être mince, jolie, jeune, aimable. Ruth fut engagée. On la coiffa d'un coquet petit bonnet, on lui fit faire chez un bon tailleur un élégant uniforme gris clair. Mrs Anderson se remit à rêver de jours meilleurs. Ruth maigrit encore. Le service sur l'avion était dur, mais elle aimait ce travail.

Un soir de février – Ruth travaillait sur la ligne depuis un an – elle fit la connaissance de Frank Taylor. Ce fut la soirée la plus dramatique qu'elle eût encore vécue. L'avion 5 qui faisait le service de Crane à Brentford avait décollé à quatre heures vingt de l'après-midi par temps médiocre. Visibilité : un mille. Plafond : sept cents pieds. Premier pilote : Ed Warner. Second pilote : Bob Spencer. Ils emmenaient sept passagers. Il faisait froid, Ruth allait de l'un à l'autre, les enveloppant soigneusement dans des couvertures de laine à carreaux toujours prêtes pour cet usage. Au bout d'une heure trois quarts, on entra dans une zone de mauvais temps. Deux des passagères verdissaient. Ruth fixa leurs sièges en position plus stable et se mit à bavarder avec la plus âgée. Elle savait que dans le mal d'avion le meilleur remède est de distraire le patient. Elle-même souffrait encore de violents maux de tête quand l'avion était secoué comme maintenant. Un gros monsieur sur le siège avant, qui avait jusque-là fumé son cigare, commença, silencieux et confus, de vomir discrètement dans son sac en papier.

Warner prit de l'altitude, perçant la couche de nuages, pour chercher un temps plus favorable ; mais, à trois mille pieds, l'avion tomba dans une tempête de flocons de neige glacée. Ruth offrait des cigarettes, souriait aux passagers. Elle fit du café. L'arôme du café rendit l'atmosphère de la cabine plus habitable. Deux hommes d'affaires, qui avaient fait souvent le trajet avec Ruth, sortirent des cartes et se mirent à jouer.

Le jeune homme inscrit sur la liste des voyageurs sous le nom de Frank Taylor s'était, dès son entrée, confortablement adossé dans son fauteuil et fermait les yeux. Il avait refusé couvertures, cigarettes et café. Ruth s'amusait toujours à voir des jeunes gens solides comme celui-ci malades en avion.

– Vous devriez boire du café ; vous ne voulez pas le croire, mais c'est un bon remède, dit-elle en se cramponnant au dossier du fauteuil, car ils étaient fortement secoués.

Il n'ouvrit pas les yeux, mais répondit d'un air moqueur par une question :

– Un bon remède contre quoi ?

Ruth n'avait pas encore eu le temps de répondre que tous les bagages à main furent projetés en dehors du filet. Une dame poussa un petit cri, mais Ed Warner eut vite fait de redresser l'appareil et tous les passagers arborèrent un sourire forcé.

Il faisait nuit depuis longtemps, les petites lampes brûlaient. Ruth alla à la minuscule cuisine et se mit en devoir d'ouvrir la boîte de sandwichs. Elle servit ce qu'on appelait le dîner, le vent s'était calmé et les voyageurs bavardaient entre eux. Seul Mr Taylor refusa le sandwich qu'on lui offrait et resta silencieux. Ruth prit une couverture et l'en couvrit sans lui demander son avis. Il essaya de la repousser du genou puis se laissa faire. Ruth n'avait jamais vu un voyageur aussi beau.

On devait atterrir à cinq heures quarante à Brentford. Ruth regarda sa montre, fit sa tournée, serrant les courroies de ses passagers.

– Qu'est-ce qu'il y a encore ? murmura Mr Taylor.

– Nous allons atterrir, dit Ruth.

Il soupira profondément comme s'il se réveillait. Mais ils n'atterrirent point, l'avion prenait de plus en plus de hauteur, puis obliqua et tourna en rond. Le signal lumineux de l'avant s'éclaira. Ruth s'approcha du poste de pilotage et entrouvrit la porte :

– Qu'est-ce qui se passe ? fit-elle tout bas.

– Rien, répondit Spencer, nous ne pouvons pas atterrir.

– Bon, dit Ruth.

Elle referma la porte, se retourna, passa en revue ses passagers.

– En retard ? demanda l'un d'eux.

– Quelques minutes, répondit Ruth.

Le signal lumineux s'éclaira.

– Oui ? demanda-t-elle.

– Nous avons perdu le radioguide. Patience, dit Spencer.

– Pour combien de temps en avons-nous ? s'enquit Ruth.

– Sais pas, dit Ed Warner.

Lorsqu'elle se retourna, elle rencontra le regard de Taylor ; elle eut l'impression qu'il avait entendu les réponses des pilotes. Elle fit sa tournée, déliant les courroies.

– Nous avons un peu de retard, dit-elle sans s'émouvoir. – elle s'en alla dans la cuisine et fit réchauffer du café qu'elle avait gardé : Café ? cigarettes ? demanda-t-elle, circulant avec les tasses qui s'entrechoquaient.

Le service n'était pas facile : l'avion s'inclinait chaque fois qu'Ed amorçait un virage.

– Quand donc arriverons-nous ? demanda la plus âgée des deux dames.

– Dans quelques minutes. Du café ? proposa-t-elle à Mr Taylor.

Il refusa du geste sans tourner la tête. Il regardait dehors l'écran impénétrable des ténèbres éclairées par les hublots.

Vingt minutes passèrent, trente minutes. Les passagers s'agitaient. Ruth avait l'impression que la panique se déchaînerait, qu'ils allaient se mettre à crier ou à prier au moment même où elle, Ruth, cesserait de sourire. La vieille dame se rongeait les ongles, le monsieur qui avait eu mal au cœur réclama un verre d'eau d'une voix étranglée. Le signal lumineux reparut.

– Comment se comportent nos passagers ? interrogea Spencer.

– O.K., tout va bien, dit Ruth aussi gaiement qu'elle put.

– Tu voudrais savoir où nous sommes ? demanda encore Spencer.

– Oui, dit Ruth.

– Moi aussi.

Il n'en dit pas plus. Ruth referma lentement la porte. Tous savaient maintenant que l'avion avait dévié de sa route habituelle. Mais ils se tenaient avec un sourire crispé, cramponnés aux bras des fauteuils. Le signal lumineux...

– Le terrain de secours, dit Spencer, on peut voir les lumières.

– Kingston ? fit Ruth, un peu rassurée.

– Boucle tout, dit Ed Warner farouche, je descends.

Ruth serra vite les courroies de tous ses passagers.

– Nous atterrissons, dit-elle pour les calmer.

Les moteurs stoppèrent et l'on descendit à travers l'épaisse couche de vide. Les voyageurs retenaient leur souffle. Tout à coup les moteurs se remirent en marche pour éviter le choc. Trop tard. La muraille blanche qui avait surgi du brouillard venait à eux, en haut, en bas, partout. Le choc de l'appareil, touchant brutalement le sol, bouscula tout. Les lampes s'éteignirent, des éclats de verre brisé tintèrent dans la nuit, les femmes criaient, les hommes juraient.

Ruth se précipita vers l'issue pour libérer ses passagers. Furieuse, désespérée, elle constata qu'elle n'était pas assez forte. Mais, dans le noir, elle sentit qu'un homme auprès d'elle pesait sur la porte. Parmi les appels, les cris, les gémissements, elle l'entendait haleter sous l'effort. La porte céda, ils tombèrent dehors tous deux, l'air était glacé.

– Vous vous êtes fait mal ? lui demanda Taylor l'aidant à se relever dans la neige.

– Non, et vous ?

Elle s'efforçait déjà de tirer ses voyageurs hors de la carlingue défoncée. Spencer surgit, tenant une lampe de poche. Il était livide.

– Ed est knock-out, dit-il à Ruth.

Il se passa un bon moment avant qu'elle eût tiré de l'avion tous les voyageurs. Personne n'était grièvement blessé. Ruth tenta en vain de retirer sa pharmacie de secours hors du placard défoncé de la cuisine. Une odeur terrible d'essence se répandait : le réservoir crevé se vidait dans la neige.

On avait atterri sur le flanc d'une montagne couverte de neige, aux arbres clairsemés. L'air était clair et très froid. La respiration des voyageurs faisait devant eux un petit nuage de vapeur. La couche de brouillard était très haut maintenant et projetait sur la neige une lumière pâle. Spencer, assis à terre, tenait Ed Warner sur ses genoux comme un petit enfant. Ruth prit vite une poignée de neige et en frotta Ed pour le faire revenir à lui. Surpris, il regarda autour de lui avec un large sourire quand il comprit la situation :

– Crédieu, on s'en est encore pas mal tirés.

Et il se mit à rire. Spencer rit aussi et les voyageurs aussi. C'était un rire nerveux, mais une détente après la peur. Seule Ruth regardait les passagers l'un après l'autre, afin de savoir ceux qui étaient blessés.

Ed Warner ne pouvait pas se mettre debout. Ruth pensa à une fracture de la cuisse gauche au-dessus du genou.

– Des attelles, dit-elle à Taylor.

Il était déjà occupé à casser des branches que Ruth assembla à l'aide de sa ceinture. Parmi les éclats de rires et l'admiration générale, l'un des deux hommes, qui voyageait pour une marque de whisky, sortit une bouteille de sa marchandise intacte.

– Rien de meilleur comme médicament. Elle m'a coûté trois dollars, prix de gros, dit-il, et il en régala les dames.

Tous les voyageurs avaient été légèrement blessés, mais ils faisaient bonne figure, et comme en somme on s'en était bien tiré, on faisait grand étalage de bravoure. Ruth nettoyait, tamponnait écorchures et coupures. Elle ne savait pas qu'un filet de sang coulait sur son visage.

Elle entendit une toux oppressée et se retourna : Taylor, adossé à un arbre, se tenait les côtes en toussant.

– Qu'est-ce qui vous est arrivé ? fit-elle.

Il se secoua, cherchant à reprendre son souffle.

– Rien, rien, j'ai seulement de la peine à respirer.

Derrière eux, près de l'avion, Ed Warner s'en prenait à une des dames qui, une allumette à la main, voulait allumer une cigarette.

– Nous nageons dans l'essence, cria-t-il, voulez-vous faire griller ce qui reste de nous ?

Taylor tendit à Ruth la bouteille de whisky presque vide. Reconnaissante, elle en prit une gorgée ; la tête lui tournait un peu.

– Lequel d'entre nous va aller à la recherche d'un lieu habité ? demanda-t-elle.

– Il faut que vous vous occupiez de vos blessés, j'irai volontiers, dit Taylor.

Il se baissa, ramassa une poignée de neige et lava soigneusement le sang qu'elle avait sur le visage. Elle le remercia, toute surprise, et le suivit d'un sourire. Il disparut, telle une ombre, parmi les troncs blancs des arbres clairsemés.

Il faisait de plus en plus froid. Pour toute lumière ils avaient la lampe de poche de Spencer. Mais la petite pile ne tarda pas à s'épuiser ; l'obscurité fut complète. Pour tenir leurs compagnons éveillés, les deux hommes d'affaires se mirent à conter leurs vieilles histoires drôles. Ruth leur en fut reconnaissante. Ed Warner s'était mis à jurer tout bas et ses jurons ressemblaient de plus en plus à des gémissements peu réconfortants. Bob Spencer empêcha une partie des voyageurs de s'en aller chacun de son côté : il prit le commandement de la petite troupe et ordonna d'attendre le secours que Taylor était allé chercher.

Au bout de deux heures qui parurent interminables, il fut de retour ; Spencer et lui aidèrent Ruth à transporter leur cargaison de blessés jusqu'aux deux camions attelés de chevaux qui attendaient plus bas sur la route. Frank s'arrêtait de temps à autre, se tenait les côtes pour s'empêcher de tousser. A Fridale, où ils arrivèrent à minuit passé, on constata qu'il avait trois côtes brisées. Ruth aida un médecin de campagne qui, mal réveillé mais très agité, entoura de bandes de toile la large poitrine de Taylor, réassujettit les attelles qui maintenaient la jambe de Warner et pansa les menues blessures des autres voyageurs. Ruth le secondait, un peu étourdie par la perte de sang et la fatigue ; le docteur apprécia son habileté, tout en grommelant.

A l'auberge on fit un grand feu dans la cheminée. Ruth et Taylor attendirent l'arrivée du train du matin ; les autres se partagèrent les quelques lits de la maison. Ruth ne tarda pas à s'endormir. Taylor s'approcha et appuya sur lui la tête de la jeune fille. Il s'émerveillait de la sentir si légère contre lui. Puis il s'endormit lui aussi d'un sommeil sans rêves, appuyé contre Ruth. Lorsqu'il se réveillèrent, ils se retrouvèrent enlacés. Ils se dégagèrent en riant dans la lueur rouge du feu qui mourait.

– Au fait, comment vous appelez-vous ? demanda Taylor.

– Ruth.

– Et moi, Frank.

– Très heureuse de faire votre connaissance, dit Ruth en riant.

Ils franchirent ainsi les semaines préliminaires et se sentirent du coup des amis intimes.

Le portrait de Ruth en uniforme avec son petit bonnet parut dans les journaux : « Exploit d'une hôtesse de l'air », disait la légende. Mrs Anderson acheta un album pour y coller toutes les coupures. Mais elle se refusa absolument à ce que Ruth reprît son service. Ruth se laissa faire sans trop de résistance. Ses nerfs avaient été très ébranlés par l'aventure ; elle trembla et fut prise de vertige la première fois qu'elle remonta en avion. Elle courut tout New York à la recherche d'un emploi. Elle finit par trouver une place d'infirmière chez un certain Pr Richards qui faisait de lucratives opérations de chirurgie esthétique et la payait trente-cinq dollars par semaine ; trente-cinq dollars représentent une somme. Mais Ruth n'aimait pas son travail. « La première de ces dames, je vous prie… Le professeur est occupé… Il opère Mrs Vanderbilt… Vous êtes merveilleuse ; l'opération vous a rajeunie de vingt ans… Non, malheureusement, le professeur ne peut pas refaire un nez à moins de mille dollars… »

Nettoyer les instruments, disposer des magazines dans la salle d'attente, téléphoner, téléphoner encore. Écrire des notes d'honoraires, inscrire des adresses, tenir les livres. Flatter les malades riches, décourager les pauvres qui ne pouvaient payer le prix, mais qui étaient persuadées que si on leur refaisait un nez toutes les portes s'ouvriraient devant elles.

Le Pr Richards était misogyne : rien d'étonnant. Il lui arrivait d'être grossier avec Ruth. Plus souvent encore, il la tourmentait afin qu'elle se fît opérer. Il aurait bien voulu avoir pour recevoir ses clientes une infirmière dont le seul aspect aurait démontré aux candidates inquiètes à quel point ses opérations rajeunissaient et ne laissaient pour ainsi dire aucune cicatrice. Ruth avait au fond d'elle-même la nostalgie de la salle d'accouchement et des bébés malades, mais trente-cinq dollars par semaine, c'est une somme !

Ruth fit des économies : au bout de quatre mois elle put faire un premier versement pour une petite voiture achetée à tempérament et qu'elle partageait avec sa mère.

Mrs Anderson vers ce temps-là délaissa la Christian Science pour l'astrologie. Elle refusa de s'installer de nouveau avec sa fille : les astres y étaient opposés. Peu après elle lui annonça non sans embarras qu'elle était fiancée et qu'elle allait se remarier avec un professeur de l'institut d'astrologie, un certain Mr Lansdale qui portait une petite moustache et parlait avec un fort accent anglais. Ruth embrassa sa mère en pleurant. Si elle n'avait pas été elle-même si amoureuse, la décision de sa mère l'aurait peut-être blessée. Mais elle était trop absorbée par ses propres affaires de cœur et ses rêves de bonheur. Sa mère se maria et partit pour l'Angleterre avec Mr Lansdale : il devait la présenter à sa famille. Mince, distinguée, elle vint faire ses adieux à sa fille. Elle s'était mise depuis quelques temps à se farder avec exagération, cela lui conférait une allure élégante, un faux air de duchesse. C'était du moins l'avis de Ruth. Puis vinrent de nombreuses cartes postales et, pour finir, la nouvelle que Mr Lansdale se fixait dans son pays natal : l'astrologie y était justement à la mode.

Ruth habitait au *Nightingale Club.* Elle y resta malgré l'avis de Frank qui eût préféré la loger dans un petit appartement à elle. Dans ce foyer d'infirmières elle se sentait protégée par la respectabilité de la maison contre tout entraînement. Il lui semblait que la crainte des commérages du *Nightingale Club* l'empêcherait de glisser sur une pente dangereuse. Depuis qu'elle connaissait Frank Taylor, elle se sentait souvent près de perdre la tête.

Ils se retrouvèrent d'abord toutes les semaines, puis presque chaque soir. Elle découvrit à la longue qu'il venait de rompre un mariage malheureux ; il en était encore tout endolori. Ruth le taquinait, le querellait pour ne pas lui montrer qu'elle l'aimait comme une folle, éperdument. Elle le voyait plus beau, plus fort, plus intelligent qu'aucun autre homme. Tout était embelli encore par cette auréole de mystère et de malheur qui environna Frank pendant les semaines qui précédèrent et suivirent son divorce.

Ruth, murée toute la journée dans sa blouse blanche d'infirmière, commençait à vivre quand le soir venait. Elle était chaque jour plus jolie, plus en forme. Elle acheta des robes pour plaire à Frank. Elle se donnait beaucoup de mal pour effacer de son langage toute trace de l'Iowa et de la 14e Rue. Elle chercha à raviver le léger vernis que Flynn's College lui avait apporté malgré elle. Elle s'était abonnée à un cabinet de lecture. Pendant les loisirs de son service à la consultation du professeur, elle s'occupait à lire. Elle sentait parfois Frank tout près d'elle, puis brusquement il devenait un étranger. Il était d'humeur instable, tantôt d'une gaieté exubérante, tantôt tout à fait silencieux. Au fond, elle ne le connaissait pas, elle ne savait rien de lui.

Elle découvrit un jour qu'il était pauvre et sans situation. Pendant trois jours elle fut profondément déçue. Puis elle s'avisa qu'il était malheureux, faible, sans personne pour l'aider, abandonné de tous comme un chien perdu, comme les poupées malades de son enfance, comme la grenouille transie de froid. Elle avait eu jusque-là pour lui de l'admiration. Mais alors, seulement, il fut bien à elle ; elle se chargea de le diriger, de le soigner, elle l'appela Chip, Chippy, du petit nom de tendresse qu'elle donnait jadis, du temps de la 14e Rue, au misérable roquet tant aimé et tant regretté.

Frank était chimiste, elle n'en savait pas davantage. Il avait un emploi dans les affaires de bon beau-père quand son ménage s'était disloqué. Depuis il travaillait de-ci, de-là, tantôt quelques semaines, tantôt quelques jours. Puis il se trouvait sur le pavé. Quand il voulait sortir tous les soirs, danser, boire, s'amuser, Ruth savait qu'il traversait un moment de désespoir. S'étourdir, remède universel en Amérique. L'alcool, remède souverain.

Il disait parfois qu'il avait en vue de grandes choses, il parlait d'un riche héritage, il se croyait à la veille d'une grande découverte. Mais il n'avait rien de commun avec Jackie, qui pendant sept ans était resté à sa table en manches de chemise à travailler à la *Gothique Anderson*.

Frank était indéchiffrable. Au fond elle ne savait que cela : elle l'aimait et il avait besoin d'elle. Elle était souvent jalouse de son ancienne femme, mais ne le laissait jamais voir. Elle finit par quitter le *Nightingale Club* et s'installa dans un petit logement où il pouvait l'avoir à lui tout seul, autant qu'il le voulait.

Une nuit, après des heures divines passées à danser ensemble, il parla de mariage. Ils prirent un taxi pour aller au bureau des mariages ouvert même la nuit. Mais au dernier moment Ruth fut dégrisée.

– Pas avant que tu aies une situation, dit-elle, faisant appel à tout ce qui lui restait de raison.

Ils ne se marièrent pas ; Frank lui en tint longuement rigueur.

Après plus d'un an, il trouva un emploi : Eos Film and Photo Company, Shanghaï. Cinquante dollars de Shanghaï par semaine. Quand il le dit à Ruth, elle crut d'abord à une plaisanterie, mais il montra la lettre et fit ses préparatifs de départ.

– Je vais me rendre compte. Si je me plais là-bas, je te câblerai et tu viendras me rejoindre, dit-il d'un cœur léger.

Ruth sourit bravement jusqu'au départ du car qu'il prit par économie jusqu'à Vancouver d'où son bateau partait. Elle lui tenait la main, elle courut à côté de l'autocar gris aussi longtemps qu'elle put. Une bouffée d'essence… Frank était parti.

Il lui écrivit de bonnes lettres : « Je t'aime aujourd'hui plus qu'hier, demain plus qu'aujourd'hui », mais près de trois ans passèrent avant l'arrivée du télégramme qui l'appelait à le rejoindre. Quitter l'Amérique lui causa une impression étrange. Mais Frank comptait plus que le pays natal. Elle annonça son départ au professeur Richards, mit rapidement au courant l'infirmière qui la remplaçait, écrivit à sa mère et dit adieu à la tombe de Jackie. Tous les bateaux pour l'Asie étaient combles. Elle avait depuis longtemps mis de côté l'argent du voyage. Elle prit un billet et partit par le seul bateau où elle put avoir une place. C'était un vapeur japonais rapide et propre, le *Kobe Maru*.

FRANK TAYLOR

Frank avait sept ans quand il entendit un oiseau chanter pour la première fois. Aux îles Hawaï, où il était né, il n'y avait pas d'oiseaux chanteurs, rien que des oiseaux criards, effrontés, des oiseaux noirs au bec jaune qui venaient s'abattre à grands cris sous la véranda, en quête des miettes du déjeuner. Leur bateau, à Daddy et à lui, avait abordé un soir à San Pedro. Une vieille femme à l'air sévère, qu'il fallait appeler grand-mère, était venue les chercher. Ils s'en allèrent dans une drôle de voiture jusqu'à une maison en bois peinte en blanc, à Los Angeles. Un long trajet. On ne parla guère.

– Hello, Henry, fit grand-mère.

– Hello, Mam', répondit Daddy, voilà le fiston.

– Hello, fiston… qu'il est donc brun, Henry !

– Le soleil, dit Daddy.

La chambre d'amis où Frank dut dormir tout seul était au premier étage. Il n'avait jamais dormi seul.

– Tu peux prendre la chambre de ton père, avait dit grand-mère à Daddy.

Et il était resté en bas. Grand-mère avait conduit Frank à la chambre d'amis, l'avait mis sous la douche et l'avait lavé.

– Où est ta chemise de nuit ? demanda-t-elle.

– Je couche toujours tout nu, répondit Frank.

Grand-mère ouvrit la bouche, ne dit rien et referma la bouche.

– Tu ne fais pas ta prière, le soir ? s'étonna-t-elle comme il se glissait dans son lit.

– Mais si, mais si, dit-il bien vite, car il oubliait souvent.

Il s'agenouilla sur son lit et bredouilla rapidement :

– Mon Dieu, protège cette maison et tous ceux qui l'habitent, Daddy, Mamo et Puolani, amen.

– Qui est Puolani ? s'enquit grand-mère.

– Mon poney, dit Frank, qui se retenait à grand-peine de pleurer.

– On ne prie pas pour les bêtes, répondit grand-mère en éteignant la lumière.

Dans le noir, elle se pencha vers lui et lui posa un baiser sur le front, un baiser froid d'étrangère. Puis il n'y eut plus que la lumière d'un réverbère dans la rue et l'ombre des rideaux qui se balançaient à la fenêtre ouverte. Frank ferma les yeux et ne tarda pas à s'endormir.

Il se réveilla au milieu de la nuit; dans l'arbre, devant la fenêtre, un oiseau s'était mis à chanter. Frank s'assit dans son lit, les mains jointes, tout surpris. L'oiseau chantait très fort, très vite, comme s'il avait été tout seul dans la nuit. Soudain, comme une grande vague, le mal du pays accabla Frank, avec le regret de sa mère et de tout ce qu'on lui avait fait quitter. Le visage dans l'oreiller, il pleura sans bruit. L'oiseau chantait toujours. Au matin grand-mère considéra l'oreiller trempé de larmes et dit enfin :

– Tu te plairas ici, Frank, dès que tu iras à l'école.

Le père d'Henry Taylor était originaire du Vermont. Jeune homme, il était parti pour l'île Hawaï comme missionnaire méthodiste. Là, dans le district de Kona, il avait prêché la parole de Dieu. A ses premières vacances il était revenu à Wheilston dans le Vermont et s'y était marié. Il avait ramené sa femme à Hawaï. Par la suite il avait été déplacé : son Église l'avait envoyé à Hilo puis à Honolulu, ou plutôt à huit milles environ d'Honolulu, dans une petite colonie, auprès des ouvriers d'une grande plantation de canne à sucre. Une petite chapelle méthodiste, une chapelle en bois, se dressait près de l'école. Le pasteur Taylor avait à pourvoir aux besoins spirituels d'une communauté très composite qui groupait des individus de toutes couleurs et de langues diverses. Henry, le fils unique du pasteur, était souvent invité chez les maîtres de la plantation, dont les enfants n'avaient pas d'autres compagnons de race blanche pour partager leurs jeux. Comme il était bien doué et très désireux de faire son chemin, Mr Hancock fit les frais de ses études en Amérique et s'arrangea pour qu'il pût aller à Yale. A son retour il l'employa dans l'administration de la plantation, puis Henry devint le mari de la fille de Hancock, eut un avancement rapide et fut chargé d'organiser l'exportation du sucre brut, expédié aux raffineries d'Amérique.

La mère de Frank, la jolie Mamo, si gaie, qu'il regrettait tant, était de race et de souche bien différentes. Aux Iles, où de nombreuses familles avaient des passés dont certains points demeuraient obscurs, on évitait de parler de son aïeul paternel, un matelot anglais arrivé là vers 1860. Un certain soir, grisé par la boisson du pays, l'okulehau, il s'était pris de querelle au sujet d'une femme avec quelques solides gars indigènes. Il avait été jeté en bas de l'escalier d'une maison mal famée et dans sa chute s'était cassé une jambe. Quand il revint à lui, son bateau était parti, et c'est ainsi que ce Joe Porter resta dans l'île.

Il épousa une indigène de race royale. Elle lui apporta en dot une vaste propriété où il se mit à cultiver la canne à sucre. Ainsi, dans Frank Taylor, le sang de ses austères et pieux ancêtres se mêlait au sang d'aventuriers et d'indigènes, juste assez pour l'empêcher d'être cent pour cent Américain.

Des orages et du scandale qui précédèrent le divorce de ses parents, Frank ne sut jamais rien. Son père avait déjà beaucoup pardonné à sa mère. Il ne se décida à la quitter que le jour où il la surprit dans les bras d'un jeune assistant, au laboratoire d'essai des raffineries. A la suite de cette histoire, il avait obtenu la garde de l'enfant et avait quitté les Iles, dégoûté de cette vie relâchée, de la mollesse des tropiques, de ce climat où l'homme blanc perd tout ressort, toute énergie. Frank ignorait tout cela. Il avait été arraché de cette terre tropicale avant d'avoir pu vraiment y prendre racine. Au début son langage était fortement mêlé de mots hawaïens. Sa grand-mère, la veuve du missionnaire, le comprenait grâce à ses souvenirs. Mais à l'école, comme les autres enfants se moquaient de lui, il eut tôt fait de s'en défaire. Il voulait être comme les autres et ne pas se faire remarquer.

Le souvenir d'Hawaï s'effaça vite. Finalement il ne lui en resta qu'une image colorée, confuse : coraux d'une blancheur de neige, sable, lave noire, vagues crêtées de blanc chevauchées par des corps bruns, joyeux de vivre, arbres géants, grandes fleurs à profusion. La maison sur la colline, les chambres toujours dans la pénombre, derrière la véranda qui en faisait le tour. Fong, le cuisinier chinois, dont

Mamo disait en riant qu'il écrivait des poèmes dans sa cuisine. L'odeur du curry dont les murs de la salle à manger s'étaient imprégnés pour toujours. Ananas frais, découpés en dés, servis dans un grand calice de fleur. Longues chevauchées sur le poney Puolani, entre les champs de cannes qui s'étendent à l'infini, odeur âcre de la fumée, quand on brûlait dans les champs les feuilles des longues tiges. Et ces nuages qui jamais ne quittaient le ciel. La pluie à toute heure, puis le soleil et les étoiles toutes proches sur le jardin. Les palmes des cocotiers dans le vent. La musique et les nombreuses réunions dans le jardin, tandis qu'on croyait Frank endormi en haut dans sa chambre. Le rire de sa mère qu'il reconnaissait toujours parmi tous les autres. Le parfum de sa mère, sa peau blanche, ses mains si chaudes, ses éclats de rire : et comme elle montait à cheval, comme elle nageait, comme elle mordillait la nuque et les oreilles du petit garçon quand ils jouaient aux « petits chevaux ». Et les noms qu'elle lui donnait : *goutte de miel, petit poisson, Liapala, Lulu Si Tou*, s'effaçaient en lui peu à peu ; il finit par ne plus pouvoir évoquer tous ces souvenirs.

La grand-mère avait eu raison. Frank aima bientôt sa nouvelle vie, C'était amusant d'aller à l'école. Il y avait des amis, et on l'y admirait car il était fort et brun. Il plaisait aux filles de sa classe et plus encore aux garçons.

Peu après la mort de sa grand-mère, son père se remaria : il épousa une femme maigre, portant sur son visage un air de décision qui ne plut pas à Frank. Elle s'appelait Mrs Henley, était veuve et avait une fille de huit ans.

– Appelle-moi mère, dit Mrs Henley,

– Oui, Mrs Henley, répondit Frank.

– T'es-tu bien brossé les dents ? t'es-tu lavé les oreilles ?... Qu'est-ce que c'est que cette tache sur ton pantalon ?... Si tu dis encore une fois « pouilleux » tu seras privé de dessert... Quand tu vas jouer au base-ball, tu pourrais bien être assez galant pour emmener Dot. Qu'en dis-tu, petit ?

– Oui, Mrs Henley... je veux dire : mère...

La ville se développait très vite. La famille de Frank alla s'installer dans la 8e Rue, près de Westlake, où l'on canotait le dimanche. On parlait beaucoup à la maison d'une certaine chose qui s'appelait

« bonus ». Tout dépendait du « bonus », depuis la nouvelle robe du soir de Mrs Henley, jusqu'à l'appareil en or pour redresser les dents de Dot.

Daddy avait trouvé une situation dans la raffinerie d'une maison concurrente de l'entreprise de son ex-beau-père, la Compagnie des Sucres et Mélasses du Pacifique. Ce n'était plus la vie brillante et large de la maison de Oahu, mais c'était encore la vie aisée.

– Ma mère était née Stanwick, aimait à répéter Mrs Henley, comme elle aurait dit qu'elle descendait des Plantagenêts.

Entre temps, Frank apprenait à l'école que l'Amérique était le premier pays du monde; la Californie, le premier État d'Amérique; Los Angeles, la première ville de Californie; et son école la L.A.H.I., la première de Los Angeles. Cette certitude, et le fait que son équipe de football eût battu celle de S.M.F.H. par neuf à zéro, lui donnaient un agréable sentiment de sécurité ainsi qu'une certaine bienveillance pour les gens qui dans la vie ne jouissaient pas d'avantages aussi décisifs.

A onze ans, Frank tomba dangereusement malade d'une mastoïdite. Dans ce ménage où l'on ne se départait pas d'une extrême politesse, on se querella pour la première fois. Henry fut très inquiet :

– Je ne peux pas prendre sur moi... qu'il arrive malheur à l'enfant... après tout c'est sa mère... murmurait-il.

Mrs Henley finit par céder à condition qu'il quitte la maison et même la ville si sa première femme venait voir l'enfant. Il accepta. Peut-être redoutait-il lui-même un réveil de cet ancien amour, enseveli tout au fond de lui.

Mamo arriva par le premier bateau. Elle était à la porte de la maison Taylor, tendant sa carte à la servante noire. Mamo s'appelait maintenant Mrs Lester Ingram. Elle soufflait dans sa voilette pour se réchauffer car elle trouvait l'hiver californien bien froid. Elle regardait ébahie ce modèle de bonne tenue et de respectabilité bourgeoise qu'était le salon de Mrs Henley. On y respirait l'odeur de l'encaustique. Sur la table, un riche vase à fleurs vide. Le piano semblait fermé à clef. Mrs Henley portait sur ses cheveux une épaisse résille : elle venait de chez la coiffeuse. Il fallait préserver ses ondulations encore fraîches.

La rencontre des deux femmes se passa sur le ton d'une extrême politesse. Mrs Henley téléphona à l'hôpital pour annoncer la visite de Mrs Ingram. A peine Mamo se fut-elle mise en route que Mrs Henley téléphona au bureau de son mari et lui intima l'ordre d'une voix tremblante de ne pas aller à l'hôpital. Puis elle prépara la valise de Taylor. Elle ouvrit les fenêtres pour chasser le parfum trop fort de la première Mrs Taylor avant le retour de son mari. La garde qui tricotait au chevet de Frank se leva et sortit sur la pointe des pieds, lorsque Mamo se pencha sur l'enfant. Frank n'avait conscience de rien, ses lèvres étaient desséchées, fendillées par la fièvre. Il jetait sa tête de-ci, de-là, tant il souffrait. Mamo pleurait, l'inondait de ses larmes comme jadis quand elle lui avait dit adieu.

Elle passa la nuit assise près de son lit à le regarder. « Quel grand garçon il est devenu », pensa-t-elle, souriant parmi ses pleurs. Elle buvait les larmes qui coulaient dans sa bouche. Frank ouvrit une fois les yeux et gémit.

– Liapala Lulu, mon petit poisson rose, murmurait-elle passionnément.

Elle posa son visage sur les mains de l'enfant ; elle ne les baisa pas, elle mordillait tendrement le bout des doigts comme jadis, quand ils jouaient aux petits chevaux. L'enfant referma les yeux.

Mamo s'installa à l'hôtel et vint voir son fils tous les jours. Elle envoya des fleurs à Mrs Henley, une poupée à sa petite fille, mais elle ne parvint pas à briser la barrière de politesse qu'on lui opposait comme un mur de fonte dure et rugueuse. Lorsque Frank fut hors de danger, Mamo versa encore un torrent de larmes, non pas près de son lit, mais toute seule à l'hôtel, puis elle repartit pour Honolulu. Avant de partir elle s'acheta encore quelques robes neuves ; il y avait plus de choix à Los Angeles qu'aux Iles.

Frank ne sut pas grand-chose de la visite de sa mère. Le délire ne l'avait pas quitté tant qu'elle était restée auprès de lui. Il garda cependant le souvenir de quelque chose de bon, une impression de douce chaleur, comme au sortir d'un rêve agréable. Mais Mamo avait repris courage, il arriva de temps à autre des lettres d'elle à son fils.

Henry Taylor n'eut pas le cœur d'interdire cette correspondance qui se faisait en cachette de Mrs Henley. Mamo racontait que les poèmes écrits par Fong dans sa cuisine étaient en grand progrès. Elle parlait aussi de grenouilles géantes qu'on avait introduites dans les

Iles pour combattre certains parasites de la canne à sucre ; les grenouilles sautaient en foule dans toutes les vérandas. Elle racontait aussi que Puolani avait eu un petit poulain.

A Noël arriva un colis de cadeaux pour Frank et Dot : des ukulélés et des noix confites, des poupées japonaises grotesques, des pyjamas chinois brodés de soie, des caisses entières d'objets exotiques amusants. Les lettres de Mamo étaient pour Frank comme des lettres d'amour. Il les portait toujours sur lui. Avoir une mère bien à lui, c'était comme une histoire d'amour, une histoire pleine de mystère qu'il fallait tenir cachée. Il répondait à ses lettres dans son style gauche d'écolier :

« Chère Mamo, je te remercie des jolis cadeaux et des lettres. Je suis grand maintenant : à peine deux pouces de moins que Daddy, il dit que je le dépasserai. En été je vais souvent sur la plage avec mes amis, nous nageons, mais ici les vagues sont plates : on ne peut pas jouer au cheval dessus. Il y a ici un parc d'attractions avec un "water-chute". C'est très amusant. Quand je n'irai plus en classe, j'irai te voir à Hawaï. »

Ou bien :

« Chère Mamo, Je suis maintenant trois quart arrière dans l'équipe de l'école et, vendredi dernier, nous avons battu les H.B.S. par sept buts à trois. J'ai fait un *touchdown*; c'est bien dommage que tu n'aies pas été là ! Les chemises de soie que tu m'as envoyées sont très jolies, mais Mrs Henley dit que je dois les mettre de côté jusqu'à ce que j'aille dans le monde. Ici les garçons ne portent pas de chemises de soie. Je t'embrasse. Ton gros petit poisson. »

Et encore :

« Chère Mamo, je t'écris du camp d'été où Daddy m'a envoyé. C'est dans la Sierra, à neuf mille pieds, et il y a ici de grands arbres, pas comme ceux de Los Angeles que l'on doit acheter et planter, mais de vrais arbres qui ont poussé tout seuls. Nous couchons sous la tente et le soir on fait un feu de camp et on chante. J'ai fait aussi une excursion de trois jours à cheval : nous avons dormi dans nos sacs de couchage. Daddy parle d'acheter un chalet dans la montagne, s'il fait un jour un "bonus" important : alors nous pourrons toujours passer un week-end sous les arbres. Ici il y a aussi un torrent ; pour le moment il est à sec, mais il y a de l'eau jusqu'en juin. Je me rappelle une cascade que j'ai vue quand j'étais petit. Encore trois ans d'école, ensuite j'aurai peut-être la permission d'aller Hawaï. »

Puis un câble :

« Très malheureux. Stop. Impossible partir. Daddy malade. »

L'ulcère à l'estomac dont souffrait Henry Taylor se manifesta pour la première fois juste comme Frank finissait ses études secondaires. Mrs Henley avait une idée fixe : le régime. Et comme en Amérique il ne se passait pas de mois sans qu'on imaginât un nouveau régime, la vie de Mrs Henley était toujours pleine d'intérêt. Des cuisinières noires défilaient dans la maison. Elles ne restaient jamais longtemps, elles partaient excédées par tout ce qu'on leur demandait : crudités, régime sans sel, alimentation riche en protéines, régime sans protéines, cure de petit lait, cure de bananes, de tomates. Pendant une semaine, légumes cuits à l'eau, sans beurre, sans sel ; la semaine suivante biftecks saignants, presque crus.

Et maintenant Daddy était malade. Un nutritionniste le prit en main. Il souffrait, maigrissait ; il était incapable de travailler. La Compagnie des Sucres et Mélasses du Pacifique prit un remplaçant d'abord provisoire, puis définitif. Henry Taylor perdit son emploi. On dit qu'il donna sa démission.

Il devint courtier d'assurances, travaillant quand il allait bien, s'arrêtant quand survenait une crise. Il se mit aussi à jouer à la bourse comme tout le monde, pour compenser le manque à gagner. Frank ne pouvait plus aller à Yale, comme on en avait fait depuis longtemps le projet. Il suivit à Los Angeles les cours de l'université d'État et continua d'habiter à la maison. Pour le consoler de ce mécompte, son père lui fit cadeau d'une antique voiture de cinquante dollars. Frank la peignit en vert clair. Il s'en allait fièrement à l'université dans ce bel équipage.

Mrs Henley se mit bravement à faire des économies sévères. Elle allait à la cuisine, préparait elle-même la purée de carottes et les épinards de son mari.

– Ma mère est née Stanwick, disait-elle à la femme de ménage.

Et si Frank devint finalement membre de la *Fraternity*, l'élégante « Sigma Alpha Epsilon », à laquelle son père appartenait, c'est à Mrs Henley qu'il le dut, car ses ambitions mondaines s'étendaient jusqu'à son beau-fils.

A l'école secondaire, Frank avait été très populaire. Il était un as de son équipe de football. Il écrivait dans le journal de son école de petits comptes rendus amusants. Les filles se retournaient pour le voir, lui glissaient des billets, dessinaient dans leurs cahiers des cœurs avec ses initiales.

A l'université, il n'était rien qu'un *freshman*, un bizut que l'on brimait, un étudiant en chimie qui avait à apprendre les notions élémentaires les plus ennuyeuses, un zéro qui avait à prouver qu'il avait de l'étoffe. Il s'était décidé à étudier la chimie, non qu'il fût particulièrement doué pour cette science, mais Daddy pensait qu'il y avait là de l'avenir, et à l'école secondaire les explosions et les expériences de laboratoire l'avaient amusé.

Tous les lundis il allait aux séances de sa Fraternity. Il y arrondissait ses angles, y acquit un certain vernis qui lui permit de prendre part aux réunions dansantes du vendredi. Il restait raide en dansant. Il tenait ses danseuses écartées de lui, comme s'il avait craint de les casser.

Depuis que le mot « sexe » était admis dans les conversations mondaines, on en parlait beaucoup. Le journal de l'université consacrait trois rubriques à la vie amoureuse des jeunes gens. L'une d'elles s'intitulait *Conseils aux amoureux*. Une autre : *Potins du campus*. La troisième était sérieuse et même virulente : *Amour libre – Mariages de camarades – Maladies vénériennes – Comment lutter contre elles? – Qu'entend-on par contrôle des naissances?*

Pour la plupart des garçons, le point d'interrogation était assez inutile. Frank était trop timide, ou trop fier, il n'avait pas d'amie. Il voyait les jeunes filles. Quand elles étaient bien faites, il le remarquait ; il en éprouvait une certaine excitation, mais ne pensait spécialement à aucune. Il attendait sans savoir quoi.

Le football était plus important que les questions sexuelles. Frank eut d'abord une grosse déception : on ne le jugea pas de force à jouer dans l'équipe de l'université. Il dut se résigner à assister aux parties avec la section des acclamations. Il en étudia à fond le règlement, hurlant les cris de l'université, retournant les couleurs de sa casquette, agitant des cartons bleus, verts, rouges, profondément malheureux quand son équipe était battue.

Devenu junior au cours de sa troisième année d'études, il se haussa au grade de chef des acclamations. Il avait de l'allant, le sens du rythme, et ce que ses camarades appelaient de la personnalité. Avec deux autres camarades il prenait le commandement de sa section et dirigeait les cris d'encouragement qui devaient entraîner l'équipe. Il s'exerçait sous la douche ; un jour même, dans un éclair de génie, il inventa un nouveau cri qui fut adopté par les étudiants.

Il alla un jour avec l'équipe à San Francisco et même à Seattle. La partie finie, vainqueurs et vaincus se grisèrent avec du tord-boyaux qu'ils avaient emporté et ils firent ensuite un tapage d'enfer. Pour la première fois Frank s'enivra et simultanément connut l'amour. Il trouva que ses camarades plus expérimentés avaient fort exagéré l'agrément de cette double expérience.

Les jeunes filles mettaient leur point d'honneur à faire dépenser par leurs amis le plus d'argent possible : c'est à cela qu'elles mesuraient l'amour qu'elles inspiraient. Un garçon qui avait une auto valait plus qu'un garçon qui n'en avait pas. Un garçon qui avait une auto de luxe était recherché, un garçon qui avait une auto bon marché n'était simplement que toléré. Les bouquets de corsage fournis par les jeunes gens, le genre du dancing où ils dansaient, le prix du souper offert par le jeune homme : tout était calculé, pesé, non pas comme une valeur en soi mais comme la preuve de plus ou moins d'amour. Les hommes étaient ainsi dressés à dépenser de l'argent pour les femmes et à en gagner. Les jeunes filles s'habituaient à être égoïstes, à ne penser à rien et à considérer l'amour comme un sport.

Il y avait en Frank Taylor une sorte de délicatesse et en même temps une résistance qui le gardaient de ces dérives. Le sang de missionnaire qui coulait dans ses veines se rebellait à l'idée de faire l'amour en auto comme cela se pratiquait couramment. De sa mère il tenait une tendance au romanesque, une sorte de sentimentalité à laquelle répugnait ce que de telles intrigues avaient de mesquin, de froid et de trop calculé.

A vingt et un ans, devenu majeur, Frank s'embarqua pour Hawaï. Pour voyager à meilleur compte il prit passage sur un cargo. Il avait gagné lui-même la plus grande partie de l'argent nécessaire. Il s'était toujours passionné pour la photographie. Il photographia ses camarades, jeunes gens et jeunes filles, des vues du campus, l'équipe de football, la classe d'art dramatique. Il passa des nuits dans le laboratoire de l'université à développer et à tirer ses propres clichés ainsi que des instantanés pris par des camarades, car la photo faisait fureur. Il arriva ainsi à gagner soixante-quatre dollars.

Lorsqu'il fut parvenu à ses fins et que le voyage fut décidé, Mrs Henley pleura : spectacle étrange et curieux : une source jaillissant dans le désert. Un échange fiévreux de télégrammes entre Mamo et Frank précéda le départ.

A six heures du matin on approcha de l'île. Les montagnes apparaissaient dans les nuages comme vêtues de longues robes de nuit en flanelle. Sur le port un orchestre jouait *Aloha,* non point en l'honneur du petit cargo, mais pour saluer le départ d'un grand paquebot de luxe.

Aloha. Frank avait la gorge serrée. Une femme, grasse et molle comme un coussin blanc, bien doux, le prit dans ses bras, lui jetant autour du cou des guirlandes de fleurs. Ses yeux étaient restés jeunes, elle pleurait, lui prenait la main, lui mordillait ses doigts pour dissimuler ses larmes.

– Mamo ?

– Mamo.

Une grande auto grise, un chauffeur japonais, un gentleman de belle mine, portant un grand chapeau de paille orné de plumes.

– Mon mari, dit Mamo. Mon fils.

Elle monta en voiture, accaparant toute la place. Les deux hommes s'assirent sur les strapontins.

Rien n'était tel que Frank se l'était représenté. Des rues comme en Amérique, avec des pharmacies, des bars, des trains et beaucoup, beaucoup d'automobiles. Ces rues grouillaient d'une foule d'hommes de toutes races, de toutes couleurs. Il lui semblait arriver dans un paradis de fraternité et de bonne humeur. L'auto ne les mena pas à la maison de la colline. Elle sortit de la ville dans la direction de Waikiki, passant près des grands hôtels, suivant les rues bordées de jardins. Puis elle tourna dans une avenue, et stoppa devant une maison dont le jardin descendait jusqu'au rivage.

Entre les troncs gris courbés des palmiers, brillait la mer aux vagues crêtées de blanc. Pendant tout le parcours, Mamo parla de sa voix profonde, un peu rauque ; sa main ne quittait pas l'épaule de Frank, accentuant sa pression de temps à autre, le secouant gentiment d'un geste tendre comme pour souligner ses paroles.

Frank, habitué à la sécheresse voulue de Mrs Henley, fut d'abord un peu déconcerté par les effusions maternelles. Dans son souvenir Mamo était une jeune femme svelte qui menait son cheval d'un train d'enfer, nageait comme un poisson. Elle se moquait maintenant la première de son embonpoint et, lorsqu'elle riait et en parlait, elle rajeunissait et devenait de plus en plus mince. Finalement elle lui parut telle qu'il l'avait rêvée.

Un Chinois à cheveux blancs, vêtu de blanc, sortit sur la terrasse et dit en s'inclinant très bas :

– Aloha, Master, Missiz bien contente, Aloha !

– Fong, s'écria Frank, secouant la main menue du vieux cuisinier.

– C'est la faute de Fong si je suis grosse, dit Mamo.

Et des larmes apparurent sur son visage rieur. Mr Ingram souriait :

– La pluie de Wai alea lea : tous les quarts d'heure une ondée et le soleil brille aussitôt.

Mamo ne se décidait pas à quitter Frank. Elle le regarda se déshabiller, se doucher. Elle lui servit à manger, lui posant toutes sortes de questions, cherchant à savoir quel genre d'homme il était. Elle le mit au lit et resta assise près de lui à le regarder dormir.

– Tu dors les genoux au menton. Sais-tu ce que cela veut dire ? lui fit-elle le lendemain en déjeunant sur la terrasse. – et tout en lui préparant une papaye, elle se répondit à elle-même, tout en riant : C'est le désir de retrouver la matrice qui t'a porté.

– C'est bien possible, dit Frank troublé.

Peut-être avait-il eu sans le savoir la nostalgie des bras maternels : son désir était maintenant largement satisfait.

Paresser au soleil, nager, monter à cheval, se laisser bercer par la houle, flâner, danser ; ciel, nuages, clair de lune, étoiles filantes, bruissement de la mer ; brise matinale, coucher de soleil, sable, coquillages, fleurs, parfums, couleurs éclatantes, bonheur… Mamo aimait à montrer partout le beau garçon qu'était son fils. Elle donnait pour lui des fêtes. Tous disaient :

– On voit bien qu'il est des Iles.

Il était grand et fort, la peau dorée. Et Mamo, qu'on ne voyait jamais sans son ombrelle japonaise et qui tenait tant à la blancheur de son teint, disait toute fière :

– Il me ressemble.

La question de race et de couleur avait à Hawaï moins d'importance qu'ailleurs. Les Blancs, les Haoulé, s'étaient croisés par des mariages répétés avec la population autochtone. Les Chinois, Portugais, Philippins, Coréens, amenés par masses compactes en raison du peu de rendement des Hawaïens au travail des plantations, mêlaient leurs races sans y regarder de trop près. Il en résultait parfois des types d'humanité assez singuliers.

Seuls les Japonais vivaient à part : ils formaient une classe moyenne de gens vaillants, convenables, honnêtes, laborieux, propres, économes, attachés à leur travail. Ils avaient leurs magasins, leurs hôtels. Ils étaient d'excellents artisans, les premiers contremaîtres dans les plantations de sucre. Leurs filles, jolies et fines, suivaient les cours de l'université ou servaient comme femmes de chambre dans les riches maisons des Haoulé. Ils vivaient en bonne intelligence avec leurs ennemis de toujours : Coréens, Chinois… Les vieux restaient attachés au Nippon. Les jeunes étaient déjà américains.

Danses au club près de la mer; danses sur la terrasse de Mamo, aux sons de la musique hawaïenne, à la lueur vacillante des torches de résine des pêcheurs, danses sous les vieux banians géants du Grand Hôtel de Waikiki. A danser toujours, Frank sentait ses membres s'assouplir et ses mouvements prendre de l'aisance. Mamo lui fit cadeau d'un smoking blanc.

Une nuit où une lune énorme et jaune, dans son plein, brillait au ciel, il tomba amoureux de Chummy Page. Les Page vivaient à l'hôtel, ils venaient souvent chez les Ingram. Mr Page, le père, était dans des affaires de pétrole. Les Page figuraient depuis deux ans dans l'annuaire de la bonne société. Chummy avait le teint clair, légèrement bronzé, des cheveux d'enfant blond. Elle ne portait pas de bas sous sa robe du soir et dansait sans trace de fatigue. Quand Frank lui racontait des épisodes de sa vie, qu'il s'agît de chimie ou du touchdown de la fameuse partie contre l'équipe de Stanford, elle l'écoutait en retenant son souffle. Elle le regardait de tous ses yeux, comme jamais personne ne l'avait regardé. Lorsque, d'une voix étouffée, il lui dit qu'il l'aimait, ses paupières battirent comme des ailes de papillon. Il l'entraîna loin des autres danseurs, l'émotion l'étouffait.

Arrivé au bord de l'eau, il la prit dans ses bras, le porta par-dessus une petite jetée de pierre et la déposa à l'ombre d'un palmier. Ils s'embrassèrent à perdre haleine. Elle portait de minuscules souliers d'argent et une robe tissée de rayons de lune. Frank était à court de mots pour dire combien il la trouvait ravissante, exquise, merveilleuse.

– Si seulement tu n'étais pas si belle, belle à se faire damner, dit-il en gémissant.

Ce fut sa déclaration, tout ce qu'il trouva à dire pour exprimer son amour.

Mamo observait les deux enfants, émue et amusée à la fois. Comme toutes les femmes qui ont beaucoup aimé, elle avait plaisir à aider les amoureux. Elle les envoyait voir ses orchidées dans la serre ; ou bien elle les engageait à prendre le canoë pour aller attendre les grosses vagues qui les rejetteraient sur la plage. Elle retenait les parents Page à la table de bridge pour laisser leur liberté aux jeunes gens. Et quand Frank dut repartir, elle lui fit la surprise de prendre pour lui un billet de première justement sur le bateau qui emmenait la famille Page.

Aloha ! Aloha nui ! Musique sur le quai. Frank tenait dans sa main l'extrémité d'un serpentin et Mamo, en bas sur le quai, tenait l'autre bout. Le ruban de papier se tendit, puis se rompit. Le bateau emmenait derrière lui toute une traîne de rubans de papier. Tel fut l'adieu de la terre aux voyageurs. Chummy disparaissait jusqu'aux oreilles sous les guirlandes de fleurs ; Frank y ajouta les siennes. Lorsqu'ils doublèrent la pyramide dénudée du Diamondhead, ils jetèrent deux de ces guirlandes à la mer en promesse de retour.

Encore six jours d'ivresse, à danser sur le pont, à regarder les étoiles sur le pont supérieur, au son de la musique hawaïenne. Six jours d'une exaltation dont l'attente avait écarté Frank de toute intrigue avec les petites étudiantes.

Mrs Henley, en femme de bien, attendait le bateau sur le quai de San Pedro.

– Ton père n'a pas pu venir, dit-elle. Il est malade.

Frank présenta à la famille Page cette dame sèche à la figure de parchemin. Elle eut très vite fait, pendant qu'on déchargeait les bagages, d'exhumer de son passé des relations communes et Frank ne fut pas longtemps sans l'entendre dire :

– Ma mère était née Stanwick.

– Des Stanwick de San Francisco ? s'enquit Mr Page, de la mine d'un homme qui soulève son chapeau pour saluer.

Mrs Henley évita de répondre car ses Stanwick à elle n'étaient que les Stanwick de South Bend. En voiture, très excitée, elle dit tout bas à Frank :

– Ce sont les Page de la Consolidated Oil. Des gens très bien.

A la maison, dans la 8e Rue, père était au lit, les lèvres blanches, la mine d'un homme dont le sang s'enfuit goutte à goutte, de mois en mois, à force de souffrances et de régime.

Les Page avaient une maison à Pasadena, où ils passaient quelques mois d'hiver. Ils habitaient d'ordinaire Long Island, la seule résidence qui convienne à des gens inscrits dans l'annuaire de la bonne société. Ils pensaient passer toute une semaine dans l'Ouest pour voir de vieux amis. Une seule semaine, une ridicule petite semaine de sept jours. Ni Chummy ni Frank n'imaginaient qu'il leur fût possible de vivre loin l'un de l'autre. Il téléphona un jour et vint la chercher pour une partie de tennis. Mais ils n'allèrent pas au tennis. Ils s'en furent dans la voiture de Frank, son auto à cinquante dollars, au bureau des mariages et à la justice de paix où on les maria.

De la pharmacie du coin ils téléphonèrent à leurs parents respectifs pour leur annoncer la nouvelle et raccrochèrent avant qu'on pût se ressaisir et répondre. Puis ils partirent pour Santa Barbara. Chummy riait aux larmes de voir Frank se livrer à toutes sortes d'acrobaties pour faire marcher sa voiture. Il possédait encore vingt-quatre dollars. C'était de quoi vivre une semaine dans un camp bon marché d'automobilistes ou deux jours dans le bon hôtel de la station. Ils choisirent l'hôtel. Ce qui arriverait ensuite, ils n'y pensèrent pas une minute. Ils ne possédaient à eux deux que leur jeunesse et leurs souvenirs de danse sous le grand banian : c'en était assez pour leur nuit de noces.

Page, le père, un bel homme à cheveux gris, aux lèvres minces de puritain, accueillit désagréablement son gendre.

– Jeune homme, si vous avez compté sur ce moyen pour vous installer dans un nid confortable, vous avez fait un mauvais calcul.

Frank rougit jusqu'aux oreilles et expliqua qu'il désirait que Chummy ne reçût pas un sou.

Maman Page s'était mise au lit avec la migraine. Chummy parvint à verser quelques larmes et se jeta au cou de son père.

– Pop, avez-vous donc oublié votre mariage avec Mom ?

Là-dessus, Pop s'attendrit et la soirée finit abondamment arrosée de whisky de contrebande coupé d'un peu de soda. Ce genre d'enlèvement était assez dans les mœurs américaines, tout comme autrefois les rapts de femmes dans les tribus de l'Amazone. Les journaux publièrent, dans leurs pages de mondanités, le portrait du jeune couple encadré d'une légende racontant ce beau roman d'amour, né sous les palmiers des îles Hawaï et terminé par un enlèvement. Mrs Henley découpa la page et la montra à ses amis et connaissances.

Chummy ne retourna pas à son exclusif collège du Massachusetts. Elle s'installa dans un appartement de deux pièces, ce qui était courant dans les immeubles nombreux et confortables qui poussaient à Hollywood pour accueillir la foule attirée par l'industrie du cinéma.

On s'était mis d'accord sur un compromis. Pop donnait une pension mensuelle suffisante pour tenir sa fille à l'abri du besoin, et Frank retourna à l'université pour faire sa dernière année de chimie. Tous les professeurs s'étonnaient de son ardeur soudaine au travail et de son acharnement fanatique à l'étude, mais il était trop tard pour rattraper le temps perdu à diriger la brigade des acclamations aux matchs de football.

Chummy restait chez elle à ne rien faire. La direction de l'immeuble assurait les soins du ménage. Un petit Philippin au sourire figé lui apportait son déjeuner au lit. Le soir elle dînait avec Frank dans de petits restaurants modestes. Elle s'ennuyait. Assise devant son miroir elle essayait six manières différentes de se faire les lèvres. Elle lisait un livre et s'ennuyait plus encore. Elle téléphonait à des relations, à de jeunes ménages désœuvrés comme elle. Elle prenait au garage la petite voiture, un cadeau de Pop, et allait au tennis, chez la coiffeuse, à quelque cocktail. Elle achetait beaucoup de robes par désœuvrement et envoyait les factures à son père. Elle commanda deux caisses de whisky, négligea de payer la facture du bootlegger. Elle prit l'habitude de boire avant l'heure où Frank rentrait, afin de se mettre en belle humeur. Il arrivait à Frank de rester dehors la moitié de la nuit ; Chummy fut jalouse, il y avait tant de jolies étudiantes à l'université.

Frank, dans la journée, prenait des photographies qu'il développait la nuit C'étaient d'abord des illustrations destinées à l'annuaire de l'université. Il lui arrivait aussi d'envoyer des photos à des journaux : il se faisait ainsi un peu d'argent. Le vendredi et le samedi, ils dansaient comme tous les autres couples d'étudiants. Les matins de week-end, Frank pouvait dormir tard. Il faisait la cour à sa femme, l'embrassait dans la voiture en la ramenant, la portait dans son lit. Il la taquinait, l'appelait sa chaîne de forçat, son vice. A la fin ils se trouvaient dans les bras l'un de l'autre. Dans la nuit, Chummy tendait la main vers lui, mais il était déjà levé. Assis en pyjama dans la pièce voisine, sa cafetière électrique à côté de lui, il travaillait. Un brave petit mari acharné au travail. Mais du beau feu dont il avait flambé à Hawaï, il restait peu de chose.

Frank regardait Chummy; elle n'était plus vêtue d'un rayon de lune, comme là-bas, sur la plage, sous les palmiers. Il avait mis en elle tout le charme des nuits étoilées, embaumées du parfum des fleurs et de la tendre volupté de la mer. Il découvrait que ce qu'il avait aimé, ce n'était pas Chummy, mais le cadre où il l'avait connue.

Chummy avait une idée fixe; pas d'enfant, surtout pas d'enfant, à aucun prix. « Ce serait la fin de tout », disait-elle. Elle en était obsédée jusqu'à l'hystérie quand il s'approchait d'elle. Et lui-même finissait par croire qu'ils n'étaient pas en âge d'être de bons parents. Des étudiants pères de famille, il y en avait certes, mais chacun trouvait cela ridicule. On le cachait autant qu'on le pouvait. Dans le journal de l'université, Frank avait protesté contre un article où l'on prêchait ouvertement la limitation des naissances. En fait, dans la pratique de sa vie intime, il agissait autrement. Leur vie sentimentale y perdait de sa spontanéité, de son mystère : ils devenaient irritables, les nerfs à vif. Les disputes sans raison étaient fréquentes.

Quand Frank prépara son examen de fin d'études, il n'eut plus que peu de temps à donner à Chummy. Elle s'en froissa. Toute jeune écolière, elle s'était amusée à tenir ses admirateurs en haleine en les opposant les uns aux autres. C'est un jeu de tous les temps, vieux comme les États-Unis, vieux comme le monde. Par bravade elle se mit à flirter avec un de ses partenaires de tennis. Elle persista, se laissa embrasser par lui, sortit avec lui. Frank ne se montra pas aussi jaloux qu'elle l'espérait. Son amour-propre seul était atteint.

La vie commune du ménage allait en s'effritant comme il arrive dans les montagnes où d'abord se détachent pierres et mottes de terre qui roulent au bas de la pente jusqu'à ce que tout un pan de terrain s'éboule. Ils se querellaient le jour, se réconciliaient la nuit. Leurs étreintes énervées leur laissaient un arrière-goût d'irritation mal apaisée. Chummy se mit à boire – très peu. Elle fut coquette, fit des dettes, mentit, se mêla à des intrigues féminines. Elle commençait à regretter d'avoir épousé un homme sans situation ni fortune.

Frank travaillait, travaillait d'arrache-pied. Mais il se sentait paralysé : un étudiant ne devrait pas se marier; un étudiant ne devrait pas encombrer sa vie. Il regrettait le temps où il rêvait des femmes sans en avoir une à lui. Leur mariage n'était que la légalisation d'une passade. Il ne pouvait se prolonger longtemps.

A l'entrée de l'hiver, les parents Page arrivèrent en Californie et s'installèrent dans leur maison de Pasadena. Les jeunes gens réussirent à leur donner l'illusion du bonheur conjugal. Frank en avait fini avec l'Université depuis plusieurs mois. Il était à la recherche d'une situation. Mais il ne trouvait rien. C'est un sort commun à tant de jeunes gens dans tous les pays du monde ! Apprendre, travailler, se bourrer le cerveau, passer des examens tout en sachant que cela ne les mènerait à rien, que tout avenir était bouché, tel était le lot des jeunes de cette génération. Frank fumait beaucoup pour étourdir son inquiétude et ses soucis. L'après-midi, à l'heure du cocktail, il éprouvait le besoin de prendre un remontant, mais le whisky bon marché était un poison et le whisky de bonne qualité était hors de prix. Quand Frank allait danser avec Chummy, il emportait toujours un flacon qu'il cachait à tout le monde. Il versait en cachette du gin dans son soda pour se remonter.

– Donne-m'en aussi une gorgée, disait Chummy toutes les dix minutes.

Pop, devant le désarroi de son gendre, le prit à part pour un entretien sérieux d'homme à homme. Il le fit entrer dans l'administration de la filiale de la Consolidated Oil à Los Angeles. Frank eut un bureau à lui, avec une table, des graphiques sur les murs, une secrétaire revêche et le titre de directeur-adjoint. Tous les samedis, il trouvait sur sa table une enveloppe bleue contenant un chèque. Il ignorait tout ce qui touche aux questions du pétrole et n'entendait rien aux affaires; il le savait fort bien lui-même et les autres aussi s'en rendaient compte. Par convenance il faisait ses huit heures de présence au bureau. Il passait son temps à lire les journaux, à faire des mots croisés, à fumer cigarette sur cigarette, tout heureux quand quelqu'un venait lui lire une lettre ou lui rapporter un bon mot. Aux réunions du comité, il ne se rendait compte que très vaguement des sujets abordés, et quand on lui demandait son opinion sur les points en discussion il répondait :

– C'est aussi mon avis.

Il se sentait vidé, un peu comme une pomme rongée par les vers. Pop déclarait :

– Il faut que vous ayez des relations utiles, mon jeune ami, c'est le seul moyen de faire son chemin dans la vie.

Par générosité naturelle, Pop fit cadeau au jeune ménage de sa maison de Pasadena et décida qu'ils l'habiteraient pour y mener un train en rapport avec leur situation. C'était une maison immense avec garage pour cinq voitures, cascade artificielle éclairée par des projecteurs, et tout un peuple de marbre antique battant neuf. Dans le grand salon, éclairé comme une église par des fenêtres à vitraux, se dressait un orgue désaccordé. La chambre à coucher était tapissée de Gobelins. Un immense lit Renaissance où l'on avait imité les trous des vers avec du plomb de chasse devint le nouveau champ de bataille du ménage Taylor.

En rentrant chez lui, Frank trouvait de nombreux invités qui semblaient s'amuser beaucoup. Il allait de l'un à l'autre, offrait des cocktails à des inconnus.

– Qui est ce beau grand garçon qui vient d'arriver ? demandait-on.

Et Chummy répondait :

– C'est mon mari. Viens, chéri, salue gentiment.

– Un zéro sans rien devant, disait-on de lui.

Il leur arrivait, dans l'intimité, de dire que mieux vaudrait divorcer. Ils en discutaient avec le plus grand calme, sans pourtant se décider tout à fait. Frank était à peu près sûr que Chummy ne lui était pas fidèle. Il la questionnait. Elle pleurait. Les paupières battantes, elle le suppliait :

– Voyons, Frank, soyons des gens civilisés ! Si un autre homme me plaît, qu'est-ce que j'y peux ? Après tout, nous sommes un ménage moderne.

Pour finir c'était Frank qui demandait pardon.

Cet hiver-là, le père de Frank mourut. Dans les quatre dernières semaines de sa maladie, lorsque les souffrances devinrent telles que le malade hurlait comme une bête, Mrs Henley se décida enfin à appeler un vrai médecin. Trop tard ! Transfusion de sang, opération du cancer tentée sans espoir… Henry Taylor mourut sous le chloroforme.

Après la mort de son mari, Mrs Henley eut un coup de chance : elle possédait dans San Francisco Valley un morceau de terrain qui appartenait jadis à un ranch. Ces terrains, jusque-là, étaient restés sans grande valeur. Il se trouva qu'une société cinématographique voulut s'y établir. Mrs Henley en tira une forte somme qui lui permit d'aller s'établir à South Bend, dans un milieu de gens vraiment convenables. Depuis que l'industrie du film avait envahi la banlieue de Los Angeles, la ville avait pris un développement subit et démesuré, et un genre qui était pas du goût d'une personne telle que Mrs Henley.

Un mois plus tard, fort avant dans la nuit, le téléphone sonna près du lit Renaissance. Sans ouvrir les yeux, Frank voulut à tâtons prendre l'appareil, se cogna dans le noir et faillit se rendormir en tenant le récepteur à l'oreille.

– Ici Western Union, disait le téléphone, nous avons un télégramme pour vous. Devons-nous vous en donner lecture ?

– Oui, dit Frank, les veux fermés.

– Le télégramme vient d'Honolulu. Je lis M-A-M-O. Mamo, décédée accident auto. Stop. Notre douleur est immense. Stop. Signé Lester Clark. L-E-S-T-E-R.

– Hein ? dit Frank.

– Faut-il relire ? demanda le téléphone sur un ton de sympathie.

– Non, merci, c'est bon.

Frank posa le récepteur et s'assit dans son lit. Chummy, qui depuis quelque temps désertait le lit Renaissance, apparut sur le seuil de la chambre en pyjama léger couleur rose thé, le visage enduit de crème. Elle demanda :

– Pour moi, le téléphone ? A qui as-tu parlé ?

Il la regarda, l'esprit absent.

– Non, c'était pour moi.

Il éteignit. Il aurait bien voulu pleurer, mais il ne l'aurait pu que sur l'épaule si blanche, si douce de Mamo.

A sa troisième année de vie commune avec Chummy, un vent mauvais souffla sur les affaires de la Consolidated Oil. La crise ne se limitait pas aux affaires de pétrole, elle s'étendait à tout, dans toute l'Amérique, dans tout le monde. La prospérité, l'idole tant adorée par l'Amérique, se détournait d'elle. Débâcle de la bourse. Désastre, marasme des affaires, chômage… Frank Taylor, dont la présence était sans utilité, reçut son congé.

Il courut partout à la recherche d'un emploi comme des millions d'autres jeunes gens. Son bagage en sciences était mince ; en outre il avait oublié la moitié de la chimie qu'il avait apprise. Muni de ses meilleures photos, il fit la tournée des journaux. Il écrivit des lettres, tenta de renouer des relations avec les camarades de la Sigma Alpha Epsilon, téléphona. Il offrit ses services, se présenta sous le jour le plus avantageux. Il resta trois mois sans gagner un cent et sans pouvoir réduire l'énorme train de maison du castel pseudo-espagnol des Page. Il finit par trouver un modeste emploi à trente dollars dans le laboratoire de photographie d'une petite entreprise de cinéma dont le régisseur était un ancien de la Sigma Alpha Epsilon.

Pour la première fois de sa vie, Frank avait une situation, une vraie situation ; il se sentit moins humilié et reprit quelque confiance en lui. Chummy voyageait alors beaucoup, elle était devenue une bonne joueuse de tennis et allait de tournoi en tournoi avec son équipe. Dans sa chambre, une rangée de petites coupes d'un goût douteux s'étalait glorieusement sur le bureau en faux Louis XV.

Frank congédia les domestiques et ferma l'énorme maison. Il se retira dans un appartement meublé en attendant le retour de Chummy. L'orage éclata, elle fit ses malles et partit pour New York. Ce fut la rupture avouée. Pourtant, pour sauver les apparences, Frank disait quand on le questionnait :

– Ma femme est allée pour quelque temps chez ses parents.

A la cantine du studio, une reine vint un jour s'asseoir à la table de Taylor. Elle portait une robe Empire à traîne blanche, brodée d'or. Sous son maquillage de cinéma, elle était très belle.

– Comme d'habitude, caviar et champagne, dit-elle à la serveuse.

On lui apporta une épaisse soupe aux haricots accompagnée du plus vulgaire des breuvages : un soda pop.

– Pas d'alcool, dit-elle à Frank, dans cette sale boîte ?

Elle soupira et, les coudes sur la table, se mit à manger sa soupe. Elle avait une voix enrouée d'alcoolique et l'accent le plus canaille qu'il eût entendu depuis longtemps. Il eut un sourire ; après l'avoir examiné des pieds à la tête, elle demanda :

– Acteur vous aussi ?

– Non, je travaille au labo.

Elle le dévisagea encore longuement pour le plaisir puis dit :

– Fait comme vous êtes !

Si grossière que fût l'avance, Frank sentit dans le dos une agréable sensation de chaleur. La reine s'épongea le front avec sa serviette, fit un raccord à son maquillage et s'en alla en lui donnant une petite tape sur la tête :

– Alors… à très bientôt…

Punk avait à sa manière quelque psychologie. Quand elle eut mieux fait connaissance :

– Je sais ce qu'il te faut : tu as une gueule de papier mâché ; bois, mon garçon, lui dit-elle, et tout ira mieux.

Frank Taylor se mit à boire et retrouva son optimisme. Pour Punk l'alcool était la chose essentielle de la vie.

– Je suis libre ce soir, dit-elle. Qu'en dis-tu, petit ? Tu apporteras du whisky, je m'occuperai du reste.

Elle habitait un misérable garni, dans une petite rue qui débouchait dans le boulevard d'Hollywood. Punk fit tomber du mur un lit qui restait relevé la journée.

– Quelle chance, s'écria-t-elle joyeusement, c'est aujourd'hui lundi, jour des draps propres. Il est rare que ces cochons-là ne l'oublient pas.

Punk était bonne fille, elle était bien faite. Un plaisir aussi naturel que celui de dormir avec un homme ne valait pas la peine qu'on en fît des histoires.

– Ce soir, je prends le départ pour la gloire. Demain… disait-elle parfois en se dessinant au milieu du visage une grande bouche rouge sombre.

Punk doublait une actrice de cinéma qui elle-même n'était pas encore arrivée. Frank éprouvait près d'elle le soulagement d'un homme qui pendant des heures a porté des chaussures trop étroites et peut enfin mettre ses pantoufles. D'amour, il ne fut pas question entre eux. Mais il s'amusait beaucoup des remarques caustiques de Punk sur les gros bonnets du studio.

Un soir, au moment où Frank quittait la chambre de Punk, deux messieurs se levèrent du divan de velours vert qui formait le principal ornement du vestibule. Une faible lumière y brûlait toute la nuit. Comme dans tous les meublés de cette espèce, la porte d'entrée restait toujours ouverte aux allées et venues des visiteurs attardés.

– Mr Frank Taylor ? s'enquit le plus grand des deux messieurs en s'approchant.

Frank fit un pas en arrière, il savait qu'il empestait le whisky et que sa tenue était fort négligée.

– Oui... que désirez-vous ? demanda-t-il un peu décontenancé.

– Je suis maître Stenber, avoué... Votre femme m'a chargé de ses intérêts.

Frank alluma une cigarette pour se donner une contenance. Ce vestibule minable et prétentieux avec le divan de velours, les boîtes aux lettres portant les noms des habitants de la maison, cette odeur de moisi, tout cet ensemble impossible, répugnant...

– Ne pourrions-nous pas aller causer de notre affaire ailleurs ? fit-il en ouvrant la porte.

Mais dehors, les nuages déversaient une de ces averses torrentielles qui s'abattent parfois sur la Californie du Sud.

– Au cours des trois dernières semaines, vous avez passé quatre nuits chez une certaine demoiselle Katherine Green, dit l'avoué consultant une fiche à la lumière de la lampe. Mr Morgan, que voici, détective, vous surveillait.

Mr Morgan, détective, s'inclina d'un salut mécanique. Il avait l'aspect caractéristique de sa profession : les épaules larges, le ventre bien sanglé.

– Nous sommes bien d'accord ? Si vous reconnaissez l'exactitude des faits, les choses en seront simplifiées pour tout le monde, dit Stenber sur le ton d'un garde-malade qui veut faire avaler une drogue amère à son patient.

– C'est exact, dit Frank en toussant légèrement pour s'éclaircir la voix.

Le mot de Chummy lui revint : « Ne pouvons-nous pas vivre en civilisés ? Nous sommes un ménage moderne. » La civilisation de

Chummy n'allait pas loin. Il avala une gorgée de salive amère avec la fumée de sa cigarette.

– Simple formalité… pour faciliter le divorce… dit l'avocat, et tout son visage disait : Nous sommes entre hommes.

– Bonsoir, dit Frank.

Il leur jeta ce bonsoir comme une insulte. Il ouvrit la porte et sortit sous l'averse. Il éprouvait une sorte de volupté à se laisser tremper jusqu'aux os.

La nuit de l'atterrissage forcé, lorsque Frank fit la connaissance de Ruth Anderson, son moral était très bas. Il avait touché le fond de sa misère. Son divorce avait traîné dans les journaux. Punk l'avait mis à la porte à cause des difficultés que lui avait valu sa liaison. Frank avait perdu son modeste emploi. Il partit pour New York. Chummy et lui se comportèrent en vrais sauvages. Leur chair à vif était en lambeaux quand ils se quittèrent après s'être crié l'un à l'autre leurs griefs. Mr Page, le père, traita Frank en pestiféré, bien qu'au su de tout le monde, le vieux monsieur entretînt une petite amie quelque part dans la 72e Rue. Quand il se décida à prendre l'avion, la vie de Frank n'était qu'un amas de ruines. Un de ses amis avait des accointances avec l'administration de la ligne, il lui procura un billet de passage gratuit en le faisant passer pour un journaliste photographe.

Lorsque, pris par la tempête, l'avion se mit à danser, Frank en éprouva un plaisir féroce. « Si seulement cette sacrée mécanique pouvait s'abattre ! c'est encore ce qui vaudrait le mieux, se disait-il, un bon coup et tout sera dit. La vie est une invention idiote. Un passage à l'œil et un bel enterrement, quelle aubaine ! »

L'hôtesse de l'air, aux petits soins pour ses passagers, l'agaçait. « Merci, je sais changer de linge tout seul », pensait-il.

– Du café ?

« Non, si encore c'était du poison… »

– On danse bien, hein ?

« Pas assez pour nous fiche en l'air… La voilà qui revient… Quelle chienne de vie je me suis faite. Comme je voudrais aller te retrouver, Mamo… »

Ruth apporta une couverture et le borda soigneusement. Elle avait de beaux yeux bruns : « les yeux de maman », pensa-t-il soudain ; elle le regardait gentiment, l'encourageant de son sourire. Toute petite, toute menue, encore une enfant sûrement, mais avec les yeux de maman.

– Nous allons atterrir, dit-elle.

« Tant pis, pensa Frank, en proie à un sombre désespoir. Mieux vaudrait ne pas atterrir, ne jamais atterrir. »

Ses idées de suicide se dissipèrent bien vite devant le danger. Il regardait avec anxiété la brume nocturne où ils tombaient, tombaient sans arrêt. Il se reprit soudain à vouloir vivre. De toutes ses forces il se cramponna à la vie. Il eut tout à coup l'impression qu'il manquerait quelque chose d'essentiel si cet idiot d'avion s'abattait. Puis il eut, comme tout le monde, tout bêtement peur de mourir.

La jeune fille revint, elle serra ses courroies, roula sa couverture autour de ses jambes, comme si celles-ci avaient couru le risque de se casser.

– On sentira peut-être un petit choc, dit-elle en souriant pour le rassurer.

Il la suivit des yeux pendant qu'elle faisait sa ronde auprès de ses voyageurs. Elle était toute clarté, si calme, si nette ! Il ne se lassait pas de la regarder. Quand les moteurs cessèrent de tourner, quand on sentit l'avion s'abattre, les lèvres de la jeune fille blanchirent. Mais elle continua de sourire bravement. Il n'avait jamais rien vu d'aussi émouvant que ce sourire rassurant sur ces lèvres blêmes. Il ressentait un étrange besoin de prendre cette jeune fille dans ses bras, de mettre sa tête contre son épaule pour qu'elle ne vît rien. Il aurait voulu la protéger, l'aider, faire en sorte qu'elle ne se sentît pas toute seule, soutenir son courage. Un flot d'impressions rapides, imprécises, lui traversa l'esprit pendant les quelques secondes de la chute. Puis vint le choc.

Ce fut la grande crise de sa vie. Lorsqu'il aida Ruth à ouvrir de force la porte de l'avion, lorsque malgré ses côtes brisées il partit en pleine nuit sur le long sentier de montagne couvert de verglas vers le village le plus proche pour trouver du secours, il se sentit de nouveau un homme capable de construire sa vie. Il s'accrocha de toutes ses forces à Ruth, à ce soutien à la fois fragile et solide. Il ne se lassait pas de répéter :

– J'ai besoin de toi, tu m'es indispensable. Si tu ne m'abandonnes pas, je ne m'abandonnerai pas non plus.

Elle lui raconta son enfance, tout était exactement conforme à ce qu'il avait imaginé.

– Je suis ton petit chat malade, disait-il, je suis la grenouille qui a froid…

Aux côtés l'un de l'autre, le dimanche, ils allaient flâner par les rues de New York. Il tenait la main de Ruth dans la poche de son manteau. Elle était toute chaude et c'était un peu comme s'ils avaient eu un tout petit foyer à eux. Pendant les fêtes de Noël il trouva à s'occuper : il présentait au public des disques de phono dans un grand magasin. Mais cet emploi n'était que temporaire. Il dut le quitter au bout de trois semaines. Sans Ruth il n'aurait pu tenir, accablé qu'il était d'être au chômage et de subir le calvaire de son procès en divorce. Ses côtes brisées guérissaient, mais pendant assez longtemps respirer fut une souffrance.

Tout au fond de lui un ressort s'était brisé. Il ne devait jamais s'en remettre. Ruth n'était pas faite d'un rayon de lune. Le sentiment qu'elle lui inspirait n'avait rien de commun avec l'ivresse vécue sous le ciel d'Hawaï. Il s'en rendait bien compte. Il était un blessé que Ruth pouvait guérir. Il ne l'approchait qu'avec précaution. Il savait trop qu'entre un homme et une femme se dressent des écueils où ils risquent de se briser. Il la voulait toute à lui pour toujours. Il était résolu à travailler pour réussir et à prendre patience en attendant. Il aurait voulu reposer sa tête sur les genoux de son amie. Mais nulle part ils ne pouvaient être seuls. Dans le petit hôtel de la Deuxième Avenue, où il logeait à quatre dollars la semaine, il était interdit de recevoir des femmes. Dans le home d'infirmières où habitait Ruth, prétentieusement nommé le *Nightingale Club*, les hommes n'étaient admis qu'au parloir. Un groupe de jeunes filles s'y tenait toujours devant la cheminée en faux marbre. Ils n'avaient pas d'auto, refuge habituel des amoureux en Amérique. Il leur arrivait bien de temps à autre de prendre un taxi, mais l'idée que Ruth devrait payer paralysait en lui tout élan de tendresse. Ils en étaient réduits à faire une fois de plus le tour du pâté de maisons. Ou bien ils restaient assis, la main dans la main, dans l'ombre d'un cinéma, sur une impériale d'autobus, sur un banc de Central Park ou de Riverside Drive.

Pour vivre, Frank accepta toutes les besognes qui se présentaient, besognes variées, souvent bizarres, sans aucun rapport avec la chimie. Pour les semaines où il ne gagnait rien, il avait imaginé un système compliqué et d'ailleurs profitable de tournée chez les amis susceptibles de se laisser taper. Mais dans ses moments les plus difficiles, il se refusait absolument à mettre en gage ou à vendre son appareil photographique. Il eut de loin en loin des coups de chance. Il plaça des illustrations dans un périodique. Il avait le talent de trouver des motifs simples et frappants en style d'affiches, ce qu'on devait appeler plus tard des slogans. Ruth se creusait la tête à chercher un moyen d'utiliser ce don ; ni l'un ni l'autre n'y parvenaient.

– Ma pauvre enfant, disait-il, tu t'es encombrée d'un propre à rien.

Ruth se moquait de lui.

– Tu as du génie. Ne sais-tu pas que les hommes de génie ont toujours des débuts difficiles ?

Un jour survint un miracle. Pas un très grand miracle, mais pourtant un miracle fort bienvenu. A l'occasion de son anniversaire, Mrs Henley lui avait écrit et lui avait dit qu'elle prenait pour lui un huitième de billet de la loterie irlandaise. Elle ajoutait mille bons souhaits, appelait sur lui la bénédiction divine et annonçait que Dot avait fait la connaissance d'un monsieur très bien qui était dans les affaires.

Frank avait jeté la lettre au panier ; quant au billet de loterie, il n'avait pas pour lui plus de valeur que les régimes et les traitements, dont Mrs Henley était toujours férue. Or un jour, il reçut cent trente-quatre dollars, sa part dans un lot gagnant, que la bonne dame lui envoyait scrupuleusement. Frank put donc acheter un pardessus d'hiver, deux paires de chaussures, un filtre jaune (son vieux filtre était cassé – une vraie catastrophe), et offrir à Ruth une soirée de grande vie. Il avait bien rêvé d'un appareil à mesurer la pose. Il y renonça bravement et prit deux billets de théâtre, acheta pour Ruth trois gardénias pour orner sa robe. Il alla la prendre en taxi. Il se figurait pour un soir qu'il était de nouveau le fils de Mamo, un fils de bonne famille, gâté, habitué en vrai Hawaïen à jeter l'argent par les fenêtres.

Ils étaient là au théâtre, assis côte à côte, graves, pénétrés de l'importance de cette heure ; Ruth portait une robe longue couleur de corail qu'il aimait beaucoup. Frank avait mis une cravate neuve, des souliers neufs et un vieux costume rajeuni d'un coup de fer.

On jouait une pièce fameuse, très ennuyeuse. Mais leur plaisir ne fut en rien gâté. La grande affaire pour eux était d'être dans un théâtre comme un ménage posé, assuré du présent et de l'avenir. Il avait régalé Ruth d'un dîner d'un dollar cinquante, vin compris. Après le théâtre, la grande vie commença. Ils allèrent dans un de ces bars qui avaient poussé partout comme des champignons après l'abrogation de la prohibition. Un manhattan cocktail suffit à rendre Ruth extraordinairement sentimentale. De là ils déambulèrent vers le *Hawaïan Paradise* dans la 24e Rue où l'atmosphère frivole des îles du Pacifique était suggérée par deux palmiers aux troncs rugueux, aux larges feuilles de papier vert, ainsi que par la présence de trois musiciens munis de guitares et de banjos. Frank fut saisi d'une nostalgie sentimentale.

« *I want to go back to my little grasshack in Keala kekua, Hawaï* », chantait-il plein d'enthousiasme, tandis qu'il dansait avec Ruth sous les palmiers de papier. Au bout de quelque temps il sentit qu'à travers la pénombre de la salle un regard le cherchait. Ses yeux scrutèrent l'assistance et reconnurent Chummy. Chummy, sa femme, un peu éméchée, vêtue d'un manteau d'hermine, les bras couverts de bracelets de diamants depuis le coude jusqu'au poignet ; Chummy escortée de quelques hommes en habit, ivres autant qu'elle. Frank eut envie d'aller à leur table et de leur faire une scène. « Heureusement que je ne suis pas gris, moi », pensa-t-il. Il serra Ruth contre lui avec une véhémence telle qu'elle demanda :

– Darling, qu'y a-t-il ?

– Nous allons demander une licence de mariage, dit-il d'un air buté.

En dansant ils passèrent à côté de Chummy, et Chummy, d'un geste de la main qui fit miroiter tous ses diamants, leur dit bonjour.

– Tout de suite ? demanda Ruth en riant.

– Tout de suite, cette nuit même, répéta Frank avec rage.

Ruth secoua la tête.

– Pourquoi ? demanda-t-il obstiné.

Ruth réfléchit gravement sans cesser de danser.

– Si nous nous marions, je veux avoir des enfants, dit-elle.

Cette déclaration s'harmonisait si peu avec l'ambiance du dancing que Frank éclata de rire. Mais Ruth n'en fut pas troublée.

– Cinquante dollars par semaine et une maisonnette dans la verdure ; je ne tiens pas à un quartier luxueux, dit-elle. Il me faut un petit jardin à moi, un chien, un chat et un enfant, voilà comment j'entends le mariage.

Les trois musiciens aux têtes couronnées de guirlandes jouaient *King Kaméhaméha.* Frank Taylor eut l'impression qu'un garrot lui serrait le cœur en entendant Ruth évoquer l'avenir qu'elle entrevoyait : la banlieue, une voiture d'enfant sur le pas de la porte, et à l'intérieur des meubles bon marché achetés à tempérament.

Il aida Ruth à remettre son manteau, enfila silencieusement son pardessus tout neuf et quitta le *Hawaïan Paradise* sans saluer Chummy. Il ramena Ruth en taxi; en la quittant il avait encore six dollars en poche et ils n'étaient pas mariés.

Finalement ce fut Lester Ingram, l'aimable second époux de Mamo, qui procura à Frank une situation. Un poste sans grande importance à la succursale shangaïaise de l'Eos Film and Photo Company. Ruth supporta les adieux avec le même sourire courageux qu'elle avait eu dans l'avion. Il neigeait lorsque Frank monta dans l'omnibus qui lui permettait de se rendre à Vancouver à frais réduits.

A Vancouver il prit le bateau, voyagea en troisième classe sur un paquebot qui suivait l'itinéraire du Nord en évitant Hawaï. Frank n'avait pas voulu revoir l'île où il était né et où Mamo était morte.

YOSHIO MURATA

Les contours d'une branche de pin, dehors, devant la vitre de papier d'un blanc mat. De petites aiguilles pointues se détachaient sur la branche vigoureuse et sinueuse qui projetait sa ligne horizontale sur le papier transparent. Un léger coup de vent de temps à autre rendait cette branche vivante. Au milieu de la pièce une cavité rectangulaire était remplie de charbon de bois ardent et de cendres. Le chaudron de fer, suspendu au plafond, chanta doucement, puis plus fort. Grand-père, à genoux sur un coussin placé sur le rebord de bois du fourneau que les années avaient poli, se mit en devoir de préparer les récipients pour la confection du thé. Ses mains se mouvaient lentement, paisiblement, allant des récipients de terre luisante au thé vert pulvérisé ; elles versaient l'eau bouillante dans la tasse profonde au moyen d'une louche puis battaient le liquide avec un bâtonnet de bambou pour le rendre opaque et mousseux.

Yoshio, qui était tout petit encore, se tenait à genoux en face de son grand-père. Grave et poli, il appliquait les paumes de ses mains sur les nattes qui recouvraient le plancher, comme il avait appris à le faire. Mais un instant plus tard la cérémonie du thé l'ennuyait et il s'approcha du mur dans lequel était pratiquée la fenêtre. Il essaya de se maîtriser mais ne put finalement résister au plaisir de passer son index à travers la vitre de papier qui fit un bruit charmant en se déchirant. Grand-père, vêtu d'un digne kimono gris, sourit mais gronda le petit garçon car un courant d'air froid soufflait maintenant à travers le trou de la vitre. Puis vint la mère qui déplaça les paravents de façon que la fenêtre et la branche de pin disparussent. La vieille *baaya* apparut à genoux dans l'ouverture de la porte à glissière qui donnait accès à la maison ; elle attacha Yoshio sur son dos et l'emporta. Grand-père demeura seul de nouveau.

Le petit Yoshio voyait bien des choses quand la baaya le promenait ainsi. Le village de Kamioka se dressait sur une colline, doucement arrondie, au flanc de laquelle poussaient çà et là des touffes de bambous fins comme un plumage. Il y avait de beaux arbres, des pins et des érables dont le feuillage embrasait la colline au mois de novembre ; il y avait des nuages, des meules de paille que les paysans dressaient proprement en coupoles ; il y avait un escalier gris qui conduisait à l'autel placé au milieu du temple aux Renards, des processions bariolées les jours de fête, des cyclistes, des automobiles. Yoshio était né dans la trente-septième année de l'ère de Meiji, appelée l'ère de l'Illumination. Pour la fête des garçons, au mois de mai, ses parents lui donnèrent un uniforme moderne et un fusil qui faisait *ploplo ;* son grand-père lui remit une armure de samouraï avec un casque et deux épées qui paraissaient dangereuses, bien qu'elles fussent faites en bambou et en papier d'étain. On hissa au mât, derrière la maison, un immense poisson en tissu bariolé, aux écailles luisantes ; ce fétiche devait porter bonheur au fils unique. Le poisson gonflé par le vent faisait une ascension vertigineuse et demeurait en l'air en position horizontale. Certaines maisons étaient ainsi protégées par cinq ou six poissons, maisons enviées par chacun car elles abritaient plusieurs fils. Parfois, la mère de Yoshio considérait en soupirant les maisons de ses voisins et son visage s'attristait, bien qu'elle ne cessât pas un instant de sourire poliment.

Grand-père aussi avait deux épées. Une longue et une courte. Avant la fête des garçons, il les sortit avec précaution du tiroir de son placard, les dépouilla de leurs gaines de soie et les frotta pour les polir. Plein d'une respectueuse attente, Yoshio s'agenouilla près de lui et écouta les histoires ancestrales que la vue des épées samouraïs, qui n'avaient jamais servi, faisait surgir dans la mémoire du vieillard. Il s'agissait de la bataille d'Uno, qui avait eu lieu à l'endroit où s'étend maintenant le magnifique parc d'Uno à Tokyo. Le vénérable grand-père lui-même avait pris part à cette bataille à l'âge de vingt-cinq ans, et son vénérable père, l'arrière-grand-père de Yoshio, y était mort en soldat. Sa famille avait appartenu à une tribu dont le maître et prince était un fidèle adepte des Tokugawa, les puissants shoguns qui avaient régné pendant deux cent soixante ans sur le pays. Pendant plus de deux siècles et demi, les empereurs du Japon s'étaient en effet cantonnés dans leur palais de la vieille ville de Kyoto, inactifs et intangibles comme il sied aux descendants de la déesse du Soleil Ama-Terasu-O-Mi-Kami. Mais quand les troupes impériales eurent vaincu les partisans des Tokugawa, le devoir du prince eût été de faire hara-kiri, ou, comme disait élégamment le grand-père en chinois, de faire *seppuku*. Pour le sauver et le soustraire à la honte d'avoir été vaincu et de se rebeller contre les souverains divins, trois des officiers du prince s'ouvrirent le ventre à sa place. L'un d'eux était le frère du grand-père, le grand-oncle Kitaro. Le souvenir de cet oncle s'auréolait d'un nimbe de générosité et d'héroïsme ; des pèlerins visitaient encore sa tombe et s'inclinaient devant elle. Yoshio et son grand-père s'inclinaient aussi et avec une dévotion particulière devant la mémoire du prestigieux oncle Kitaro. Quant au fils du prince que l'oncle avait sauvé, son nom demeura net de toute souillure et l'empereur l'honora comme fils d'un loyal ennemi en le nommant ministre. Yoshio comprenait obscurément que son grand-père était demeuré samouraï, bien que l'empereur eût aboli les anciens titres de noblesse. Il apprit tôt à savoir ce qui était interdit au petit-fils d'un samouraï qui avait combattu à Uno : il n'avait pas le droit de pleurer quand il avait mal, pas le droit de se sauver quand le chien du voisin lui faisait peur ; il ne devait rien penser ni faire qui pût souiller son honneur, l'honneur d'un enfant de quatre ans ! Yoshio était bien décidé à devenir comme l'un des quarante-sept rônins, dont son grand-père ne cessait de parler, ces hommes sans maîtres, ces abandonnés, ces hommes de la mer, qui se préparaient pendant des années à venger la mort de leur prince et se punissaient par le hara-kiri sitôt qu'ils avaient commis l'acte de vengeance.

Quand Yoshio songeait à cela, il avalait sa salive pour ne pas pleurer, car il était très ému et il savait que la maîtrise de soi était la première vertu qu'il devait pratiquer. Avant la fête des garçons, les deux épées et un casque que les membres de la famille se transmettaient de génération en génération furent solennellement posés dans la niche de la grande chambre, et grand-père apprit à l'enfant comment on s'inclinait devant ces reliques. La fête passée, on remit épées et casque dans le placard et Yoshio surprit parfois le vieillard à écarter la gaine de soie qui cachait ces trésors pour pouvoir les contempler.

Plus tard, quand Yoshio Murata pensait à son grand-père, il se rendait compte que le vieillard avait dû être très solitaire, survivant d'une époque qui apparaissait presque comique aux enfants du Meiji, désormais avertis et avides de progrès. Il prenait seul ses maigres repas, ne pouvant se résoudre à adopter la mode nouvelle qui permettait aux enfants et même aux femmes de s'asseoir à la table du chef de famille. Quand il fut tout à fait vieux, il passa des demi-journées à ordonner des fleurs dans des vases selon les lois classiques et les symboles qui représentent le ciel, l'homme et la terre, en d'innombrables variantes dont la signification change à chaque fois. Il plaçait lui-même les vases dans les niches et choisissait les banderoles qui s'harmonisent avec : un paysage, l'esquisse d'une branche de bambou, quelquefois une banderole plus simple sur laquelle étaient calligraphiés quelques mots. La mère de Yoshio, la bru du vieillard, était peinée et jalouse car elle aussi savait arranger les fleurs de façon habile et selon des lois savantes. Mais ces lois ne plaisaient pas au grand-père car elles étaient trop libres et trop neuves. Un jour le grand-père, apercevant une coupe de satsuma dans laquelle nageaient trois feuilles d'érable fanées, se fâcha :

– Que signifie cela ? fit-il à plusieurs reprises. Mon honorable fille aurait-elle la bonté d'expliquer à un vieillard stupide ce que cela signifie ?

La mère de Yoshio s'agenouilla devant le vieux Murata et murmura humblement que ces trois feuilles fanées exprimaient la nostalgie qu'éprouvait la femme en songeant à l'époux qui faisait un voyage d'affaires dans le Nord. Le grand-père ne fit pas d'objection à cette réponse qui revêtait cependant un caractère beaucoup trop personnel, mais à partir de ce jour-là personne, hormis lui, n'eut plus le droit de toucher aux vases.

Rusé et obstiné comme le sont les vieilles gens, il enseignait en secret le bushidô à son petit-fils, vieilles lois de l'honneur des samouraïs qui interdisaient le mensonge et commandaient de mépriser le travail physique et de considérer l'argent comme une chose indigne. Conduit par son grand-père, Yoshio sortit pour la première fois aux jours rituels pour admirer la floraison des cerisiers, des pivoines et des chrysanthèmes, pour écouter la chanson des grillons enfermés dans des cages que grand-père et l'enfant ouvraient le soir, lâchant à l'ombre des bambous les petites bêtes qu'ils avaient achetées le matin : enfin l'aïeul et son petit-fils sortaient encore certains soirs d'automne pour contempler la lune. Yoshio dormait avec son grand-père dans la petite chambre aux six nattes. Le soir, la baaya tirait du placard les longs coussins plats capitonnés, les étendait sur les nattes, disposait un oreiller pour Yoshio et un traversin dur pour le grand-père ; dès que la lumière électrique était éteinte, Yoshio éprouvait un sentiment de sécurité en écoutant tout près de lui la respiration régulière du vieillard.

Grand-père l'emmenait aussi aux bains publics car leur maison était petite et simple, presque pauvre, et n'avait pas de vraie salle de bains. Du moins grand-père l'affirmait-il car il tenait aux bains publics : la conversation des autres vieillards qu'il y retrouvait le distrayait de sa solitude. Hommes et femmes se reculaient poliment quand il venait s'asseoir sur le banc de bois, placé dans le bassin d'eau chaude, et Yoshio apprit à se bien conduire lui aussi, à éviter de toucher ses voisins. Il adorait la chaleur de l'eau, le parfum du savon de la première pièce où de grands gaillards nus le frictionnaient avant de le laisser entrer dans le bain. Quel agrément, l'hiver surtout, de pouvoir rester pendant des heures dans ce bain, car Yoshio rentrait chez lui réchauffé et ne souffrait pas du fait que leur demeure fût aussi froide que la rue, malgré les petits poêles de charbon de bois. Grand-père parlait aux autres hommes des affaires du village, du prix du riz et du poisson. Les femmes se tenaient coites, à côté des hommes, polies autant que silencieuses, essayant de prendre le moins de place possible. La mère de Yoshio n'allait jamais aux bains publics, elle se baignait chez elle et permettait à la baaya de réchauffer simultanément ses vieux os dans l'eau où elle se plongeait elle-même. La propreté et la bonne conduite étaient deux éléments de la vie de Yoshio qui lui semblaient aussi naturels que l'air qu'il respirait.

Yoshio était un enfant sentimental et craintif qui pleurait facilement. Certaines histoires lui mettaient les larmes aux yeux, il s'attendrissait souvent sur lui-même. Comme par un fait exprès, les garçons avec lesquels il jouait dans la rue étaient tous plus grands ou du moins plus forts que lui. Certains d'entre eux allaient à l'école, portaient des pantalons, des vestes et des casquettes modernes. Ils ne dédaignaient pas de faire sur Yoshio des plaisanteries que celui-ci ne pouvait admettre sans perdre l'honneur. Ainsi, bien qu'il haït la bagarre, il se bagarrait sans cesse. Il saignait facilement du nez et ce sang gluant qui coulait sur son kimono et son petit tablier d'enfant lui donnait des nausées. Quand il rentrait chez lui, tuméfié, pâle et malade, grand-père se moquait de lui. La baaya l'emmenait à la cuisine, le lavait à l'eau chaude et le consolait. Quand la blessure était un peu plus grave, elle faisait brûler sur la plaie une herbe étrangère, et sitôt qu'étaient passées la première douleur et la peur, les choses s'arrangeaient très vite. La baaya aussi connaissait des histoires comiques et risibles, qu'elle saisissait au vol quand elle allait au marché où des conteurs d'histoires les débitaient ; elle les confondait ou commençait par la fin pour finir par le début et l'histoire n'en était que plus colorée et plus divertissante. Quand la baaya racontait l'histoire de la nourrice O-Sade qui mourut pour son nourrisson et se réincarna dans un cerisier, Yoshio ravalait ses larmes à grand-peine. Pourtant la plus belle histoire restait celle de Momotaro qui résidait à l'intérieur d'une pêche qu'entraînaient les eaux d'un ruisseau ; des pêcheurs le recueillirent et l'élevèrent jusqu'au jour où il partit à la conquête de l'île des Démons dont il se rendit maître à l'aide du chien, du singe et du faisan. Une poupée, nommée Momotaro, avec un visage rond et hilare, fut introduite dans la maison le jour de la fête des garçons, la fête de Yoshio. Yoshio était triste de ne pas ressembler à Momotaro. Il se considérait secrètement dans le petit miroir de sa mère et voyait sans plaisir ses bras maigres et son visage qui n'était pas rond comme une pêche mais long comme un œuf.

Le père de Yoshio, Toson Murata, le fils de grand-père, ne se chauffait pas du même bois. Il avait un mépris bienveillant et poli pour les idées samouraïs. C'était un vrai fils de Meiji dont le mot favori était le progrès. Quand il le prononçait, on avait l'impression d'une fanfare qui battait le rappel en vue d'une lutte mystérieuse. La technique, les machines, l'électricité, l'automobile, telles étaient les choses qu'il vénérait, alors qu'il n'avait que mépris pour le vieux Nippon. Le jour où l'Angleterre acheta le brevet d'une machine japonaise, qu'avait inventée l'un des ingénieurs des filatures de Toson, ce dernier parut fou de joie et d'espoir.

– Ne bougez pas, ne bougez pas, disait-il à son père et à son fils, nous avons mis quarante-cinq ans à rattraper l'Angleterre ; dans peu de temps nous serons plus avancés que tous les autres pays.

Toson était un homme énorme, fort et gai. Il était évident qu'il n'avait peur de rien et que pour être intrépide il n'avait pas eu besoin du bushidô des samouraïs. Quand il était là, la maison paraissait plus petite encore ; elle ressemblait à un vêtement trop étroit pour le père vénéré, l'impétueux étranger, l'hôte choyé. Chaque fois que son père arrivait de Tokyo, Yoshio était lavé et habillé avec recherche avant de se rendre à la gare où l'emmenait sa mère, sereine, paisible et vêtue de couleur sombre. C'était chaque fois la même émotion pour Yoshio quand il arrivait à la gare au milieu de tous ces gens qui attendaient le train. Tous s'inclinaient profondément, la paume des mains appliquée contre les genoux, pour honorer leurs parents qui partaient ou arrivaient. Il y avait des marchands, des vendeurs de journaux, des hommes qui offraient du riz chaud ou des friandises dans des boîtes de bois, des femmes qui tendaient aux voyageurs du thé dans de drôles de petites théières. La fumée qui sortait de la locomotive sentait mauvais et faisait tousser. Mère s'inclinait profondément devant père et souriait poliment, tandis que père soulevait Yoshio et le faisait voltiger en l'air. Père était un étranger quand il arrivait, il portait un chapeau et un complet moderne ; aussitôt chez lui, il enfilait son kimono commode et mettait des bas de toile blanche. Yoshio avait le droit de manger avec père et mère, mais il n'avait la permission de parler que quand on l'interrogeait.

Peu avant que Yoshio fût envoyé à l'école, le vénérable grand-père mourut. Ils allèrent vers la grande ville Tokyo, que grand-père n'avait jamais cessé d'appeler par le vieux nom Yedo, comme à l'époque des Tokugawa. Yoshio était triste et se sentait abandonné, mais comme grand-père lui avait appris qu'il était malséant de montrer son chagrin, il sourit bravement à travers toutes les cérémonies de l'enterrement. Les préparatifs, du reste, étaient distrayants et intéressants, si bien que la peine se mêlait au plaisir. Il fit facilement, sans même s'en rendre compte, le saut qui le menait du médiéval village à la civilisation moderne de la grande ville.

Avant d'aller en classe, Yoshio avait porté des kimonos de couleur claire, parce qu'il était un enfant, mais de tons mats, parce qu'il était un garçon. Il apprit à se vêtir de pantalons, de souliers et d'une veste. Il aimait l'école où on lui avait donné un boulier, une petite ardoise et de la craie pour écrire. L'odeur calcaire de la craie l'attacha de façon définitive à sa nouvelle vie. Grand-père avait toujours écrit à l'encre de Chine, écrasant celle-ci entre ses doigts avant de la diluer dans l'eau. L'odeur et l'aspect en étaient différents.

La vie de Yoshio commença quand il sut lire; la magie de la parole écrite était plus importante pour lui que l'objet décrit. Il sut déchiffrer en premier lieu les banderoles calligraphiées, qu'on pendait dans la niche où, d'autres jours, se trouvaient des tableaux. « Tombe sept fois, relève-toi huit fois », déchiffrait-il. Ou encore : « Ta vie ne durera que peu, ta réputation vivra toujours. » Chacune des devises choisies par le père prêchait le courage et l'endurance. Sur le papier de la porte à glissière qui conduisait à sa chambre, le père avait peint un poing brutal.

– Sais-tu ce que signifie ce poing? demanda-t-il à Yoshio. Il me rappelle tous les jours que j'aurai ce que je veux et que je garderai ce que j'ai.

Le petit cœur de Yoshio était plein d'une admiration inquiète devant des discours à tel point agissants. Il serrait son propre poing pour voir; ce poing était petit et sans grande force. Yoshio lisait, lisait. Il y avait des livres pleins d'histoires héroïques, de prouesses, de dévouement, et Yoshio rêvait de sauver des enfants au milieu des flammes d'une maison qui s'écroule, d'arrêter le cheval emballé du Mikado, ou du moins le cheval d'un grand général. Son père ne trouvait pas cela utile. Il l'abonna à un journal d'enfants plein de devinettes, de concours, de descriptions techniques et d'histoires sur l'Occident. Un récit de la vie d'un jeune Japonais en Amérique éveilla la curiosité de Yoshio pour ces pays étrangers. Il assiégea son père de questions. Jeune homme, Toson Murata avait été à San Francisco pour « étudier », comme il disait. Comme pour beaucoup de ses compatriotes, fils de bonnes familles, les études avaient consisté à être valet de chambre dans un intérieur américain; c'était une façon simple et peu onéreuse d'étudier l'âme des étrangers. C'est d'Amérique que Toson Murata avait rapporté cette admiration pour tout ce qui était étranger, américain et nouveau. Deux pièces de la maison qu'ils habitaient maintenant étaient aménagées avec des meubles modernes ; Toson y recevait ses relations d'affaires et les visiteurs importants. Un téléphone strident et agité avait été installé, on avait acheté un gramophone qui, au moyen d'un entonnoir brillant, crachait de la musique étrangère. Yoshio avait commencé par l'écouter avec un étonnement incompréhensif qui s'était changé peu à peu en un doux ravissement.

L'école lui occasionna d'abord des douleurs dans les omoplates parce qu'on le faisait asseoir sur un banc. Au bout de quelque temps il s'habitua à cette discipline et fut enchanté d'apprendre par le professeur que cette façon de s'asseoir lui permettrait de devenir grand comme un Anglais. Quand il vit sa grand-mère maternelle, devant laquelle il dut s'agenouiller, les paumes appliquées sur les nattes du plancher, il se sentit vite courbatu.

Cette grand-mère, surgie dans sa vie depuis qu'il habitait Tokyo, était une femme sévère et grave, la mère vénérable et respectée de nombreux fils. Elle aussi appartenait à une famille samouraï et l'on disait qu'elle avait appris dans sa jeunesse à faire de l'escrime avec des hallebardes comme un homme ; Yoshio n'osa jamais l'interroger. Grand-mère, qui était vêtue d'un kimono gris sombre, grand-mère dont les cheveux gris, aplatis à l'huile, formaient un chignon dans la nuque, détenait un trésor. Il s'agissait d'un album de photos que Yoshio avait parfois l'autorisation de sortir du tiroir. On la voyait entourée de ses amies, habillées de robes compliquées et bouffantes à la mode occidentale de la fin du siècle dernier ; elles étaient assises sur des chaises aux pieds contournés et appuyaient modestement leur coude sur des guéridons du même style que les chaises. Du temps que grand-mère était jeune, tout le monde avait été esclave de la mode nouvelle des pays occidentaux, et Yoshio réussissait quelquefois à faire parler la vieille dame des leçons de danse et des bals auxquels elle avait assisté. On eût dit alors que chaque danse n'avait été qu'un travail misérable et coupable à la fois. Depuis Tshushima et la victoire sur les Russes, la conscience nationale s'était de nouveau réveillée au Japon et la génération de grand-mère était revenue aux souples et agréables kimonos ainsi qu'aux vieux principes selon lesquels la mère de Yoshio avait été élevée. Quand il rendait visite à cette grand-mère, il laissait ses souliers devant la porte et recevait à genoux le gâteau de riz qu'elle avait préparé pour lui.

Quatre des sept fils de la grand-mère partageaient avec le père de Yoshio la filature de coton dont celui-ci avait acquis une part en se mariant. Pour la firme, l'arrivée de Murata avait inauguré une ère de prospérité, la fortune de la famille grandissait de jour en jour. Du reste, l'essor du pays s'affirmait partout à cette époque et le père géant de Yoshio prenait et gardait ce qu'il pouvait comme l'avait promis le poing dessiné sur la porte. Un oncle de Yoshio avait épousé une fille noble et portait maintenant le nom de sa belle-famille. Deux autres oncles étaient à l'étranger où ils importaient des objets japonais d'une extrême laideur qu'on fabriquait tout exprès pour le goût des gens de là-bas. La mère de Yoshio était la seule fille de la famille Sato, et sa mère ambitieuse l'avait mariée tôt avec un descendant de l'honorable famille samouraï des Murata. Le père de Yoshio avait apporté dans la firme un flot d'impétuosité, d'esprit d'entreprise et d'acharnement, et ses beaux-frères le laissaient volontiers diriger la fabrique.

Plus Yoshio grandissait, plus il avait l'impression que son père avait gardé toute force pour lui seul. La lecture abîmait les yeux du garçon et, à l'âge de douze ans, il eut besoin de lunettes. Les histoires morales, qui formaient une partie de son instruction, l'ennuyèrent et il prit le parti de s'en moquer avec ses amis. Néanmoins il ne put se soustraire à l'influence de cette éducation qui allait le marquer pour l'avenir. Il commença ses études secondaires, étudia le chinois, les quatre livres de Confucius, des paragraphes et des paragraphes à apprendre par cœur sans qu'il pût démêler le sens de toutes ces choses. Il porta tout son élan vers la langue anglaise, clef de l'univers. Il endura un vrai martyre avant de comprendre les lois et le sens de cette langue, dont la syntaxe était si différente de celle de sa langue maternelle. Durant les deux dernières années seulement il se familiarisa avec ces mots simples et souples. Tous les élèves étaient comme lui ; ce n'était pas la difficulté de la nouvelle langue qui les rebutait mais sa simplicité inusitée. Au Japon, la langue écrite était trop différente de la langue parlée et la réforme progressive de la parole imprimée ne s'imposait que lentement. Quand Yoshio sut l'anglais, il apprit le français sans peine car il lui semblait que c'était la même langue.

La porte était ouverte vers un nouvel univers de livres : Shakespeare, Tennyson, Browning, Walt Whitman, Shakespeare, Shakespeare, Shakespeare. A seize ans il découvrit Tolstoï et Dostoïevski à travers une maladroite traduction japonaise. Il s'adonna pendant quelque temps à la mélancolie russe. Il fit quelques poésies anglaises, japonaises, chinoises qu'il écrivit sur un papier doré et transparent dont il colla les feuillets sur les murs de sa chambre.

Quand, hésitant, je saisis
Dans le miroir
La limpide profondeur de l'image,
Il me semble voir le visage
D'un vieillard inconnu.

Et puis ces autres vers qu'il aimait entre tous :

Du rêve des vingt mille guerriers morts
Il ne reste que l'herbe printanière
En bordure d'un vieux champ de bataille.

Et puis ces autres vers que chantait Li Taï Po il y a douze siècles :

Le champ est immobile,
La pluie fine est tarie,
Partout est la couleur du printemps,
L'étang est agité par le saut des truites,
La branche ploie sous le poids des grives qui chantent.
Les fleurs des champs émaillent leurs joues poudrées,
Les herbes de la montagne s'inclinent.
Là-bas près du ruisseau qu'ombragent les bambous,
Le prolongement dernier d'un nuage évanescent
Disparaît, doucement caressé par le vent.

Yoshio était fier de penser que l'Asie avait su concevoir de telles poésies à une époque où l'Angleterre était encore une île sauvage et barbare et l'Amérique un continent inconnu dans un océan inconnu. Mais cette autre poésie était belle aussi et il en colla le texte sur son mur à côté des précédents :

Dans le marais, tout esseulé,
Chante un oiseau caché, craintif,

L'oiseau solitaire, la grive.
Ermite enfermé en lui-même,
Il fuit villages et marchés.
Chante un chant pour lui seul,
Le chant du gosier qui saigne,
Chante la vie pour fuir la mort.
Frère, je le sais, si tu ne pouvais chanter,
Il te faudrait mourir.

Peu avant sa dix-septième année, il découvrit avec quelques camarades le Yoshiwara, le marché de l'amour de la ville. Il alla de rue en rue, de maison en maison ; pour de pareilles excursions on se vêtait selon la mode ancienne d'un kimono sombre et l'on laissait sur les marches de la maison les sandales de bois qu'on avait chaussées. Un dieu du bonheur, hilare, au gros ventre nu, se dressait à l'entrée à côté d'un conifère nain. La dignité et la bienséance régnaient jusque dans cet endroit. Les filles étaient fardées de blanc jusqu'au bas de la nuque, habillées de couleurs vives et avaient de bonnes manières. Bien qu'elles fussent filles de pauvres fermiers, elles essayaient de se conduire comme d'élégantes geishas. Elles gazouillaient, riaient, citaient des vers sentimentaux, faisaient des compliments et des bons mots. Yoshio but plus de vin de riz qu'il ne pouvait supporter, car la fille lui fit peur, surtout au moment où elle quitta ses vêtements et lui offrit son corps enfantin et lisse. Le lendemain, il se réveilla légèrement écœuré. Il ne put jamais savoir si son père était au courant de cette aventure. Quelques temps après Yoshio fut emmené par lui à un banquet donné en l'honneur de quelques amis de passage. Ce fut là que le jeune homme connut la geisha Aki Hanako qui insista pour le revoir. Bien des années plus tard, Yoshio comprit que cette complaisance avait été commandée et payée par son père. Aki était une femme de trente ans, pleine de charme et d'expérience. Il la rencontra d'abord dans une maison de thé, bavarda avec elle, lui demanda de chanter et de danser pour lui, puis il se laissa initier aux cérémonies de l'amour. Comme il n'était qu'un collégien, bien que fils d'un père puissant et riche, beaucoup des finesses de la geisha étaient dépensées en pure perte. Mais il fut très amoureux d'Aki Hanako pendant quelques semaines et alla la voir souvent, aussi souvent qu'elle le permettait. Seulement, un jour, il la rencontra au théâtre où les plus belles geishas de la ville, vêtues de leurs kimonos les plus élégants, se tenaient à genoux dans des loges tapissées de nattes, et elle fit semblant de ne l'avoir jamais vu, ce qui le peina et l'humilia.

Le théâtre prit possession de lui comme l'avaient fait les livres quelque temps plus tôt. Il colla les photographies et les armes de ses acteurs favoris à côté des poésies qu'il avait copiées. Il étouffa les sanglots dans sa gorge tandis que les larmes coulaient librement sur son visage, quand il assista à la grande scène du seppuku de la pièce classique *Chusingura.* Imprégné d'un enthousiasme héroïque pour la mort noble librement consentie, il sortit du théâtre en titubant. Il avait une préférence pour un certain Kenzo Arai, qui incarnait la neuvième génération d'une famille d'acteurs et qui jouait des rôles de jeunes filles avec une grâce et une saveur qui enchantaient Yoshio.

Durant les années où Yoshio devint un homme, il se rapprocha de son père qu'il avait considéré jusque-là comme un hôte autoritaire de leur maison. Ils s'amusaient à parler anglais l'un avec l'autre. Toson Murata se rappelait quelques bribes d'anglais du temps où il était à San Francisco.

– *How are you? Yes, yes, excuse me,* lançait-il à son fils.

Et Yoshio, ravi, répondait avec une extrême politesse.

Il visitait les bibliothèques et passait beaucoup de temps dans les rayons de livres des grands magasins qu'on équipait maintenant à la mode européenne. Les étudiants pauvres se pressaient là en rangs serrés pour consulter les livres onéreux qu'ils ne pouvaient acheter et que le grand magasin mettait à leur disposition. De longues files d'étudiants à lunettes, bibliomanes, avides de lecture comme Yoshio. Celui-ci venait de découvrir Proust, Wedekind, Oscar Wilde. Il prenait part à contrecœur aux exercices sportifs que lui imposait le collège. Toson Murata observait son fils, son maintien paresseux, ses mouvements mal axés. Il emmena un jour son fils chez un maître du jiu-jitsu. Lui-même était un excellent escrimeur et en tirait vanité. Il avait engagé un maître d'armes pour entraîner les jeunes ouvriers de sa fabrique, qui apprenaient ainsi la lutte et les règles du jiu-jitsu. Quand il y avait compétition dans la grande salle des sports de la fabrique, Toson Murata provoquait volontiers les meilleurs lutteurs parmi ses ouvriers et les vainquait sans peine. Après de pareils combats, son humeur était excellente pendant plusieurs jours.

Yoshio était obligé de se lever à trois heures du matin, en pleine nuit, et de se rendre à jeun chez son maître de jiu-jitsu. Le silence régnait dans les vestiaires où les jeunes gens enfilaient les pantalons blancs et les vestes d'usage. Yoshio passait la ceinture noire des débutants autour de sa taille et s'en allait vers la salle. Ses pieds nus étaient froids et raides. La salle était spacieuse, tout y semblait grave et digne. Avant et après la lutte avaient lieu les cérémonies du salut et du remerciement. La lutte elle-même était sévèrement réglée comme le reste. Yoshio fut d'abord torturé par la peur qu'il n'osait avouer à personne, même pas à sa mère, même pas à lui-même. Mais comme l'art du jiu-jitsu confère au faible la possibilité de vaincre le fort, il finit par trouver plaisir au combat, par devenir enthousiaste, fanatique, par acquérir le droit de porter la ceinture rouge qui est destinée aux meilleurs lutteurs. Le jiu-jitsu était l'unique contrepoids à son existence studieuse. Une autre partie de son éducation consistait à visiter avec ses camarades les temples célèbres et les palais du pays, et leur vue l'emplissait de fierté et d'admiration pour le Dai Nippon. Ainsi s'accumulaient les influences qui formaient le jeune Japonais pour faire de lui un homme pareil à tous les Japonais de sa génération : goût délicat, sentiment chatouilleux de l'honneur. Il était mal assuré et méfiant vis-à-vis de lui-même, aussi se montrait-il d'un orgueil presque hystérique dans le commerce avec les autres. Il paraissait esclave de tant de conventions et de tant de préceptes qu'il n'y avait en lui aucune place pour l'originalité.

Tout était prévu et prescrit : le caractère, le mode d'existence, les rapports avec les parents, les amis et l'empereur divin. La façon de saluer, de remercier, de se tenir, de se mouvoir, la serviette dans laquelle on enveloppait les livres de classe et qui devait être nouée de façon particulière. Un cadeau devait être emballé selon un rite spécial, le cadeau en retour requérait des formalités différentes. On regardait la lune en automne et jamais au printemps. La couleur du kimono qu'on portait était déterminée par l'âge du porteur et par le mois de l'année. Une geisha ne pouvait pas changer de coiffure, sa servante devait passer un mouchoir rouge dans sa ceinture. Le harnachement d'un bœuf était bleu, celui de la vache était rouge.

L'homme qui faisait hara-kiri devait s'écrouler en avant, la loi défendait au mourant de tomber sur le côté. Des centaines, des milliers de préceptes réglaient sa vie et celle de tous les autres, si bien qu'on croyait jouer au « jeu de go » où ne sont permis que certains coups que chacun connaît et prévoit.

Peu après que Yoshio fut rentré à l'université de Waseda, eut lieu le grand tremblement de terre.

Depuis quelques jours son père l'emmenait à la fabrique pour le faire assister à la cérémonie des prix qu'on distribuait aux ouvriers qui donnaient le meilleur rendement. Toson Murata, fanatique ami du progrès, dirigeait néanmoins sa filature selon de vieux principes féodaux. Il était le père de ses employés comme l'empereur est le père de tous les Japonais. Il embauchait les enfants adolescents des pauvres gens de la contrée, signait avec eux des contrats à longue échéance, les logeait dans les maisons construites autour de la fabrique, les nourrissait et organisait leur vie sur place. Ils n'avaient pas de liberté, travaillaient dur et recevaient des salaires très bas. Malgré cela ils étaient contents et s'attachaient a leur fabrique comme les étudiants s'attachent à leur faculté. Leurs dortoirs étaient propres comme des miroirs, il y avait des nattes partout et la nourriture était meilleure que celle qu'on leur servait chez leurs parents. Les filles mettaient de côté une petite dot, les garçons devenaient des ouvriers spécialisés, avançaient vite et, lorsqu'ils étaient doués, se voyaient admis au département technique où des ingénieurs travaillaient au perfectionnement des machines. On écoutait des conférences instructives; les jeunes gens pieux pouvaient aller au petit temple construit dans la cité; tous les jours on rendait le culte au souverain et aux dieux. Les ouvriers vénéraient Toson Murata comme un père démesurément riche et démesurément bon; si on avait dit à l'un d'eux que Toson l'exploitait, il n'aurait su qu'en rire. En vérité ils étaient en sécurité dans cette fabrique, à l'abri des fluctuations et des changements incessants qui agitaient l'économie à cette époque. Le Japon avait dû surmonter une crise terrible après la guerre mondiale. Les autres pays essayaient d'étrangler l'exportation japonaise par des droits exorbitants et tous les moyens qui pouvaient anéantir cette concurrence trop bon marché. C'eût été le chômage et la misère si des hommes comme Toson Murata n'avaient fait vivre leurs ouvriers et assumé eux-mêmes le poids lourd de ces temps difficiles. La famille de Toson ignorait aussi bien que ses ouvriers le souci lancinant, les efforts désespérés, les déceptions qu'il avait connus durant ces deux années. Il trônait souriant et gigantesque à la place d'honneur de la grande salle où entraient les ouvriers, vêtus de leur veste courte et propre, les ouvrières, enveloppées dans leur kimono gris clair à dessins rouges. Sur le dos de chacun de ces vêtements était cousu le blason des Murata.

Derrière Toson, sur une plate-forme surélevée, se trouvait la niche avec le vase à fleurs et le kakémono. Yoshio était assis à ses côtés, autour d'eux les beaux-frères, quelques invités de marque et un représentant du gouvernement. La salle était grande, une salle de deux cents nattes ; aux murs pendaient des bannières portant des inscriptions édifiantes. Les ouvriers se mirent en rang, les plus vieux devant, tous massés sur le côté droit de la salle. Les femmes se groupèrent sur le côté gauche, souriantes avec leurs bons visages plats qui exprimaient l'attente. Toson Murata se leva et s'inclina trois fois devant eux, les paumes appliquées contre ses genoux. « Honorables ouvriers », commença-t-il de cette voix bien timbrée et aimable qu'on entendait jusqu'au fond de la salle.

Ce fut au milieu de cette allocution qu'éclata le tremblement de terre. La salle oscilla, tressaillit sauvagement, se cabra ; le vase de fleurs tomba et se cassa ; les banderoles couvertes de devises s'arrachèrent du mur avec un sourd bruissement. Certains ouvriers crièrent, d'autres restèrent muets comme des pierres, tous se précipitèrent vers Toson Murata comme s'il eût pu les protéger. Un énorme roulement souterrain, comme un coup de tonnerre aux profondeurs de la terre, couvrit le bruit et la confusion. Toson Murata eut juste le temps de s'incliner devant ses hôtes avec une politesse que rien ne pouvait altérer et de murmurer quelques excuses. Les murs s'effondrèrent. Les hommes n'étaient plus qu'insectes minuscules sur la peau d'un animal monstrueux qui essayait de les secouer. Pendant longtemps Yoshio ignora comment il avait échappé à l'éboulement, s'il était resté évanoui pendant longtemps et si son vigoureux père l'avait porté ou tiré vers l'extérieur.

La fumée et le feu dans la ville pendant bien des jours, un ciel rouge et sombre pendant bien des nuits. Des enfants qui pleuraient, cherchaient leurs parents, des femmes à peine vêtues qui traînaient leurs hardes à travers les rues en flammes. On se racontait des histoires atroces : des bandes de pillards profitaient du désarroi, et comme personne ne pouvait soupçonner les Japonais de commettre des crimes pareils, on accusait les Coréens. D'innombrables personnes moururent dans les débris brûlants de leurs maisons et le spectre de la famine apparut, car les villages voisins et le port de Yokohama étaient également détruits. Au bout de quelques semaines les hommes prirent leur parti de cet état de choses et se mirent, patients et actifs comme des fourmis, à reconstruire leur ville. L'âpre vie dans leurs îles cruelles leur avait appris à travers des générations le secret de souffrir, le secret d'une endurante résignation. Certains hommes, d'une pénétration plus grande – Toson Murata était du nombre – éprouvaient une joie secrète de la destruction de certains quartiers vieillis de la ville; un Tokyo moderne et immense s'érigeait et sa construction imprimait un magnifique essor aux industries mourantes. Beaucoup d'habitudes et de vieux usages disparurent en même temps que les vieux quartiers de la ville, et la vie ne redevint jamais ce qu'elle avait été auparavant.

Le tremblement de terre n'avait tué personne dans la famille de Yoshio; il lui donna au contraire un jeune frère qui s'appelait Kitaro comme le prestigieux ancêtre.

La mère de Kitaro, Sumi, était morte durant le tremblement de terre. Elle avait été une geisha célèbre pour sa grâce et son charme, et Toson Murata avait coutume de l'engager les jours où il tenait à faire plaisir à ses invités. Ainsi eut-il l'occasion de voir souvent cette jeune femme cultivée au corps gracile; il la mettait dans la confidence quand il s'agissait d'amadouer un convive pour obtenir une concession dans le domaine des affaires. Aussi lui était-il arrivé ce qui arrive à beaucoup d'hommes de son âge et de sa classe : il était tombé amoureux d'elle et s'était si bien habitué à elle qu'il n'avait plus supporté la pensée de la savoir à chacun. Il lui acheta une petite maison à San-Chome, dans le quartier de Tsukiji, et l'établit comme sa seconde femme. C'était là un de ces secrets que chacun connaissait, la mère de Yoshio comme les autres, sans nul doute. Yoshio lui-même en avait entendu vaguement parler et, bien qu'il aimât passionnément sa mère, il trouva normal et naturel que son père, si grand et si gai, eût autre chose dans la vie que le travail à l'usine et le calme de son foyer. Mais San-Chome était devenu la proie des flammes. Ses mignonnes maisons de bois, avec des fenêtres et des portes à glissière, avaient brûlé, et nombre de gracieuses petites femmes y étaient mortes. Çà et là on voyait une lanterne de pierre ou une grue de bronze émerger des décombres au-dessus desquels des arbres ravagés par le feu étendaient tristement leurs branches.

Kitaro avait dix ans quand Toson l'amena à sa femme pour l'adopter. C'était un enfant magnifique, fort et beau, qui semblait avoir hérité toute la force de leur père commun. Il avait un visage rond, de jolis sourcils, les ailes du nez fines, les lèvres pleines et rondes à leur commissure, tel un Bouddha enfant. « Momotaro », pensa Yoshio quand il le vit pour la première fois. Ce jeune frère, fils de la geisha, la maîtresse morte de son père, lui semblait auréolé de mystère. Kitaro était un être charmant, docile et poli, qui devint le sourire et la lumière de la maison, sitôt qu'il eut oublié son chagrin.

Subitement, Toson Murata avait eu les cheveux gris; il n'avait jamais beaucoup étudié, ce n'était pas un érudit et cependant il acheta des lunettes cerclées d'écaille. Le soir il restait chez lui, s'entretenait avec ses deux fils, et de façon presque puérile essayait de se faire consoler et distraire par sa femme de la mort de sa concubine. La mère de Yoshio s'était prise d'une grande affection pour Kitaro et chacun, du reste, gâtait ce ravissant enfant. Seule la vieille baaya maugréait quelquefois car elle avait porté la mère de Yoshio sur son dos et elle était jalouse au nom de sa maîtresse de l'enfant de la geisha.

Pour se conformer au désir de son père, Yoshio s'inscrivit pour un certificat d'économie nationale à l'université de Waseda; il ne renonça pas cependant à ses études préférées, la littérature et la philosophie. Le travail n'en finissait pas. Spencer, Kant, Schopenhauer, Gœthe, Thackeray, Maupassant; Bergson, Valéry, Gide, Emerson, Nishida, Nietzsche; la politique étrangère, Lao Tseu, Li Taï Po; la comptabilité, la statistique, le bouddhisme, le christianisme, Renan, l'exportation, l'importation – tout cela se précipitait sur Yoshio, se frayait une place vers sa mémoire et s'y étalait; peu d'heures lui restaient pour dormir. Constamment, il devait changer les verres de ses lunettes, sa myopie augmentait; c'était un avantage, il fut ainsi dispensé du service militaire. Le gouvernement avait essayé d'introduire la discipline militaire à l'Université, mais les étudiants libéraux s'étaient mis en grève et le décret avait dû être rapporté. A Waseda on était pour la liberté et le progrès ; d'embryonnaires traductions des écrits de Trotski circulaient même de main en main. De petits étudiants chinois, tranquilles, polis et maigres, dont le Japon considérait la civilisation comme arriérée et qui étaient traités sans déférence, importèrent leurs idées communistes. Ces idées étaient commentées avec intérêt à l'ombre de l'Université, dans les restaurants bon marché. La bohème, la pauvreté, un accoutrement miteux étaient de mise parmi les jeunes gens ; et les fils de famille, comme Yoshio, avaient honte de leur ascendance. Yoshio portait des vêtements élimés pour ne pas se faire remarquer.

Il partageait avec Kitaro sa chambre à huit nattes. Ils se baignaient ensemble avant le dîner, et quand Yoshio passait sa nuit à travailler, il aimait entendre la respiration régulière de son frère dont le rythme accompagnait les pensées de l'étudiant. Il couvrait son jeune frère quand celui-ci, au cours d'un rêve émouvant, rejetait sa couverture. Quand Kitaro était réveillé, on le sentait plein de farces et de secrets de garçon. Il parlait parfois de ses grands-parents qui étaient des paysans travailleurs mais si pauvres qu'ils durent vendre leur fille au cours d'une année de sauterelles. Il avait construit dans un coin de sa chambre un autel sur lequel était placée la photographie de sa jolie maman, et il ne passait pas devant sans faire de grandes révérences. Il était rempli de petites poésies, de chansons de geishas et de souvenirs que Yoshio ne pouvait pas partager avec lui. Le petit frère lui paraissait quelquefois plus âgé, plus fort, plus assuré que lui-même. Quand le petit tomba malade, Yoshio eut de grosses inquiétudes ; pour distraire l'enfant, il lui apporta les deux épées samouraïs du grand-père. Kitaro fut si ému que sa fièvre monta. Dès ce jour, on put obtenir ce que l'on voulait de Kitaro en lui permettant de jouer pendant une demi-heure avec les épées.

Quand il eut douze ans, il entra à l'académie militaire impériale, selon le désir de la geisha qui avait voulu que son fils fût officier. Toson concédait à la morte ce qu'il lui avait toujours refusé de son vivant. Il était vieux, maintenant, et doux. Il offrait le triste aspect d'un lion sans dents. De plus en plus, il tombait sous la dépendance de sa femme. Et ses petites douleurs, ses petits ennuis, dont il ne cessait de se plaindre, procuraient une espèce de jouissance à la mère de Yoshio. Elle le soignait, le réchauffait, lui faisait des compresses, confectionnait des tisanes, comptait des gouttes, lui taisait prendre les médicaments que prescrivait le médecin et y introduisait, pour plus de sûreté, des bribes calcinées de corps d'animaux, car la baaya jurait que c'était là un remède infaillible.

Yoshio, les yeux brûlants, préparait son dernier examen, le plus difficile. La chambre était vide et calme, Kitaro avait disparu et n'émergeait que les jours de fête, vêtu de son petit uniforme, tout rayonnant de tenue et de discipline.

Yoshio partit pour l'Amérique après cet examen; ce fut sur le bateau qu'il dormit pour la première fois dans un lit comme en ont les étrangers. Il passa une mauvaise nuit, si loin du plancher familier, avec une couverture qui le quittait sans cesse pour tomber par terre. Le bateau japonais était installé en style moderne et les passagers se composaient de Japonais, de Chinois, d'Américains, parmi lesquels se mouvaient quelques rares Allemands, Siamois et Coréens. Chaque nation avait sa vie propre, car chacune avait une raison d'en vouloir aux autres. Yoshio partageait sa cabine avec un homme d'un certain âge qui prétendait avoir des affaires dans le Texas. « Je suis citoyen américain », disait-il à tout propos, et sa figure japonaise se plissait en minces rides. Il avait une femme japonaise et quatre enfants à Dallas, Texas, qui tous cultivaient et vendaient des fleurs. Ses manières étaient mauvaises, il aspirait l'air à la façon des petites gens et parlait le japonais le plus mauvais, le plus vicieux que Yoshio connût. Yoshio était peiné de penser qu'un homme aussi ordinaire et aussi peu cultivé eût le droit d'abîmer la réputation des Japonais en Amérique. Une loi interdisant l'immigration japonaise en Amérique restait une plaie ouverte et brûlante au sein de chaque Japonais. Un inconnu avait fait hara-kiri devant l'ambassade américaine de Tokyo, parce qu'il jugeait son honneur compromis et qu'il voulait indiquer à ces étrangers qu'ils faisaient fausse route. La vue de son compagnon de cabine convainquait Yoshio que lui non plus ne pouvait pas supporter que des étrangers, individus ou nations, eussent une impression mauvaise de son pays.

A la douane de San Francisco, il se trouva qu'il ne comprit pas un seul mot de ce que les douaniers lui disaient. Il avait étudié l'anglais pendant quatorze ans, au mur de sa chambre était collée une poésie de Walt Whitman, et il ne comprenait pas le douanier ! Ce fut une première, une douloureuse et humiliante déception en pays étranger. Il était, en Amérique, Yoshio Murata, un petit Japonais souriant et pourtant grave, un connaisseur de littérature qui savait tourner des poèmes de dix-sept, de trente et une syllabes, un philosophe rempli de confusion qui portait des lunettes et possédait un appareil photographique. Il connaissait par cœur les chiffres des échanges commerciaux entre le Japon et l'Amérique, il pouvait citer des pages entières de Spencer, ce dont le douanier eût sans doute été incapable. Mais tout cela n'importait plus ; toutes les règles qui avaient régi sa vie jusque-là n'avaient pas cours en dehors du Japon. Les premiers jours furent pleins de difficultés inattendues et de luttes contre des objets dérisoires mais récalcitrants. Les portes s'ouvraient à l'envers. Les clefs se tournaient du mauvais côté, les fenêtres ne s'ouvraient pas et, quand elles étaient ouvertes, on ne pouvait plus les fermer. Les ascenseurs n'escaladaient pas lentement les étages comme au Japon, mais s'envolaient si vite qu'il semblait à Yoshio que son estomac était au quatrième étage quand lui-même avait atteint le douzième. Quand il formulait les discours polis et logiques qu'il avait préparés, tous les visages exprimaient la même impatience souriante et indulgente. La hâte des gens était incompréhensible, d'autant que Yoshio se rendit compte que rien d'essentiel ne les attendait à l'endroit où ils se rendaient. A vrai dire, ils étaient plus paresseux et plus lents que les Japonais et prenaient simplement l'allure de gens toujours pressés. Ce qui le surprit davantage, ce furent l'amabilité et la gentillesse avec lesquelles tout le monde le secourait fraternellement.

Chacun se comportait comme s'il eût été un véritable adepte de Confucius. Yoshio pensa pendant quelque temps que le christianisme était à la base de cette bonhomie, mais il se rendit bientôt compte que la religion ne jouait pas un rôle plus grand en Amérique qu'au Japon. C'étaient les mêmes femmes de la classe moyenne, les mêmes fermiers qui se rendaient à l'église en Amérique comme ils se rendaient au temple de Bouddha ou des dieux shintô au Japon. En Amérique chacun portait une espèce de masque fait d'ironie et d'esprit léger ; les gens se servaient de phrases toutes faites et lapidaires comme s'ils avaient craint le silence et la gravité. Yoshio avait des lettres d'introduction pour de nombreuses firmes avec lesquelles travaillait son père, car le coton qu'on filait à Tokyo venait des États-Unis.

Yoshio n'était décidément pas de ces pèlerins qui considèrent l'Amérique comme la Terre promise, qui pensent y trouver des miracles de rendement et de perfection, un voyageur auquel l'Occident promet une espèce de réincarnation. Mais bien que son attente n'eût pas été grande, il ne pouvait se défaire d'un éternel sentiment de déception. Les immeubles, les machines, les journaux et les rues n'étaient pas différents de ce qu'il avait vu chez lui. Le jeune Japonais se mouvait à l'aise dans les cinémas gigantesques, les drugstores, les soda-fountains, les clubs, les bibliothèques; il avait même connu à Tokyo des boîtes de nuit avec jazz et entraîneuses. Le Japon avait si bien imité l'Occident qu'aucune surprise n'était plus possible.

Yoshio fut cependant frappé par la mécanisation du travail. Il n'y avait pas d'artisans, la marchandise était fabriquée en série. Il avait la nostalgie des échoppes de potiers, de fileurs, de vernisseurs, de la forge où on fabriquait les épées et les lanternes. Il eut de la peine d'abord à ne pas confondre les gens, si pareils, avec leurs jambes trop longues, leurs petites têtes et leurs yeux écarquillés; mais au bout de quelques mois il s'était habitué aux visages des Américains et il y distinguait des différences qu'eux-mêmes eussent été incapables d'apercevoir. Ses yeux obliques enregistraient plus de choses que les Américains n'en voyaient. Il avait appris à regarder, il vivait par les yeux comme tout Oriental, et la laideur de ce monde occidental le rebutait. Son lointain Japon se transfigurait dans son souvenir, devenant à la fois symbole de la beauté et de la patrie. La lune même était différente au Japon, et les fleurs. Yoshio était stupéfié par la liberté et la désinvolture des femmes. Souvent il échangeait avec d'autres Japonais un coup d'œil de mépris quand il se rendait compte à quel point les femmes dominaient leurs maris. La littérature lui avait donné une fausse image de ce qu'était l'amour en Occident. Les femmes étaient stridentes, tout bonnement mal élevées, et leur émancipation paraissait repoussante au jeune Japonais. « La servante d'une pauvre putain de Yoshiwara a plus de distinction que les femmes du monde ici », confia-t-il à un ami japonais qui se contenta de hausser les épaules car sa maîtresse était une étudiante américaine. Yoshio finit par s'habituer à la spirituelle bataille de mots qui mettait aux prises les deux sexes, il acquit l'esprit de repartie qu'il fallait et la technique de l'attaque et de la riposte. Quand il vit pleurer pour la première fois une jeune fille américaine, une de ces créatures dures et bruyantes, il ne se connut plus d'étonnement et de pitié. Au Japon les femmes souriaient quand on leur faisait mal.

Il resta un an en Amérique et ne cessa jamais d'être choqué de voir les gens étaler leurs secrets les uns devant les autres au lieu de tout réserver pour eux-mêmes. Il fit encore un dur apprentissage, son orgueil fut blessé de façon inguérissable quand il comprit que les Américains ne le considéreraient jamais comme un de leurs semblables. Dans la majeure partie des restaurants on ne servait pas les hommes de sa race ; certains regards l'atteignaient comme des flèches empoisonnées qui demeuraient au fond de sa conscience et y distillaient leur venin. « Pourquoi ? se demandait-il au cours de songeries profondes ; pourquoi ? demandait-il à ses amis japonais. Pourquoi ne veulent-ils pas admettre que nous les valons ? Nous sommes d'une race plus ancienne et plus fine, nos empereurs descendent des dieux (les sciences exactes et les études qu'il avait faites n'avaient jamais pu saper les racines de cette croyance), nos outils et nos maisons, poursuivait-il, sont simples et nobles, notre conduite est meilleure que la leur, nous sommes plus propres et plus soignés que beaucoup d'entre eux, la somme de notre travail est plus grande, nous avons rattrapé en quelques années l'avance de quelques siècles qu'ils avaient sur nous. Quelle est donc la preuve de leur supériorité ? »

– Des canons, répondaient ses amis, des vaisseaux de guerre, des gaz toxiques, des bombes aériennes.

– Nous en avons aussi, disait Yoshio désolé.

Il n'aimait pas l'argumentation des militaristes de son pays et s'exaspérait de constater que celle-ci était à sa place en Amérique. Il était pacifique de nature, pacifique par conviction. Il pensait aux poèmes pendus à son mur :

Du rêve des vingt mille guerriers morts,
Il ne reste que l'herbe printanière
En bordure d'un vieux champ de bataille.

Il quitta l'Amérique occidentale, s'arrêta pendant quelque temps dans les États du Sud, étudia pour faire plaisir à son père les plantations de coton, quoiqu'il fût décidé à ne pas entrer dans la fabrique Murata. Puis il alla vers l'Est, prit des racines dans l'asphalte de New York, racines minces mais tenaces car New York lui paraissait le nombril du monde. Il poussa plus au nord dans les États-Unis, visita des filatures bien moins perfectionnées que celles de son père, traversa le Vermont où l'on retrouvait la véritable et vieille Amérique avec ses fermes, ses prairies, ses arbres, ses rivages et son vent.

Le cœur angoissé, il noua amitié avec une danseuse d'une boîte de nuit de Harlem et devint son amant. Elle le traitait comme une poupée drôle et mignonne. Cette fille était toute jeune, elle avait des membres d'une souplesse étonnante et sa peau était plus blanche que celle de Yoshio. Pourtant c'était une négresse, si bruyante, si violente et si déchaînée qu'elle lui faisait peur ; bien qu'il continuât de la désirer, il rompit avec elle, saisi de terreur. Dans un petit restaurant japonais il fit la connaissance d'un certain M. Isamu Ikeda qui écrivait pour un grand journal de Tokyo. Ikeda faisait ce qu'il pouvait pour paraître américain. Mais la doublure japonaise transparaissait par endroit ; quand il citait une poésie du huitième siècle, quand il s'adressait à sa femme qui était mexicaine, quand il traçait passionnément des lettres calligraphiées. Lorsque Ikeda tomba malade d'une congestion pulmonaire, Yoshio Murata fit deux articles à sa place. Il les écrivit avec plaisir et en se donnant beaucoup de mal ; à partir de ce jour il se déclara journaliste. Ikeda le remercia en le mettant en rapport avec une revue moderne qui paraissait tous les mois à Osaka. Yoshio, qui avait vécu jusqu'alors poussé au gré des vents comme un dragon dont la ficelle aurait été rompue, trouva un semblant d'orientation.

Il était hésitant et instable comme tous les êtres qui vivent entre deux cultures. Au vrai il ne vivait pas, quelqu'un en lui vivait sa vie. Il ne connaissait ni la misère ni le souci, il n'avait pas l'âme guerrière comme son père, ni l'âme conservatrice comme son grand-père. Il n'avait pas de religion, le bouddhisme lui paraissait suranné, calcifié, le shintô était trop vague et trop primitif, et le christianisme, dont il faisait officiellement partie, était, malgré ses doctrines plus nouvelles et moins desséchées, trop bourgeois et trop borné pour l'attirer. Il n'avait pas de but précis, pas d'idée qui l'enflammât, pas de perspective pour l'avenir. Il était le résultat d'une époque sans dieux dans un pays en pleine évolution.

Il était fier du Japon qu'il tenait pour le pays le plus distingué, le plus beau, le plus noble et le plus aimable. Mais tous ceux qu'il connaissait pensaient de même de leur patrie. Il y avait partout des montagnes, des vallées, des forêts, des prairies, des villes, des routes, des maisons, des jardins et les mêmes êtres vivants. L'orgueil national qu'il avait emporté dans ses bagages se polissait à mesure qu'il apprenait à connaître le monde. L'État américain se dressait acerbe et hostile contre le Japon, et les journaux poussaient tous les matins des cris d'alarme et de guerre. Il ne comprenait pas que pendant ce temps chaque Américain pouvait recevoir avec gentillesse chaque Japonais. L'atmosphère étrangère l'imprégnait sans qu'il s'en aperçût, il disait O.K., buvait du whisky soda, donnait de vigoureuses poignées de main au lieu de garder ses distances et de s'incliner poliment.

« Chacun ici semble dominé par l'idée que le temps passe, alors que c'est l'homme qui passe tandis que le temps demeure », écrivait-il à son frère Kitaro. Kitaro répondit en citant un dicton bouddhiste : « La vie de l'homme est comme la gelée matinale sur les briques du toit ou comme la flamme de la bougie au vent. »

Yoshio quitta l'Amérique, vêtu d'un complet mal coupé. Encore un bateau, encore une arrivée à l'étranger : l'Europe. La France lui parut plus facile à comprendre parce qu'elle était ancienne et qu'elle avait un passé ; ce n'était pas un passé de milliers d'années mais un passé neuf, très court, qui lui conférait cependant une certaine dignité. Paris n'offrait plus l'image qu'il s'en était faite à travers Maupassant ou même Gide. Mais alors qu'à New York il s'était simplement habitué à l'aspect des femmes occidentales, il commença en France à les trouver belles. Ce fut le peintre Renoir qui lui révéla par ses toiles l'attrait de cette chair rose et blanche, et il sentit une curiosité frileuse qui le poussait vers ces femmes. Un de ses compatriotes lui fit connaître une jeune fille, Jelena Trubova, qui se faisait passer pour une princesse russe. Les yeux myopes mais sensibles de Yoshio n'avaient pourtant pas été sans remarquer les vêtements élimés et pauvres de la jeune fille. Elle parlait français avec lui, bien qu'elle sût baragouiner le japonais dont les prédécesseurs de Yoshio lui avaient enseigné quelques bribes. Jelena était comme une tradition dans la petite colonie japonaise, et son premier amant l'avait dressée pour le commerce avec les Japonais. Ce fut la première et la seule femme blanche avec laquelle Yoshio eut une liaison. Yoshio tirait vanité de penser que Jelena se montrait satisfaite de ses caresses. Quand il la tenait dans ses bras, il lui semblait embrasser tout cet univers étranger et orgueilleux qui existait en dehors du Japon. Il s'habitua si bien à la peau blanche de Jelena, à ses cheveux d'un rouge sombre, à ses yeux longs, d'un bleu verdâtre, que les étudiantes japonaises aux cheveux noirs, aux idées anarchiques, qui fréquentaient le petit café de la place Vendôme lui déplurent.

Il était assis sur la chaise longue de sa chambre meublée et suivait des yeux tous les mouvements de Jelena. Quand elle s'éloignait de lui, son regard myope ne saisissait plus de ses formes qu'un nuage gracieux et mouvant. Aussitôt qu'elle se rapprochait, son parfum et sa tiédeur lui rappelaient le vent d'été. Yoshio avait recommencé en secret à faire des vers de dix-sept syllabes. Il essayait de comprimer les syllabes pour leur donner le rythme alternant qui était de rigueur : cinq, sept, cinq.

Ta main est plus fraîche
Que la brise de l'été
Sur le mont Fuji...

– Si je pouvais trouver quelques champignons, je ferais une omelette aux champignons avec de la crème aigre à la russe, tu entends, chéri ? Comme cela nous pourrions dîner à la maison, disait brusquement Jelena tout en se maquillant les lèvres devant la glace.

– Tu es parfaite, Jelena, répondait Yoshio.

Et il croyait ce qu'il disait. Jelena était non seulement belle et agréable, sans hystérie aucune, elle était encore pratique. Elle savait répartir sur tout le mois l'argent que recevait Yoshio et dont le montant n'était plus très élevé. Elle faisait des emplettes et préparait des plats fins ou des repas entiers qu'il appréciait. Elle comptait son linge quand il revenait de chez la blanchisseuse et rangeait ses cravates. Elle l'accompagnait chez le tailleur et Yoshio se trouva pour la première fois à la tête d'un complet européen qui lui allait bien. Il prit de l'assurance et quelque vanité car on considérait à Paris que tout Japonais était intéressant. Il pouvait parler théâtre et politique avec Jelena, livres et expositions d'art. Elle était presque aussi cultivée que les geishas élégantes de son pays. Il perdit la gêne qui lui était coutumière et put s'amuser en la présence de Jelena. Elle lui lisait des vers français, Verlaine, Maeterlinck, Rimbaud. *Le Dormeur du val...* « Les parfums ne font pas frissonner sa narine ; / Il dort dans le soleil, sa main sur sa poitrine / Tranquille... » Comme elle avait du goût, il aimait à lui donner de jolies choses. Il écrivit à sa mère et la pria de lui envoyer un vieux vêtement de brocart comme le portaient les dames à la cour impériale de Kyoto. Comme il était Japonais, sa sensualité était éveillée aussi bien par la femme que par sa parure. Il ne fut jamais si amoureux que le jour où Jelena apparut dans le lourd et raide vêtement de soie vert clair, que striaient des fils d'argent.

Ils voyagèrent ensemble en Bretagne et en Normandie et, durant ces fugues à deux, Yoshio était heureux et se sentait comme protégé par sa belle compagne à peau blanche. Il découvrit que les paysans se ressemblent dans tous les pays. « Il y a moins de différence entre un paysan japonais et un paysan européen qu'entre un paysan japonais et un directeur de banque japonais », écrivait-il dans un des articles qu'il adressait à sa revue. « L'Amérique a des fermiers qui font travailler les machines et qui se rendent au cinéma en auto, mais elle n'a pas de paysans. Peut-être est-ce la raison du vide profond que nous rencontrons dans ses États, un sentiment de néant au milieu du paysage le plus beau. »

Pour la première fois ses yeux exprimèrent la satisfaction quand il se trouva en France. Les peupliers, les grands-routes, la cime des platanes, qu'on apercevait sur les places des villes de province, les vieilles églises, les rues tortueuses, tout cela lui devint ami. L'air de Paris, humide de pluie, était irisé d'un nombre infini de couleurs dont Yoshio savait nommer chacune dans sa langue maternelle, alors que les langues européennes sont trop sommaires pour les désigner.

Il quitta Jelena plein de reconnaissance et de regrets. De sa belle écriture un peu raide, il écrivit cette devise sur un parchemin qu'il lui donna : « La rencontre est au début de la séparation. »

Elle riait en le voyant préparer les étroites enveloppes dans lesquelles il mettait les pourboires, comme il est d'usage au Japon. Avec bonne humeur et ce geste tendre qu'il avait tant aimé en elle, Jelena lui enleva ses lunettes, devint un nuage aux contours imprécis et l'embrassa devant tout le monde sur le quai de la gare. Cette attitude scandaleuse l'humilia et l'irrita si fort que l'adieu lui devint facile. Ce ne fut que quand Jelena eut disparu pour toujours qu'il comprit la place qu'elle avait tenue dans sa vie.

L'Italie l'ennuya en raison de ses manifestations excessives. Le ciel était trop bleu, les cyprès trop pittoresques, les statues trop grandes, les toiles trop parfaites, les Raphaël trop beaux. « Ils extériorisent tout », pensait-il, ironique, devant les Tintoret du palais des Doges à Venise, et il considérait l'amas barbare des couleurs et des personnages. Revoir une branche de bambou, négligemment tracée par Yosetsu, songeait-il avec nostalgie. L'ordre mussolinien, la propreté qui paraissait faire souffrir les gens, lui arrachaient un sourire. Il venait d'un pays où il n'y a qu'un seul mot pour exprimer propreté et beauté, le mot *kirei.*

Il partit pour l'Allemagne. Bien des choses y étaient comme chez lui. La propreté, le sérieux, la conscience qu'on apportait à toute chose. Le respect de l'artisanat, la recherche des lignes simples, la pauvreté, et la parcimonie du sol et des hommes. Le naturel avec lequel étaient perpétrés les assassinats politiques lui parut japonais aussi. « Les Allemands, qui ont été nos maîtres en tant de choses, sont les seuls à être détestés dans le monde comme nous-mêmes. La diligence et la méthode suffisent-ils à vous rendre peu aimables, ou bien le monde redoute-t-il les êtres efficients ? » écrivait-il à son père.

Il y avait un restaurant chinois à Berlin et un restaurant japonais situés côte à côte dans la rue Kant. Les rapports avaient toujours été tendus entre les étudiants des deux pays qui y prenaient leurs repas. Quand fut connue la nouvelle des hostilités qui avaient éclaté en Mandchourie, on en vint aux mains. Yoshio avait peur des coups comme dans son enfance, mais comme alors, son honneur le força à participer à la lutte. Il saisit à bras-le-corps un grand Chinois lourd et, se servant d'une clef de jiu-jitsu, le jeta sur le pavé. L'homme se fendit le crâne, il ignorait le jiu-jitsu et était tombé de façon malheureuse. La police vint sur les lieux et Yoshio passa une nuit au violon. Son consul dut le faire libérer. A l'instant où Berlin avait cessé de lui plaire, il reçut un télégramme de sa mère qui lui demandait de rentrer rapidement car son père était malade. Yoshio n'avait à prendre congé de rien ni de personne. Il monta dans le transsibérien, resta quatre jours à Moscou où il huma avec méfiance l'air âcre et sec de la ville. Il eut un certain plaisir à constater la pauvreté et la saleté, la faim et l'absence de liberté. Il était maintenant très éloigné de la courte période de communisme qu'il avait traversée et reniée très vite le jour où ces idées avaient été condamnées au Japon. Le texte significatif des affiches antijaponaises qu'il avait déjà aperçues à la gare frontière l'effraya. Il prit froid au cours d'une promenade dans une voiture à chevaux découverte, et la fin du voyage, avec ses difficultés et ses obstacles, resta imprécise dans son souvenir comme une vision de fièvre. Moukden avait été occupé par ses compatriotes, la voie ferrée du sud mandchourien se trouvait sous le feu. Le train faisait des haltes interminables dans de petits villages sibériens ; on servait du thé léger, des cornichons, la nourriture était trop juste, le chauffage s'arrêta ; l'automne de Sibérie cédait la place à un hiver hâtif, et Yoshio était toujours en route. Sa mère attendait et son père était malade. Il décida de rentrer par Pékin et Tientsin ; la Chine du Nord paraissait pauvre, plongée dans une hostilité somnolente. Yoshio avait toujours la fièvre. Il grattait les piqûres de punaise qu'il avait attrapées dans le train et vivait dans un état de demi-rêve.

Il regarda par la fenêtre ; le soleil d'automne était doux, le train arrivait à l'heure dans les gares ; il vit deux petites écolières qui portaient leur tout jeune frère sur leur dos et qui se faisaient de graves révérences. Yoshio comprit qu'il était au Japon.

Un officier élancé l'attendait à la gare de Tokyo, car Kirato seul avait été prévenu par Yoshio, désireux d'éviter à l'arrivée les effusions de toute la famille. Yoshio, affaibli par la fièvre, eut les larmes aux yeux d'émotion et de joie. Et Kitaro, malgré son bel uniforme, n'eut aucune fausse honte à pleurer.

La place de la gare ressemblait à celle de Berlin, car les jeunes architectes avaient copié en Allemagne le style à toits plats et à lignes horizontales. De petites femmes en kimonos multicolores se faufilaient entre les autos et les tramways, traversant la place, les genoux serrés l'un contre l'autre et les orteils tournés vers l'intérieur pour ne pas perdre leurs petites sandales de bois. Non, Tokyo n'était pas la plus belle ville du monde, comme Yoshio l'avait imaginé dans sa maladive nostalgie, elle n'était pas la plus propre non plus. C'était une grande ville comme les autres, avec des magasins, des placards de publicité, des agents de police, des camelots, la cohue, la poussière et la nudité laide du vingtième siècle. La plupart des gens se promenaient avec des masques noirs, muselières qui leur couvraient la bouche et s'attachaient au moyen de deux courroies derrière les oreilles. C'était à la fois comique et horrible.

– C'est contre la contagion, il y a la grippe en ville, expliqua Kitaro.

Yoshio fut surpris de la naïveté de ses compatriotes qui croyaient à l'efficacité des muselières. Il s'étonnait aussi de voir des hommes en complet moderne se promener sur des échasses sous la pluie qui commençait à tomber et d'en voir d'autres habillés de kimonos et coiffés du grand feutre de cow-boy. Le pullulement des parasols huilés, qui semblaient sortir d'une sculpture sur bois d'Hiroshigo, le fit rire. Il aperçut des filles en kimono dont le visage poudré et fardé avait l'immobilité d'un visage de poupée, des femmes en tenue occidentale, toutes un peu laides, avec des jambes courtes et lourdes, légèrement torses. Le souvenir de Jelena l'assaillit avec force.

Soudain Kitaro éclata de rire et Yoshio suivit la direction qu'indiquait le doigt tendu de son frère, à travers la portière de la voiture. Un étranger se tenait sur le trottoir, vêtu à la mode japonaise. Innocent, il semblait ignorer que ce qu'il prenait pour un kimono était une chemise de nuit. Pour comble, il avait croisé son ruban à l'envers comme il est de coutume de faire pour les cadavres.

– Un cadavre étranger en chemise de nuit, dit Yoshio, amusé et subitement indulgent pour toutes les erreurs de ses propres compatriotes.

Mais Kitaro avait cessé de rire et son jeune visage, toujours rond, revêtit une expression de haine et d'amertume qui fit peur à Yoshio.

Ils avaient atteint les quartiers élégants, longèrent le mur du palais impérial, dont les pins et les larges douves se perdaient dans les voiles de la pluie, puis gagnèrent les quartiers tranquilles où habitaient leurs parents.

Kitaro avait raconté à Yoshio la maladie et l'opération du père. La lutte contre la dépression économique avait épuisé Toson Murata qui avait été un jour terrassé par la douleur. Maintenant que l'ablation de la vésicule biliaire avait été pratiquée, les médecins lui avaient permis de rentrer chez lui et il attendait son fils aîné avec grande impatience. En ce mois de novembre du Japon, les feuilles de l'érable planté devant la maison étaient rouges comme les flammes. Sur les marches de bois de l'entrée, la baaya à genoux, le visage plein de rides, les cheveux blancs, se mit en devoir de déchausser Yoshio, tout en marmonnant des formules de bienvenue. Devant la porte à glissière qui menait à la chambre des parents, Kitaro hésita et lança à Yoshio un regard interrogateur chargé de reproches. Yoshio vit le jeune officier s'agenouiller et mettre les mains sur le sol pour s'approcher du père malade, et il se souvint seulement de l'hommage qu'on attendait de lui. La baaya poussa la porte. Le père leva sa tête de dessus l'appui capitonné ; ses cheveux étaient blancs, il n'était plus un géant, mais il souriait poliment tandis que des larmes coulaient le long des rides verticales de son visage. Une petite femme à cheveux gris, vieille, la mère de Yoshio, qui se tenait à genoux à côté de lui, posa la main sur le bras de son fils.

Yoshio trouva le Japon en pleine fièvre de réarmement, prêt à affronter n'importe quel danger, conscient de sa destinée nationale et du nouvel essor de son économie qui avait coûté tant d'efforts. Il sentit avec orgueil que son pays était sain comparé aux États malades de l'Europe. Il eut de longues conversations avec son frère Kitaro à la vue duquel il éprouvait une joie chaude voisine du bonheur. Depuis que Kitaro était devenu sous-lieutenant, il dormait de nouveau dans la chambre que les deux frères avaient partagée autrefois. Il était un fanatique pionnier du mouvement qui devait faire revivre l'esprit et la vie du Japon d'autrefois. Il faisait partie de sociétés secrètes et officielles, de fédérations du sang, qui puisaient leurs idées dans les enseignements d'un vieux maître vénérable et les répandaient dans l'armée. Yoshio souriait de l'enthousiasme de son frère. Celui-ci n'exaltait pas autre chose que les idées du bushidô, les lois des samouraïs qui obligeaient au courage, à la fidélité, au sacrifice de soi, à la loyauté, à la vie pauvre, au mépris de l'argent. Dans le Japon moderne cela s'appelait lutte contre le capital, mépris des capitalistes. Par un curieux retour des choses, les jeunes du pays étaient réactionnaires, les vieux étaient évolués, et les anticommunistes les plus fervents attaquaient le capital avec le plus grand radicalisme. Le père se moquait de Kitaro, il était l'enfant d'une époque libérale, il ne voulait ni la guerre ni l'autarcie, mais le commerce, la paix et le libre échange. Kitaro se levait et, tout irrité, se promenait de long en large dans la pièce eu défendant ses opinions. Ses pieds dans les chaussettes militaires grises faisaient un bruit sourd sur les nattes du plancher. Il paraissait trop grand et trop agité pour cette pièce silencieuse et limitée.

– Nous ferons le nécessaire pour que les nations occidentales ne se mêlent pas des affaires d'Orient, clama-t-il d'une voix menaçante, l'Asie aux Asiatiques et le Japon en tête. Notre devoir est de libérer les millions d'Asiates en Chine et aux Indes, partout où ils sont les victimes d'une destinée tragique, les esclaves des blancs. Nous sommes forts et indépendants, à nous de maintenir l'ordre sur notre continent.

– Si l'Amérique boycotte notre commerce, nous perdrons davantage qu'aucune guerre ne peut nous faire gagner, rétorquait Toson Murata avec raison.

Yoshio était fier de son frère belliqueux, mais il était de l'avis de son père. Il aimait la paix et haïssait la guerre sans la connaître. Kitaro chercha de nouveaux arguments et tira un papier de sa poche pour relire les notes qu'il avait prises car sa tête était réfractaire aux chiffres.

– La Mandchourie, disait-il, savez-vous combien de bandits vivent en Mandchourie ? Trois cent mille au moins. Chang Tso-lin et son fils ne sont que des bandits. Il nous a fallu deux guerres pour sauver la Mandchourie des Russes ; en toute équité, ce pays aurait dû nous appartenir après la guerre russo-japonaise. Nous y avons porté la civilisation avec notre argent, avec nos hommes. Les chemins de fer, les ports, les charbonnages, les minerais, tout a été construit avec notre argent. Combien de millions d'or avons-nous investis dans ces trois provinces et comment nous remercient-elles ? Par des soulèvements, des assassinats, une attitude hostile. Nous avons besoin de la Mandchourie et de ses produits. Et si elle ne veut pas traiter avec nous en toute amitié, il faudra la punir et lui faire sentir la force. J'attends avec impatience le jour où j'y serai envoyé avec mon régiment.

Avec un sourire, qui exprimait l'indulgence, le père observait l'émotion de son fils qui, d'un mouvement nerveux, replaçait son papier dans sa poche. Yoshio retint son souffle ; il avait peur pour son frère.

– Ta mère ne t'aurait pas permis de partir en guerre contre des bandits, dit le père non sans douceur.

Il était rare qu'il parlât de la mère de Kitaro, de la geisha morte.

– Ma mère aurait fait ses prières pour que j'aie le droit de me sacrifier à mon pays et à mon Empereur, cria Kitaro au paroxysme de l'enthousiasme.

La porte glissa avec un léger bruit et la baaya apporta une petite table sur laquelle était servi le repas des trois Murata. Sous le couvercle des plats de laque, s'exhalait une délicieuse odeur bien pacifique qui ramena le confort dans la pièce.

Le Japon aimait la vieille Chine et haïssait la nouvelle. De l'autre côté du grand mur régnaient le chaos, la misère, les épidémies, la famine, la corruption, la guerre civile, le brigandage et, ce que le Japon redoutait le plus, un communisme mal réprimé qui couvait sous la cendre. Depuis leurs deux révolutions, les Chinois s'étaient révélés incapables de maintenir l'ordre chez eux. Quand les Japonais affirmaient que les Chinois seraient plus heureux sous le contrôle japonais, ils le croyaient et avaient de bonnes raisons pour cela.

– C'est vrai, dit Yoshio conciliant, nous sommes comme un homme qui verrait le feu chez son voisin et qui ne serait pas autorisé à l'éteindre.

Cette phrase mit fin aux débats guerriers. A l'issue de toute discussion politique, il y avait un point sur lequel les trois Murata étaient d'accord : le Japon avait besoin d'espace pour sa population et il ne pouvait tolérer la moindre insolence de la part de ces Chinois sales et sans culture.

A côté de Kitaro, Yoshio se trouvait pâle et mal bâti comme si le jeune frère eût hérité toute la force du père, tandis que lui-même avait reçu en partage la faiblesse, la douceur et la résignation de sa mère. Il sentait l'affection de cette mère quand elle insistait pour le servir, quand il saisissait l'expression de son regard, quand elle l'effleurait furtivement de ses doigts amaigris.

Malgré cela il était jaloux de Kitaro, car Kitaro seul pouvait faire rire sa mère à haute voix et s'entendre avec elle sur un tas de choses que Yoshio ignorait. Le jeune frère n'entrait jamais dans la pièce commune sans prononcer quelques mots d'admiration pour l'arrangement des vases de fleurs qui se trouvaient dans la niche. Elle souriait avec reconnaissance quand il lui demandait des nouvelles de son vénérable rhume et remarquait qu'elle avait un vénérable et beau kimono neuf, ou encore quand il lui apportait de petits cadeaux puérils attachés de fils d'or ou d'argent. Parfois, il décidait sa mère à jouer du Koto. Le cricri insonore de ce grand instrument à cordes, devant lequel sa mère se tenait à genoux, ne signifiait rien pour Yoshio et lui était presque désagréable. Ses oreilles avaient pris l'habitude des sons plantureux des orchestres symphoniques de l'Europe : il appréciait aussi le charme du jazz américain. Davantage que lui-même, Kitaro était le fils de sa mère, bien qu'une autre femme l'eût mis au monde.

Finalement ce fut Yoshio qui connut la guerre et non Kitaro. Yoshio fut envoyé comme correspondant de guerre en Mandchourie et le régiment de Kitaro resta à Tokyo. C'était l'hiver. Quand il arriva à Chinchow, récemment conquis par ses compatriotes, la température y était si froide et si cruelle que les soldats ne savaient comment se garantir. Pour la première fois de sa vie, Yoshio fut introduit dans un groupe d'hommes habitués à vivre ensemble : la corporation internationale des correspondants de guerre, gens gais, cyniques, blasés ; c'était une espèce de phalange puérile à l'intelligence vive et rapide, des hommes mal rasés qui jouaient aux cartes, buvaient de la bière, prétendaient tout savoir, ne prenaient rien au sérieux. Ils apprirent à Yoshio à distinguer entre les vraies nouvelles et les fausses, et à faire en sorte que ces articles fussent transmis soit par télégraphe soit au moyen d'un téléphone ambulant, soit encore à l'aide de pigeons voyageurs. Yoshio demeurait grave parmi eux, lourd et cérémonieux, acceptant leurs quolibets avec un sourire toujours poli. Tandis qu'ils jouaient au poker, lui s'installait devant sa machine à écrire et rédigeait des rapports consciencieux. Il tenait à suivre les troupes, pour tout voir par lui-même, envoyait les récits d'un témoin oculaire et prenait part aux innombrables manœuvres de l'armée. C'étaient des marches forcées, à la fin desquelles les soldats tombaient épuisés sans trouver la nourriture que requérait le climat.

Yoshio fut stupéfait de constater que les soldats japonais n'étaient pas plus courageux que les Chinois. Une légende à laquelle il avait cru depuis l'enfance s'effondrait. Il arrivait évidemment que les régiments chinois se rendissent après avoir tiré quelques coups de canon pour ne pas perdre la face ; mais c'étaient les généraux et non les soldats qui refusaient le combat, des généraux qui étaient sans doute d'avance vendus à l'ennemi. Lorsque les Chinois se battaient, ils le faisaient avec autant de courage que les soldats japonais, ils le faisaient même mieux car ils étaient mal équipés et mal commandés.

Yoshio vit un jour trente déserteurs japonais qu'on ramenait au quartier. Ils avouèrent en pleurant qu'ils ne pouvaient plus endurer le froid et qu'ils avaient essayé de rentrer chez eux. Ils n'avaient pas peur de mourir, mais ils n'avaient plus le courage d'aller jusqu'au bout de la campagne. Ils montrèrent leurs membres gelés et gangreneux, leurs vêtements insuffisants et parlèrent de leurs poumons malades ; ils demandèrent à être fusillés. Yoshio comprenait bien cette espèce de lâcheté héroïque, il la portait en lui. A travers des générations, le bouddhisme avait appris à ses compatriotes à mépriser la mort ; mais le prix de la vie était devenu si infime par là même que la force de résistance des gens s'en trouvait amoindrie. La campagne se calma comme une grosse pluie à la suite de laquelle les gouttes continuent à tomber ; la paix ne fut jamais complètement rétablie. Yoshio rentra chez lui. Il avait vu les cadavres raides et ballonnés des hommes et des chevaux, il avait senti l'odeur qui se dégage des champs de bataille abandonnés. Son pacifisme n'avait été que théorie, sa haine de la guerre devint véritable et vivante. Au mur de sa chambre se trouvait toujours la poésie des vingt mille guerriers, copiée à l'encre de Chine indélébile. En vérité, Yoshio était allé en Mandchourie pour vivre cette cruelle aventure parce qu'il était jaloux de Kitaro. Kitaro aurait beau parler maintenant, c'était Yoshio qui connaissait la guerre.

Mais quand il rentra avec ses lèvres gercées par le froid, atteint d'une dysenterie qui le fit longtemps souffrir et l'affaiblit, quand il fit montre de son nouveau pessimisme cynique et de sa passion du poker, son frère, avec son bel uniforme, redevint tout naturellement le héros de la famille, et personne ne tint à écouter les récits de Yoshio.

Quelques mois après son retour, on le maria. Il était devenu ce qu'on appelle à Tokyo un « ginbura », un de ces flâneurs qui passent leur temps sur la « Ginza », dans le quartier des restaurants bien éclairés où se promenaient de jolies filles. L'attitude qu'il avait adoptée était comme un défi. Yoshio était même allé dans les boîtes de nuit, avait bu une contrefaçon japonaise de whisky et avait passé le reste de la nuit avec une taxi-girl qui essayait d'imiter les Américaines. Il en garda la migraine et un goût amer dans la bouche. Un jour il s'était fait introduire par Kitaro chez une belle geisha, mais il n'en était rien résulté, sinon l'ennui et la mélancolie.

– Elles seront bientôt décimées comme le phénix, le roi des oiseaux, dit-il à son frère.

Une visite auprès d'une geisha n'était pas une aventure mais une cérémonie rituelle bien compliquée. Il pensa avec un désir brûlant à Jelena. Il lui fallait une femme, il le sentait. Aussi se déclara-t-il prêt à se laisser fiancer avec la jeune fille que ses parents lui avaient choisie.

La jeune fiancée avait dix-huit ans, son père était propriétaire d'un grand journal libéral et, par une convention tacite, Yoshio devait trouver une situation dans ce journal et faire carrière. L'honorable Hideko était une moga, une jeune fille moderne.

– Elle joue très bien au tennis et fait du ski, ne cessait de répéter la mère de Yoshio.

Ils se rencontrèrent sur un terrain de tennis et Yoshio n'osa regarder sa fiancée en face car il trouvait impoli de l'examiner comme une marchandise qu'on lui aurait proposée. Elle était plus petite que lui et jolie. Jolie d'une beauté fermée et somnolente. On arrangea une sortie en voiture, un pique-nique sur l'herbe, une soirée au théâtre. Hideko aimait aussi les concerts symphoniques. Elle jouait du piano et lisait des livres français Elle parlait d'André Gide avec application. A tout prendre, elle était parfaite : douce et docile, moderne mais bien élevée, au courant des arts, des arrangements de fleurs, de la cérémonie du thé comme d'une raquette de tennis ou de skis. Si Yoshio s'ennuyait avec elle, ce n'était pas sa faute. Il la pria de porter le kimono ; en robe moderne elle ne pouvait supporter la comparaison avec Jelena.

Quand il revint la voir, elle lui servit le thé selon le vieux cérémonial. Elle portait un kimono bleu dessiné de grands ramages rouges qui représentaient des cachets japonais. Sa nuque fine émergeait d'une échancrure triangulaire, une large ceinture grise brodée de grues d'argent enserrait sa taille mince et asexuée. Yoshio comprit qu'elle était émue, car les récipients s'entrechoquaient dans ses mains et elle répandit quelques gouttes d'eau hors de la louche. Il revit comme en rêve son grand-père samouraï et le calme, la paisible assurance qu'il apportait à cette cérémonie. Hideko lui fit pitié. Il eut pitié de lui-même. A genoux en face d'elle, il la voyait balancer son corps de droite à gauche, car ses vêtements et cette position inusités la fatiguaient. Ils étaient l'un et l'autre des déracinés, mais ils ne le savaient pas. C'étaient des étrangers dans ce vieux Japon, des êtres qui cependant n'avaient pas trouvé leur place dans le monde nouveau. Ils se marièrent deux fois ; à l'église d'abord, car Hideko était chrétienne, elle aussi, et puis dans la maison des parents de Yoshio où ils vidèrent ensemble une tasse de vin de riz selon le cérémonial ancien. Puis ils allèrent habiter une maison à étages et à appartements dans le centre de la ville. Une salle de bains, des meubles d'acier, un phono, des cocktails – et le vase dans la niche, avec son arrangement de fleurs classique devant le beau vieux kakémono. Yoshio gagnait quatre-vingts yens par mois, son père et celui de Hideko leur servaient une petite pension qui leur permettait de vivre confortablement. Il se trouva que Hideko était très curieuse de connaître l'inconvenante coutume américaine du baiser que la censure interdisait dans les films. Son zèle maladroit, sa docilité parfaite était commodes mais sans charme. Leur union devint bientôt monotone comme la pluie fine sur le toit. Le tennis en été, le ski en hiver, la plage de Kamakura quelquefois, le soir, avec la foule mondaine des gens qui s'y pressaient. Un abonnement aux concerts symphoniques. une partie de poker avec d'autres journalistes. Yoshio s'ennuyait, il s'ennuyait. Il avait souvent pitié de Hideko qui faisait tout pour lui être agréable. Il semblait que sa courte aventure avec Jelena lui avait troublé les sens ; il n'appréciait plus les femmes japonaises. Il cherchait un refuge dans son travail mais n'avançait que lentement. Il creusait trop ses sujets, ses articles étaient trop littéraires. Comme on admirait beaucoup sa connaissance de l'anglais, on l'envoyait à Yokohama pour interviewer sur les paquebots les personnages en renom qui étaient de passage. Il faisait également la critique des spectacles et des conférences anglaises à Tokyo. La nuit il rédigeait ses longs articles, au milieu du cliquetis des machines à écrire et du bruit de la salle de rédaction. Au marbre, les apprentis typographes chantaient par cœur le texte des articles pour lesquels ils cherchaient les caractères dans les casses aux dix mille lettres. Yoshio n'avait pas envie de rentrer chez lui. Ainsi passaient les années.

Kitaro était instable et mécontent. Il vociférait contre le ministère pourri et l'attitude veule de la Marine. Son sang samouraï le tourmentait comme beaucoup de ses semblables. Les associations secrètes du parti militaire gagnaient de l'influence. De temps en temps on fusillait un ministre, vieux moyen pour faire comprendre à l'Empereur que la politique de ses ministres était mal orientée. Les jeunes officiers s'ouvraient les veines et écrivaient avec leur sang le serment par lequel ils juraient de sacrifier leur vie au bien du Japon. Les gens mûrs et sages souriaient de cette bouffée d'héroïsme qui était faite selon eux de badinage et de sottise.

Durant ces tièdes et douces journées de septembre, sur lesquelles s'étendait un voile bleu, Kitaro engagea son frère à faire avec lui une marche à pied pour aller voir ses grands-parents. Les deux vieillards habitaient dans le village de Kitano Mura à quatre-vingt-dix milles de Tokyo. Autrefois le village, situé le long de la grand-route, était riche et fertile, mais depuis qu'on avait construit les chemins de fer, il avait été déserté comme tant d'autres; certains habitants étaient partis pour la ville, les autres étaient misérables et isolés. Yoshio pensa qu'il y avait un beau feuilleton à faire sur les vieux villages abandonnés de la route de Hur. Et il fut tout joyeux de partir avec son frère pour changer d'horizon. Ils prirent le train d'abord, puis traversèrent à pied les collines qui menaient au village. L'air était tiède et apaisant, la moisson du riz était faite, dans les champs stagnaient des rigoles d'eau qui préparaient la terre au passage de la charrue. Le ciel, avec ses nuages pâles, se mirait dans cette eau. Le soir et le matin le brouillard s'étendait sur la campagne et seules émergeaient les cimes des pins aux contours noirs et précis.

Dans un couvent de bouddhistes, en retrait du monde, des moines aux crânes rasés méditaient, les carpes paresseuses nageaient dans des étangs que chauffait le soleil, tandis qu'un prêtre contemplait les ombres mouvantes des branches de pins sur un mur blanc. Dans de petits champs de thé travaillaient des jeunes filles coiffées de grands bonnets blancs qui les garantissaient du soleil ; elles saluaient les pèlerins avec une révérence polie. Parfois aussi les deux frères voyaient un homme qui profitait des dernières lueurs du soleil pour calligraphier des versets en imprimant des mouvements cadencés à son bras. L'aspect du monde redevenait celui que Yoshio enfant avait connu sur le dos de sa baaya. Il revoyait des nuages superbes, des arbres, des grillons qui chantaient, des conteurs d'histoires, des marches de pierre qui conduisaient au temple aux Renards, de vieilles gens vénérables dont les visages devenaient plus aimables à mesure que des rides s'y creusaient.

Dans les villages qu'ils traversaient, les maisons étaient simples et bien tenues, les hommes abritaient leurs yeux de leur main pour mieux voir les deux voyageurs. Les enfants rentraient de l'école avec leurs livres, les femmes se tenaient à l'intérieur du demi-cercle formé par le fourneau dans la pénombre de la cuisine. Le bois pour l'hiver était entassé dans la cour, les bufflonnes reluisaient de propreté car on les baignait deux fois par jour. Parfois un coucou caché dans le sous-bois des pins faisait entendre son appel, un busard croisait en l'air, les canards sauvages disposés en triangle effleuraient les nuages du couchant. Partout c'était la paix, l'ordre, le respect de la loi, l'âme du Japon.

Durant ce voyage, Kitaro s'arrêta un jour et demanda :

– Aimes-tu ce pays, frère ?

Yoshio surpris répondit qu'il l'aimait.

– L'aimes-tu comme je l'aime ? poursuivit Kitaro, et Yoshio sourit de son ardeur.

– Je ne sais pas comment tu l'aimes, dit-il, mais durant ce voyage à pied j'ai senti à toute heure combien ce pays était beau et précieux.

– Oui, mais l'aimes-tu au point de mourir pour lui ? demanda Kitaro impatient.

C'était une curieuse question.

– Cela va de soi, répondit Yoshio.

Kitaro marcha pendant quelque temps en silence, en proie à de graves réflexions. Yoshio regardait ce profil, satisfait d'admirer la pureté des lignes du jeune visage. Kitaro reprit sans lever la tête :

– Tes pensées sont ennemies des miennes.

Yoshio posa sa main sur l'épaule de son frère et, après avoir fait quelques pas, il observa :

– Je ne suis pas un soldat, si c'est cela que tu veux dire, et puis j'ai vu la guerre.

Kitaro s'arrêta et dit lentement, distinctement comme s'il eût voulu faire retenir une chose difficile à un enfant :

– Si je devais mourir, me promets-tu de continuer ce que j'ai commencé ?

– Faut-il souscrire avec mon sang ? demanda Yoshio en souriant, car la gravité de son frère lui semblait comique.

– Le promets-tu ? demanda Kitaro sang relever cette plaisanterie.

– Je promets, dit paisiblement Yoshio, mais pourquoi mourrais-tu ? Tu es jeune et bien portant.

Kitaro se remit en marche :

– Tu as promis, dit-il, et il aspira profondément l'air saturé du parfum humide de la mousse qui poussait près de la petite rivière, le long de la vieille route.

Ils arrivèrent le même soir à la maison des grands-parents de Kitaro. La réception se fit à genoux. En apercevant ces vieillards hâlés, en dégustant dans cet intérieur paysan, dont les planchers étaient couverts de nattes, le repas qui avait été préparé, en prenant conscience de la vie propre, digne mais pauvre, qu'on vivait dans ce village oublié, Yoshio eut l'impression de retourner en arrière, de plonger au-delà de son enfance, dans l'époque qui avait précédé sa naissance.

Il était bruni quand il revint à Tokyo ; le soleil de la moisson avait fait peler la peau de son visage Il écrivit une fois de plus un article qu'on n'imprima pas. Il avait oublié le dialogue qu'il avait eu avec son frère sur la grand-route, mais il y pensa quand Kitaro fut mort.

C'était un matin de février tout enneigé. Yoshio Murata, les yeux encore pleins de sommeil, se rendit à son journal pour décider des heures de service des photographes de presse. Il était trop tôt pour prendre le métro et il téléphona pour avoir un taxi. Il n'était que cinq heures du matin ; à six heures devait arriver à Yokohama un paquebot au-devant duquel Yoshio se rendrait avec un photographe. La salle de rédaction était vide et silencieuse. Le photographe ne vint pas. Quelques rédacteurs de nuit demeuraient sur leur chaise, devant des bouteilles de bière vide, les yeux abrités par des visières vertes. Ils jouaient aux cartes. Pour une fois les rotatives étaient immobiles.

L'édition du matin était tombée depuis la nuit et il était trop tôt pour commencer l'édition de midi. Ce silence fit paraître la sonnerie du téléphone particulièrement stridente. L'un des joueurs souleva le récepteur et le garda près de son oreille tout en cherchant des mots pour répondre. Son visage exprimait un étonnement stupide. Les autres, impatients, le pressaient de continuer le jeu.

– Qu'y a-t-il ? demanda Yoshio en voyant l'homme pétrifié qui demeurait collé contre le téléphone.

Celui-ci ouvrit la bouche, secoua la tête mais ne répondit pas. Le rédacteur en chef arriva tout pâle, s'arrêta à la porte et dit à voix basse :

– Révolution… la première division… le président du Conseil assassiné… tous assassinés…

Une machine à écrire attardée se tut dans le fond de la salle. Les joueurs eux aussi se turent et demeurèrent immobiles. Le rédacteur en chef les regardait tous l'un après l'autre. Subitement, tout le monde se mit à parler à la fois. Deux reporters prirent leur chapeau et s'en furent en courant. Les genoux de Yoshio tremblaient faiblement.

– Faut-il quand même aller à la rencontre du bateau ? demanda-t-il stupidement.

Le rédacteur en chef ne répondit pas. La salle se remplissait d'hommes, de journalistes qui commençaient leur journée, de typographes, d'imprimeurs et des jeunes garçons qui emportaient les morasses. Tous parlaient, tous questionnaient.

– Nous devons attendre d'avoir des nouvelles de l'agence d'information, dit le rédacteur en chef.

Un singulier silence planait malgré l'émotion ; ils étaient tous taciturnes car ils étaient japonais. Un rédacteur était suspendu à chaque appareil téléphonique et parlait à mi-voix. Yoshio envoya un garçon chercher dans les archives les articles ayant trait à d'autres assassinats politiques.

– C'est le dix-septième ministre que les militaristes descendent : ils sont fous, dit un vieux rédacteur titulaire de la rubrique *Conseils pour dames.*

Yoshio étudiait attentivement les articles jaunis collés sur du carton vert. Puis il mit une feuille de papier dans sa machine et se prépara à écrire en tout état de cause un article modéré. Toutes les radios se mirent à parler à la fois. On apprit que le capitaine Shiro Nonaka et ses amis avaient entrepris de sauver le pays en tuant ceux qui retardaient l'œuvre impériale de la restauration Showa et qui diminuaient par là le prestige de l'empereur. On recommandait le calme et l'on promettait un meilleur avenir. Le téléphone interurbain était coupé et le télégraphe de même. La lumière était toujours allumée dans la salle de rédaction, car la journée demeurait sombre ; une tempête de neige balaya les rues vers midi.

Yoshio lut son article, le déchira, et mit les chiffons de papier dans la poche de son pantalon. Il téléphona à sa femme qu'il voulait aller voir ses parents. Après une longue attente, il réussit à trouver un taxi et traversa les rues à peu près désertes sous les giboulées grises de la neige. Des militaires étaient postés çà et là, des soldats marchaient à travers les rues ; on voyait des fusils entassés en pyramides dans la neige. Des groupes de civils, silencieux et vêtus de sombre, regardaient les révolutionnaires avec des visages dont ils avaient eu soin d'effacer toute trace d'émotion. Il y avait même des paysans avec leurs jambes à molletières et leurs vestes courtes ouatinées qui étaient venus des environs pour assister à la révolution. Des étudiants de l'université libérale de Waseda, qui arboraient le béret que Yoshuo lui-même avait porté autrefois, étaient postés au coin des rues, tapant des pieds pour se réchauffer, tous silencieux et déprimés. Un petit nuage de buée sortait de la bouche de chaque soldat qui passait. Le silence était tel qu'on eût dit que la neige étouffait tout bruit.

Le sourire figé et particulièrement affable de ses parents fit prendre à Yoshio toute la mesure de leur inquiétude. Hideko était auprès d'eux. Il caressa distraitement ses cheveux noirs huilés et courts, et elle blottit sa tête contre la main de Yoshio comme un petit animal. Elle ne trouvait rien à dire. Ils savaient tous que Kitaro était parmi les révolutionnaires mais ne le disaient pas. Toson Murata, le père vénérable, remarqua subitement avec irritation :

– Quels stupides garnements qui jouent à la politique et gâchent tout !

La baaya apporta le repas et Yoshio vit qu'elle avait pleuré. Les paupières rouges de la vieille bonne d'enfant semblaient tristes dans ce visage de momie, brun et fripé.

Des troupes fraîches arrivèrent dans la ville vers le soir pour protéger celle-ci contre les régiments révolutionnaires. Vaguement mû par l'instinct du journaliste, Yoshio s'en fut vers la gare centrale pour observer leur débarquement. Il sentait très fort ce jour-là que seul son titre de gendre le faisait tolérer au journal, qu'il y était inutile et que tous les rédacteurs savaient aussi bien que lui-même qu'il n'était pas un véritable journaliste. Il était trop conventionnel pour un écrivain et trop littéraire pour un homme de la presse. Personne ne lui avait donné d'instructions, mais il se tenait sur la place enneigée de la gare, sous les lampadaires que couvraient les flocons de neige, et il regardait l'entrée des troupes. Peut-être espérait-il une grande réussite journalistique en marchant à côté d'eux à travers le centre de la ville ? Si ces troupes rencontraient les régiments de révoltés, le choc serait dangereux, il le savait. Yoshio ne redoutait pas le danger, il avait bien plus peur du vide de sa vie. Pour se distraire, il avait recommencé à étudier la littérature française, à collectionner d'autre part des tissus populaires appelés *egasuro*. Il allait au cinéma avec sa femme, acceptait les invitations de ses parents, assistait à des concerts et écoutait des disques américains pour réveiller sa nostalgie. Mais tout était inutile. Son âme était desséchée de façon singulière. Il avait si bien appris à dominer ses sentiments que ceux-ci étaient fanés, taris, morts. Beaucoup de jeunes Japonais étaient comme lui.

Les soldats marchaient la buée devant la bouche, le fusil sous le bras. La lumière des lanternes faisait briller les baïonnettes. Les soldats étaient de jeunes paysans forts et gais qui faisaient avec indifférence leur service. Mais les soldats révolutionnaires eux aussi étaient de jeunes paysans forts et gais. Et sans doute ni les uns ni les autres ne savaient-ils où leurs officiers les menaient. Leur discipline reposait sur une confiance aveugle en leurs dirigeants.

La pensée de Kitaro assaillit Yoshio avec une violence angoissée. Il avait passé dans l'après-midi devant le cordon de garde que le troisième régiment avait disposé autour du bloc imposant du palais impérial. Des fils de fer barbelés, des mitrailleuses, des sentinelles immobiles, des soldats au repos qui fumaient et riaient, indifférents. Parmi tous ceux-là Yoshio avait cherché Kitaro. Il n'avait jamais voulu s'avouer qu'il était jaloux de ce frère qu'il aimait. Il ne savait pas pourquoi il marchait à côté des troupes régulières, pourquoi il voulait être là, au milieu du danger. C'était parce que Kitaro avait aidé à déchaîner une révolution.

Mais aucun danger ne surgit, il n'arriva rien. Les troupes fraîchement arrivées passèrent en silence et en bon ordre devant les soldats révolutionnaires du troisième régiment. Des saluts furent même échangés de façon amicale avec un sourire insensible. Dans l'un et l'autre camp il y avait des hommes venant du même village. Yoshio ralentit le pas, resta en arrière du régiment et finit par se rendre au journal pour voir s'il ne pouvait utiliser dans un feuilleton les impressions fugitives qu'il avait emportées.

Ce qu'on avait appelé révolution le matin même n'était plus maintenant qu'un putsch et un putsch raté. Des on-dit circulaient dans la salle, les téléphones sonnaient, les machines à écrire marchaient bon train. Une grande colère régnait contre les insurgés qui avaient failli amener la guerre civile. De tous côtés arrivaient des militaires, la marine de guerre avait mis le cap sur Tokyo et les dirigeants de la première division semblaient prêts à faire leur soumission. Yoshio tapa son papier avec la patience et l'endurance qui lui étaient propres.

Le vieil huissier de la rédaction entra et lui annonça que deux messieurs désiraient parler au vénérable Mr Murata. Yoshio passa vite son veston et traversa le couloir pour descendre au parloir où l'attendaient les visiteurs. Une banderole calligraphiée était suspendue au mur : « Le ciel et l'enfer sont dans le cœur de l'homme. »

Deux jeunes officiers en uniforme s'inclinèrent profondément devant Yoshio et celui-ci répondit cérémonieusement à leur salut. L'aîné des deux s'éclaircit la voix pour dire :

– Nous avons été envoyés par votre vénérable frère, le sous-lieutenant Kitaro Murata pour vous chercher. Le vénérable Kitaro vous demande d'avoir la bonté de venir le voir immédiatement.

– Où cela ? où est-il ? demanda Yoshio, qui, en voyant l'air solennel des deux étrangers, avait senti sa gorge se dessécher. Je vous remercie pour votre vénérable nouvelle, ajouta-t-il plus poliment, est-ce que mon frère est bien portant ?

– Il est bien portant, fut la réponse.

Nouveaux saluts et politesses sans fin pour savoir qui passerait par la porte le premier.

– La voiture vous attend en bas, si vous le voulez bien, dit l'un des officiers.

C'étaient des enfants en uniforme et ils avaient les traits simples et les grosses mains de fils de paysans.

Il ne neigeait plus. Mais un vent froid balayait la neige poussiéreuse. On fit monter Yoshio avec force compliments dans une vieille guimbarde marron. Ils se taisaient tous les trois. Yoshio offrit des cigarettes aux officiers et, sans plus songer à rien, observa le bout incandescent de chacune des cigarettes. La voiture s'emplit du parfum du tabac. Lui-même éteignit sa cigarette aussitôt qu'il l'eut allumée car elle collait à ses lèvres et la fumée faisait mal à sa gorge desséchée. Il était inquiet au sujet de son frère.

Ils traversèrent le pont Nyubashi, longèrent de nouveau les barricades improvisées et les fils de fer barbelés, glissèrent le long des troncs dénudés des saules qui s'inclinaient sur les douves du palais impérial. L'eau était couverte d'une couche mate de glace, et la lumière des lanternes se reflétait aux endroits où la neige avait été balayée. Yoshio enleva ses lunettes et nettoya les verres. Il les remit sur son nez. Le quartier Akasaka au nord du palais était silencieux, désert et angoissé. Les maisons retenaient leur souffle, les arbres ne bougeaient pas. De petites formations de soldats surgissaient çà et là, certains immeubles étaient gardés. Il crut entendre un coup de fusil, mais il pouvait s'agir d'un pneu crevé. La voiture s'arrêta. Les officiers accompagnèrent Yoshio à travers un cordon de soldats vers une maison moderne à deux étages où il n'y avait pas de nattes. Yoshio entendit le bruit de ses souliers qui craquaient sur l'escalier.

– Veuillez entrer, dit l'un des officiers.

Et il ouvrit la grande porte à double battant. Yoshio entra et les officiers fermèrent la porte derrière lui. A genoux par terre, Kitaro traçait, au moyen d'un pinceau qu'il trempait dans de l'encre de Chine, des lettres sur une feuille de papier. Il leva la tête et sourit en apercevant Yoshio.

– Je remercie mon honoré frère d'être venu, dit-il cérémonieusement.

Il était déjà vêtu de la chemise de soie blanche dont la signification ne prêtait à aucune équivoque. Yoshio demeura comme pétrifié ; puis il s'agenouilla à son tour et toucha trois fois le sol de son front. Quand il se redressa et regarda son frère, il eut le vertige. Le cou de Kitaro se dressait droit et juvénile, émergeant du suaire. L'expression grave mais heureuse de son visage lui donnait une espèce de transparence. Il posa le pinceau et plia la lettre.

– Je demande que cette lettre soit remise à nos vénérés parents, dit-il avec politesse.

Yoshio acquiesça et attendit. Son cœur se serrait dans sa poitrine, petit, comme si une main l'eût comprimé. La pièce était haute, avec de grandes fenêtres en verre. Une lampe fixée au plafond les éclairait de loin de sa lueur froide. Il y avait un bureau, des chaises et quelques classeurs. Les fenêtres s'ouvraient sur les toits de la ville ; une réclame lumineuse, pour une marque de bière japonaise, se découpait sur le ciel nocturne. Il y avait un désaccord criant entre le jeune être en kimono de soie blanche et tout ce qui l'entourait. Ce fut avec une douleur aiguë que Yoshio reconnut la courte épée samouraï, posée devant son frère, dans sa gaine de soie. Le plancher sans nattes était nu comme du bois blanc récuré. Sous le bureau, il y avait un tapis étranger et sans valeur. « Même pas de nattes », songea Yoshio ; ses pensées s'envolaient comme des nuages au milieu de l'ouragan. C'était la scène du seppuku, celle qui avait desséché sa gorge à force de sanglots lorsqu'il était jeune. Kitaro étendit la main et la posa sur l'épée.

– J'ai tué l'un des vénérables ministres, dit-il.

Il leva la tête et considéra son frère à genoux en face de lui, les paumes posées sur le sol. Les gestes traditionnels s'imposaient à Yoshio sans qu'il y fût pour quoi que ce soit. Il toucha encore le sol de son front. Kitaro souriait, les coins arrondis de sa bouche prirent une expression espiègle ; il avait son visage d'enfant, le visage de Momotaro, le héros de leur enfance qui triomphait des démons.

– Frère, dit-il, mon honoré frère…

Il souriait toujours légèrement, tendrement, presque ironiquement. Mais ses lèvres devinrent livides comme si son cœur eût cessé de battre, et il baissa la tête.

– Mon frère rapportera aux parents que Kitaro a expié.

Yoshio prit la lettre posée entre eux ; le bruit du papier qu'il introduisit dans sa poche lui parut fort comme le tonnerre. Kitaro leva le visage vers lui et son regard visa les yeux de son frère.

– Te souviens-tu de ta vénérable promesse ?

Yoshio fit oui de la tête. Le parfum de la mousse au bord du cours d'eau emplissait cette salle spacieuse, froide et étrangère. Yoshio entendit le tic tac pressé de sa montre-bracelet et aperçut avec une précision cruelle la madrure du plancher. Un coup de klaxon retentit quelque part dans la ville.

– Kitaro demande la faveur de demeurer seul, dit son frère à voix basse et avec une amabilité charmante.

Yoshio sentait des larmes dures et douloureuses dans sa gorge. Kitaro posa les mains sur le plancher et toucha trois fois le sol de son front. Yoshio répondit à ce solennel adieu. Les genoux raides, les yeux aveugles il se poussa vers la porte qui s'était ouverte derrière lui. Les deux officiers étaient à genoux dehors.

– Permettez-nous de vous reconduire chez vos vénérables parents, dit l'un d'eux, qui l'aida à se relever.

D'innombrables personnes vinrent féliciter Yoshio et ses parents durant les jours qui suivirent. Son père et sa mère, tous deux très vieux et comme perdus, se tenaient à genoux pendant des heures au salon, et souriaient pour répondre aux éloges qu'on prodiguait à leur fils. « La vie de l'homme est comme la gelée matinale sur les briques du toit ou comme la flamme de la bougie au vent », lisait-on sur le kakémono de la niche. Yoshio avait tracé ces mots dans une belle écriture impersonnelle. Un seul camélia se trouvait dans le vase, symbole d'une mort prématurée.

Quelques-uns parmi les meurtriers se tuèrent d'un coup de revolver et les autres furent exécutés ; seul Kitaro avait su choisir la mort qui expie et élève. Ce hara-kiri, héroïque, fou, inutile et cependant plein de grandeur, allait plus que jamais faire de Yoshio l'ombre de son frère défunt. Le seppuku, c'est ainsi que grand-père aurait dit… et les gens se rendraient en pèlerinage sur la tombe de Kitaro comme ils avaient fait pour celle de l'ancêtre. Yoshio restait seul face à une promesse qu'il ne savait comment tenir. Le putsch de février avait fait du tort au Japon ; le monde entier condamnait les meneurs. Yoshio ne pouvait que continuer sa vie et attendre.

Du pain grillé pour le petit déjeuner, des interviews au port ; la fatigante sollicitude de Hideko, le petit compte en banque qui grandissait, l'avancement lent et ardu au journal. Hideko mit au monde un enfant mort, une petite fille au visage de cire. La baaya mourut et lui laissa les économies de toute une vie : quarante-cinq yens. Il réussit une dernière poésie un jour qu'il était ivre de vin de riz.

Le vent d'automne joue
Dans la flûte brisée ;
La pluie frappe la feuille déchirée
De la fenêtre, dans la demeure déserte.
Des fleurs de camélia
Tombent sur le chemin
Qui se perd dans l'herbe flétrie.

Quand la guerre fut déclarée contre la Chine, Yoshio demanda à prendre du service. Il était un bibliophile, un journaliste, un homme à lunettes inutilisable ; il détestait la guerre, il n'aimait que la paix, mais il avait fait une promesse à son frère défunt. On sourit poliment, on ne lui donna pas d'uniforme.

– Vous servirez mieux le Nippon comme correspondant de guerre, lui dit-on.

Il attendit une affectation. Au bout de quelques semaines il fut envoyé à Shanghaï.

LE DOCTEUR YUTSING CHANG

Le vieux maître d'école regardait Yutsing à travers ses lunettes ; son front haut était creusé de sillons comme un champ.

– Que dit Confucius au sujet des devoirs d'un fils dans le dixième chapitre du Hsiao-Ching ? demanda-t-il.

Comme Yutsing ouvrait la bouche sans répondre, le maître d'école se mit à réciter.

– Un bon fils a cinq devoirs vis-à-vis de ses parents. Il doit les honorer dans la vie quotidienne. Il doit essayer – voyons Yutsing ? – il doit essayer... ?

La sagesse que Yutsing avait accumulée dans son petit corps de six ans devint subitement vivante.

– Il doit essayer de les rendre heureux de toutes les façons, surtout durant les repas, récita-t-il avec le chantonnement monotone des écoliers. Il doit être attentif à leurs maladies ; il doit montrer du chagrin lorsqu'ils sont morts ; il doit faire à leur mémoire des offrandes solennelles. S'il a rempli tous ses devoirs, il est à supposer qu'il a fait tout ce qu'un fils peut faire.

Les mains enfouies dans ses larges manches, l'enfant se berçait au rythme des paroles qu'il récitait. Il les savait si bien par cœur qu'il pouvait penser à autre chose tout en les répétant sans se tromper. Sin Song lui avait promis un dragon, un dragon jaune avec de véritables yeux. Le vent venait de l'ouest, il le sentait jusque dans cette pièce et voyait les arbres de la cour s'agiter doucement.

– L'homme supérieur ne doit pas être fier de sa situation ; il ne doit pas être mécontent s'il est placé plus bas qu'un autre. S'il fait montre de fierté ou d'orgueil, en tant que haut fonctionnaire, il apportera… il apportera…

La leçon mourut sur les lèvres de Yutsing ; ses pensées quittèrent le dragon aux yeux vivants et il se retrouva subitement dans la petite salle de classe face à son vénérable professeur. Le vieux maître d'école frappa la table de son éventail et aida l'enfant à terminer le verset si brillamment commencé :

– … il apportera la ruine à sa famille. S'il est mécontent de sa situation, il sera tenté de se montrer peu honnête. S'il fait quelque chose contre l'opinion publique, il sera l'objet d'attaques. S'il fait le mal de cette façon, il ne pourra être considéré comme un bon fils même s'il donne tous les jours des repas plantureux à ses parents.

Le maître d'école et l'élève exécutaient leur petit duo, sans même saisir le sens des paroles récitées. Ils passèrent ensuite aux cinq châtiments, et Yutsing devint tout à fait attentif quand l'instituteur lui raconta l'histoire de Wu Meng, qui vivait sous la dynastie des Chin et qui était si pauvre que ses parents n'avaient même pas de moustiquaire autour de leur lit.

– Ses parents s'endormirent ; des myriades de mosquitos les attaquèrent. Wu Meng, un enfant de huit ans, jeta ses vêtements loin de lui et s'écria : « Je ne vous crains pas. J'ai un éventail, mais je ne veux pas m'en servir, ni vous frapper de la main. Je me tiendrai immobile et vous laisserai vous rassasier à votre aise. »

Yutsing, écoutant cette histoire, essayait de s'imprégner de ces paroles et de les retenir dans l'ordre voulu ; inconsciemment il se mit à gratter les piqûres sur ses propres bras maigres, au fond des grandes manches. Tandis que le vieux maître d'école psalmodiait encore, Yutsing eut sommeil ; ses yeux se fermaient en dépit de tout respect. On entendit le son d'un luth, venant de la troisième cour, et une voix féminine un peu nasale et artificielle qui chantait.

Qui me connaît
Partage ma peine de cœur,
Qui me connaît
Demande : Qui cherches-tu ?

Yutsing savait que c'était une des précieuses concubines de son vénéré père. Il avait vu transporter à travers la cour sa litière aux rideaux soigneusement tirés. Les concubines de son père habitaient un pavillon latéral de la demeure, de façon que la vénérée mère de Yutsing ne fût pas forcée de les voir quand elle se promenait dans la cour devant ses propres appartements. Mais Yutsing était curieux de connaître les concubines ; le portier lui avait dit qu'elles étaient belles comme des rêves.

– Mais les rêves ne sont pas beaux, avait répondu l'enfant non sans raison, car il rêvait souvent de renards, de revenants, de femmes sans pieds qui tentaient de l'étrangler.

Étant petit, il avait dormi dans le même lit que sa *naimah*; elle entrouvrait son vêtement et le serrait contre sa bonne peau brune et familière lorsqu'il criait. Mais depuis qu'il apprenait les quatre livres, sa mère lui avait rappelé qu'il était un homme et qu'il n'avait pas le droit d'avoir peur. Sa tante, qui dormait dans la même maison, s'approchait de son lit, s'asseyait près de lui, lui racontait des histoires et caressait ses épaules jusqu'à l'instant où il se rendormait. Elle avait des mains comme des branches de sapin, sa taille était voûtée et curieusement tordue.

– L'aviron, l'aviron, disait-elle en soupirant.

C'est par sa tante que Yutsing connut la vie des mariniers et l'aspect de la pauvreté. Sa tante avait une haute opinion de lui, si haute qu'elle récoltait son urine pour en enduire les membres qui lui faisaient mal. Elle assurait que ce remède était efficace. Elle suspendait des cadeaux porte-bonheur au montant du lit de Yutsing et parfois une corbeille de fleurs de yleisan qui embaumaient. C'est elle qui allumait l'encens amer, propre à chasser les mosquitos, elle qui savait traiter les esprits. Avant la fête du jour de l'an, elle se rendit elle-même à la cuisine et enduisit de miel la bouche du dieu de la cuisine afin que celui-ci, qui allait prendre des vacances, ne racontât au ciel que des choses plaisantes sur la famille. Un jour que Yutsing était très malade, au fond de son lit, où il n'avait plus conscience de lui-même, elle s'en fut dans la rue pour rappeler son âme errante et la guider vers la maison au moyen d'une lanterne.

Si la tante de Yutsing savait traiter les esprits, sa mère était particulièrement qualifiée pour le commerce avec les dieux. Conduit par elle, Yutsing visita les temples innombrables le long de la baie du lac occidental. C'est sa mère encore qui lui apprit à toucher la terre de sa tête en s'inclinant et à s'agenouiller devant son grand-père les jours de fête. Il ne tarda pas à connaître les services et les politesses à rendre aux ancêtres dans la salle des ancêtres. Il allumait les bougies pour eux, mettait de l'encens dans les coupes et, après avoir rempli celles-ci de nourriture, les posait en offrande devant les tablettes.

Il lançait des fusées vers le ciel, aidé de ses cousins du côté paternel qui habitaient les cours extérieures ; c'était amusant et cela mettait en fuite les mauvais esprits ; ses cousins lui apprirent le jeu subtil des doigts et quelques jurons de Shantung qui provenaient du temps où ils étaient bateliers. Pourtant son ami le meilleur et le plus intéressant demeurait Sin Song, le fils du maître d'école.

Sin Song parut, s'inclina et attendit poliment que son père, le vieux maître, congédiât l'élève.

– As-tu fabriqué le dragon ? demanda impatiemment Yutsing en traversant la cour avec son ami.

La longue robe bleue de Sin Song soulevait de petits nuages de poussière sur le pavé. Il avait vingt ans et n'était pas marié, ce qui préoccupait son père. Il souriait silencieusement en allant chercher dans une annexe de la cuisine, où l'on conservait les combustibles, le dragon qu'il avait confectionné pour le « petit maître ». C'était un grand dragon jaune, merveilleux. Yutsing poussa des cris de joie. Sin Song, le second maître d'école, comme on l'appelait, cherchait l'amitié de l'enfant-homme, du petit maître, en le comblant d'attentions et de cadeaux. Ce faisant il nourrissait un projet.

Yutsing avait obtenu de son père la liberté et la permission de se promener avec le second maître d'école et de lancer des dragons. Mais les rues tumultueuses ne lui étaient pas familières, et il s'accrochait volontiers à son ami plus âgé. Il n'avait pas non plus l'habitude de marcher, car on le portait en chaise à porteur comme il sied à un fils de grande famille, et ainsi la respiration lui manquait sitôt qu'il faisait un exercice violent. Sin Song s'en apercevait en souriant mais ne ralentissait pas le pas.

– Ton père saurait soulever un buffle, mais toi tu étouffes quand tu dois faire deux lis à pied, disait-il, moqueur.

– Je n'étouffe pas, répondait Yutsing, irrité.

Et il essayait de régler sa respiration.

– Sais-tu d'où cela provient ? demandait le jeune maître d'école.

Ton père était un coolie, voilà pourquoi il est fort; quant à toi, tu es mou et inutile comme un pépin de lotus confit.

Sin Song était le seul homme qui osât dire des choses désagréables à Yutsing; malgré cela, le petit maître, le précieux fils, était attaché à son grand ami. Ils arrivèrent jusqu'au champ inculte, sur la pente douce du coteau, et Sin Song s'élança savamment contre le vent pour faire monter le dragon. Yutsing eut le droit d'essayer à son tour, et quand il réussit à faire partir le dragon jusque vers les nuages, tandis que la corde tourmentait ses doigts, telle une bête vivante, il se sentit fier et heureux.

– Qu'as-tu appris aujourd'hui, petit perroquet? demandait en riant le second maître. Il s'agissait de Confucius sans doute, de cette vieille rengaine idiote qui traite de lui. Plus tu en apprendras, plus tu deviendras bête. On s'est servi de Confucius pour si bien endormir les hommes chinois qu'ils ne se réveilleront plus.

Yutsing écoutait, le cœur bouleversé.

– Il faut que tu apprennes à penser par toi-même et à ne pas répéter par cœur, disait Sin Song en poursuivant sa tactique. Je ne crois pas toutes ces stupidités. Wu Meng? Il a dû être bien avancé de s'être laissé manger par les mosquitos. Ceux-ci ne se sont pas gênés pour piquer ses parents malgré lui. Que dis-tu? Meng Tsung est sorti en plein hiver afin de cueillir des bourgeons de bambou pour sa mère malade, et le ciel a fait pousser des bourgeons de bambou dans la glace, parce que Meng Tsung était un bon fils? Le ciel n'agit pas de la sorte, et si tu comptes sur lui tu n'auras que des déboires.

Yutsing écoutait ces discours amers et subversifs avec terreur. Il avait l'impression qu'on lui arrachait son lit et son toit.

– Le chemin de l'écolier est fait d'humilité et de docilité, il reçoit la parole du maître avec confiance, répondit Yutsing en se remémorant les préceptes appris par cœur.

Le second maître se mit à rire.

– Bien répondu, jeune écolier, mais il est également écrit : Si le commandement du père est mauvais, le fils devra résister; de même le ministre ne devra pas obéir à son souverain maître. Voici la règle : Désobéis au commandement erroné… Je vais te dire quelque chose que tu garderas bien dans ton esprit : notre enseignement n'est pas un bon enseignement. Il est comme la fumée empoisonnée de l'opium, qui engourdit le cerveau, te remplit d'une satisfaction factice, t'intoxique et te détruit. Mais tout cela changera bientôt.

Yutsing avait des nuits agitées après avoir écouté de tels discours et cela n'était pas étonnant. Les jours où son père venait de Shanghaï, Yutsing éprouvait des sentiments contradictoires, faits d'une joie solennelle et d'angoisse. Il recevait des cadeaux, un cheval de bois, un chapeau comme en portaient les étrangers, un fusil du canon duquel jaillissait un bouchon de liège quand on savait tirer. Quand père riait, les banderoles aux murs oscillaient de droite à gauche. Il fabriquait une cible ronde et entraînait son fils au tir dans la dernière cour. Mère portait ses plus beaux vêtements quand père arrivait, elle se poudrait de blanc et piquait un papillon de jade dans ses cheveux. Doucement et poliment, elle lui faisait un rapport sur les événements de la maison. Père prenait une voix toute petite quand il parlait à mère, et Yutsing observait la politesse qui présidait aux rapports que ses parents avaient l'un avec l'autre. Il soupirait, tout tendu sous l'effort. « Il est écrit, pensait-il, il est écrit : Nous devons témoigner de l'amour à notre mère, du respect à notre Haut Seigneur, mais à notre père nous devons témoigner les deux, amour et respect. »

Le soir, jusque dans la nuit, on entendait le son du luth et des chants dans le pavillon latéral, on sentait l'odeur doucereuse de l'encens tandis que le rire sonore qui se mêlait à ces effluves apprenait à Yutsing que le Haut Personnage était ivre. Le second maître aussi se grisait quelquefois car il visitait les maisons de thé pour y boire du vin jaune et non du thé. Quand il revenait ainsi, il se postait dans la première cour, éclairée par une lanterne sur un trépied de bambous, et guidait les visiteurs tout en faisant des discours.

– La Vieille Tigresse de Pékin est une vieille femme incompréhensive qui mène le pays à sa perte ; nous sommes gouvernés par des eunuques puants ; ce ne sont pas les sages qui deviennent préfets, mais ceux qui peuvent acheter la charge avec de la monnaie d'argent ; l'empire du Centre est pourri et pue comme une bête morte au bord de la grand-route.

Le gardien et les domestiques riaient en l'écoutant, lui lançaient des quolibets, et finirent par le pousser un jour comme par hasard, de sorte qu'il tomba dans l'étang parmi les lotus. Yutsing rit jusqu'à en avoir mal à l'estomac.

Sa mère lui apprenait autre chose tandis qu'elle brodait des fleurs sur un morceau de soie. Elle lui parlait de son grand-père le mandarin, cet homme supérieur, imbu de l'idéal de Confucius : plein de respect pour la vieillesse, plein de bonté pour ses serviteurs, fidèle au trône, sans orgueil et plein de sérénité, sur le sentier du Milieu ! Le souvenir du mandarin décédé s'entourait d'un calme impressionnant. Dans la salle des ancêtres, Yutsing s'inclinait plus profondément devant les tablettes qui portaient le nom de ce grand-père.

Ce grand-père avait été exécuté tout de suite après que les prophéties de Sin Song s'étaient réalisées et que les provinces soulevées avaient secoué le joug mandchou. Le second maître était apparu avec un fusil que prolongeait une épée menaçante. On apprit dans la maison Chang que Sin Song appartenait à la confédération des « Vieux Frères » et avait aidé à préparer le changement de régime. Des coups de feu retentissaient sur les routes et des cadavres nageaient dans le lac entre les tiges de lotus. Les bannières impériales au dragon jaune disparurent et les nouveaux drapeaux blancs avec un cercle rouge et le vieux signe du « Khan » furent hissés. Sin Song promit de protéger la maison qui s'était montrée généreuse vis-à-vis de son père et de lui-même. Et en effet, les rebelles s'arrêtèrent à la porte de la maison et s'en furent sans avoir fait de mal à personne. Le père de Yutsing semblait satisfait et mettait ses mains dans ses manches ; il fit auprès des nouveaux maîtres du Yamen une visite polie et avantageuse. Le grand-père de Yutsing, le noble vieillard, fut décapité en place publique avec cinq autres fonctionnaires qui ne voulaient pas adhérer à la révolution. Le peuple, qui n'avait aucun grief contre lui, l'assistait et l'encourageait, curieux de voir s'il garderait la face sous le glaive. Il garda la face, et l'histoire de cette exécution fut souvent répétée à son petit-fils. Seulement Yutsing, qui, avec le reste de la famille, avait assisté au supplice, tomba malade, eut la fièvre et reçut l'autorisation de se cacher derrière les rideaux de son lit et de se remettre aux soins tendres de sa mère, de sa tante et de sa naimah jusqu'au jour où la révolution finit et où les rues redevinrent calmes. Le second maître était devenu un grand homme à la police et il garda son fusil, refusant dorénavant de faire voler les dragons.

Il advint souvent durant les années qui suivirent qu'on tira dans la rue ou qu'on se battit sous les murs de la ville. Mais il n'arrivait rien à Chang, car il avait l'art de cultiver l'amitié de ceux qui étaient au pouvoir. Dans les cours, les maisons et les jardins du banquier Chang, la vie était uniforme et douce.

Yutsing grandit ainsi que dans le suave paysage des lacs occidentaux, sur les rives harmonieuses, au milieu des maisons des riches et des puissants, entouré de temples et de dieux. Mille bouddhas étaient sculptés dans les vieux rochers de Lingyn. La nuit, des barques glissaient sur l'eau lisse, les passagers mangeaient et chantaient. Le matin, des brouillards roses étaient posés sur le paysage, et la haute pagode aux Aiguilles paraissait nager sur eux. Bien des fils s'étaient entremêlés pour tisser l'étoffe dont était fait Yutsing lorsqu'il quitta sa maison pour être mis pensionnaire au collège Saint-John à Shanghaï.

Le prétexte que prit son père pour le soustraire à la maison et à la famille était futile, bien que Chang fût fou de colère. Tandis que la mère de Yutsing avait quitté la maison pour visiter le Temple-des-nuages-au-repos, les concubines avaient saisi l'occasion pour sortir de leur pavillon et pour se promener à travers toutes les cours. Elles étaient au nombre de quatre, jeunes et très belles filles que Chang avait trouvées et achetées en divers endroits. Ce petit coin de liberté dans leur vie monotone les avait grisées. Leur rire et leur gazouillis s'envolaient par-dessus les toits cet après-midi-là. Elles avaient dû s'ennuyer mortellement dans leur pavillon durant l'absence de leur maître. Elles jetèrent des grains de riz aux poissons rouges, dans l'étang, retournèrent les tortues sur le dos pour les voir gigoter, et sifflèrent des chansons aux oiseaux prisonniers dans les cages, suspendues aux montants de la galerie. Yutsing, qui passait dans son long vêtement bleu, tenant sous son bras livres, encre de chine et étui à pinceaux, tomba entre leurs mains. Il essaya de s'échapper et de regagner sa chambre les yeux baissés. Mais elles disaient des choses si drôles et les tortues retournées amusaient tant l'enfant qu'il se mit à rire et oublia sa dignité de fils unique et de jeune étudiant. Finalement les filles emmenèrent le petit maître dans leur pavillon, jouèrent avec lui comme avec une petite poupée vivante et surexcitée, de sorte que sa tante le retrouva fardé de blanc et de rose, et complètement ivre. Comme les concubines lui avaient donné du vin de riz et des sucreries, il eut mal au cœur toute la nuit et vomit dans son lit. Son père arriva de Shanghaï le lendemain et sa mère porta plainte. Le père de Yutsing, le maître altier, se rendit au pavillon et fouetta les filles. Puis on apprêta l'enfant et on le conduisit à Shanghaï.

L'intrusion de l'éducation occidentale dans la vie d'un enfant chinois est si brutale que Yutsing ne la supporta que parce qu'il était Chinois. L'âme chinoise est comme un niveau d'eau qui retrouve sa surface horizontale et sa quiétude après chaque tourmente. Yutsing était un enfant et un Chinois; il s'adapta parce que ne pas s'adapter eût provoqué des difficultés.

Il apprit l'anglais et la Bible. « Notre Père qui êtes aux cieux et sur la terre… » Il comprenait cela. C'était presque une conception chinoise que cette famille de frères chrétiens avec un père au-dessus d'eux. Il fut pris d'une grande affection pour Jésus qui se promenait dans sa robe blanche, clément et bon avec les hommes. Jésus ressuscitait les morts, ce que Confucius ne savait pas faire et n'avait jamais essayé. Dans l'esprit de Yutsing, Jésus et le professeur qui enseignait sa doctrine ne faisaient qu'un. Le professeur aussi portait des vêtements blancs, du moins en été; il était bon avec les enfants. Et ainsi Yutsing admit une fois pour toutes que Jésus avait le visage du révérend Thomas Warren. Chang Yutsing se laissa baptiser sans objection et reçut le nom de John. Comme les Américains font tout à l'envers, ils inversèrent ses noms de sorte que Chang Yutsing devint John Chang. Tout était différent : le vêtement, le lit, la prière, le salut, le cœur même de la vie. Les livres s'ouvraient à l'envers et les caractères se suivaient horizontalement et non plus verticalement. C'était les femmes qui portaient des robes longues et les hommes des vestes et des pantalons, contrairement à l'usage. Chez Yutsing, il était impoli de fermer une porte, au collège il était interdit de laisser une porte ouverte. Le plus difficile était de saisir la main d'un autre pour dire bonjour au lieu de secouer sa propre main gauche. John trouvait impoli et désagréable de saisir la main d'un autre. Il ne put jamais se défaire de ce sentiment, même plus tard quand il fut dûment américanisé. Il apprit à ne se servir du pinceau et de l'encre de Chine que pendant la leçon de chinois et devint bientôt habile à manier la craie puis la plume. Il absorbait avidement toutes les sciences nouvelles et étrangères car, petit-fils d'étudiants, il était fait pour étudier. Très vite il apprit à admirer ses professeurs étrangers. Il s'étonnait de voir des barbares – car il s'agissait de barbares à n'en pas douter – attacher tant d'importance à la propreté et à la bonne tenue, savoir tant de choses que les fils de l'empire du Milieu ignoraient. Son premier voyage en chemin de fer l'avait beaucoup impressionné ; il décida de devenir ingénieur et de construire des chemins de fer dans tout le pays.

Henry Wong, son voisin de lit au dortoir, et bientôt son meilleur ami, se moquait de lui :

– Ce sont des diables et des diables bêtes ; ne te laisse pas faire. Ce qu'ils savent nous l'apprenons facilement, ce que nous savons ils ne l'apprennent jamais, disait-il.

Henry se mit à énumérer tous ses griefs contre les étrangers : ils étaient venus en Chine sans en être priés, ils avaient importé l'opium ; par la guerre ils avaient forcé la Chine à acheter leur fumée empoisonnée ; ils avaient accaparé tout ce qui était bon et précieux dans le pays, le charbon, les minerais, l'argent, le cuivre et les voies ferrées ; les grands fleuves étaient obstrués par leurs bateaux aux canons menaçants, ils s'étaient rendus maîtres des ports les plus importants à l'aide de traités ; ils amenaient leurs soldats, leurs fusils, leurs vaisseaux de guerre, leur police, leurs écoles, leurs tribunaux non comme des intrus mais comme des gens qui se croient maîtres du pays. Il était temps que la Chine prît conscience d'elle-même et les mît à la porte ; leur place était dans leur propre pays et la Chine n'avait jamais été une colonie.

John Chang était stupéfié par toutes ces connaissances, mais Henry lui raconta que son père avait été un des leaders de la révolution et qu'il avait maintenant une situation auprès du gouvernement Yuan Shi Kaï à Pékin.

– Si tu méprises les étrangers, pourquoi es-tu dans leur école, pourquoi t'es-tu fait baptiser, et pourquoi vas-tu jusqu'à porter le nom qu'ils t'ont donné ? demanda John.

– Le christianisme, répondit Henry avec un sourire méprisant, n'est que du joss-pidgin (il se servait d'une expression de coolie). Nous devons apprendre ce que savent les étrangers pour nous servir de leur science contre eux.

John trouva ce raisonnement lumineux et il se mit à observer ses professeurs étrangers avec un esprit critique ; il les trouva comiques, enclins à l'erreur, et l'image double de Jésus-Thomas Warren lui apparut subitement puérile et stupide.

Dans les pays au-delà des grandes montagnes, en Allemagne, en Russie, en France, en Angleterre et dans beaucoup d'autres pays plus petits et moins importants, il y avait la guerre. Un jour on leur apprit à l'école que Chinois et Américains combattaient ensemble le même ennemi. Comme il y avait toujours la guerre en Chine et qu'on se battait toujours quelque part, les élèves ne s'émurent pas. Mais quand la guerre fut terminée, il s'avéra qu'Henry Wong avait eu raison. Les Chinois étaient entrés en guerre pour reprendre la province de Shantung aux Allemands. Les hommes d'État étrangers conférèrent et décidèrent enfin que cette riche province serait donnée aux Japonais.

– Tu vois quels bons amis sont les Américains ! disait Henry à John.

Et John se taisait, attristé. Pour lui, comme pour tout Chinois, l'amitié imposait des obligations très grandes. Il était déçu. La Chine entière était déçue. On haïssait les Japonais, ces nains bruns, qui une fois déjà avaient vaincu les Chinois et assené un coup terrible à l'orgueil national.

Quand on connut les vingt et une exigences du Japon vis-à-vis de la Chine, l'amertume et la colère devinrent immenses. On imprima le texte des exigences sur des éventails de papier, afin que tout Chinois s'en souvînt à chaque fois qu'il s'éventait. De grands placards furent collés aux portes de Pékin pour recommander le boycottage des denrées japonaises. Des étudiants et des collégiens firent irruption dans les magasins et brûlèrent tout ce qui était japonais. Comme ils n'étaient pas experts, ils brûlèrent aussi des produits chinois et les marchands eurent des dommages énormes. Ils voulaient blesser le Japon mais ne réussirent qu'à se blesser eux-mêmes. Des tracts passaient de main en main au collège. C'était Henry qui les introduisait en fraude : « Boycottez le Japon, à bas les impérialistes anglais, à bas le gouvernement pourri. Étudiants, ouvriers et paysans, unissez-vous ! » Il y avait des dessins sur les tracts que le coolie le plus inculte pouvait comprendre. On voyait la Chine coupant la tête du Japon avec un couteau de boucher. Le couteau était le boycottage. Sous la surface calme, derrière les visages polis mais fermés, l'effervescence grandissait. Les convictions de John Chang oscillaient d'un extrême à l'autre. Il était né avec une dent dans sa bouche ; il aurait dû être un grand dirigeant. Il ne savait qui diriger ni comment diriger.

Le dimanche suivant, son père le fit prendre en auto ; John s'entretint avec lui, absorba avec lui un énorme repas, assista au spectacle et s'amusa de façon grandiose. Après les chœurs, avec accompagnement d'harmonium, et les leçons d'anglais, il faisait bon écouter le bruit des instruments de bois et les récitations des acteurs. Il y avait des intermèdes comiques et des luttes magnifiques ; Yutsing (il s'appelait toujours Yutsing quand il était auprès de son père), mâchait fiévreusement des pépins de melon, riait comme un homme ivre, les joues rouges, les mains tendues vers les serviettes humides et bouillantes qu'on lui jetait pour le rafraîchir.

Son père se moqua de lui quand il lui parla de ses problèmes politiques.

– Les sages s'entendent, disait-il. Quand tu seras dans ma banque, tu te lieras avec toutes sortes de gens, des Chinois, des Japonais, des Américains, des Anglais. L'argent parle un langage que chacun comprend.

John resta inquiet et insatisfait. Il avait appris au collège que des centaines de milliers de chrétiens étaient morts pour leur foi. Il en avait conçu la certitude qu'une conviction valait le sacrifice de sa vie. Il eût été prêt à mourir mais il n'avait pas encore de conviction. Il entrait dans une ère nouvelle, le pas mal assuré.

Henry fut surpris en train de lire des tracts xénophobes à ses camarades de dortoir et fut exclu du collège.

– Tant mieux, dit-il, j'irai à Canton, c'est là qu'est le maître qui prépare la prochaine révolution.

Il était évident qu'une nouvelle révolution était nécessaire ; chacun le disait, le murmurait, car depuis que les Seigneurs de la guerre s'étaient emparés des provinces, tout allait plus mal encore que du temps des Mandchous. John, qui n'avait pas fini son devoir d'arithmétique, envia Henry d'avoir été mis à la porte.

Les idées de la jeune Chine s'infiltraient au collège par toutes les fentes et tous les interstices. John Chang signait lui-même le dimanche les exeat qui devaient lui permettre d'aller voir son père, bien qu'il sût que B. G. Chang était en déplacement. Le collège se trouvait en bordure de la ville, et John se promenait dans les petites rues du faubourg, s'arrêtait devant les échoppes (le dimanche n'est pas chômé en Chine), buvait du thé dans une maison de thé, écoutait les discussions des hommes mûrs et les discours qu'on prononçait au coin des rues. Un agent de police dispersait le public à grands coups de son bâton de bambou. John, qui disposait d'un argent de poche considérable, prenait un riksha et se faisait conduire dans la concession internationale. Il était content de pouvoir lire les écriteaux et de comprendre des bribes de phrases que disaient les passants étrangers. Le soir il échouait au cinéma, où il observait tout ému sur l'écran les faits et gestes des étrangers. C'était un plaisir dévergondé que de voir les hommes et les femmes du monde entier se parler, s'embrasser, se caresser, faire des choses qui requièrent la pénombre et le silence du lit. Il comprenait la plupart des sous-titres et riait souvent tout seul quand une plaisanterie l'amusait. Il lui semblait avoir chacun de ses pieds dans un pays différent. Il n'était pas du monde des étrangers, bien qu'il connût leur langue et leur science et qu'il eût embrassé leur religion. Mais il n'appartenait pas non plus à son propre peuple, car il était trop éloigné déjà de sa simplicité, de ses superstitions, de sa saleté et de son autosatisfaction.

Il s'en rendit compte surtout quand les vacances vinrent et qu'il rentra chez lui dans la maison au bord du lac occidental. A la gare, il rencontra le second maître. Sin Song portait l'uniforme de fonctionnaire subalterne et arborait des lunettes avec des verres à vitre pour se donner plus d'importance. Il visitait les bagages de chaque voyageur et réclamait des taxes, au nom du général qui gouvernait le district. Quand John s'approcha de lui, le jeune professeur examinait le passeport d'un Anglais, l'air sombre.

– Je vous dis que ce passeport est en règle, répétait l'Anglais dans sa langue, d'une voix irritée.

John se mit à sourire en voyant que le jeune maître tenait le passeport à l'envers ; le haut était en bas, le commencement était à la fin et Sin Song se démanchait le cou pour essayer de lire les caractères étrangers en les déchiffrant dans le sens vertical. John fut sur le point d'intervenir, mais il pensa que, s'il le faisait, son vieil ami perdrait la face, et il laissa l'Anglais payer des taxes indues tandis que le maître d'école arborait une mine de vice-roi. Quand la gare fut vide, John s'enquit de la santé de son ami.

– Je vais très bien et ma gamelle de riz est pleine, dit Sin Song d'un air fanfaron.

Il frappa le sol de ses bottes de cuir et ajusta son uniforme pour impressionner le petit maître. Pour son retour, John avait enfilé son long vêtement bleu d'étudiant et il se sentait à l'aise en voûtant ses épaules comme l'avaient fait ses ancêtres savants. Il redevenait Yutsing, l'étoile unique, le fils précieux de la maison Chang. Il appela un coolie, monta dans le riksha et questionna l'homme qui le conduisait à travers les rues vivantes, peuplées, gaies et bruyantes de l'endroit.

– Tout va de mal en pis, dit le coolie. Autrefois quand nous portions des nattes, on nous extorquait des pièces de cuivre ; maintenant ce sont des talers d'argent.

Mais il riait en disant cela car il avait un client et il allait gagner assez d'argent pour son plat de riz du soir. Yutsing respira profondément. Le lac, son rivage, la pagode aux Aiguilles de l'autre côté de la colline, des murs fraîchement blanchis à la chaux, le double porche noir, le gardien gras et important comme tous les portiers. Quand Yutsing fut assis à côté de sa mère, il se demanda pourquoi le collège l'emplissait d'inquiétude. Le silence dans la chambre de sa mère était tel qu'on l'entendait, comme si de fines gouttes d'argent fussent tombées dans un récipient d'or. Sa mère elle-même lui tendit la tasse de thé et il vit qu'elle avait mis son beau vêtement brodé, comme autrefois quand son père rentrait. Mais il vit aussi qu'elle avait épilé ses cheveux sur le front, qu'elle portait le serre-tête noir à la mode ancienne, qu'elle n'était pas poudrée, que sa robe était sombre, en un mot qu'elle avait vieilli et qu'elle voulait être honorée en conséquence. Il essaya de calculer son âge et trouva qu'elle ne pouvait guère avoir dépassé la trentaine. Il songea alors aux Américaines et aux Françaises de Shanghaï si bruyantes, si appliquées à rester jeunes, il songea aux films indécents qu'il avait vus, et sa mère lui en devint plus précieuse et plus vénérable. Elle l'interrogeait et il lui débitait des mensonges polis car elle n'eût pas compris la vérité et en eût été peinée. Il ne lui dit pas non plus qu'il était devenu chrétien et que les étrangers lui avaient donné un nouveau nom ; il s'en fut avec elle devant l'autel de la maison et fit la révérence profonde de son enfance devant les esprits de ses ancêtres. Pour la première fois depuis bien longtemps, il se sentit satisfait et apaisé, il se retrouvait à sa place, comme fils et héritier, comme père d'une génération future.

Sa tante, qui avait tout à fait pris l'aspect d'un saule en hiver, lorsque l'arbre dénudé se penche sur le courant de l'eau, le servait, lui montait de l'eau chaude dans sa chambre pour qu'il pût se laver. Elle soupirait comme font les vieilles femmes et se plaignait beaucoup : les servantes couraient comme des chiennes en chaleur et les domestiques hommes prêchaient la révolution dans les cours ; ce n'était pas étonnant puisqu'il n'y avait plus d'autorité dans le pays, et qu'un général, succédant à l'autre, se proclamait gouverneur de la ville. Yutsing entendait sa toux sèche et sonore toutes les nuits. On toussait partout, dans les cours et dans les annexes de l'immeuble... il ne s'en était pas aperçu plus tôt. Yutsing pensait en s'endormant : « Il faudrait un grand chef qui donnât des poumons neufs à chacun. »

Le matin suivant, il rendit visite au vieux maître qui était devenu dur d'oreille et qui cria :

– J'espère que tu as le ventre plein de la science des étrangers. – et il cria encore d'un air ironique : Vide ce ventre, pour que ton humble jeune maître d'école apprenne du nouveau.

Il disait jeune en parlant de lui-même par excès de modestie.

Yutsing s'assit en face de lui, comme du temps du B.A BA, prit un pinceau et traça quelques lettres étrangères. Le maître d'école les considéra, la tête penchée sur son épaule.

– Ce n'est pas difficile à lire, dit-il, une lune, un homme, un toit et une femme.

Il prit le pinceau et répéta trois fois chacune des lettres :

– Trois femmes, vois-tu, c'est le signe de la dispute, fit-il, l'air malicieux.

Cette façon d'appliquer aux lettres étrangères le sens des signes chinois fit rire Yutsing. Il raconta au vieillard ce qu'il savait de Jésus, le grand maître des étrangers, et le professeur n'en parut pas surpris :

– On m'a parlé de tout cela, on m'a parlé de tout cela.

Il devint attentif cependant quand il connut le miracle de la multiplication des pains. Le Maître avait fait quelque chose de remarquable en improvisant avec cinq pains et deux poissons un repas pour cinq mille personnes. Le plus étonnant était que douze paniers remplis de restes eussent été emportés après :

– Il a dû avoir de grands mérites pour être récompensé de la sorte, conclut-il enfin.

Une autre fois il dit à Yutsing :

– Mon fils qui n'a rien appris est devenu douanier. Plus n'est besoin de passer d'examens maintenant pour être fonctionnaire, il suffit de lécher la salive d'un général et de dire que c'est du miel.

Yutsing éclata encore de rire car la jalousie du vieillard, qui avait passé des années à travailler sans arriver à rien, lui parut comique.

Le rire et les conversations, les odeurs et les sons familiers, le sommeil goûté dans le lit de son enfance et les soins de sa vieille naimah l'acclimatèrent si bien que sa maison redevint le home véritable. Quand il dut retourner au collège, il se sentit dépaysé et ce phénomène se reproduisit d'année en année…

A dix-huit ans Yutsing quitta l'école, et son père le ramena chez lui non en chemin de fer mais dans une belle et grande voiture. Un valet de pied se tenait auprès du chauffeur et actionnait le klaxon tant qu'il pouvait pour annoncer au monde qu'un grand seigneur voyageait par la route ; car le seigneur a le droit d'être modeste, mais le serviteur doit souligner le lustre de ses maîtres pour garder la face.

Chemin faisant, le père commença déjà à parler du mariage de Yutsing et la conversation se poursuivit avec la mère à l'arrivée. Yutsing n'avait jamais eu affaire avec les femmes, car l'éducation de Saint-John l'avait rendu circonspect. Son père se moqua de lui :

– Les cours sont pleines d'esclaves, dit-il, et tu es le maître.

Mais Yutsing déclara à voix basse qu'il préférait se marier et sa mère ajouta :

– Les papiers sont signés depuis douze ans et Fongyung sera une bonne épouse pour toi.

Avec toute sa science étrangère, Yutsing avait presque oublié qu'il était fiancé depuis sa sixième année avec Fongyung. Il se souvint subitement qu'il avait joué à l'âge de six ans avec une toute petite fille, qu'il avait couru avec elle à travers les cours de sa demeure ; mais tant d'aventures superposées et diverses le séparaient de cette époque ! Sa mère avait quelquefois parlé de Fongyung durant les vacances :

– Fongyung a peint cet éventail. – ou encore : Fongyung m'a lu le journal, mais je suis une vieille femme sotte et je n'ai compris que la moitié.

Le père de Fongyung possédait des terres où l'on cultivait le fameux thé de Chekiang ; il était un riche marchand de thé, pas un de ceux qui débitent leur marchandise dans une boutique comme les petites gens. Il vendait son thé en gros à des étrangers qui l'exportaient dans le monde entier au moyen de leurs bateaux.

Le père de Yutsing fut surpris que son fils acceptât d'être marié à la mode ancienne. Mais Yutsing se montrait docile en cette matière car il désirait obtenir des choses plus importante de son père, fût-ce de haute lutte ; il obéissait donc à ce vieux précepte de céder un peu pour obtenir davantage. Sa seule objection fut celle-ci :

– Je ne veux pas d'une femme avec des pieds bandés.

Le vieux Chang le regarda de côté en souriant de l'air de dire :

– Que sais-tu des pieds des femmes ?

Mais la mère intervint, conciliante :

– Fongyung a de grands pieds, elle porte des robes à la mode, elle a été élevée à l'école nouvelle.

Plus timide, Yutsing murmura :

– Et je veux la voir avant de l'épouser.

Cette fois sa mère sourit mais ne répondit pas. Les papiers étaient signés et la famille n'eût pu se dédire sans offenser mortellement la famille de Fongyung. Quelques jours plus tard, la mère de Yutsing emmena son fils au temple du Nuage-Pourpre, et il vit Fongyung qui était venue là, accompagnée par sa mère, pour prier et sacrifier de l'argent de papier et de l'encens. Elle était très petite et portait une jaquette de soie brodée de fleurs jaune paille, avec une jupe à la mode et des souliers occidentaux à hauts talons comme les dames de Shanghaï. Elle baissait les yeux sur ses bâtonnets d'encens et pas un tressaillement de sa paupière n'apprit à Yutsing qu'elle l'avait remarqué.

Yutsing ne savait pas si elle lui plaisait ou non. Il demanda à son père de surseoir au mariage, et Chang accepta car les nécromanciens avaient trouvé plus favorable de fixer la date du mariage à un jour du mois suivant.

– Je voudrais voyager avec un ami, demanda Yutsing, je ne connais rien de notre pays.

Chang cita l'Écriture :

– Tant que vivent les parents, le fils ne doit pas voyager à travers le pays. S'il le fait, il faut qu'il se rende à un endroit précis. – Chang riait tout seul en disant cela : Tu es un véritable Américain, ajouta-t-il, non sans fierté, tu veux toujours être en route.

Il pensait à sa propre instabilité, à ses grandes randonnées le long du fleuve et il laissa partir son fils. Yutsing télégraphia à Henry, qu'il avait rencontré à Shanghaï quelque temps plus tôt, et l'informa qu'il était prêt à partir avec lui. Il espérait obscurément que ce voyage avec son ami l'éclairerait sur le chemin à suivre pour l'avenir. Yutsing était comme beaucoup de jeunes gens de son pays, son esprit était confus et inquiet.

Décidément Confucius était inutilisable et vieilli. L'empereur : père de l'État; le fonctionnaire : père du district; le père : chef de la famille; la famille : plus importante que la commune; la commune : plus importante que la Nation; le culte des morts : plus important que le travail individuel; telles avaient été les vérités enseignées à la Chine pendant quatre mille ans; pendant quatre mille ans aussi elle avait cru que l'art de savoir versifier était l'apanage du noble et que le travail manuel avilissait. Le pays en était arrivé à la paralysie générale, à l'impuissance qui en faisait la proie des étrangers.

Et puis il y avait le christianisme, la doctrine du grand maître Jésus; ces enseignements étaient bons en partie mais personne ne s'y conformait. Qu'advenait-il des villes des étrangers, des chrétiens : fumeries d'opium, tripots, bordels, abus de confiance, usure, rivalité entre chrétiens, intimité de tous les chrétiens contre la Chine? Aime ton prochain comme toi-même? Non, les chrétiens n'étaient pas assez fous pour croire des enseignements aussi utopiques.

Il y avait d'autre part Lao Tseu, le grand négateur, avec son principe du Wu Wei, la totale passivité. Chaque jour mène à la souffrance, donc abstiens-toi d'agir. Yutsing était trop jeune pour se retirer dans le creux d'une montagne, pour se laisser pousser la barbe et les ongles et pour nier l'univers. Les enseignements de Bouddha ne valaient pas mieux et l'incantation du *om-mani-padme-hum* des prêtres orthodoxes était bonne pour des femmes et des enfants.

La révolution avait échoué, la république n'était qu'une table de jeux sanglante où s'ébrouaient les généraux. Être en relations d'affaires avec eux, comme le père de Yutsing, briguer leur bon vouloir et une situation comme le faisaient beaucoup d'autres, c'était pousser le pays vers l'abîme. Yutsing n'était pas assez chrétien pour se sentir attiré vers les étrangers, il n'était plus assez Chinois pour accepter ce qui se passait en Chine. Il avait lu des journaux, il avait écouté des discours. Henry lui avait envoyé de nombreux tracts et lettres émouvantes. Yutsing avait décidé de l'accompagner, de voir par ses propres yeux, de penser par son propre cerveau et de choisir ensuite la route qui le ferait sortir du maquis de ses idées. Les deux amis partirent en voyage.

Ils prirent le chemin de fer, ils voyagèrent en bateau, s'arrêtant dans de petits villages ou dans des villes ; parfois ils faisaient le trajet à pied ou se faisaient porter au temple où se rencontraient les pèlerins.

La maison au bord du lac occidental et le collège n'avaient été que des prisons où Yutsing voyait ce qu'on voulait qu'il vît. Le moment était venu de se rendre compte par soi-même. Il vit l'injustice et la misère, l'arbitraire s'attaquant à l'homme sans défense, des maîtres soudoyés et des masses opprimées ; il vit des généraux vicieux suivis de leurs putains ; dans les villages, c'étaient des jeunes filles violées, sur les places publiques des hommes innocents exécutés ; la saleté, la famine, les inondations d'une part, la sécheresse de l'autre et la maladie partout. Et il vit le peuple, son peuple, ce peuple qui depuis quatre mille ans avait vécu ainsi et n'avait pas péri. Il le voyait infatigable, patient, satisfait de la pauvre nourriture qu'on lui donnait, prêt à vivre avec un minimum. Car vivre était un bienfait en soi, quelque chose dont on pouvait être fier. Il voyait les gens rire et s'amuser de la moindre plaisanterie. Il les voyait unis et trouva que le coolie le moins cultivé était sage. Il vit l'amour avec lequel les enfants obéissaient, la joie avec laquelle ils contemplaient un saule, la lune ou un oiseau. Et il pensa : « On ne peut pas écraser la Chine, pas plus qu'on ne peut écraser l'eau ; celui qui l'essaiera se noiera et l'eau sera comme avant. La Chine sera comme avant. »

Mais si tout cela était consolant, ce ne pouvait suffire à Yutsing qui était né avec une dent dans la bouche. Les dix mille conversations qu'il eut avec Henry le confirmèrent dans la conviction suivante : tous ces gens espéraient dans le parti nouveau, dans la jeune Chine, dans la nouvelle révolution qui devait venir de Canton et que le grand maître Sun Yatsen avait promise.

Yutsing rentra chez lui et, le soir avant ses noces, fit connaître à ses parents qu'il n'entrerait pas à la banque, qu'il ne chercherait pas une situation auprès du gouvernement, qu'il ne s'inscrirait pas à l'université de Shanghaï, qu'il n'irait même pas en Amérique pour terminer ses études, mais qu'il se rendrait à Canton où était la place de la jeunesse.

Il y eut une dispute, que sa mère mena à voix basse et sans se départir de sa politesse ; Yutsing fut surpris de ne pas trouver son père irréductible. Le banquier Chang estimait plaisant de constater que son fils était entêté : la jeunesse requiert des émotions et de grandes phrases, tout passe, tout lasse, pensait-il. Il avait toujours vu les braillards politiques les plus violents se taire les premiers et rentrer dans l'ordre.

Le mariage fut célébré selon les usages. Des centaines d'invités s'installèrent dans les cours pour rendre honneur à la maison de Chang. La fiancée avait été portée dans son palanquin à rideaux rouges brodés d'or jusqu'à l'entrée, suivie du cortège des invités et de deux orchestres qui essayaient de jouer plus fort l'un que l'autre. Yutsing souleva sa fiancée et la porta par-dessus le seuil. Il fut étonné pendant une seconde de la sentir légère et chaude comme l'oiseau de l'amour dont elle portait le nom. Ensuite il ne fut plus question que d'une hospitalité complète, et le jeune couple passa son temps à verser à boire, à entraîner les gens à boire. Tout fut noyé par le bruit des voix, de la musique, par la lumière des fusées durant l'interminable repas, par les plaisanteries des hommes et les chuchotements des femmes qui souhaitaient cent fils à la fiancée. L'odeur du vin renversé et des mets épicés s'infiltra jusque dans la salle des ancêtres et se mêla aux effluves d'encens qui montaient vers les pères. Tout se mit à tourner autour de Yutsing, vertige de fatigue, d'ivresse et d'émotion.

Quand il fut seul dans une chambre avec sa femme, il sentit seulement combien ils étaient étrangers l'un à l'autre et sa chair eut peur de la chair étrangère. Les rideaux qui pendaient du baldaquin étaient largement ouverts sur le lit, et une vasque suspendue au plafond et remplie de fleurs d'yleisan se balançant au-dessus des oreillers. Toute la chambre était pleine de leur parfum. On entendait sourdement le bruit qui venait des cours et le coassement des grenouilles dans le petit étang, puis le glissement d'un bateau sur le lac et la musique criarde d'un phono. Yutsing regarda le gobelet de vin posé sur la table de chevet, dont il devait partager le contenu avec Fongyung. Il ne savait que dire et demanda timidement :

– Es-tu fatiguée, Fongyung ?

Elle secoua la tête et pour la première fois le regarda en face. Elle était assise sur une chaise basse et lui s'était arrêté, le dos contre la porte qu'il venait de fermer. Elle dit presque avec violence :

– Je regrette qu'on t'ait forcé à m'épouser. Cela n'a pas d'importance. Je ne te demande qu'une chose : ne me laisse pas ici dans la maison de tes parents quand tu partiras. Emmène-moi et nous nous séparerons quand tu voudras.

Yutsing écoutait ce discours, muet de surprise. Il essaya de se rapprocher encore de la porte et répondit très vite :

– On ne m'a pas forcé ; je t'avais vue et tu m'avais plu.

Fongyung lui sourit comme on sourit à un enfant qui demande à être consolé.

– Je m'exprime mal, c'est la première fois que je parle à un homme. Mais je trouve insupportable qu'on nous enferme dans une chambre, comme deux… comme deux animaux qu'on veut accoupler.

Yutsing se souvint de son corps léger et chaud qu'il avait eu entre les bras en la portant par-dessus le seuil de la maison. Il demanda :

– Pourquoi es-tu si peu aimable avec moi ? Je ne t'ai pas fait de mal, je ne te ferai rien que tu ne veuilles.

Des larmes coulèrent sur le visage de Fongyung, elle les essuya avec sa manche. Yutsing comprit qu'elle avait peur, tout comme lui.

– Pourquoi m'as-tu épousé si tu veux divorcer tout de suite ? demanda-t-il.

Fongyung se mit à sourire, une fossette creusa son menton.

– Pour quitter la maison, dit-elle avec sincérité.

Yutsing prit une chaise, baissa la mèche de la lampe, il voulait gagner du temps pour chercher sa réponse. Il finit par dire :

– Fongyung, j'ai décidé d'aller à Canton pour étudier la médecine. Quels sont tes projets si nous nous séparons ? Peut-être veux-tu travailler aussi comme beaucoup de jeunes filles modernes ?

– Canton, dit-elle.

Sa prunelle noire brilla comme un écran irradié par une flamme.

Elle défit rapidement les deux premiers boutons de sa robe rouge de mariée, plongea la main dans son corsage et chercha quelque chose entre ses seins menus qui bombaient à peine le taffetas du corsage. Elle en sortit un morceau de soie, minuscule drapeau ou fanion, qu'elle lissa sur son genou tout en regardant Yutsing avec attention. Une étoile était brodée sur la soie de couleur sombre, l'étoile du Kuomintang, l'étoile du nouveau parti, l'étoile de la jeunesse chinoise. Yutsing s'approcha rapidement d'elle, se saisit du petit drapeau et le considéra.

– Que signifie cela ? demanda-t-il.

Subitement, il se trouva assis aux côtés de Fongyung dont la robe était toujours déboutonnée.

– Nous avions fondé une ligue secrète à l'école, elle s'appelait « Fer et Sang », murmura-t-elle.

Yutsing en avait entendu parler, il y avait des cellules de cette ligue dans maints endroits par lesquels il avait passé. Hésitant, il posa prudemment une main sur l'épaule de Fongyung. Elle le laissa faire. Elle le regardait la bouche entrouverte, déjà plus confiante, tandis que les larmes brillaient encore sur ses joues. Ses doigts s'ouvrirent comme les pétales pâles d'un nénuphar. Yutsing ressentit une joie chaude et presque craintive ; il comprit qu'il avait non seulement trouvé une femme mais encore une camarade, quelqu'un qui se tiendrait à côté de lui, une femme comme en avaient les étrangers. Timide, il caressa son épaule et l'appela par ce nom nouveau :

– Camarade, Tsung Tseu, mon ambition partagée.

Ils cherchaient leur avenir comme des aveugles, ils ne voulaient plus de ce mariage ancien qui prescrivait : « Ton maître au lit, ailleurs ton hôte. » Mais ils ne savaient comment s'y prendre pour inventer une union nouvelle. Seulement ils étaient jeunes, homme et fille, seuls l'un en face de l'autre dans la nuit, et ils se retrouvèrent finalement dans le grand lit derrière le rideau, au milieu du parfum des fleurs blanches, satisfaits et déjà plus familiers l'un à l'autre. Quand l'orage fut apaisé et le nuage crevé comme disent les vieux livres, Yutsing s'étendit à côté de sa femme et prit sa main dans les siennes. Il n'avait jamais tenu la main d'une femme sauf celle de sa mère. Il prit Fongyung dans ses bras et la serra contre sa peau, comme avait fait sa tante autrefois quand les cauchemars le torturaient. Ils s'endormirent.

Quand ils arrivèrent à Canton, on eût dit deux enfants gâtés et indécis. Canton les coula dans un moule nouveau, les remplit d'idées et de buts, fit d'eux des combattants. Ils apprirent à Canton ce qu'est la préparation d'une révolution. Fongyung, la petite, la mignonne Fongyung, devint incandescente comme le fer chauffé à blanc. Yutsing la suivit plus doucement, jusqu'au jour ou il fut, lui aussi, possédé par l'esprit qui régnait en ville. Fongyung devint grosse et se fit avorter par un médecin russe.

– Nous n'avons pas le temps d'élever des enfants; il faut d'abord que ce pays devienne un endroit où les hommes pourront vivre dignement, dit-elle.

Elle effrayait Yutsing par la façon entière dont elle se vouait au travail révolutionnaire. Parfois il avait peur d'elle, parfois il avait peur pour elle.

Sun Yatsen, un malade, un mourant au visage verdâtre, faisait des discours. Tchang Kaï-Chek, son secrétaire, élevait les officiers dans l'école des cadets et entraînait l'armée révolutionnaire. Les Russes emplissaient la ville et amenaient leurs hommes de main, des hommes, des femmes, de races et de destins étranges. Les Russes organisaient le soulèvement. Nuit et jour les rotatives imprimaient des affiches, des tracts, des manifestes. L'argent venait de Russie, on en prélevait aussi sur les bénéfices des contrebandiers d'opium, des propriétaires de maisons closes et des barques à fleurs tant décriées. Les hommes prudents, qui avaient une situation et de la fortune, donnaient eux aussi des sommes pour se mettre bien avec ce qui un jour pouvait être le gouvernement. Dans le sable mouvant, comme Sun Yatsen aimait à appeler son peuple, Yutsing et sa femme n'étaient que des grains infimes que la masse emportait. Fongyung, vêtue de la jupe courte des étudiantes, s'acquittait des missions périlleuses dont on la chargeait. Yutsing travaillait à la propagande sous la direction d'Henry. Il traduisait le mauvais anglais des Russes en bon chinois. Il avait hérité le style précis et délicat de son grand-père mandarin. Parfois on lui permettait de rédiger lui-même un texte. Parfois aussi on l'envoyait haranguer les ouvriers, les portefaix, les coolies. Il fut très surpris d'apprendre que la nouvelle Chine était décidée à aider les humbles. Yutsing avait toujours pensé que c'étaient des animaux. On lisait sur les affiches du Parti : Un étudiant, un ouvrier, un soldat, un paysan, une femme. Yutsing n'avait pas d'idées propres, aucun des jeunes étudiants n'avait d'idées à lui, personne ne savait vers où s'acheminaient les forces qui se cachaient derrière le mouvement. Les slogans de Sun Yatsen entraient dans les cerveaux à coups de marteau : Union, souveraineté du peuple, bien-être pour tous ! Les nouveaux slogans s'ajoutaient aux anciens : Ouvriers, unissez-vous. A bas l'impérialisme des étrangers. Libération des paysans, fusion des fermiers, abolition de leurs dettes. Nationalisme. Communisme.

Attentats, exécutions, coups de feu dans la nuit. Des armes passées en fraude, des prisonniers qu'on torture. Réunions, réunions, réunions. Sous le soleil tropical, les corps des coolies mouillés de sueur qui se pressent dans les salles, les cours, les garages, les caves. Ils toussent, ils toussent sans arrêt. Ce sont les plaies sur leurs épaules, à l'endroit où les blessent les brancards, ce sont des mouches dans les yeux purulents des vieux, c'est leur haleine malade, leur infinie misère, leur lent réveil. Yutsing leur parlait et s'habituait à eux. Il n'apprit jamais à les aimer. Le sang orgueilleux et las des mandarins était plus fort que le sang prolétarien de son père. Mais il apprit à les plaindre et à les influencer au moyen de mots savamment choisis.

Il n'était plus question de faire des études. Yutsing et sa femme avaient autre chose à faire; ils avaient à remplir des missions d'une importance vitale. Fongyung tomba malade : la malaria; la fièvre la tourmentait, la décharnait, la rendait instable mais elle ne cessa pas de travailler. Elle allait partout, secouant les femmes, ces bêtes silencieuses qui ne faisaient qu'accoucher et tuer leurs enfants, ou qui les laissaient périr de faim; elle voyait ces autres qui vendaient leurs filles ou acceptaient qu'elles fussent violées moyennant quelque menue monnaie. Quand Fongyung réussissait à allumer une flamme dans ces visages éteints, elle jubilait doucement comme un oiseau qui le matin s'éveille le premier.

Sun Yatsen mourut. Mais le mouvement continua. Grève générale à Hong-Kong, premier coup porté à l'impérialisme anglais, premier signe de l'union des travailleurs. Le port était mort, la grande ville anglaise paralysée. Des canons, des navires étrangers sur le fleuve Perle. Premières escarmouches des troupes révolutionnaires avec l'armée du gouvernement du Nord. Première victoire. Un matin

Henry était mort, étendu dans la rigole, à côté d'une eau qui contenait les ordures de la nuit.

Yutsing fut envoyé en mission à Chekiang, dans sa propre province dont il connaissait le dialecte. Il se rendit dans les villages et les petites villes pour parler aux fermiers, aux locataires, qui étaient la proie des grands propriétaires fonciers et des usuriers. Fongyung demeura à Canton où on avait besoin d'elle. Quand il fut séparé d'elle, Yutsing comprit combien elle lui était nécessaire. La haine des étrangers, le désir brûlant d'aider la Chine les unissaient davantage que l'amour n'aurait pu le faire. Des policiers anglais avaient tué des étudiants chinois à Shanghaï. Les universités et les écoles du pays répondirent par un seul cri de rage et d'indignation. La section propagande exploita l'incident. Quand l'armée révolutionnaire, conduite par Borodin et Tchang Kaï-Chek, avança vers le nord, Yutsing et sa femme se trouvèrent réunis pendant quelques semaines. Comme Fongyung était secouée par la fièvre, minuscule petit soldat malade en uniforme, Yutsing resta dans l'auberge de Fukong avec elle. Il regrettait maintenant de n'être pas médecin. Il connaissait trop la médecine pour avoir confiance dans les indigènes, il n'en savait pas assez long pour soigner sa femme. Fongyung perdit connaissance, il craignit pour sa vie et envoya un message vers la mission américaine pour appeler un de ces médecins étrangers qu'il détestait.

Quand le médecin se pencha sur le lit, Yutsing fut effleuré par un souvenir qui tenait du rêve. Le révérend père Thomas Warren, Jésus, le catéchisme à Saint-John. A vingt et un ans, Yutsing avait l'impression d'être un vieillard, tant il avait vécu de choses depuis le collège. Les yeux du Dr Lee étaient bleus, non pas vides et spectraux, mais bleus comme les étincelles qui jaillissent du fer sous le marteau. Il avait sur le front une mèche de cheveux roux, comme une flamme que balaierait le vent, et une barbiche d'un roux plus clair, dans laquelle apparaissaient quelques fils blancs. Il avait des pieds énormes et de grandes mains solides couvertes de taches de son. Pendant une semaine, il vint soir et matin, et Fongyung guérit. Yutsing ne pouvait pas haïr cet étranger silencieux et secourable. De nouveaux régiments de soldats se logèrent dans la ville, un soir le ciel devint rouge comme le feu ; incendie, révolte, pillage ; la pègre de la ville profitait de cette époque troublée pour enfreindre toutes les lois.

On exécuta quelques coupables, d'autres furent embrigadés comme coolies ou comme soldats. Le ravitaillement et le renfort pour les armées révolutionnaires victorieuses étaient une source incessante de difficultés. On se procurait des porteurs bénévoles comme on pouvait. Yutsing et sa femme quittèrent la ville, son amère odeur de brûlé, ses poutres calcinées, sa population en détresse, pour suivre le maître. Ils ne revirent pas le médecin américain.

Les soldats battirent les armées des généraux féodaux, s'installèrent dans les villages et les villes, avançant toujours vers le nord. Tchang Kaï-Chek était un petit homme brun de Canton qui parlait le langage des humbles. Il n'avait rien appris ; de simple soldat il était monté en grade jusqu'à devenir commandant en chef. Deux grands hommes l'avaient nourri de leurs idées, avaient meublé son cerveau de soldat : Sun Yatsen et Borodin, le grand Russe. Que les étudiants l'aient su ou non, le Kuomintang avait été édifié grâce aux idées russes, la révolution préparée par les idées communistes. Yutsing et sa femme ne le savaient pas. Ils propageaient la foi et l'espérance dans les « Trois Principes » du peuple, établis par Sun Yatsen. Ils ne pensaient pas aux formules des communistes assermentés. Ils ne voyaient que des gens trop pauvres et des gens trop riches. Ils voulaient aider les pauvres contre les riches sans merci, car la pauvreté c'était la Chine.

Quand les révolutionnaires s'installèrent à Hang-Kéou, Yutsing et sa femme les rejoignirent en attendant de nouvelles instructions. Yutsing n'était pas devenu un grand chef, bien qu'il fût né avec une dent dans la bouche. Il n'était qu'un des mille jeunes étudiants qui aidaient à construire la Chine nouvelle, en distribuant des tracts, en répétant des slogans aux coins des rues et dans les réunions, en collant des affiches aux endroits où étaient encore les maîtres de la guerre. Aucun d'eux ne tenait beaucoup à la vie, on ne parlait jamais du danger ; on parlait du chemin et du but. Yutsing seul n'était pas un héros. C'était un étudiant faible, un peu timide, un peu trop grave ; le courage ne faisait pas partie de sa profession. Mais, grain de sable entre les grains de sable, il était prêt à mourir si cela pouvait aider la Chine.

Yutsing devint un coolie entre les coolies à Hang-Kéou. C'est à Hang-Kéou que les bateaux des étrangers chargeaient et déchargeaient leurs marchandises ; les hommes, les femmes et les enfants y travaillaient pendant douze et quatorze heures dans les usines des étrangers ; c'est là que se trouvaient les banques étrangères du Bund, pleines de l'argent extorqué aux Chinois. Yutsing et ses camarades se mêlèrent aux ouvriers et aux coolies, et tandis qu'ils vaquaient au travail dégradant de ces gens, ils préparaient la grève générale, l'union des travailleurs, le soulèvement. Vêtu de haillons, en quelque sorte déguisé en coolie, Yutsing apprenait tous les matins le travail de portefaix qu'il mènerait dans le port. Ses fines mains d'étudiant se couvrirent d'ampoules qui crevèrent, découvrant la chair nue et sanguinolente. Il soupirait parfois en songeant à sa famille maternelle qui considérait que le travail manuel était dégradant. Il souriait en pensant à son père, géant qui avait été coolie. Il assujettissait les brides à son front et traînait le chariot le long du port, jusqu'à l'instant où il pensait que les artères de ses tempes allaient éclater. Il était à bout de souffle et chantait le chant haletant et interminable des coolies, essayant de régler sa respiration. Il connut les suffocations et les douleurs qui, partant d'un cœur surmené, se logent au creux de l'estomac. Quand ils n'avaient pas gagné assez d'argent pour manger une seconde écuelle de riz, les coolies s'accroupissaient sur le quai, durant le repos, et Yutsing leur parlait.

Le soir il retrouvait sa femme. Fongyung baignait ses plaies et ses cals et le félicitait de sa force. Elle-même travaillait dans la partie la plus pauvre de la ville. Une épidémie de dysenterie s'était déclarée et Fongyung qui, à défaut de connaissances, avait une grande expérience, essayait d'endiguer la maladie. Tout le reste était considéré comme travail d'homme. Les Anglais avaient quitté la ville. Les banques sur le Bund étaient fermées, les rideaux de fer baissés. Puis le travail cessa dans les usines. Le large fleuve avec ses quelques bateaux semblait dormir. Cela se passait comme à Hong-Kong. Peu avant que Yutsing rejoignît l'armée qui partait vers Shanghaï, Fongyung lui confia qu'elle était de nouveau enceinte.

Ils étaient couchés tous les deux, la nuit était claire, car les rotatives travaillaient jusqu'au matin dans l'immeuble en face, et la lumière, venant des fenêtres de l'imprimerie, se glissait sous leur moustiquaire, projetant des dessins d'ombre sur la couverture.

– Promets-moi un fils, dit Yutsing à sa femme.

Elle rit doucement lorsqu'il posa sa main sur son ventre.

– Tu devras attendre des mois avant qu'il remue, répondit-elle gaiement.

Yutsing palpa sa peau tiède et sentit que son corps était encore aussi svelte et plat que celui d'une enfant.

– Promets-moi de ne pas *jeter* cet enfant-là, fit-il avec insistance.

Il n'avait jamais surmonté le chagrin que lui avait causé l'affaire de Canton.

– Non, dit gravement Fongyung. Il y a trop de morts, il faut qu'il y ait des naissances.

Yutsing s'endormit, la tête sur son épaule, harassé comme le sont les coolies. Il était apaisé et satisfait de songer qu'un fils était en route.

L'armée du gouvernement de Pékin possédait des canons. Mais les soldats de la révolution avaient une idée pour laquelle ils luttaient, et des dirigeants en qui ils avaient foi ; ils vainquirent. Le sort de la révolution se joua à Shanghaï. Ce fut une guerre sanglante et les rues étroites de la ville chinoise furent pleines de feu et de cadavres. Les étrangers fermaient les grilles qui les séparaient du quartier chinois et se bouchaient le nez quand le vent portait jusqu'à eux l'odeur des cadavres. Yutsing avait vu beaucoup de morts, d'innombrables morts depuis l'époque où son grand-père mandarin avait été exécuté. Des morts raides qu'on avait fusillés dans les champs, des morts noirs et calcinés dans des villages incendiés, des morts au visage bleu qu'on avait torturés, des morts ballonnés dont les cadavres nageaient sur le fleuve. Il s'y était habitué et ne les considérait plus comme des hommes mais comme des corps en pourriture. Ce fut à Shanghaï cependant qu'il tua pour la première fois au cours d'une lutte. Il le fit parce qu'il était désespéré, si tant est que le désespoir puisse trouver une place dans l'âme silencieuse d'un Chinois…

Ce ne fut qu'un murmure au début, puis ce fut un cri parmi tous ses camarades :

– Tchang Kaï-Chek nous a vendus !

Il y avait déjà eu des divergences, des nuances entre révolutionnaires. Anarchistes, nihilistes, terroristes, aile gauche, aile droite. Maintenant c'était la rupture ouverte et Tchang Kaï-Chek se retourna contre ses acolytes russes qui avaient organisé sa révolution. Il s'en était servi tant qu'il en avait eu besoin ; il les reniait maintenant, ainsi que tous les jeunes Chinois élevés dans leurs idées. Borodin et les siens étaient restés à Hang-Kéou. Tchang Kaï-Chek avança jusqu'à Nankin : de nombreux étrangers furent tués, puis les croiseurs étrangers bombardèrent la ville. Quand Tchang Kaï-Chek eut remporté la victoire, il partit en guerre contre les rouges qui avaient été ses amis.

Peut-être Yutsing n'avait-il pas su jusqu'alors qu'il était un rouge. Il avait reçu ordre de mener un camion chargé de grenades à main vers une maison déterminée dans le vieux quartier chinois. La nuit, tandis qu'il déchargeait le camion, la rue et la maison furent attaquées par les soldats de Tchang Kaï-Chek. Yutsing se trouvait au milieu de femmes, d'enfants qui pleuraient, de petits garçons maladifs et d'hommes de tous âges. C'était le même mélange de races qu'à Canton : des Chinois, des Russes, des Allemands, deux Belges et un métis franco-annamite. Yutsing aida à défendre l'entrée d'une porte cochère. Il jeta des grenades à main qu'on lui passait, tandis que les morts et les blessés s'amoncelaient derrière lui dans la maison bombardée et que le cri strident des enfants mourants perçait à travers le tonnerre du tir. C'était une lutte sauvage et presque inconsciente. Des camarades avaient été capturés à la gare du Nord et brûlés dans des chaudrons d'eau bouillante. Le groupe qui se défendait désespérément ne souhaitait plus, à supposer qu'il eût encore la force de formuler des souhaits, que de mourir sur place pour ne pas être torturé à mort. A l'aube, quatre d'entre eux étaient encore vivants. Le silence se faisait. La lumière grise permettait d'apercevoir, à travers les volets mitraillés, des rues étroites où les cadavres des soldats s'entassaient. Maintenant que le tir avait cessé, les rats sortaient de leur cachette et s'affairaient sur les morts. Les vêtements de Yutsing étaient raides du sang de ses camarades mais lui-même n'était pas blessé. Il perdit conscience pendant quelques heures, peut-être dormit-il, à bout d'épuisement. Quand il se réveilla, les trois autres avaient disparu, il était seul dans la maison avec les hommes, les femmes, les enfants morts. Comme il avait faim, à en ressentir des douleurs d'entrailles, il enjamba les corps raidis et se glissa dans la rue à travers le grand trou du mur ; le ciel était bleu et clair et l'air de ce printemps hâtif, avec sa puissance jeune et pénétrante, était plus fort que l'odeur de meurtre qui emplissait la ville.

Il réussit le même jour à pénétrer dans le quartier français où était la banque de son père. Bo Gum Chang, le grand homme, avait une réunion importante et Yutsing dut l'attendre dans son bureau. Le contraste entre la sécurité totale que dégageaient les murs de cette pièce et l'horreur que Yutsing venait de traverser avec ses camarades emplit le jeune homme d'une amertume immense. L'amertume était sur sa langue, la brûlure et la douleur dans ses yeux. Quand son père entra enfin et considéra son uniforme déchiré et sanglant, Yutsing s'aperçut que sa propre voix était rouillée par l'incendie et la fumée, et il eut du mal à s'en servir quand il voulut s'expliquer.

Les deux Chang ne s'étaient pas vus depuis bientôt quatre ans, bien que Yutsing n'eût pas cessé d'écrire à sa mère et que celle-ci eût régulièrement communiqué ses lettres à son époux. L'expression du visage de son père révéla à Yutsing combien il était sale, déchiqueté, à bout de forces. Le vieux Chang fit vite disparaître l'horreur et la pitié qui marquaient ses traits et salua son fils avec la phrase rituelle :

– As-tu mangé ?

Mais Yutsing avait été arraché à toutes les traditions ; il ne s'agenouilla pas devant son père, comme il eût dû le faire après une si longue séparation, il ne s'inclina même pas. Il essaya péniblement d'éclaircir sa voix desséchée et questionna sans détour ni politesse :

– Est-il vrai que tu as fait cause commune avec les étrangers et que tu as acheté Tchang Kaï-Chek ?

Bo Gum Chang ne répondit pas à cette question.

– Tu as mauvaise mine, fils, mauvaise mine, dit-il, soucieux. Veux-tu manger ? Boire ? Fumer ?

Il poussa son lourd étui à cigarettes de l'autre côté du bureau vers Yutsing qui secoua la tête.

– Réponds-moi, dit-il.

Chang père sourit :

– Il n'est pas dans les usages que le fils réclame des explications au père. Mais puisque tu le veux, sache que je suis fier et heureux d'appartenir au groupe d'hommes qui est d'accord avec le général. C'est un homme efficace qui mérite d'être soutenu. Je me suis opposé à lui pendant longtemps, car je ne suis qu'un pauvre sot. Mais j'ai acquis la conviction que ce sera notre bien à tous si Tchang Kaï-Chek se charge du gouvernement.

Yutsing respira avec précaution l'odeur de sang qui se dégageait de son uniforme.

– C'est toi qui as payé ses munitions au moyen desquelles ses soldats ont tiré sur moi et mes amis, ne l'oublie pas. Si Tchang Kaï-Chek m'avait torturé à mort, n'aurais-tu pas regretté l'argent que tu lui as donné ? s'écria-t-il.

Navré, furieux il se rendit compte que sa voix chavirait et que des larmes montaient à ses yeux brûlants. Il était si fatigué, si faible, si malheureux, si troublé ! Son père se leva, s'approcha rapidement de lui et posa sa lourde main sur son épaule.

– Cela signifie-t-il que tu es avec les communistes ? demanda-t-il, effrayé.

– Mais avec qui serais-je ? Avec qui ? Avec les riches ? Avec les étrangers ? Considère cette vie ! Votre vie de péché continue. Que vous chaut la lutte ou la révolution, la mort et la pauvreté ? Vous êtes riches et sans pudeur. Vous tous les *compradores*, les intermédiaires, les profiteurs, les sangsues du peuple ! Que savez-vous des coolies ? Que se passe-t-il dans vos fabriques ? Ils y travaillent, le cœur brisé par l'effort, ils crachent leurs poumons sur le pavé de la ville et ils ne gagnent pas assez pour s'acheter une écuelle de riz !

Le visage rouge de Bo Gum Chang devint pâle ; il était effrayant de voir le sang déserter sa peau couleur de cuivre. Il arracha sa tunique de soie dont les boutons sautèrent et montra à son fils ses épaules géantes marquées par les cicatrices blanches qui trahissent le coolie. Yutsing se recula, il crut que son père allait hurler comme une bête fauve. Mais le vieux Chang se dominait avec une force telle que ses poings tremblaient. Il les cacha dans ses manches.

– Tu es jeune, jeune comme un blanc-bec, dit-il presque à voix basse. Jeune comme un blanc-bec qui ne sait pas de quoi il s'agit. Tu sais faire des discours, mais tu ne connais pas le travail et la faim. Tu ne sais pas ce que requièrent ce pays et ce peuple. Il a besoin de calme, de contentement et non de menées sanglantes. La Chine n'est pas la Russie. Le sang, la lutte, la mort, les sacrifices, nous les avons connus à profusion. Je n'entends rien à la politique, je n'ai pas été au collège comme toi. Mais le bon sens me dit que les communistes ne nous aiment pas ; ils veulent faire de la Chine une seconde Russie et se servir de nos hommes pour la révolution mondiale. Si tu n'avais pas la cervelle d'un singe, tu comprendrais.

– Le calme et le contentement, en vérité ! Vous demandez le

contentement à un peuple qui a plus souffert, plus enduré, plus connu la faim et la pauvreté qu'aucun autre peuple au monde ! Et vous faites assassiner ceux qui veulent aider ce peuple pour que vos affaires prospèrent, pour que vos ripailles et vos beuveries ne soient pas troublées !

– Tais-toi, je te défends de parler ! cria Chang, qui ne se dominait plus. Tu arrives comme un mendiant, j'ai honte de mon fils devant le portier, tu es affamé, sale, en loques comme un mendiant, tu parles comme un mendiant. Tu oublies tes devoirs envers ton père et ta famille. Tu pourrais obtenir un poste de ministre, être utile au gouvernement, faire honneur à ta famille ; tu es dans la banque que j'ai édifiée pour toi, ta place est ici, et tu préfères pactiser avec les mendiants, être un mendiant toi-même ; tu n'apportes que puanteur…

– Un mendiant, bien, je préfère être un mendiant puant plutôt qu'un ministre dans un gouvernement que les étrangers ont acheté. J'aime mieux être un mendiant qu'un banquier comme toi ; vous êtes des malfaiteurs, toi et tes amis, des malfaiteurs, des voleurs, des assassins qui vivez dans votre richesse comme dans un cloaque. Assassins…

Chang père leva les deux poings et les abattit sur la nuque de son fils. Yutsing chancela sous les coups qui pleuvaient sur lui, mais il resta debout. Du sang jaillit de ses narines et il essaya de le renifler. Bo Gum Chang se détourna en gémissant et s'affala dans le large fauteuil sculpté derrière son bureau. Yutsing quitta la pièce sans un mot de plus. Il ne savait pas où il allait et ses pieds le portèrent vers l'horrible rue d'où il était venu. Plus de cadavres. La maison criblée de balles dans laquelle il entra à tâtons était vide et semblait étrangement grande et bien rangée. Yutsing fut assailli par un vague sentiment de peur et il poursuivit sa route, acheta du riz et des légumes dans une cuisine roulante et paya avec les dernières pièces de cuivre qu'il trouva dans sa poche. Jusque-là, durant toutes les années qui avaient précédé la révolution, il s'était fait entretenir par son père sans jamais réfléchir. C'était fini. Il dormit profondément et sans rêves sur le pavé de la rue étroite où s'élevait un temple, entre les rangs serrés des fugitifs.

Quand il se réveilla le lendemain, il ne put rassembler ses idées. Il était raide et des frissons secouaient ses membres. C'était un matin gris, les brouillards venaient du fleuve. Beaucoup de monde s'agitait autour de Yutsing, on entendait des appels. Des pères et des enfants riaient même, tandis que les femmes, stupides comme toujours, fouillaient dans leurs baluchons ou donnaient le sein aux nourrissons. Un homme en blanc se mouvait entre les fuyards, se penchait sur les enfants, leur donnait du riz et des médicaments. Deux infirmières le suivaient, l'une poussant un énorme récipient plein de riz sur une voiture à bras, l'autre portant un cabas noir qui contenait des pansements et des drogues. Yutsing eut sans s'en rendre compte un sourire étonné. Cet homme n'était pas Jésus, bien qu'il ressemblât au révérend Thomas Warren de Saint-John. C'était le Dr Lee qui avait soigné Fongyung.

– Docteur Lee, dit machinalement Yutsing.

Le docteur détourna les yeux du bras de l'enfant à qui il venait de faire une piqûre et reconnut Yutsing. Quand l'enfant eut reçu sa portion de riz, qu'on mit dans l'écorce d'un potiron vidé, le docteur s'approcha de lui. Yutsing s'était levé et essayait avec irritation de commander silence à ses dents qui s'entrechoquaient.

– Que faites-vous là ? demanda le Dr Lee en tâtant son pouls.

Il ne parlait pas chinois mais anglais.

– Je pourrais vous poser la même question, riposta Yutsing.

Le Dr Lee ne leva pas les yeux de dessus sa montre tandis qu'il comptait le pouls.

– Nous avons provisoirement évacué la mission de Fu Kang, dit-il sèchement. Ma maison est brûlée, ma femme est morte, un transport au cerveau. La peur. Heureusement mes enfants sont en Amérique. Alors ici on se rend utile comme on peut.

Yutsing ne sut que répondre. Le Dr Lee mit sa montre dans sa poche.

– Vous avez la fièvre, dit-il. Sans doute la malaria ? Tenez... neuf pilules par jour. Je ne peux pas vous donner plus de quinine qu'il ne vous en faut pour trois jours. Nous manquons de médicaments. Comment va votre femme ?

– Je ne sais pas, dit Yutsing.

Durant ces jours d'effondrement, il avait pensé à Fongyung avec angoisse chaque fois qu'il avait été capable de réfléchir clairement. Le Dr Lee s'était approché d'un autre groupe. Les pilules de quinine devinrent chaudes dans la main de Yutsing.

Il arriva à Hang-Kéou sur une barque avec quelques camarades. La ville était vide et muette, les fabriques silencieuses, l'élégant quartier des étrangers abandonné, les banques fermées, la vie du port paralysée. Seules les imprimeries travaillaient nuit et jour. Les coolies chômaient. Sur les poteaux télégraphiques étaient collées des affiches avec un seul signe : Faim. Yutsing se présenta à la section de propagande, mais il n'y avait pas grand-chose à faire. Après bien des démarches, il trouva Fongyung dans un hôpital que les étrangers avaient évacué. Deux religieuses françaises aidaient les jeunes Chinoises à donner des soins. Fongyung était entourée d'enfants malades, silencieux dans leur lit comme s'ils n'avaient pas eu de douleurs. Elle était maigre, transparente, et seule la rondeur délicate de son ventre gonflait la blouse d'infirmière qu'elle avait empruntée. Yutsing eut l'impression de trouver un verre d'eau fraîche un jour d'été, ou le feu de l'âtre un soir d'hiver.

Dans la ville, c'était l'atmosphère de la fin, du dénouement, de la liquidation définitive. Les caisses des grèves étaient vides, les coolies semblaient irrités et affamés. Borodin avait un accès de paludisme, un de ceux qui l'avaient déjà rendu incapable de travailler à Canton. L'armée de Tchang Kaï-Chek était en marche. La nouvelle circulait dans la ville que le général chrétien, qui avait passé un an en Russie, s'était mis en route pour sauver Hang-Kéou. Des télégrammes furent échangés, les messagers arrivèrent, essoufflés et fatigués, pour dire où se trouvait le général et quelle était la force de son armée. Mais subitement le général se mit du côté du plus fort, Tchang Kaï-Chek. La nouvelle se répandit dans le quartier des étrangers, où les révolutionnaires s'étaient établis, traversa la ville chinoise, gagna le port et l'arsenal. Dans l'imprimerie, en face de la chambre de Yutsing, les rotatives s'essoufflaient. Il alla au bureau de la propagande et attendit sans que personne eût recours à ses services. Plus tard il se rendit à l'hôpital pour voir Fongyung, car il avait besoin d'être rasséréné. En cette triste soirée, ruisselante de chaleur, il lui semblait que tout ce qui arriverait serait pour le malheur de la Chine, que tous les sacrifices avaient été vains, que chacun dans ce pays recherchait son propre avantage ; il pensa qu'en Chine on méprisait la pauvreté et le travail, qu'il fallait y être riche, y garder la face et que c'étaient les buts uniques que poursuivait chacun. Il sonna à la porte de l'hôpital et s'appuya à la petite tablette de pierre creusée, pratiquée en cet endroit pour permettre aux femmes d'y déposer les nourrissons femelles plutôt que de les tuer. Il faillit s'endormir de fatigue, mais il attendit, sonnant de nouveau à de courts intervalles. Des éclairs sillonnaient le ciel, de l'autre côté du fleuve, à travers les nuages épais, au-delà de Wu Chang. Comme on n'ouvrait pas, il retourna vers l'immeuble où avait été hébergée la délégation internationale et joua aux échecs jusqu'au matin.

Il ne revit pas Fongyung. Quand la révolution fut matée et que les soldats de Tchang Kaï-Chek tuèrent et emprisonnèrent, Yutsing perdit sa femme dans le chaos. Des amis lui conseillèrent de fuir, mais il erra aux environs de l'hôpital dans l'espoir de trouver Fongyung. Quand il sut qu'elle avait été torturée pendant trois jours et trois nuits avant d'être étranglée, il partit lui aussi.

Fongyung, dix-neuf ans, un corps d'enfant et un cœur d'héroïne. Elle avait brodé une étoile blanche sur la soie noire, elle l'avait cachée contre sa poitrine plate, elle l'avait tenue dans ses mains, l'étoile de la nouvelle Chine : elle n'avait pas été violée, les soldats ne lui avaient pas arraché les entrailles pour s'envelopper dans ses intestins. Ils ne l'avaient que torturée et étranglée. Le sang de sa femme martyrisée s'interposait entre Yutsing et les nationalistes de Nankin.

Il atteignit Moscou sept mois plus tard avec d'autres fugitifs russes, chinois et de races indéfinissables. L'émigration les avait conduits à travers toute la Chine, en bateau sur les fleuves, à dos d'âne dans les cols de montagne, à dos de chameau à travers le désert, dans des trains bondés, vers des pays de plus en plus lointains, de plus en plus froids ; insensible à tout, Yutsing vit défiler des Mongols et des mahométans qui lui donnèrent leur amitié ; il traversa le Turkestan et rencontra des bandits de toutes sortes ; il s'engagea dans les forêts sans limites de Sibérie, connut l'hiver hâtif de Russie, entendit des langues étrangères, vit des hommes étrangers, respira l'air amer et incompréhensible de l'étranger. Il assistait à sa propre vie, comme on observe un homme qui aurait beaucoup souffert, perdu ce qu'il avait de plus précieux et qui serait en train de faire des folies. L'homme faisait ce que Yutsing n'aurait jamais fait, vivait une vie qui n'était pas la sienne.

Il retrouva beaucoup de compatriotes à Moscou. Une délégation officielle y était arrivée à l'occasion du dixième anniversaire de la République soviétique et y était restée. Les Chinois se promenaient affairés et inutiles, personne ne s'occupait d'eux, ils avaient froid et ne pouvaient apprendre la langue.

– L'expérience chinoise est manquée, disait à Yutsing un certain Sokolov.

On eût dit que la Chine n'était pas un pays où vivaient des hommes, mais une formule chimique erronée. Yutsing, l'étudiant, se mit à apprendre la langue, il s'inscrivit à l'université de Sun Yatsen, qui avait été fondée pour des hommes comme lui, il habita les pièces surpeuplées et non chauffées qu'on avait mises à la disposition des Chinois. Il n'avait pas d'argent, cela rendait la vie impossible même dans ce pays. On y souffrait la faim d'une façon assez générale et assez passive, la nourriture n'était suffisante que dans les casernes de l'armée rouge. Yutsing quitta l'université qui s'étiolait et devint ouvrier dans une fabrique de camions. On y faisait beaucoup de politique et on travaillait peu. Les slogans, si souvent entendus, cessèrent de l'enthousiasmer, l'ennuyèrent, puis l'aigrirent. L'esprit de délation et d'espionnage régnait dans la salle des machines et il avait l'impression d'être enchaîné. Le Chinois était pauvre mais libre. Le Russe était pauvre et n'était pas libre. Plus il voyait de choses, plus il se prenait à douter. Ces gens vivaient comme des fourmis sans sagesse. L'État était la fourmilière, les gens ne savaient rien de l'harmonie ni du contentement de l'individu, qui sont l'âme intime, la propriété congénitale des hommes de son pays. Des centrales électriques, des barrages, des usines d'autos, mais nulle part le bonheur. Les machines souvent se dressaient contre les hommes, cessaient de travailler, et c'étaient les hommes qu'on condamnait alors et non les machines. Des gens disparaissaient et on n'avait pas le droit d'en parler. Il y avait des espions dans chaque maison, dans chaque famille; penser par soi-même était plus dangereux que de manier la dynamite. Il assista à un procès collectif au cours duquel vingt-quatre hommes furent condamnés à mort. Pendant des années, il avait vécu avec la mort, mangé, bu et dormi avec elle. La chose était curieuse : cette infime quantité de sang étranger qui allait être répandue le désarçonna, lui fit comprendre qu'il était las de la lutte; on eût dit qu'il ne pourrait plus jamais supporter de voir d'autres exécutions, d'entendre un coup de fusil, d'assister au châtiment d'un homme qu'on battait. Le mal du pays, le mal de sa Chine faillit le rendre malade ; on ne riait guère à Moscou. Il se consumait d'ennui quand il pensait au rire bon enfant des coolies, à leurs plaisanteries simples. « Nous seuls savons ce que c'est que vivre », pensait-il, et par ce « nous » il se désolidarisa de la Russie.

Plus tard, quand il pensait à ces années, il lui semblait qu'il avait traversé un hiver éternel, qu'il n'avait pas vu de fleurs, qu'il n'avait jamais entendu de chansons. Rien n'existait en dehors de l'« Idée », et ceux qui ne trouvaient pas leur bonheur dans l'Idée ne pouvaient pas être heureux en Russie. L'hypnose dans laquelle il avait vécu pendant toute sa jeunesse cessa d'agir un jour. Il se réveilla un matin et pensa : « Pendant ce temps la vie continue sur les bords du lac occidental ; les filles rient dans les cours, la mère fait de la broderie sur soie, la tante brûle de l'encens, les fleurs de lotus sont écloses au bord du lac, sur les barques on entend de la musique, les oiseaux de l'amour chantent dans leur cage, et les saules plongent leurs belles branches jusqu'au miroir de l'eau. » Il regarda autour de lui et se détourna de toute cette mesquinerie inhumaine dont était faite son existence. Il emprunta de l'argent et rentra dans son pays.

On lui donna de l'argent et des missions à remplir dans la province rouge de Kiangsi. La guerre continuait en Chine. L'armée rouge luttait contre l'armée des nationalistes. L'une comme l'autre vivaient du pays, c'était la misère pour les paysans. Les deux armées étaient mieux disciplinées qu'autrefois. Elles luttaient selon les méthodes chinoises qui prescrivent que la plus faible doit se rendre à la plus forte sans beaucoup combattre ; c'était une méthode de guerre sage et pleine d'esprit, sans laquelle la Chine, toujours en proie aux guerres civiles, eût été entraînée au suicide depuis longtemps.

On proposa à Yutsing le poste de commissaire dans l'administration d'une petite ville du Kiangsi. Tandis qu'il réfléchissait pour savoir si son devoir était d'accepter, un événement désagréable l'éclaira. Dans un quartier pauvre de la ville, les gens à qui l'on avait prêché l'abolition du culte des ancêtres morts, du respect exagéré des vieillards et de la famille, se mirent à brûler leurs grands-pères et leurs grand-mères qui n'étaient que des bouches inutiles. Une nouvelle campagne de propagande s'imposait. Yutsing déclina en souriant l'offre qui lui avait été faite. Il était né avec une dent dans la bouche, mais il ne voulait plus être un chef. « Je suis devenu las à force de vivre », songea-t-il. Il trouva des mots polis et bien choisis pour remercier ceux qui lui avaient offert un poste dont il se sentait indigne. Sa maison au bord du lac le sollicitait comme un sanctuaire attire un pèlerin. Mais il était plus difficile de quitter la contrée rouge que d'y accéder. Des autobus, des barques, le chemin de fer, la chaise à porteurs sur les mauvaises routes, les rikshas le long des canaux, des déguisements, des dangers, l'angoisse de la mort, le mal du pays… et enfin le retour au pays.

Le silence vivant des cours, les soins délicats, presque humbles de sa mère, le rendirent peu à peu à lui-même. Il remit le long vêtement des étudiants et s'en alla le dos voûté comme il sied à un homme de science et comme il lui est commode de faire. Cela faisait du bien après avoir porté pendant si longtemps la tenue raide des étrangers. Il plaisantait avec sa tante qui ricanait comme une jeune fille. Il alla voir le second maître à la mairie et discuta des devoirs d'un fils avec le vieux maître dont le menton s'ornait d'une maigre barbiche blanche et vénérable. Il se reprit à lire dans les vieux livres et essaya d'assouplir sa main pour la calligraphie. Il trouva un ami qui l'aida à se réadapter, Liu, le fils d'une grande famille qui avait acheté la maison voisine. Liu était un poète, il avait un esprit mordant à mille facettes, l'odorat fin et le palais délicat. Il invita Yutsing à une petite fête de connaisseurs pour boire du thé de Luching, ébouillanté avec de l'eau de la source du Vieux Dragon. Une autre fois il lui servit du poisson qu'on avait transporté vivant du fleuve Lung jusqu'à Hang-Kéou. Puis ce fut une soirée agrémentée des sons du luth où l'on brûla un encens spécial. Une autre fois encore, il lui offrit une pipe d'opium qui leur permit d'échanger des propos particulièrement lucides.

Le père Chang rentra chez lui pour la fête du nouvel an et la mère se porta à sa rencontre jusque dans la première cour sur ses petits pieds démodés. Yutsing, saisi d'un remords subit et d'une grande émotion, s'agenouilla devant lui et inclina sa tête jusqu'à terre. Son père le releva rapidement et tout confus le serra contre lui comme on fait pour un enfant. On ne parla pas des années durant lesquelles Yutsing était resté introuvable, ni des circonstances qui avaient accompagné leur séparation. Quand ensemble ils s'approchèrent des tablettes des ancêtres, Yutsing vit avec stupéfaction que des larmes coulaient sur les joues de son père géant. Celui-ci fit pour les essuyer avec sa manche le geste qu'il avait dû faire jadis pour éponger la sueur de son visage de coolie.

Yutsing avait vingt-sept ans. Le poids des aventures l'avait rendu las comme un vieillard. Et il eût continué à vivre comme un vieillard si les Japonais n'étaient venus à Shanghaï.

Durant la guerre de Mandchourie, il avait bouché ses oreilles aux cris de protestation contre les Japonais. Après tout, les trois provinces de l'Est n'étaient pas chinoises; elles avaient appartenu aux empereurs du Mandcho et n'avaient jamais été partie intégrante de l'empire du Milieu. La domination japonaise ne pouvait être pire que celle du général des bandits, Chang Tso-lin, qui avait régenté ce pays jusque-là. Yutsing était fatigué, fatigué jusqu'à ne plus pouvoir prendre parti. Il mâchait des pépins de melon ou des pépins de tournesol, buvait du thé, jouait au mah-jong avec Liu et réchauffait son cœur gelé. Mais quand les Japonais firent de Shanghaï un champ de bataille pour partir contre le cœur de la Chine, il s'éveilla et écouta. Pour la première fois depuis de longues années, des troupes chinoises combattirent sérieusement, courageusement, avec endurance un ennemi étranger; la guerre n'était plus un marchandage, au cours duquel l'adversaire pouvait être gagné par l'argent, ou être décidé à changer de camp par l'appât d'une haute situation. L'orgueil national, l'honneur national étaient en jeu. Pour la première fois Yutsing vit la lueur verte, au ciel, la lueur qui précède l'aube. Pour la première fois il ressentit quelque chose qui ressemblait à de l'estime pour les hommes du Gouvernement national qui avaient tué sa femme.

Son père vint le voir pour quelques jours, son humeur était excellente, il parlait de la guerre de Shanghaï comme d'une bonne plaisanterie ou comme d'une course de chevaux dans laquelle il s'agissait de miser sur la bête gagnante. Quand il retourna à Shanghaï, la mère demanda secrètement à Yutsing d'accompagner son père comme si la présence de ce fils peu robuste eût pu protéger le géant. Yutsing fut content de se rendre dans la ville pleine de barricades, non pour combattre – il n'était plus soldat –, mais pour voir, pour comprendre ce qui se passait.

La ville en état de guerre vivait comme elle avait toujours vécu; on eût dit que rien ne pouvait troubler son cynique optimisme. Les boîtes de nuit étaient ouvertes, on dansait, on buvait et on jouait ; les maisons closes, les fumeries d'opium regorgeaient de visiteurs qui avaient besoin de détendre leurs nerfs. Ses oreilles s'habituèrent au bruit des canons, peut-être la ville était-elle plus bruyante que la guerre. Yutsing pensa à un passage de la Bible, ce livre qu'il avait cru avoir oublié. Une bible en langue anglaise se trouvait dans chaque chambre d'hôtel, délicate attention qui ne manquait de surprendre dans une ville aussi pervertie. Il lut, péniblement d'abord, puis en souriant ; les phrases qu'il avait apprises par cœur dans sa jeunesse revenaient toutes seules dans sa mémoire d'étudiant. Sodome et Gomorrhe, c'était ce qu'il cherchait. La nuit, la résine et le soufre pleuvaient sur la ville et l'on obscurcissait les rues pour être à l'abri des bombes aériennes. A Chapeï on tirait des fenêtres, les Chinois s'embusquaient dans des tranchées et derrière des portes cochères, et regardaient la mort en face avec une indifférence que Yutsing connaissait mais que les étrangers avaient peine à comprendre. « Un chien en paix vaut mieux qu'un homme en guerre », disaient les coolies et les enfants qui profitaient de l'arrêt du tir pour sortir de leur cachette et ramasser comme butin ce qui traînait dans les rues : cartouches vides, et autres vestiges de guerre.

Par une belle journée d'hiver, comme on venait de proclamer un armistice, Yutsing se rendit à Chapeï. Il avait son passeport car le nom de son père lui ouvrait toutes les routes. Comme la voiture venait de traverser le pont sur le Soochow Creek, Yutsing, qui était descendu pour faire à pied le trajet entre les barricades, sentit un ébranlement puissant qui le jeta par terre. Les Japonais semblaient avoir changé d'avis et rompaient l'armistice. Une bombe aérienne venait de détruire un dépôt de munitions. Quand Yutsing eut retrouvé tous ses membres, quand il eut constaté qu'ils étaient intacts, il courut dans la direction d'où venait l'explosion, suivant son instinct, sans réfléchir autrement. La rue dans laquelle il s'engagea était déserte comme tout ce quartier dans lequel un coup de fusil, venant d'une fenêtre barricadée ou d'une autre, rompait seul le silence. Un homme était occupé à sortir des décombres du hangar bombardé des blessés qu'il alignait sur le milieu de la route. Sa blouse blanche de médecin était sale et son visage était couvert de suie et de poussière.

– Pouvez-vous m'aider ? Mes brancardiers ont pris la fuite. L'ambulance se trouve derrière vous, dit-il brièvement.

Yutsing le suivit à travers les décombres où le feu faisait entendre son grésillement. Ils transportèrent encore un homme qui mourut à l'instant où ils le posèrent par terre. Le mouvement que fit le médecin pour se pencher sur le mort réveilla un vague souvenir dans la mémoire de Yutsing.

– Docteur Lee ? fit-il en hésitant.

Ses mains tremblaient encore consécutivement à la commotion, à l'émotion, à la peur. Le docteur leva son visage noirci :

– Est-ce que nous nous connaissons ?

Yutsing fit un signe d'assentiment. Il se remit à l'ouvrage et ils transportèrent un blessé après l'autre vers l'ambulance qu'abritait un garage vide.

Un shrapnell avait arraché une jambe à l'un des blessés. Il la serrait convulsivement entre ses mains et suppliait le docteur de la lui recoudre.

– Si tu meurs, je te la recoudrai, mais si tu restes en vie, tu gagneras davantage avec une seule jambe, lui dit le docteur en manière de consolation.

Yutsing n'avait jamais entendu un étranger dire quelque chose d'aussi sensé, d'aussi gentil et d'aussi foncièrement chinois. Le Chinois n'a pas très peur de la mort, mais il ne redoute rien tant que d'arriver mutilé dans l'autre vie. Par contre, dans cette vie-ci un infirme est assuré d'un salaire régulier dans n'importe quelle corporation de mendiants. Cette considération décida Yutsing à suivre le docteur dans les expéditions dangereuses qu'entreprit celui-ci autour de la gare du Nord. Une amitié spontanée et taciturne se noua entre ces deux hommes de races ennemies, qui avaient tous deux perdu leur femme. Le résultat de cette amitié fut que Yutsing partit pour l'Amérique l'automne suivant afin d'étudier la médecine. Il avait haï l'Occident, l'avait combattu et redouté. Il avait méprisé l'Occident en raison de sa barbarie et il l'avait admiré en raison de l'efficacité de son effort. Les dernières luttes l'avaient convaincu que la Chine devait adopter les méthodes de l'Occident, si elle voulait survivre à cette époque qui était différente de tout ce qu'avait connu son pays pendant les quatre mille années de son existence. Il se rendit en

Amérique parce que seul l'Occident pouvait lui fournir les connaissances et les armes qu'il voulait détenir.

Il trouva un peuple qui possédait, dans le pays des capitalistes, tout ce que désirait la Russie, tout ce dont elle rêvait. De mémoire d'homme on ne se souvenait pas d'avoir vu de guerre ni civile ni étrangère. Il n'y avait pas de famine, pas de mendiants. Il y avait la sécheresse et des inondations car la nature ne respecte pas les lois de l'homme, mais quand la misère surgissait l'aide ne tardait pas à venir. Il y avait de la liberté et de la justice dans la plupart des cas. Quand on découvrait une injustice ou un soudoiement, le peuple en faisait grand bruit et chacun avait le droit de dire ce qu'il pensait et personne n'était exécuté à moins qu'il n'eût tué lui-même. On ne trouvait guère d'hommes qui ne sachent lire et écrire; Il y avait des écoles pour chacun, des hôpitaux pour les malades, des défenseurs pour les pauvres inculpés d'un délit. La police ne se servait pas de matraques mais souriait et aidait les enfants et les vieilles femmes à traverser la rue. Il y avait des pauvres, mais en Chine et en Russie on les aurait trouvés riches. Il y avait des riches, mais on n'admettait pas qu'ils gardent tout pour eux sans rien donner aux autres. On n'imposait pas les pauvres au profit des riches; au contraire les pauvres payaient peu d'impôts et les riches en payaient beaucoup. Et quelles que fussent la fortune des uns et la pauvreté des autres, le niveau de vie ne variait que peu. Car le ventre le plus riche ne peut plus être rempli quand il est plein ni vêtu davantage quand il est déjà protégé contre le froid. Un toit qui vous abrite, un lit pour dormir, de la nourriture pour la femme et les enfants, tels sont les besoins essentiels de l'homme; la pauvreté ne commence que lorsque ces besoins ne sont pas satisfaits. Le reste n'est que nuances, raffinements et recherches, le reste n'importe pas, pensait Yutsing qui avait vu beaucoup de choses.

C'était un sentiment tout nouveau que de vivre dans un pays qui était en paix avec ses voisins, dont toutes les provinces unies obéissaient aux mêmes lois. La sécurité régnait sur les routes et l'on ne voyait pas de soldats; les femmes pouvaient sans danger se promener parmi les hommes et chacun avait droit à la politesse de l'autre. Bien que Yutsing eût été élève d'une école de blancs, il n'avait jamais cessé de penser que l'amour des enfants, la politesse des rapports, les égards pour les vieillards étaient l'apanage exclusif des Chinois. Il était surpris de constater, avec un sentiment d'infériorité pour lui-même, que les barbares n'étaient pas en toutes choses des barbares. Pendant quelque temps, tout ceci le troubla et il pensa avec chagrin : « Mon pays ne pourra jamais être ce qu'est ce pays-ci. »

Il était arrivé sur la côte occidentale et prit tout le temps qui lui sembla nécessaire pour traverser le pays et le connaître avant d'arriver à New York. Son père qui était heureux que ce fils, qu'on avait cru perdu, fût revenu dans le bon chemin, lui envoyait de l'argent de façon généreuse. New York rappelait Shanghaï ; les gens qui y vivaient étaient plus bruyants, plus pressés et moins en harmonie avec l'univers que les habitants des petites villes et des villages. En fin de compte Yutsing constata que les Américains, qui avaient tout ce qui manque à d'autres peuples, étaient moins heureux que la plupart d'entre ceux-là. Gais, bruyants et rapides, oui, certainement; mais jamais vraiment heureux. Ils ne savaient pas ce que tout coolie sait en Chine, que la vie est bonne, que l'homme n'est qu'un des dix mille objets de l'univers et que le monde est rond et ne forme qu'un tout : yin et yang, le ciel et la terre, l'homme et la femme, le jour et la nuit, la lumière et l'obscurité, le bien et le mal; ils ne savaient pas qu'il est donné à tout homme de vivre en harmonie avec ce tout.

Chang avait porté beaucoup de noms dans sa vie, bien qu'il n'eût encore que trente ans. Il avait été tour à tour Lao Chang Yutsing, l'honoré jeune Maître, John le chrétien, Chang Jesun, l'humble étudiant, Chang le coolie, tovarich Chang le communiste. A présent il était Mr Chang, un des mille étudiants de la Columbia University. Il habitait un petit hôtel dans Chinatown et prenait ses repas avec des étudiants chinois. Il allait au club chinois et au théâtre américain. Il apprit à connaître la fraternelle sollicitude de l'homme blanc pour toute créature, mais aussi l'orgueil de ces mêmes hommes à l'égard de ceux qui n'avaient pas leur couleur de peau. Et comme Mr Chang était un Chinois, il trouva que beaucoup de choses qu'il voyait et apprenait étaient drôles, et il fit là-dessus des annotations sarcastiques dans son calepin. Il travaillait beaucoup et avec amour; sa vie nouvelle refoulait dans l'oubli certains souvenirs trop cruels.

Il n'oublia jamais Fongyung; elle devint comme l'ombre d'une branche de saule sur l'eau tranquille, puis comme le parfum d'un champ de trèfles fraîchement coupé à l'heure du crépuscule, enfin comme le son d'une flûte sur le lac, au soleil couchant, un son qui s'éteint si doucement que l'oreille ignore l'instant précis où elle a cessé de le percevoir.

Ainsi Mr Chang épousa une jeune fille qui était étudiante en médecine comme lui ; une fille qui était vivante et libre comme une Américaine car elle était née à New York, mais qui avait gardé la peau fine, la grâce et la docilité de sa race. C'était Pearl Fong, la fille d'un négociant de Mott Street dans Chinatown. Ils passèrent ensemble leur concours, puis le Dr Chang rentra en Chine. Il constata les grands progrès que son pays avait faits en peu d'années, adhéra au mouvement « Vie nouvelle », et fit la paix avec le gouvernement de Nankin.

A l'instant où commence notre récit, il occupait une situation importante à l'office de l'Hygiène et de la Santé publique du Grand Shanghaï.

DEUXIÈME PARTIE

LA VILLE

LA VILLE

Pendant que le Sikh à barbe noire, posté à l'angle de Yates Street, arrêtait le trafic pour permettre au flot d'autos, rikshas et piétons de traverser Bublin Well Road, le Dr Chang eut le temps d'acheter un journal anglais du soir.

– Quelles nouvelles ? demanda Taylor en remettant la voiture en marche.

Le Dr Chang parcourait les en-têtes à travers les lentilles biconcaves de ses lunettes qui noyaient son regard.

– Rien de particulier, dit-il en repliant le journal.

Frank Taylor, mécontent, constata que ses mains moites de chaleur collaient au volant. Son costume blanc était revenu du blanchissage mal repassé et formait déjà des plis aux coudes et au creux des genoux. Tout en dirigeant le volant du genou, il tira son mouchoir et s'essuya les mains.

– Sale ville, dit-il, pas moyen d'être propre.

Le Dr Chang sourit poliment.

– C'est une loi de nature, semble-t-il, que l'homme ne se sente à l'aise que dans son climat natal, dit-il. Moi, par exemple, la chaleur de Shanghaï ne m'incommode pas, tandis que la chaleur de New York a failli me rendre fou. – il reprit le journal, l'ouvrit, le parcourut tout entier et finit par le déposer : Non, rien de neuf, dit-il.

Il arrivait depuis quelque temps que des coups de fusil fussent échangés entre Japonais et troupes chinoises dans le Nord, mais le Nord était loin et l'agitation y était habituelle.

– Si seulement on trouvait à boire à l'aéroport, dit Taylor, qui avait mal à la tête à la suite de la nuit passée au *Cathay Club*.

Son gosier desséché réclamait beaucoup de soda avec un rien de whisky. Yutsing Chang sourit avec une politesse distraite.

Ils sortirent de la ville, roulèrent quelque temps entre des champs et de petites maisons, dans des relents de choux et de fumier, dans les vibrations de l'atmosphère chaude et humide. Les routes de cette banlieue étaient bordées de maisons chinoises basses et de boutiques en plein vent. Peu de voitures. De loin en loin, ils croisèrent des rikshas occupés par de gros Chinois d'âge mûr, qui habitaient dans ce coin de banlieue. Puis encore des usines, encore des champs de choux.

– Combien de temps resterez-vous à Nankin ? fit Taylor distraitement.

– Deux jours, si je puis voir tous les messieurs avec qui je dois parler, répliqua le Dr Chang. – il avait mis sa petite valise entre ses jambes : Il s'agit du jamboree, ajouta-t-il. Il ne faut pas que les organisateurs fassent de fausses manœuvres. Les scouts retourneront dans leurs villages et raconteront ce qu'ils auront vu. Il est absolument nécessaire qu'ils rapportent d'ici une impression d'ordre et de discipline et qu'ils répandent ces idées, une fois rentrés.

Chang eut un soupir. Ordre et discipline ! qualités étrangères au Chinois qui ne demandait qu'à vivre au milieu d'un aimable désordre. L'argent qui devait être consacré à ce meeting de scouts se volatilisait en route comme de coutume. On avait bien placardé sur les murs de belles affiches où un jeune scout bien découplé brandissait au-dessus d'une jolie ville la bannière scout portant la triple devise : Intelligence, Courage, Amabilité. Taylor avait vaguement écouté. Il sourit.

– Sans doute ma fiancée sera-t-elle arrivée lorsque commencera votre affaire, dit-il, j'ai reçu d'elle un télégramme. Peut-être nous marierons-nous avant votre jamboree.

Le Dr Chang ôta ses lunettes en un geste de surprise respectueuse, comme on ôte son chapeau.

– Et qu'avez-vous attendu pour me dire cela ? s'écria-t-il.

Taylor lui frappa sur l'épaule.

– Qui donc m'a appris à ne pas commencer par parler de ses

affaires personnelles, comme nous autres Américains aimons tant à le faire ? dit-il.

Chang amusé se prit à rire ; il riait encore comme ils traversaient un canal couvert de maisons flottantes et tournaient dans la rue boueuse menant à l'aéroport de Lunghua. Il prit le petit sac entre ses jambes et remercia cérémonieusement Taylor de l'avoir conduit.

– Ne me remerciez pas, dit Taylor. J'ai été heureux de vous emmener, du moment que j'avais affaire dans ce satané coin.

Il tendit la main à Chang qui la prit avec hésitation et sans trop y toucher, comme s'il s'était agi de quelque objet mouillé ou répugnant. Il ne pouvait pas s'habituer au shake-hand. Un boy chinois en tenue blanche s'empara du petit sac. Sur le terrain, l'avion attendait déjà, gris d'argent, dans la brume ensoleillée.

Frank fit encore à Chang un signe d'adieu avant de faire demi-tour, mais le Chinois, tout à sa serviette noire, ne le vit pas. Sa silhouette maigre, penchée en avant, disparut dans le bâtiment qui avait l'air d'un baraquement provisoire abandonné. Frank ne savait pas trop s'il aimait ou non le Dr Chang. Gentil, mais ennuyeux, pensait-il souvent. Chang et sa femme étaient les seuls Chinois avec qui il eût des relations suivies, et encore voyait-il en Chang et son « Centre d'hygiène » surtout de bons clients. Chang avait la passion des brochures d'hygiène illustrées et des affiches de propagande très utiles pour agir sur une population qui n'avait aucune notion d'hygiène et ne savait pas lire. B. S., le manager en chef, avait, dès le premier jour, conseillé à son jeune employé de dépouiller son orgueil de race et d'attirer la clientèle chinoise. Les distinctions de race entre blancs et jaunes étaient passées de mode : seules quelques firmes anglaises, figées dans leurs routines, s'obstinaient dans cette politique périmée, très préjudiciable d'ailleurs à leurs débouchés. Les grosses commandes qu'avaient values à Frank ses rapports de collaboration amicale avec le Dr Chang n'avaient pas peu contribué à son avancement et à l'augmentation de son traitement. Si la situation de Frank s'était assez améliorée pour rendre possible son mariage avec Ruth Anderson, il le devait pour une bonne part au Dr Chang et à ses affiches. En fait, Chang était un brave garçon – pour un Chinois –, conclut Frank après mûre réflexion. Il arrêta sa voiture et descendit près du pont pour mieux voir la silhouette de la pagode qui se dressait derrière des maisons et des toits en ruine; aussitôt, quelques Chinois curieux se pressèrent autour de lui, le dévisageant avec cette expression à laquelle il ne pouvait s'accoutumer : l'air endormi, la bouche ouverte, avec on ne sait quoi d'insolent. Ils puaient affreusement. Taylor remonta bien vite en voiture, s'essuya les mains et repartit.

Il y avait ici, comme devant tous les temples, des baraques où l'on vendait des guirlandes de papier-monnaie pour les dieux, des cuisines en plein vent avec leurs marmites énormes d'où montait une vapeur chaude répugnante, des baraques d'écrivains publics et de diseurs de bonne aventure et un tas d'enfants rachitiques et loqueteux.

Quoique Frank Taylor habitât Shanghaï depuis près de trois ans et fût souvent venu à l'aérodrome, il n'avait jamais pris le temps de visiter la pagode de Lunghua toute proche. Mais, aujourd'hui, il avait pour le faire une raison professionnelle; il descendit de voiture et regarda avec curiosité tout ce qui l'entourait. Ici, ce n'était plus Shanghaï, c'était la Chine avec toute sa crasse. Taylor, le pied de sa caméra sous le bras, passa autour de son cou la courroie de l'appareil, mit quelques rouleaux de films dans sa poche et se fraya un passage à travers la muraille humaine qui s'était soudain dressée autour de lui. Un jeune homme maigre vêtu de la longue robe des étudiants s'offrit en mauvais anglais pour garder la voiture que Frank quitta devant la porte du temple. « Tshih ! » cria Taylor aux gamins qui se pressaient autour de lui et l'un d'eux lui cria « Scram ! » en pur slang américain. Taylor eut peine à ne pas rire et s'avança la mine renfrognée dans la cour du temple; deux soldats promenaient deux cheveux blancs, comme dans une cour de caserne. Il s'y dressait également des baraques de marchands, une foule s'y agitait, toussante et crachante. Wang Wen, l'assistant auquel Taylor avait donné rendez-vous au temple, ne semblait pas être arrivé; Frank maudit tout bas l'inexactitude et le laisser-aller chinois. Il traversa le premier temple presque désert et très sale où quelques baguettes d'encens se consumaient devant la déesse de miséricorde. Il vit quelques-uns des Chinois en prière le regarder à la dérobée avec un sourire nettement railleur, il se rendit compte que la vue d'un étranger tout suant et de mauvaise humeur, traînant lui-même caméra, pied et films, n'était pas fait pour élever le prestige de la race blanche. Un petit vieux, lisant dans sa pensée, comme savent le faire tant d'Orientaux, se présenta aussitôt et, en un anglais qui sonnait comme du chinois, s'offrit, contre rétribution, à lui servir de porteur. Taylor, qui avait l'expérience de Shanghaï, marchanda un peu et réduisit de moitié, à dix cents, le prix de sa complaisance. Puis il avança, débarrassé de son fardeau, suivi à distance respectueuse par le Chinois qui s'en était chargé. Un groupe toujours grossissant de curieux s'était joint à lui. Frank traversa les cours et les salles du temple qui toutes étaient laides et malpropres ; l'encens ne faisait aucun bien à sa migraine. Il toussa et aurait bien voulu cracher par terre, comme le faisaient sans gêne les Chinois. Mais il avait dans le sang le respect d'un sanctuaire quel qu'il fût et ne put s'y résigner. Enfin, il trouva un coin d'où la pagode se détachait bien sur le ciel : c'était une petite cour-jardin de forme circulaire où allaient et venaient deux prêtres vêtus de robes à larges manches.

– Puis-je m'asseoir ici ? dit-il à l'un d'eux.

Visiblement l'homme ne comprenait pas l'anglais, mais avec un geste d'extrême politesse, il lui montra dans le petit jardin un banc de pierre semi-circulaire. Taylor s'assit avec un soupir, reprit la caméra et son pied et renvoya le petit vieillard à la porte extérieure du temple pour guetter l'arrivée de Wang Wen. Les prêtres quittèrent le jardin sans un regard pour Taylor.

Il n'y avait pas d'ombre ici, non plus, mais un petit bassin au milieu du jardinet, où poussaient des lotus, donnait un peu de fraîcheur. Frank se pencha sur l'eau, se lava les mains, les lécha avec son mouchoir tout sale et roulé en boule.

Le premier mois de son séjour à Shanghaï, il avait été contaminé par une danseuse coréenne : rien de grave ; en quatre semaines il avait été guéri. Mais de ce temps-là il gardait l'impression nerveuse d'avoir toujours les mains sales. Lorsque, les mains lavées, il se laissa retomber sur le banc de pierre, il se sentit beaucoup mieux et ce mieux-être le fit penser à Ruth. Il prit dans sa poche le télégramme froissé et le relut, « Départ demain sur *Kobe Maru,* autres bateaux complets. Stop. Arriverai neuf août. Stop. T'aime plus que jamais. Ta Ruth. »

« Il était temps, pensa Frank. On mène une vie de chien dans cette ville. On n'a guère le choix. Beuverie au club avec les autres célibataires, tournées de nuit dans les dancings de Foochow Road, des bouges pleins de prostituées de toutes couleurs, ou bien crever d'ennui dans la société américaine respectable : bridge avec de vieux commerçants qui vous tapent sur l'épaule et hochent gravement la tête. »

La pensée de Ruth fut pour Frank comme une brise fraîche qui balaie toutes les malpropretés, sa migraine même en fut dissipée. Il respira à pleins poumons, essaya de concentrer son attention pour revoir en pensée le visage de Ruth, sa silhouette. Mais tout ce qu'il put voir en fermant les yeux, c'étaient les innombrables bannières suspendues dans les rues, les enseignes chinoises, les drapeaux qui pendaient immobiles dans la chaleur. Il ouvrit vite les yeux, les leva vers la pagode qui dressait sa masse grise dans le ciel lourd chargé de brume.

Tandis qu'il était assis là, il perçut autour de lui comme un début d'agitation. Il entendit rire et criailler beaucoup de voix chinoises, il vit enfants et vieillards longer en courant le petit mur de pierre qui séparait son petit jardin de la cour. Ils couraient toujours plus nombreux, riant et piaillant. Frank se décida à reprendre sa caméra et suivit la foule pour voir ce qui se passait. Peut-être est-ce la déclaration de guerre ? pensa-t-il vaguement. Barley Scott (B. S.), le manager en chef de l'Eos Film and Photo Company, succursale de Shanghaï, dont il était devenu l'adjoint tout récemment, avait murmuré de sombres prophéties, disant que cela ne se passerait pas aussi simplement qu'en 32.

Lorsqu'il atteignit la première cour, il se rendit compte combien peu il saisissait le mécanisme des cerveaux chinois. La cause de tout ce bruit, de toute cette agitation, ce n'était pas une nouvelle de guerre, mais un attroupement toujours grossissant au centre duquel les mendiants se pressaient autour d'une femme blanche. Le vieux porteur de Frank était là, riant de sa bouche édentée et l'attroupement ne cessait de grossir. Frank jeta un regard autour de lui. Wang Wen ne se montrait toujours pas. La rage s'empara de lui quand il sentit la puanteur de cette foule lui monter aux narines de façon tangible.

– *Tshih !* cria-t-il.

Et il chercha à percer dans le tas. Mais il lui fallut jouer des poings pour qu'on le laissât passer. Les aveugles, galeux, lépreux, qui formaient le noyau central de ce magma humain étaient entrés en transe, ils ne s'aperçurent pas de la présence de Frank, ne sentirent pas ses poings, ils dansaient et criaient autour de la femme, brandissant leurs moignons, mettant sous son nez leurs plaies purulentes, tiraillant sa robe, tandis que des essaims de mouches entouraient les yeux chassieux des aveugles et les têtes camardes des syphilitiques. Frank Taylor se sentit défaillir en voyant tout près de lui les orbites évidées d'un aveugle, que tenaient ouvertes des bouts de bambou. Il en eut une telle nausée qu'il ne pouvait même pas taper sur l'homme. Mais son vieux bonhomme de porteur était entré derrière lui dans le tas et se donnait de grands airs, comme il convenait à l'homme de confiance d'un si grand personnage. A force de cris et de jurons, il écarta le cercle des mendiants qui s'agitaient autour de la femme. Ils reculèrent en riant, une vieille sans nez cria une plaisanterie que les assistants éloignés saluèrent d'une bordée de rires. Frank se trouva tout seul avec la femme blanche au milieu de la cour.

– Vous a-t-on fait du mal ? demanda-t-il, encore tout essoufflé.

– Mais non, merci mille fois, seigneur Galahad, dit la dame ; très intéressant, mais quelle horrible odeur !

Frank remit en ordre sa cravate, rentra sa chemise dans sa ceinture. Alors seulement, il regarda la dame. Elle était blanche et nette, comme l'affiche d'une marque de savon. Elle portait un grand panama plat, des gants de batiste blancs, ses jambes nues étaient chaussées de sandales blanches. L'ongle du gros orteil laqué de rouge foncé, selon la mode du jour, semblait tout spécialement amusé, impertinent, tant il était impeccable. Une ceinture extraordinairement fine entourait sa taille d'une minceur surprenante ; elle avait les hanches longues et étroites. Les rares cheveux qui se montraient sous le chapeau étaient d'une couleur invraisemblable, foncés mais très rouges ; Taylor comprit au bout d'un moment ce qui en elle semblait si bizarre. C'est que, malgré ses cheveux roux, elle avait un teint tout bruni par le soleil et sans taches de rousseur.

– Qu'est-ce qui s'est donc passé ? demanda-t-il, notant tous ces détails sans même s'en apercevoir.

– Je ne sais pas ! J'ai donné un peu d'argent à une sympathique vieille dame syphilitique ; là-dessus, ils sont tous devenus fous, dit-elle en riant.

Sans aucun doute, la scène l'avait amusée plus qu'elle ne lui avait fait peur.

– Combien lui avez-vous donné ? demanda Taylor, agacé par tant d'inconscience féminine.

– Je n'arrive pas à m'y reconnaître dans les monnaies de Shanghaï. Un de ces billets crasseux, répliqua-t-elle d'un air amusé.

– Un dollar ! cria-t-il indigné. Rien d'étonnant si ces gens ont failli vous assassiner. Ils n'ont encore jamais vu tant d'argent.

Elle referma le sac blanc qu'elle avait jusque-là tenu tout ouvert à la main.

– Alors, ç'a a dû être une belle fête, dit-elle joyeusement. Mon mari m'avait donné vingt-cinq dollars quand je suis sortie et tout est parti.

Ils s'étaient approchés lentement de la première salle du temple. La cour était presque déserte. Sans doute les mendiants étaient-ils partis avec cet extraordinaire butin pour courir s'acheter du riz ou de l'opium.

– Avec cette fortune, ils vont tous être ivres morts d'opium, dit Taylor.

– Tant mieux, répondit-elle, j'avais peur qu'ils n'aient l'idée d'acheter un cercueil pour leur grand-père ou de devenir des gens respectables.

– Votre mari n'aurait pas dû vous laisser venir ici toute seule, Mrs Russell, dit Taylor. Avec les Chinois, on ne sait jamais où l'on en est au juste.

– Comment me connaissez-vous ? demanda-t-elle. – et elle ajouta plus lentement : Mon mari fait bien des choses qu'il ne devrait pas. C'est ce que j'aime en lui.

Frank connaissait Helen par les journaux. A l'occasion de son arrivée deux jours auparavant avaient paru portraits et interviews en masse. « L'héritier d'un millionnaire anglais visite la Chine. » « Le frère de Lord Inglewood, l'honorable Bertrand Russell, avec sa charmante femme en visite au Cathay. » Il l'avait vue aussi deux fois traverser le hall de l'hôtel, comme il y prenait son cocktail. Déjà les commérages allaient leur train : ce ménage sensationnel en avait fait lever une riche moisson. On disait que les toilettes de l'honorable Mrs Russell étaient la chose la plus extravagante qu'eût vue depuis longtemps cette extravagante ville. Le souvenir en revint à Taylor comme il regardait un peu surpris son impeccable costume de sport blanc, tout simple.

– A Shanghaï, tout le monde se connaît. Je m'appelle Frank Taylor. C'est chez moi, sous les arcades, que vous achetez et faites développer vos films Eos.

Elle le regarda d'un air pensif, sans que son regard descendît plus bas que son front.

– Je pense que Sir Galahad vous convient mieux, dit-elle d'une voix distraite.

Juste à ce moment, Wang Wen fit son apparition : costume blanc tout froissé, chaussures noires, lunettes et chapeau de feutre. Frank lui fit signe, à la fois furieux et soulagé.

– Voici enfin mon assistant, dit-il. Mrs Russell, puis-je vous présenter mon assistant, Mr Wang ?

Mr Wang s'inclina très bas.

– C'est un très grand honneur, dit-il, car il avait appris l'anglais et les belles manières.

Dans son sillage s'en venait Petrus, le garçon de magasin, qui portait les vieux costumes de Frank il balançait à bout de bras un petit paquet contenant les effets de Wang Wen et serrait sous un bras deux parasols en papier huilé – car Wang, lui aussi, était trop grand seigneur pour porter lui-même ses affaires.

– Mr Wang, dit Taylor, vous pouvez mieux que moi expliquer à Madame ce que l'on peut voir ici. Je ne comprends rien à ces satanés temples.

– Rien qu'idoles et superstitions, dit Mr Wang, plein de mépris. Il y a des idiots, des vieux qui croient à tous ces machins-là.

Dans son zèle d'homme affranchi, il cracha violemment sur les dalles du temple.

– Il faut nous mettre tout de suite au travail, sinon nous n'aurons plus de jour, dit Frank en s'efforçant vainement de ne pas montrer son impatience. Il aurait bien voulu dire son fait à Wang Wen : c'était impossible sans lui faire perdre la face. Ç'aurait été pour Wang Wen la fin de tout. Très mauvais pour la santé, tous les reproches et la colère que le blanc est forcé de ravaler dans ce pays !

Furtivement, Frank sécha ses mains trempées de moiteur aux poches de son pantalon, tandis que Petrus se chargeait de l'appareil et du pied et que Wang souriait, offensé. Helen Russell contemplait Frank Taylor d'un air amusé. Lui, sous ce regard, se sentait envahi de chaleur et de malaise. Il agita les épaules auxquelles collait sa chemise.

– Je voudrais prendre ici quelques clichés, dit-il nerveux, pour détourner de lui le regard de la jeune femme. J'ai une idée : cette vieille pagode survolée par un avion, ou une vue d'ici sur l'aéroport, la Chine d'autrefois et la Chine nouvelle sur le même cliché, n'est-ce pas une bonne idée ? Nous préparons une petite brochure à placer dans toutes les chambres d'hôtel de Shanghaï, pour inviter les clients à venir dans notre maison. Le cliché sera reproduit en tête de la brochure. Ne croyez-vous pas que ce soit de la bonne publicité ? Tous les ans des milliers d'étrangers passent par Shanghaï ; si chacun a, dès son arrivée, notre brochure entre les mains…

Frank s'excitait en parlant, il se laissait aller à toutes sortes de spéculations optimistes : l'idée de la brochure était de lui, il en était assez fier. Helen continuait à le regarder.

– Êtes-vous donc américain ? demanda-t-elle tout à coup.

– Pourquoi ? Mais oui, je suis américain, dit Frank.

– Vous n'avez pas l'air américain, dit Helen.

– Pourtant, je le suis. C'est-à-dire… je suis né à Hawaï, mais cela ne compte pas. Je suis arrivé tout enfant en Amérique. Mes parents étaient américains tous les deux.

– Vous voyez que j'ai de bons yeux. Hawaï ! C'est bien mieux. Nous pensions y passer trois jours. Après deux mois passés, nous y étions encore. Oui, oui, Hawaï vous va bien mieux.

Entre temps, Wang Wen avait eu un entretien à voix basse avec un prêtre chauve qui vendait devant l'autel des cierges et des bâtonnets d'encens. Helen leva les yeux vers le bouddha.

– Quelle horreur ! dit-elle. Au Japon, nous avons vu de très beaux bouddhas. Pourquoi cette camelote vernie, comme dans un manège de chevaux de bois ?

– Sans doute ont-ils vendu ou engagé leurs bons bouddhas, dit Frank.

Helen lui jeta un regard rapide.

– Le prêtre dit que, pour un dollar, il consultera les baguettes du destin, annonça Mr Wang.

– Les baguettes du destin, répéta Helen qui semblait goûter la proposition. C'est bien la Chine que je me suis toujours imaginée d'après les romans policiers. Consultons les baguettes du destin, Sir Galahad, et moi je décrirai cela dans mon journal.

– Cinquante cents, dit Frank à Mr Wang.

– Fi donc, Sir Galahad, objecta Helen, on ne marchande pas un demi-dollar avec le destin.

– En Chine, il faut marchander, répondit Frank. Cet homme aurait moitié moins de plaisir si nous ne marchandions pas.

En fait, le prêtre et Mr Wang s'étaient engagés dans une discussion animée. D'autres gens étaient survenus, deux gentlemen très dignes, en longues robes de soie, une vieille femme aux pieds minuscules et à l'air de portière hargneuse, une jeune fille en bonnet blanc qui portait sur l'épaule un bâton avec des bandes de papier-monnaie pour les esprits.

Le prêtre et Mr Wang finirent par se mettre d'accord et se firent tous deux un salut rapide. Frank sortit de sa poche quelques pièces d'argent qu'il mit dans la cendre d'un vase à encens. Helen amusée regarda le prêtre qui, en marmottant, prit une espèce de carquois d'où, d'un air absent, il répandit sur le sol quelques baguettes de bambou. Il les examina, les ramassa, feuilleta d'un doigt orné d'un ongle long et sale les pages d'un grand livre, cessa de marmotter, s'essuya le nez à la manche de ses ornements, se remit à marmotter et finit par faire part à Mr Wang de ce qu'il avait lu dans le livre. Wang sembla un instant déconcerté par ce qu'il entendait, mais il se tourna vite vers Frank avec un sourire poli et rapporta :

– Présages favorables. Madame aura beaucoup de fils et il y aura de grandes richesses pour Mr *Tay-Lo*.

Helen fit la grimace.

– Mon désir d'avoir des fils n'est pas aussi ardent que semblent l'imaginer ces deux hommes de bien, dit-elle en riant.

Mr Wang, qui ne comprenait rien, s'inclina profondément en signe de remerciement. Mais Frank était devenu rêveur.

– Ce ne doit pas être tout à fait cela, dit-il, Wang Wen ne veut rien nous dire de désagréable.

Helen éclata de rire.

– Superstitieux comme un païen ! s'écria-t-elle.

Frank la regarda un peu déconcerté, et comme il l'accompagnait dans la première cour, il se mit à rire, lui aussi.

– Attendez donc, dit-elle soudain en s'arrêtant. Ne disiez-vous pas que vous vous appeliez Taylor ? Frank Taylor ? d'Hawaï ? Alors, je vous connais. J'étais chargée de vous dire bien des choses… de la part de Lester Ingram. Il est votre parent, n'est-ce pas ? Il m'a promis que vous m'emmèneriez danser, quand je me serais bien ennuyée avec la haute société anglaise d'ici. Cela ne traînera pas, je peux vous l'affirmer. C'est chic que nous ayons ainsi fait connaissance, par hasard.

– Très chic, murmura Frank, un peu gêné. Tout à fait chic. Comment va mon… Comment va Lester ?

Il eut une nouvelle bouffée de chaleur. De nouveau il se sentit embarrassé, les mains moites et sales.

– Je mets mon pauvre fox-trot à votre disposition, dit-il se ressaisissant. Je suis tout à votre disposition, toujours et en toutes choses. Si vous voulez de moi comme guide, vous ne pourriez pas me faire de plus grande joie. Téléphonez-moi, voici ma carte – de jour et de nuit.

– Vous êtes justement ce qui me manquait à Shanghaï, dit Helen, très sincèrement. – elle mit la carte dans son sac blanc, d'où monta un parfum de lavande fugace et frais : Je vous appellerai, merci, dit-elle. Il faut que je rentre à l'hôtel. Très chic d'avoir fait ainsi connaissance. A bientôt.

Une des grosses autos de louage que le Shanghaï Hôtel mettait au prix fort à la disposition de ses clients l'attendait aux abords du temple dans le dédale des baraques. Un groupe nombreux assista au départ avec grand intérêt. Mr Wang exécuta ses élégantes révérences, le commis Petrus, qui portait l'appareil, le pied et le ballot de Wang fit un signe d'adieu, et le vieux dont tout le travail consistait à être là tendit la main pour avoir un pourboire. Le chauffeur chinois en livrée blanche jeta quelques remarques désobligeantes sur les ascendants du petit vieux jusqu'à la troisième génération et démarra : le groupe déçu se dispersa avec de grands éclats de rire. Frank Taylor resta là, suivant des yeux la voiture jusqu'à ce qu'elle eût disparu au tournant de la rue. La dernière chose qu'il vit fut les ongles rougis des orteils de Mrs Russell et ses sandales blanches se glissant dans l'auto. « Drôle d'aventure », pensa-t-il. « Il va falloir que je m'achète un smoking blanc », se dit-il encore. Il n'avait plus du tout mal à la tête.

Il était plutôt comme un homme qui vient de se frictionner à l'eau froide avec une brosse dure. Il fit un nouveau mouvement d'épaules. Non, sa chemise ne collait pas. Il respira profondément.

– Maintenant, travaillons, dit-il à Mr Wang et au boy Petrus.

Mais lorsqu'ils entrèrent dans le petit jardin d'où Frank voulait photographier le temple, le soleil s'était glissé derrière un amoncellement de nuages métalliques ; la lumière, toute jaune, rendait toute photo impossible, et les premières grosses gouttes d'un orage tombèrent.

– Rien à faire aujourd'hui, dit Frank Taylor. Il nous faut remettre cela à plus tard.

Son ton ne marquait ni mécontentement ni impatience. Mr Wang fit un signe de tête approbateur. Tous les étrangers sont d'abord comme des possédés, toujours pressés de travailler. Peu à peu, ils deviennent raisonnables et ne se comportent plus en barbares, mais en hommes convenables.

Wang et Petrus, ouvrant leurs parapluies huilés, attendirent l'omnibus. Frank partit dans sa voiture, comme il convient à un blanc. En rentrant, il ne pensa pas une seule fois à Ruth. Il pensa à l'Honourable Helen Russell.

~

Trois heures du matin. Le coolie de riksha, Yen, s'était endormi un instant, sur le pavé, assis entre les brancards de son riksha, la tête appuyée au marchepied. La journée avait été mauvaise. Le matin de bonne heure, il avait ramené chez elle d'un hôtel de Nantoo une petite chanteuse ivre. Il en avait eu lourd à traîner : l'amah qui tenait la fille sur ses genoux était grosse et grasse, et Yen avait eu bien chaud à ramener les deux femmes. Après de longs marchandages et des discussions interminables, on lui paya vingt-cinq pièces de cuivre. Avec cet argent, Yen s'acheta un bol de riz et du thé et garda vingt piécettes, pas assez pour payer la location du riksha pour la journée. Il avait traîné devant les hôtels d'étrangers, il avait dû donner neuf cents au boy de la porte, à ce fils et petit-fils de putains. Le soir venu, il avait rôdé aux abords des grands restaurants chinois dans la grande rue des étrangers, mais les coolies qui considéraient ces parages comme leur domaine à eux l'avaient chassé. La nuit, il s'était mis à l'affût dans Foochow Road, chantant bien haut vers quels paradis il voulait emmener les étrangers qui flânaient isolés ou en groupes. « Belles filles, bonnes au lit, vierges de Canton, beaux garçons, bons au lit, beaux petits garçons. » Mais chaque fois qu'on appelait un riksha, d'autres coolies l'avaient écarté. Il savait bien pourquoi, il n'était pas de force. Voici trois jours qu'il avait fumé sa dernière pipe ; affamé d'opium, il n'était que faiblesse et douleur.

Le *Club des Pivoines* se cachait dans un dédale de ruelles si étroites que ni auto ni taxi ne pouvaient arriver jusqu'à la porte surmontée d'une enseigne rouge éclairée au néon. C'était un bon coin où ramasser au petit jour les danseuses fatiguées, ou les clients, matelots et marchands chinois. Il ne se passait d'ailleurs pas de soir sans que de riches étrangers fissent un tour au *Club des Pivoines*, tous gens sans bon sens, assez bêtes pour payer jusqu'à un demi-dollar la course. Avant que Yen harassé s'endormît, il s'était mis à calculer ce qu'il ferait s'il arrivait à gagner un demi-dollar. Il devait quarante cents pour la location du riksha, et il avait encore onze cents d'économies. Il remuait ses lèvres et ses doigts pour calculer l'état de ses finances. Une pipe coûtait vingt cents, et de cette pipe il avait un besoin plus impérieux que de manger ou de boire. Il devait encore sept cents à son ami Kwe Kuei pour sa dernière pipe. Au beau milieu de ses calculs qu'il n'arrivait pas à mettre sur pied, même si le miracle du demi-dollar se réalisait, il s'endormit. Au-dessus des toits des maisons délabrées le ciel se colora de vert. Deux gros rats filèrent sur les pieds de Yen, puis un chat maigre passa, distrait. Trois des coolies qui attendaient là jouaient à la moure, trois autres dormaient. Le long de la rue, les enseignes lumineuses et les lanternes rouges des boîtes de nuit pâlirent, la lueur de l'aube montait sur la ville. A l'intérieur des maisons, les musiques s'obstinaient, infatigables.

Yen se réveilla au coup de pied que lui donna une botte vernie noire ; en un instant il fut debout entre ses brancards, puis ce furent la bagarre et les cris habituels. Mais Yen avait un désir si violent de fumer qu'il ne se sentait plus faible : ses poings en étaient durcis. Il mit en fuite les autres coolies.

– Voilà encore une fois qu'ils se battent et s'assassinent, dit Helen

Russell en riant à son mari, tellement ivre qu'il se tenait, là, raide, mais formant avec la rue un angle aigu, raide comme un médium en catalepsie.

– Auto, fit-il d'une voix pâteuse.

Ce seul mot lui donna bien du mal.

– J'ai renvoyé l'auto, dit Helen d'un air aimable. Le riksha est plus amusant. Le grand air nous fera du bien en sortant de là.

– Auto.

Bertie s'obstinait. Il essaya d'allumer une cigarette sans y réussir. Allumettes et cigarettes se retrouvèrent sur le pavé gras, humide. Instantanément, une nuée de gamins s'étaient jetés dessus. Helen prit des mains de son mari l'étui à cigarettes avant qu'il ne tombât, alluma une cigarette, en fuma une bouffée pour lui et la lui mit dans la bouche.

– Auto… dit-il d'une voix plaintive.

– Vous pouvez bien aller en riksha jusqu'au prochain coin de rue, là nous prendrons un taxi, dit Helen conciliante.

Et elle l'aida à monter dans un riksha. Criant et riant, les coolies, avec des gestes d'une douceur surprenante, hissèrent dans le riksha l'étranger ivre. Il souriait avec bienveillance et s'endormit avant même que le véhicule se fût mis en mouvement. Helen monta dans le riksha de Yen.

Il regardait la dame, bouche bée, dormant encore à moitié.

– Shanghaï Hôtel, Nanking Road, *chop-chop*, dit Helen qui avait eu vite fait de ramasser quelques bribes de pidgin.

– *Sawey, sawey*, assura Yen avec empressement, quoiqu'il ne l'eût pas comprise.

Il ne connaissait pas Nanking Road; pour lui, Nanking Road, c'était la Malu, la rue des Grands-Chevaux. Mais il eut pour la dame un sourire rassurant et il se mit en route. Il fut aussitôt trempé de sueur dans cette atmosphère d'étuve, sans un souffle d'air, même en cette fin de nuit. Il s'arrêta, quitta sa veste en lambeaux, en fit un rouleau qu'il fourra sous les pieds de la dame.

– Trop aimable, murmura Helen cherchant à éviter tout contact avec cette chose crasseuse.

Le coolie de son mari, qui n'avait pas cessé de trotter, avait disparu au coin de la rue et Helen restait seule en arrière.

– Vite, chop-chop, dit-elle encore, mais Yen comprit bien au ton de sa voix qu'elle le disait sans conviction.

Il tourna la tête vers elle et lui sourit, sans changer d'allure. Helen s'adossa au riksha en soupirant. La lueur grise du petit jour se répandit dans les rues, où l'on ne voyait que de rares humains, tous chinois. Un de ces ridicules taxis dorés de Shanghaï vint à passer, très bruyant dans le silence. Ils tournèrent dans bien des rues, sans plus apercevoir le riksha de Bertie. Helen demanda vaguement inquiète :

– Shanghaï Hôtel, *sawey*?

– *Sawey*, *sawey*, dit le coolie avec un bon sourire de nurse patiente.

Helen commençait à s'inquiéter non pas pour elle, mais pour Bertie. Elle sursauta, effrayée, en entendant près d'elle crier très fort en chinois. Ce n'était qu'un autre coolie de riksha qui passait près d'elle au trot, traînant deux filles de boîte de nuit, éreintées, toutes fardées. Un long cri plaintif sortit d'une maison. Silence. De nouveau ce cri. Claquement aigu de fouet ou de balle. « Belle occasion encore, pour Sir Galahad, de se montrer », songea Helen. Elle pensait à lui avec tant de précision qu'elle s'étonna de ne pas le voir, au premier coin de rue, se précipiter à son secours. Elle bâilla, se sourit à elle-même pour s'excuser. Elle avait pensé plus d'une fois à Frank Taylor pendant la soirée précédente. Sir Kingsdale, l'avocat de la Couronne, avait donné pour elle et son mari une réception ultra-officielle et très ennuyeuse ; colliers de perles sur de vieilles poitrines ridées, commérages sur des gens dont elle n'avait jamais entendu prononcer le nom, tuyaux de courses, propos de polo, morgue, ennui. Une île anglaise minuscule, isolée et inaccessible en pleine Chine, sous l'incessant ronflement des ventilateurs électriques.

« Comment trouvez-vous Shanghaï, chère Madame ? Quand vous serez à Hong-Kong, ne manquez pas d'aller voir Lady Fritz-Scarborough, elle est si originale. Elle fait collection d'anneaux de jade, la pauvre, que pourrait-elle faire d'autre ? Sir Fritz Scarborough a attrapé la malaria aux Indes, on sait bien qu'un mari qui a la malaria n'est pas bon à grand-chose… Comte Bodianski, venez donc que je vous présente à Mrs Russell ! Le comte Bodianski est notre enfant terrible ; ne l'écoutez pas quand il vous racontera ses histoires de Saigon. »

Helen bâillait encore rien qu'à y penser. Elle jeta un rapide regard autour d'elle. Non, Frank Taylor n'apparaissait pas derrière elle. « Que je suis lasse », pensa-t-elle. Ce n'était pas une petite affaire que de manœuvrer dans une réunion mondaine anglaise, de manière que Bertie en sortît sans être ivre. Il avait bien pris sa revanche au *Club des Pivoines*. Lorsque Helen parvint à chasser le fantôme discret mais aimable de Frank Taylor et à penser de nouveau à son mari, elle commença de s'inquiéter. Le trajet s'allongeait, de plus en plus brouillé ; on passait par des rues de plus en plus étroites, inconnues. Le coolie haletait, la sueur coulait le long de son dos. Helen vit un taxi vide stationné sur le côté de la rue.

– Je voudrais descendre, dit-elle.

Mais le coolie secoua la tête et continua de trotter, toujours haletant ; il se mit à tousser et à cracher. Helen vit avec épouvante de grandes taches sanglantes sur le pavé. Après une course interminable qui les ramenait toujours, croyait Helen, au même coin de rue, ils finirent par arriver à un fleuve ou à un canal, et le coolie s'arrêta près d'un agent de la police chinoise pour lui demander son chemin, semblait-il. L'agent lui répondit par une bordée d'injures. Le coolie ne demeura pas en reste : et cet échange d'invectives finit comme toujours par un grand éclat de rire. Helen se sentait affreusement lasse ; cette longue course lui semblait un mauvais rêve. Enfin, après un temps qui lui parut infini, elle se trouva tout de même à la porte de l'hôtel, sans avoir encore aperçu ni son mari, ni le riksha qui l'avait emporté.

Le coolie s'était arrêté hors d'haleine, ruisselant de sueur ; il était planté là, souriant dans l'espoir d'un riche pourboire, si maigre que chaque côte, chaque tendon, faisaient saillie sur son corps. Maigre comme un crucifix, pensa Helen. Elle prit un demi-dollar dans son petit sac de perles et le mit dans la main du coolie. Son aventure avec les mendiants de la pagode de Lunghua lui avait appris à ne pas payer trop généreusement.

Comme cinquante cents étaient plus que Yen n'était en droit d'attendre, il se mit à pousser de hauts cris. Il cria que la Taitai ne lui donnait pas son dû : la Taitai était lourde, la course était longue, il avait couru vite ; il montra comme il suait, comme il en avait perdu le souffle et craché le sang ; il faisait de grands gestes, tendait vers Helen le demi-dollar comme s'il voulait lui rendre ce salaire dérisoire ; il cracha même sur la pièce et la jeta dans la rue. Dans Nanking Road désert, trois ou quatre coolies avaient surgi soudain, on ne sait d'où, et le soutenaient tous d'un flot de paroles. Helen, démontée, allait prendre encore un peu d'argent dans son sac, quand apparut le grand portier irlandais qui était de service la nuit à la porte tournante du Shanghaï Hôtel.

– *Tshih !* cria-t-il. *Gandu !*

Et Yen vit sa cliente disparaître dans l'hôtel, sans qu'il ait gagné le gros lot qu'attend tout coolie de riksha. Il courait dans le monde des coolies des histoires fantastiques de gains fabuleux. Un certain Kisan de Maoping avait un jour touché vingt dollars d'un étranger ivre. Erreur ? Sottise ? On ne savait. Kisan était rentré dans son village où il vivait maintenant considéré de tous, à la tête d'une entreprise de menuiserie. Un autre coolie, dont on ne savait pas le nom, avait trouvé dans son riksha une boucle d'oreille ornée d'une perle, dont un bijoutier de la ville chinoise lui avait donné comptant trente-deux dollars et quarante cents. On ne savait pas ce qu'il était devenu, mais plusieurs de ses congénères prétendaient l'avoir vu monter en taxi en compagnie d'une très jolie concubine, à la porte de l'hôtel *du Ciel d'Or*.

Ces histoires et d'autres semblables faisaient que Yen nourrissait l'espoir de rentrer un jour dans la maison de ses ancêtres, pour payer les dettes de la famille, dégager les terres, apporter aux esprits des aïeux beaucoup de nourriture et d'encens, et élever son fils pour en faire un monsieur. Yen pensait souvent à son fils. De loin, il avait vu, avec les yeux de l'esprit, grandir son fils. Voici qu'on lui avait coupé les cheveux. Voici qu'il allait à l'école. Voici qu'il savait mener le buffle attelé à la roue du puits. Il allait être temps de lui chercher une fiancée. Et voilà qu'il était un homme, un homme qui valait mieux que son indigne père. Ainsi rêvant, Yen fumait sa troisième, puis sa quatrième pipe et sombrait finalement dans le lourd sommeil de l'opium.

Ces rêves n'étaient d'ailleurs point fantaisie pure, ils étaient alimentés par les lettres que la mère de Lung Saileong écrivait de temps en temps. Yen les portait à l'écrivain public qui avait son échoppe près du salon de thé du *Vieux Saule* dans la ville chinoise. Pour cinq pièces de cuivre, on lui lisait la lettre ; il arrivait qu'on dût la lui lire trois fois avant que Yen se fût bien pénétré de son contenu. Pour six pièces de cuivre, l'écrivain rédigeait la réponse. C'était beaucoup d'argent pour Yen, mais il se rendait compte qu'il était plus difficile d'écrire une lettre que de tirer un riksha et qu'un savant méritait de gagner plus qu'un humble coolie. Il y avait bien longtemps qu'il n'était arrivé de lettre pour lui, plus de douze mois, et il avait oublié peu à peu le contenu de la dernière, quoique, dans les premiers temps, il se le fût souvent murmuré tout en trottant avec son riksha.

Yen rangea les cinquante cents dans sa ceinture. Il possédait maintenant soixante et un cents. En reprenant les brancards de son riksha, il se sentit trop las pour aller jusqu'au lointain Kating Road où il devait payer chaque jour la location du riksha. Il ne réfléchit pas un instant qu'il avait encore plus loin à gagner Chapeï où vivait Kwe Kuei. L'espoir de la bonne fumée lui donnait des forces et assez de souffle pour tenir jusque-là.

Kuei avait une boutique ouverte sur la rue et d'apparence bien innocente. Il y vendait des graines de soja, du tabac et des cigarettes. Et aussi des trognons de chou salés, de la viande fumée, des poissons séchés, tout ce qui pouvait relever l'ordinaire des coolies qui habitaient le quartier. La maison petite et basse s'adossait au mur d'une ancienne usine bombardée et incendiée au cours de la guerre de 1932. La rue de la Paix-Bienheureuse – elle portait ce nom impropre – n'était point pavée ; en hiver on y pataugeait dans la boue, mais, en été, le moindre souffle de vent y soulevait la poussière jaune à poignées et la jetait au visage des passants. Kuei habitait l'arrière-boutique ; derrière le logement, une cour minuscule avec un puits, une pompe et des tonneaux vides ; en été, Kuei tendait sur cette cour des nattes déchirées, pour avoir un peu de fraîcheur. Au fond de la cour, une pièce où Kuei gardait ses marchandises, et qui dégageait une forte odeur de chou, de poisson et de pâte de soja aigrie. Au fond de cette pièce, des placards assez ingénieusement disposés pour dissimuler une échelle menant sous le toit. C'est là que les fumeurs étaient couchés sur de vieilles nattes, en boxes superposés, un pupitre de bois sous la tête, et quand les affaires allaient bien, à deux ou trois par natte. Deux fillettes pâles, en haillons, des orphelines, s'occupaient des lampes à opium et apportaient aux hommes les serviettes chaudes pour leurs visages fatigués par la drogue. L'odeur de l'opium traînait partout, pendait comme d'épaisses toiles d'araignées, mais la puanteur des détritus pourris de la cour dominait et cela valait mieux pour Kuei. Sans doute payait-il assez largement les agents de police du quartier et leur donnait-il de l'opium autant qu'ils en voulaient, pour qu'ils le laissent tranquille. Mais c'était devenu une mode chez les étudiants et même parmi les jeunes femmes de fourrer leur nez partout; on se faisait gloire de découvrir dans Chapeï jusqu'à la moindre once d'opium. C'étaient des nigauds, jeunes, sans expérience. Kuei n'avait aucune peine à leur conter des bourdes. Mais cette manie l'agaçait : c'était inhumain de priver les pauvres diables de leur seul plaisir, alors que les riches pouvaient fumer tant qu'ils voulaient :

– Comment un coolie supporterait-il sa chienne de vie, s'il n'avait pas d'opium ? demandait souvent Kwe Kuei. Sans rêve, la vie est trop pénible.

Yen posa vingt-sept cents sur le comptoir, assez pour payer ses dettes et s'assurer un bon rêve et un sommeil profond. La tête lui tournait, ses mains et ses genoux tremblaient comme il grimpait à l'échelle; l'odeur de l'opium exaspérait son désir. Mais, dès la première pipe, il se sentit calmé : après la deuxième il se sentit l'esprit pénétrant et délié, et il se mit à philosopher avec un vieillard couché sur la natte voisine. Le vieux s'endormit. Yen se laissa retomber sur sa natte et ferma les yeux : à moitié endormi, il s'éventa une ou deux fois avec son éventail de feuilles de palmier en loques, puis il vit beaucoup de pivoines en fleurs où passait une brise légère, et il entendit un ruissellement d'eau; c'était un bruit enchanteur, d'une beauté pénétrante. Douce fraîcheur, souvenirs délicieux de son enfance. Yen baigna dans le ruisseau ses pieds fatigués, puis s'endormit.

Lorsque au bout d'une heure Yen s'attela de nouveau à son riksha, il était un peu reposé de son travail, mais ses membres étaient encore lourds d'opium. Il était midi, mais Yen n'avait pas faim; il se sentait le ventre bien en place et satisfait. Le ciel s'était couvert de nuages noirs, on entendait de lointains coups de tonnerre. Yen partit au trot, vers Kating Street, traversant tout le quartier étranger pour gagner la compagnie de rikshas des « Quatre-Harmonies » où il avait à payer la location de la veille. Lorsqu'il fit le compte de sa fortune, il découvrit qu'il lui manquait maintenant six pièces de cuivre : la tête lui tournait si fort avant de fumer qu'il avait dû se tromper dans ses calculs. Il comptait, recomptait, marmottait tout haut, et comme il n'avait pas assez de doigts il s'embrouillait de plus en plus. Il avait possédé soixante et un cents. Il en avait donné sept pour payer ses dettes et vingt pour fumer. Généreux comme tous les fumeurs, il avait laissé un large pourboire à la fillette qui avait allumé la lampe et apporté la serviette chaude. Il n'avait plus les quarante cents de la location. Comme il était plongé dans ses préoccupations, les nuages crevèrent tout à coup et une pluie lourde tomba du ciel bas. Yen voulut chercher un abri dans l'entrée d'une maison. C'est alors que la chance lui sourit. Un jeune Chinois, une espèce d'écervelé, vêtu à l'européenne, la cigarette aux lèvres, le héla. Il eut vite fait de placer un tendelet sur son riksha, d'asseoir son client au sec et de partir. La sensation de la pluie sur sa peau n'était pas désagréable ; son dos fumait comme s'il bouillait. Le jeune homme se fit conduire rue du Thibet, Sei Young Lu ; c'était encore une chance, car la rue du Thibet était sur le chemin de Kating Street. Lorsque le jeune homme descendit du riksha, il lui donna le prix réglementaire, quinze cents. Ce n'était pas un étranger, à qui l'on pouvait raconter des histoires. Mais l'opium avait donné à Yen courage et esprit d'entreprise ; il tendit la main, criant :

– Un petit cadeau, mon bon Monsieur, une étrenne pour le pauvre coolie, honoré premier-né ! Mon fils est malade et va mourir faute de médicaments, dix cents pour mon fils malade.

Le jeune homme se mit à chercher en riant de l'argent dans les poches de son costume à la mode étrangère, des monnaies de cuivre, sept pièces rondes bien brillantes et quatre kesh.

– Menteur, fils de menteur, dit-il, je sais comment il s'appelle, ton fils : *Shao Hsingchu*, hein ?

Yen riait, reconnaissant, accompagnant de ses bons souhaits le jeune homme qui disparut dans la maison. L'idée que son fils pouvait s'appeler Shao Hsingchu, ce qui veut dire : vin de riz jaune, lui parut si spirituelle qu'il en riait encore en arrêtant son riksha devant la masure de Kating Street. Il y avait déjà là trois autres coolies en retard, comme lui, pour le payement de la location : tout fumant de pluie, il prit rang derrière eux. La pièce sombre contenait un coffre-fort, signe de grande richesse qui inspirait aux coolies respect et considération. Le caissier assis derrière un guichet grillagé qui prenait l'argent des coolies avait des dents en or et cela encore était une marque de grande distinction et d'opulence. Qu'il devait être riche, l'homme dont l'employé pouvait s'acheter des dents en or ! Yen se fit petit et ne souffla mot quand l'homme cria, le menaçant de lui reprendre son riksha s'il ne venait pas payer ponctuellement tous les soirs.

– La ville est plus éclairée la nuit que le jour, il n'y a pas de différence entre soir et matin, dit Yen, ramassant tout son courage pour cette réponse spirituelle.

L'homme écrivait dans son grand livre.

– Tu t'appelles, Yen, Lung Yen ? fit-il juste au moment où il s'apprêtait à partir.

– C'est exact, Lung Yen est mon nom indigne, dit Yen.

Depuis qu'il était à Shanghaï, il avait perdu son nom de famille qui lui faisait maintenant l'effet d'un nom étranger.

– Une petite lettre pour M. Lung Yen, dit l'homme d'un ton railleur.

D'une chiquenaude, il envoya la lettre par le guichet qui tomba sur le plancher crasseux. Yen la ramassa bien vite et feignit de savoir lire l'adresse.

– En effet, cette lettre est pour moi, confirma-t-il tout tremblant d'émotion.

Yen ne savait pas lire les signes, mais il avait des yeux et il savait bien quel air avaient les lettres qui venaient de chez lui ; elles avaient un visage, tout comme les hommes, qui permettait de les reconnaître.

Dans la rue il commença par s'asseoir dans son riksha, regardant et flairant la lettre en tous sens. Il pouvait y avoir des lettres plus grandes et plus épaisses ; pour lui, celle-ci, telle qu'elle était, était bien assez bonne. Après un long moment passé à tripoter sa lettre, il la mit dans sa ceinture où il portait aussi le petit sac de toile qui contenait son argent. Il possédait encore vingt-deux cents et il avait une lettre de chez lui. L'excitation lui avait soudain donné la fringale. Je pourrai manger plus tard, pensa-t-il, impatient de savoir ce que contenait ce message.

– J'ai une lettre de mon fils, criait-il à chaque coolie, même s'il ne le connaissait que de vue.

Tous lui répondaient en riant : « Un fils vertueux vaut encore mieux que de l'argent », ou telle autre formule de politesse. Il faillit traverser la Grande-Rue-des-Étrangers malgré le bras levé de l'agent.

– Gandu ! lui cria l'agent.

– J'ai une lettre de mon fils ! répondit Yen.

Et quoique l'Annamite, brun sous son chapeau de paille, n'eût probablement pas compris un mot de ce qu'il disait, il se mit à rire lui aussi, à la vue du visage radieux du coolie.

L'écrivain public chez qui Yen porta sa précieuse lettre était un homme pauvre, mais distingué. Au temps où les Mandchous étaient encore sur le trône du Dragon, il avait occupé un poste élevé. Encore vêtu en mandarin – robe de soie, veste, bonnet noir –, il avait une barbe longue et clairsemée qui imposait le respect, et portait des lunettes à grosse monture d'écaille. Il avait très bonne mémoire et reconnut bien vite Yen, quoiqu'il se fût passé un an depuis que Yen avait reçu sa dernière lettre du pays et y avait répondu. Le vieux mandarin ne se pressait pas ; la hâte ne convient pas à un homme cultivé. Yen s'efforçait de ne pas montrer d'impatience, pour ne point paraître impoli. Autour de l'échoppe ouverte s'étaient attroupés des curieux qui voulaient savoir, eux aussi, ce que contenait la lettre de Yen. Il était fier de l'intérêt qu'on lui témoignait. Enfin, la lettre fut ouverte, dépliée, et le savant l'approcha de ses lunettes.

– Cette lettre a été faite avec une plume à la nouvelle mode, et non avec un pinceau, dit-il en regardant Yen par-dessus ses lunettes. – puis il se remit à examiner l'écriture : Elle semble écrite par un enfant dont le caractère n'est pas encore formé et qui n'entend rien à la calligraphie, continua cet homme vénérable.

Yen sentait ses côtes trembler d'impatience.

– La lettre a été écrite le dix-huitième jour du septième mois, observa le vieillard. Elle vient du village de Chingsan, dans la province du Kiangsu. Les lettres arrivent maintenant avec une rapidité surprenante depuis que les chars à feu parcourent tout le pays. Dans ma jeunesse…

Suivit un court récit des voyages à pied que le vénérable scribe avait entrepris dans sa jeunesse, à la manière des écoliers d'autrefois qui, bâton et sébile à la main, allaient de village en village, insouciants comme des oiseaux. Yen, les mains jointes, écoutait avec respect ; à la fin il ne put plus y tenir :

– La lettre, très vénérable, dit-il humblement.

Le vieux mandarin reprit la lettre, l'approcha de ses lunettes et lut, sans s'interrompre, ce qui suit :

« Père, Personne vénérée, à genoux je te remets cette lettre. Voilà longtemps que je n'ai reçu de toi des paroles qui m'instruisent. Je suis bien inquiet. Je souhaite que le corps de ta Personne vénérée soit en paix. Depuis bien longtemps, je me dresse sur mes orteils, regardant vers l'est et goûtant d'avance la joie d'offrir à mon Père le thé du matin et le thé du soir.

« Le septième jour du huitième mois, j'arriverai à Shanghaï avec beaucoup d'autres enfants pour une réunion de tous les scouts et des fêtes qui dureront plusieurs jours. Nous serons répartis en Hsiangs et vivrons les uns sous la tente, les autres dans des baraquements. J'ai le numéro 174 Hsiang Chongshi. Si la Personne vénérée veut prendre la peine de s'informer à l'hôtel de ville de Kangwang, mon Père saura exactement où trouver son fils indigne. Je peux à peine attendre le jour où nous partirons pour la grande ville. Confucius nous enseigne : de nos parents nous avons reçu corps, cheveux et peau ; c'est pourquoi il est de notre devoir de les maintenir sains et saufs.

« A genoux je te remets cette lettre en te souhaitant dix mille bonheurs et une paix douce.

« Ton fils Lung Saileong.
« Vingt-sixième année de la République chinoise,
« Septième mois, dix-huitième jour. »

Cette missive extraordinaire où le langage de l'écolier se mêlait étrangement aux formules de la politesse confucéenne, Yen l'écoutait lire comme si les fées étaient descendues des cieux pour lui donner un concert. Il n'essayait pas le moins du monde d'en saisir le sens. Le vieux mandarin lut la lettre trois fois. Après la troisième lecture, il replia la lettre et la remit dans l'enveloppe.

– Bonne nouvelle, mon vieux frère, dit-il très aimablement. Voilà comme un fils doit écrire à son père. Tu dois être heureux de revoir bientôt ton enfant.

Yen restait assis, son visage maigre souriant d'un sourire de joie folle. Son fils savait écrire et lui écrivait. Son fils. Son fils Lung Saileong. Tout l'auditoire murmurait congratulations et souhaits.

– Que dit-il dans sa lettre ? demanda Yen, comme s'il s'éveillait d'un rêve.

– Il dit que d'ici dix jours il arrivera dans cette ville et qu'on te mènera vers lui si tu indiques à l'hôtel de ville de Kangwang son nom et son numéro, dit l'écrivain plein de patience.

Yen en perdait la tête.

– Quel numéro ? ne cessait-il de demander. Où est la maison où je dois dire ce numéro ? Y a-t-il un secret là-dessous ? Qu'est-ce que les scouts ? Je ne veux pas que l'on fasse de mon fils un soldat et un bandit.

Il fallut longtemps au vieux mandarin pour faire bien comprendre au coolie toute l'affaire. Il lui fit même un cadeau, écrivant sur un papier diverses indications, sans les lui faire payer. Il les écrivit avec un pinceau bien fin, sur du papier réglé en rouge qu'il glissa dans une enveloppe rouge, parce que le rouge est la couleur de la bonne chance et des cadeaux. Yen, plein de respect, mit le billet dans le sac où il gardait son argent.

Il entra enfin dans la maison de thé du *Vieux Saule*, demanda du thé et du riz et raconta à qui voulait l'entendre qu'il attendait la visite de son fils. Il parlait tant et si haut que les joueurs de mah-jong grognèrent pour qu'on fît silence. Il s'arrêta un moment sur le pont en zigzag à regarder les tortues dans l'eau verte, stagnante. Il s'arrêta aussi sur le marché aux oiseaux à écouter chanter un loriot. C'était un oiseau jaune d'or qui s'appelait Ying ; son grand-père en avait eu un pareil. Il réfléchit longtemps, se demandant s'il devait entrer dans le temple et porter un peu d'encens au dieu de la ville, car, de toute évidence, le dieu de la ville était nécessaire à l'affaire qui amenait son fils à Shanghaï. Comme il avait beaucoup d'argent, il s'y décida. La chose faite et après qu'il eut bien fait comprendre au prêtre qu'il devait prier pour le bonheur et l'heureux voyage de Lung Saileong, fils de Lung Yen, il s'avisa qu'il devait acheter des présents pour son fils. Il reprit son riksha, quitta la ville chinoise aux rues étroites où l'on n'avait aucune chance de gagner de l'argent, et se jeta parmi les autos de l'avenue Édouard-VII. Il se sentait maintenant tant de force et d'énergie qu'il trouva coup sur coup deux clients et qu'il gagna trente cents. Mais, entre-temps, il devait de nouveau quarante cents pour la location de ce jour-là et il se sentit peu à peu bien fatigué. Il trottait au milieu de la chaussée, pensant au moment où il reverrait son fils.

– Range-toi, coolie crasseux, lui cria un homme qui s'en venait en triporteur, un ballot de journaux dans le coffre de son véhicule.

Yen sauta de côté, non sans avoir reçu encore un bon coup de pied dans le tibia.

– Fils et petit-fils de chienne ! cria-t-il au porteur.

C'est à ce moment que Yen prit conscience de son air sale et négligé. Coolie crasseux, c'est vrai, coolie crasseux, c'est cela qu'il était, et rien d'autre. Il rangea son riksha sur le côté de la rue et s'accroupit entre les brancards pour réfléchir avec tout le soin que comportait cette grave affaire. Son fils venait le voir ; c'était un garçon de onze ans ; d'année en année, Yen avait compté sur ses doigts et n'avait jamais oublié l'âge du fils qui grandissait au loin. Et le gaillard savait écrire, avait des manières de mandarin. Comment son père pouvait-il se montrer à lui sous l'apparence d'un coolie crasseux ?

Yen posa ses bras sur les brancards et sa tête sur son bras, afin de mieux réfléchir. Il avait envoyé des lettres au pays et chaque fois conjuré l'écrivain de faire savoir à sa famille que ses affaires à lui, Lung Yen, dans la Ville-au-bord-de-la-mer, étaient prospères, qu'il était vendeur dans une grande maison de commerce, qu'il gagnait beaucoup d'argent, qu'il ne tarderait pas à rentrer, et à libérer la famille de ses dettes et de ses soucis.

Avec les yeux de l'esprit, il se voyait tel qu'il se dépeignait dans ses lettres : un homme bien vêtu, bien nourri, occupant une bonne situation, et ayant des économies ; un homme en longue robe grise, avec un chapeau comme en portent les étrangers ; un homme au visage bien plein, dont les mains se sont affinées à compter l'argent. Mais il reporta les regards sur lui-même et se vit tel qu'il était en vérité, un coolie dans des haillons de coolie, dont la veste et le pantalon troués montraient la honteuse maigreur. Un homme sans le sou qui n'avait même pas une natte à lui où se rouler la nuit. Un homme dont la grande fumée avait brûlé la chair du visage et que le vice avait marqué.

Ce fut un bien misérable quart d'heure que Yen passa ainsi, la tête appuyée sur son bras et les bras posés sur les brancards du riksha au bord de l'avenue Édouard-VII. Lorsqu'il fut au bout de ses réflexions, il se leva, prit son riksha et, sans chercher de clients à voiturer, il refit le long trajet de Chapeï. Son ami Kwe Kuei était dans sa boutique à peser des graines de soja dans de petits sacs. Il était tard dans l'après-midi. Une des petites orphelines entra pour accrocher une lampe au mur. Yen s'accroupit sur le sol et dut avaler plusieurs fois sa salive avant de pouvoir assembler ses mots.

– Kwe Kuei, tu as toujours été mon meilleur ami, dit-il, et tu n'as pas oublié que nous nous sommes juré fraternité et que nous avons tenu notre serment.

– Assez fumé pour aujourd'hui, fainéant, je ne fais pas de crédit, dit Kuei aussitôt.

– Je ne veux pas de ta fumée, cria Yen. Je ne veux plus jamais fumer, Kwe Kuei, frère; mon fils vient me voir, mon fils unique. Il faut que tu me viennes en aide. J'ai besoin d'argent. J'ai besoin d'argent. J'ai besoin d'avoir un lit, une maison, un emploi. Je ne peux pas être un crève-la-faim, un misérable coolie, quand mon fils arrivera. Il faut que tu me viennes en aide.

C'était là un bien long discours, plein d'émotion; Kuei l'écouta surpris, posa sa balance et partit d'un éclat de rire.

– Ton fils va venir, heureux homme? s'écria-t-il. Nous allons le recevoir, le jeune hôte. Nous ne négligerons rien de ce qui sera nécessaire. Tu ne perdras pas la face devant ton fils, tu lui en montreras une plus majestueuse qu'il n'en a jamais vu.

Yen respira plus librement et reprit courage à entendre ces bonnes paroles d'un ami fidèle. Après toutes les émotions de la journée, les larmes lui vinrent aux yeux : la barbiche de Kuei se fondit en une nuée noire.

– C'est vrai, dit-il, reconnaissant, habits neufs et vieux amis sont ce qu'il y a de meilleur.

~

Le Dr Chang revint de Nankin fatigué, déçu, à bout de nerfs. Plus une place libre en avion avant plusieurs jours. Il lui avait fallu prendre le train; celui-ci, bourré de réfugiés du Nord, bourré comme peuvent l'être seuls les trains chinois, avait près de deux heures de retard. D'autres avec parents, grands-parents et ballots étaient accroupis dans les gares, le regard fixe. Chang connaissait l'air endormi de ses compatriotes. Toute leur personne semblait éteinte, lorsque leur charge devenait trop lourde. « S'ils étaient aussi forts pour lutter que pour endurer », pensait-il pour la millième fois. En quittant la gare du Nord, il consulta sa montre-bracelet. Quatre heures dix. Il héla un taxi. « Je peux aller prendre Pearl », pensa-t-il, un peu rasséréné.

La policlinique où Pearl était de service trois fois par semaine n'était pas loin de la gare, dans un quartier ouvrier de Chapeï. La maison, petite, un rez-de-chaussée qu'on avait agrandi au moyen d'un appentis en bois, était située au milieu de terrains vagues, poussiéreux. Pearl recevait de l'office d'Hygiène un petit traitement pour surveiller les médecins blancs qui travaillaient là bénévolement et pour soigner les femmes qui ne pouvaient pas surmonter leur répugnance à se laisser soigner par des hommes… Il y avait là trois médecins allemands, des Juifs réfugiés, qui travaillaient gratuitement. Le Dr Chang s'étonnait toujours du désintéressement des étrangers, qui touchait à la sottise, mais il n'en souhaitait pas moins, en soupirant, que ses compatriotes eussent un peu plus la notion de leurs devoirs envers le prochain. Pearl, élevée en Amérique, trouvait tout naturel d'être aidée par des confrères allemands et s'entendait très bien avec eux.

Chang traversa rapidement ce qu'on appelait la salle d'attente, dont les cloisons en planches disparaissaient sous les images illustrant les maladies vénériennes et les conseils de puériculture. C'était son œuvre et son orgueil. Quelques jeunes garçons, employés aux moulins de Soochow Creek, un vieux coolie rabougri, étaient assis contre la cloison. Chang entra dans la pièce où sa femme travaillait : il la trouva penchée sur une table couverte d'une toile cirée où était couché un nouveau-né. Il était minuscule mais il portait déjà un petit bonnet brodé d'or et aux pieds de petites chaussures ornées de têtes de tigre. Pearl s'occupait précisément à les retirer. L'enfant était tranquille et content, la grand-mère était là debout, avec la mine inquiète des vieilles gens qui se méfient de toutes les nouveautés.

– Un beau petit-fils, dit la petite infirmière chinoise qui tenait tout prêt un tampon d'ouate.

La vieille s'inclina en marmonnant. Pearl leva les yeux et sourit à Chang. Ce sourire inondait son visage et la transfigurait. Il disparut lorsqu'elle se remit à examiner l'enfant. Pearl fit bouger le petit pied dans tous les sens et se pencha davantage.

– Docteur Hain ! appela-t-elle vers la pièce voisine dont la porte n'était que poussée.

On y entendit un grognement indistinct, la porte fut ouverte d'un coup de pied et le Dr Emmanuel Hain apparut, portant une blouse à manches courtes et tenant les mains en l'air. Sur la table d'opération de la pièce voisine était couché un homme à demi dévêtu.

– Eh bien ? demanda le vieux docteur en s'approchant de la table.

Pearl lui montra les plantes des petits pieds, de façon qu'il pût voir les cloques purulentes et la peau tendue et luisante.

– Eh bien, oui, dit le vieux praticien.

Pearl se tourna vers son mari.

– Trente-quatre pour cent de nos clients sont des hérédos, dit-elle en anglais.

Yutsing Chang était assis sur sa chaise, contre la cloison, sa serviette sur les genoux, la mine d'un coupable, comme s'il était personnellement responsable de ce pourcentage élevé.

– Il faut attaquer le mal à la racine, murmura-t-il vaguement.

– Puis-je m'informer humblement de votre santé ? lui demanda le Dr Hain avec courtoisie.

Grâce à sa prononciation détestable, son chinois ressemblait à du français. Yutsing s'empressa de répondre aussi poliment ; il trouvait toujours très touchants les efforts du vieux médecin pour parler cette langue nouvelle.

– Où en est l'affaire des rayons ultraviolets ? poursuivit le Dr Hain – son anglais ne valait pas beaucoup mieux que son chinois.

– J'ai appuyé la requête une fois de plus, répondit Chang. Elle suivra son cours. L'office d'Hygiène a fait imprimer sur la lutte contre la tuberculose une brochure qui sera soumise au gouvernement de Nankin.

Pearl en avait fini avec le nouveau-né. La grand-mère assise à terre, comme elle en avait l'habitude, l'affublait maintenant de ses beaux habits. Le petit derrière nu tout flasque se montrait dans l'ouverture de la culotte qui n'était fermée que par-devant.

– Bonheur et contentement pour l'enfant mâle, dit Pearl à la grand-mère qui salua de nouveau et fit un souhait poli.

– Cent fils à la Taitai !

– Merci pour votre bon souhait, répondit Pearl en se détournant.

Le Dr Chang sourit à sa femme pour la consoler. Elle ne pouvait pas avoir d'enfant, mais elle ne lui en était pas moins chère et précieuse. Le Dr Hain s'était arrêté à la porte de son cabinet, il avait réfléchi à la réponse de Chang.

– Je vais vous dire quel est le plus grand mal dont souffre la Chine. Vous croyez trop à la vertu de la lettre. Une requête, une brochure. Des mots écrits, imprimés. Vous ne valez guère mieux que les pauvres gens qui brûlent leurs ordonnances médicales et en boivent les cendres dans leur thé. Une jolie brochure vous satisfait, mais les caractères d'imprimerie ne sont pas un remède. Tous vos imprimés ne m'aideront pas à sauver un de vos coolies qui, à seize ans, ont déjà attrapé la tuberculose et crachent le sang.

Il attendit encore un instant, et comme ni Pearl ni Yutsing ne répondaient il disparut dans la pièce voisine, tirant du pied la porte derrière lui.

– Désinfectez tout, dit Pearl à la petite nurse.

Elle-même versa du sublimé dans une cuvette et se brossa les mains, la mine grave et attentive.

– Quel bon vent t'amène ? dit-elle.

– J'ai pensé que nous pourrions aller dîner en sortant d'ici dès que tu seras prête, dit Chang.

– Je suis prête, répondit Pearl gaiement, en secouant de ses doigts les gouttes du liquide rougeâtre. Nous irons à pied par le parc. Je ne pense pas que l'air d'ici soit bien fameux.

En fait, l'air était lourd de phénol et de l'odeur de tant de malades qui durant des heures étaient passés par les salles basses de la clinique.

– Oui, il fera bon sous les arbres, dit Chang, soulagé.

Pearl le fit entrer dans le petit réduit, meublé d'une table de bois brut, qui était son bureau à elle. Cachée derrière la porte d'une armoire, elle retira sa blouse. Quand elle reparut, elle portait une robe vert tilleul, ajustée, au col haut : elle avait constaté que ses malades se sentaient plus en confiance quand elle était vêtue à la chinoise. Elle prit dans une corbeille bien capitonnée une théière et deux tasses et versa à son mari du thé bouillant.

– Merveilleux, fit Chang, satisfait.

Tout en buvant, il sentait se calmer ses nerfs exaspérés et éprouva un grand bien-être. Pearl s'était accroupie devant lui et le regardait boire. Lorsqu'il eut fini, elle se versa à son tour une tasse.

– Tu permets ? demanda-t-elle poliment avant de boire.

Aussitôt après entra Numéro-deux, le plus jeune des deux boys, rayonnant de joie parce que le maître était de retour.

– Dormez bien et faites de beaux rêves, cria Pearl au Dr Hain avant de partir, à travers la porte.

Le docteur était sans doute trop absorbé pour répondre.

Ils renvoyèrent Numéro-deux à la maison, en lui faisant porter la mallette de Yutsing, et allèrent à pied jusqu'au coin où ils pourraient trouver un taxi.

– Nous devrions nous acheter une voiture, dit Pearl pour la centième fois.

Et, pour la centième fois, il répondit :

– C'est vrai, nous devrions.

La voiture ne fut jamais achetée. Yutsing occupait un poste important, mais son traitement était modique et payé irrégulièrement. On admettait tacitement qu'un fonctionnaire du rang de Chang pouvait se faire un revenu suffisant sur les travaux et les fournitures dont il distribuait les commandes. Le Dr Chang était profondément réfractaire aux institutions de son pays. Dans les écoles étrangères par où il était passé, il s'était chargé du bagage peu pratique et encombrant qu'est une conscience ombrageuse. Tout au fond, sous les couches successives dont son éducation l'avait recouverte, restait indestructible la pierre angulaire de sa morale : la maxime de Confucius selon laquelle l'exemple du supérieur doit suffire à rendre les inférieurs vertueux. Le grand-père maternel de Chang, le noble mandarin, avait été un fonctionnaire incorruptible…

Quand ils furent dans le taxi, Chang prit la main de sa femme, passant, sans y penser, le bout des doigts sur les gerçures de sa peau.

– Des mains de coolie, dit Pearl en souriant.

Il ôta ses lunettes, levant la main de sa femme jusqu'à son visage et se la passant sur les yeux. C'était un geste de grande tendresse.

– Et Nankin ? demanda Pearl.

Yutsing resta un instant sans répondre.

– Résultat médiocre, dit-il enfin. On manque d'argent en ce moment, et l'on se désintéresse de ce mouvement scout. On m'a même conseillé de décommander le jamboree. Mais nous y arriverons tout de même.

Il resta pensif un instant, tout en continuant machinalement de caresser la main rude de Pearl.

– J'ai entendu dire que la 29e armée tient magnifiquement, mais il semble que la situation dans le Nord soit plus grave que nous ne croyons, dit-il. Le généralissime est arrivé de Kuling en avion. On racontait dans le train que l'armée rouge a tué soixante mille Japonais, ajouta-t-il.

Les yeux étroits de Pearl lançaient des éclairs.

– Soixante mille Japonais ! s'écria-t-elle. Bon. Excellent. Merveilleux. Il faut une bonne fois montrer aux Japonais qu'ils ne sont pas invincibles. Une piqûre d'aiguille dans le ballon gonflé… et pffft ! Ils ne se sont encore jamais battus contre une Chine unie !

Chang regardait sa femme avec un sourire amical mais sceptique. Dans ses moments d'exaltation patriotique, comme maintenant, elle lui rappelait parfois Fongyung. Les femmes s'enflamment bien plus que les hommes, sans doute parce qu'elles ne possèdent pas autant de froide raison.

– Qui selle le tigre doit savoir le monter, dit-il simplement.

Ils allèrent ainsi un bon moment sans parler et descendirent de voiture à l'entrée de Hong-kew Park. Il y faisait un peu plus frais, des nurses anglaises promenaient des enfants incroyablement blonds, et si bien tenus ! Chang et sa femme oublièrent la politique en se promenant sous les arbres le long de la rivière. Avec le plus grand sérieux, ils agitèrent l'importante question de savoir où ils dîneraient et ce qu'ils mangeraient. Ils se mirent d'accord pour aller au restaurant de Fung Hei et pour y commander un dîner à la cantonaise. Tout d'un coup, ils eurent très faim.

Ils s'arrêtèrent un instant près des tennis à regarder jouer. La verdure humide du gazon dégageait de la fraîcheur.

– Nous devrions nous remettre au tennis, dit Pearl.

– Sûrement, répondit Yutsing.

Il en allait du tennis comme de l'auto.

– Nous devrions avoir une voiture à nous, dirent-ils quand ils furent de nouveau dans la rue à chercher vainement un taxi.

C'était l'heure où toutes les maisons de commerce et tous les bureaux de la concession internationale fermaient et où les affiches lumineuses se mettaient à flamber au-dessus de la ville dans le ciel encore clair. Ils finirent par trouver un taxi et Yutsing reprit aussitôt dans sa main la grande main rude de sa femme.

Pearl avait secoué sa fatigue : le soir venu, l'animation de la grande ville lui rappelait New York et dissipait l'impression de dépaysement qu'elle éprouvait parfois. Elle était venue en Chine avec Chang, attirée par un grand amour pour la lointaine patrie de sa famille et par la croyance en une mission à accomplir en Chine. Les discours des étudiants au club chinois de New York l'avaient remplie d'enthousiasme : elle brûlait du désir de travailler à la renaissance de la grande et vieille nation. Mais ce qu'elle avait trouvé dans ce pays l'avait pénétrée d'un sentiment brûlant de honte pour ses compatriotes. Il lui avait fallu serrer les poings pour ne pas se laisser gagner par le découragement. Elle cherchait à se persuader que ce qu'elle faisait était important pour la Chine. Donner du salvarsan à des bébés syphilitiques, lutter contre l'opium, inculquer à des mamans coolies les règles élémentaires de l'hygiène – la plupart d'entre elles croyaient encore qu'une formule magique dite par le prêtre était plus efficace que les remèdes ou la propreté. Pearl travaillait avec un optimisme désespéré, fière et joyeuse du moindre succès. Elle aimait son mari d'un amour violent, absorbant, qu'il lui fallait dissimuler : c'était si peu chinois. Elle voyait en lui l'homme le meilleur, le plus délicat, le plus noble qu'elle connût. Idéalisme et incorruptibilité étaient chose rare et précieuse en Chine. Il ne parlait jamais de son passé, mais derrière une façade unie, elle devinait des abîmes insondables. Le poète Liu, un des rares amis de Chang, qui le connaissait de longue date, laissait parfois échapper une observation, qui faisait dresser l'oreille à Pearl. Il lui arrivait souvent, la nuit, de rester couchée les yeux grand ouverts, à l'écouter dormir. Mon mari, pensait-elle, mon mari à moi…

– Allons-nous prendre Liu ? demanda Yutsing, rompant le cours de ses pensées souriantes.

– Avec plaisir, dit Pearl, qui aurait préféré rester seule avec son mari.

Liu habitait le quartier chinois de Hong-Kew, dans une de ces ruelles appelées Li, trop étroites pour les autos. Pearl attendit dans la voiture que Yutsing revînt avec Liu. Malgré la chaleur, l'écrivain portait sa robe de cotonnade brune, un peu sale. Il la portait jour après jour et Pearl le traitait souvent de poseur. Liu répondait à ses railleries amicales par des vers spirituels de forme et de langue classiques, qu'il lui faisait porter chez elle avec des fleurs. La tête qui surmontait cette robe brune râpée respirait la hardiesse et la vivacité ; le cou étonnamment blanc, uni et mince, faisait paraître Liu plus jeune qu'il n'était. En fait, la vie pauvre et solitaire que menait Liu n'était qu'une fantaisie : il était de famille riche et distinguée et possédait quelque part terres et maisons, femmes et enfants.

– Hello, dit-il, secouant la main de Pearl.

– Hello, dit Pearl, souriante.

Ils parlaient toujours anglais entre eux : l'anglais d'Oxford de Liu et le new-yorkais de Pearl ne se ressemblaient guère, mais ils se comprenaient très bien et Liu trouvait que le cantonais de New York que parlait Pearl était indigne d'elle.

– Quoi de neuf ? s'enquit Pearl, assise inconfortablement entre les deux hommes.

Maintenant que Liu les avait rejoints, elle s'en réjouissait vraiment. Liu s'était fait une place importante dans ce ménage. Sa présence rendait la soirée plus gaie et plus brillante.

– Voici le thé de Luching que je vous avais promis, dit Liu en remettant un petit paquet. – et tirant de sa large manche un éventail de papier peint : Et voici pour le collectionneur de goût.

– Joli, dit Pearl, ouvrant et fermant l'éventail. Pour moi ? mais je ne le mérite pas.

Sur une face de l'éventail étaient peintes des pivoines, sur l'autre un petit paysage de saules, délicat et sentimental.

– Oh ! dit Liu, lui reprenant l'éventail. C'est à vrai dire un cadeau à faire à une concubine. Mais comme des concubines me gêneraient pour composer mon essai sur la valeur psychologique de la débauche, c'est à vous que je l'offre, en signe de profond respect.

Il rouvrit l'éventail et constata avec un sourire que Pearl rougissait sous sa poudre blanche. Sur l'éventail, jusqu'alors si innocent, s'étalaient des scènes érotiques d'une impudeur candide : des dames nues vêtues seulement de minuscules chaussures rouges s'y livraient aux jeux compliqués de l'amour en compagnie de gros messieurs distingués à longues nattes.

– Je n'entends rien à la chose, dit Pearl, gênée.

Liu rit sous cape, referma l'éventail, le rouvrit, et de nouveau apparurent pivoines et saules.

– Pruderie américaine, dit-il sur un ton de tendre amitié.

Le parfum délicat du paquet de thé remplissait la voiture. Yutsing n'avait pas regardé et probablement pas écouté. Il cherchait des yeux un marchand de journaux. Lorsqu'ils atteignirent le Bund et que la foule les força à s'arrêter, il acheta trois journaux du soir qu'il approcha de ses lunettes pour les déchiffrer à la lueur fuyante du crépuscule.

– Nouvelles de guerre avant le riz du soir coupent l'appétit, laissa tomber Liu.

– Bonnes nouvelles ? questionna Pearl.

Il haussa les épaules, et continua de lire sans répondre.

– Discutons le menu en attendant, proposa Liu.

Deux minutes plus tard, ils étaient en grande discussion : allait-on commencer par des foies de canard épicés ou par des œufs de pigeon en sauce brune ?

Yutsing était distrait et taciturne lorsqu'ils arrivèrent au restaurant de Fung Hei ; Liu s'efforça de le remonter à coups de plaisanteries incisives. Il commanda du vin de riz, à trois reprises força Yutsing à vider d'un trait sa coupe, et comme Yutsing n'avait pas d'endurance, il fut tout de suite très excité. Il avait des taches rouges sur les pommettes lorsqu'ils quittèrent le restaurant comble de Fung Hei.

Ils s'en allaient bras dessus, bras dessous, comme font les étudiants américains, s'arrêtaient devant les étalages éclairés ; Liu acheta quelques branches de jasmin qui dégageaient une douce odeur d'été et répandaient une fine poussière jaune. Sans cesse ils quittaient les grandes voies élégantes à l'européenne pour les ruelles indigènes grouillantes, où dans chaque boutique et dans chaque logis un phonographe leur lançait des lambeaux de musique chinoise. Ils finirent par aboutir à l'avenue Édouard-VII et échouèrent dans un cinéma.

Ils y virent *l'Extravagant Mr Deeds*, et comme ils avaient tous trois un faible pour Gary Cooper, ils s'amusèrent beaucoup. En rentrant, Pearl s'arrêta soudain et rit.

– Figurez-vous Shanghaï dans dix ans, s'écria-t-elle, quand il n'y aura plus de concession internationale ! Nous irons faire la bombe dans la ville anglaise, comme les Américains à New York vont dans la ville chinoise. Nous nous moquerons des étrangers malpropres et de leurs habitudes inconvenantes. Nanking Road sera une rue mal famée comme l'est maintenant Mott Street où je suis née et où vit mon père.

Elle eut soudain des larmes de colère ; les deux hommes la regardaient surpris. Elle faisait de grands gestes, tenant toujours dans ses mains l'éventail fermé et le thé de Luching. Des gens s'attroupèrent dans l'attente d'un discours politique.

– Je ne suis pas ivre, dit Pearl confuse, et elle se tut.

Yutsing l'entraîna. Liu les quitta. Il tint un instant la main de Pearl comme s'il avait quelque chose à dire, mais il ne le dit pas et s'en alla rapidement : sa longue silhouette brune disparut dans la nuit. Yutsing appela deux rikshas et ils rentrèrent. Sur tous les murs s'étalaient des affiches appelant à la résistance contre les Japonais, au boycottage : le scout de Yutsing avec son drapeau disparaissait dans la foule des grandes affiches criardes.

Les Chang habitaient route de l'Astre, une grande maison de rapport moderne ; tous les appartements y étaient meublés de même façon : meubles d'acier au salon, Louis XV ripoliné blanc dans la chambre à coucher.

– Je suis sale comme un brigand, dit Chang, debout devant le grand miroir.

Numéro-un préparait déjà le bain. Numéro-deux déposait devant son maître le courrier arrivé en son absence. Chang l'emporta dans la salle de bains. Pearl mit un vieux kimono japonais et attendit son tour. Sur le lit de Chang, il n'y avait pas de coussins, rien qu'un pupitre de cou, très dur, une habitude sans doute de son passé. Il revint, nu, les cheveux humides et jeta sur la table les lettres ouvertes.

– Mon père est arrivé, dit-il.

B. G. Chang avait passé les mois de grosse chaleur dans une petite villa qu'il avait fait bâtir près du monastère de… Il était de retour à Shanghaï et son fils éprouvait, à l'idée de le revoir, un sentiment étrange d'appréhension qu'il ne pouvait guère expliquer à Pearl. Il mit son pyjama tandis qu'elle était assise devant le miroir, brossant ses cheveux et les enduisant d'huile. Elle était très fière de son casque bien ajusté de laque noire; Chang la regardait, les yeux mi-clos. Il avait retiré ses lunettes et voyait ses mouvements comme dans un nuage : il écoutait en souriant le crépitement électrique des cheveux sur la brosse. Il s'approcha, s'arrêta derrière elle, tandis qu'elle continuait à se brosser.

– Qu'est-ce que c'est que cette histoire d'éventail ? demanda-t-il.

Pearl s'étonna qu'il eût remarqué quelque chose.

– Rien, dit-elle. Une plaisanterie de Liu.

La chambre était toute parfumée par les branches de jasmin que Numéro-un avait placées dans un vase, le pollen jaune tombait des calices blancs sur la table. Yutsing prit l'éventail et se mit à le manier en l'approchant tout près de ses yeux sans lunettes. Il rit en découvrant le truc :

– Charmant, dit-il, très amusant.

Pearl, devant le miroir, soupira et laissa tomber sa brosse.

– Oh, vous autres les Chinois… dit-elle.

Yutsing posa l'éventail.

– Je ne savais pas que Liu fût amoureux de toi, dit-il.

– Ne dis pas de bêtises, répliqua Pearl en anglais. – il revint à elle, prit sa main et voulut la porter à ses lèvres, mais elle se dégagea, secoua la tête en souriant : J'ai bien gagné mon bain, dit-elle.

Le bain du soir de Pearl était tout un rite et durait très longtemps. Chang souriant, à moitié endormi, écouta ses pieds nus sur les dalles, le bruit de la douche, le glouglou de la baignoire qui se vidait. Il se sentait alourdi par le vin de riz. La chaleur qui l'avait envahi tombait peu à peu. Quand Pearl rentra dans la chambre, il dormait. Elle éteignit, retenant son souffle pour faire le moins de bruit possible, et se coucha tranquillement dans son lit. Les minces cloisons de la maison laissaient filtrer bien des bruits. Deux phonos jouaient à deux étages différents : dans l'un chantait Marlène Dietrich, dans l'autre Pei Yu Shuan qu'on appelait à Shanghaï la Mae West chinoise. On entendait les autos corner et freiner au coin de la rue et, au loin, la grande ville bruire à travers la chaude nuit. Pearl ferma les yeux une minute avant de s'endormir, elle voyait toujours la journée qui finissait de défiler dans un tourbillon d'images rapides, comme si l'intérieur de ses paupières était un écran… « Tant de vaisseaux de guerre sur le Wangpo… » pensa-t-elle, et elle s'endormit.

Dix minutes après minuit, le téléphone sonna sur la table de chevet. Yutsing le saisit en grognant et Pearl alluma :

– Lui-même, fit-il, endormi. Est-ce que cela ne peut pas attendre à demain ? – et : Je suis fatigué, j'arrive de Nankin. – et pour finir : C'est bien. J'y vais.

Pearl le regarda, surprise, se lever les yeux encore clos et se débarbouiller à l'eau froide dans la salle de bains.

– Numéro-un ! cria-t-il. Un costume propre.

– Les boys dorment, dit Pearl en se levant pour donner à son mari du linge et un costume. Où vas-tu ?

– Mon père veut me parler sur l'heure, dit-il en mettant sa cravate.

Pearl l'observa et cessa de le questionner. Yutsing lissait ses cheveux.

Lorsqu'il fut parti, Pearl, distraite, regarda un instant le panneau calligraphié qui pendait au mur près de son lit. Dans tout l'appartement, c'était le seul objet qui lui appartînt. Son père, le marchand de Mott Street, Chinatown, New York, l'avait écrit à son intention :

Petit poisson
S'en va dans la vaste mer
Et n'en devient pas plus grand.

La vue des caractères nets, un peu raides de son père qui n'avait jamais tout à fait renoncé à la calligraphie, lui fit du bien Il y avait dans ces paroles une tendre raillerie qui n'était pas désagréable, elle se sentait toute petite et sans responsabilité. Elle sourit, éteignit et s'endormit.

Le Shanghaï Hôtel, où Yutsing Chang se fit conduire – il avait pris un riksha, pensant que l'air de la nuit le réveillerait –, se trouvait dans Nanking Road, au centre de la concession internationale, dans le voisinage du grand champ de courses. Il avait été construit cinq ans auparavant très luxueusement, à grands frais, et l'on disait à Shanghaï que quiconque comptait dans le monde passait tôt ou tard dans le hall de cet hôtel.

Lorsque Chang traversa le hall dont toutes les tables, à cette heure, étaient garnies de gens en tenue de soirée, qui buvaient leur whisky ou des liqueurs, il fut interpellé par une dame énorme aux cheveux blancs :

– Monsieur Chang ! Retour de Nankin ? Que dit-on là-bas ? Quelles nouvelles ? Aurons-nous la guerre à Shanghaï aussi ? On dit que les riches Japonais comme Furuya et Kikuki ont fermé boutique et sont partis sans bruit. Ce serait bien intéressant d'avoir la guerre ici. Je ne me suis jamais aussi bien amusée qu'en 32. Savez-vous que j'étais là quand le moulin de Yungho Yunhang a sauté ? Voulez-vous vous asseoir à une table ? Je suis une vieille femme bien seule qui a grande envie de causer.

Mme Tissaud faisait partie du hall de l'hôtel tout comme les colonnes de marbre noir qui en soutenaient la verrière. Elle était la voix de Shanghaï, ses rumeurs, ses racontars, sa gazette. Elle siégeait à la même place, avant que l'hôtel fût construit, dans l'ancien Shanghaï Hôtel, petit, meublé de velours rouge. Elle avait toujours été là et elle y serait encore quand la dernière des guerres petites ou grandes aurait rasé la ville de Shanghaï.

Personne ne savait d'où elle venait. Bien des gens prétendaient que Mme Tissaud habitait déjà le marais où les premiers colons se mirent à bâtir la ville. Certains pensaient que Mme Tissaud était la veuve d'un missionnaire qui avait fait fortune en vendant des bicyclettes. D'autres prétendaient qu'elle était propriétaire d'une série de bordels dont le plus prospère et le plus célèbre était celui des Small Boys, avenue Édouard-VII. Quoi qu'il en fût de ces histoires, elle était assise là et retenait le Dr Chang au beau milieu du hall.

Il salua gauchement en murmurant quelques mots d'excuses. Il était le seul Chinois dans la foule qui emplissait ce hall. Il le sentait plus qu'il ne le voyait. Et quoique l'hôtel appartînt à son père, il s'y sentait un intrus, un étranger méprisé. Mme Tissaud ouvrit les vannes ; un nouveau flot de paroles se répandit :

– Il faut que vous alliez voir votre père ? Il a une mine magnifique, il m'a raconté qu'il a pêché dix mille poissons dans le fleuve (elle disait dix mille comme les Chinois). Savez-vous aussi que ce soir, chez Hai Alai, il a gagné quatorze cents dollars ? M. To Fat a parié contre lui : c'est fou de parier contre B. G. Au reste (et elle força Chang à se baisser vers elle en le tirant par le revers de son habit), il a avec lui les deux plus jolies Coréennes que Shanghaï ait vues depuis longtemps. On dit qu'il les a achetées à un officier supérieur japonais de l'armée du Kwantung, mais je ne crois pas. Savez-vous pourquoi il vous fait venir si tard ? Dites-moi encore. Et l'*Idzumo* mouillé tout près du Bund ? Qu'est-ce que ces messieurs de Nankin en disent ?

Tous les murs du Shanghaï Hôtel résonnaient de musique de danse, dans la grande salle de restaurant on dansait jusqu'à deux heures, dans le jardin-terrasse jusqu'à trois heures, et au bar le piano jouait jusqu'au départ des derniers consommateurs. Le cliquetis des bouteilles et des verres, le murmure contenu de nombreuses conversations, la fumée des cigarettes, l'odeur des femmes, le glissement presque imperceptible des semelles de feutre des maîtres d'hôtel et des boys sur les épais tapis gris de sable, tout donnait une impression indéfinissable d'élégance et de grand monde. Yutsing Chang, serrant les dents, baisa la main poudrée que Mme Tissaud lui tendait. C'était le prix pour se débarrasser d'elle.

Il ne prit pas le grand ascenseur dont les portes en glaces s'ouvraient et se fermaient face à la réception, mais traversa un petit vestibule vide et silencieux sous sa verrière multicolore et arriva sur le derrière de l'hôtel où un autre ascenseur montait directement à l'appartement de son père. L'hôtel avait discrètement installé cet ascenseur à l'usage des Chinois, Japonais, Indiens, Siamois, Coréens ou autres clients de couleur dont les blancs considéraient la présence comme indésirable et qu'ils ne tenaient pas à coudoyer. La vie d'un Chinois dans la concession Internationale était faite de ces menues piqûres d'épingle.

Et pourtant, le père de Chang détenait un si gros paquet d'actions qu'il était le véritable propriétaire du Shanghaï Hôtel.

Le fameux jardin-terrasse, au dix-huitième étage, était flanqué de deux constructions en forme de tours, à la mode de New York : l'une d'elles était l'appartement du banquier, l'autre était le bar-dancing. Bo Gum Chang s'était retiré ici un jour où il était menacé d'enlèvement par une bande de maîtres chanteurs et d'assassinat par une société secrète. Là-haut, au-dessus de la ville, entouré de serviteurs et de gardes du corps, il se sentait en sécurité.

Le secrétaire du banquier, Mr Chai, devenu par mariage le jeune beau-frère d'un des cousins de Yutsing, le reçut à la sortie de l'ascenseur. Chai était un jeune homme d'aspect délicat et efféminé, vêtu correctement d'un smoking blanc, avec une bouche de poisson qui lui donnait toujours l'air étonné.

– Votre honorable père s'impatiente, dit-il d'un air de reproche.

Lutsing, machinalement, s'arrangea les cheveux et entra. La grande pièce de réception était pleine de lourds meubles en teck avec des rideaux rouges en satin broché comme pour une noce; les étagères, disposées irrégulièrement le long d'un mur, portaient des porcelaines précieuses, des cadeaux, comme ces lourds plats d'argent contre le mur opposé. Au centre, un meuble ancien qui tenait du lit et du divan, assez grand et assez large pour que deux personnes pussent placer entre elles un plateau pour l'opium ou un jeu de mah-jong. Il y avait là des téléphones, des appareils de radio, des phonos et toutes sortes d'inventions électriques, depuis le briquet pour les cigarettes jusqu'à la chaufferette pour les pieds, car B. G. Chang était grand admirateur de l'électricité.

Il était assis sur le lit de repos; quoiqu'il eût beaucoup bu, il avait toute sa tête. La nuit était chaude; il s'était à moitié dévêtu, ne gardant que son pantalon de soie noire. Sa peau avait une couleur sombre, son thorax de géant et les muscles de ses épaules rappelaient à son fils les figures puissantes qu'il avait vues sur certains monuments. Une mignonne Coréenne très fardée était accroupie sur le plancher devant lui; elle tenait dans ses bras une bouteille de whisky comme on tient un nourrisson et tournait entre ses doigts un verre à moitié vide, prête à le remplir si le maître en exprimait le désir. Le poste de radio, dans un coin, renvoyait la musique de danse de la terrasse-jardin, dont le son affaibli filtrait en même temps à travers les murs. Les fenêtres, qui descendaient presque jusqu'au plancher, étaient ouvertes sur la ville et sur le halo multicolore des innombrables réclames lumineuses. Deux autres fillettes dansaient lentement un fox-trot sur cette musique. Leur danse langoureuse et abandonnée était à la fois lascive et excitante. Elles avaient le visage brillant de sueur.

– Joie, mon fils est arrivé, dit Chang, faisant mine de se lever.

Yutsing l'en empêcha.

– Comment est la santé révérée de mon père? demanda-t-il cérémonieusement en s'inclinant.

– Bonne, meilleure qu'elle n'a été depuis longtemps, s'écria Chang, attirant Yutsing à lui sur le large lit de repos. Je me suis grisé de soleil et j'ai lavé la poussière de la ville dans l'eau du fleuve Tung.

Il étendit ses bras puissants et s'écria en riant :

– C'est vrai ce que disent les livres : le ciel est mon père et la terre est ma mère.

A ses pieds, la jeune fille avait bien vite rempli un verre pour Yutsing ; Chang le lui prit des mains et le donna à son fils.

– A ta santé, dit-il, vidant son verre d'un trait.

Yutsing, depuis son enfance, n'avait jamais pu surmonter la crainte d'être pris par son père pour une poule mouillée. Il avala bravement le whisky et se sentit instantanément plein d'énergie.

– Comment est la santé vénérée de ma mère ? demanda-t-il.

– Elle marche encore avec une canne, et sa faiblesse est encore si grande que ta tante doit la soutenir. Mais elle vit, répondit Chang. – il rit bruyamment : Elle projette d'aller bientôt en pèlerinage au Temple-de-la-nuée-de-pourpre, cela prouve qu'elle est bien, dit-il gaiement.

La mère de Yutsing avait eu au printemps une fièvre gastrique qui avait traîné et l'avait profondément affaiblie. Son fils était souvent allé la voir et avait été très inquiet car il aimait beaucoup cette mère si raffinée, restée pure de tout contact avec les égarements des temps modernes, telle une antique statue d'ivoire de la déesse de miséricorde. Il n'était pas très bon médecin, plus fonctionnaire que praticien. Mais il avait obtenu qu'elle se laissât soigner par Pearl et elle avait guéri. Malgré tout, ses parents ne témoignaient à sa femme que méfiance et froideur.

– Je vais lui écrire de ne pas trop se fatiguer, murmura-t-il, soucieux.

Son père avait regardé avec un plaisir distrait les deux danseuses ; la danse finissait maintenant ; essoufflées et rieuses, elles se laissèrent choir sur les coussins qui garnissaient l'embrasure de la fenêtre. B. G. Chang fit un signe à la jeune fille qui tenait la bouteille, elle traversa la pièce et ferma la radio. Il y avait moins de bruit, mais la musique de la terrasse-jardin filtrait encore, affaiblie à travers les murs. Yutsing remarqua sur une table quantité de verres et de bouteilles vides.

– J'avais amené quelques amis de Hai Alai, dit le père, je les ai congédiés de bonne heure. J'étais impatient de causer avec toi.

Il prit le téléphone sur une petite table près du lit de repos et cria :

– Chai, tu peux te coucher, je n'ai plus besoin de personne cette nuit.

A ce signal les trois jeunes filles quittèrent discrètement la chambre sans attendre qu'il le leur ordonnât. Lorsqu'elles furent parties, la pièce parut tout à coup très grande et vide.

Le père n'avait pas demandé de nouvelles de Pearl, et cette impolitesse voulue faisait que le fils ne voyait pas venir sans appréhension cet entretien tardif et si urgent. Son père le regarda un instant en silence et sourit comme dans son enfance. Yutsing ne savait pas si ce sourire était affectueux ou railleur.

– Ce n'était pas très raisonnable d'aller à Nankin, si tu avais besoin d'argent pour tes jeux, dit finalement Chang.

Yutsing à qui le whisky donnait du courage répondit vivement :

– Les performances athlétiques au stade ne sont pas un jeu. Ces messieurs du département de l'Éducation à Nankin savent bien que les scouts sont les meilleurs propagandistes des principes de la Vie nouvelle.

– Ils ne t'ont tout de même pas donné d'argent, dit le père sur un ton de raillerie qu'il ne dissimulait plus, raillerie bienveillante d'homme mûr et sage.

– Le moment n'est pas favorable… commença le Dr Chang.

– Aussi peu favorable que possible, reprit le père. Pour l'instant nous avons plus besoin d'avions que de – comment disais-tu ? – de propagandistes. Des avions avec leurs œufs, dit-il, pensif, et le Dr Chang ne put s'empêcher de sourire en entendant son père donner aux bombes d'avion le nom que leur donnaient les coolies.

– Le jamboree n'en aura pas moins lieu, dit-il. Maintenant plus que jamais, il faut que les enfants en rentrant dans leur village y fortifient le sentiment patriotique contre les Japonais. Ces messieurs de Nankin qui voulaient décommander les jeux athlétiques ne sont que des dilettantes en politique : la république du cousinage favorise les imbéciles…

Le vieux Chang sourit à cette sortie de son fils contre le régime de cousinage sur lequel est édifiée la Chine. C'était une idée chère à son écervelé de fils, qui ne voulait pas comprendre qu'il est meilleur et plus avantageux de s'entourer de parents que d'étrangers. Mais, pour l'instant, il n'était pas disposé à se prêter à une discussion sur ce point. Il se contenta de dire :

– Pour une fois, les imbéciles ont raison. Il n'y a pas de bon sens à faire venir cinq mille enfants à Shanghaï juste quand nous allons y voir la guerre. Je serais bien étonné que les villages fissent grand cas de la Vie nouvelle, quand les bombes japonaises tueront leurs cinq mille enfants.

– Pourquoi la guerre s'étendrait-elle à Shanghaï ? C'est bien peu probable, dit brusquement le Dr Chang.

Son père posa sa grande main brune sur son genou, comme pour le calmer.

– Je ne suis pas un chef de guerre, dit-il. Je n'y entends rien. Mais des gens d'expérience m'ont expliqué qu'il serait bon d'éparpiller le front japonais en combattant sur plusieurs points.

Le Dr Chang, inquiet, se tut. Il savait, par expérience, que son père était bien renseigné et qu'il se trompait rarement.

– Combien voulais-tu leur soutirer à Nankin ? fit le banquier, quand il le vit perdu dans ses pensées.

– Il nous manque encore environ quatre cents dollars. Frais de transport et d'entretien.

Bo Gum Chang attendait. Il espérait que son fils lui demanderait cet argent. Mais le fils n'en fit rien. Mauvaise tête à force de vertu, pensa Chang avec amertume.

– Où penses-tu trouver cet argent ? demanda-t-il après un moment de silence.

– Je ne sais pas. Peut-être chez les Juifs, dit le fils.

Chang partit d'un éclat de rire. Le docteur lui-même savait combien cette idée était extravagante. Depuis un an, Pearl cherchait en vain à obtenir trois lampes à rayons ultraviolets des Juifs qui avaient fondé la clinique de Chapeï. Comme B. C. n'avait pas de grandes manches à la chinoise, il mit les mains dans ses poches pour se donner une contenance.

– Écoute, mon fils, dit-il après avoir bu un verre de whisky. Je te donnerai cet argent, parce que j'ai gagné cette nuit à Hai Alai, cela me portera peut-être bonheur au jeu. Chai s'arrangera pour que tu l'aies demain. Mais n'oublie pas que je ne suis pas du tout partisan de faire venir tous ces enfants à Shanghaï.

Le Dr Chang remercia pour ce présent inattendu qui le soulageait d'un gros poids, mais il se demandait quelle arrière-pensée pouvait avoir son père. Avait-il quelque chose à demander au gouvernement ? Voulait-il faire enrager un adversaire ? Cherchait-il les louanges de la presse ? Était-ce simplement pour se donner grand air ? Pas une minute il ne pensa que son père en lui donnant cet argent désirait uniquement lui faire plaisir.

– Tu m'as fait venir pour parler de choses importantes, dit-il.

Et il pensa soudain que son père venait de l'acheter en vue de ce qui allait venir.

– Tu te rappelles ce que tu as promis à ta mère, quand elle était si malade ? dit Chang Bo Gum, allant droit au but.

– Je me souviens, dit Yutsing.

En fait, il pouvait compter les heures ou il avait réussi à oublier sa promesse, et le mot *souvenir* était sans aucun rapport avec la torture morale qu'il avait endurée.

– Eh bien ? Où en sommes-nous ? Ta femme porte-t-elle un enfant ?

Chang avait la gorge serrée.

– Non, finit-il par dire.

– Ta mère est encore trop mal portante pour te chercher une concubine. Elle m'a chargé de la choisir, dit Chang.

Il avait l'air tout content, comme si la mission qu'il avait endossée ne lui coûtait aucune peine.

– La jeune fille a dix-huit ans, elle a assez d'expérience pour te donner du plaisir et est assez innocente pour faire une bonne mère. Elle a quatre frères et vient d'une famille pauvre en argent, mais qui toujours été riche en fils. Elle s'appelle Meilan.

– Je ne veux pas prendre de concubine, je demanderai à ma mère de me rendre ma parole, dit Yutsing.

Son père secoua la tête :

– On ne veut pas mettre dans ton lit de crapauds venimeux, mais une jolie fille, dit-il, irrité ; tu te conduis comme si tu n'étais pas un homme.

– Ma femme est jeune. Elle peut encore avoir beaucoup de fils, si mes parents lui en laissent le temps, dit Yutsing.

Il savait que c'était un mensonge. Pearl avait fait trois fausses-couches. Elle s'était fait examiner par plusieurs médecins. Elle avait beaucoup pleuré et avait fini par se résigner à n'avoir pas d'enfants.

Chang se leva ; son front cuivré s'assombrit encore, mais il prit sur lui et dit très doucement :

– Tu ne t'es jamais beaucoup soucié des désirs de tes parents, et chaque fois que tu as agi contre notre volonté, tu n'as pas eu à t'en louer. Il ne peut en être autrement quand un homme contrarie l'ordre prescrit. Tu ne peux pas manquer à la première de tes obligations, celle d'assurer ta descendance. Je ne te demande pas de renvoyer au pays d'où elle vient l'épouse stérile, que, sans me consulter, tu as amenée de l'étranger. Mais tu as promis à ta mère de lui donner des petits-fils : tu tiendras ta promesse.

– Je ne te permettrai pas d'insulter ma femme, s'écria Yutsing qui perdait patience. Tu ne comprends pas mon mariage, Pearl m'est très chère : elle est la compagne la meilleure, l'épouse la plus fidèle, la meilleure, mes parents eux-mêmes n'ont pas le droit de lui faire de peine.

Le père eut un sourire amusé.

– Quel rapport entre ce que tu me dis et le fait de prendre une concubine et d'assurer ta descendance ? Ta mère est pour moi l'épouse la meilleure qu'il y ait au monde, je la vénère plus que tout au monde. Qu'est-ce que cela a à voir avec les concubines, assez nombreuses, que j'ai prises ? Vous autres, jeunes gens, croyez toujours avoir découvert le ciel et la terre et tout ce qui vit sur terre, ajouta-t-il, devenu plus grave. Il y a eu de tout temps de bonnes épouses qui ont été pour leurs maris de bonnes compagnes. Regarde autour de toi. Partout les femmes travaillent au côté des hommes dans les champs, dans les maisons, sur les bateaux. Toujours la femme a mis en valeur ce que l'homme a gagné. Il est bien vieux le proverbe : « L'homme travaille la terre, la femme est assise au métier… »

Yutsing Chang n'écoutait pas. Il se leva brusquement, s'approchant de la fenêtre pour respirer un peu l'air de la nuit.

– Je ne prendrai pas de concubine, dit-il.

Il entendit derrière lui, dans la chambre, la voix de son père :

– Un fils sans éducation ne vaut pas mieux qu'un porc.

Il entendit la bouteille heurtée sur le bord du verre comme si les mains de son père tremblaient, et il entendait toujours la musique de danse qui venait de la terrasse, il connaissait le morceau : *Night and Day*.

– Nous sommes chrétiens, Pearl et moi, dit-il sans se retourner, comme s'il parlait aux affiches lumineuses qui brillaient en bas sur la ville. Nous sommes un ménage chrétien. Nous sommes heureux et contents. Prendre une seconde femme serait un péché.

Il attendit, mais son père ne répondit pas. Il eut recours à un dernier argument.

– Depuis bien des années, nous travaillons et nous prêchons contre le concubinage ; comment pourrais-je prendre une concubine ? Je perdrais la face, dit-il à haute voix.

Night and day, you are the one, jouaient dehors les trois saxophones.

– Viens, fils, viens t'asseoir près de moi, dit derrière lui le père avec une douceur inattendue.

Chang se retourna et approcha une chaise de la banquette où Chang s'était accroupi, les jambes croisées.

– J'ai gravi plusieurs fois la Montagne-qui-regarde-le-Ciel, dit le vieux Chang, pensif. J'ai passé plusieurs nuits au Monastère-de-l'Est et j'ai fait amitié avec l'abbé. C'est un homme simple, un très saint homme. Il ne mange point de viande et passe des heures à méditer. Il a consulté pour moi le *Livre des transformations*.

Yutsing sentait comme une détente et se mit à sourire. Les paroles de son père répandaient en lui la paix comme fait un livre ancien.

– Les bâtonnets annoncent que je mourrai cette année, poursuivit Chang, c'est pourquoi je ne peux pas t'accorder de délai, j'ai le droit d'exiger que tu me donnes un petit-fils et que par sottise, entêtement et égoïsme, tu n'interrompes pas la lignée. Toi aussi, tu voudras avoir des fils quand tu seras plus âgé et près de rejoindre tes pères.

Quand Chang eut ainsi parlé, il remplit de whisky un grand verre à eau et le vida lentement comme pour calmer une grande soif. « Incroyable ce qu'il peut boire sans être ivre », pensa le Dr Chang.

– Tu ne penses pas que je puisse prendre au sérieux de telles superstitions, dit-il en considérant la taille géante de son père. Tu vivras encore bien des années, et deviendras aussi vieux que le rocher ou la montagne.

– L'abbé a interrogé le livre vingt-trois fois et vingt-trois fois jeté les bâtonnets. Et toujours le Livre a donné la même réponse, dit Chang. Avant de rentrer à Shanghaï, je suis allé au temple de Lingyin, par simple curiosité. Là encore, le Livre m'a dit la même chose. Je ne suis pas un savant, je suis un homme d'autrefois, et je crois à ce qui est écrit, ajouta-t-il avec un sourire ironique. Je t'ai donné de l'argent pour que tu puisses faire ce que tu désires. A ton tour, tu devrais avoir quelque indulgence pour les désirs de ton père qui quittera bientôt cette vallée.

Yutsing ne savait plus que répondre. Il avait lutté pendant deux ans contre ses parents, et voilà qu'il ne savait plus pourquoi. Le désir d'avoir un fils vivait au fond de lui, malgré les sédiments déposés par l'éducation. Un petit enfant mâle, à la peau dorée, un fils qui continuerait son œuvre et défendrait ses idées. Un homme meilleur que lui dans une meilleure Chine.

– C'est fini, dit-il.

– Qu'est-ce qui est fini ?

– La musique, dit le Dr Chang.

Dans le quartier français, une horloge d'église sonna trois coups. Il regarda son père ; de grosses gouttes de sueur perlaient sur son visage. Persuader par la douceur était un gros travail pour cet homme violent. Sur la peau cuivrée de ses épaules apparaissaient des cicatrices blanches, souvenirs de sa vie de coolie, traces des fardeaux qu'il avait traînés, des câbles qu'il avait halés. Il eut soudain pitié de son père, de ce géant.

– Je suis trop las pour me résoudre ce soir, dit-il d'un ton décidé. Je demande quelques jours de réflexion. Permets que je me retire.

Quand il quitta l'hôtel, les rues étaient mouillées et luisantes à la suite d'une courte ondée. Une buée s'élevait dans l'air. Le ciel sans étoiles s'éclairait déjà de la lueur du jour. Pensif, fronçant les sourcils, Yutsing descendait la rue. Près du champ de courses, des gamins criaient une édition spéciale. Il la lut à la lueur déclinante d'un réverbère.

Pékin était perdu. Les Japonais assiégeaient Tientsin qui ne tiendrait pas longtemps.

~

Kurt Planke, étendu sur son lit, regardait à travers la moustiquaire Meilan qui emballait ses robes dans une mallette. Elle était petite, invraisemblablement menue et bien faite, et ses mains étaient d'une si noble élégance que toute autre main, comparée à la sienne, faisait penser à une patte d'animal. Meilan était habillée d'une culotte de soie blanche et d'une veste brodée qu'elle avait omis de boutonner, si bien que les seins délicats et le creux de l'estomac apparaissaient de temps en temps. Kurt croisa les mains sous sa tête, sa cigarette collée à sa lèvre inférieure.

– Il y a une chanson qui semble faite pour toi, Gretchen, dit-il en allemand – car il ne savait pas le chinois et considérait que la langue étrangère et incompréhensible dans laquelle il s'adressait à Meilan importait peu –, c'est la chanson de Marlène dans *l'Ange bleu*. Je t'apporterai le disque et te le jouerai. Regarde-moi, Gretchen.

Meilan se retourna, lui sourit et s'approcha du lit, car à défaut des paroles, elle comprenait l'intonation.

Il retira les mains de dessous sa tête, écarta le tulle et caressa doucement la peau fine sous la veste ouverte.

– Au fait, Gretchen, il n'y aura pas de « prochaine fois », dit-il. Si j'ai bien compris, cette mallette signifie un adieu pour toujours ?

– Mon petit prince doit se lever et s'habiller, dit Meilan en chinois.

Et elle se pencha vers Kurt. Elle tira les poils blonds de sa poitrine et se mit à rire. Puis elle s'agenouilla et cacha son visage contre l'épaule de Kurt.

– Je sais, je sais, dit-il, cette poitrine velue a fait mon succès auprès de toi. Et maintenant, tu t'en vas retrouver un autre monsieur avec ta mallette. Dommage, Gretchen, dommage !

Il referma ses mains sur le dos étroit de Meilan et regarda pensivement le plafond lézardé et taché. Il s'était promis d'éviter toute sentimentalité dans cette courte liaison avec la petite Chinoise, mais actuellement il ne lui paraissait pas aisé de renoncer à ses caresses enjouées. Il souleva son visage et fixa gravement ses yeux. Elle secoua la tête en riant.

– Le soussigné vous serait obligé de lui donner une explication.

Elle appuya ses lèvres contre sa gorge et plaça méthodiquement une chaîne de baisers brefs le long de son corps, comme il le lui avait appris.

– Non, mon petit, pas maintenant, dit-il sévèrement et il s'assit.

Elle resta sage à côté de lui sous la moustiquaire maintes fois ravaudée, les mains posées sur son giron de satin blanc.

– Ne peux-tu au moins me donner ta nouvelle adresse, Gretchen ?

– *Ku*, my darling, dit-elle lentement.

– Bien, Meilan, my darling, je voudrais ton adresse. Écoute-moi bien : moi habite – Ku habite – Shanghaï Hôtel. Et Meilan, où habite Meilan, où ? Peut-être t'enverrai-je une invitation pour le bal de l'YMCA. Où ?

Meilan inclina la tête et les yeux baissés se mit à raconter son histoire :

– Meilan est la propriété, l'esclave du Maître, Chang Bo Gum. Le Maître m'acheta ainsi que ma sœur quand nous étions enfants. Il nous donna du riz et des vêtements et nous fit élever par une femme qui connaissait l'art de divertir les hommes. Le maître Chang Bo Gum a fait à ma sœur l'honneur de la prendre pour concubine. Moi, il m'a gardée pour le Maître, son fils Chang Yutsing. Le fils m'a trouvée à son goût et j'habiterai une grande maison, j'aurai des bracelets et des boucles d'oreilles en jade, je verrai les jeux d'ombres étrangers et j'aurai autant de robes de soie que je voudrai. Et si je lui donne un fils, il répudiera la femme stérile et il me fera régner sur sa maison. Cependant, je suis peinée de te quitter, mon petit prince.

– Tout cela est fort intéressant, Gretchen, dit Kurt, lorsque le flot des paroles chinoises fut tari. Je comprends que tu veux faire une carrière énorme. Cela n'a pas d'importance. On retrouvera sa pipe, l'opium après tout ne se compare pas à ce petit peu de plaisirs qu'on prend au lit. C'est sublime, tu me comprends, Gretchen ? Au revoir, mon trésor, ce fut charmant de te connaître.

Il se leva et s'habilla en silence. Meilan restait assise sur le lit et le regardait.

L'amah s'affairait bruyamment dans l'entrée pour suggérer au galant qu'il était temps de se retirer.

Kurt sifflait en enfilant ses vêtements, Meilan les lui tendait un à un. Mais il la souleva et la rassit sur le lit comme une poupée Il était passablement désespéré, il sifflait de plus en plus fort et tirait sur sa cravate comme s'il eût voulu s'étrangler. La cravate, jaune à pois verts, était un cadeau de Meilan, ainsi que les hideux boutons de manchettes, acquis dans un bazar japonais. Par une curieuse et diabolique coïncidence, Kurt ne payait jamais une femme et ne lui faisait jamais de cadeau, le contraire se produisait régulièrement.

Il chercha une brosse, la trouva et la plongea dans une cuvette écaillée, posée sur un escabeau miteux dans le coin. Il s'occupa de sa coiffure attentivement, avec gravité. Lorsqu'il se retourna vers Meilan, il vit de petites larmes transparentes dans ses yeux.

– Il ne manquait plus que cela, fit-il en glissant ses mains dans ses poches. Les femmes chinoises ne font pas de scènes, dit le *Baedecker* !

Il y avait un an que Kurt était à Shanghaï. La ville meurtrière avait continué la destruction commencée à Paris. Les cruelles premières semaines, pendant lesquelles le Dr Hain recevait une petite subvention d'un comité de secours pour Juifs allemands émigrés, subvention qu'il partageait avec Kurt qui n'y avait pas droit en tant qu'aryen. L'odeur empestée des punaises dans le misérable hôtel où ils vivaient, la peur de choir de la sphère de l'homme blanc dans la saleté des races de couleur. La désespérance consécutive à un mode de vie où le blanc n'a pas le droit d'accepter de travail inférieur et ne trouve pas de travail autorisé. Enfin la place de pianiste au *Club du Dragon* qui n'était qu'un bordel.

Des chambres au premier étage, des filles de couleur en pagaïe qui, ayant eu maille à partir avec la police, pour maladie, ivrognerie ou esclandre, avaient été exclues des boîtes de nuit du settlement international et cherchaient à gagner leur vie à leur propre compte. L'âpre concurrence entre les Asiatiques aux hanches étroites, toutes jeunes, et les Russes blanches, fanées, usées, mais arrogantes qui prétendaient toutes appartenir à la famille du tzar. Puis la liaison commencée par pitié avec Natacha, un soir qu'il l'avait raccompagnée, après une crise d'hystérie. Natacha avait trop d'âme. Comme elle était toujours sur le point de déborder, Kurt s'était fait dur et sec. La sentimentalité, qui avait été l'apanage du musicien allemand, tarit. Il devint léger, prit l'humour cynique du condamné à mort, humour qui prospère à Shanghaï plus que partout ailleurs. Natacha eut une rixe avec une Coréenne qui s'appelait Betsy. Il s'agissait du butin. Et c'est dans l'appartement de celle-ci, que Betsy partageait avec une autre fille, qu'il connut l'inoubliable parfum de l'opium. Betsy était opiomane et elle l'habitua à la pipe, grâce à ce prosélytisme passionné des maniaques. Quand il eut surmonté les premières nausées, il comprit ce que les Chinois appellent « l'Harmonie avec l'Univers ».

Kurt avait été tourmenté par des appétits sexuels précoces et violents. Un calme délicieux le faisait planer maintenant dans une parfaite béatitude, il n'avait plus besoin de femmes.

Betsy disparut subitement. Elle ne lui manqua pas, mais l'absence de pipe le rendit malade. Comme il n'avait pas d'argent pour acheter la drogue coûteuse que l'on vendait clandestinement en maints endroits de la ville, il eut recours aux bas-fonds, où les pauvres, les coolies, les portefaix avaient l'habitude de se griser. L'opium bon marché qu'ils fumaient était amer et fort. C'était une décoction de déchets qui provoquait de lourdes ivresses. La vie est si pleine de douleurs, elle ne devient supportable que grâce à la grande fumée, disaient les habitués de ce bouge, et Kurt leur donnait raison. Rien n'importe après tout, pensait-il, rien n'importe.

Ce fut par un pur hasard que le Dr Hain et lui furent préservés de mourir de faim. La pimpante voiture du banquier B. G. Chang écrasa dans l'étroit Yueng-Ming-Yueng la jeune femme et l'enfant d'un garde-voie chinois. Hain, qui était présent, donna les premiers soins à la mère et au petit garçon, les conduisit à l'hôpital, fit faire une transfusion de sang au petit et s'ingénia à sauver la vie des deux blessés.

L'événement prit de l'importance grâce à un hasard. S'il était de mise que la voiture du banquier écrasât des piétons, car ce n'est qu'en méprisant les lois de la circulation que le chauffeur de Chang pouvait prouver à chacun combien grande était la face de son maître, le cas était différent cette fois-ci : pour une fois la victime avait elle aussi une face. Le garde-voie connaissait des fonctionnaires au ministère de la Circulation, il appartenait à la tribu influente des Wu. Bien qu'il ne fût qu'un parent éloigné des Wu, il avait assez de pouvoir pour faire chanter Chang au cas où sa femme et son enfant mourraient. L'initiative du Dr Hain para à ce danger, et le banquier s'en montra reconnaissant.

Le Dr Hain fut installé dans une chambrette sur cour au Shanghaï Hôtel et considéré comme le médecin de l'hôtel. Il lui arrivait même d'avoir des malades ; on l'appelait quand quelqu'un, pris de coliques, redoutait le choléra, ou pour soigner les infections causées par la poussière et qui se manifestaient par des démangeaisons affreuses. Il s'occupait d'atténuer les gueules de bois simples et compliquées, et de rappeler à la vie des dames qui avaient pris trop de véronal pour faire peur à leurs amants. Hain obtint que Kurt fût engagé comme pianiste au bar de la terrasse qui se trouvait sur le toit. Kurt se relayait avec un nègre qui jouait les rythmes syncopés du jazz tandis que lui-même faisait entendre des tangos ou des valses viennoises, quand des cosmopolites sentimentaux, ivres ou amoureux, le demandaient. Il vivait dans un misérable réduit sans fenêtre et avait droit au dîner et à quinze dollars de Shanghaï par semaine. Il jouait la nuit et dormait le jour. Quand les derniers hôtes partaient tôt, il s'en allait à Chapeï pour fumer l'opium. « Rien n'importe après tout », pensait-il.

Dix semaines plus tôt, B. G., le grand homme de Shanghaï, avait amené deux petites Chinoises au bar, Meilan et sa sœur. Kurt eut un sursaut et s'éprit sur-le-champ de Meilan – si tant est qu'on peut appeler amour l'exaltation modérée qui s'empara de lui à l'aspect de l'étroite silhouette de gazelle de Meilan. Le maître d'hôtel eurasien du bar lui apprit l'adresse de la petite Chinoise et son mode de vie. Elle habitait avec son amah dans un appartement sordide de Yangtsepo. Quand le banquier partit en voyage, ils s'étaient déjà mis d'accord, bien que leurs conversations consistassent en monologues de langues différentes. Kurt fit un effort et réussit à renoncer à l'opium. Celui qui ne fume pas pendant quatre jours est guéri, dit-on à Shanghaï. Les quatre jours furent terribles.

– Gretchen, dit Kurt, le sixième jour (il avait pour principe de parler allemand aux Chinois), Gretchen, tu ne sais pas quel ciel j'ai abandonné pour toi. Tu devrais être rudement gentille pour me dédommager.

Meilan se serrait en riant contre lui, et pendant six semaines la vie évanescente de Kurt connut une amélioration certaine. Seulement c'était fini. Meilan pliait sa robe couleur de pêche dans la mallette, la caressait de ses mains miraculeuses et faisait jouer les serrures.

– Eh bien ! adieu, dit Kurt, qui s'éloigna rapidement.

Dans le vestibule obscur, l'amah tendit la main, demandant un cadeau.

– C'est mon dernier dollar, chère dame, dit Kurt et il s'en fut.

La maison avait d'étroites galeries qui encadraient une cour minuscule, et les quatre étages superposés ressemblaient aux cellules d'une ruche. L'odeur était bien chinoise ; cela sentait l'huile brûlée, l'encens, l'ail et les vieux vêtements. L'escalier était étroit, raide et sombre. Le coolie qui avait amené Kurt, deux heures plus tôt, dormait dans la rue.

– Réveille-toi, Franz, cria Kurt en secouant le riksha.

Yen s'éveilla et le salua de son large sourire qui tendait sa peau sur les os de son visage.

– De quoi as-tu l'air ? demanda Kurt en examinant la silhouette amaigrie et les vêtements déchirés du coolie.

– *Master catchi hotel?* demanda Yen.

– Tu l'as deviné, Franz, dit Kurt en s'asseyant dans le riksha. *Catchi hotel, vely muchi quick.*

Yen prit le timon, le reposa, et puis d'un baluchon sortit une enveloppe sale dans laquelle se trouvait une lettre fripée. Il présenta ce document à Kurt et le regarda plein d'attente. Kurt considéra les lettres chinoises et fit oui de la tête.

– Tu me l'as montrée trois fois, Franz, et je ne peux toujours pas la lire, dit-il. En avant, et dalli chop-chop.

Yen rengaina sa lettre, attela ses bras au timon et se mit à trotter. Ce début d'après-midi était chaud. Arrivé devant l'hôtel, Kurt prit vingt cents dans sa poche et les donna au coolie. Yen les accepta sans protester car Kurt était un client.

– Master, dit-il à mi-voix, lorsque Kurt se fut engagé sous l'arcade fraîche de l'hôtel.

– On ne marchande pas, Franz, répondit Kurt, mais Yen lui barra le passage.

– *Master,* dit-il, *like catchi apenyon? Vely muchi good apenyon?*

Kurt l'écarta, et s'en fut comme s'il n'avait rien entendu. Ce coolie était celui qui l'avait mené dans la fumerie d'opium de Chapeï.

Mme Tissaud était installée dans le hall avec le riche ménage anglais que Kurt avait vu au bar à plusieurs reprises.

– Cette femme est belle mais elle danse trop bien pour une femme du monde, avait dit Kurt au serveur eurasien, après avoir observé l'Anglaise.

– Ce n'est pas notre affaire, avait répondu Eugène.

– Monsieur Kurt, venez donc par ici, s'écria Mme Tissaud, à l'instant où Kurt, qui la haïssait, cherchait à s'éclipser sans être vu d'elle.

– Mrs Russell, me permettez-vous de vous présenter notre jeune génie ? Inclinez-vous, monsieur Kurt, Mrs Russell est très musicienne.

Elle avança sa main tout près du visage de Kurt, mais celui-ci se contenta de la serrer sans y poser ses lèvres. Russell, l'époux de l'Honourable, le regardait d'un œil engourdi, tout en agitant son verre pour faire fondre la glace.

– Français aussi ? demanda-t-il, indifférent.

– Un peu de tout.

Kurt était las de raconter son histoire et sa fuite d'Allemagne à toutes les personnes qui prenaient du whisky au bar. Mrs Russell l'examina sans trop de politesse.

– Quand nous monterons ce soir, vous jouerez le morceau préféré de Mr Russell, dit-elle.

– Avec plaisir. Lequel ?

Kurt avait pris sa voix professionnelle.

– *The more we are together*, poursuivit Mrs Russell, cela fait pleurer Mr Russell, mais après trois heures du matin. Son âme s'attendrit vers cette heure-là.

– Monsieur Kurt devrait vous raconter comment il a fui l'Allemagne avec le charmant Dr Hain, c'est plus attachant qu'un roman ! dit Mme Tissaud ; vous vous intéressez à la politique, n'est-ce pas, Mr Russell ?

– C'est mon frère, dit Russell, en plongeant le nez dans son verre.

– Eh bien, je vais me retirer, dit Kurt gêné, que personne n'avait invité à s'asseoir.

– Au revoir, au bar, fit distraitement Mrs Russell.

– Avez-vous remarqué ses yeux ? son expression ? dit Mme Tissaud aussitôt qu'il se fut éloigné.

– Quoi ? demanda Russell.

– L'opium, répondit Mme Tissaud, et elle se carra dans son fauteuil dont le dossier gémit.

– Oh ! fit Helen.

Mme Tissaud continua ardemment :

– Je ne sais pas comment cela cadre avec le métier de gigolo ; nul n'ignore que l'opium rend impuissant. Mais c'est un joli garçon ! Tiens, voilà B. G. en personne ! Venez vous mettre auprès de nous, monsieur Chang.

Elle l'appelait en agitant la main. Mais le banquier, vêtu d'une robe de soie grise, s'inclina rapidement, joignit ses mains, les secoua et passa. Pendant l'espace d'une seconde, il regarda en connaisseur la beauté d'Helen, et Helen, en femme experte, capta ce regard d'homme et sourit intérieurement. Mme Tissaud avait enregistré ce léger va-et-vient d'ondes.

– C'était B. G. Chang, expliqua-t-elle, l'homme le plus puissant de Shanghaï. Dans la lutte entre Chang Tso-lin et le général Fong Yuschiang, il a financé les deux partis. Fong a juré de le faire assassiner, c'est pourquoi il habite l'hôtel. Il paraît qu'il a assommé trois hommes qui voulaient l'enlever ; il est fort à tuer un buffle ; une petite koungang qu'il avait achetée est morte d'hémorragie la première nuit. La plus belle histoire est celle de la seconde agression. Il sortait de la banque, deux hommes se sont précipités sur lui et lui ont appuyé leur revolver entre les côtes. A dix pas de lui se tenait un Sikh, mais il ne pouvait pas l'appeler. Que pensez-vous qu'il fit ? Le pantalon des Chinois ne tient que par une ceinture. Chang défit sa ceinture et le pantalon tomba. Le Sikh accourut furieux devant ce spectacle inconvenant ! Songez donc, un immense Chinois qui se tenait le derrière nu, au milieu du settlement international ! Ainsi il fut sauvé. Présence d'esprit et humour, n'est-ce pas ?

Il n'était pas certain que Russell eût écouté ; il enchaîna avec ce que Mme Tissaud avait affirmé tout à l'heure.

– De l'opium, disiez-vous, chacun parle d'opium ! Est-il donc si facile d'en avoir ?

– Facile, très facile, m'a-t-on dit, mon cher monsieur Russell, tout venant a de l'opium ! On m'assure que cela se passe comme aux États-Unis, pendant la prohibition. Rien de plus facile que de se procurer de l'opium à Shanghaï.

– Mais comment ? demanda Russell.

Hélène lui jeta un regard scrutateur.

– Demandez à quelqu'un qui fume, répondit joyeusement Mme Tissaud ; moi, je n'ai pas encore besoin de stimulants artificiels. Il y a des hôtels japonais avec des filles, je crois. Depuis que les

Japonais ont fait cette brèche vers le Nord, ils importent des tas de produits coréens, dit-on, de la morphine, de l'héroïne et je ne sais quoi !

– Je me demande quand il sera possible d'aller à Pékin, dit Helen, pour faire dévier la conversation. C'est la prochaine étape de notre programme. Quelle déveine d'arriver ici à l'instant où débute une guerre !

– Il y a toujours la guerre quelque part en Chine, fit observer Mme Tissaud ; il ne faut pas prendre cela au tragique. Tiens, voilà le Dr Chang ! Nous voici, monsieur Chang !

Le Dr Chang était vêtu d'un complet de shantung blanc aux plis impeccables, il tenait son panama à la main. Ses souliers étaient blancs, ses chaussettes vert clair, et sa cravate de la couleur de ses chaussettes. Il sentait l'huile cosmétique et l'eau de Cologne.

– Je vous demande pardon d'arriver en retard, dit-il avec une timidité polie.

– Pas du tout, murmura Russell, je pense que nous en verrons toujours assez.

Il avait eu dès le début des objections à accepter l'invitation du Chinois, mais Helen avait la passion maladive d'explorer toute chose, en quelque endroit qu'elle se trouvât. Lui, Bertie, n'était pas assez énergique pour s'opposer à ce que sa femme désirait.

– J'entendais dire que nous ne voulions pas vous importuner, corrigea-t-il, car Helen lui avait recommandé d'être poli envers le Chinois.

Le Dr Chang protesta à son tour. En proposant la visite de Shanghaï aux Russell, il répondait en quelque sorte à une mission officielle. L'ambassadeur de Chine à Tokyo, qui était son ami, lui avait fait savoir combien les Russell avaient été fêtés au Japon, Bertrand Russell appartenant à une famille anglaise qui jouait un rôle important dans la politique. Pour contrebalancer l'influence japonaise, il était important que le ménage anglais emportât une bonne impression de la nouvelle Chine. C'est à cet effet que Yutsing Chang, vêtu de neuf des pieds à la tête, parfumé et souriant, suant et torturé par ses vêtements, se confondait en saluts et multipliait des formules de politesse auxquelles la langue anglaise se prête si mal.

Devant l'hôtel attendait l'immense limousine, conduite par un chauffeur en uniforme blanc; c'était la voiture que Yutsing avait empruntée à son père pour impressionner les Anglais. « *Look-see* », pensa Helen lorsqu'elle monta.

– Il paraît qu'il y a un bon polo à Shanghaï, demanda son mari.

Le Dr Chang avoua ne rien connaître à la question.

– Et à Hong-Kong aussi il y a un bon polo, dit Russell.

– Mon père possède un groupe de figurines de terre de la dynastie des Tang, qui vous intéresserait peut-être, suggéra le Dr Chang. Il s'agit d'une équipe de polo, composée de femmes à cheval dans leurs longues robes à larges manches. Cela prouve qu'on jouait au polo en Chine, il y a plus de mille ans et que ce jeu était si populaire que même les femmes y participaient.

– C'est juste, c'est juste, approuva Russell, qui avait envie de dormir et qui avait écouté cette longue phrase avec une évidente impatience.

Le Dr Chang prit le cornet acoustique et donna en chinois un ordre au chauffeur. Il avait eu juste le temps d'empêcher l'homme de traverser les quartiers sales et abandonnés de Soochow Creek.

Il était très ému comme chaque fois qu'il s'agissait de prouver que la Chine avait fait de grands progrès. Des sentiments contradictoires l'agitaient : il méprisait les ignorants barbares qui habitaient d'autres continents, il haïssait les intrus qui exploitaient l'argent et la sueur de ce pays, il était honteux de la faiblesse nationale de ses compatriotes et il admirait l'arrogance des étrangers. C'était un mélange curieux qui conditionnait partout le commerce entre Occidentaux et Orientaux.

– Nous allons nous arrêter dans une école, dit-il à ses hôtes. Les enfants ont préparé une petite comédie, je pense que vous trouverez intéressant de voir ce que nous avons obtenu dans le domaine de l'éducation.

Helen aperçut l'expression horrifiée du visage de son mari; elle devança sa réponse.

– Je crois bien, dit-elle, les écoles sont mon dada.

Yutsing s'anima, encouragé par ces paroles.

– La semaine prochaine, je pourrai vous montrer quelque chose de vraiment étonnant : un jamboree d'à peu près cinq mille scouts venant de la province de Kiangeil. C'est mon dada à moi,

Mrs Russell. La jeunesse, la génération future. Nos vieux ne peuvent plus être rééduqués, mais la génération nouvelle sera différente, nous le promettons. Moïse aussi a erré pendant quarante ans dans le désert avec son peuple élu, pour attendre qu'une nouvelle génération eût grandi. Qu'est-ce que quarante ans ? Qu'est-ce que quatre cents ans, quand il s'agit de l'élévation d'un peuple ?

Helen regarda le petit Chinois, qui s'était échauffé en parlant.

– Vous connaissez la Bible ? demanda-t-elle poliment.

– Je suis chrétien, répondit modestement le Dr Chang.

Bertie ne participait pas à la conversation.

L'école était un bâtiment de ciment, nu, avec de grandes fenêtres d'où l'on découvrait le terrain de jeux et de sports. L'immeuble sentait la propreté et la lessive. Les écolières habillées de robes bleu clair, raides et étroites à la mode chinoise, se pressaient partout dans les couloirs et sur les marches ; les maîtresses, avec des lunettes barrant des visages vertueux, les invitaient au silence. Bertie Russell avait déjà respiré prudemment dans la voiture, comme si l'odeur de son hôte chinois lui eût fait peur. Maintenant il prit son mouchoir et le porta à son nez ; il croyait l'avoir fait discrètement, mais le très délicat Dr Chang s'en aperçut.

– Nous sommes très fiers du système d'aération de cette école, dit-il. L'air circule sans cesse grâce à des installations électriques qui l'épurent, le chauffent ou le refroidissent selon les besoins. C'est une invention américaine.

– Vous savez qu'en Angleterre de telles installations sont de mauvais aloi, dit Helen, qui s'amusait autant des efforts du Chinois que du dégoût que son mari ne pouvait pas cacher. Nos écoles, quand elles valent quelque chose, sont sombres, mal aérées et datent du XVe siècle.

Le Dr Chang s'inclina à l'énoncé du siècle. Ils avaient atteint l'auditorium qui était plein d'enfants chinois. Pas une de ces petites têtes noires et polies ne se retourna, sans doute les maîtresses avaient-elles interdit de se montrer curieux. Le Dr Chang présenta aux Russell quelques-uns de ses mentors virginaux qui dans l'anglais le plus correct exprimèrent l'honneur que leur faisaient les visiteurs. Un rideau orné de signes chinois se leva, le spectacle commença.

Sur la scène de petites filles chantaient et récitaient avec des voix de tête, haussées jusqu'à un invraisemblable diapason. Il était impossible de comprendre quoi que ce fût. Trois enfants plus petits encore étaient accroupis sur le côté et tapaient sur de petits tambours et des instruments de bois. Le Dr Chang murmurait des explications à l'oreille d'Helen et des chiffres de statistiques sur la nouvelle éducation chinoise. Le bruit était irritant et Bertie avait l'air d'un homme qui attendrait le dentiste. Le Chinois s'en aperçut.

– Je me souviens du soir où je suis allé au Metropolitain Opera de New York pour la première fois, dit-il avec une ironie trop fine pour être comprise des Européens. C'était affreux. Là aussi, on s'efforce de styler des voix. Elles changent de tonalité, elles sont cultivées à l'excès et l'action n'est compréhensible que lorsqu'on la connaît !

Helen prit son poudrier et s'occupa attentivement de sa beauté. Il faisait chaud, de plus en plus chaud dans cette salle.

– Combien de temps cela durera-t-il ? demanda Russell lorsqu'il sentit qu'il ne pourrait pas rester une minute de plus.

Le Dr Chang se pencha vers l'une des petites maîtresses et s'entretint à voix basse avec elle.

– Quatre heures environ, dit-il, le visage visiblement torturé. Vous savez que nous, les Chinois, nous avons une autre conception du temps que les Occidentaux.

Il savait ce qui allait arriver. Les autres quitteraient le spectacle, et lui-même, les maîtresses, les enfants et toute la nouvelle vie en Chine perdraient quelque chose de leur face. Il parlait encore à la maîtresse, pâle, suppliant ; il n'avait pas fini encore d'expliquer et de s'excuser que Russell et sa femme se levaient et se dirigeaient vers la sortie avec une hâte offensante.

– Nous désirons voir beaucoup de choses, dit Helen quand elle aperçut le visage pâle, désemparé, du Dr Chang, qui continuait à sourire poliment. Voilà pourquoi nous ne voudrions pas rester trop longtemps au même endroit.

Son mari fit un de ses rares efforts intellectuels :

– Je souffre d'une maladie que les médecins appellent phobie, dit-il, je ne peux pas voir d'école sans être pris d'états anxieux. J'étais un mauvais élève et je rêve encore de mes examens manqués.

Le docteur Chang rit trop fort tant il était soulagé :

– Oh ! je comprends, je comprends admirablement, assura-t-il.

Ils remontèrent en voiture.

– Il fait chaud, ne trouvez-vous pas ? Une boisson rafraîchissante ferait du bien, dit Russell auquel son whisky du déjeuner avait desséché la gorge.

Seul un nouveau whisky pouvait étancher cette soif.

– Mes amis, à l'hôtel de ville, ne manqueront pas de vous offrir des rafraîchissements, dit le Dr Chang.

Ils parcoururent en silence la longue route qui mène à Kangwang. Bercé par le rythme de la course, chacun suivit sa propre pensée. Bertie rêvait de boisson ; il imaginait différents breuvages glacés et alcoolisés tandis qu'il se sentait de plus en plus déshydraté, fatigué, altéré. Helen pensait à Frank Taylor, à Sir Galahad, qu'elle retrouverait au dîner chinois auquel le Dr Chang l'avait conviée. Frank n'était pas assez important pour qu'elle allât le voir dans sa boutique (ou bien elle ne voulait pas le retrouver en tant que commis dans sa stupide boutique), mais il avait assez d'importance pour qu'elle pensât de temps en temps à lui. Souvent, elle se disait : « Il est splendide » et avec un peu d'impatience : « Pourquoi ne téléphone-t-il pas ? Je voudrais danser avec lui. »

Yutsing Chang, lui, était totalement perdu dans sa méditation. Deux jours plus tôt, il avait rencontré Meilan pour la première fois, et il lui était arrivé quelque chose d'imprévu, d'impondérable : il était tombé amoureux. Son être était imprégné de la suavité de cette femme, ses caresses savantes et attentives l'obsédaient. Cela bousculait sa vie, cela rendait pâle, inexistante sa douce camaraderie avec Pearl. Son métier, sa mission dans la Chine nouvelle, les luttes dans le Nord, l'avenir incertain et menacé du pays, tout cela perdait de son importance devant cet autre événement troublant : la voix gutturale de Meilan, dans la chambre obscurcie, la forme délicate de ses seins.

Les rafraîchissements offerts aux hôtes dans une salle de réception du nouvel hôtel de ville, au milieu de l'imposant Kangwang récent, se composaient de thé vert, non sucré, dans lequel nageaient des fleurs et d'un gâteau de riz de couleur. Pour Russell, cette visite était devenue un cauchemar et les fières explications du Dr Chang ne trouvaient pas le chemin de son cerveau paralysé par le manque de whisky.

Il ne voyait que d'énormes bâtiments de ciment, style chinois, des ornements peints aux couleurs d'aniline, des ascenseurs, des escaliers, des salles, des halls, des bureaux, des fontaines, des chevaux de marbre, des murs qui menaçaient de s'écrouler sur lui, des Chinois qui parlaient anglais et des Chinois qui ne savaient que sourire, et partout l'odeur pénétrante de propreté et de lessive. Des rues et des rues pour les colons ; le stade, la piscine, l'échappée illimitée sur des constructions disposées en étoile. C'était un cumul imposant de progrès coûteux : et les discours et les annotations du Dr Chang étaient coupés par d'innombrables digressions de politesses. Totalement épuisé, Bertie Russell prit sa femme à part.

– Si nous ne sortons pas d'ici immédiatement, je vais m'évanouir, dit-il, menaçant. J'en ai assez. Je n'en peux plus. Je vais crier si on ne déguerpit pas sur-le-champ.

Helen le regarda, son visage était subitement couvert de taches de son, cela voulait dire qu'il palissait.

– On s'en va, dit-elle rapidement, domine-toi pendant cinq minutes.

Ici encore, retraite précipitée et offensante. La voiture les emmena dans le soir tombant et les déposa sur un champ d'aviation. Le Dr Chang s'engouffra avec eux dans un petit avion qui attendait. Bertie était paralysé au point de ne pouvoir se détendre. Ils planèrent au-dessus de la ville immense, tandis que les lumières sous eux rampaient à travers la buée d'un gris rose. Bertie était vautré sur son siège comme un grand blessé ; Helen se faisait expliquer la ville.

Les banques et les gratte-ciel, le long du Bund, paraissaient petits, Soochow Creek n'était qu'une mince bande brune entre la Chine et l'Angleterre. Le quartier français se serrait contre le settlement international et les lumières s'éveillaient de plus en plus nombreuses. Au-delà du Creek, c'était Hong-Kew, très grand avec les taches vertes de ses parcs, Chapeï ; un enchevêtrement de petites rues, d'où émergeaient les carrés formés par les usines, avec leurs cheminées hautes. Plus d'usines encore de l'autre côté de Whangpo, à Putung. Yangtsepo épousait les courbes du grand fleuve et semblait agrafer l'eau au moyen de ses môles étroits. Une tache grise, irrégulièrement arrondie, striée de toits innombrables, révélait l'emplacement de la vieille ville intérieure chinoise, coupée du settlement international par la chaîne lumineuse de sa rue principale. Au sud-ouest, un autre cours d'eau séparait Mantao du quartier français ; des faubourgs neufs se détachaient du tableau par les points verts de leurs gazons et leurs terrains en friche. La ville se perdait vers le sud-ouest dans la brume qui baignait l'arsenal et l'aérodrome. Les multiples jonques sur le fleuve ressemblaient à de paresseux scarabées marron, que tenaient en respect les vaisseaux immobiles de toutes nations, ornés de guirlandes de lumière. Le crépuscule engloutit peu à peu tous les contours et n'épargna que les feux suspendus dans l'atmosphère.

Helen interrogeait et le Dr Chang répondait consciencieusement. Comme à chaque escale, Helen se demandait si les renseignements que lui donnait le docteur étaient dignes d'être transmis à l'Intelligence Service de Londres. Elle se jugea sans talent, une vraie dilettante. Sa vie était dominée par un souci de perfection qui, sans cesse, l'orientait mal. Elle avait été une parfaite écolière, une excellente cousette, le meilleur mannequin, la plus belle figurante au music-hall, la plus française des Parisiennes. Elle était devenue une lady anglaise, selon la règle, au cours de sa malheureuse union avec Alden, et elle jouait admirablement le rôle de l'Honourable Mrs Russell. Elle était vivement contrariée de penser qu'elle pût échouer comme espionne élégante. Elle était dans un pays en guerre, où l'Angleterre avait des intérêts considérables. Sans doute y avait-il des nouvelles d'importance qui se soustrayaient à elle. Helen avait accepté l'ennuyeuse expédition avec le Chinois sur la seule assurance de Mme Tissaud, le vivant « Tout-Shanghaï », que le Dr Chang participait à tout ce qui était considéré comme important en Chine. Elle essayait de retenir par cœur le nombre et la nationalité des vaisseaux de guerre qui se trouvaient sur le fleuve, et savait que c'était idiot. Elle s'ingéniait à comprendre ce que cachait l'inflexible politesse du Chinois, mais elle n'y parvenait pas. Bertie prit son porte-cigarettes et essaya d'allumer une cigarette, mais sa main tremblait tellement que l'allumette s'éteignit. Il regarda Helen avec des yeux pitoyables. Celle-ci prit la cigarette, l'alluma pour lui et la glissa entre ses lèvres décolorées. Le Dr Chang se détourna comme s'il avait eu honte. L'avion atterrit enfin et Bertie tituba vers la voiture qui attendait.

– A l'*Impérial Club* pour cocktails, d'abord, dit-il, avec un sourire livide.

Le Dr Chang toussota. L'*Impérial Club* était interdit aux Chinois.

– Je vous déconseille fortement de prendre un cocktail avant un dîner chinois, cela ne s'accorde pas, dit-il très vite. Nous approchons du restaurant où ma femme vous attend avec les autres invités. Le vin de riz chaud vous plaira, Mr Russell, je m'en porte garant.

« Plût à Dieu », pensa Helen. Depuis qu'elle était la femme de Russell, elle passait la majeure partie de son temps sur des charbons ardents.

La voiture s'arrêta dans une rue étroite, emplie de bannières et de lanternes, dans laquelle se mouvaient des Chinois, au bruit sourd de leurs semelles de feutre.

– Je crains que Mrs Russell ne soit trop lasse, dit Bertie, désespéré.

Helen allait acquiescer, au mépris de la politesse, lorsqu'elle aperçut Frank Taylor au sortir d'une porte qui s'ouvrait sur un escalier raide et haut. Il se tenait entre deux grandes lanternes bariolées de signes chinois, son sourire était incertain. Helen pensa qu'il avait l'air d'un homme des îles du Pacifique, primitif, enfantin, avec sa bouche entrouverte et l'éclat de ses dents larges. Il ouvrit avec empressement la porte de la voiture.

– Je ne peux pas vous dire à quel point j'ai attendu cette soirée, fit-il, tandis que le Dr Chang tirait Russell hors de la voiture.

Une démente musique chinoise se répandait dans la cage de l'escalier, qu'on apercevait brillamment illuminée derrière le dos de Frank. Un instant plus tôt, Helen éprouvait encore de l'aversion devant toute cette entreprise. Subitement tout lui sembla gai et coloré : la rue chinoise, les lanternes, l'entrée équivoque et l'indéfinissable odeur étrange.

– Comment allez-vous, Sir Galahad ? dit-elle en lui tendant la main.

Il la tint quelques instants dans la sienne, ne sachant apparemment qu'en faire, puis il s'inclina et y posa ses lèvres.

– Comme un Français, dit Helen moqueuse, et elle considéra sa nuque.

– Nous ressemblons aux Parisiens en ce sens que nous tenons à ce que nos meilleurs restaurants et magasins restent cachés et n'attirent pas l'attention, dit le Dr Chang cérémonieusement.

Helen se mêla rapidement au reste du groupe. Pendant une seconde elle avait été seule avec Frank, elle souriait d'aise.

– J'ai le vertige de tout ce que j'ai vu, dit-elle. Viens, Bertie, cela te fera du bien de manger.

Elle emboîta le pas à Frank et s'engagea dans l'escalier étroit, enlevant à son mari toute possibilité de la contredire.

Un gros aubergiste les salua sur le palier; il était vêtu d'une veste blanche, deux garçons pleins de zèle le secondaient. Ils passèrent devant quelques pièces, dont la porte était ouverte et dans lesquelles ou apercevait des personnalités chinoises. Le Dr Chang les guidait et, se servant de maintes formules de politesse, il introduisit le ménage Russell dan la pièce réservée pour le banquet.

Bertie Russell avait accumulé une telle colère, une telle rancune qu'il n'était même plus conscient de la présence des autres invités. Son visage, le joli visage aux traits impassibles d'un Anglais de bonne famille, avait pris volontairement une expression d'arrogance pareille à celle d'un chameau de mauvaise humeur. Du moins, c'est ce que glissa le poète Liu à l'oreille de Pearl, qui, vêtue ce soir-là en Américaine, eut peine à garder son sérieux. Elle fit les présentations, fière malgré tout de posséder deux amis de race blanche.

– Le Dr Hain, dit-elle, mon célèbre confrère.

Et Hain, dans son complet d'alpaga gris clair, s'inclina distraitement devant Helen.

– Mr Liu, notre meilleur ami, un grand écrivain. Miss Linyin, notre Greta Garbo chinoise. Mr Taylor, que vous connaissez déjà.

La pièce était vide à l'exception d'une table ronde, entourée de chaises recouvertes de toile blanche, et d'une autre table sur laquelle était dressée une pyramide de mangues. Ici aussi la propreté était presque agressive et cela sentait le savon. Un garçon vint présenter un panier dans lequel se trouvaient des serviettes mouillées tordues comme des saucissons. Bertie les regarda avec méfiance, mais quand les autres s'en servirent pour frictionner leurs visages, il essaya à son tour. C'était bouillant et cela faisait du bien. Liu, qui l'avait observé, vint vers lui et s'assit à ses côtés.

– Je connais assez bien votre frère, dit-il, nous avons été ensemble à Lincoln College. Son droit international était meilleur que son cricket.

– Mon frère n'est pas un grand sportif, dit Bertie pris au dépourvu.

– Le père de Mr Liu était ambassadeur à Londres, expliqua Pearl de l'autre côté de la table.

Subitement un garçon chinois se dressa devant Bertie et au moyen d'une espèce de théière versa un liquide dans une tasse minuscule.

– N'ayez pas peur, dit Liu, cela a goût de cherry.

Bertie était furieux parce que sa main tremblait au point qu'il avait à moitié renversé la petite tasse avant qu'elle fût arrivée à sa bouche. Liu s'était discrètement retourné. Le breuvage provoquait une sensation chaude dans le gosier et Bertie eût désiré qu'on le resservît.

– Oxford aussi ? demanda Liu.

– Sandhurst, répondit Bertie, mieux disposé.

Liu fit un salut militaire nonchalant. Le Dr Chang s'assit auprès d'eux.

– Il faut visiter l'académie militaire de Nankin, Mr Russell, cela vaut la peine, dit-il.

– Absolument. On y couve les officiers comme on couve les cocons dans d'autres parties du pays. Les Japonais sont opposés à cette nouvelle industrie chinoise, dit Liu.

Il fit un signe au garçon qui emplit la tasse de Bertie.

– *Kampei*, dit-il, c'est le terme chinois pour votre *bottom up*.

Bertie but avec reconnaissance et tendit sa tasse. Helen poursuivait en allemand une conversation distraite avec le vieux docteur.

– Depuis combien de temps êtes-vous à Shanghaï ? Vous y plaisez-vous ? Non ? Pourquoi pas ? C'est beaucoup plus moderne que Paris.

Le Dr Hain s'apprêta à répondre. Il n'était plus habitué à parler. Sa voix était rouillée comme celle des êtres totalement esseulés.

– Shanghaï n'est pas une ville, dit-il, Shanghaï est un poison. Les hommes qui y vivent sont des ogres que régit la loi des cannibales. Cette ville est peuplée du rebut de l'humanité. Celui qui vient ici, Chinois ou blanc, a reçu une tape et Shanghaï fait le reste.

– N'y a-t-il pas d'exception ? questionna Helen en regardant Frank, qui offrait des pépins de melon à la femme du Dr Chang.

Il lui paraissait extraordinairement jeune et authentique. Celui-ci sentit son regard et s'approcha d'elle.

– Avez-vous de nouveaux malades, docteur ?

Hain eut un sourire mélancolique.

– Mes confrères chinois m'appellent quand il est trop tard, ainsi tous mes patients meurent. Cela ne sert pas ma réputation, dit-il.

Pearl conduisit Helen vers la table et les deux serveurs posèrent quelques plats au milieu.

– Cela n'a pas été facile d'attirer le docteur ici, c'est un ermite, dit-elle en souriant.

Helen prit machinalement les baguettes dont le maniement lui était familier depuis le temps où elle vivait à Paris avec un étudiant japonais.

– Je vais devoir me retirer très vite, dit le Dr Hain dans son anglais trébuchant. C'est mercredi, nous faisons de la musique de chambre. C'est une drôle d'habitude, mais j'y ai tenu toute ma vie.

– Veuillez avoir la bonté de vous servir du couteau et de la fourchette, si cela vous est plus commode, Mr Russell, dit le Dr Chang à Bertie. Voici une spécialité dont vous avez certainement entendu parler, des œufs conservés.

Bertie regardait désespérément les œufs, teintés de vert et de noir à l'intérieur, et posa son couvert. Il vida sa petite tasse de vin de riz et la tendit au jeune garçon. Liu, qui avait bu lui aussi quelques tasses de vin de riz, avait les pommettes rouges et s'irritait du dégoût que reflétait le visage de l'Anglais devant les friandises chinoises.

– Vous n'appréciez pas les inventions de nos cuisiniers ? demanda-t-il. Dommage ! Nous autres Chinois sommes un peuple assez inventif et nous ne savons pas toujours quoi faire de nos inventions. Vous savez sans doute que nous avons inventé la poudre ? Eh bien, qu'en avons-nous fait ? Nous avons fabriqué des fusées et organisé des feux d'artifice pendant des siècles. Nous n'avons jamais songé qu'on pût assassiner avec la poudre. D'autre part, songez à l'invention de l'imprimerie, nous n'avons imprimé que des poésies, des descriptions sentimentales, de la littérature, de la philosophie. Nous sommes une race ridicule, Mr Russell, nous avons oublié d'employer nos lettres à la seule chose qui payât : la propagande, la propagande nationaliste, la propagande de parti, la propagande de guerre. Mais nous sommes en train de nous instruire.

Russell l'écoutait, abasourdi, et sans le comprendre. Il avait peur des œufs vert foncé comme d'un insecte inconnu et malodorant.

– Vous intéressez-vous à la littérature ? demanda Liu, dont l'amabilité grandissait en même temps que son irritation. Non ? Quel dommage ! Moi, comme écrivain, j'ai toujours envié leur langue aux Anglais. Seule la langue anglaise possède une prose aussi lapidaire que celle que nous avons pu lire dans un jardin de Hong-Kong il y a peu de temps. Je vous cite cette phrase parce que c'est un chef-d'œuvre de puissance et de clarté.

– De quoi s'agit-il ? interrogea Frank Taylor, qui n'avait écouté qu'à moitié.

– *Dogs and Chinese no allowed.* Kampei, Mr Russell, dit Liu, et il vida sa tasse de vin.

– Si l'on fait de la musique de chambre tous les mercredis à Shanghaï, la ville ne peut pas être aussi terrible que vous la dépeignez, cria Helen très fort pour empêcher qu'un silence se fît.

– Oui, nous sommes un drôle de quatuor, dit le docteur, trois Juifs allemands et un nazi. La musique semble plus importante que la politique.

– C'est presque chinois, remarqua aimablement le Dr Chang. Confucius dit dans ses analectes que la morale et la bienséance forment le caractère, mais que seule la musique donne le dernier poli.

L'homme participe
A la brève existence de toute créature
Et seul survit son chant
Dans un centuple écho à travers le temps.
Mais toi, Cikado,
Tu fais de la musique pour toi seul,

récita Liu. Il prenait plaisir aux vers qu'il citait. Pearl le regarda en souriant.

– Onyang Hsui, dit-il avec un léger salut, onzième siècle de l'ère chrétienne.

Les hors-d'œuvre restèrent sur la table et un plat de crabes accompagné d'une sauce chaude fut apporté. Au moyen de ses baguettes, Pearl saisit les plus beaux morceaux et les posa sur la petite assiette creuse d'Helen.

– Vous maniez les baguettes comme une habituée de Shanghaï, dit avec enthousiasme Frank Taylor à Helen.

Elle lui sourit et se força à manger.

– Mais c'est très bon, dit-il, étonné.

Poudrée à frimas, la ravissante actrice de cinéma avait assisté les yeux baissés à cette conversation sans desserrer les lèvres. Elle intervint subitement en français :

– Nos cuisiniers savent préparer des repas différents pour les jeunes et les vieux, différents pour ceux qui cherchent le sommeil et ceux qui veulent passer la nuit dans un lit avec leur maîtresse.

Liu se mit à rire et ajouta, toujours en français :

– Nos hôtes peuvent manger tranquillement de la mousse de poulet, elle ne contient aucune magie érotique.

Le nouveau plat était rempli d'une masse claire et mousseuse qui fut servie avec des cuillers de porcelaine.

– Pourquoi restez-vous à Shanghaï, si vous détestez tant cette ville, docteur ? questionna Helen.

Il la regarda avec des yeux de chien malade et répondit après avoir réfléchi à ses paroles :

– C'est la seule ville qui accepte de pauvres émigrants. Vous verrez ici tous les émigrants juifs qui ont essayé en vain de s'installer à Paris, Londres ou New York. Certains ont été tout d'abord en Espagne et en Palestine, mais les bombes et les Arabes les en ont chassés.

– Ne croyez pas le docteur quand il vous dit du mal de Shanghaï, intervint Pearl, il se dévoue à nos coolies, et il est le seul Européen qui essaye d'apprendre notre langue.

– Combien de signes savez-vous déjà, docteur ?

– Pas tout à fait six cents, dit-il tristement. J'ai le niveau d'éducation d'un planton, Mrs Russell. Mais je l'apprendrai. Le cerveau allemand possède, Dieu merci, une puissance d'assimilation et de culture énorme. J'ai décidé de savoir le chinois avant que ma femme arrive.

– Nous aurons de grandes fêtes à célébrer, dit Liu. Mr Tay-Lo attend sa fiancée la semaine prochaine, et la femme du Dr Hain ne tardera pas à venir. Pearl, vous devriez commencer à peindre des œufs en rouge.

Le Dr Hain fixait la nappe blanche devant lui, nul ne savait ce qu'il y voyait. Il secoua la tête et sombra dans le silence. On vit arriver un mets indéfinissable qui nageait dans une sauce brune. Les convives chinois se turent devant ces délectables nageoires de requin qu'on servait pour faire honneur à des hôtes de choix. Le Dr Chang retira entre deux baguettes un morceau de la masse informe et le posa sur l'assiette de Russell.

– En Chinois poli, je devrais dire que notre modeste repas est mal préparé et indigne de nos invités. Malgré cela, je voudrais attirer votre attention sur ces nageoires de requin, un plat dont vous avez certainement entendu parler.

Liu prit la parole et remercia son hôte de cet excellent repas.

La pièce était remplie des senteurs de la nourriture et tous les convives avaient la sueur au front. Les garçons apportèrent d'autres serviettes bouillantes et de nouveaux brocs de vin de riz. Puis on servit des asperges en sauce blanche et l'aubergiste vint dire à l'oreille du Dr Chang que le cuisinier tenait prêt le plat de résistance. Chang fit un signe d'assentiment. Il était à tel point rempli de joie et de confort, après ce bon repas, qu'il se montrait prêt à ne pas s'apercevoir de la grossièreté avec laquelle son voisin repoussait de sa fourchette les meilleurs morceaux avant d'avaler une bouchée. Il se rappelait les affreuses soirées d'Amérique où il avait essayé de manger du fromage par politesse et il était indulgent pour Russell. L'œuvre d'art, apportée par l'aubergiste lui-même, fit son apparition. C'était un poulet complètement dressé bien que tous les os en eussent été enlevés. Le secret de cette préparation n'était connu que de quelques cuisiniers, autrefois employés à la cour impériale de Pékin. Le poulet était farci de pépins de lotus. Le Dr Chang le découpa, puis servit ses hôtes en leur tendant précautionneusement les meilleurs morceaux entre deux baguettes. Remplissant un devoir de politesse, il fit appeler le cuisinier, un vieil homme gras aux chairs flasques, qui s'inclina dans le cadre de la porte de façon que sa tête touchât terre. Il avait l'air dangereux. Chang remercia le cuisinier de son art et le cuisinier s'inclina derechef. Tout le monde alors se mit à parler à la fois. Liu improvisa une poésie chinoise car le vin de riz lui valait la griserie créatrice des poètes, la griserie de Li Taï Po, comme il disait. Un plat secondaire de champignons fut rapidement absorbé et l'autre plat de résistance, le poisson mandarin, apparut.

Pour la seconde fois de la soirée, l'actrice de cinéma ouvrit la bouche et demanda au milieu d'un silence :

– Est-il prudent de faire venir ici la fiancée et l'épouse de deux de ces messieurs, alors que Shanghaï risque le feu de l'ennemi ?

– Il n'est pas certain que la guerre vienne jusqu'à Shanghaï, répondit rapidement Liu, car les sujets politiques n'étaient pas favorables à l'atmosphère de fête qui doit régner autour d'un banquet.

Mais Yutsing était trop stimulé pour avoir encore de pareils égards.

– Nous aurons la guerre et elle sera longue et grande, dit-il, le visage en feu. La Chine s'est préparée à cette guerre et elle la fera. L'invincible 19e armée rouge, qui a porté de si rudes coups aux Japonais en 1932, est en route. Les troupes d'élites du généralissime passent également pour invincibles. Nous avons une immense supériorité en soldats et beaucoup d'entre eux sont prêts à lutter jusqu'à la mort. Plus il y aura de fronts différents, plus longue sera cette guerre, mieux cela sera pour la Chine et pire pour le Japon. La Chine est unie pour la première fois. L'armée rouge est avec l'armée nationale au lieu de la combattre. L'époque où ces nains bruns avaient le droit de nous offenser est révolue. La Chine a pris conscience d'elle-même, c'est un géant qui a dormi pendant mille ans, il s'agite maintenant et semble prêt à l'attaque. Notre pays a subi trop longtemps la honte de la domination étrangère. Des vaisseaux étrangers sur nos fleuves, une juridiction étrangère, des chemins de fer étrangers, des étrangers qui majorent les douanes, des étrangers qui détiennent tout ce qui est précieux dans notre pays. Mais ce ne sera plus long. Ce ne sera plus long, je vous le dis.

Bertie Russell l'avait écouté avec un étonnement croissant. Il sentit qu'il devait faire quelque chose, se lever, abattre ce Chinois ou n'importe quoi d'approchant. Quand il se leva, il s'aperçut que les objets dansaient autour de lui et il se rassit en hâte. Frank Taylor leva sa tasse et dit en riant !

– Kampei, Dr Chang, vous en avez de bonnes quand vous avez bu du vin. Vous voyez des juges chinois, des douaniers chinois donnant des ordres aux étrangers ? Vous savez très bien que la justice chinoise est à la solde du plus offrant et que seuls les douaniers étrangers empêchent que tout, je dis bien *tout,* soit introduit en fraude dans ce pays. Faites votre guerre contre les hordes japonaises, mais laissez tranquilles les étrangers. Sans nous, rien ne marcherait dans le pays ; nous le savons et vous le savez aussi.

Le regard effrayé de Pearl allait de Frank Taylor à son mari. Pendant une dangereuse minute il sembla qu'une dispute allait éclater autour de cette table richement servie. Mais Yutsing avait retrouvé le contrôle de lui-même, il sourit et ce sourire couvrit son visage de façon si tangible et si compacte qu'on eût dit un masque bien adapté. Le Dr Hain, qui avait assisté à cette controverse bouillante comme s'il n'y eût rien compris, leva la tête et demanda :

– Vous vous battriez en cas de guerre, Mr Liu ?

– Moi ? Non. Sûrement pas, dit le poète. On ne prend pas du bon fer pour faire des clous, ajouta-t-il en citant un proverbe chinois. Si la guerre venait jusqu'à Shanghaï, je me retirerais dans un des quatre ermitages et je vivrais là en harmonie avec les Dix Mille Choses de l'Univers. Quel sens y aurait-il à ce que les quelques personnes qui savent encore la calligraphie et qui possèdent l'art d'écrire des vers classiques se fassent tuer ?

La belle Linying le regardait avec admiration.

Bertie Russell se leva subitement ; il tituba et appuya ses deux mains sur la table.

– Lâche, dit-il, poltron. Poltron chinois, sale poltron chinois.

Il regarda les assistants l'un après l'autre et se rassit comme s'il venait de tenir un discours satisfaisant. Liu rompit le silence et dit avec flegme :

– Le fait de surestimer les héros a transformé l'univers en l'abattoir qu'il est. Des idiots peuvent avoir du courage. La lâcheté est la plus grande vertu du philosophe.

On apporta un plat dans lequel nageait une masse brune et fumante, et Liu, s'interrompant, dit avec grâce :

– Méfiez-vous, Mr Russell, un de mes hôtes est mort un jour pour avoir mangé de ce plat : brûlures internes plus dangereuses que la dynamite.

La petite actrice éclata d'un rire d'oiseau et tous, soulagés, firent chorus. Bertie Russell fixait la table avec des yeux vitreux. Il avait la nausée, une affreuse nausée au moment le moins propice.

Il avait beaucoup souffert pendant la journée et il se sentait victime d'une terrible injustice. Il était ivre et, pour qu'il le fût, il avait fallu beaucoup de vin de riz. Tous les plats le dégoûtaient et il estimait que la société qui l'entourait sentait la mauvaise huile.

Le naturel avec lequel les Chinois retiraient les baguettes de leur bouche et s'en servaient pour coincer dans le plat un aliment qu'ils mettaient sur son assiette lui avait donné des sueurs froides. Il vit disparaître le poisson mandarin dans leurs joues et s'aperçut qu'ils retiraient les arêtes avec leurs doigts et en faisaient de petits monticules sur la nappe blanche, déjà maculée de taches de graisse et de sauce. Il eut mal au cœur. Il savait exactement qu'il voulait se lever et casser la gueule au plus insolent des Chinois, mais il eut mal au cœur.

– Nom de Dieu, dit-il, nom de Dieu, nom de Dieu.

Il avait le vertige, tout tournait. Il mit la main devant sa bouche et sortit comme il put de la pièce.

Helen posa ses baguettes. Frank Taylor se leva d'un bond et suivit Bertie. Les visages des quatre Chinois, figés en un sourire, étaient tournés vers Helen comme s'ils eussent attendu une explication.

– Mon mari est souffrant depuis quelques jours, dit-elle.

Elle vit la face hilare des deux serveurs qui apportaient des plats.

– Langue de canard avec bourgeons de bambou, Madame aimera ce plat, dit Liu qui s'était remis à parler français. En Europe, il n'y a que deux villes qui connaissent assez la gastronomie pour qu'on puisse parler de culture : Paris et Vienne. Vous, Madame, vous unissez en vous le charme des deux, permettez à mon indigne personne de prononcer cela.

Sa faconde était inutile. Le ménage Chang avait cessé de s'intéresser aux plats. Le mari et la femme se tenaient l'un en face de l'autre et leurs visages exprimaient la perplexité, dans cette couche qui se situe immédiatement sous le masque du sourire. Frank Taylor revint sans Bertie.

– Votre mari vous demande de l'excuser, il n'est pas bien. Il vous attend à l'air frais, dit-il. Je vais vous accompagner jusqu'au taxi, si vous permettez.

Helen effectua son départ aussi bien qu'elle put.

– Une soirée si charmante… Quel dommage de l'interrompre… Mille mercis, docteur Chang. J'espère que nous nous reverrons Mrs Chang… Excusez mon mari… son plexus solaire… J'espère qu'il n'est pas sérieusement malade… Je vous téléphonerai d'ici peu… Vous nous ferez le plaisir de venir nous voir… Bonne nuit…

– Avez-vous vu combien le Dr Chang est devenu pâle ? dit-elle à Frank aussitôt dans l'escalier. N'a-t-il jamais vu un homme ivre ?

– Il a perdu la face, dit Frank brièvement, en la soutenant par le bras. Il y avait encore six plats de prévus. C'est une offense mortelle. Il faut trouver quelque chose pour réparer.

Helen s'arrêta et considéra le visage profondément préoccupé de Frank.

– Tragédie à Shanghaï, dit-elle ironiquement. Comment êtes-vous nanti de tous ces Chinois ?

– Les affaires, dit Frank Taylor en haussant les épaules. Je ne suis qu'un marchand qui veut faire carrière, ajouta-t-il avec un sourire forcé.

– Dommage que nous ne nous soyons pas connus à Hawaï, conclut Helen, sans relever sa dernière phrase.

Elle le précéda dans l'escalier.

Bertie se tenait sur la dernière marche tel un petit tas écroulé. Helen le fixa avec une expression singulière.

– Voulez-vous que je vous mène à un taxi ? proposa Frank, dont le visage était éclairé par la grande lanterne.

Helen, muette, dévisageait toujours son mari. La rue était étroite et pleine de Chinois qui plaisantaient sur leur passage.

– Frank, dit Helen subitement, ne retournez pas avec eux, aidez-moi.

Il regarda alternativement le mari et la femme, puis :

– Avec plaisir, fit-il, gêné.

~

L'existence des hommes de notre époque est singulière ; dans cette ère, les convulsions, les perplexités, l'instabilité bouleversent tout. Un réseau sanglant de guerres et de révolutions est tendu sur la terre : des milliers d'êtres s'y prennent et y trouvent une mort cruelle. Des millions dans la guerre mondiale. Des centaines de mille dans la révolution russe, d'autres millions dans les luttes entre Tchang Kaï-Chek et les communistes chinois. Des millions périssent lors d'inondations, de disettes et d'épidémies dans les pays vaincus. Combien de vies d'hommes perdues en Abyssinie, en Espagne, en Mandchourie ! Combien sont morts dans les prisons allemandes, italiennes, russes, japonaises ? Combien en a-t-on tué, combien d'indésirables ont simplement disparu, combien pris de peur de vivre se sont suicidés, sans parler de ceux qui meurent de faim dans des pays civilisés et humains, qui meurent de faim dans la rue. C'est une époque de catastrophes et peut-être de régénération. Il n'y a guère de famille ou d'individu qui n'aient eu une atroce et grande aventure. Mais, voyez ces hommes, qui furent des héros ou des martyrs, qui ont traversé un enfer qu'il est impossible de décrire, ils vivent, mangent, dorment, téléphonent, payent la blanchisseuse, pris dans l'engrenage des cent obligations risibles de la vie quotidienne ; ils manquent l'autobus, offrent des cigarettes à leur patron, ils ont des comptes en banque modestes et incertains, ils s'enrhument et s'en affligent ; ils dansent le fox-trot et fredonnent des airs à la mode, ils font des connaissances et disent des bêtises, ils s'abonnent à des journaux et oublient leur mouchoir, ils voient leur salaire augmenté et contractent des assurances sur la vie, ils achètent des imperméables, ils couchent avec des femmes et élèvent des enfants – ce sont des hommes enfin, et rien n'est si grand ni si terrible qu'on ne puisse l'oublier au profit de petites joies et de petites douleurs, qui restent toujours plus importantes que les luttes meurtrières d'un monde en gestation. Car l'humanité a eu beau inventer des microscopes pour percevoir les plus minuscules atomes, elle manque de la faculté qui permet de comprendre ce qui est trop grand et d'en retenir la pensée dominante.

Souvent lorsque nous connaissons le passé d'un homme et que nous le trouvons absorbé par sa petite existence quotidienne, nous nous demandons, stupéfaits : « Comment est-ce possible ? »

Comment est-il possible que les hommes que nous avons suivis, depuis leur naissance jusqu'à Shanghaï, vivent dans cette ville comme ils y vivent ? Ne vous étonnez pas. Des millions d'êtres vivent sur les millions de tombes de ceux qui sont morts. La faculté d'oublier est la bénédiction la plus profonde qui nous soit donnée, et l'ordinaire nous est dévolu comme élément propre, comme demeure pour notre âme.

Bertie Russell se remit avec une rapidité étonnante au club ; une heure plus tard, il paraissait en pleine forme. Il racontait des anecdotes de Sandhurst, faisait la cour à sa femme, scellait une amitié avec Frank Taylor et parlait avec indulgence des Chinois qui lui avaient fait vivre une si dure journée. Au sommet de son euphorie, il décida d'organiser pour eux trois une belle soirée, indispensable, après tout ce qu'ils avaient souffert. Ils partirent pour le Shanghaï Hôtel afin de changer leurs vêtements qui étaient chauds et froissés. Ils réussirent à traverser le hall sans se prendre dans la toile d'araignée de

Mme Tissaud. Au club déjà, ils avaient commencé à s'appeler par leurs prénoms. Bertie emmena Frank dans son vestiaire et sous sa douche. Potter, le valet de chambre de Bertie, avec sa longue figure d'habitué de l'école du dimanche et ses manières peu stylées, commanda du café et le fit consciencieusement ingurgiter à son maître tout en lui sortant une chemise propre. Frank, plein d'enthousiasme, chantait sous la douche, car lui aussi avait bu trois whiskys soda après le vin de riz et se sentait heureux.

– Nous allons bambocher, lui cria Bertie.

– Et comment ! répondit Frank de la salle de bains.

– Nous allons aller dans des lieux mal famés, cria Bertie, éperdu de joie, et il tendit ses pieds à Potter pour qu'il changeât ses souliers.

– Dans les plus mauvais lieux de Foochow Road, répondit Frank, joyeux.

– Tu verras combien c'est drôle d'aller dans des bouges équivoques avec Helen, cria Bertie.

Frank devint muet et commença de s'essuyer. Il n'était pas sûr de rendre service à Helen en traînant son mari dans des bouges.

– La jaune maïs, dit Helen dans sa chambre à sa camériste Clarkson.

La « jaune maïs » était une de ces robes simples qui coûtent une fortune. La gravité avec laquelle Helen chercha parmi ses flacons le parfum dont elle se servirait eût pu faire croire que beaucoup de choses dépendaient de ce choix. Elle chantonnait doucement tandis qu'elle mettait de la poudre ocre sur ses bras bruns et qu'elle posait sur sa tête un chapeau qui n'était qu'une couronne de soie tressée, comme le dictait la mode cet été-là.

– Mrs Russell prend-elle des bijoux ? demanda Clarkson.

– Non, Clarkson, nous allons dans les slums, dit Helen, qui se regarda dans la glace.

– Quand est-ce que Mrs Russell désire être réveillée ? questionna Clarkson près de la porte.

– Je crois que je ne me coucherai pas, répondit Helen.

Clarkson observa, sérieuse :

– Mrs Russell a l'air si heureuse, si j'ose faire une remarque.

Helen lui caressa la joue, dont le contact faisait penser à du papier de soie fripé. Tous les subalternes adoraient Helen ; elle avait l'habitude d'ensorceler les garçons, les chauffeurs de taxi, les employés d'hôtel, en s'enquérant de la santé de leur famille, de leurs soucis financiers et en n'oubliant jamais le nom de l'un de leurs enfants. L'amabilité est l'huile qui graisse les rouages de la vie, disait-elle quelquefois.

Quand elle entra dans le grand salon qui séparait sa chambre de celle de son mari, elle constata sur le visage de Frank l'expression qu'elle avait attendue et désirée. La « jaune maïs » était la robe dans laquelle elle faisait toujours des conquêtes.

– Café ? demanda Bertie.

– Je n'en ai pas besoin, chantonna-t-elle.

Elle toucha du doigt en passant sa chevelure mouillée et se planta devant Frank.

– Nous allons nous amuser comme des fous, Frank, dit-elle avec douceur.

– Sitôt que je m'habitue à l'aspect de… de Madame, dit-il un peu lamentable, elle se métamorphose.

Helen sourit parce qu'il avait peur de prononcer son prénom. Elle prit une cigarette sur la table, la tapa plusieurs fois contre son poing fermé et accepta le feu que Frank lui tendait.

– J'ai lu quelque part, dit Bertie qui était assis sur une chaise derrière elle, qu'on reconnaissait les femmes de mauvaise vie à la façon dont elles tapaient leurs cigarettes.

C'était une phrase bien longue et elle venait de façon inattendue. Helen considéra son mari avec étonnement ou amusement. Le café avait paralysé l'effet de l'alcool, Bertie était entré dans un second stade. Une méfiance mélancolique s'inscrivait sur son visage.

– Allons au bar d'abord, répondit-elle simplement.

Il n'était pas dix heures et le bar s'emplissait lentement. L'impression générale était vaguement chinoise, avec de petits bouddhas dans les niches, des sources de lumière cachées, des coussins de soie sur les banquettes, le long des murs. Derrière le piano, Kurt Planke, dans son veston de smoking blanc, jouait comme s'il eût été seul. Bertie commanda de l'absinthe, Helen but du cherry et Frank prit beaucoup de soda avec un soupçon de whisky. Il était décidé à garder toute sa tête.

– Danser ? demanda Frank en voyant les mains d'Helen qui rythmaient la musique sur la table du bar.

En dehors d'eux, il n'y avait que deux couples sur la petite piste carrée, au milieu de la pièce.

Au moment où leurs corps se touchèrent, il y eut un choc. On eût dit un court-circuit si fort que Frank interrompit le mot commencé. Ils dansèrent longtemps en silence ; le pianiste leur souriait d'un air presque consolateur, il jouait, il jouait sans arrêt.

– Alors ? fit Helen après quelque temps.

– Alors… dit Frank.

Bertie, un peu tassé, était assis devant le bar et buvait. Il tendit son verre au barman :

– Un autre, réclama-t-il.

– Oui, Sir, dit le barman qui apporta la bouteille.

Bertie le regarda à travers un brouillard.

– Anglais aussi ? interrogea-t-il.

– Du Shropshire, Sir, répondit l'homme.

Mais il mentait. Il était originaire de Bukovine, comme presque toutes les personnes qui cachent leur pays natal.

– Depuis longtemps à Shanghaï ? demanda Bertie.

– Depuis trop longtemps, soupira l'homme, depuis beaucoup trop longtemps, Sir : six ans.

– Drôle de ville que Shanghaï, poursuivit Bertie, qui ne perdait pas son but de vue.

– C'est juste, Sir, approuva l'homme, il n'y a rien à Shanghaï qu'il n'y ait pas. Très drôle de ville, Sir.

– Par exemple ? questionna Bertie.

Son verre était de nouveau vide. Il le poussa vers le garçon.

– Rien que pour parler de ce que nous voyons au bar, Sir, dit l'homme, on pourrait écrire des romans. La semaine dernière, il y en a un qui s'est brûlé la cervelle au lavabo des hommes. L'année dernière, un couple complètement ivre est tombé du haut de la terrasse, dix-huit étages ! Et les femmes ! Et les hommes ! Et leur assemblage ! Et l'argent qu'il y a ici. Et la pauvreté qu'on voit. Comment les gens deviennent riches. Comment ils deviennent pauvres. Une ville maudite, Sir, qui ne croit même pas au diable.

– Beaucoup d'opium, hein ? demanda Bertie. – il se retourna vers sa femme qui se tenait avec Frank près du pianiste : Beaucoup d'opium, répéta-t-il.

Le barman était en train de confectionner un punch.

– Énormément d'opium, Sir.

– Mais où les gens le prennent-il ? s'enquit Bertie.

Ça le rendait fou que tout le monde parlât d'opium, que l'odeur de l'opium se dégageât de tous les murs, qu'il rencontrât partout des gens qui fumaient cette drogue et que personne ne voulût lui dire où on pouvait l'acheter. Le barman lui jeta un regard furtif.

– Je ne m'occupe pas de cette saleté, dit-il, mais le pianiste pourrait vous renseigner, si cela vous intéresse, Sir.

Bertie but une autre absinthe, s'attarda encore quelques minutes près du bar et finit par rejoindre les danseurs. Il frappa sur l'épaule de Frank.

– C'est mon tour, vieil homme, dit-il.

Frank lâcha Helen et Bertie lui entoura la taille. L'absinthe l'avait rendu de meilleure humeur et il était bon danseur. Il était bon cavalier aussi, pas mauvais joueur de tennis : un joli garçon, grand, mince, dont les glaces murales lui renvoyaient le portrait. Il était de bonne famille, il avait une ravissante épouse et un tas d'argent. En tout et pour tout il était fort content de lui en cette minute.

– C'est bigrement agréable d'être marié avec toi, dit-il.

Et il serra Helen contre lui. Elle sourit distraitement. Frank se tenait près du mur, les mains dans les poches, éclairé par une bande de lumière qui venait d'une vasque à encens surmontée par la statuette d'un bouddha. Son regard la suivait partout où elle dansait. Après la danse, son mari la rendit à Frank ; aussitôt elle se reprit à vibrer comme une corde trop tendue qui donnerait des sons suraigus.

– Un peu d'air frais ? proposa-t-il en ouvrant la porte de la petite terrasse.

La ville s'étendait en contrebas, décor accidenté et fantastique, avec ses lumières blanches, bleues, rouges et vertes, les rayons interminables de ses projecteurs qui fouillaient le fleuve, se dressaient vers le ciel et tremblaient de nouveau sur la rive lointaine à travers les jonques. Helen posa sa main sur la balustrade de pierre. La main de Frank était un peu plus loin, sans que le courant fût interrompu.

– Tu es fiancé, Frank ! demanda-t-elle après un long moment.

– Oui, dit-il, je suis fiancé depuis longtemps. Ma fiancée arrive dans trois jours.

– As-tu envie de me parler d'elle ?

– Ruth est très gentille. J'espère que tu la connaîtras. Elle a des yeux bleus, elle est infirmière.

– Je me réjouis de la voir.

– Si j'avais su ce qui allait arriver, je ne l'aurais pas fait venir maintenant. Le moment est mal choisi.

– Ah oui ? demanda Helen.

– Oui, répondit Frank. Dans trois jours ce sera peut-être la canonnade ici. On nous rebat les oreilles des vertus de la garde volontaire. Et, puis même sans cela…

Il glissa sa main le long de la balustrade et dans un grand accès de courage la posa sur celle d'Helen.

– C'est gentil que nous nous soyons rencontrés, dit-elle.

Bertie avait réussi à se faufiler jusque vers le pianiste et attendait patiemment.

– Voulez-vous boire quelque chose avec moi ? demanda-t-il, lorsque Kurt fut relayé par un nègre qui tapait des syncopes frénétiques sur le clavier.

– Je ne bois jamais avant minuit, merci, dit Kurt.

Bertie se demanda comment enchaîner.

– Vous jouez excellemment, fit-il très vite. Voulez-vous me tenir un peu compagnie ?

Kurt le toisa, vit son complet impeccable, ses yeux vitreux, son joli visage mou avec sa bouche distraite et arrogante,

– Je joue comme un cochon, dit-il sans aménité.

Bertie trouva ce cynisme triste. Il le prit par le bras et le tira vers une petite table dans le coin.

– On est bien ici, dit-il très vite. Que voulez-vous boire ? C'est vrai, vous ne buvez pas avant minuit. C'est raisonnable après tout. Voyons, que voulais-je dire ?… Je voulais vous demander quelque chose…

Eugène, le maître d'hôtel, la raie impeccable et le visage poudré, s'approcha en glissant comme si la piste eût été de glace. Il cligna de l'œil lorsqu'il vit Kurt en compagnie du riche Anglais.

– Avant de continuer, dit Kurt furieux, je voudrais faire le point et vous préciser trois choses ; je ne suis pas pédéraste, je ne peux pas vous amener de filles mineures et je ne vends pas de coco !

Il était irrité et malheureux, il eût voulu provoquer une querelle avec n'importe qui. Bertie perdit la respiration en entendant cette réponse cinglante.

– Que me conseillez-vous de boire maintenant ? fit-il au garçon d'un ton plaintif.

– La vieille fine arrange tout, assura Eugène. Nous avons un courvoisier 89 que je peux conseiller la main sur la conscience.

– De la limonade, commanda Kurt.

Eugène s'en fut en glissant avec la grâce d'un patineur.

– Je ne bois pas, mais je reçois un pourcentage sur toutes vos consommations, fit Kurt d'un air buté, votre courvoisier me vaudra au moins sept cents.

– Oh !... fit Bertie stupéfait.

– Vous avez raison, poursuivit Kurt, je suis une espèce d'entraîneuse masculine. Quand il y a trop peu d'hommes et que les femmes qui voyagent seules commencent à se réchauffer, on me met à leur disposition comme danseur professionnel. Ma spécialité : tango, avec ou sans érotisme. Mais je ne prends pas de pourboire. Vous vouliez me demander quelque chose, Honourable ?

– Il s'agit de l'opium, bredouilla Bertie.

Les pupilles de Kurt se rétrécirent.

– De l'opium ? demanda-t-il. Et puis-je savoir pourquoi vous vous adressez à moi ? Pourquoi n'allez-vous pas trouver votre ami Sir Kingsdale ? ou le comte Bodianski ? ou un autre gentleman de votre groupe élégant ; tous ceux-là connaissent l'opium mieux que moi. Ils vous offriront des orgies d'opium, avec des femmes et tout ce qui s'ensuit. Moi, je ne veux pas qu'on me parle d'opium.

Son visage s'était couvert de fines gouttes de sueur. Bertie prit son mouchoir et s'essuya, sa peau aussi était devenue moite. Il but son cognac d'un trait. Le grand verre fit entendre un son cristallin lorsqu'il le posa d'une main mal assurée.

– Vous ne me comprenez pas ? Il me faut de l'opium... J'en ai besoin... Je me sens si misérable, ajouta-t-il tristement.

– Voici votre femme, dit Kurt qui se leva et s'inclina.

Helen ne le vit pas, ses yeux, tout son être étaient encore emplis de la terrasse nocturne.

Au lavabo des hommes, Kurt se regarda dans la glace. Les revers de son smoking blanc étaient sales de nouveau, et il n'avait pas encore payé la dernière note du teinturier. Ces dames ne craignaient pas de laisser sur son épaule la trace de leur rose et de leur rouge à lèvres. Kurt se secoua. Il était dans ce dangereux état où les femmes le dégoûtaient et où il ne demandait que la paix que procure l'opium. Il alla à la cuisine, derrière le bar, prit un morceau de craie, attaché à une ficelle à côté du tableau noir des consommations, et essaya de blanchir ses revers.

– Quelle heure, Auguste ? demanda-t-il au chef qui s'occupait du buffet froid.

– Onze heures dix, dit Auguste en brandissant son couteau à découper.

– Vous a-t-on dit que cent mille Japonais sont arrivés par bateaux ? susurra-t-il en roulant des yeux blancs. Qui sait si nous vivrons demain soir, sainte madone Marie, mère de Dieu.

Auguste était le seul dans tout le Shanghaï Hôtel qui eût peur de la guerre.

– Au revoir, à la fosse commune, Frantz ! dit Kurt en allemand, et il retourna au bar.

Les Anglais avaient disparu. A minuit ils se retrouvèrent au *Wing On*, un établissement où se pratiquaient des distractions chinoises avec illusionnistes, prestidigitateurs et danseuses. On jouait de grosses farces sur différentes petites scènes, on imitait le cri-cri du grillon, et des glapissements inarticulés s'accompagnaient du bruit des instruments à bois ; l'odeur était pénétrante. Les Chinois se tenaient en rangs serrés devant les scènes et mouraient de rire. Des fleurs de papier, des lanternes, des bannières, des lettres rouge et or et l'air irrespirable, à tel point que les Russell jugèrent bénin tout ce qu'ils avaient supporté jusque-là. Ils recouvrèrent le bien-être dans un club de nuit du settlement où des jeunes filles chinoises, coréennes et japonaises faisaient tourner leurs danseurs sur un disque de verre lumineux. A une heure ils arrivèrent dans un endroit sinistre, non loin du Bund, où des matelots français dansaient avec de jeunes Russes et ingurgitaient des contrefaçons japonaises de boissons américaines. A deux heures, ils étaient dans un hôtel chinois où les noceurs indigènes s'amusaient, où les gangsters, les maîtres-chanteurs des chefs de bandes de race jaune, dansaient la rumba avec leurs belles amies, aux sons d'un orchestre philippin. Un peu plus tard, ils longèrent la Foochow Road; Helen et Frank soutenaient à grand-peine Bertie qu'ils avaient placé entre eux. L'état de ce dernier était soumis à des variations successives; il passait de l'humeur la plus exubérante à la mélancolie la plus profonde. Buté pour l'instant, il refusait de rentrer. Quand il était ivre, il semblait tendre vers une espèce d'autodestruction, comme s'il eût voulu plonger jusqu'au fond de la fange et de la décomposition de certains quartiers de la ville.

– Ta femme est fatiguée, Bertie, disait Frank de temps à autre.

– Qu'elle aille au diable, répondait invariablement Bertie.

Frank regardait Helen; elle riait, l'air engageant, intangible, intouchée. Ses cheveux brillaient sous son serre-tête de soie, la robe jaune maïs n'avait pas un pli, la peau de son visage semblait fraîche. « Comme un fruit », pensait Frank, altéré. Ils visitèrent en courant une boîte japonaise, *Le Chrysanthème Blanc*, se firent conduire à Chapeï, à *La Caverne du Dragon*, où il n'y avait plus qu'un piano électrique, puis arrivèrent à *La Barque aux Fleurs*, un bordel chinois; des paysages des Alpes bavaroises ornaient les murs, des enfants faisaient la roue, les filles n'avaient pas plus de seize ans, les hommes étaient tous ivres.

Vers trois heures, ils émergèrent des bas-fonds et s'installèrent chez *Delmonico*, où tout Shanghaï prenait, à cette heure-là, des œufs brouillés et la soupe à l'oignon. Toutes les races s'y retrouvaient, toutes les nuances d'élégance, tous les degrés d'ivresse. C'est chez *Delmonico* que Bertie fut pris d'un délire furieux. Il avait fixé le vide pendant quelques instants par-dessus son assiette de soupe; son sourire s'était figé.

– Bertie, dit Helen en touchant son bras.

Il se leva subitement, se dirigea tout raide vers une table située loin de la sienne et dit, s'adressant à un Chinois aux cheveux gris qui portait l'habit.

– Je vous interdis de dévisager ainsi ma femme, espèce de cochon de Chinois.

Le Chinois fit semblant de n'avoir rien entendu et continua de parler au Français qui était à sa table. Dans la salle chacun connaissait l'homme en habit, c'était un membre important du gouvernement.

– Cochon de Chinois, hurla Bertie, dont la voix chavira.

On se tourna vers lui. Les visages n'exprimaient ni étonnement ni irritation, simplement cette indulgence pour les extravagances que chacun finit par pratiquer à Shanghaï.

– Conduisez ce monsieur à l'air frais, il semble souffrant, dit le Chinois en habit à un garçon en habit.

Le maître d'hôtel, un beau Portugais, pâle et noir, maîtrisa Bertie d'une prise de jiu-jitsu et le dirigea vers la sortie. Le Chinois sourit à ses amis.

– Comme il sera honteux quand il prendra conscience de sa conduite ! dit-il avec une tolérance qui frisait le mépris. Le climat de Shanghaï est souvent contraire à la race anglaise.

Bertie ne s'en allait pas de bon gré. Il gesticula, fit tomber une nappe, avec tout ce qui se trouvait sur la table, marcha sur les traînes des femmes et les déchira, tandis que sa voix couvrait le bruit de la vaisselle cassée, des clameurs et des rires et qu'il criait toujours sans but ni raison :

– Cochon de Chinois, damné cochon, damnés cochons vous tous !

Quand les portes se furent refermées, Frank resta immobile près d'Helen, il se sentait malheureux et un sourire idiot se figeait sur ses lèvres. Helen avait pris son poudrier et s'occupait de sa beauté.

– Qu'allons-nous faire ? demanda-t-il, perplexe.

– Payer et partir, dit-elle. – elle but un verre d'eau et lui sourit d'un air encourageant : Je vais faire mes excuses au Chinois, ajouta-t-elle, et elle se leva.

– Tu es admirable, dit Frank.

– Non, répondit-elle, j'ai simplement l'habitude.

Il la suivit du regard pendant que, de son pas délié, elle s'approchait de l'autre table ; elle dit en souriant quelques mots à l'homme que son mari avait insulté. Frank paya l'addition. Son œil chercha encore Helen. Il vit que le Chinois en habit s'était levé et baisait la main de la jeune femme. Elle revint.

– Nous pouvons partir, maintenant, dit-elle.

Brusquement elle eut l'air fatigué. Sous ses yeux la peau transparente brillait comme de la nacre bleutée.

Frank se dirigeait vers la sortie comme un homme secoué par un ouragan. « Je donnerai un coup de pied dans le ventre de ce Bertie, pensait-il, un coup de pied qui lui mettra la tête d'aplomb. » C'était le second esclandre auquel il se trouvait mêlé par la faute de l'Anglais et il pestait contre cette nouvelle relation inutile et nuisible. Les épaules levées, il cherchait dans la salle s'il y avait quelqu'un qui le connût. « Pourvu que B. S. n'apprenne rien », songea-t-il encore, pris de panique. Les nouvelles se répandaient avec une telle rapidité à Shanghaï qu'on eût pu croire à la télépathie. Pendant plus de trois ans, pensait Frank furieux, pendant plus de trois ans, il avait vécu comme un membre de l'YMCA, ennuyeux, correct, loin de tout ce qu'il aimait, dans le seul but d'épouser Ruth. Pour réussir, il lui fallait la bienveillance de B. S. et l'estime de sa clientèle. B. S. (Barley Scott), le patron de la succursale, était l'incarnation de la respectabilité et de la solidarité. Travailleur, tempérant, raisonnable, ce pieux méthodiste menait à Shanghaï la vie d'un sage commerçant américain. On eût dit une fleur pure, poussant dans un marais. On le citait en exemple aux commis et vendeurs de la firme ; on le savait prudent au jeu de bridge, ami des missionnaires, père de famille, nanti d'une belle-mère d'une femme, de plusieurs enfants, d'un chien et d'un canard. Il avait un compte en banque, une assurance sur la vie, il estimait les Chinois, bien qu'il ne pensât pas que ceux-ci eussent d'autres raisons d'exister que d'être clients de la succursale de l'Eos Film and Photo Company à Shanghaï. Frank avait froid entre les omoplates en pensant à lui. Il maudissait l'empressement qu'il avait mis à sortir avec les Russell. Il maudissait son snobisme. « L'aristocratie anglaise ! pensait-il avec ironie, Grand Dieu ! Mon ami, l'Honourable Bertrand Russell », pensa-t-il avec rage. Assez ! Il prit son chapeau dans le vestiaire et se répéta : assez ! assez des Russell, assez de tout le reste.

Il avait espéré ne pas revoir Bertie, mais il le retrouva dans la rue. Trois hommes, deux coolies et un chauffeur, essayaient de le fourrer dans la grande voiture que les Russell avait louée pour la durée de leur séjour. Mais Bertie retombait toujours sur le trottoir, furieux, les poings en bataille. Tous les mendiants, enfants et coolies qui se trouvaient à proximité du *Delmonico* s'amusaient énormément. Helen, debout sous un réverbère, attendait, le regard pensif, comme si tout cela ne la regardait pas. Quand Frank, qui hésitait à descendre les dernières marches, la regarda, elle esquissa vers lui un rapide mouvement de la main et dit :

– Je suis désolée, Frank, vraiment, fit-elle.

Il reçut une commotion comme si on eût tourné un bouton électrique et sa colère se changea en pitié débordante. Comme il voulait descendre vers Helen et lui assurer que tout cela importait peu, Bertie échappa aux Chinois. Ceux-ci rirent avec bonhomie, car un étranger ivre était un spectacle qui, sans être rare, les divertissait toujours.

– Frank, cria Helen, j'ai peur.

Il arriva une seconde trop tard, car Bertie l'avait prise par les épaules et la secouait avec vigueur. Il ne disait rien, mais les secousses devenaient toujours plus violentes. Elle serra les lèvres et ferma les yeux. Subitement il la lâcha, se recula d'un pas, et du plat de sa main la frappa en plein visage. Cet absurde bruit de gifle arrêta le rire des Chinois. La situation était insoutenable. Frank Taylor n'avait jamais vu un homme battre une femme, même pas en Chine. Ses poings devinrent grands et durs. Une, deux, le gauche d'abord, le droit ensuite. Il avait assené deux coups de boxe à Bertie, un dans l'estomac et l'autre dans la mâchoire. Bertie s'effondra dans la rue, souriant stupidement, mou comme une vieille chaussette. Frank le ramassa et le chauffeur, émerveillé, l'aida à le fourrer au fond de la voiture. Russell sentait l'alcool et Frank avala sa salive car il avait un mauvais goût dans la bouche. Il caressa ses phalanges : « Au poil », pensa-t-il satisfait. Le visage souriant de Bertie qui disparaissait sous les taches de son n'avait aucune velléité de reprendre connaissance. Frank ferma violemment la portière.

– Portez cela au Shanghaï Hôtel, commanda-t-il.

La voiture démarra, les Chinois firent place à regret, mais en riant, et formèrent aussitôt le cercle autour de Frank et d'Helen, car ils voulaient voir la suite de l'histoire. Frank frappa ses mains l'une contre l'autre comme si elles avaient été couvertes de poussière. Ses phalanges commençaient à lui faire plus mal.

– Excuse-moi, dit-il avec gêne.

– Je ne puis le laisser seul, dit Helen toute pâle sous sa lanterne. Il va sauter en cours de route et se tuer.

– Tant mieux, rétorqua Frank avec une fureur contenue.

L'air devenait plus clair et les lanternes s'estompaient déjà dans la clarté diffuse qui précède l'aurore.

– Où dois-je vous conduire ? demanda-t-il avec douceur.

– A l'hôtel, tout de suite, dit Helen.

– Dans un autre hôtel ? demanda-t-il. Tu ne peux pas rester seule avec lui. Il est fou. Il peut te tuer.

Helen se contenta de sourire, d'un sourire qui s'empara bientôt de toutes les cellules de son visage et les pénétra de clarté. Frank assistait avec stupéfaction à ce phénomène. Jamais encore il n'avait vu quelque chose d'aussi beau. Jamais encore il n'avait vu une femme aussi magnifique qu'Helen Russell, une femme aussi totalement magnifique, brave, malheureuse, forte dans sa faiblesse. Il ignorait même jusque-là qu'il pût exister une telle femme. Sur un bateau japonais, Ruth Anderson se rapprochait davantage à chaque heure de cette nuit-là. Pourtant il se sentait loin d'elle comme jamais auparavant.

– Taxi ! appela Helen.

Et le gigantesque portier russe, qui jusque-là ne s'était pas mêlé d'une affaire pénible et en dehors de ses attributions, sortit son petit sifflet et siffla.

– Je te reconduis chez toi, dit Frank, je ne vais pas te laisser seule, je reste près de toi.

Elle continua de le regarder, en souriant peut-être avec étonnement, et cependant hochait la tête. Le taxi arriva, stoppa et Frank l'aida à monter. Au dernier moment, l'incident classique se produisit : tous les spectateurs chinois tendirent la main, demandèrent de l'argent à grands cris – cadeau et pourboire pour la part qu'ils avaient prise dans l'affaire. Frank leva la vitre, mais le chauffeur ne démarra pas. Frank jura et menaça.

– Donne-leur donc quelque chose, dit Helen, il veut leur venir en aide, c'est pourquoi il ne part pas. Ils sont pauvres.

– A moins qu'il ne touche un pourcentage, grogna Frank.

Il rassembla toutes les grossièretés qu'il savait en pidgin. Enfin, le taxi se mit en branle avec une secousse brusque. Lorsqu'ils furent sortis des cris et de la cohue, un silence soudain se fit. La voiture les conduisit ainsi quelques minutes, ils se taisaient, si proches l'un de l'autre que leurs épaules, leurs bras et leurs cuisses se touchaient, ils n'en avaient pas conscience, c'était un instinct qui les serrait ainsi l'un contre l'autre.

– Est-ce que cela, je veux dire, un événement semblable s'est déjà produit ? demanda Frank au bout d'un instant.

Elle sourit à nouveau sans répondre. A la lumière d'une lanterne il se rendit compte que des larmes coulaient le long de ses joues, sans qu'elle cessât de sourire.

– Oui, Sir Galahad, dit-elle enfin, voilà ma vie…

Elle s'efforçait de sécher ses larmes avec le revers de sa main, son geste était malhabile et enfantin, et, du reste, ses joues étaient, aussitôt après, de nouveau baignées de larmes. Les larmes coulaient doucement et en abondance comme une pluie d'été. « Mamo », pensa Frank. C'était là une pensée tout à fait inattendue, il y avait longtemps qu'il n'avait pas pensé à Mamo. « La pluie de Wai alea lea », dit une voix assourdie tout au fond de lui.

– La pluie de Wai alea lea, s'entendit-il dire, tandis qu'il penchait son visage sur Helen.

– Excuse-moi, murmura-t-elle, je ne suis pas très exercée aux larmes.

C'est cette ville, pensait-elle, on s'y pourrit. Depuis de longues années, elle n'avait pas pleuré. Maintenant, les larmes coulaient à flots, comme si elle avait dû verser toutes celles qu'elle avait retenues durant dix ans. Elle sécha ses yeux avec le bas de sa robe, parce qu'elle avait oublié son mouchoir sur la table du *Delmonico*.

– Lorsque j'étais enfant, dit-elle – sa voix était encore entrecoupée –, il y avait un vase de cristal dans ma chambre.

– Oui ? demanda Frank, comme elle n'ajoutait rien.

– C'est tout, dit-elle.

– Depuis combien de temps vis-tu ainsi ? demanda Frank avec une sourde fureur, si près d'elle que ses cheveux étaient effleurés par sa respiration.

– Trois ans.

– Pourquoi l'as-tu épousé ? demanda-t-il.

Elle sentit de la colère et de la jalousie dans sa voix et pesa soigneusement sa réponse.

– Par compassion, je voulais l'aider. Mais je ne le puis pas. Je ne l'aime pas assez, voilà la raison.

Frank ne sut pas comment cela arriva ; mais elle était dans ses bras, ses joues étaient encore humides, sa bouche était parfumée, ses mains se fermèrent derrière le cou de Frank. Ils perdirent conscience d'eux-mêmes, tandis qu'ils continuaient ainsi leur route. Au-dessus d'eux, clarté et ombre se succédaient au rythme du glissement des lanternes des deux côtés de la route.

Quelque part, très loin là-bas au bord du fleuve, une sirène de bateau lança par trois fois un long signal creux.

~

C'était un pauvre coolie que Yen, mais les heures de détresse montraient qu'il avait des amis tout prêts à l'aider. L'amitié donne du goût même à l'eau, disait le proverbe. Ils se réunirent et formèrent une sorte de société, qui se procura de la manière habituelle les huit dollars nécessaires à faire de Yen, le coolie efflanqué, un monsieur Lung Yen présentable et aisé d'apparence, qui puisse recevoir son fils sans honte. Douze hommes se réunirent donc et chacun d'entre eux avança cinquante cents. Kwe Kuei, lui, contribua pour deux dollars. Yen devait rembourser la somme en un an, à raison de cinquante cents par mois. Et puisqu'il s'agissait d'un service amical, il n'aurait pas à payer d'intérêts. A condition d'abandonner la grande fumée, il pourrait y parvenir sans trop de difficultés. Mais s'il avait la chance d'amener des étrangers chez Kwe Kuei, il aurait tôt fait de s'acquitter de sa dette car les étrangers payent la grande fumée en pièces d'argent et Yen toucherait une importante commission. Bien entendu, il fallut quelques jours pour que Kwe Kuei rassemblât le prêt amical, et il ne resta plus que trois jours à Yen pour accomplir sa transformation. Il s'inquiéta aussitôt des vêtements qu'il voulait acheter.

Il galopa à Fuking Road, où les boutiques en plein vent sont si bien pressées côte à côte que le chœur des marchands qui proposent des vestes, des pantalons ou des robes d'occasion frappe sans interruption l'oreille du passant. Ils brandissent une pièce, puis une autre et en chantent les qualités ainsi que le prix dérisoire.

– Une longue robe de soie solide et de belle qualité, digne d'un mandarin, quatre dollars, jamais plus vous ne rencontrerez une telle occasion. Une veste de bon tissu et qui n'a été portée qu'une fois, une veste assez bonne pour se marier, un demi-dollar ; cinq cents de moins qu'un demi-dollar. Le pantalon qu'un banquier porta un jour de fête, brillant comme l'eau du lac d'Argent, de la soie la plus fine du Chekiang et pourtant indéchirable, trente cents pour l'heureux homme qui peut le mettre. Une longue robe de soie solide et de belle qualité…

Et ainsi de suite, en recommençant. Yen ne s'adressa pas au premier magasin venu pour y acheter ce que les commerçants vendaient à la criée, l'affaire était trop importante. Il descendait la rue sans se presser, puis la remontait, s'arrêtait pour écouter, examinait la marchandise qu'on lui présentait, palpait le tissu, en scrutait la couleur, la solidité, la propreté, regardait chaque pièce à contre-jour pour voir les défauts, remettait le tout en place, hésitait, partait pour revenir ensuite, marchandait et s'en allait enfin sans avoir rien acheté. Il agissait de même dans chaque magasin, il plongeait dans les profondeurs des boutiques où s'élevaient des piles de vieux vêtements, en signe manifeste de la prospérité des affaires et d'un choix nombreux. Il tira par un coin une robe qui se trouvait tout en dessous. Elle lui semblait de meilleure qualité que tout ce que l'on proposait à si grands cris. La chanson des marchands, au lieu de l'attirer, le rendait méfiant. Comment ce qu'ils sont obligés de hurler à pleins poumons peut-il être bon ? pensait-il avec bon sens. Les méthodes par lesquelles les marchands s'efforçaient de gagner sa clientèle étaient très variées. D'aucuns le prenaient de haut et cherchaient à l'intimider, en lui retirant des mains la veste qu'il palpait pour la dixième fois, tandis qu'ils lui disaient :

– Si cette veste superfine est trop chère pour toi, ne la rends pas invendable en la tripotant avec tes doigts sales. Nous avons des vêtements de coolie, sans le moindre trou et coûtant quarante cents.

D'autres faisaient comme s'il avait été un riche acheteur, ils l'appelaient « Seigneur » et même « Vieux Seigneur » et « Ancien », tellement ils poussaient loin la politesse, et ils lui disaient :

– Ce pantalon n'est pas assez beau pour le Grand Seigneur, le coton est indigne pour lui, mais voici un pantalon de soie noire qui dans dix ans sera encore en aussi bon état qu'aujourd'hui.

Au début, toutes ces apostrophes le troublaient, mais lorsqu'il fut demeuré quelques heures dans Fuking Road et qu'il connut presque tous les vêtements qu'on y vendait, il s'habitua aux manières pressantes des jeunes vendeurs et n'y prêta plus attention. Pour s'être fait une image exacte de la tournure qui devait être la sienne quand il reverrait son fils, il n'avait pas le moindre doute quant à l'objet de ses achats : un pantalon noir, noué à la cheville. Des bas blancs et des souliers noirs. Une longue robe grise et un chapeau comme en portent les étrangers.

Mais c'était déjà l'après-midi et il n'avait fait que les premières emplettes, à savoir des bas et des souliers, le tout pour quarante-trois cents. Un homme passa avec une gargote portative et Yen s'effraya car il avait oublié, au milieu de la fièvre du choix et de l'achat, de manger son riz. Il n'avait pas faim, on pourrait dire plutôt que son estomac lui faisait mal d'une insatisfaction vague; mais cela venait de la résolution que Yen avait prise de se priver de la *fumée*. Kuei lui avait conseillé à juste titre de manger beaucoup durant le peu de jours qui lui restaient.

– Les plus beaux habits ne pourront masquer à ton fils que tu es maigre comme un mendiant ou comme un chien sans maître. S'il est vrai que tu ne peux, en cinq jours, devenir assez gras pour qu'on t'accorde à table la place d'honneur, tu peux pourtant arriver à un aspect honorable, avait prononcé Kuei, dont on savait la sagesse.

Dans la somme de huit dollars que Kuei avait rassemblée pour financer son ami, il y avait une part largement suffisante pour cette cure d'engraissement. Les hommes qui avaient apporté leur contribution au prêt n'étaient pas apparentés à Yen, car il n'avait pas de famille à Shanghaï, ce qui ajoutait à sa pauvreté comme un arrière-goût d'abandon, proche du déshonneur. Mais Kuei connaissait trois hommes qui portaient aussi le nom de Lung, ce qui les unissait au coolie Lung Yen, du moins en ce qu'ils appartenaient peut-être au même clan. Kuei lui-même, ainsi que quatre autres, étaient originaires du même district que Lung Yen – il avait en effet repris son « grand nom » de Lung Yen. Ils venaient du Ksieng Chansi et se sentaient tenus d'assister leur proche compatriote. Ces huit hommes, y compris Kuei, avaient de leur côté convaincu des parents de s'associer avec bonté au prêt. C'est pourquoi Lung Yen pour sa part considérait comme un devoir de prendre du poids pour prouver à ses honorables et bons amis qu'il n'avait pas gaspillé leur aide. C'est ainsi qu'il arrêta le gargotier et s'accroupit sur le bord de la rue pour manger copieusement. Là encore le choix était malaisé; le gargotier avait des légumes ou du porc à mélanger avec le riz. Or, il y avait des mois, sinon des années, que Lung Yen n'avait pas goûté à de la viande et il se demanda longuement s'il lui convenait de manger de la viande.

– Tu peux me donner une écuelle avec de la viande et une autre avec des légumes, dit-il enfin.

Et le gargotier répondit avec déférence :

– Si tu manges de la viande, tu as droit gratuitement à autant de thé que tu veux.

Yen avala trois écuelles de riz avec les légumes et le porc, bien que son ventre annonçât dès la deuxième qu'il était rempli. Le cuisinier mit quelques feuilles de thé dans la coupe, versa de l'eau bouillante, et Lung Yen but avidement la boisson. Il eut le rot appréciateur qui convient à un homme riche et satisfait de son repas. Il dit :

– Ton riz vaut presque celui qu'on vend au marché de Hong-Kew.

Mais il disait cela simplement par amitié, car s'il imaginait que l'on mangeait bien dans les restaurants du marché de Hong-Kew, il n'y avait personnellement jamais mis les pieds.

– Veux-tu encore du thé ? demanda le gargotier.

Et il versa une nouvelle ration d'eau bouillante sur les feuilles. Lung Yen but avec reconnaissance, car il lui semblait que le thé bouillant allait le satisfaire et apaiser l'étrange morsure de ses entrailles. Comme ce n'était pas le cas et que le gargotier accrochait son étal à la tige de bambou et s'en allait en criant sa marchandise, Lung Yen se décida pour une grande entreprise. Il alla s'acheter pour sept pièces de cuivre un paquet de cigarettes orné du portrait d'une jolie jeune fille. Dans la ville des étrangers, il parvenait parfois à dénicher un mégot, mais à Fuking Road, il y avait peu d'espoir que cela arrivât. Les compatriotes de Yen fumaient leurs cigarettes aussi loin que possible, et ce qu'ils jetaient était au même instant ramassé par un vieillard qui avait pour profession de faire des cigarettes neuves avec de vieux mégots.

La cigarette aux lèvres et le ventre lourd, Lung Yen se remit en devoir d'acheter la longue robe, ce vêtement qui devait lui conférer la dignité et l'élever dans l'échelle sociale. Il avait enfin choisi trois robes qui pouvaient répondre à son but, mais l'après-midi était très avancé avant qu'il se fût définitivement résolu. Il était arrivé en effet que ses yeux et ses désirs se fussent portés sur une robe de soie dont il ne pouvait être question pour lui. Elle était vendue quatre dollars, mais Yen était persuadé que quelques marchandages feraient baisser le prix de moitié. Elle était faite d'une soie épaisse, mais non point trop, de couleur gris foncé, un motif distingué était pris dans la trame et faisait du bien à ses yeux par ses volutes et son allure sérieuse. Trois jours plus tôt, vêtu de ses hardes de coolie, il ne rêvait pas encore de posséder fût-ce la moins chère des longues robes. Mais tout à coup les vêtements de coton lui paraissaient médiocres auprès de cette magnifique robe en soie grise. Il avait l'impression – impression qu'il eût été bien en peine de s'expliquer à lui même – que vêtu de cette robe il gagnerait d'un seul coup l'amour et l'estime de son fils. Il la prenait et la reprenait, puis la remettait sur la pile, laissait la soie glisser entre ses doigts et approchait le motif de ses yeux pour l'étudier exactement.

– Monsieur est un connaisseur, cela se voit, dit le marchand, c'est le motif de la « Bénédiction ». Un grand et vieux maître d'école a porté cette robe. Elle est si précieuse que ses héritiers n'ont pu se résigner à la lui donner pour l'autre vie.

Sur ces entrefaites, le soir était venu et les lampes s'allumèrent dans les magasins. Certains commençaient à fermer et posaient les volets. Lung Yen se sépara de la robe de soie et acheta la robe gris clair en laine, qui était un peu trop courte pour lui. Il la paya quatre-vingts cents. Comme il était épuisé et que ses yeux papillotaient de tout ce qu'ils avaient vu, il remit au lendemain l'achat du reste de l'habillement et rentra doucement à Chapeï, où le tailleur Lung Wang lui avait donné le gîte.

La société d'amis qui le finançait avait en effet décidé que, durant les trois jours – il n'en restait maintenant plus que deux avant l'arrivée de son fils –, Lung Yen ne tirerait pas de riksha, car, comme ils le disaient : « Un buffle devant la charrette n'engraisse pas et trop aiguiser le fer le rend mince. »

Yen se rendit bien compte que d'acheter à manger à haut prix pour perdre tout cela dans la sueur et le sang, au lieu de l'accumuler en graisse bienséante sur le corps, était un non-sens. Il avait donc conclu un accord avec le tailleur Lung Wang, aux termes duquel ce dernier mettrait gratuitement à sa disposition, jusqu'à l'arrivée du fils et durant son séjour, une chambre et un lit. Le tailleur Lung Wang, homme d'un certain âge, avec sur la joue droite trois verrues pourvues de longs poils respectables, ne demanda pas d'argent en échange de ce service, parce qu'il était impossible de dire exactement si Lung Yen n'appartenait pas à sa famille et que de plus Lung Wang était un homme religieux qui désirait s'acquérir des mérites.

Yen était heureux de passer la nuit loin de la maison de Kwe Kuei, car il craignait le parfum et la proximité de la grande fumée. Mais il n'était pas habitué à dormir dans un lit et sous un toit : il passa une nuit pénible et sans repos. L'insatisfaction qu'il éprouvait au-dedans de lui grandit dans l'obscurité et devint presque insupportable lorsque la dernière des coûteuses cigarettes eut été fumée et que le dernier point rouge fut éteint. Il respira avidement l'amer parfum de la fumée qui s'était amassée sous sa moustiquaire, mais cela le fit tousser ; il se donna bien du mal à maîtriser sa toux, parce qu'il ne voulait pas troubler ses hôtes généreux qui reposaient dans la pièce à côté. Au bout de quelque temps, il sentit que sa bouche se remplissait du goût fade et trop connu du sang qu'il avait expectoré, il chercha son mouchoir à tâtons et y cracha son sang avec une suprême éducation.

Tandis qu'il gisait ainsi sans sommeil, la robe de soie s'imposait toujours davantage à ses yeux fermés, et il regretta de ne pas l'avoir achetée. « J'irai demain et je la regarderai de nouveau », pensa-t-il, mécontent de lui. Parmi toutes les recherches, dans la difficulté du choix et de l'achat, le bonheur qui en était la raison avait un peu glissé à l'arrière-plan. Mais soudain, il pensa à son fils avec une joie grande, chaude et inappréciable, et cette joie pressée tout contre lui, il s'endormit enfin.

Le lendemain, son premier soin fut de regarder la robe qu'il avait achetée et elle lui plut bien moins que la veille. Il la montra au vieux tailleur qui la déplia, l'examina en marmottant, cependant qu'il faisait glisser les poils de ses verrues entre ses doigts comme s'il roulait une barbe.

– Combien l'as-tu payée ? demanda-t-il – puis il s'écria : C'est trop cher, beaucoup trop, quand Yen lui eut indiqué le prix de quatre-vingts cents.

– Quatre-vingts cents pour une robe souillée de taches de vin qu'on ne peut faire disparaître ! dit le vieux tailleur en montrant une place décolorée dans le tissu.

– Tes lunettes voient des défauts là où mon œil ne voit rien, dit Lung Yen, troublé.

Il ne voulait certes pas se montrer à son fils avec des taches de vin sur son vêtement, comme un soiffard. Il roula la robe et la rapporta à Fuking Road. La robe de soie y était encore, ainsi qu'il put le voir au premier regard anxieux qu'il jeta. Il ne laissa pourtant pas paraître qu'il était résolu à l'acheter, mais au contraire fit grand tapage au sujet des taches de vin et le prit de haut avec le marchand comme si lui-même eût été un grand monsieur. Ainsi, il en imposa au jeune commis, puis marchanda la robe de soie pour moitié de son prix. C'est-à-dire qu'il rendit la robe de laine grise tachée de vin et paya un dollar vingt cents de supplément, serra l'objet précieux sous son bras et s'en alla.

Comme ni le repas copieux ni l'inactivité du jour précédent ne lui avaient donné beaucoup d'embonpoint, il sortit cette fois en direction de Hong-Kew où se trouvait, à proximité du marché, un restaurant célèbre parmi les coolies pour sa bonne chère. Cette visite avait un double but : non seulement il désirait manger beaucoup, tout en évitant le malaise d'estomac qu'il avait ressenti la veille, mais de plus il avait, dans son esprit, choisi cette place pour y inviter son fils. Il était donc naturel qu'il désirât se rendre compte avec son propre palais si la nourriture répondait à son attente et se trouvait assez bonne pour la fête projetée.

– Mon fils vient pour affaires importantes à Shanghaï, raconta-t-il au garçon, si je suis content de ton repas, c'est ici que je l'inviterai. C'est un grand lettré, qui connaît les cinquante mille signes et a lu les dix mille livres. Dis au cuisinier qu'il peut se donner du mal.

– Riz, cinq cents l'écuelle, riz avec légumes un cent de plus, avec porc, sept cents. Thé à discrétion, dit le garçon sans s'émouvoir.

Il ne voyait pas l'être intime de Lung Yen, mais seulement ses haillons pouilleux de coolie qu'il portait encore, assis la veste ouverte pour que l'air pût rafraîchir sa maigre poitrine, et les pantalons retroussés comme il en avait l'habitude quand il courait devant le riksha. Ses cheveux étaient recouverts d'une croûte de poussière.

– Je ne t'ai pas demandé un repas de coolie, mais un plat particulièrement distingué. Du canard de Szechuan, comme en mangent les gens riches, ou du poisson à la sauce aigre-douce, dit-il avec hauteur.

Il avait entendu parler de ces mets quand le portier d'un restaurant lui versait sa commission pour y avoir amené ses clients. Il ne quitta pas un seul instant la robe de soie qu'il tenait sous le bras car il craignait qu'elie ne fût volée ou souillée. Le contact doux et chaud de cet objet de prix sur son bras l'emplissait de majesté et de fierté.

– Un repas comportant les plats que tu viens d'indiquer doit être commandé à l'avance et comporter quatre autres services. Le prix en est d'un dollar, sans marchandage possible, dit le garçon d'un air arrogant.

Au préalable, Yen commanda du riz aux champignons.

– Si je suis content du cuisinier, il est possible que je commande un tel banquet avec quatre autres plats encore, dit-il.

Il mangea trois écuelles de riz grillé et but beaucoup de thé, mais il ne rota pas, pour ne pas faire monter la note en ayant l'air de trop apprécier le repas.

Avant de quitter le restaurant, il avait commandé pour le jour où son fils devait arriver le fameux repas comportant canard et poisson. Le garçon méfiant demanda trente cents d'arrhes, mais lorsque Yen eut aligné les pièces de monnaie, il s'inclina profondément et lui souhaita dix mille ans de bonheur et de félicité.

Alors Lung Yen se rendit à la maison de son ami Kwe Kuei, pour que celui-ci fît le compte de sa fortune, lui-même ne s'y retrouvant pas dans des sommes aussi considérables. De plus, il avait besoin des bons conseils de Kuei pour une affaire de la plus haute importance.

– Kuei, mon frère aîné, dit-il, il est obligatoire que je fasse un cadeau à mon fils. Tu connais mieux que moi les jeunes gens d'aujourd'hui, conseille-moi.

Kuei acquiesça, réfléchit et compta les capitaux de Yen. Des huit dollars, il restait quatre dollars et dix cents. Il fallait réserver soixante-dix cents pour le repas qui avait été commandé. Restaient à acheter un chapeau et un gilet sans manches, évidemment un gilet en soie, car il était impossible que Lung Yen mît un gilet de coton sur une robe de soie. Lung Yen n'y avait pas pensé lors de l'achat, emporté qu'il était par l'élan de son âme. D'autre part, il fallait encore qu'il mangeât beaucoup et il sentait aussi qu'il avait de nouveau besoin de cigarettes, les mains tremblaient et son cœur voletait comme un oiseau en cage depuis qu'il se trouvait dans le magasin de Kuei ; les inspecteurs du service de répression de l'opium pouvaient bien avoir le nez bouché, lui ne sentait rien d'autre que l'opium.

Kuei calcula que Yen pouvait dépenser cinquante cents pour un cadeau, il lui resterait encore assez d'argent pour les imprévus lors de la visite de son fils. Ils discutèrent de ce qui pourrait faire plaisir au fils. Yen pensa à un chapeau, comme ceux que portent les étrangers. Un tel chapeau avait été l'objet de son plus ardent désir quand il avait l'âge de son fils. Mais Kuei affirma que les enfants-soldats ont des chapeaux et des uniformes et ne sont pas autorisés à porter d'autres vêtements. Yen ne put s'empêcher d'un certain étonnement devant cette entrave apportée à la liberté de son fils. Mais Kuei lui expliqua que les jeunes gens considèrent cet uniforme comme un signe d'honneur et en sont très fiers.

Au milieu de la conversation, Yen devint vert, même la peau que l'on pouvait apercevoir par l'ouverture de la veste devint verte. Yen se leva en toute hâte et sortit. Il sentait ses yeux s'enfoncer dans sa tête, sa vue s'obscurcir et tout devenir noir. C'était la faim de la grande fumée qui tombait sur lui avec cette violence. De cette manière, la journée s'écoula sans qu'il fût parvenu à se décider, et il ne lui resta plus qu'un jour pour s'acheter un chapeau et un gilet ainsi qu'un cadeau pour son fils.

Cette nuit-là, de grandes douleurs se promenèrent à l'intérieur de Lung Yen, tantôt elles étaient ici et tantôt là ; à la fin, elles s'emparèrent de lui tout entier. Mais elles eurent ceci de bon qu'elles le fatiguèrent et qu'il s'endormit. En rêve, il eut le sort du malheureux coolie dont parlent les conteurs sur les marchés, pour ragaillardir et amuser leur public le plus misérable. Vous savez bien, ce coolie qui tout le jour courait devant son riksha et haletait et se couvrait de sueur, mais qui la nuit en rêve se changeait en un homme riche, mangeait plus qu'à sa faim, buvait du vin de riz, avait de belles concubines et ne faisait rien d'autre que de se reposer sur les coussins de sa couche en fumant la pipe à eau et en se laissant distraire. Cependant le riche, pour lequel le pauvre coolie travaillait, était chaque nuit torturé de rêves affreux dans lesquels il était un coolie, n'avait rien à manger, était battu à coups de canne et devait fournir un tel travail qu'il tombait d'épuisement. En effet – et c'était la fin de l'histoire du conteur – celui qui est porté en chaise est un homme et celui qui porte la chaise est aussi un homme.

Dans son rêve, donc, Yen était heureux sans mesure ; le lendemain pourtant ses souvenirs étaient assez flous. Il avait serré son fils contre sa poitrine, comme autrefois le nouveau-né, avait parlé et mangé avec lui, et enfin le fils s'était agenouillé devant lui, avait fait monter vers lui une fumée consacrée, et lui avait apporté les coupes à sacrifice. Tout comme si lui, Lung Yen, le père, déjà mort, n'était plus qu'un nom vénéré sur les tablettes des ancêtres et un esprit satisfait à l'ombre des cyprès.

Ce troisième jour, Yen acheta le chapeau et le gilet de soie noire, sans manches, il essaya encore de manger parce que le vieux tailleur avait grogné le matin qu'il n'avait toujours pas la moindre parcelle de chair sur les os. Mais, dès qu'il eut porté à sa bouche la première pincée de ses baguettes, un tel malaise monta en lui qu'il dut laisser le reste. Il était assis dans une gargote de la vieille ville où il s'était rendu dans le but de rechercher un cadeau pour son fils. Il resta assis quelque temps, acheta tasse de thé sur tasse de thé et avala l'apaisante boisson en s'efforçant de garder dans son estomac le peu qui s'y trouvait. A la quatrième tasse, il lui vint une inspiration lumineuse, et quand il put se fier de nouveau à son ventre récalcitrant et incompréhensible, il se leva et se dirigea vers la ville des étrangers. Il lui était tout à coup venu à l'esprit que ce qui ferait le plus plaisir à son fils, élevé à la moderne et peut-être nourri de la science des étrangers, serait un cadeau provenant des magasins étrangers.

L'abondance des objets dans la ville des étrangers tout d'abord le démonta ; il était toujours passé en aveugle devant les magasins. C'était tout autre chose quand on venait pour choisir et pour acheter. Mais lorsqu'il y eut passé plusieurs heures et qu'il eut tourné des centaines d'objets dans sa main, il trouva le cadeau parfait. C'était une petite voiture puante, brillante et neuve, et reproduisant dans les moindres détails les grandes voitures puantes dont les rues étaient pleines. Cette petite voiture avait ceci de merveilleux qu'elle renfermait une machine tout comme les grandes. On la remontait et la voiture courait vite et toute seule, vivante et pétaradante comme ses sœurs aînées. Yen était dominé. Sans se lasser il faisait remonter la voiture, la faisait marcher en rond sur le plancher et la regardait avec un sourire niais d'émerveillement ravi.

– C'est pour mon fils, ne cessait-il de répéter, mon fils est tout rempli de la science étrangère et il aime les choses modernes.

Le marchand prit soixante cents pour la voiture et refusa avec une grande impolitesse de se laisser aller au plaisir du marchandage.

La joyeuse excitation de sa découverte avait donné grand appétit à Yen. Sur la berge de Soochow, il s'accroupit et acheta du riz à un gargotier ambulant qui s'efforçait par ses appels d'attirer les gens des bateaux : quelques jeunes gens grimpèrent la berge et vinrent s'accroupir à côté de Yen. Ils étaient gais compagnons, tout en manquant de manières, et Yen s'arrêtait souvent de manger, les baguettes en l'air, tandis qu'il écoutait leurs plaisanteries. Au beau milieu de son rire, il fit la grimace. Les douleurs revenaient avec tant de violence qu'il se courbait en deux, tordu et sans arme devant la douleur.

– Tu es malade, frère ? demanda un des garçons.

Et un autre dit en riant :

– Il a trop mangé !

Yen essuyait de la main la sueur froide qui avait commencé de couler sur son visage comme de l'eau. Si les gens du fleuve n'avaient pas été là, il aurait gémi à haute voix. Mais durant ces derniers jours, il s'était éloigné de l'inconvenance de sa vie de coolie et s'était donné une grande peine pour se souvenir des règles de savoir-vivre que son vénéré grand-père lui avait inculquées, il y avait bien longtemps. Lorsqu'il se leva pour s'en aller, il titubait. Dans son angoisse et sa détresse il réfléchissait à ce qu'il pouvait faire pour chasser la douleur. Ne pas fumer. Ne plus fumer. Pourtant il ne pouvait présenter à son fils un père tordu par la douleur et dont l'estomac se retournait et se vidait dans les situations les plus critiques. Il se traîna jusqu'à une station de tramway et se laissa conduire vers l'hôpital de Chapeï où il avait déjà été soigné gratuitement quelquefois.

Yen avait toujours haï les tramways qui passent avec fracas et à toute allure et prennent des pelletées d'hommes suffisantes pour remplir trente rikshas. Maintenant qu'il y montait pour la première fois, il ne les aima pas davantage. Certes, l'intérieur de la voiture était clair et étincelant, presque trop élégant, mais la vitesse faisait mal à son estomac malade. Il était accroupi, tassé sur lui-même, et se laissait tomber dans les courbes, ballotté au gré du parcours. Enfin ce nouveau supplice cessa et il fut heureux de se retrouver sur ses jambes et de se mouvoir comme il convient à l'homme.

Ce jour-là, Yen ne portait pas ses sandales de paille, il avait aux pieds ses nouveaux souliers noirs. Que serait-ce, en effet, si son honoré fils remarquait que son père n'en avait pas l'habitude ? Il fut désolé que la poussière jaune de la banlieue se déposât sur la belle teinte noire toute neuve, mais il se consola en pensant que ce n'était qu'une poussière légère ; un coup de brosse aurait vite fait de l'enlever. A l'aide de son éventail de palme effrangé, il les épousseta avant de pénétrer dans la maison des malades. A l'intérieur était assise une jeune femme vêtue de blanc comme pour un enterrement. Elle lui demanda son nom et divers renseignements, mais elle ne le fit pas par politesse et suivant la forme prescrite : quel est le nom du monsieur ? D'où le Très Honoré a-t-il la bonté de venir ? Quel peut être le désir de l'Honoré Seigneur ? Mais elle aboya brièvement, comme une jeune chienne :

– Nom, adresse ? Où vis-tu ? Profession ? Qu'est-ce qui ne va pas ?

Yen baissa les yeux et indiqua qu'il était un coolie et qu'une douleur se plaisait à parcourir son ventre. La jeune femme, sans aménité, écrivit tout cela sur un carton qu'elle lui mit dans la main. Elle compara les indications qu'il avait données avec ce qui se trouvait dans un gros livre et demanda :

– Tu es déjà venu deux fois ?

Yen répondit affirmativement et elle aboya :

– Attends !

Il s'assit sur le banc le long du mur. Son ventre semblait avoir la même crainte du docteur que lui-même, et les douleurs disparurent comme par enchantement. Mais maintenant, il était trop tard pour s'échapper. Il avait grande envie de déballer la petite auto et de la faire marcher. Cela rendrait plus grande sa face et remplirait de confusion la jeune chienne, lorsqu'elle verrait les belles choses qu'il possédait. Mais avant même qu'il en vînt là, une autre femme entra par une porte, le regarda en souriant, prit le carton qu'il tendit et dit, non sans amitié :

– Entre, vieux Lung Yen, s'il te plaît.

Bien que la jeune chienne parlât comme lui-même en avait l'habitude, et que le parler de cette femme eût quelque chose d'étranger, il eut aussitôt confiance en elle.

– Je désirerais conduire mon indigne présence devant la haute personne du Vieux Docteur, dit-il avec toute la politesse dont il était capable.

– Le docteur, c'est moi, dit la jeune femme en souriant. Tu peux me dire ce qui ne va pas.

– Grande, Vieille Dame, commença Yen stupéfait, qui s'inclina, c'est une douleur qui court dans mon ventre et s'attache des dents comme une bête.

La doctoresse prit sa main comme personne ne l'avait prise depuis que Jasmin l'avait accompagné devant la porte de la ville. Ce faisant, elle continuait de le regarder en souriant, si bien qu'il se mit à suer d'embarras. La jeune chienne entra et lut dans le livre quelque chose qu'il ne comprit pas. La doctoresse cessa de sourire, il ne lui plaisait pas qu'elle aussi fût vêtue de blanc ; c'était comme si on était toujours prêt ici à laisser mourir les malades et à les enterrer.

– Eh bien, Lung Yen, dit la doctoresse avec sévérité, tu as été inscrit il y à deux ans et quarante-trois jours au service de la lutte contre l'opiomanie et tu as reçu un avertissement. T'en souviens-tu ?

Lung Yen baissa la tête et passa au préalable deux fois la langue sur ses lèvres poussiéreuses.

– Je me souviens, Grande Lady, dit-il avec soumission.

Il continuait à presser la petite voiture puante contre sa poitrine.

– Tu sais aussi que tu seras décapité si l'on te surprend encore en train de fumer, continua la doctoresse.

Yen ne trouva rien à répondre. Elle ne cessait de le regarder et il avait l'impression que ses yeux pénétraient profondément en lui comme de longues aiguilles fines. Il sentait chaque os de son corps et chaque creux de son visage qui trahissaient son abandon de la grande fumée.

– Docteur Hain ! cria Pearl dans la pièce voisine. – elle cherchait, presque distraite, à détacher le paquet des doigts de Yen : Il va falloir que tu te déshabilles, pour que le vieux docteur puisse t'examiner, dit-elle. – mais Yen s'accrochait à son trésor : Qu'est-ce donc que tu tiens là ? demanda la doctoresse. Nous ne voulons pas te le voler, nous allons le garder soigneusement pour toi.

Yen lui était reconnaissant de ne pas continuer à le questionner au sujet de l'opium. Une agréable faiblesse se saisit de lui et il sentit qu'il avait envie de montrer tout ce qui était en lui.

– C'est un cadeau pour mon fils, Grande Lady, dit-il, il me rend visite demain. Il y a longtemps que je ne l'ai pas vu.

– C'est une grande fête, Lung Yen, et je te souhaite de la joie, dit la doctoresse, je comprends que tu veuilles être fort et bien portant pour cette occasion.

Elle se tourna vers le Dr Hain qui venait de son bureau en s'essuyant les mains.

– De quoi s'agit-il ? demanda-t-il en anglais, s'approchant de Yen.

– Opium, dit Pearl, apparemment. L'état général est très mauvais. Il figure sur les registres et devrait être signalé à la justice.

– Je trouve plus juste notre principe de ne pas faire couper la tête aux gens sur la foi d'un diagnostic. Nous sommes des médecins et non des juges. Si seulement on avait un moyen d'aider ces pauvres diables !

– Il attend son fils. Il a vraisemblablement cessé brusquement de fumer et maintenant il ne sait que faire devant la douleur qui le torture.

Lung Yen écoutait bouche bée cette conversation inintelligible. Il recommençait à avoir peur.

– Je souffre parce que je travaille trop et que j'ai faim, Grande Lady, dit-il avec une soudaine amertume. Je tousse du sang, parce que j'ai la maladie que l'on nomme la « Sombre Faiblesse ». Je n'ai plus mangé de grande fumée depuis que j'ai reçu l'avertissement.

– Naturellement, il essaye de mentir, dit Pearl en haussant les épaules. – elle se mit à rire : Je ne peux pas, malgré tout, lui dire qu'il ment, sinon il perdra le soupçon de face qui lui reste et se laissera complètement aller.

– Entre, dit le docteur en faisant signe au coolie.

Malgré toute l'angoisse qui étreignait son cœur, Lung Yen ne pouvait s'empêcher de rire, car le docteur parlait une langue comique et faisait signe dans la mauvaise direction.

Le Dr Hain referma la porte derrière le coolie. Il l'ausculta, le percuta, secoua la tête en entendant le bruissement des poumons malades et dit enfin :

– Un bain serait indiqué.

Yen commençait à s'habituer au chinois comique du docteur.

– J'ai l'intention de prendre un bain demain matin, annonça-t-il pour montrer qu'il était d'accord.

Il avait une grande peur des instruments qui se trouvaient dans la boîte de verre accrochée au mur. Il avait entendu dire que beaucoup de docteurs étrangers tailladaient et mutilaient les malades en sorte qu'ils n'étaient pas complets lorsqu'ils arrivaient dans le royaume des morts.

– Je ne me laisserai rien amputer, dit-il résolument lorsque le docteur s'approcha de lui en dissimulant un objet brillant dans sa main.

– Ici, nous n'amputons pas les gens, murmura le docteur.

Et il piqua une sorte d'aiguille creuse dans le bras de Yen. Lung Yen le regardait faire avec plaisir. Piquer des aiguilles était une vieille méthode médicale éprouvée. Il espérait qu'il y aurait beaucoup d'aiguilles, mais il n'en vint pas d'autres.

– Les douleurs vont cesser et tu seras content, dit le docteur. Tu peux venir tous les jours me voir. J'essaierai de t'aider.

Il tint sa veste à Yen car le coolie tremblait si fort qu'il ne parvenait pas à trouver la manche. Puis il le poussa dans l'autre pièce.

– Parlez avec ce bonhomme, Pearl, dit-il en anglais, il me faudra encore dix ans pour savoir assez de chinois.

Une petite fille était assise devant Pearl qui oignait d'onguent les pauvres menottes couvertes de brûlures. L'infirmière attendait près d'elle avec une bande roulée. L'enfant souriait courageusement, en mordant sa lèvre inférieure, tandis que ses petits yeux noirs suivaient tous les mouvements de la doctoresse.

– Attends, dit Pearl au coolie, assieds-toi et repose-toi un peu, j'ai encore à te parler.

Yen s'assit avec soumission. Il éprouvait un calme bien-être qui commençait à le gagner tout entier, semblable au calme qui suit la première pipe.

– Toujours les mêmes brûlures, dit Pearl au Dr Hain. Avez-vous déjà visité les fabriques de soie japonaises à Putung ? Chaque mère amène son enfant avec elle, pour qu'il gagne aussi quelques pièces de cuivre. Ils sortent les cocons des récipients qui contiennent de l'eau bouillante, et voilà la cause. Si seulement on pouvait imposer de meilleures lois pour les travailleurs !

Elle enroula le pansement autour de la petite main et fit à l'enfant un sourire d'encouragement.

– Et les nouveaux décrets du travail ? demanda le Dr Hain.

– Seulement dans le settlement international, dit Pearl ; nous n'avons encore aucune influence sur ce qui se passe au dehors. Il y a encore beaucoup de travail, docteur Hain, beaucoup avant que tout cela devienne digne de l'homme.

Elle leva la petite main de dessus la table et garda la grosse main bandée dans la sienne.

– Raconte à ta mère que tu ne peux pas retourner travailler pendant quelques jours, dit-elle à l'enfant, qui inclina la tête en signe d'assentiment et se mordit les lèvres. Combien gagnes-tu par jour ?

– Trente cents, murmura la petite.

Pearl soupira, alla chercher son sac sur le bureau et mit quelques pièces dans la poche de la petite veste blanche usagée de l'enfant.

– Je t'ai payée pour quatre jours, dit-elle avec sérieux ; durant ce temps, c'est moi que tu dois servir, tu me comprends ? Tu viendras chaque matin ici et tu attendras mes ordres. Tu feras ce que je te dis ?

La petite fit oui de la tête et s'en alla en courant.

– Il y a trop de choses que l'on n'apprend pas dans les universités, docteur, dit Pearl. – puis elle se tourna vers Yen : Te sens-tu mieux ?

Yen n'était pas disposé à reconnaître qu'il se sentait mieux. Il avait constaté avec étonnement qu'ici l'on était payé à cause de ses maladies. Et lui aussi espérait gagner quelques cents. Pearl fit un signe à l'infirmière et resta seule avec Yen. Elle s'assit devant la table et le regarda.

– Raconte-moi pourquoi tu n'as pas vu ton fils depuis si longtemps, commença-t-elle.

C'était pour elle une difficulté toujours nouvelle que de gagner la confiance des pauvres gens qui venaient à l'hôpital. Yen commença après quelque réflexion à raconter son histoire en mots entrecoupés, mais il s'embrouilla bientôt, il avait oublié beaucoup de choses.

– J'ai une lettre de mon fils, dit-il avec un brûlant accès d'orgueil.

Il sortit le document de son mouchoir et le montra à la doctoresse. Elle le lut avec une grande attention.

– C'est une bonne lettre, intelligente et polie, dit-elle, et elle la rendit en esquissant une inclination. Et tu ne veux pas que ton fils trouve un père malade, cela se comprend tout seul.

– C'est cela, c'est cela, Grande Lady, dit Yen avec feu.

– Tu donnes l'impression d'un homme ruiné par l'opium, commença Pearl à la face hébétée du coolie. Je ne dis pas que ce soit le cas, comment pourrais-je, en effet, moi, jeune personne indigne, t'accuser d'un mensonge ? Je dis seulement que tu as l'aspect qu'aurait un homme qui se serait adonné à ce vice. Que va penser ton fils, lorsqu'il te reverra ? Si seulement la grande fumée était cause de ta maladie, nous pourrions peut-être, le vieux docteur et moi, te soigner. Il est difficile de se déshabituer de l'opium, mais mille l'ont déjà fait. Il est plus agréable d'abandonner la fumée que d'avoir la tête tranchée, ce n'est pas aussi ton avis ? Si c'était l'opium qui t'avait rendu malade, tu pourrais venir ici tous les deux jours et nous ferions de toi un homme bien portant, et ton fils pourrait être fier de son père. Mais, puisque, d'après ce que tu dis, ton état n'a rien à faire avec la grande fumée, nous ne savons pas de quelle maladie tu souffres ni quelle médecine pourrait te faire du bien.

Yen baissa la tête, car l'amicale sévérité de cette femme l'emplissait de faiblesse au point qu'il aurait préféré raconter la vérité. Mais il était encore assez maître de lui pour penser : « Elle veut m'attirer dans un piège pour me livrer et me faire exécuter. »

– Je n'y comprends rien, je n'ai pas fumé, murmura-t-il, buté.

Pearl haussa les épaules. Elle rendit au coolie le petit paquet qu'il lui avait confié à regret. Le visage de Yen rayonnait lorsqu'il pressa de nouveau l'objet sur sa poitrine. La petite voiture était enveloppée de papier journal. Les vendeurs, dans la ville des étrangers, faisaient si peu cas des choses précieuses telles que le papier.

– Peut-être cela ferait-il plaisir à la Grande Lady de voir l'indigne présent que j'ai acheté pour mon fils ? demanda-t-il avec espoir.

Et déjà il défaisait le papier qui enveloppait le magnifique objet. Il s'accroupit sur le plancher et remonta l'auto. Le miracle s'accomplit derechef, la petite voiture courait en rond à toute vitesse. Yen regardait la doctoresse d'un regard qui commandait l'émerveillement.

Pearl se sentait toujours désarmée devant la misère et la simplicité de ces hommes. En Amérique, elle avait été une Chinoise ; en Chine, elle se rendait compte qu'elle était américaine.

– Je souhaite que soit heureuse ta rencontre avec ton fils, dit-elle à Yen.

Elle le suivit des yeux, tandis qu'il s'éloignait avec des courbettes.

– Si Chang m'abandonne, pensa Pearl, j'aurai toujours le travail.

Elle restait là, sans rien voir. Elle se dirigea vers le lavabo et commença de se laver les mains.

Yen poursuivit son chemin et se sentit mieux de minute en minute.

Il aurait aimé par-dessus tout aller chercher son riksha dans Kating Street et travailler toute la nuit tant il était plein de forces. Il lui vint à l'esprit que c'était peut-être cette inaction inaccoutumée qui le rendait malade. Involontairement, il prit son trot habituel, la poussière et les saletés volaient en tourbillon sous ses souliers.

Lorsque Yen passa devant la gare du Nord, il vit un grand nombre de gens qui se désarticulaient le cou, des drapeaux passèrent et l'on entendit des tambours et des trompettes. Cela lui convenait tout à fait, car il ne savait comment passer les heures qui restaient encore avant l'arrivée de son fils.

– Qu'est-ce que c'est ? Des soldats ? demanda-t-il à un autre coolie en essayant de voir par-dessus son épaule.

– Des enfants-soldats, répondit ce dernier, sans beaucoup faire attention à lui, de joyeux et jolis petits diables.

Le mot ne trouva pas tout de suite passage dans l'esprit obtus de Yen, et c'est par pure curiosité qu'il se fraya un chemin à travers les badauds. C'est seulement quelques minutes plus tard que la signification de ce qu'il venait d'entendre lui apparut.

– Des enfants-soldats ? s'écria-t-il. Est-ce que ce sont les scouts qui viennent à Shanghaï pour une fête ?

Quelques personnes se rirent de lui et un jeune homme lança :

– On donne un prix au plus stupide des coolies de Shanghaï, veux-tu concourir ?

– Fils et petit-fils d'une tortue, jura Yen, ta mère a couché avec des chiens !

Il joua des coudes pour parvenir au premier rang et là, il regarda le spectacle bouche bée. Les portes de la gare crachaient sans fin des hommes-enfants, des garçons de toutes les tailles qui portaient des uniformes comme des soldats et se mettaient en rangs et marchaient au pas comme des soldats. Leurs bottes faisaient un bruit sonore et régulier, les cuivres de la fanfare étincelaient, des bannières et des drapeaux flottaient au-dessus et à côté d'eux et accompagnaient leur défilé. Mais ce qui bouleversait le plus Yen et l'emplissait de la plus grande admiration c'était la propreté et la santé de tous ces visages d'enfants sous le large chapeau.

– Qu'est-ce qui est écrit sur les drapeaux ? demanda-t-il à un vieux monsieur auprès duquel il s'était glissé.

Ce dernier lut sans hésitation : « Intelligence, courage, amabilité ». Yen remercia, troublé. Il en avait la respiration coupée.

– L'un de ces gamins est mon fils, dit-il au vieux monsieur.

Mais sa voix se perdit dans le fracas des tambours. Il resta devant la gare jusqu'à ce que le dernier groupe en fût sorti, se fût mis en rangs et se fût éloigné au pas. Il y avait des centaines et des milliers d'enfants et il s'écoula plus d'une heure avant que les derniers se fussent mis en mouvement. Yen resta là patiemment, scrutant chacun des dix mille jeunes visages. « L'un d'entre eux est mon fils, pensait-il. L'un d'entre eux est mon fils. » Lorsque plus rien ne vint et que les derniers se furent joints au défilé, il soupira profondément comme un dormeur et jeta autour de lui des regards désemparés. La place se vidait déjà de ses spectateurs et Yen commença aussi à se retirer. Avec d'autres personnes, il suivit le son des trompettes qui s'éloignaient. Ses bonnes jambes de coolie le portaient d'elles-mêmes à la suite des enfants. « L'un d'entre eux est mon fils », pensait Lung Yen.

~

Toute la vie d'Helen avait été une vie de calculs où il n'y avait pas place pour les sentiments. Les hommes avaient été le « matériau » dont elle s'était servie pour construire sa vie, un matériau tantôt faible, tantôt inflexible, souvent rebutant, souvent agréable, mais toujours soumis à son emprise et toujours méprisable. Mais la nature humaine est ainsi faite qu'elle ne peut se passer totalement du sentiment, qu'il se développe souterrainement, qu'il bout et se prépare d'autant plus fortement à une éruption qu'il est plus refoulé. Ainsi les sentiments se vengèrent d'Helen et l'amour se saisit d'elle au moment le plus inopportun et pour l'objet le moins adéquat : un petit commis américain, un homme comme tout le monde, avec le cœur de tout le monde, Frank Taylor pour tout dire, assistant-manager au comptoir de Shanghaï de l'Eos Film and Photo Company, le fiancé d'une petite bourgeoise d'infirmière, un homme qui était parvenu à gagner ses soixante-quinze dollars par semaine. Helen vit clairement cela tant qu'elle y pensa de sang-froid. Mais elle ne voulait pas voir clair ou penser de sang-froid. Elle voulait être portée par les sentiments et se laisser porter. Au début de tout amour, il existe un moment où il est temps encore de reculer, de tout effacer, de tout oublier. Ce moment une fois franchi, soit par inattention, soit avec intention, l'amour devient une chose irrévocable. Le fol amour d'Helen était irrévocable.

Comme elle n'avait encore jamais aimé, elle se conduisit comme se conduisent les jeunes filles de seize ans quand elles font l'expérience de leur premier amour. Elle se mettait souvent devant son miroir et s'examinait longuement afin de voir si elle était assez belle pour le bien-aimé. Elle changea de coiffure. Elle alla dans le quartier français et acheta des vêtements, des chapeaux, des parfums. Elle avait des battements de cœur chaque fois que le téléphone sonnait; elle était prise de mélancolie si ce n'était pas Frank qui appelait. Elle restait assise des heures durant dans le hall de l'hôtel, les yeux fixés sur la porte à tambour pour ne pas manquer l'instant où Frank entrerait. Elle chantait doucement en lui écrivant de nombreuses lettres qu'elle n'envoya jamais. Elle pleurait souvent et sans motif. Elle était heureuse pour la première fois de sa vie, vraiment heureuse.

Tout était différent, même son sommeil. Auparavant il était profond et vide, maintenant elle se mettait à rêver et c'était singulier, mais ses rêves la reportaient toujours à son enfance, tout comme si après elle n'eût pas réellement vécu. Frank faisait toujours partie de ses rêves, non pas comme personnage, mais sous la forme d'une joie vague.

Il se trouva que, pendant les trois jours qui séparèrent son premier baiser de l'arrivée de la fiancée de Frank, Bertie ne se montra que furtivement et disparut complètement le soir. Potter, qui tenait une comptabilité sérieuse de la santé et des sorties de son maître, portait dans son livre des annotations désemparées : « Absent de sept heures *p.m.* à neuf heures *a.m.* », voilà ce que l'on pouvait lire ou : « Il n'est pas ivre », ou bien : « A dormi depuis le matin jusque dans l'après-midi. N'a rien mangé. De bonne humeur, n'est pas sous l'emprise de la boisson. L'endroit où il se trouve durant ses absences est inconnu. »

Helen se rendit dans la chambre de Bertie et le regarda. Il avait une expression d'épuisement, il dormait encore et son visage était brillant de sueur. Son portefeuille et sa montre-bracelet étaient sur la table de nuit. Helen feuilleta rapidement le contenu du portefeuille : il était gonflé de billets de banque crasseux de Shanghaï. Elle le remit en place et appela Potter :

– Lorsque mon mari se réveillera, vous lui direz que je vais à une conférence sur l'art chinois et qu'ensuite je suis invitée chez le Dr Chang, dit-elle.

Elle mentait. Elle savait que Bertie préférerait se précipiter dans une maison en flammes plutôt que de s'exposer encore à la société des Chinois cultivés. Elle téléphona à Frank ; non de sa chambre, mais d'une cabine publique dans l'entresol de l'hôtel. Ils prirent des taxis, s'assirent sur des bancs de parcs publics, s'assirent dans d'intimes restaurants français, russes et chinois. Ils passèrent ces trois nuits à danser. Ils allèrent par des rues nocturnes, silencieuses et désertes, assis dans deux rikshas qui roulaient côte à côte, tandis que leurs mains se tenaient. Les coolies riaient et tiraient leurs rikshas d'un trot précautionneux pour ne pas déranger les étrangers et gagner un gros pourboire. Ils n'en finissaient pas de se dire au revoir au coin de la rue, ils ne parvenaient pas à se séparer. Trois jours, trois nuits...

Un soir, elle rendit visite à Frank dans le petit appartement qu'il partageait avec le reporter Morris. Frank avait, ce soir-là, tenu Morris éloigné de l'appartement par les pires menaces. Il avait fait des préparatifs fiévreux, il avait conduit le domestique Ah Sinfu à un désespoir muet à la chinoise, et s'était fait couper les cheveux. Il avait emprunté des nappes de soie, acheté des fleurs, mis le champagne dans la glace, parce qu'il avait vaguement l'intuition que le champagne faisait partie d'une aventure avec une femme du genre d'Helen. Lui-même détestait le champagne ; il sortit à la dérobée pour boire son whisky. Il prit Helen dans ses bras et l'embrassa comme un fou. Pour la première fois la goutte de mer du Sud qu'il avait dans son sang s'éveilla. La maladresse de cet amoureux émouvait Helen. Il n'avait pas de mots pour ce qui lui arrivait :

– Je t'aime, je t'aime, je t'aime, disait-il, aujourd'hui plus qu'hier, et demain plus qu'aujourd'hui.

– Et après-demain, nous serons exécutés, dit Helen.

Il lui pressa la main sur la bouche jusqu'à ce que le souffle lui manquât. Au milieu de leurs baisers les larmes se remirent à couler sur les joues d'Helen.

– Qu'y a-t-il ? fit-il, effarouché.

Il avait l'air d'un jeune sauvage, ses cheveux foncés pendaient sur son front, son cou brun et fort était nu.

– Tu resteras à moi, je ne te laisserai jamais partir, murmura Helen.

« Je me suis fourré dans une belle affaire », pensa-t-il dès qu'il fut seul. « J'aime Ruth », ajouta-t-il, s'acharnant dans son entêtement.

Il savait bien que ce n'était plus vrai; pourtant il comptait que l'arrivée de Ruth résolve en clarté et quiétude ce qui était troublé et enchevêtré. Une fois, déjà, elle était arrivée à un moment confus de sa vie et avait tout remis en ordre. Ses yeux, sa voix, son calme, sa pureté, ses petites mains d'infirmière étaient le remède. Au petit déjeuner, il surprit Morris le rouquin en philosophant :

– Il y a amour et amour, remarqua-t-il; en effet, il y a un amour du genre fusée, rouge, vert, bleu, magnifique avec beaucoup de vacarme. Un grand essor, tu comprends, quelque chose qui monte jusqu'au ciel, et aussitôt c'en est fini, il ne reste plus qu'une vilaine cartouche brûlée. Et il y a un amour du genre coin de feu, rien de sensationnel, mais un amour chaud et sûr, et tous les jours de ta vie tu peux t'asseoir au coin du feu et te réjouir d'être à la maison.

Morris fut si stupéfait qu'il en cessa de manger son œuf brouillé :

– *Ars amandi* !... Ovide est un petit garçon à côté de toi, se contenta-t-il de dire.

C'était la dernière nuit avant l'arrivée de Ruth. Ils dansèrent sous le lustre du *Club des Pivoines.*

– Si nous étions libres tous deux, Frank... commença Helen.

De petits reflets multicolores bondissaient et touchaient fugitivement son visage. Il la serrait si fort contre lui qu'elle en avait mal.

– Nous ne sommes pas libres, ne nous torture pas, dit-il d'une voix rauque.

Ils dansaient, une épaisse fumée bleue stagnait au-dessus d'eux, la salle était sombre si l'on exceptait les lumières colorées et changeantes de la roue.

– Je voudrais t'embrasser devant tout le monde, murmura Frank.

– Fais-le donc, fit-elle avidement.

Ils s'embrassèrent derrière le parterre de pivoines en papier. Le saxophone de l'orchestre s'en aperçut et eut un clin d'œil de compréhension masculine. Autrefois, il avait été porte-enseigne dans un régiment de la garde, en Russie, le saxophone.

A trois heures, les musiciens rangèrent leurs instruments. C'était fini.

– C'était notre dernière danse, murmura Helen tandis que Frank lui jetait sur les épaules sa longue cape blanche.

– Pourquoi ne danserions-nous plus, lorsque Ruth sera là ? fit-il à la légère.

Elle secoua la tête avec un sourire épuisé. Sur la petite place tarabiscotée, devant le club, il ne faisait pas encore clair, mais l'obscurité n'était plus totale.

– Riksha ou taxi ? demanda Frank.

– Riksha, répondit Helen, cela dure plus longtemps.

– Tu n'es donc jamais fatiguée ? s'étonna-t-il, tandis qu'il l'aidait à monter dans le riksha.

– Nous avons encore une demi-heure, dit-elle.

A la lumière de la petite lanterne du riksha, elle avait l'air très pâle.

– *Sang Haï Ler Kwang* ! commanda-t-il au coolie.

Pendant les courts instants où ils durent attendre que le groupe confus des coolies se fût mis en ordre pour trotter à la queue leu leu avec leur chargement à travers les ruelles étroites qui conduisent à North Szechuan Road, se produisit une petite scène à laquelle Frank n'attribua pas d'importance. Devant le *Club des Pivoines* se rassemblaient toujours, à cette heure-là, un grand nombre de mendiants qui guettaient la sortie du club. Des enfants au regard éveillé faisaient la roue et de vieilles femmes aux mains informes tendaient leurs écuelles.

– *No chow*, criaient-ils, *no chow*, rien à manger.

De ce paquet de Chinois misérables, un blanc se détacha tout à coup et s'approcha d'Helen. Il lui mit la main devant le visage et dit :

– No chow !

Helen ne le comprit pas du premier coup.

– Que dites-vous ? demanda-t-elle.

– No chow, répéta l'homme sur un ton presque menaçant.

Il avait des cheveux blonds, une blonde barbe de Christ, il était vêtu de haillons crasseux comme un mendiant chinois, et sentait aussi mauvais. Helen frissonna à la pensée qu'un blanc pût être tombé assez bas pour mendier avec les Chinois. L'homme avait des yeux bleus enfoncés dans un visage presque noble sous sa croûte de crasse et de misère. Le coolie d'Helen l'injuria et le repoussa grossièrement en levant les brancards du riksha pour démarrer.

– Attends, attends ! cria Helen. – elle se tourna vers Frank dont le riksha arrivait derrière et cria : Dis-lui de s'arrêter !

– Stop ! dit Frank.

Et les deux rikshas s'arrêtèrent d'un coup brusque. Les coolies prirent une mine déconfite, car le double démarrage et le difficile coup de frein leur prenaient beaucoup d'énergie. Le mendiant était déjà près d'Helen et répétait :

– No chow.

– Êtes-vous russe ? demanda-t-elle en russe.

– Oui, Madame, russe, affamé, rien à manger. Une aumône, dit-il.

Helen ouvrit son sac à main. Elle scruta l'homme du regard.

– Comment vous appelez-vous ?

– Grischa.

– Grischa comment ?

Le mendiant haussa les épaules.

– N'avez-vous pas de nom de famille ? demanda-t-elle avec impatience.

– Ni père ni mère, et l'estomac creux, dit-il en une plainte.

Elle plia un billet d'un dollar et le jeta dans la main du mendiant, sans la toucher.

– En avant ! fit-elle avec violence.

Et les coolies reprirent leur course. Frank avait écouté avec étonnement la conversation en russe.

– Comment se fait-il que tu saches le russe ? fit-il lorsqu'ils eurent atteint la rue large où leurs rikshas roulaient côte à côte.

Helen tendit sa main vers lui comme elle en avait pris l'habitude durant les jours de leur bref amour.

– Je sais beaucoup de choses dont tu ignores tout, chéri.

La ville était pleine de Russes déclassés, de prostituées, de maquerelles et de crapules russes de toute espèce. Les gens convenables évitaient d'être vus en compagnie de Russes. Helen savait que Frank, dans la moitié puritaine de son cœur, avait un mépris sommaire pour tout ce qui était russe, elle ne pouvait lui dire qu'elle aussi faisait partie des exilés russes. Et encore moins lui confier pourquoi la courte rencontre l'avait bouleversée. Ce Grischa pourrait être mon frère, pensait-elle. Peut-être était-ce mon frère ? Le petit frère Grischa dans son uniforme de cadet. Le lustre qui brillait de tout son cristal au-dessus de mon lit et se balançait. La gare, les coups de feu, des cris, des cadavres. « Grischa est-il mort, lui aussi ? » avait-elle interrogé lorsque les Tschirikov l'avaient recueillie.

– A quoi penses-tu ? demanda Frank.

– A rien. Je pense que demain il va encore falloir que je me fasse laver les cheveux, répondit-elle en riant.

Le ciel au-dessus d'eux devenait déjà plus clair. Tout à coup toutes les lanternes s'éteignirent. Les tramways passèrent avec un lointain murmure.

Sur le pont qui enjambe le Soochow Creek, il y a presque toujours des coolies pour aider à pousser les rikshas, car ce pont est légèrement arqué. Mais à cette heure avancée, pas un d'entre eux n'était là et Helen entendit son coolie haleter comme un cheval malade.

– Descendons, dit-elle à Frank.

C'était un ultime atermoiement. Là-bas, on voyait déjà le Bund et les hautes maisons du settlement. Helen aurait volontiers pris le soleil dans ses mains pour le faire baisser sur l'horizon et repousser encore l'aurore. Dans l'air lourd, on sentait passer une petite brise matinale, qui souleva un coin de la cape d'Helen et le laissa retomber. Helen s'appuya au parapet et regarda à ses pieds. Frank l'enlaça et la tira plus près de lui.

En bas, se trouvaient les bateaux-maisons, alignés côte à côte, gris et immobiles dans l'eau, avec leurs toits ronds en natte et les petites lanternes latérales marquées de signes étranges. Des passerelles couraient d'un bateau à l'autre. Il émanait de ces bateaux, où dormaient des hommes en paquets serrés, un contentement paisible. Un homme nu et mince vint sous les étoiles, il paraissait gris dans la grise lumière. Il ramassa un seau attaché à une corde et le jeta dans l'eau. Le seau plongea avec un choc sourd. L'homme attendit tranquillement que le récipient fût plein d'eau, puis il le retira. Il le souleva et versa l'eau sur son corps ; elle faisait en coulant un clapotement qui sentait la fraîcheur. L'homme s'assit sur le bord du bateau et regarda dans l'eau. De nouveau son corps se confondait avec le bateau, tandis qu'il se reposait, immobile. De nouveau le vent s'éleva et retomba. Les deux coolies s'étaient accroupis à l'extrémité du pont et attendaient leur chargement. En bas un gouvernail craqua, un nourrisson pleura d'une voix grêle et se calma aussitôt. Puis un coq chanta.

Helen s'arracha au parapet et sourit à Frank.

– Comme tout semble important, lorsque l'on aime ! dit-elle.

Elle inclina la tête et lui tendit ses deux mains. Mais il ne les prit pas, car il avait de nouveau l'impression d'être sale. Au bout de quelques instants, Helen ramena ses mains sous sa cape.

– Renvoie, s'il te plaît, les rikshas et allons à pied.

Frank voulait refuser, mais ne le fit pas. Il paya les coolies, passa son bras sous le bras d'Helen, et ils continuèrent ainsi lentement leur chemin. Un agent sikh passa près d'eux et les dévisagea avec sévérité. Dans le petit parc de Wei Tang, un oiseau s'était éveillé et faisait des gammes appliquées. Lorsqu'ils atteignirent le début de Nanking Road, Helen s'arrêta.

– Les voiles, dit-elle.

Sur le Wangpo des jonques glissaient lentement, leurs voiles en ailes de chauve-souris étaient ourlées d'un mince pinceau de lumière. Le calme était total ; un vieux Chinois passa à côté d'eux sans que ses semelles de feutre fissent le moindre bruit.

– N'y a-t-il donc pas de mouettes ? s'enquit distraitement Helen.

– Non, pas à Shanghaï, dit Frank.

– Ne me reconduis pas jusqu'à l'hôtel, je désirerais maintenant prendre un taxi.

Ils attendirent le passage d'un des taxis dorés et Helen y monta.

– Je suis heureuse d'avoir fait ta connaissance, dit-elle.

C'était dérisoirement conventionnel. Frank passa sa tête dans la voiture, pour l'embrasser, mais elle secoua la tête en souriant. Il était sur le trottoir quand la voiture démarra. Elle mit sa main contre la portière et lui, de l'extérieur, appliqua la sienne contre la vitre. Ce fut leur adieu.

L'hôtel résonnait de la chanson des aspirateurs matinaux. Devant la cheminée vide du salon de l'appartement d'Helen, Potter s'était endormi sur deux chaises. Au-dessus de lui, le ventilateur susurrait. Potter s'éveilla à l'entrée d'Helen, mais il resta étendu.

– Mr Russell n'est pas encore rentré, Potter ? demanda-t-elle.

– Non, Mrs Russell, j'attends Mr Russell, dit Potter.

– Bien, Potter. Merci. Bonne nuit. – elle s'arrêta sur le seuil de sa chambre : Dites à Clarkson de ne pas me réveiller.

Elle était épuisée comme après un accouchement.

~

La ville, lentement, se dépouillait du pâle brouillard matinal, la ville géante, la ville perdue de vice, la ville travailleuse, menaçante et menacée, Shanghaï, la Ville-au-bord-de-la-mer. Les étrangers ont tiré la ville du limon des marécages ; ils ont acquis leurs fortunes grâce à l'opium et à la contrebande, les fortunes des étrangers sont faites de la sueur et du sang des coolies chinois. Maintenant, elle a dépassé les années sauvages de la jeunesse, elle commence à réfléchir, à s'affiner, elle commence à rougir un peu de son passé. Trois millions et demi d'hommes dorment sous ses toits, dans des gratte-ciel, dans les bons lits des pavillons ou des hôtels chic et sur des nattes en lambeaux dans des bateaux ou des recoins crasseux et boueux. Ils dorment, rêvent et se réveillent : missionnaires et millionnaires, conquérants et vaincus, oppresseurs et opprimés. Les sirènes des fabriques appellent au travail les femmes, les enfants, et les coolies se dirigent semblables à des insectes vers les minoteries, les filatures de soie, les tissanderies de coton. Des avions matinaux grimpaient et se perdaient dans le ciel. Des soldats faisaient l'exercice, des portefaix traînaient des marchandises vers le port, on lavait des automobiles, des joueurs sortaient en titubant des clubs, gagnants ou perdants. Des agents de police hindous, français, russes, annamites, chinois veillaient à l'ordre. Des bandes de voleurs et de cambrioleurs se partageaient le butin de la nuit. Des banques relevaient leur rideaux de fer. Des boîtes de nuit fermaient. Des matelots en foule rentraient aux bateaux, et des milliers de jonques hissaient leurs voiles brunes. Des manœuvres de toutes races s'accroupissaient pour leur travail. Dans d'innombrables tasses d'un blanc bleuté on boit le thé et ceux qui sont trop pauvres pour s'offrir du thé boivent de l'eau chaude. On décharge sur le port les produits du monde entier ; des compradores chinois servent d'intermédiaires dans les affaires des étrangers, et un peu de l'argent étranger reste collé à leurs mains. Les concurrents se pressent à cette porte du monde grouillant qu'est la Chine, avec leurs marchandises. Entre les douaniers et les contrebandiers, c'est un combat souterrain où la corruption fait son office. Des flots d'étudiants glissent vers les universités pour se gaver de la science étrangère, pour le bien du pays et de la nation, ou pour leur profit personnel et celui du clan et de la famille. Des prêtres marmonnant allument des cierges et des pastilles d'encens, et des hommes de toutes les religions s'agenouillent devant les autels de toutes les confessions. Des bouddhistes, des taoïstes et des lamas, des catholiques, des protestants et des mormons ; les chrétiens de toutes les nuances et de toutes les sectes se battent comme des chiffonniers pour les âmes des Chinois ; des marchands de toutes les nations se battent pour leur argent.

Comme une écume sur le fleuve lourd de la ville surnagent des philosophes et des poètes, les journalistes et les savants, les acteurs et les artistes. Dix mille faiseurs d'embarras font la navette entre la culture orientale et l'occidentale avant de sombrer ; dix mille favorisés de la fortune leur donnent le dernier coup mortel ; dix mille autres combattent et montent pas à pas, par des profits minimes, par de minces succès, par un acharnement de fourmi et sans scrupules. Beaucoup sont venus qui disparurent de nouveau. Beaucoup ont pris racine dans le sol étranger, ont fondé des familles et construit des foyers et ne peuvent plus respirer un autre air que l'air chaud, humide et lourd de Shanghaï. La ville fait entendre un grand murmure, le murmure d'un travail ininterrompu. Elle est fondée sur la classe moyenne suante d'application, la classe moyenne des blancs et des jaunes qui ne sont ni tout à fait riches, ni tout à fait pauvres, et dont c'est le lot de survivre à l'effort de chaque jour. Leurs joies sont simples et bon marché. Une séance de cinéma, une partie de mah-jong, un modeste repas en compagnie d'amis. La Chine nouvelle s'enorgueillit des gigantesques bâtiments municipaux, de ses casernes, de ses écoles, de ses terrains de sport et de ses terrains d'aviation. La Chine ancienne vit dans des ruelles étroites pleines des appels chantants des coolies et des colporteurs, accroche des oiseaux devant les portes, fume des pipes à eau, marchande et discute, mange et dort, joue, sourit et se trouve contente de son sort.

Beaucoup de sang a coulé sur le pavé de la ville, car chaque combat à l'intérieur du pays est apporté jusqu'à Shanghaï. Cette ville traite la guerre comme une représentation théâtrale et secoue les bombes et les destructions comme un fait naturel et sans importance.

Les étrangers ont versé sur la ville un nombre égal de bienfaits et de crimes : ils y ont gagné un peu de reconnaissance et beaucoup de haine. Les étrangers méprisent les Chinois et s'étonnent d'eux. Le sol de la ville est creusé en tous sens par les rats, les conspirations et les sociétés secrètes. Sur le fleuve les bateaux de nombreuses nations sont à l'ancre, leurs canons ne sont pas masqués, mais au contraire toujours prêts et visibles, avertissement ou menace.

La guerre parviendra-t-elle à Shanghaï, et si elle y parvient, la ville sera-t-elle encore en état de s'en débarrasser en quelques secousses comme d'un insecte agaçant et anodin ?

De l'ouest et du sud s'avancent cent mille soldats chinois. Six bateaux japonais sont ancrés dans le fleuve, ils ont transporté des milliers de soldats à travers les tempêtes et les typhons jusqu'à l'embouchure du Yangtsepo. La scène est prête. Le théâtre peut commencer. Les vendeurs de journaux hurlent les manchettes à travers les rues.

Ruth Anderson fut réveillée de très bonne heure par le son de la sirène de brume. Devant le hublot s'étirait la blanche main du brouillard. Le bateau bougeait à peine. Elle resta là quelques instants, les yeux grands ouverts. « Bientôt, bientôt, bientôt », rythmait son cœur. Au bout d'un temps assez long, la sirène de brume se tut. Le mur blanc devint de plus en plus mince, commença de resplendir, de s'illuminer lorsque le soleil monta derrière lui, se transforma en un voile puis devint léger comme la rosée et finit par s'anéantir totalement. Ruth sauta hors du lit et regarda au dehors. Des bateaux chinois passaient, qui ressemblaient à ceux des photographies que Frank lui avait envoyées. Le ciel n'était pas bleu, mais blanc de chaleur, le fleuve était jaune, on apercevait au loin la rive, plate et jaune. Ruth passa sa tête par le hublot et flaira curieusement l'air étranger. Les bateaux passaient, plus nombreux, portant des gens vêtus de bleu. Ruth leur fit un signe de la main quand ils arrivèrent tout près, mais personne ne lui rendit son signe. Elle retira la tête et regarda la pendule. Il n'était pas encore six heures. Elle s'assit sur le rebord de la couchette et considéra ses pieds nus sur le tapis. Ils faisaient une impression désespérément enfantine, comme s'ils n'avaient pas changé depuis le temps où Ruth était la petite fille de la 14e Rue, Flathill, Iowa. Elle soupira, sortit un petit flacon de vernis à ongles qu'elle avait acheté dans un *Ten cents store*. Elle tira le petit pinceau poisseux, sortit la langue entre les dents et commença avec le plus grand sérieux à se peindre les ongles. Elle écartait les orteils pour laisser sécher cet éclat tout neuf, et cependant regardait de nouveau par le hublot. Rien ne s'était transformé. Parfois le cube gris ou blanc d'une maison sur la rive, la tache verte d'un arbre, un petit coin d'herbe, de nouveau des voiles. Le fleuve jaune, les rives jaunes, l'étranger jaune et limoneux. Ruth regarda la pendule. Six heures une minute.

Elle passa précautionneusement le doigt sur ses orteils. Le vernis était sec et avait un petit air fringant et élégant. Les pieds de Ruth n'étaient plus si innocents que tout à l'heure. Elle passa sa robe de chambre, rassembla ses ustensiles de toilette et se dirigea, chaussée de vieilles espadrilles de tennis, vers la salle de bains. Elle possédait deux ou trois tablettes de sels pour le bain, également achetées au *Ten cents store*, elle les jeta toutes dans la baignoire. Malgré tout, le bain sentait encore le poisson bouilli, la même odeur que durant tout le voyage. D'ici, on entendait distinctement le halètement des machines, « Bientôt, bientôt, bientôt », disaient-elles. Ruth resta longtemps dans la baignoire, renouvelant son combat infructueux contre le savon qui ne voulait pas mousser, se frotta avec l'éponge, massa ses bras et termina par une douche froide, quand on frappa à la porte : la personne suivante, une dame impatiente, allait se plaindre auprès du garçon de bains. Ruth revint dans sa cabine. Elle regarda la pendule : six heures onze. Elle s'assit devant son miroir et se brossa les cheveux, cent coups de brosse comme le lui avait enseigné sa mère. Elle s'était fait faire avant le départ une nouvelle indéfrisable et en était contente. Elle roula de nombreuses petites boucles rondes sur son index et les répartit sur sa tête. Les rives s'étaient quelque peu rapprochées. Il était six heures un quart.

Elle ferma ses malles, faites la veille au soir. C'est alors seulement qu'elle sortit sa robe corail, qu'elle avait gardée pour ce jour-là. « Elle te va bien », avait un jour dit Frank d'une robe corail. Elle visita une dernière fois les armoires et les tiroirs.

– Fini, dit-elle à haute voix. – elle sonna le steward : Arrivons-nous bientôt ?

– Yes, yes, dit le steward.

– Peut-on déjà déjeuner ?

– Yes, yes.

Elle monta sur le pont-promenade et s'appuya au bastingage. Elle alla à la salle à manger et prit son petit déjeuner, puis revint sur le pont. Elle joua à cache-cache avec les deux petites filles chinoises qui avaient l'air de poupées et avaient été, dès le premier jour du voyage, sa joie profonde. Elle eut une courte conversation avec l'Américain qui avait été arrêté au Japon pour avoir photographié le Daibutsu de Kamakura du côté interdit. Elle salua la dame du Cleveland que son gendre avait envoyée faire un voyage autour du monde. Elle passait ce voyage le dos tourné à la mer, à fabriquer avec des chutes de tissu une immense couverture. Elle fit ses adieux au millionnaire australien qui avait une telle allure qu'elle l'avait pris longtemps pour un des chauffeurs. Elle distribua les pourboires avec un grand embarras ; elle s'était renseignée sur leur importance auprès d'un Japonais, Mr Murata.

Haletante d'impatience, elle revint dans sa cabine. Il était sept heures dix. Ruth soupira de reconnaissance parce qu'elle était parvenue à dévorer un si gros morceau de son attente. Elle mit son chapeau. Le steward frappa à la porte ; quand elle ouvrit, il lui fit signe en dirigeant son pouce vers le haut.

– Qu'y a-t-il ? demanda Ruth.

– Yes, yes, dit le steward.

– On descend ?

– Yes, yes, dit le steward.

Le cœur de Ruth s'était arrêté un instant de battre et rattrapait maintenant à toute vitesse le temps perdu. Mais ce n'étaient que les employés du port, qui étaient montés sur le bateau pour vérifier les passeports.

Lorsqu'elle fut de nouveau sur le pont-promenade, le fleuve paraissait beaucoup plus étroit et était plein de bateaux de toutes les formes : des bateaux de guerre, un voilier toutes voiles dehors, de petites embarcations à vapeur affairées et sur lesquelles de petites femmes en pantalons et tunique bleus accomplissaient de durs travaux d'hommes. De blanches fabriques apparurent et les contours vaporeux des gratte-ciel se montrèrent dans le lointain.

– Le Bund, dit Mr Murata.

Et il s'accouda à côté d'elle au bastingage. Il avait pris le bateau à Kobe et avait été placé à sa table. Le jeune missionnaire mormon qui était auparavant son voisin de table était descendu à Yokohama.

– Comment allez-vous aujourd'hui ? Belle journée, n'est-ce pas ? dit Murata.

On aurait dit qu'il débitait la première leçon d'un guide de conversation.

– Je vous remercie, je me porte à merveille, dit Ruth, et vous-même, comment allez-vous ?

– Merci. O.K., répliqua Murata.

Ruth regarda l'horizon ; le fleuve avait dû faire un coude, car elle ne pouvait plus voir au loin les gratte-ciel.

– N'allons-nous pas plus lentement ? s'enquit-elle d'un ton de reproche.

– Toujours, sur le Wangpo, dit Murata. Voulez-vous faire une partie de ping-pong ? ajouta-t-il poliment.

– Je vous remercie, je suis trop agitée.

– O.K., dit Murata. – il se dirigea vers sa chaise de pont et en rapporta un paquet qu'il y avait déposé : Ce sont les livres, dit-il.

– Quels livres ?

Elle rougit un peu parce qu'elle croyait que le Japonais voulait lui faire un cadeau d'adieu et qu'elle ne pouvait ni accepter, ni refuser.

– Les livres que vous avez eu l'amabilité de me prêter, dit Murata cérémonieusement.

– Mon Dieu, dit Ruth.

Elle ne savait que faire des livres que les jeunes filles du *Nightingale Club* lui avaient donnés. Elle avait prêté sa provision de lecture au Japonais qui semblait affamé de littérature américaine.

– Le steward a déjà descendu mes bagages, dit-elle, je ne peux plus rien enfermer.

Murata apprit cela avec consternation et même une espèce de désespoir.

– C'est ma faute, ma faute, ne cessait-il de répéter, et à chaque fois, il s'inclinait. Ma faute, Miss Anderson. J'aurais dû vous rapporter ces livres plus tôt. Qu'allons-nous faire, maintenant ?

Ruth n'avait plus le temps de s'occuper du Japonais. Devant elle, il y avait Shanghaï, la Chine. La rive était proche où Frank l'attendait. Le bateau était plein d'une nerveuse animation, préludant au débarquement. Il fit une courbe, ralentit. Les machines stoppèrent, puis repartirent. En bas, on voyait le débarcadère : un grouillement de Chinois en bleu et d'Européens en blanc. Le cœur de Ruth battait comme un oiseau bat des ailes. Elle en avait mal dans la poitrine.

– Miss Anderson, dit Murata à côté d'elle.

Elle n'avait pas entendu le début, ses oreilles bourdonnaient, des chaînes grinçaient, tous les passagers affluaient du pont-promenade dans la même direction. Le soleil brillait. Il faisait très chaud et Ruth ne trouva dans sa poitrine qu'une respiration rapide et faible.

– ... Où dois-je vous envoyer les livres ? s'obstina le Japonais.

– Nous nous reverrons, dit Ruth. Je vais vous donner mon adresse, nous sommes arrivés. Je crois que nous sommes déjà arrivés.

Elle se tenait au bastingage et fixait les personnes qui se trouvaient sur le débarcadère. Ils étaient des milliers et tous criaient et gesticulaient, agitaient des bouquets de fleurs et des panamas. Des hommes en blanc, des femmes en blanc, des kimonos chinois qui faisaient des taches multicolores et des coolies chinois comme un sable bleu sur la rive. Ruth ne parvenait pas à découvrir Frank. Subitement, elle fut saisie d'une idée folle. Peut-être ne puis-je plus le reconnaître ? Peut-être ne me reconnaît-il plus ? Durant quelques secondes, cela lui sembla vraisemblable comme si Frank et elle s'étaient complètement transformés pendant ces trois années qui n'en finissaient pas. Murata, près d'elle, tenait un de ses discours cérémonieux.

– Permettez-moi de vous assurer, Miss Anderson, du plaisir que j'ai eu à faire votre connaissance. Veuillez avoir l'obligeance de présenter mes salutations à M. votre fiancé. J'espère avoir l'honneur de vous voir à Shanghaï et de pouvoir vous rendre vos livres. Je vous remercie. Je vous remercie infiniment. Je vous présente mes meilleurs vœux, Miss Anderson.

Il y avait longtemps que Ruth ne l'écoutait plus. Ses regards ne se détachaient pas de l'agitation immense qui accompagne à Shanghaï chaque arrivée et chaque départ.

– Pouvons-nous descendre ? demanda-t-elle à un officier qui passait en courant.

– Yes, yes, dit ce dernier.

Ruth se retrouva sur le débarcadère. Tout autour d'elle, c'était la cohue et les cris : les blancs s'embrassaient, les jaunes se faisaient d'innombrables courbettes cérémonieuses.

Elle fut bousculée de droite et de gauche et pour la centième fois elle scruta la foule d'un regard désemparé. Des coolies l'entourèrent, s'accrochaient à elle en lui cornant dans les oreilles des offres incompréhensibles. Cependant, des Japonais amis de l'ordre allaient et venaient, cherchant à organiser ce qu'il était impossible d'organiser. Une innombrable foule était venue au débarcadère, mais Frank n'en faisait pas partie. Frank n'était pas là. Il n'était pas là.

– Taxi, Lady ? proposa un Japonais en uniforme blanc.

– Je ne sais pas, répondit Ruth désemparée.

– Hello, mon petit bout ! dit Frank derrière elle.

Elle se retourna.

– Hello, Frank ! fit-elle, le souffle coupé.

– Comment vas-tu ? demanda Frank.

– A merveille. Et toi ?

– Sortons d'abord de cette cohue, dit Frank en prenant son bras.

– Mes bagages…

– Viens toujours, dit Frank, tandis qu'il l'emmenait.

Ses mains, sur le bras de Ruth, étaient chaudes et légèrement humides.

– Il fait toujours aussi chaud que cela ? demanda Ruth.

– En été, surtout, beaucoup plus chaud encore.

– Par-dessus le marché, l'heure est encore matinale.

– Allons, dit Frank, tes bagages, visite de la douane… Viens !

– Laisse-moi te regarder, fit Ruth quand ils furent sortis de la foule.

Son visage était pâle et humide, et ses yeux étaient différents.

– Es-tu surmené ? Tu m'as l'air un peu fatigué.

– Cela provient du climat, répondit Frank, mal à l'aise. Et toi ? Bien entendu, aussi fraîche qu'un matin de printemps.

Pour la première fois, il la regarda bien, puis il sortit son mouchoir et s'essuya les mains.

– Ici, on est toujours sale, dit-il en manière d'excuse.

Après le départ d'Helen, il s'était fait conduire chez lui, s'était rasé et avait pris un bain chaud. Ah Sinfu reçut l'ordre de préparer du café fort : Frank espérait que le café chasserait de son corps la fatigue et l'alcool. Morris n'était pas rentré cette nuit-là, et Frank s'était enfin décidé à prendre un journal et à attendre ainsi l'arrivée du bateau. Il s'était endormi en lisant les nouvelles de la guerre dans le

Nord et s'était réveillé en retard et avec un terrible mal de tête. Il invectiva contre Ah Sinfu, se cogna le coude dans la porte, fila à toute allure en taxi jusqu'à son garage où il perdit plusieurs minutes à obtenir du garagiste chinois sa propre voiture. Elle aurait dû, en effet, être astiquée, et le travail n'était fait qu'à moitié. Pourtant Frank était quelque peu fier de lui tandis qu'il montrait sa voiture à Ruth. A New York, ils avaient souvent rêvé d'avoir leur voiture personnelle.

– Ruth, je te présente Lizzie, dit-il, j'espère que vous allez faire bon ménage. Lizzie n'a pas tout à fait terminé de se faire une beauté, elle n'est pas très habituée à être réveillée au beau milieu de la nuit.

Ruth contempla Lizzie avec respect :

– Ainsi, c'est ta voiture personnelle, fit-elle en caressant le radiateur de Lizzie.

– Ce n'est pas précisément un bolide, dit Frank flatté, mais elle me plaît assez. Tu verras ces reprises. Et puis, elle possède différents petits trucs, pendule et autres. Bien des gens ici craignent le soleil, mais l'été, moi, je conduis toujours en voiture découverte. Nous avons aussi la radio.

– De quel modèle est-elle, 1936 ?

– Non, 1935, je l'ai eue à bon compte.

– Je crois que les séries de 1935 sont meilleures que celles de 1936, fit Ruth, prévenante.

Et lorsque Lizzie les eut ainsi aidés à franchir les premières minutes de gêne, ils montèrent dans la voiture et Frank démarra.

– Tu es enfin ici, Ruth, se lança-t-il, sans la regarder.

Et Ruth, pleine de gaieté, répliqua :

– Je suis enfin ici.

Le tohu-bohu de la rue était indescriptible. Une espèce de marché s'installait, avec des montagnes de melons et de mangues. Des coolies se faufilaient avec leurs rikshas à travers les autos, d'autres coolies portaient au bout de leurs bâtons des marchandises vers le débarcadère, et cependant chantaient quelque chose qui résonnait comme un gémissement et une plainte.

– Regarde ! dit Ruth en saisissant le bras de Frank.

Il jeta un coup d'œil dans la rue. Une mendiante était assise, une vieille femme dans une tunique en lambeaux. Elle portait autour du front le ruban noir et avait les petits pieds estropiés à l'ancienne mode. Elle avait devant elle un enfant aveugle, négligé, qui tenait l'écuelle des mendiants.

– On ne rencontre plus que rarement ces pieds estropiés, dit Frank, sans y prêter plus d'attention.

– Mais l'enfant, dit Ruth : il avait des mouches sur les yeux.

– Il faut s'habituer à cela, dit-il. Shanghaï ne présente pas la même propreté que les consultations du professeur Richard.

Ruth détourna docilement les yeux de la rue et dévisagea Frank. Puis, après l'avoir considéré ainsi quelques minutes :

– Il y a quelque chose qui ne va pas, Frank ?

– Non, ça va, j'ai juste un peu mal à la tête. – et il ajouta : Je n'ai pas pu dormir.

Ruth sourit, heureuse :

– Moi, non plus, Frank.

Il eut à son tour un sourire fugitif.

– Un petit bout comme toi…

– J'ai de l'aspirine dans ma valise, dit Ruth, nous allons te débarrasser de ton mal de tête.

Son ton optimiste d'infirmière l'irrita.

– Tu ne pourras guérir mon mal de tête avec de l'aspirine, fit-il avec impatience, j'ai un mal de tête du tonnerre de Dieu, contre cela un seul remède : la poudre.

– Le suicide ? demanda Ruth.

– Pas directement. On prend une prune, on enlève le noyau et on met à la place de la poudre. C'est Morris qui a lancé ça. Les types du club prétendent que c'est radical. Nous arrivons au settlement.

– Que de Chinois ! dit Ruth.

– C'est aussi que nous sommes en Chine ! répondit Frank.

Elle s'était mise à rire quand il avait indiqué sa recette.

– Est-ce qu'on achète aussi de la poudre chez les pharmaciens à Shanghaï ? demanda-t-elle réjouie.

Frank la regarda quand elle éclata de rire. Tout d'abord, la gaieté dont elle faisait preuve malgré sa migraine l'indisposa, puis il rit avec elle. Il prit le volant de la main gauche et de sa droite chercha la main de Ruth sur le siège. Il la trouva, la serra et la mit dans sa poche, comme dans un nid. Ruth soupira profondément, comme soupirent les gens qui rêvent. C'était le geste familier, la vieille caresse ; la même tendresse qu'autrefois les réunissait. Elle fit sa main toute souple jusqu'à ce qu'elle se fût adaptée phalange par phalange à celle de Frank.

– Il y a longtemps que nous ne nous sommes pas vus, Frank…

– Oui, mais maintenant, tu es ici.

– Tu es heureux ? demanda-t-elle.

– Est-ce que je suis heureux ? répéta-t-il en écho, oui, je suis heureux, mon petit bout.

Pourtant après quelques minutes, sa main s'impatienta, il lui rendit sa liberté, sortit de sa poche la main de Ruth et la reposa sur le siège, comme un objet incommode. Il tira son mouchoir et, conduisant avec ses genoux, s'essuya les mains.

– La saleté de cette ville… dit-il.

Et reprenant avec un nouvel entrain le volant, il s'engagea dans Nanking Road. Ruth regarda curieusement autour d'elle, mais son regard revint rapidement à Frank. Il agita la tête avec gêne, arrangea sa cravate et se passa la main sur les cheveux.

– Shanghaï Hôtel, Madame, dit-il en arrêtant la voiture.

Ruth leva la tête en mesurant du regard le bâtiment de dix-huit étages.

– Ultra-chic, apprécia-t-elle.

Frank remit les valises au groom chinois, qui était sorti du sol à côté de lui, et dit avec gêne :

– J'espère que ta chambre te plaira. Du reste, ça ne durera que jusqu'à samedi.

Le fait que Frank avait pris une chambre pour Ruth au Shanghaï Hôtel était le produit de causes complexes et le résultat d'une heure de réflexions profondes. C'était une mesure de sûreté, un cadenas et un mur qu'il dressait entre lui et Helen. Ruth et Helen étant dans le même hôtel, il était à l'abri des accès de faiblesse, et s'il lui arrivait de désirer voir Helen, cela lui était interdit, tant que Ruth restait dans le voisinage immédiat.

Il l'avait à peine prise par le coude pour la conduire dans l'hôtel, qu'un enfant la tira par son vêtement. Ruth regarda avec étonnement derrière elle. C'était un gamin d'une incroyable saleté, dont le visage mâchuré brillait d'amabilité et d'un sourire qui découvrait ses longues dents étincelantes de blancheur. Il dit quelques mots à Ruth qui ne comprit pas, et montra un petit corbillon rond qu'il élevait vers elle. Il était plein d'un duvet jaune et piaillant.

– Que veut-il ? s'enquit Ruth.

Déjà le portier s'approchait pour chasser l'enfant, mais Ruth retint solidement la petite main maigre qui avait tiré le bord de sa robe.

– Il voudrait te vendre une douzaine de petits canards, traduisit Frank.

– Des canards… dit Ruth déconcertée.

Elle regarda dans le corbillon. Quelques petites têtes pourvues de becs de canard d'une longueur comique se montrèrent au-dessus du duvet en piaillant. Ruth fixait des yeux pleins d'émerveillement sur ce tendre grouillement qui venait de sortir de l'œuf. Le gamin prit rapidement un des canetons et le mit dans la main de Ruth. La petite bête s'installa commodément, elle se roulait en boule dans la chaleur de la main et résolut d'y demeurer. Frank cria contre le gamin, mais celui-ci se contenta de rire et lança une réponse éclatante. Quelques coolies qui rôdaient toujours autour de l'hôtel s'étaient joints au groupe et ils rirent d'un rire si fort et si libre que Ruth n'avait pas depuis longtemps entendu rire de la sorte. Le caneton dans la main, elle restait là, regardant alternativement Frank, l'enfant et la rangée de visages étrangers, crasseux mais riants.

– Pourquoi l'injuries-tu ? demanda-t-elle.

– Les Chinois ne comprennent que cela, répondit-il.

Il voulut prendre le poussin et le remettre dans la corbeille. Le gamin dit quelques mots rapides et courroucés dans sa langue et Frank retira involontairement la main. Nouvel éclat de rire.

– Mais qu'en fait-on ? demanda Ruth, qui sentait chaque veine du petit être.

– On les élève, vraisemblablement, et on les mange. Tu pourrais en acheter des centaines tous les jours, ils en vendent comme cela par toute la ville. Qui est-ce qui achète tous ces machins-là ? demanda-t-il au portier.

– Les riches Chinois, répondit l'Irlandais, c'est un jouet pour les enfants. Ils les tourmentent jusqu'à ce que mort s'ensuive, Sir.

Ruth serrait le caneton contre sa poitrine. Ainsi, quand elle était une petite fille, elle avait pressé contre sa poitrine des chiens galeux, des chats aveugles et des grenouilles glacées.

– Tu veux toute la corbeille ? demanda Frank et il pensait : chère, chère Ruth !

– Celui-ci seulement, dit Ruth, il porte sûrement bonheur. Il me connaît déjà, tu vois ? Dommage qu'il ne parle que le chinois.

Le marchandage se produisit avec l'animation coutumière, il y eut tant de participants, curieux et pleins de conseils, qu'un petit embarras de circulation boucha un instant Nanking Road. Ruth reçut le caneton et le corbillon. Le gamin reçut quelques pièces de monnaie et fourra le reste des oisons dans les manches déchirées de sa tunique. Ruth franchit la splendeur de marbre noir du Shanghaï Hôtel en tenant dans sa main la petite boule de duvet chaude et vivante.

– Monsieur Taylor, monsieur Taylor ! cria Mme Tissaud qui était assise avec les journaux français à sa place habituelle. Inutile de dire un mot, c'est notre petite fiancée, je sais tout ! Et peu s'en est fallu que vous ne ratiez en dormant l'arrivée du bateau. Méchant garçon ! Elle est charmante ! Vous êtes charmante, petite mademoiselle, j'espère que le climat d'ici vous réussira. Il ne convient pas à tout le monde. Qu'en pensez-vous, monsieur Taylor ? Maintenant, vous allez être attaché au pied du lit, cela vaut mieux pour vous, beaucoup mieux ; il est trop joli pour courir en liberté, notre garçon. Soyez la bienvenue, petite mademoiselle, soyez la bienvenue à Shanghaï, dit-elle tandis qu'elle examinait Ruth, comme si elle prenait des mesures pour des robes, des souliers et un soutien-gorge. Et qu'est-ce que nous tenons dans la main ? demanda-t-elle comme le caneton passait le bec entre les doigts gênés de Ruth. Un *ya*, un petit *ya*, comme c'est amusant ! Malheureusement, il va mourir, mais on en trouve assez. Vous êtes arrivée au bon moment, *mademoiselle*… comment ? Anderson. Ça va devenir intéressant. Vous avez vu ce qui s'est passé à l'aérodrome de Hungjao, monsieur Frank ? Non ? Sur quelle planète, vivez-vous, monsieur Taylor ? Une sentinelle chinoise a tué deux Japonais, un lieutenant et un matelot, en plein milieu de Monument Road. C'est l'étincelle dans notre joli petit tonneau de poudre. Vous n'avez pas encore vu la guerre à Shanghaï ? Eh bien, vous allez voir ce que c'est ! Combien de temps y a-t-il que vous êtes ici ? Plus de trois ans ? Et pas encore de guerre ? *Mon Dieu*, comme cette ville s'est transformée ! Mais cela va bientôt éclater. A quand ce mariage ? samedi ? Je vous félicite, je vous félicite. Avez-vous vu d'autre part ? Le choléra aurait éclaté parmi les réfugiés. Cela n'a aucune importance, pas d'été sans choléra, je vous le dis et je connais mon Shanghaï. *Au revoir, à bientôt*, ma chère. Nous aurons encore l'occasion de bavarder plus longtemps.

Frank fit un effort aussi grand que s'il devait sauver Ruth des chutes du Niagara et il l'entraîna.

– Quelle hyène ! dit-il seulement.

Il y eut un nouvel arrêt devant le pupitre des entrées, pendant que Ruth inscrivait son nom et que Frank recevait la clef de la chambre.

– Miss Anderson, dit Mr Murata, d'une voix joyeuse en se plantant à côté d'elle.

Il avait l'air beaucoup plus petit qu'au milieu des nombreux Chinois du bateau, et il était lourdement chargé de deux valises et d'un paquet qu'il avait mis sous son bras.

– Frank, dit Ruth, voici Mr Murata. Mon fiancé, Frank Taylor, Mr Murata.

Murata déposa une valise pour enlever son chapeau. Il souriait de son sourire japonais.

– Je suis ravi, très heureux, fit-il en s'inclinant.

– Enchanté, dit Frank à son tour en levant négligemment deux doigts.

– Puis-je me permettre de vous demander si vous habitez aussi ici, Miss Anderson ? demanda Murata. Cela tombe à merveille. Je me permettrai de faire porter les livres dans votre chambre. Numéro 615 ? dit-il après avoir jeté un coup d'œil sur la petite plaque de cuivre qui pendait de la grosse clef.

D'un geste instinctif, Frank la plongea dans sa poche.

– Regardez donc ce que je viens d'avoir, dit Ruth, en ouvrant la main où se trouvait le caneton.

Tous les jours, elle était montée avec Murata sur le pont supérieur pour regarder les chiens dans leurs cages. Deux cockers épagneuls australiens leur plaisaient particulièrement. Maintenant encore, Murata se penchait avec ravissement sur le petit caneton qui piaillait.

– Ravissant, nous autres Japonais dirions : *omoshini*.

Frank assistait à la scène avec impatience. Il prit de nouveau le coude de Ruth.

– Je vous reverrai, dit Ruth, entraînée vers l'ascenseur.

– O.K., murmura Murata derrière elle.

– Au cinquième, ordonna Frank au liftier chinois.

Les chambres chères se trouvaient toutes beaucoup plus haut. Helen habitait au seizième étage.

– Oui ? dit-il comme Ruth s'appuyait sur son bras.

– Je suis un peu étourdie par tout cela, répondit-elle en manière d'excuse.

L'ascenseur s'arrêta, le groom attendait déjà avec les valises. Ils passèrent devant des meubles de bambous et des tapis qui faisaient effort pour avoir l'air chinois.

– Quelles ont été tes relations avec ce Jap ? questionna Frank.

– Rien de particulier. Il a joué au ping-pong avec moi. Les Japonais y jouent d'une manière tout à fait particulière. Ils tapent comme sur un court de tennis.

– Il n'est pas utile de fréquenter actuellement la racaille japonaise, tu n'aurais pas dû faire cela.

– Qu'est-ce qui ne va pas avec les Japonais ?

– Ce qui ne va pas ? Tu n'as pas lu ce qu'en disent les journaux ? Grand Dieu, tu n'as pas vu que le Wangpo était plein de bateaux de guerre ? J'ai peur que nous ne voyions bientôt ce qui ne va pas.

Ruth le dévisagea, l'air confus.

– Je suis désolée, dit-elle timidement. Dans les journaux de notre bateau japonais on n'en soufflait évidemment mot. Est-ce gênant ? Je veux dire par là, est-ce que tu te trouves atteint en quelque chose de ce que les Chinois ont maille à partir avec les Japonais ?

– Cela m'atteint terriblement, dit Frank qui s'échauffait : d'abord ça ne vaut rien pour les affaires. Juste au moment où l'on commence à avoir réalisé quelque chose. D'autre part je suis, naturellement, dans la garde volontaire. Mais n'y pensons pas pour l'instant.

Le groom ouvrit la porte, les fit entrer, déposa la valise, jeta un coup d'œil sur la salle de bains, un autre sur la moustiquaire tendue devant la fenêtre ouverte, mit en marche le ventilateur qui commença aussitôt à chanter, puis attendit son pourboire dans une attitude soumise mais qui ne laissait pas de doute. Lorsqu'il fut parti, Frank ferma la porte à clef et resta immobile.

– La jolie chambre, dit Ruth avec embarras.

Elle avait trop souvent rêvé de cette première minute, seule en tête à tête avec Frank. Il s'éclaircit la voix :

– Ce n'est pas précisément le Tadj Mahall, dit-il avec un sourire contraint, et il resta immobile devant la porte.

Ruth alla à la fenêtre et regarda autour d'elle. La chambre donnait sur une cour. En bas s'arrondissait une coupole de verre et un brouhaha creux montait des cuisines de l'hôtel. Au-dessus, c'était le ciel brumeux et blanc sur lequel passaient, au moment où Ruth regarda, trois avions noirs.

– Pour commencer, je vais te donner ton aspirine, dit Ruth après avoir scruté le visage de Frank.

Elle se dirigea vers sa valise, posa délicatement le caneton et ouvrit sa valise.

– Puis-je me laver les mains dans ton cabinet de toilette ?

Elle lui répondit d'un signe affirmatif. Ils ne s'étaient pas encore embrassés.

Ruth trouva les comprimés d'aspirine et en sortit deux. Avec la bouteille thermos qui se trouvait sur la commode, elle remplit un verre d'eau et y jeta les comprimés. Elle lança un regard circulaire dans la chambre, découvrit une bonne place pour le caneton, dans l'angle de la commode, y plaça son corbillon, mit un baiser sur le bec du petit être et le déposa dans sa corbeille. Puis elle alla lentement vers le miroir et se regarda. Dans la salle de bains, Frank sifflotait en faisant couler une grande quantité d'eau sur ses mains.

Elle était sous l'emprise du tourbillon des premières heures. Elle voyait dans le miroir l'artère de son cou qui battait à un rythme fou. « C'est une honte », pensa-t-elle. Être auprès de Frank, c'était comme nager en mer à marée haute, quand une vague suit l'autre et vous submerge, avant que l'on parvienne à reprendre son souffle. Il revint de la salle de bains avec les cheveux mouillés.

– Voilà ton aspirine, dit Ruth, je n'ai malheureusement pas de poudre.

Elle le regarda boire l'eau où les comprimés s'étaient dissous. Il se secoua comme frissonnant.

– C'est amer, dit-il.

La chambre était petite, il n'y avait qu'une chaise. Frank s'assit sur le lit, et regarda ses souliers blancs.

– Il faut trouver un nom, dit Ruth en retournant vers la fenêtre.

– Pourquoi un nom ? fit-il, surpris.

– Un nom pour le caneton. Il nous faut un nom, et puis il nous faudra des œufs durs hachés finement, les canetons aiment cela, dit Ruth.

Frank décrocha le téléphone placé sur la table de nuit et commanda un œuf dur.

– As-tu déjà déjeuné ? demanda Ruth.

Il se rassit sur le lit.

– Le plus simple serait de l'appeler Confucius, proposa-t-il.

Ruth plissa le front.

– C'est peut-être une fille.

Frank n'écoutait plus. Dans son coin, Confucius piaillait doucement. Ruth s'agenouilla et le regarda.

– Il dort, dit-elle à voix basse. Il parle en rêvant.

Lorsqu'elle se releva et défroissa sa robe, elle sentit les yeux de Frank fixés sur elle.

– Comme tu es petite, Ruth, fit-il alors. Un petit bout comme toi entreprend seul le voyage de Chine. Un petit bout comme ça sans peur et sans reproche.

Le lit était grand et occupait la partie la plus importante de la pièce. Frank s'y étendit et ferma les yeux.

– As-tu encore mal ? demanda Ruth. L'aspirine n'a rien fait ?

– C'est fini. Je me sens bien, murmura Frank sans ouvrir les yeux. Tu es là, Ruth, et maintenant plus rien ne me fait mal.

Elle alla vers lui et lui posa la main sur le front. Elle sentait le sang battre dans ses tempes. Il saisit sa main et s'en caressa le visage.

– C'est bon, murmurait-il, c'est frais et propre.

Il lui enlaça la taille et l'attira vers lui. Ruth sombra dans une félicité vertigineuse, vermillon et tourbillonnante, qu'elle attendait depuis longtemps, et enfin sa bouche fut sur la sienne. Mais Frank, au moment même où il l'embrassait, éprouvait le sentiment qu'elle lui était étrangère et avait le désir brûlant, empoisonné et inassouvi d'une autre femme.

~

Le jardin suspendu du Shanghaï Hôtel est toujours plein à l'heure du thé. Il est ombragé à moitié par un vélum couleur rouille comme les voiles chinoises, et quelques tables, en dehors de cette ombre, disposées en carré sous des parasols multicolores entourent un jet d'eau qui dispense un peu de fraîcheur. Arbres et plates-bandes de fleurs dans leurs poteries chinoises ont un air las, bien qu'ils soient régulièrement arrosés. Le sol, formé de grandes dalles glissantes, est humide et brillant, car l'été il est lui aussi arrosé toutes les heures pour combattre la chaleur. De petits serveurs chinois circulent, affairés, entre les tables, portant des boissons glacées et du thé odorant pour les authentiques habitants de la concession anglaise. Quelque part joue un invisible quatuor de salon, et ses frêles pizzicati sont complètement étouffés par le vacarme des conversations et des voix qui se croisent.

Quatre hommes d'affaires américains grisonnants, judicieux et attentifs, sont à demi dissimulés par leurs verres à cocktail :

– Si ça se déclenche cette fois-ci, ce sera pire qu'en 32. L'Amérique ne pourra se contenter d'être spectateur.

– Ce que les Japonais veulent, c'est appliquer la doctrine de Monroe à l'Asie. L'Asie aux Asiatiques. Même en cela il nous imitent !

– Et le marché mondial inondé par le dumping japonais ? Et les capitaux américains investis en Chine ? Et l'essence ? Si le Japon met la Chine dans sa poche, qui achètera notre coton ?

– L'Amérique est tenue de protéger ses citoyens sur terre et sur mer, et la Chambre de commerce s'en occupera.

– Ah oui ? Celui qui séjourne à l'étranger le fait à ses risques et périls, on nous l'a fait savoir.

– L'acte de neutralité…

– Les pays démocratiques doivent faire bloc contre le fascisme japonais, ou périr.

– Ici une seule chose compte : faire autant d'argent que possible et le plus rapidement possible. Ensuite, retour aux États-Unis.

– C'est ce que nous disons tous. Et avec toutes ces bonnes paroles nous sommes restés trente ans dans cet infernal nid puant !

– Ma femme ne peut plus envisager l'existence qu'avec six domestiques.

Deux compradores chinois, l'un vêtu à l'occidentale, l'autre portant une tunique sans manches d'une coupe élégante par-dessus sa longue robe de soie, tenaient la conversation suivante :

– Je ne cesse de répéter : Un chien en paix vaut mieux qu'un homme en guerre.

– Le maire de Pékin est vendu, il a laissé entrer les Japonais sans défendre la ville et s'est contenté d'ouvrir les portes.

– Il n'y a pas de différence. Le Nord était depuis longtemps japonais. Cela signifie seulement une légalisation de la contrebande par la fissure du Nord.

– La seule question est de savoir si notre commerce marche mieux avec les Japonais ou contre les Japonais.

– Celui qui me donne du lait est ma mère.

– Oublions ces petits ennuis. Un homme à qui j'avais rendu un service sans importance m'a envoyé un poisson de mandarin, et mon cuisinier est passé maître dans la préparation de ce plat à la sauce brune. Je vous prie de me faire le plaisir de votre compagnie ce soir.

Un groupe d'intellectuels, des blancs, des Chinois, un jeune Siamois, une Norvégienne à la chevelure rousse, disaient de leur côté :

– Tant qu'on ne l'aura pas débarrassée de l'opium, il est impossible de sauver la Chine. C'est un vice national terrible et indéracinable.

– En Amérique nous buvons. Vous souvenez-vous de la prohibition ? Interdire une chose a pour résultat d'en faire monter le prix et la consommation d'une manière formidable.

– L'alcool abrutit et les gens ivres tuent leurs femmes. L'opium excite l'intelligence et rend bienveillant.

– On prétend qu'il est aphrodisiaque.

– C'est grotesque, l'opium rend impuissant.

– Je fume huit pipes le soir : mes mains sont calmes. Vous fumez quarante cigarettes : vos mains tremblent.

– Les services de répression de l'opium font un bien considérable, du moins à ce qu'on dit.

– Certainement. Ils font couper la tête à une cinquantaine d'incurables. Auparavant on leur donne de l'opium pour leur rendre la mort moins pénible.

Quatre Chinoises, petites et élégantes, mangeant des fruits glacés à l'abri du vélum, papotaient :

– On porte les manches encore plus courtes, mon tailleur a copié les robes d'Ann May Wong.

– On liquide chez Sincere de la soie verte avec une applique de velours broché sur toute la longueur, très avantageux.

– Si mon mari me ramenait une concubine à la maison, je le tuerais.

– La méthode américaine. Tu as entendu la conférence du professeur Cheifong ? Il semble que l'amour libre soit la seule forme possible pour l'homme moderne.

– Ce dont nous avons besoin, c'est de missionnaires pour le contrôle des naissances.

Deux Chinois fanatiques s'exaltaient devant leur thé au jasmin.

– Pour la première fois la Chine est unie. La Chine unie, c'est la Chine invincible.

– Quatre cents millions d'hommes. Nous ferons de nos corps des remparts contre les Japonais. Le premier pas est fait.

– Nous avons des hommes et de la patience. Dans cinq cents ans la Chine sera le meilleur pays du monde, et comme c'est court, cinq cents ans !

– Vous avez raison. Dix mille ans de vie, mon ami.

– Merci, vénéré ancien, et pour vous dix mille ans de bonheur et de bénédictions !

Des voix, du bruit, des lambeaux de conversations : On dit que Mei Lan Fang se fait vieux. La bourse de New York a baissé. Quel que soit le vainqueur de cette guerre, une chose est certaine, les blancs perdront… Plutôt les Japonais que les communistes… C'est la fin de l'exterritorialité. De quoi peut vivre l'Inde si elle ne peut plus exporter son opium ?… La Chine ne se laissera jamais plus traiter en colonie… Cette désespérante cochonnerie qu'est la Chine… Ce magnifique pays qu'est la Chine.

Un grouillement de pessimistes, d'optimistes, d'Occidentaux, d'Orientaux, des hommes, des femmes, des Européens, des Américains, des Orientaux. Courage, lâcheté, idéalisme, utilitarisme profiteur. Hostilité, amour ; des hommes de toutes les couleurs, de toutes les parties du monde ; des voix, du bruit, des rires, de la mélancolie, du thé, du whisky. Un orchestre complet de toute l'humanité : c'est l'heure du thé sur la terrasse du Shanghaï Hôtel.

~

Peu avant quatre heures et demie, Ruth Anderson arriva dans le jardin suspendu et se laissa conduire, quelque peu intimidée, par l'élégant chef de réception qui glissait devant elle.

– Je cherche Mr Taylor, dit-elle après avoir regardé toutes les tables sans avoir trouvé Frank.

Elle avait mis sa plus belle robe, une robe de soie blanche imprimée de fleurs des champs, soixante dollars quatre-vingt-dix. Mme Tissaud, qui émigrait du hall chaque après-midi pour s'installer dans le domaine plus prospère de la terrasse, agita ses bras comme des signaux.

– Par ici, mon enfant, par ici, cela ne vous fait rien de tenir compagnie à une vieille dame solitaire ? Toute seule ? Le premier jour ! ajouta-t-elle, curieuse.

– Frank arrivera bientôt, il est encore à son bureau ; je ne veux pas qu'il néglige son travail pour moi.

– Magnifique, plein de sagesse ! commenta Mme Tissaud.

– Un café glacé, dit Ruth au garçon. – elle regarda autour d'elle et respira profondément : Il fait plus frais ici, j'aurais dû amener Confucius.

– Vous étudiez Confucius ? fit Mme Tissaud, appréciative. Il est tout à fait passé de mode. Il n'y a plus que nous autres Européens pour le lire de temps en temps.

Ruth en resta là sur le sujet. Le garçon servit le café glacé, et elle se mit à sucer avec satisfaction la paille.

– Comment trouvez-vous Shanghaï ? demanda Mme Tissaud.

– J'aime assez, c'est-à-dire que je n'ai pas encore vu grand-chose. Frank m'a conduite à son bureau et m'a présentée à B. S. Je veux dire Mr Scott ; il sera notre garçon d'honneur, il a été charmant. Sa femme m'aide à trouver un petit appartement. Il m'a beaucoup plu.

– C'est affaire de goût, dit Mme Tissaud, et à quand ce mariage ?

– Samedi, répondit Ruth, Frank prend une semaine de congé et

B. S. nous prête son bateau-maison pour notre voyage de noces. N'est-ce pas romantique ?

– Ainsi, samedi. Et jusque-là, célibat ?

Ruth ne répondit pas ; elle retourna à son café, qui n'était pas aussi froid qu'il aurait fallu. Les morceaux de glace y fondaient déjà.

– Comment se fait-il que les Occidentaux et les jaunes soient mêlés ici ? demanda-t-elle, je ne pensais pas qu'il en était ainsi.

– Ce n'est comme cela que depuis quelques années. Ma chère enfant, quand je suis arrivée ici, tout était bien différent. Mais avec des préjugés raciaux on ne va pas loin actuellement, et il est préférable pour les affaires d'avoir les idées larges.

– Je n'ai pas de préjugés raciaux, répliqua Ruth aussitôt. A l'hôpital toutes les couleurs étaient mélangées aussi. Quand les gens souffrent, ils sont tous semblables.

– Oui, ou quand ils ont de l'argent, remarqua Mme Tissaud. Vous étiez infirmière, mon enfant. Une profession très poétique.

Ruth pensa à tous les bassins qu'elle avait vidés dans le courant de sa carrière et ne put s'empêcher de rire.

– Voici Frank, dit-elle en se levant légèrement sous le coup de la joie.

Il avait l'air un peu moins fatigué que le matin, et il portait un complet blanc impeccable et sans un faux pli. Il repéra tout de suite Ruth et s'avança rapidement vers sa table, tandis qu'il passait la main sur ses cheveux pourtant lisses et bien coiffés.

– Ah, te voilà ! fit-il. Bonjour, madame Tissaud. Quel impression t'a faite notre entreprise, Ruth ? Peut-être à première vue n'est-ce pas quelque chose de très imposant, mais l'année dernière nous avons bien progressé. Du reste tu as ensorcelé notre vieux bonhomme. J'espère seulement que Mrs B. S. ne sera pas trop jalouse.

Frank parlait vite et avec le même sourire figé qui avait déjà paru étrange à Ruth, le matin.

– Scotch sec, commanda-t-il au garçon.

Quand le verre fut devant lui, il l'avala d'un trait, frissonna légèrement et en commanda un second. Ruth arborait sans s'en rendre compte un air de parfait étonnement.

– Tu t'apercevras toi-même de cela, dit-il. A Shanghaï, vers cette heure-ci, on a besoin de prendre quelque chose qui vous remette sur pied.

Il but son deuxième verre et continua nerveusement à prononcer des phrases futiles. Dès son entrée dans le jardin il avait vu Helen. Bien plus, il n'avait vu qu'elle. Elle était avec un groupe d'Anglais, hommes et femmes, près du parapet de la terrasse et suivait les explications d'un homme maigre à cheveux gris, Sir Kingsdale Smith, qui examinait le fleuve et le panorama avec des jumelles de campagne. Ce faisant, il donnait des explications et indiquait différents points, de son bras tendu. Puis il enleva de son cou la courroie des jumelles et tendit l'instrument à Helen. Elle le mit au point en souriant et contempla docilement les bateaux de guerre sur le fleuve.

Frank s'était instinctivement assis le dos tourné au groupe, bien qu'il fût séparé de lui par de nombreuses tables, parasols et consommateurs. Cependant l'ourlet délicat de ses oreilles était cuisant, et il parlait sans discontinuer pour couvrir de sa voix ce que lui seul entendait.

– Qu'est-ce que l'exterritorialité ? demanda Ruth, tout le monde en parle et je me sens stupide.

– L'exterritorialité – tant qu'elle durera – est le droit contractuel qu'ont les autres nations de s'installer dans certains districts ou certaines villes et de n'être justiciables que des lois et de la juridiction de leur propre pays. Lorsque tu auras une vague idée de la manière dont les choses se passent dans les prisons et devant les tribunaux chinois, tu comprendras qu'il ne pouvait en être autrement. Mais les Chinois font comme si nos privilèges étaient autant de furoncles sur leur corps, dit Frank, beaucoup trop prolixe. N'est-ce pas votre avis, Madame ?

« On dirait des orties », pensait-il, en sentant le regard d'Helen sur sa nuque.

– La question peut s'envisager tout autrement, rétorqua Mme Tissaud. A l'origine, l'exterritorialité n'était pas un privilège, mais une humiliation pour les étrangers. Les Chinois étaient trop fiers pour laisser les barbares habiter leurs villes. Les étrangers devaient s'installer en dehors, dans des lieux nettement délimités, des régions marécageuses et répugnantes. Les fonctionnaires chinois ne voulaient pas s'occuper d'eux et de leurs affaires. C'est ainsi qu'est né Shanghaï. Maintenant cela ne leur fait naturellement pas plaisir et leurs plaintes en appellent au ciel.

– C'est intéressant, dit Ruth, et elle regarda la dame qui était derrière la chaise de Frank.

– J'ai toujours été d'avis que… dit Frank, et il s'arrêta de parler.

Le parfum d'Helen l'avait atteint comme un coup sur la tête.

– Bonjour, Frank, dit Helen. Bonjour, madame Tissaud.

Elle portait une courte robe blanche et tenait son chapeau à la main. Il avait l'air informe et ses cheveux avaient quelque chose d'indompté comme si elle y avait passé la main, comme si elle avait couru dans une tempête ou comme si elle venait de quitter son amant. Frank maudit son cœur, qui avait commencé de battre la charge si haut que Ruth devait l'entendre.

– Bonjour, Frank, répéta Helen.

– Bonjour, répondit Frank.

Mme Tissaud jouissait de la situation. Elle se chargea avec joie de faire les présentations.

– Mrs Russell, puis-je vous présenter Miss Ruth, la jeune fiancée de notre ami ? On se marie samedi, on va à Soochow, on fait un voyage de noces en bateau. Je ne peux m'empêcher de trouver que le mariage a quelque chose de ravissant. Voulez-vous vous joindre à nous, Mrs Russell ?

– Un instant seulement, dit Helen, il faut que je revienne auprès de mes amis. Sir Kingsdale Smith est un tyran, il veut nous traîner à je ne sais quel affreux cocktail. La colonie anglaise ici a quelque chose de cannibalesque, vous ne trouvez pas ? Moi en tout cas, j'ai l'impression d'être déjà dévorée.

Tout en parlant Helen s'asseyait près de Ruth et l'observait avec une intense amabilité.

– Je suis tellement heureuse de faire votre connaissance, dit-elle, Frank nous a beaucoup parlé de vous.

– Mrs Russell et Frank sont de grands amis, jeta Mme Tissaud, que la situation emplissait d'une joie folle.

Frank, essayant de maîtriser le tremblement qui agitait sa main, porta son verre vide à sa bouche. Ruth ne le remarqua pas, mais Helen le remarqua.

– Frank a eu l'amabilité de nous servir de guide deux ou trois fois, à mon mari et à moi, confia-t-elle à Ruth. Bertie raffole de Frank ; c'est remarquable car, en général, il ne peut souffrir les Américains.

– Mr Russell est le frère de Lord Inglewood, précisa Mme Tissaud.

Ruth fit une petite inclination respectueuse à Helen. Cela lui faisait grande impression que Frank connût des gens aussi haut placés.

– Vous avez fait une bonne traversée ? s'enquit Helen.

– Merci, très agréable.

– Shanghaï vous plaît ? continua Helen, pour maintenir la conversation.

– Je n'ai pas encore vu grand-chose, répondit Ruth.

Elle réfléchissait, elle aurait voulu dire quelque chose de spirituel.

– Frank m'a fait cadeau d'un jeune caneton, c'est gentil, il s'appelle Confucius, raconta-t-elle.

– Comme c'est charmant… dit Helen d'une voix cassée. – maintenant elle regardait Frank droit dans les yeux, et ses pupilles se dilatèrent tellement que ses yeux devinrent sombres : A samedi donc, lui dit-elle.

A entendre le ton sur lequel elle avait dit cela, on eût dit qu'elle était seule avec lui. Comme Frank ne répondait pas, il y eut un silence.

– Garçon ! cria Frank. Un autre whisky. Que dois-je commander pour vous ? demanda-t-il à Helen.

– Une baignoire pleine de glace, fit-elle avec violence.

Ruth rit, prévenante.

– Quel admirable parfum vous avez, Mrs Russell ! dit-elle en faisant un effort maladroit pour ne pas sortir une nouvelle stupidité.

– Vous trouvez ? répliqua Helen négligemment. Il est préparé spécialement pour moi à Paris. Il y a, là-bas, un chimiste qui compose un parfum d'après la personnalité de chacun. Il nomme cela « parfum à monogramme ». Pour commencer il vous observe, puis il vous rend plusieurs visites, bavarde avec vous, et lorsqu'il sent qu'il a compris votre personnalité, il prépare votre parfum. Très snob, n'est-ce pas ?

– Que ne fait-on pas ! dit Ruth.

Helen regarda Frank, bien qu'elle parlât avec Ruth.

– Si mon parfum vous plaît, je vous en offrirai volontiers. Je crois cependant que nous sommes toutes deux bien différentes. Mais le contraste a aussi son charme, n'est-ce pas, Frank ?

– Les hommes ne comprennent rien à ces choses subtiles, intervint Mme Tissaud.

Frank frémit à la pensée que le parfum d'Helen se placerait entre eux deux tel un spectre invisible, exaspérant, qui lui déchirerait le cœur.

Comme en réponse à ses pensées, Helen dit :

– Y a-t-il rien de plus triste qu'un parfum ou un vieux disque qui vous rappellent un homme ou un souvenir ?

Ruth demanda poliment :

– Vivez-vous toujours à Shanghaï, ou vous trouvez-vous de passage ici, Mrs Russell ?

– Nous sommes en voyage, dit Helen. Nous sommes des vagabonds et des tziganes. Nous ne nous arrêtons nulle part. Au lieu de nous faire des amis, nous collectionnons les adresses des gens et nous leur envoyons des cartes postales. De chaque ville nous connaissons le meilleur hôtel, la société anglaise, et la rue des bordels, qui passe toujours pour une curiosité. De chaque pays nous gardons quelques pièces de menue monnaie, dont on ne peut se débarrasser. Clarkson en fait collection pour les rapporter chez elle. Clarkson est ma femme de chambre. Dans ma tête, c'est comme dans votre porte-monnaie ! rien que de la ferraille, de chaque pays un peu de ferraille dont je ne peux me débarrasser… Non, nous ne resterons pas ici. Si vous me donnez votre adresse, Frank, je vous enverrai aussi une carte postale, à Noël par exemple. Bien entendu, votre nouvelle adresse, j'ai gardé l'ancienne dans mes papiers. Oui, en fait, je devrais porter une banderole comme en ont les couronnes mortuaires : *Adieu, jusqu'à ce que nous nous retrouvions là-haut*. N'est-ce pas la formule consacrée ?

Elle sentait monter en elle un déluge de larmes tandis qu'elle parlait, et elle coupa court.

– Je crois que je prendrais bien une petite vodka, murmura-t-elle à l'adresse de Frank.

– Garçon, une vodka ! cria Frank, et un autre scotch !

Ruth avait écouté Helen avec étonnement et admiration. « Je donnerais bien mon petit doigt pour pouvoir dire des choses aussi intéressantes », pensait-elle, pleine d'humilité.

– Nous allons avoir des noces tout à fait intimes, dit-elle. Mrs Scott veut qu'elles aient lieu dans son jardin : mariage, lunch, etc., juste quelques amis. Si vous êtes encore ici samedi – et si cela ne vous importune pas trop –, voulez-vous nous faire la joie… ?

– Je vous remercie. J'apprécie votre invitation amicale, répondit Helen avec une ironie qui ne tourmentait et ne blessait qu'elle.

Mme Tissaud jouissait de tout cela du plus profond de son cœur. Frank sortit son mouchoir, s'en frotta d'abord les mains puis s'essuya le front.

– Où est Mr Russell ? questionna Mme Tissaud pour changer de conversation.

– Il est en train d'écrire une lettre à sa mère, c'est toute une cérémonie, dit Helen, mais il va bientôt arriver. Il reçoit un choc télépathique dès qu'on ouvre le bar.

– Il flâne volontiers avec le petit pianiste, n'est-ce pas ? demanda Mme Tissaud.

Helen la dévisagea en arrondissant les sourcils, comme si elle voulait demander : « Toi aussi tu le sais ? » Frank chercha la main de Ruth sous la table, car il voulait s'y raccorder. Ruth n'y prit pas garde.

S'il voulait lui prendre la main, c'est que Ruth lui faisait de la peine, qu'elle était si menue et si loin d'avoir des soupçons, qu'elle assistait à tout cela comme un enfant qui veut participer au jeu mais n'en connaît pas la règle. Ruth comparée à Helen, c'était un verre d'eau comparé à l'océan, un parterre de fleurs comparé à la forêt vierge. Du moins, c'était l'impression que ressentait Frank tandis qu'il cherchait sa main. Tout dans Helen était sauvage, libre d'entraves et fascinant. « Donner de l'aspirine – c'est tout ce qu'elle sait faire », pensa-t-il avec l'injuste amertume de l'homme envers la femme qui lui appartient, alors qu'il admire seulement celle qui ne peut être à lui. A la minute même où Mme Tissaud avait pitié de lui et où Helen se séparait de lui, il se sentit semblable à l'homme qui se noie et vient une fois encore à la surface aspirer une grande bouffe d'air, la dernière bouffée, avant de sombrer. « Je n'y peux rien, pensait-il, mais il m'est impossible d'épouser Ruth, je ne peux quitter Helen, c'est impossible. » De nouveau le regard d'Helen se posait sur lui, impérieux, tendre et désespéré. Par-dessus la table, par-dessus les verres, les cigarettes et les soucoupes, au beau milieu d'une foule d'hommes sur la terrasse, en présence de Ruth leurs yeux s'embrassaient, sans pudeur, insatiables et désespérés.

– Voilà Mr Murata, dit Ruth.

Dans la bonté de son cœur et avec un élan qu'elle ne pouvait dominer, bien qu'il lui fût venu à l'esprit – mais trop tard – que Frank ne pouvait souffrir le Japonais, elle fit signe au petit homme vêtu de toile blanche.

Murata se tenait près de la porte qui menait de la cage de l'escalier à la terrasse, et il jetait à travers ses épaisses lunettes des regards désemparés.

– Tout est pris, dit un garçon en filant devant lui.

Murata eut son meilleur sourire japonais. A ce moment précis, Ruth lui fit signe et il se mit en mouvement avec reconnaissance. Un deuxième serveur passa devant lui en courant, éclaboussa d'un peu de glace à la fraise son complet blanc, et ne s'excusa pas. Murata inspirait la compassion par sa petite taille et son embarras tandis qu'il se rapprochait rapidement de la table en faisant marcher à toute vitesse ses courtes jambes en forme de sabre. Et Ruth était ennuyée de lui avoir fait signe, mais elle était venue au monde avec un instinct indéracinable pour tout ce qui est petit, malade et faible.

– Voici Mr Murata, dit-elle, lorsqu'il fut arrivé à hauteur de leur table. Hello, Mr Murata !

– Hello, Miss Anderson, hello, Mr Taylor ! répondit Murata. J'espère que je ne vous dérange pas, fit-il en prenant une chaise.

Personne ne l'en avait prié. Ruth eut pour Frank un regard implorant et jeta un œil inquiet à Mrs Russell. Il lui était venu trop tard à l'esprit que les Anglais sont gonflés de l'indomptable orgueil de leur race.

Mr Murata les dévisagea les uns après les autres. Il était tout en dents qui souriaient d'un sourire japonais, et à la place de ses yeux il n'y avait rien que le reflet du soleil tardif sur les verres bombés de ses lunettes.

– Hello, Jelena, lança-t-il.

Helen Russell le considéra froidement. Il déposa une serviette noire devant lui sur la table.

– Où avons-nous fait connaissance ? demanda-t-elle au Japonais.

– A Paris, répondit Mr Murata, vous ne vous souvenez pas de Yoshio, Jelena ?

– Il est difficile pour les Européens de reconnaître des visages japonais, rétorqua Helen, presque blessante. Et vraisemblablement l'opération inverse est-elle aussi difficile. Vous semblez vous tromper, Mr Murata.

– Il y a des visages que l'on n'oublie jamais, Jelena, fit Murata avec humilité. Je suis Yoshio. Nous avons lu Rimbaud ensemble. *Le Dormeur du val.* Vous ne vous en souvenez pas ? Mon Dieu : Paris, Rimbaud : « Les parfums ne font pas frissonner sa narine ; / Il dort dans le soleil, la main sur sa poitrine / Tranquille. Il a deux trous rouges au côté droit. » Cela, vous ne pouvez l'avoir oublié, Jelena, quand bien même mon insignifiante personne serait effacée de votre mémoire.

Il joignit les mains sur sa serviette noire. Tous le regardaient avec étonnement. Dans le silence soudain qui enveloppait cette table jaillit de nouveau la musique du quatuor de chambre : c'était la grande valse de *la Veuve joyeuse* ; et en bas, très loin, à dix-huit étages de là, on entendait les cris aigus des enfants chinois qui criaient les journaux anglais du soir.

~

Yoshio Murata avait une mauvaise journée derrière lui ; il était désemparé quand il arriva sur la terrasse de l'hôtel, désemparé et trempé de sueur car il était né et avait été élevé pour la timidité, l'effacement et la réserve. Mais c'est à lui justement, le frère incolore d'un mort – mais aussi de ce fait plus remarquable –, qu'avait été confiée ce jour-là une mission qui l'obligeait à se mettre en évidence, à se conduire mal et à dire au mépris du tact des choses impossibles. Confus et maladroit, il se réfugiait derrière les verres de ses lunettes, derrière son sourire et derrière les vers d'un poète français.

Yoshio Murata était venu à Shanghaï avec la mission de prendre au Shanghaï Hôtel une chambre retenue à son nom, puis de rendre visite à un certain M. Noboru Endo, rue Pinghi dans Yangtsepo, et de recevoir de lui ses instructions. Mais les choses avaient mal débuté et n'avaient cessé d'empirer au fur et à mesure que le jour avançait et que le soir approchait.

Il était arrivé le matin avec sa valise au Shanghaï Hôtel ; personne ne fit alors mine de vouloir s'occuper de lui, les grooms chinois passaient à toute allure devant lui, comme s'ils étaient occupés par des affaires plus importantes. Il remorqua sa valise lui-même à travers le hall et la posa sur le dallage devant la longue table du chef de réception. Il sortit son stylo pour remplir sa fiche, mais le chef de réception, un Grec huileux, lui dit aussitôt :

– Je suis désolé, Sir, nous n'avons plus de chambres libres.

– Pourtant la rédaction a retenu par télégramme une chambre pour moi, dit Yoshio énervé, mais souriant. Je me nomme Yoshio Murata, rédacteur au *Soleil matinal* de Tokyo ! Je vous en prie, jetez un coup d'œil sur votre liste de chambres réservées.

– Je regrette, répliqua le Grec. Nous ne pouvons réserver de chambre. Tout est bondé. Vous pourriez essayer au *Myako*.

Il ne s'occupa plus de Yoshio et se tourna vers une dame, petite et grasse, qui semblait faite uniquement de volants de soie, et parlait espagnol. Elle obtint une chambre. Yoshio avala l'offense, souriant à l'extérieur, mais bouillant de colère en dedans. Le *Myako* était un hôtel de seconde classe dans les environs de la gare du Nord, où de petits voyageurs de commerce japonais avaient coutume de descendre.

– Où est le téléphone ? s'enquit-il auprès d'un employé qui regardait ses ongles, vautré derrière la table.

– A côté de l'ascenseur, lui fut-il répondu sans un regard.

Yoshio attendit devant la cabine qu'une jeune Chinoise très élégante eût terminé sa conversation. La cabine était toute pleine de son parfum quand il réussit enfin à s'y enfermer. Il plaça devant lui son carnet ouvert à la page portant l'adresse de M. Noboru Endo et découvrit après quelques recherches son numéro de téléphone. Il y avait à Shanghaï un nombre étonnant d'Endo. Répétant à voix basse le numéro, il s'appuya à la cloison, tenant une pièce de monnaie à la main, et poussa un profond soupir. Il appartenait à cette espèce anachronique de gens qui ont peur du téléphone. Chaque fois qu'il s'en servait, il s'attendait à des complications et, évidemment, celles-ci se produisaient toujours. Au désespoir, il cria son numéro dans le microphone, ne comprit pas les indications que lui hurlait une voix aiguë de Chinois, mit sa pièce de monnaie à contretemps : il ne se passa plus rien. Il dut recommencer et subir une seconde fois les mêmes tortures. Il ne s'étonna pas que les choses n'allassent pas, car, à Tokyo comme ailleurs, le téléphone était une affaire compliquée. Il lui semblait être depuis des heures dans la cabine et en être toujours au même point, tandis que des gens qui désiraient aussi téléphoner s'amassaient, toujours plus nombreux, devant la porte vitrée. Un monsieur d'un certain âge, français par son allure et la coupe de sa barbe, incapable de contenir son impatience, tambourina à la vitre. C'est avec cet accompagnement que Yoshio fit sa communication, et il comprit à peine les réponses de son interlocuteur.

– Mon nom indigne est Murata, Yoshio Murata, du *Soleil matinal*, Tokyo. Je dois m'adresser à vous, très honoré monsieur Endo, pour recevoir des instructions. Je devais descendre au Shanghaï Hôtel, mais on ne veut pas me donner de chambre. Que faut-il que je fasse ? Pardon ? Que m'avez-vous fait l'honneur de me répondre ? Je n'arrive plus à vous entendre. Au *Myako* ? Bien, je vais descendre à l'hôtel *Myako*, puis j'aurai l'honneur de me présenter à votre bureau. Je vous remercie, merci.

Il était rouge et échauffé quand il sortit. J'ai l'air d'un soiffard, pensa-t-il blessé, en apercevant dans la glace son visage bouffi par la chaleur et l'énervement. Ses bagages étaient encore devant le pupitre de réception. Personne ne semblait disposé à les lui porter. Il les prit et commença sa retraite.

Il était debout devant le tambour de l'hôtel, ses valises à côté de lui sur le pavé ; de nombreux taxis passèrent devant lui sans s'arrêter. Un petit vendeur de journaux, gamin chinois d'aspect particulièrement pouilleux, cracha si habilement qu'il atteignit le pantalon blanc de Yoshio. Ce dernier se sentit devenir malade de dégoût, son cœur lui remonta dans la gorge, mais il se maîtrisa par un grand effort sur soi. La Chine était un pays dont la saleté le révulsait, les odeurs, la grouillante grossièreté des rues lui étaient insupportables. Enfin une auto s'arrêta, qui avait l'air prête à le charger.

– Hôtel *Myako*, dit-il.

Il n'était pas très fort en pidgin-english, bien qu'il pût citer par cœur des pages entières de Byron ou de Lao Tseu. Il fallut un certain temps et l'intervention du portier de l'hôtel pour que la voiture se mît en marche. On sortit du settlement international pour se diriger, à travers des rues bourdonnantes, pleines de petites boutiques pouilleuses, vers la gare du Nord. Là, dans une rue latérale, se dressait l'hôtel *Myako*.

On lui donna une chambre, certes, mais « on » était de mauvaise humeur et le *manager* et même le valet de chambre, qui lui avait enfin pris ses bagages, se comportèrent sans la moindre étincelle de politesse japonaise.

« Aussi mal élevés que des Américains », pensait Yoshio dépité. Sans cesse, durant son voyage, il avait remarqué comme ses compatriotes perdent vite toute la gracieuseté qui les caractérise dans leur propre pays.

L'air de la chambre était étouffant, les meubles délabrés. Il mit le ventilateur en marche, celui-ci fit quelques tours et s'arrêta. Il ouvrit la porte donnant sur la galerie en bois qui faisait le tour de la maison. Dehors il y avait deux hommes d'affaires japonais qui agitaient des éventails en tenant des discours pessimistes.

– Il faudrait isoler le parti militaire, ce sont des têtes brûlées, des gamins qui vont conduire le pays à la guerre pour pouvoir se distinguer et avoir de l'avancement. Auparavant la marine, elle au moins, gardait la tête froide. Mais maintenant nous en sommes à ce point que l'armée et la marine se font concurrence : à qui pourra user le plus de canons…

– Malgré tout, malgré tout, mon honoré ami, vous êtes bien forcé d'admettre que le Japon ne peut se contenter d'être spectateur du boycottage de nos produits. Il faut briser les tracasseries de la meute chinoise par un châtiment, si c'est nécessaire.

– Le boycottage n'existe que sur le papier, c'est pourquoi nous sommes en Chine. On écrit, on discourt, on provoque des réunions, on placarde des affiches, et avec cela ils sont contents. Jamais ça ne va jusqu'à l'exécution. Connaissez-vous par hasard les chiffres de l'importation japonaise en Chine durant ces dernières années ?

– Vous avez raison à bien des points de vue, Très Honoré. La suite montrera si les *flyfly-eggs* constituent une bonne propagande pour notre commerce !

– Un tiers seulement de l'argent que coûtera une expédition militaire suffirait à acheter la province du Nord tout entière. Mais les jeunes officiers ne voient que la gloire et non le profit.

Yoshio referma la porte. A l'extérieur, l'air n'était pas meilleur. L'expression pidgin *flyfly-eggs*, pour dire bombes d'avion lui avait appris que les deux interlocuteurs connaissaient leur Shanghaï. Il n'était pas curieux de voir leurs visages. Ils exprimaient à haute voix ce que tout le monde au Japon pensait *in petto*. La censure lui interdirait d'utiliser ces considérations dans un article ; d'autre part c'était trop évident pour être intéressant.

Sa chambre ne comportant pas de salle de bains, car l'hôtel *Myako* n'était pas élégant à ce point, il parcourut en kimono le corridor sombre jusqu'à ce qu'il eût trouvé la salle de bains commune. Tout d'abord la douche ne fonctionna pas, puis elle l'inonda brusquement avant même qu'il fût déshabillé. C'était la deuxième fois qu'il prenait un bain ce matin-là : après son court séjour à Shanghaï, il se sentait déjà sale comme un Chinois. Il revint à sa chambre, en frissonnant dans son kimono mouillé. Lorsqu'il fut rhabillé et se considéra dans la glace, il était d'un peu meilleure humeur. Il avait hâte de connaître les instructions qu'il devait recevoir. Pendant la guerre mandchoue, il avait beaucoup appris. Il espérait qu'il serait de nouveau envoyé dans le Nord, comme correspondant de son journal.

Cette fois-ci, il obtint tout de suite un taxi car l'hôtel se tenait en rapport avec un garage japonais.

– Mon honoré voyageur vient pour la première fois à Shanghaï ? demanda le chauffeur avec la curiosité sans retenue des gens simples. Non ? Arrivé aujourd'hui par le bateau ? Et qu'est-ce qu'on pense dans l'honoré Tokyo de cette honorée guerre ?

Il retenait poliment l'air dans ses dents pour ne pas importuner son client par son souffle indigne. La tête penchée en arrière et tout en bavardant avec curiosité, il conduisait sa voiture à travers la foule dense qui hantait les rues. Yoshio aurait souhaité que le chauffeur dirigeât son attention plutôt sur les rues que sur lui, mais l'homme souffrait apparemment du mal du pays et voulait des nouvelles de première main. Il était originaire du village de Kamioka, à côté de Kyoto, et ses stupides parents vivaient encore, d'après ce qu'il déclara. Sa femme stupide et ses deux stupides filles habitaient et travaillaient à Putung sur l'autre rive. Chaque soir il devait passer de l'autre côté en bac. Rien à y faire, n'est-ce pas ?

Noboru Endo était un petit homme vif à la moustache et aux cheveux gris. Sur la porte de son bureau était écrit en lettres d'or le nom d'une grande compagnie d'assurances japonaise. A l'intérieur, des rayons portaient des boîtes de carton qui contenaient probablement des échantillons d'une marchandise quelconque. M. Endo esquissa trois brèves inclinations, et c'en fut fini des formalités. Yoshio, qui s'était attendu à entrer dans quelque chose comme une salle de rédaction, jetait autour de lui des regards étonnés.

– Avez-vous déjà déjeuné ? Non ? Je vous recommande le restaurant *Fuji* pour le poisson grillé et le *Shigoyama* pour le poulet. A moins que vous ne préfériez la cuisine occidentale ? Personnellement je suis un amateur de cuisine française, dit M. Endo rapidement.

Il frappa dans ses mains et un bel enfant d'une douzaine d'années servit du thé anglais. A la langue et aux gestes de M. Endo, Yoshio pouvait voir qu'il était cultivé, mais il semblait s'être débarrassé de tout le fardeau des politesses qui n'en finissent plus, et il en vint directement au but.

– La mission que j'ai pour vous n'est pas de nature journalistique, mais bien plutôt, comment dirais-je… personnelle, dit-il en frottant ses petites mains vives l'une contre l'autre. Je suis, il est vrai, en relation assez lointaine avec votre journal, mais ce sont seulement des rapports d'affaires ; cela concerne son exploitation en Chine et non son aspect littéraire. Il est vrai aussi que j'ai, dans ma jeunesse, réussi à composer, de-ci de-là, un petit poème, mais la vie, prosaïque, m'a retiré ce don. Donc, pour en venir au but, cher monsieur Murata…

M. Endo n'acheva pas sa phrase mais se dirigea vers un gros coffre-fort placé dans le coin de la pièce et l'ouvrit après avoir manipulé longuement la serrure à combinaison.

– Votre honorée activité s'occupe d'assurances ? s'enquit Yoshio pour rompre le silence.

– Aussi, répondit Endo, aussi. Entre autres, je m'occupe aussi d'assurances. Mais parallèlement à cela j'ai d'autres occupations plus importantes.

Il avait pris dans un compartiment une serviette de cuir noir ; il la posa devant lui sur le bureau et regarda Yoshio Murata, d'un regard direct droit dans les yeux.

– Je m'efforce bien modestement d'être utile à notre pays, dit-il.

Yoshio but une gorgée de thé.

– Vous fumez ? demanda M. Endo. Naturellement, vous fumez. Je vous prie de m'excuser : n'étant pas fumeur moi-même, j'oublie régulièrement et d'une manière idiote d'offrir des cigarettes à mes amis.

Il poussa un paquet de cigarettes japonaises, des « Cherry », vers Yoshio et lui frotta une allumette.

– J'ai appris que vous vous étiez mis, après la mort de votre frère, au service de la cause qui lui était chère, n'est-ce pas ? fit M. Endo.

Et il se souleva légèrement de sa chaise en citant le nom du défunt Kitaro, pour amorcer une inclination.

– C'était son vœu, dit Yoshio.

Il ne pouvait penser à Kitaro sans ressentir une étrange petite amertume. Aussi inepte qu'eût été la mort de Kitaro, elle ne l'avait pas moins entouré d'une grande et romantique auréole. Tant que Kitaro vivait, il était le plus beau, le plus brillant, c'était le cadet mais le fils de la favorite. Comme Yoshio avait aimé son frère, il lui avait été facile de vivre dans son ombre. Depuis que Kitaro n'était plus là pour désarmer la jalousie par la joyeuse clarté de sa présence, Yoshio sentait de temps à autre cette amertume. Le mort vivait plus fortement, plus violemment, plus impérieusement que lui, le vivant. Il avait pris des engagements dans lesquels lui-même n'avait aucune foi. Le suicide sacré pratiqué avec l'antique épée avait fait d'une cause enfantine, irréfléchie et périlleuse pour le pays, une cause à laquelle les descendants devaient adhérer. On eût dit que Yoshio, depuis la mort de Kitaro, n'avait plus le droit de vivre sa propre vie, mais qu'il devait continuer celle de son frère, restée inachevée.

Tout cela échappait aux mots. On n'avait pas le droit d'en parler.

– Je vous prie de me confier ma mission, dit-il.

M. Endo s'assit en face de lui et lui lança un regard pénétrant. Il y eut une pause. Dans cette pièce aussi, des ventilateurs ronflaient au milieu d'un air brûlant.

– Vous connaissez assez bien l'Honourable Mrs Russell, je crois ? questionna-t-il tout d'abord.

On aurait dit une conversation superficielle.

– Non, ce doit être une erreur, répliqua Yoshio, étonné.

De nouveau, l'homme lui lança un regard direct qui s'arrêta entre les sourcils de Yoshio, comme un doigt qui l'aurait désigné.

– Nous avons appris par Tokyo que vous avez rencontré Mrs Russell à une exposition de fleurs et que vous l'avez saluée. Par la suite vous l'avez revue au bar de l'hôtel *Impérial*. Votre conversation laissait l'impression que vous connaissiez bien cette dame.

– Oh, c'était Jelena, dit Yoshio avec un sourire empressé. Je ne m'étais pas du tout informé du nom de son mari. Comment s'appelle-t-elle maintenant ? Russell ?

– Jelena, c'est cela même, dit Endo, Jelena Trubova, avant ses différents mariages. Helen Russell actuellement. Il est donc exact que vous avez connu cette femme il y a de longues années ? Vous l'avez bien connue ? A Paris ?

– Est-ce que cela a quelque chose à voir avec ma mission ? demanda Yoshio poliment.

Il souriait, mal à l'aise. Sa double rencontre avec Jelena à Tokyo avait non seulement été sans importance, mais même humiliante pour lui. Il l'avait poliment saluée et elle l'avait poliment remercié, bien qu'elle ne le reconnût manifestement pas. Elle, la seule Européenne avec laquelle il eût été lié, tenait une place importante dans sa vie. Parfois il la rendait responsable du fait que sa propre femme était pour lui ennuyeuse et indifférente. Plus d'une fois il s'était aperçu que le vide étonnant de son existence pouvait bien avoir un rapport avec elle, quand bien même il ne pouvait dire lequel. Il lui avait fait cadeau de la robe rigide, vert argent, d'une princesse de l'antique cour impériale. Mais elle ne se souvenait nullement de lui, c'était clair, et pour elle il était sans importance. Il se redressa sur sa chaise et posa ses mains à plat sur la table. Malgré lui, elles prenaient l'attitude que son grand-père lui avait enseignée quand il était enfant.

– Voilà en un mot ce dont il s'agit : Mrs Russell est un agent de l'Angleterre, dit M. Endo.

– Oh ! dit Yoshio.

– Nous étions persuadés que vous n'en saviez rien. D'autre part, le fait que vous connaissez cette dame depuis longtemps vous désigne tout particulièrement pour la mission simple et absolument sans danger, quoique très honorifique, que nous voulons vous confier. Vraisemblablement vous éprouverez à la remplir un certain plaisir personnel qui constituera déjà un petit profit.

Endo regardait Yoshio avec un sourire persifleur. Yoshio prit une seconde cigarette, aussitôt la première éteinte dans le cendrier.

– Cette Mrs Russell, ou Jelena Trubova, comme vous voudrez, envoie des rapports à l'Intelligence Service, à Whitehall. Elle fait cela en dilettante, comme on pratique un sport. Pour les Anglais tout est sport. Mrs Russell est immensément riche et son mari fait partie d'une famille politiquement influente. Elle a pour elle qu'elle n'envoie pas ses rapports pour être payée en échange. Or nous estimons utile que ses rapports renferment des choses qui nous conviennent.

– Je comprends cela, dit Yoshio.

En réalité il n'y comprenait rien. M. Endo fit fonctionner plusieurs fois la serrure de la serviette noire, puis la poussa plus près encore de Yoshio.

– Dans cette serviette il y a quelques notes et quelques plans, que nous avons faits pour que Mrs Russell les envoie à Londres, dit-il en ouvrant le porte-documents et en le caressant comme s'il avait été un être animé.

Endo avait des lèvres extensibles et très élastiques, comme en ont les singes ; il les avançait en pointe lorsqu'il était particulièrement satisfait. Yoshio essayait de se reconnaître dans la situation inattendue et nouvelle qui était la sienne.

– Et que dois-je faire de cela ? demanda-t-il.

– La chose la plus simple de tout l'univers. Vous aurez une rencontre amicale et fortuite avec Mrs Russell, comme à Tokyo. Les Russell habitent au Shanghaï Hôtel, comme vous pouvez vous l'imaginer. Il est regrettable que l'on ne vous y ait pas donné de chambre, il existe actuellement ici de ténébreux courants. Quoi qu'il en soit, vous aurez largement l'occasion de rencontrer cette dame, par hasard. A l'heure du thé, au bar ou dans le hall il est même plutôt difficile d'éviter une rencontre. Donc vous rencontrerez Mrs Russell. Vous êtes étonné, ravi. Vous renouez les vieilles relations amicales. Vous laissez entendre que vous remplissez à Shanghaï une mission importante et secrète. A partir de ce moment Mrs Russell se chargera elle-même du reste, à ce sujet nous sommes tranquilles. Elle s'attachera à vous. Elle essayera de vous tirer les vers du nez ; vous n'aurez besoin que d'un petit talent de comédien pour convaincre cette dame que vous n'avez pas de secret pour elle. Vous laisserez entrevoir que cette serviette renferme des documents importants. Mrs Russell volera la serviette. Elle copiera les plans et les notes et les enverra à Londres, puis elle vous rendra la serviette sous un prétexte innocent. Vous ferez celui qui n'a rien remarqué. Vous scellerez la vieille amitié de quelques cocktails au Shanghaï Bar, et c'est tout. Ceci fait vous pourrez retourner à Tokyo. A moins que vous ne préfériez rester ici, pour le cas où il se passerait quelque chose d'intéressant pour un journaliste. J'espère que la mission vous plaît.

Yoshio avait suivi, les sourcils froncés, ces indications toutes simples.

– Je suis un homme gauche et malhabile et je ne sais si je pourrai vous satisfaire, mais dans l'ensemble cela n'a pas l'air bien difficile, dit-il incertain.

– Il y a juste une difficulté, une petite difficulté que je ne puis vous dissimuler, dit M. Endo. Il ne vous reste pas longtemps. Nous supposons que Mr et Mrs Russell quitteront Shanghaï dès les premiers coups de feu. Vous avez donc, mettons, une semaine devant vous. Vraisemblablement, même pas une semaine. Prenez la serviette avec vous. Je me permettrai de vous recommander de vous occuper dès aujourd'hui de renouer vos relations avec Mrs Russell. Vous pousserez les choses jusqu'où vous voudrez, en cela nous nous en remettons à vous.

Endo rit d'un rire fin d'homme du monde, et Yoshio fit poliment écho.

– Je ne sais si ma modeste intelligence suffira à la tâche, murmura-t-il avec perplexité. Je ne suis qu'une personne stupide et sans talent.

M. Endo considéra cela comme la formule habituelle de la modestie. Il remit simplement le cartable à Yoshio et lui dit :

– Vous verrez, c'est plus amusant que le poker… Est-ce qu'on joue toujours autant au poker dans les salles de rédaction ? Encore une cigarette ? Non ? Un peu de thé ? Vous devez être affamé. Allons, je vous répète : le *Fuji* pour le poisson et le *Shigoyama* pour le poulet ! Mes meilleurs vœux pour l'accomplissement de votre entreprise. Vous me téléphonerez vos progrès ? Sans donner de nom, bien entendu. Voulez-vous par exemple que nous convenions de : « Le chrysanthème fleurit » ? Bon, bon. Revenez bientôt me voir et soyez prudent. *Adrigato gosaimasu*.

Un sourire, des courbettes. Yoshio s'était retrouvé dans la rue avec une serviette de cuir pleine de documents faux sous le bras ; il se sentait complètement abasourdi. « J'aurais encore préféré être envoyé au front », pensait-il dans son malheur. Plus il réfléchissait à sa mission, moins il se sentait à la hauteur. Il n'avait pas envie de manger ; ils appelaient cela *tiffin* à Shanghaï. Dans ce quartier les chauffeurs de taxi n'étaient pas aussi hostiles aux Japonais que dans Nanking Road.

– Conduisez-moi au Shanghaï Hôtel, dit-il, sombre.

En cours de route il acheta tous les journaux vendus à la criée. Les journaux étrangers étaient prudents et gardaient une attitude expectative. Les Chinois se lançaient dans des manifestes fourmillant de grands mots : « Avec notre large épée nous avons mis l'ennemi en déroute. » « Combattre, jusqu'à la dernière goutte de sang. » « La Chine aux Chinois. » « Pas de paix tant qu'il restera un soldat. » « Notre puissante aviation. » « L'invincible dix-neuvième armée rouge. » Tout comme chez nous, pensait Yoshio.

Il avait posé les journaux sur la banquette et ferma les yeux pour pouvoir mieux réfléchir. Il lui fallait dresser un plan avant d'approcher Jelena. « Porte-t-elle encore le kimono vert argent que je lui avais donné à Paris ? », se dit-il. Le kimono vert tendre, la vieille soie rigide d'une robe de cour de Kyoto sur cette femme à la peau blanche et aux cheveux roux… Il ouvrit rapidement les yeux pour chasser cette image, ouvrit le porte-documents et regarda à l'intérieur. Il ne comprit rien aux plans dessinés à l'encre de chine rouge et bleue, et encore moins aux documents qui consistaient en chiffres. Il lut quelques-unes des lignes verticales écrites en japonais dans la marge mais cela. n'avait aucun sens. Langage chiffré, se dit-il, quelque temps intéressé. Il s'amusa à en chercher la clef, puis abandonna. La voiture était arrivée devant le Shanghaï Hôtel. Il avait laissé ses journaux et était sorti. Pour la deuxième fois ce jour-là, il arriva, sa serviette sous le bras, devant le Grec ironique du pupitre des entrées. Cette fois-ci on lui signifia que Mrs Russell était sortie. Il batailla pour parler à sa femme de chambre.

– Vous pouvez demander à Miss Clarkson, lui répondit le Grec. Elle a le numéro 1852.

De nouveau Yoshio avait téléphoné de la petite cabine ; de nouveau des gens impatients s'étaient rassemblés devant la vitre. Un duel eut lieu entre son accent anglais et celui de Clarkson. Il fut battu. Il s'en alla, mangea dans un café au nom français et à la nourriture sans caractère. Il écrivit sur la table de marbre une carte postale à sa femme, oublia de la mettre à la boîte. Il avait tué le temps comme il avait pu en attendant le moment que Clarkson avait indiqué d'une manière vague pour le retour de sa maîtresse.

Pour la troisième fois, Yoshio Murata se trouvait au Shanghaï

Hôtel. Cette fois-ci il apprit que Mrs Russell était peut-être sur la terrasse avec Sir Kingsdale et son cercle d'amis. Il prit une aspiration profonde en entrant dans l'ascenseur.

C'était un pacifiste sur le sentier de la guerre. Seul, sans canons, sans bateau de guerre ni bombes d'avion, il força l'accès de la terrasse mondaine et hostile, tout en haut de cette place forte qui avait nom Shanghaï Hôtel.

~

Las, trempé et heureux, Lung Yen était rentré à la maison du tailleur : il avait marché des heures durant à côté des scouts à qui l'on faisait visiter la ville. C'est seulement lorsqu'un nuage creva au-dessus d'eux et qu'ils se séparèrent en petits groupes pour prendre le tramway qui mène de Hong-Kew à Kangwang, qu'il se résolut à prendre le chemin du retour. Les rues mouillées lui parurent tout à coup bien vides sous le clapotis de la pluie. Trois camions chargés de soldats passèrent à grand fracas devant lui. « Peut-être la guerre est-elle déjà commencée », pensa Yen avec sa connaissance fragile du monde. Les soldats étaient sales, comme il se doit pour des soldats. Les enfants-soldats, au contraire, avaient l'air si propres que Yen avait presque eu peur. L'un d'entre eux était son fils. C'était dommage que le tailleur Lung et sa famille fussent endormis lorsque Yen atteignit la maison. Il leur aurait volontiers raconté que son fils était déjà arrivé. Il monta avec précaution entre leurs lits et parvint à sa chambre sans avoir réveillé personne.

Avant de se coucher, il essaya encore une fois la petite auto. Il lui sembla qu'elle courait un peu moins vite. « Peut-être est-elle fatiguée le soir comme un coolie qui a couru toute la journée », pensa-t-il en souriant. Il s'essuya le visage de son mouchoir et retira ses souliers mouillés. Il contempla avec déplaisir la moustiquaire de son lit. Elle était grise, presque noire même à certaines places et les trous n'en avaient pas été reprisés. L'air par-dessous avait une vieille odeur confinée. Depuis que Lung Yen avait vu ces enfants-soldats d'une propreté terrible, ses yeux s'étaient ouverts à la saleté. Pourtant, lorsqu'il retira avec précaution la moustiquaire, il découvrit avec plaisir que la femme du tailleur avait mis un drap frais, et il résolut de dormir sur le sol afin de laisser le lit propre pour son fils. Il n'était pas non plus habitué à dormir dans un lit et il lui était venu à l'esprit que l'insomnie des dernières nuits pouvait bien venir de là. Mais, bien qu'il se fût étendu les genoux ramenés au menton comme entre les brancards du riksha, il lui fallut de longues heures pour s'endormir. Il entendait les tambours, il voyait les visages juvéniles sous les larges chapeaux, il imaginait sa rencontre avec son fils. Le matin entrait déjà en rayons gris à travers les volets quand le sommeil le prit.

Lorsqu'il s'éveilla, un certain temps s'écoula avant qu'il eût réussi à s'y reconnaître. Les yeux fermés, il chercha à tâtons ses brancards et sauta sur ses pieds comme il en avait l'habitude. Le toussotement poli de la femme du tailleur, derrière sa porte, le ramena dans la chambre qui devait héberger son fils. Il était couvert de sueur comme si son sommeil avait été un dur travail, et il s'essuya rapidement avec son mouchoir. Puis il ouvrit la porte. Devant lui se dressait la vieille femme au visage amical, une tasse de thé à la main.

– Dix mille ans de bonheur, dit-elle pleine de bonté. Je t'apporte du thé pour que cette bonne journée débute bien.

Lung Yen remercia, prit la tasse à deux mains et but la bonne chaleur. Il roula ses vêtements neufs en un baluchon car il ne voulait les endosser qu'une fois propre. Au plus profond du baluchon était caché le cadeau pour son fils. Dans sa ceinture il portait son argent, la lettre avec les précieux renseignements dans une enveloppe rouge.

– Ce soir j'amènerai mon stupide jeune fils, pour qu'il puisse saluer mes amis, dit-il avant de partir.

On n'en avait soufflé mot, mais cela se comprenait de soi-même : la famille du tailleur ne laisserait rien échapper au sujet de la situation indigne et de la basse condition de Yen.

Yen partit rapidement ; le matin était splendide, il y avait dans l'air un fond de fraîcheur et les rues étaient lavées par la pluie de la nuit précédente. Il respira profondément l'air frais et cela ne le fit pas tousser. Il alla d'abord à l'établissement de bains qui se dressait non loin de là. L'intérieur du bâtiment était plus net et plus grand qu'un temple et Yen était un peu gêné. « Un bain chaud dans une grande baignoire, pour moi seul », demanda-t-il pourtant. Un homme au visage rouge et au torse nu le fit entrer dans une cabine pourvue d'une longue baignoire moderne en porcelaine dans laquelle l'homme fit couler une eau fumante qui sortait de la cloison.

– Savon ?

– Crois-tu donc que je suis un porc pour pouvoir me baigner sans savon ? fit Yen, non sans grandeur.

Et l'homme posa un petit morceau de savon vert et une serviette sur une chaise de bois qui se trouvait contre le mur. Yen resta seul en présence de son bain princier. Le savon avait une odeur douce et agréable et il s'en frotta tout le corps avec l'espoir qu'un peu du parfum resterait sur lui. Il joua avec la mousse sur son corps et s'examina de bas en haut pour voir si ces trois jours d'inaction et d'abondance l'avaient rendu un peu plus gras. Il lui sembla qu'il avait engraissé, ou, en tout cas, qu'il était assez gras pour offrir à son fils un aspect honorable. Il plongea la serviette dans l'eau chaude, la tordit, et s'en frotta jusqu'à ce que le sang créât sous sa peau une sensation cuisante. Puis il ouvrit son baluchon de vêtements et s'habilla lentement et avec un intense plaisir.

C'était la première fois de sa vie qu'il faisait connaissance avec la sensation de la soie sur sa peau. Il ne pouvait évidemment pas se souvenir de la robe en satin rouge qu'il avait portée pour la fête de son troisième mois. Il noua les jambes du pantalon aux chevilles, passa le gilet par-dessus la tunique, mit son chapeau et prit la petite auto sous son bras. Il avait même pensé à un éventail neuf, de couleur rouge, symbole de joie. Quand il dut rouler de ses mains propres ses vieilles loques sales, il en fut dégoûté. Elles étaient pleines de vermine et de crasse, et pris d'un subit accès de folie des grandeurs, Yen les poussa du pied dans un coin.

– Tu peux garder mes vêtements, cria-t-il à l'homme demi-nu qui s'affairait dans le couloir.

Yen eut l'impression, avec ce sentiment de plénitude qu'il éprouvait ce matin-là, que son geste inconsidéré avait encore été une économie, car il n'avait plus besoin de donner de pourboire au garçon.

Lorsqu'il se retrouva dans la rue, il eut d'abord de la gêne à marcher dans cette longue tunique, mais il remarqua bientôt que la lenteur forcée de sa démarche lui conférait une certaine dignité. Il prit le chemin d'une boutique de barbier où deux Coréennes servaient les clients. Il se fit laver les cheveux et les fit couper à son goût. Il se fit aussi nettoyer les oreilles et les narines. Les Coréennes étaient adroites et prévenantes, ce qui lui permit de constater que ses vêtements faisaient l'effet désiré. Durant tout ce temps il tint son cadeau pressé contre lui, à l'abri du papier. Sur deux autres chaises étaient assis deux autres clients : l'un était un coolie, comme lui-même hier encore, l'autre un homme au nez chaussé de lunettes qui lisait un journal en attendant son tour.

– Je lis ici que des bateaux japonais sont en route pour venir bombarder Shanghaï, dit le vieillard. Eh bien, je ne le crois pas. Pourquoi les gens de la province du Nord se sauveraient-ils ici, si nous devions avoir la guerre aussi à Shanghaï ? Les journaux veulent seulement avoir quelque chose de neuf à raconter.

– La guerre est profitable au commerce, dit le coolie sous la serviette chaude que la jeune Coréenne lui pressait sur le visage.

Yen s'étonna que la guerre pût profiter aux affaires et se demanda de quel genre d'affaires le coolie pouvait bien s'occuper.

– J'espère qu'il n'y aura pas la guerre cette semaine, dit-il. Mon fils est venu ici avec un grand nombre d'enfants-soldats ; l'autorité ne ferait pas venir des enfants si la guerre devait éclater.

Le vieillard le regarda sans répondre et Yen paya, donna à la fille un pourboire correspondant à ses vêtements élégants, et partit. Il avait résolu de prendre son riz dans le restaurant près des halles et de rappeler à cette occasion au restaurateur le repas commandé pour lequel il avait versé des arrhes. Tandis qu'il allait ainsi à travers les rues, il s'aperçut que de nouvelles affiches et de nouvelles ordonnances avaient été placardées sur les murs. Dans les recoins et sous les porches, il y avait des individus qui haranguaient quiconque prenait le temps de s'arrêter. Aujourd'hui Yen n'en avait ni l'envie ni le loisir.

Lung Yen avait grand appétit, ce matin-là, et il se disait : « Le vieux docteur étranger m'a fait grand bien avec son aiguille. J'irai le voir tous les deux jours comme la dame me l'a ordonné. Ça ne coûte rien et c'est presque aussi agréable que la grande fumée. » Il mangea trois écuelles de riz, les accompagna de trois tasses de thé, se rinça la bouche à une fontaine publique et fut prêt à voir son fils. Il lui restait encore cinq petites pièces et deux grandes dans la bourse de toile accrochée à sa ceinture, et il se demandait où tout le reste avait bien pu aller.

Il quitta Hong-Kew avec le tramway de banlieue et cela ne le rendit pas malade ; au contraire, la rapidité et la facilité avec lesquelles le véhicule filait le réjouissaient. C'était réellement comme si les coûteux vêtements de soie étaient habités d'un charme devant lequel les esprits méchants, cachés dans les airs, étaient pris de peur. « Je ne puis comprendre que les gens riches et vêtus de soie aient si peu d'amabilité et même soient grossiers, pensait Lung Yen en lui-même. Dans ces vêtements je serais bienveillant et souriant à l'égard de tout le monde. »

C'est avec des pensées charitables qu'il arriva à Kangwang. Par bonheur il connaissait le quartier, car il y avait souvent amené des étrangers, en haletant et gémissant de la longueur du chemin. Dans les rues, il y avait beaucoup de monde et partout des oriflammes volaient en haut des mâts, si bien que tout avait un joyeux air de fête. Des marchands proposaient toutes sortes de friandises, des œufs peints, de la confiserie, des pépins de melon et des sucres d'orge, des mangues et des gâteaux de riz colorés. Lung Yen s'acheta un cornet de pépins de melon, sortit l'enveloppe rouge de sa poche et commença de se frayer poliment un chemin à travers la foule.

Il était heureux qu'il eût ses vêtements de prix, sinon il ne serait jamais parvenu à son but. Dans le bâtiment principal en effet, où il arriva en fin de compte, il fut renvoyé de l'un à l'autre, d'étage en étage et de porte en porte. Il commença de transpirer sous la soie et regretta d'avoir laissé, par pur orgueil, son mouchoir à la maison. Il monta par l'ascenseur et son estomac resta en bas, et il redescendit en ascenseur et son estomac plana dans les airs. Pourtant il ne fut pas réellement mal à l'aise et il n'eut pas envie de tousser. Enfin un homme jeune, distingué et jovial se chargea de sa personne et parcourut avec lui un couloir large et sonore où le soleil brillait à flots par de larges fenêtres.

– Vous voulez savoir dans quel baraquement loge votre fils, vénéré Monsieur ? Rien de plus facile. Le comité est d'un ordre exemplaire. Entrez ici, je vous prie.

Il ouvrit une porte et fit entrer Lung Yen en le laissant passer le premier. C'était un homme distingué, jeune, un fonctionnaire, un homme qui appartenait à la classe la plus élevée, appelait Lung Yen « monsieur », s'inclinait et le laissait franchir les portes devant lui. Le Lung Yen couvert de soie poussa un profond soupir de béatitude.

Le soleil était déjà haut, et les chevaux de pierre de Kangwang ne jetaient qu'une ombre courte, lorsque Lung Yen parvint enfin à la grande piscine où se déroulaient précisément des concours de natation.

Il avait dû payer dix cents d'entrée et, malgré l'importance de la dépense, il était placé tout au fond et en haut, sur des bancs de pierre disposés en escalier, qui étaient pour la plus grande part remplis d'hommes gesticulant et criant avec joie. Lorsque Lung Yen se fut assis et qu'il eut tout considéré, il découvrit la cause de ces clameurs. Tout en bas s'étendait une grande pièce d'eau d'un vert bleuté dans laquelle, sans arrêt, se précipitaient de nouveaux groupes d'enfants qui la traversaient plus vite que des poissons.

Lung Yen ouvrit la bouche toute grande d'étonnement. Lui aussi se mit à pousser des cris, quand il vit les corps se jeter dans l'eau d'une grande hauteur. Puis il se tut et sentit un grand froid intérieur à la pensée que peut-être l'un de ces nageurs d'une folle audace était son fils. Ému, il se mit à grignoter ses pépins de melon et à recracher les enveloppes noires. En cela il ne se distinguait pas de ses voisins qui, pour la plupart, étaient jeunes et bruyants. Des haut-parleurs lançaient sans cesse d'une voix tonitruante des indications dont Lung Yen ne comprenait pas un traître mot. Au bout d'un temps assez long, on donna un signal de trompette et les gens assis sur les bancs se levèrent et s'en allèrent.

– Qu'est-ce qui se passe ? Les jeux sont terminés ? Les jeunes gens rentrent à leur logis ? demanda Lung Yen à son voisin.

Celui-ci le regarda avec mépris.

– Vous n'étiez pas encore venu ici ? questionna-t-il grossièrement.

– Mon fils participe à la manifestation, dit Lung Yen avec hauteur, et le voisin perdit un peu de sa morgue.

– Venez avec moi, vénéré Monsieur, maintenant on va aux arènes, proposa-t-il en se faufilant entre les bancs.

Lung Yen le suivit. De nouveau il fut assis tout en haut, loin du sable des arènes, de nouveau il n'y comprit rien. De longs mâts laissaient flotter des bannières avec des inscriptions qu'il ne pouvait malheureusement pas lire. Tout en bas des files d'enfants s'avançaient au pas, puis ils se répandirent sur les arènes et cela ressemblait à un motif tissé dans une soie blanc et noir sur fond jaune. Le motif s'anima, tandis que ces milliers d'enfants faisaient les mêmes mouvements. On entendit un vrombissement au-dessus de l'arène et un riksha céleste parut; lui aussi voulait regarder. Lung Yen avait terminé ses pépins de melon et commençait à sentir l'envie d'une cigarette. De nouveau, comme la veille au soir, il pensait : « C'est l'un d'entre eux, l'un d'entre eux est mon fils. » Mais les enfants étaient si loin qu'il n'aurait pu découvrir le sien, même s'il l'avait connu.

Les heures passaient, le soleil était plus bas sur l'horizon, Deux jolis petits nuages se montrèrent sur l'azur, cachèrent le soleil pendant quelque temps, leurs bords brillèrent, puis ils libérèrent de nouveau le soleil. Lung Yen, qui avait commencé à souffrir de la soif, acheta un petit morceau de glace colorée au bout d'un bâtonnet. Il le tint avec reconnaissance contre sa langue desséchée. Il le paya cinq pièces de cuivre. « L'un de ces enfants en bas est mon fils », pensait-il sans cesse.

Comme l'après-midi s'avançait et qu'il faisait plus frais, Lung Yen se fit du souci, comme naguère en regardant les nageurs. Les jeunes gens étaient vêtus d'une manière tout à fait insuffisante, il pouvait s'en rendre compte malgré la distance. Ils portaient de courtes culottes noires et des tuniques ou des chemises blanches sans manches, en tout cas des vêtements auxquels Lung Yen ne pouvait donner un nom exact et qui protégeaient mal le corps échauffé. En ce qui concerne le travail et la sueur Yen était compétent. « Je ne veux pas que mon fils attrape aussi la toux sanglante », pensait-il préoccupé. Il faisait de plus en plus frais, de nouveaux nuages passèrent, puis il tomba du ciel une petite pluie brillante. Les spectateurs rirent et déployèrent leurs parapluies. Il y avait des parapluies chinois en papier huilé et aussi les parapluies de soie des diables étrangers. Lung Yen dans sa tunique de prix regrettait amèrement de ne pas avoir apporté de parapluie. Mais son voisin, qui d'autre part avait engagé la conversation avec lui et lui avait donné beaucoup d'explications étonnantes, se poussa et lui fit place sous le sien. Au bout de quelques minutes, durant lesquelles tout le monde se groupait en riant, la pluie cessa et les jeux reprirent.

Lorsqu'on en arriva à la lutte, Lung Yen commença de comprendre de quoi il s'agissait, car il avait déjà vu des lutteurs sur les marchés et au « Nouveau Monde », le théâtre de la rue du Grand-Cheval. Mais c'est seulement lorsque les courses débutèrent qu'il se sentit tout à fait dans son élément. Courir, c'était sa profession et sa vie.

– Ils partent trop vite, dit-il. Le long mince arrivera le premier, il ne porte pas de poids superflu, et il a de grandes enjambées.

Il poussa des cris de joie avec la foule lorsque le long mince gagna. Le voisin de Yen devint attentif lorsqu'il remarqua qu'il était assis à côté d'un expert. Et quand les coureurs suivants se mirent en ligne, il fit sonner des pièces de monnaie dans sa poche et dit :

– Pour lequel pariez-vous ?

Lung Yen observa attentivement les six concurrents.

– Je ne puis pas en juger avant qu'ils aient commencé la course, répondit-il prudemment, bien que cela le démangeât de parier pour gagner de l'argent.

Sa fortune avait fondu comme si le soleil l'avait engloutie. Il lui restait encore à payer soixante-dix cents et le pourboire au restaurant, or il ne lui restait plus que soixante-quatorze cents dans sa bourse de toile.

– Quand la course aura commencé, il sera trop tard, dit le voisin.

Lung Yen jugea de nouveau les coureurs du regard. Il était difficile d'apprécier leurs qualités à une telle distance.

– Le troisième, dit-il.

– Combien ? demanda le voisin.

A son propre étonnement Lung Yen s'entendit répondre :

– Deux petites pièces d'argent.

Pendant ce temps, les coureurs avaient pris le départ et Lung Yen respira profondément quand il constata que le troisième prenait de l'avance. Il courait régulièrement, avec légèreté, et semblait avoir une énorme quantité d'air dans la poitrine. Lung Yen eût souhaité que ce fût son fils, mais les concurrents étaient plus âgés que Saileong ne pouvait l'être. Plus les coureurs avançaient sur la piste, plus Lung Yen s'excitait. Il se dressa, agita les bras et leur lança des appels d'encouragement. S'il venait à perdre les vingt cents qu'il avait pariés, il ne pourrait inviter son fils à manger du canard et du poisson à la sauce douce-amère, perdrait les arrhes et serait obligé de l'emmener dans une cuisine publique où il n'y aurait que du riz et du porc. Mais il ne pensait pas à cela dans la fièvre du jeu. Ce devait être le charme qui était attaché à ses vêtements et qui faisait de lui un homme important… pour un jour.

Le troisième gagna. Le voisin grogna un peu, mais sortit vingt cents d'un porte-monnaie et les tendit à Yen.

– Monsieur semble s'entendre à la course, dit-il, mais cela ne sonnait pas comme un compliment.

Or Lung Yen était devenu tout à fait sérieux car les enfants qui entraient maintenant et se mettaient sur un rang puis s'agenouillaient en touchant légèrement la terre de leurs mains, ces enfants étaient jeunes et l'un d'entre eux, Lung Yen en était sûr, devait être son fils. Il en avait la respiration coupée, cependant qu'il regardait le terrain et cherchait son fils. Il n'y avait pas de voix qui lui eût dit : « Voici ton fils » ; pas de signe qui lui eût montré : « Voici ton sang, celui qui doit perpétuer la chaîne ininterrompue de la famille. » Celui qui était à l'extrémité du rang était fort et bien bâti, mais il avait une peau brune d'une couleur commune. Le quatrième était plus léger et plus mince et son corps était de la couleur d'une pêche où brille le soleil. Lung Yen soupira profondément, ne pouvant décider lequel des deux il souhaiterait avoir pour fils. Déjà le coup de revolver claquait pour ouvrir la course et les enfants se lancèrent.

– Trop vite, trop vite ! cria Lung Yen, ennuyé.

Et il laissa tomber ses mains le long de son corps. Lui, qui était habitué à parcourir devant son riksha des distances immenses, n'avait pas prévu que les enfants n'avaient qu'une courte course à effectuer. Le vainqueur ne fut ni le brun, ni celui dont la peau était couleur de pêche, mais le plus petit du rang, qui devança les autres à l'arrivée, la tête rejetée en arrière. Lung Yen souhaita hâtivement que celui-ci fût son fils ; mais lorsque l'enfant arriva au but accompagné des clameurs de la foule et tomba aussitôt, complètement épuisé, Lung Yen souhaita que celui-ci ne fût pas son fils, car il éprouvait un mépris compatissant pour l'enfant qui gisait sur le sable et n'avait plus en lui le moindre souffle.

Et les compétitions continuèrent, et Lung Yen était baigné de sueur quand le haut-parleur annonça la fin, car il avait pris pour fils beaucoup trop de concurrents. Il avait respiré avec eux et souhaité la victoire, les poings serrés, et il était, en fin de compte, aussi fatigué que s'il avait fait lui-même à chaque course le tour de la piste.

– C'est fini, dit le voisin en se levant.

Lung Yen étendit et tapota ses jambes ankylosées.

– Votre paquet, vénéré Monsieur ! lui cria une femme en lui rapportant le contenu.

Il était si impatient de voir son fils qu'il avait oublié le papier contenant la précieuse et irremplaçable voiture. Il pressa le paquet contre lui, remercia la femme et descendit les marches au milieu de la foule. Le papier était déjà tout effrangé et n'avait plus l'air si élégant qu'auparavant, mais le contact du précieux objet contre sa poitrine remplissait Lung Yen de fierté et de joie. Il s'arrêta quelques instants, hésitant au milieu de tous ces gens, puis se remit en mouvement d'un pas mal assuré. Maintenant le moment était venu de chercher son fils parmi les autres enfants. Déjà le stade se vidait, il faisait moins clair, et des appels de trompettes s'élevaient en même temps de différents points. Lung Yen sortit de nouveau le petit morceau de papier sur lequel le correspondant avait marqué le numéro et le baraquement de son fils. Sa tunique de soie lui donna le courage de s'adresser à un soldat pour qu'il le renseigne. Le soldat ne manquait pas d'amabilité, comme les soldats habituels, mais sourit à Lung Yen et le conduisit en personne jusqu'à l'entrée d'une des nombreuses rues qui rayonnaient d'une place circulaire. Lung Yen remercia avec un maintien correspondant à la richesse de ses vêtements et commença de cheminer entre les maisons d'un blanc immaculé. Il entendait au loin des tambours, mais il entendait aussi son cœur.

Au bout de quelques instants il fut rejoint par une troupe d'enfants qui marchaient au pas ; des tourbillons de poussière s'élevaient sous leurs pieds ; ils avaient l'air fatigués mais contents, à ce qu'il sembla à Yen qui cherchait, parmi ces rangées de visages inconnus, le visage inconnu de son fils. Il marcha à côté d'eux jusqu'à ce qu'il fût impatient et se prit à courir comme devant le riksha pour arriver plus tôt à l'endroit que l'aimable soldat lui avait indiqué. Il avait laissé derrière lui les tambours et les trompettes, quand il retroussa sa longue tunique qui gênait ses pas.

Il dut encore montrer plus d'une fois son bout de papier et parvint enfin, après bien des méprises, à la baraque qui devait abriter son fils. C'était une maison de bois, à même le sol, elle n'était pas si belle ni si blanche que les maisons devant lesquelles il était passé auparavant. La porte était ouverte et Yen entra après avoir hésité et fait entendre un toussotement d'humilité. Mais à l'intérieur il n'y avait personne et il ressortit embarrassé et essoufflé par sa course. Le bruit des tambours et des trompettes s'entendit de nouveau. Un petit nuage de poussière monta tout là-bas au bout de la rue, se rapprocha, et au milieu du nuage marchaient les enfants. Ils atteignirent la maison parmi le vacarme de leurs jeunes voix, au milieu des rires et des cris. Leurs rangs trop réguliers se brisèrent en un grouillement d'enfants qui, passant devant Yen, se précipitèrent dans la maison. Il étendit involontairement les mains, mais il était aussi impossible de les retenir que si ç'avait été de l'eau courante.

Timidement Yen souriait à chaque visage d'enfant qu'il pouvait fixer une seconde. Mais aucun ne s'arrêta près de lui pour lui dire : Père. Ses genoux lui donnaient la sensation d'être du bois brisé, ils étaient raides et incertains. Il sortit la lettre à enveloppe rouge de sa ceinture et la tint devant lui en l'air. Il prit une respiration profonde et se décida à appeler son fils.

– Lung Saileong de Fu Kang ? s'écria-t-il, ou, du moins, il crut qu'il criait cela.

En vérité il ne sortit de sa gorge qu'un faible son qui se perdit dans les rires et le vacarme des enfants, et personne ne s'arrêta.

– Lung Saileong ! Lung Saileong ! appela-t-il plusieurs fois.

Un enfant maigre, au visage intelligent, mais malheureusement un peu bigle, demanda :

– C'est Lung Saileong de Fu Kang que Monsieur cherche ?

Yen murmura :

– C'est le nom du fils que je cherche.

– Je vais l'appeler, dit l'enfant, qui se précipita à l'intérieur de la maison.

Lung Yen respira : cet enfant avait l'air intelligent et prévenant mais il louchait, et Lung Yen ne voulait pas d'un fils qui louchât. L'air était plein de la poussière que les enfants avaient fait voler avec leurs pieds, Les tambours s'étaient complètement tus. Les derniers retardataires descendirent le chemin en courant.

– Je suis Saileong, dit une voix, derrière Yen.

Il se retourna à la hâte et se trouva tout près d'un enfant qui lui arrivait au menton.

– C'est moi Saileong, répéta-t-il.

– Saileong, Lao Saileong, dit Lung Yen, nommant son fils avec la formule de politesse qui signifie « vieux, vénéré ». Lao Saileong, je suis ton père.

Mais comme l'émotion lui avait desséché la voix, à ce point qu'elle parut un filet d'eau dans le désert, l'enfant ne le comprit pas. Il le regardait d'un air scrutateur et sérieux et commença une conversation maniérée comme il se devait :

– Quel est le nom de l'Honoré Monsieur ? D'où l'Honoré nous fait-il la grâce de venir ? Quels sont les désirs de l'Honoré Seigneur ? Est-ce mon père qui envoie l'Honoré Seigneur ?

Lung Yen regarda son fils tandis qu'il lui parlait ainsi, et il sentit la joie gonfler son être. Le fils était finement bâti, il avait un visage rond avec de beaux yeux noirs qui trahissaient l'intelligence et la raison. Il avait la peau et les cheveux bien tenus comme si une bonne mère avait pris grand soin de lui. Mais, du même regard, Lung Yen constata que son fils respirait avec difficulté, en sorte que sa jeune poitrine montait et descendait rapidement sous la mince chemise blanche sans manches. Il éclaircit sa gorge et, lorsqu'il pensa avoir assez de voix, il répéta :

– Je ne suis pas envoyé, mon fils, pas envoyé. Je suis ton père.

Là-dessus son fils le dévisagea encore plus sérieusement, puis le rire illumina son visage et il s'écria :

– Mon père a-t-il vu comme j'ai gagné les deux cent vingt yards ?

Sur ces entrefaites, quelques enfants s'étaient rassemblés en demi-cercle autour de Saileong et écoutaient la conversation.

– Allez vous changer, dit-il, et Lung Yen vit avec orgueil qu'ils lui obéissaient.

Lung Yen se retrouva seul avec son fils, devant la porte. Entre eux il n'y avait que les tourbillons de poussière jaune.

– J'ai regardé, j'ai vu, se hâta-t-il d'affirmer.

Il était faux qu'il dût craindre son fils, au lieu du contraire comme cela était convenable. Mais le regard de l'enfant se posait de manière si franche et si intense sur lui qu'il sentait chacune de ses maigres côtes sous le vêtement de soie.

– Tu es autre que sur le portrait, dit Saileong lentement, et il avait l'air d'avoir peine à garder son sourire.

– Sur quel portrait ? s'étonna Lung Yen.

– Ma mère m'a souvent montré le portrait de mon père. Il se trouve dans le livre où sont marqués les noms de nos ancêtres, répondit Saileong.

Maintenant Lung Yen se souvenait du portrait. Il s'agissait d'une photographie qu'il avait fait prendre à la demande de la mère de Saileong, le lendemain de leurs noces.

– Les grandes villes transforment les hommes, dit-il doucement.

C'est seulement après avoir dit cela qu'il comprit la vérité de sa phrase. Les hommes se transforment. Effectivement, la ville l'avait transformé. Mais comme il se sentait bien, à l'abri de la tunique de soie, il étendit le doigt et toucha la chair chaude et jeune de son fils.

– Tu n'as pas froid ? Tu devrais t'habiller plus chaudement après une course, fit-il, préoccupé.

Le fils se mit à rire.

– Nous sommes endurcis, père, se contenta-t-il de dire.

Il porta tout le poids de son corps léger sur une seule jambe et continua de scruter le visage de son père, comme s'il attendait une chose qui ne venait pas.

– Ma mère m'a chargé de bien des salutations dévouées pour mon père, dit-il, comme cela lui venait à l'esprit.

– Comment va la santé de ton Honorée Mère ? s'enquit Lung Yen, qui peu à peu retrouvait la politesse de son enfance, du temps où son grand-père vivait.

– Elle va bien, répondit Saileong, aussi simplement que s'il parlait de sa sœur cadette. – il réfléchit un instant à la phrase suivante comme à une chose apprise par cœur, et ajouta : Ma mère m'a chargé de dire que rien ne manque à son bien-être, si ce n'est le retour du père. – ayant rempli cette mission délicate, il reprit son sourire, ce qui creusait chaque fois une profonde fossette dans ses joues, et dit encore : Nous nous sommes classés premier dans le 220 yards et premier dans la course en nage libre, nous avons aussi deux places de troisième en saut en hauteur et en lutte. Nous sommes en avance de beaucoup de points sur le district de Mutuh.

– J'en suis heureux et fier, dit Lung Yen incertain.

Il se demandait si le moment était venu de donner le cadeau à son fils. Il était dix fois content d'avoir acheté quelque chose de moderne et d'étranger, car son fils ne se serait pas intéressé à autre chose, ainsi qu'il pouvait s'en rendre compte. Pas maintenant, pensa-t-il en lui-même. Les autres enfants briseraient la petite *voiture puante* et il n'y a pas de place ici pour la faire marcher. Donc il dit :

– Habille-toi plus chaudement et viens avec moi, nous allons faire un bon repas pour fêter notre rencontre.

– Bien, dit Saileong visiblement enchanté, je vais demander une permission à notre chef. Si mon père veut bien avoir la bonté d'attendre ici.

Il se précipita à l'intérieur de la maison, et Lung Yen sourit en lui-même des essais que faisait le gamin pour s'exprimer avec l'ancestrale politesse à laquelle il semblait totalement étranger. Son cœur battait maintenant à grands coups réguliers et calmes, comme un gong ou la cloche d'un temple. Saileong était déjà de retour.

– Permission de minuit, claironna-t-il avec satisfaction.

De nouveau, Lung Yen tâta le vêtement de l'enfant et le trouva beaucoup trop mince. Il eût volontiers montré son amour à son fils en lui faisant endosser cinq vêtements les uns sur les autres et en lui ingurgitant toute la nourriture possible.

– Nous allons prendre le tramway, promit-il lorsqu'ils se mirent en marche.

Saileong portait toujours les mêmes culottes courtes mais il avait sur sa chemise blanche une petite veste de toile.

– N'as-tu pas froid ? s'enquit de nouveau Lung Yen.

Et le fils répondit :

– Notre génération est endurcie, père.

D'un pas assuré Lung Yen se dirigea vers la station.

– Tu n'as pas à craindre la vitesse, le voyage est sans danger !

– Nous avons aussi un tramway à Fu Kang, répondit l'enfant pour le plus grand étonnement de Lung Yen.

Les transformations subies par la ville de son enfance devaient être considérables. Ils montèrent dans le tramway et Lung Yen imposa le calme à son estomac rebelle. Il souriait d'un sourire un peu forcé quand le tramway virait, et il s'efforçait de répondre aux mille questions que l'enfant lui décochait. « Quel est le nom de cette rue ? – Combien y a-t-il d'habitants à Shanghaï ? – La 19e armée rouge est-elle déjà arrivée ? – Combien de réfugiés peut héberger Shanghaï ? » Lung Yen était désemparé au milieu de ce feu croisé et ne trouvait rien à répondre.

– Je suis mal informé de ces choses, qui ne me concernent pas, fit-il avec un reproche dans la voix. Je m'occupe de mes affaires et c'est suffisant.

– De quelles affaires t'occupes-tu ? questionna le fils.

Lung Yen avait préparé sa réponse de loin en sorte qu'elle vint sans difficulté :

– Je suis associé dans un magasin de Chapeï, dit il.

– Quelle sorte de magasin, qu'est-ce que tu vends ? demanda le fils.

– Toute sorte de choses, dit Lung Yen, de la soie, du coton et des vêtements tout faits.

Cela ne semblait pas satisfaire pleinement Saileong.

– Qu'est-ce que tu gagnes ?

Lung Yen prit son élan pour faire un mensonge puissant.

– Tu comprendras que les bénéfices sont différents suivant les différents mois et les différentes époques de l'année. Mais je puis affirmer que je ne gagne pas moins de deux cents dollars de grand argent par an, et souvent plus.

Saileong resta silencieux quelques instants ; il agitait les lèvres et les doigts en calculant.

– Ma mère gagne vingt-sept dollars par mois, ce qui fait trois cent vingt-quatre dollars par an, dit-il simplement.

Lung Yen n'en crut pas un mot mais sourit avec indulgence. Son fils voulait faire grande la face de sa mère et cela lui plaisait.

– Comment ta mère gagne-t-elle une telle somme ? demanda-t-il débonnaire.

– Elle travaille au central téléphonique, répondit Saileong.

Il y eut un silence. Un étranger assis à côté d'eux dans le tramway et qui avait suivi la conversation s'adressa en anglais à l'enfant. Avec un étonnement plein d'orgueil et de joie Lung Yen entendit son fils répondre dans la langue du diable étranger. La mère de Saileong comprenait aussi cette langue, se dit le coolie. Il semblait que le fils connût bien la langue, et fût prompt dans ses reparties car l'étranger éclata de rire et caressa la joue de Saileong.

– Vous avez un fils intelligent, dit-il poliment au père avant de descendre.

Ils furent accueillis avec honneur au restaurant et le restaurateur lui-même vint leur annoncer que le repas était préparé et qu'on allait commencer aussitôt à faire rôtir les plats. Il n'y avait pas de salons séparés comme dans les restaurants élégants des grandes rues, mais la pièce était cependant divisée en petites niches, et Lung Yen s'assit avec son fils à l'abri de l'une d'elles. Il s'éventait pour une raison de distinction avec son nouvel éventail rouge. Pourtant un petit froid étrange avait commencé à ramper le long de son dos.

– Combien de signes sais-tu lire ? demanda-t-il tandis qu'ils mangeaient les hors-d'œuvre et les quenelles fumantes, car lui aussi voulait tenir une conversation cultivée.

– Je ne sais pas exactement, dit Saileong négligemment. (Il ne semblait pas qu'il parlât ainsi par modestie.) En tout cas plus qu'il n'est nécessaire au jour d'aujourd'hui.

– Mange encore, mange, tu dois avoir faim après ta victoire.

Lung Yen, lui, avait complètement perdu la faim canine qu'il avait ressentie peu auparavant. On eût dit que la vue de la nourriture l'avait repu, tout comme la vue du lit moelleux dans la demeure du tailleur avait chassé son sommeil. Mais il était empli d'une satisfaction et d'un bonheur violents en voyant son fils manger et apprécier les aliments.

– Mange bien, mais garde une place dans ton ventre pour le poisson et le canard, dit-il, et l'orgueil qu'il ressentait de pouvoir offrir à son fils un tel repas l'aurait presque fait éclater.

– Du canard ? fit Saileong, les yeux ronds.

– Du canard. Un canard gras de Szechuan rôti à point, dit Lung Yen.

Il n'avait pas besoin de déprécier son repas devant son fils.

– Je raconterai à ma mère le repas que j'ai fait, dit Saileong en mastiquant, les joues gonflées.

Ses joues devenaient rouges et brûlantes bien qu'il n'eût pas bu de vin de riz. Lorsque le serveur apporta les serviettes chaudes, Lung Yen s'en empara avec soulagement. Il éprouvait une curieuse sensation qui empirait de minute en minute.

– Cigarettes ! dit-il au garçon qui versait le thé.

Il fuma avidement et s'étonna de voir ses doigts trembler.

L'injection d'eukodal faite par le Dr Hain avait tenu jusqu'à maintenant, mais son action avait cessé. Cela, Lung Yen l'ignorait. Il se contentait de combattre en héros pour offrir à son fils l'image d'un père élégant, insouciant, gagnant beaucoup d'argent. C'est aussi pour cette raison qu'il mangea du canard, bien que les morceaux gonflent dans sa bouche au point qu'il les imaginait gros dix fois comme son gosier. Il critiqua la garniture et fit comme si le canard rôti était sa nourriture quotidienne. Saileong avait de gentilles remarques.

– Je vais éclater, disait-il – ou : C'est ainsi que je m'imagine les banquets de Kou Ming et de Chou Lang.

– Kou Ming et Chou Lang, les deux héros, dit Lung Yen rapidement pour montrer sa culture : lui aussi avait écouté parfois les conteurs du marché raconter l'histoire des trois royaumes.

– Où allons-nous après le repas ? demanda Saileong.

Lung Yen fut effrayé. Y compris les vingt cents qu'il avait gagnés par son pari, il ne lui en restait que quatre-vingt-quatorze.

– Où désirerais-tu aller ? répéta-t-il sans grande conviction.

– Au cinéma, répondit Saileong sans hésitation.

« Je vais emprunter encore un dollar à Kwe Kuei, pensa Lung Yen dans sa panique. Avec de l'argent tu es un dragon, sans argent un ver », pensait-il. Lui-même, durant les dix années qu'il avait passées dans la grande ville, n'était allé que deux fois au cinéma. Lorsqu'il possédait vingt cents, il préférait les dépenser à la grande fumée. Et maintenant c'était fini pour toujours. Par un grand effort il chercha à ne plus penser au bouge de Kuei. Au poisson, il abandonna. Il sentait qu'il serait malade s'il essayait d'avaler ne fût-ce qu'un morceau de ce plat de luxe à la sauce douce-amère. Il fumait et agitait son éventail et souriait du mieux qu'il pouvait. Comme à travers un nuage il vit que son fils l'observait, sérieux et inquiet.

– Es-tu malade, père ? demanda-t-il en abaissant sa claire voix d'enfant avec sollicitude.

– Malade ? Moi ? Non, de ma vie je ne l'ai été, s'enorgueillit Lung Yen en frappant sur la table.

Il fut obligé de tousser, il y avait une heure qu'il se retenait. Maintenant il ne pouvait plus. Quelques gouttes de sang lui montèrent à la bouche, il se retourna et les envoya dans le grand crachoir rond à la disposition des clients. Saileong s'était levé d'un bond.

– Tu es malade, père, dit-il bouleversé. Qu'as-tu, que dois-je faire ?

Lung Yen s'essuya le front avec la serviette chaude.

– Assieds-toi et mange, commanda-t-il avec un sourire grimaçant.

Je ne suis pas malade. Si tu te presses un peu nous aurons encore le temps d'aller au cinéma. Après tu passeras la nuit dans mon logis, le lit est prêt.

Il avait vu dans ses rêves et dans son imagination son fils dormant à côté de lui, son fils : le sang et la chair nés de lui, son fils : la chaleur, le calme, la paix. Il désirait cela plus qu'il n'avait jamais désiré de coucher avec une femme.

– Je n'ai pas la permission de la nuit, dit Saileong. Je le regrette. Mais la discipline est la chose la plus importante, dans l'existence.

Lung Yen devint attentif quand les lèvres de l'enfant prononcèrent avec simplicité ce grand mot qu'il n'avait encore jamais entendu.

– Que dis-tu ? Discipline ? Cela n'existait pas de mon temps. Est-ce une invention des diables étrangers ?

– C'est cela qui fait la force des étrangers, et cela dont l'absence a été fatale à la Chine, dit Saileong avec une sagesse d'homme fait.

C'était la leçon qu'il avait apprise par cœur.

– Si cette disci... enfin cette histoire interdit au fils de servir son père, cela ne peut pas être une bonne chose, dit Lung Yen irrité.

« Je ne puis compter te présenter le thé du soir et le thé du matin », avait écrit son fils. Et voilà qu'il était assis et parlait de découvertes étrangères et antipathiques. Depuis qu'il avait craché le sang rebelle, Lung Yen se sentait un peu plus léger. Le repas approchait de la fin et le garçon servit le riz. C'était le grand instant que Lung Yen avait attendu avec impatience. Il regardait son fils manger et oubliait tout ce que Saileong avait pu dire. C'était un fils d'une beauté florissante, d'un aspect magnifique. Il ne se bourrait pas de riz comme un buffle mange de l'herbe, mais il mangeait d'une manière élégante et tenait les bâtons avec distinction. Yen avait souvent pensé à son fils mais rarement à sa femme. Maintenant il pensait à elle.

– Ta mère est une femme bonne, meilleure que la plupart, dit-il.

– Ma mère est ce que j'ai de plus cher au monde.

Lung Yen sortit le paquet qu'il avait gardé à ses pieds sous la table en sorte qu'il pouvait le palper toujours de l'orteil, pour voir s'il n'était pas parti.

– Je t'ai apporté un cadeau, mon fils, dit-il, la respiration un peu coupée.

Il développa lentement le papier qu'il plia et mit dans la poche de son élégante veste, car il était encore en assez bon état pour faire des semelles. Il posa l'auto sur le sol et souhaita qu'il y eût dix lampes au lieu d'une pour la faire mieux briller.

– Une auto ? s'étonna Saileong.

– Une auto, répondit Lung Yen, rayonnant de joie.

Le froid qui avait parcouru son dos fit place à une sensation de chaleur.

– Une auto, une auto, disait-il, répétant le mot étranger. Et elle fonctionne comme les grandes.

Il remonta le ressort et Saileong se leva et vint s'accroupir auprès de son père, ses cheveux chatouillaient la joue de Lung Yen et ce dernier sentait la jeune chaleur confiante de son fils.

– Laisse voir, donne-la-moi, fit-il impatiemment.

Mais Lung Yen remontait complètement le ressort et reposait la voiture sur le sol. Elle courut. Elle ne courait pas si vite que la première fois, mais elle courait. Il s'agenouilla pour être plus près du cadeau et le garçon qui servait le thé s'arrêta, lui aussi, et regarda le petit véhicule qui courut en rond, ralentit et s'arrêta.

– Elle s'arrête, dit Saileong.

– Tu n'as qu'à la remonter et elle marchera de nouveau, dit Lung Yen. Ce n'est rien de particulier, juste une petite attention pour mon fils.

Saileong, sous le coup de l'étonnement, avait oublié de remercier. Mais de le voir à genoux sur le sol contemplant son cadeau avec un ravissement manifeste suffisait à Lung Yen. L'enfant remonta le ressort et la petite voiture fit sa course obéissante, mais lentement et peu de temps.

– Je l'ai portée toute la journée, peut-être est-elle fatiguée, insinua Lung Yen.

Mais Saileong déclara avec empressement :

– C'est juste le ressort, je peux le retendre.

Il retourna la voiture, s'accroupit et se mit à travailler au mécanisme étrange comme s'il avait vécu toute sa vie avec des voitures de ce genre.

Lung Yen l'observait avec un sourire profondément ému. Mais tout à coup le visage de l'enfant s'assombrit. Il se dressa et posa la voiture sur la table.

– J'aurais bien dû y penser, dit-il, c'est japonais, de la camelote japonaise.

Lung Yen ne comprenait rien à la colère et au mépris qui s'étaient soudain marqués sur le visage de l'enfant. Il prit la petite auto, la frotta de ses riches manches de soie, souffla dessus et la frotta de nouveau. Il tendit le jouet étincelant à son fils, mais Saileong ne le prit pas.

– Pourquoi l'as-tu achetée, père ?

Et il fourra les mains dans les poches de sa courte culotte de scout comme pour les préserver du contact de l'auto. Il ne semblait plus être un enfant mais un adulte courroucé. Lung Yen réfléchit avant de répondre. Pourquoi l'as-tu achetée, père ? « Parce que je voulais te faire une grande joie, aurait-il pu dire. Parce que c'est la plus jolie chose que j'aie trouvée dans cette grande ville. Parce que je t'aime, toi le fils inconnu, comme la lumière de mes yeux. » Mais il n'exprima rien de tout cela et n'aurait d'ailleurs pas eu les mots pour le dire. Au lieu de cela il reprocha sévèrement :

– Il est impoli de maltraiter un cadeau, mon fils.

– Tu parles comme si tu ne savais pas que nous sommes en guerre avec le Japon ! s'écria Saileong. On peut le lire sur tous les murs, tous les journaux l'impriment, depuis des années nous combattons dans ce dessein : Boycottez les produits japonais, n'achetez pas de marchandises japonaises ! Où étaient tes yeux, ton intelligence, ton caractère, quand tu as acheté cela ? Ce sont des gens comme toi qui ruinent la Chine avec leur indifférence.

Lung Yen avait écouté la tirade de son fils sans pouvoir intervenir. Il n'en comprenait que la moitié, assez pourtant pour verser dans une tristesse embarrassée. Il aurait pu avouer qu'il ne comprenait rien à tout cela, mais il avait honte de lui. Il prit la petite voiture de ses mains tremblantes et chercha à la remonter, mais le ressort se buta.

– Tu ne veux pas de la petite voiture ? fit-il presque humblement.

Les yeux de Saileong s'emplirent de larmes de rage.

– Non ! père, je n'en veux pas, dit-il doucement. Je n'en veux pas, je ne veux rien de japonais.

Lung Yen leva la main et Saileong se courba comme dans l'attente d'un coup. Mais Lung Yen ne le frappa point, comment aurait-il pu frapper son fils ? Cependant il avait eu un geste involontaire et menaçant qui mit l'enfant en fureur.

– Tu peux me battre, mais je ne veux pas de la voiture, cria-t-il en pleine colère.

Il sortit de ses poches ses petits poings bruns, durs et couverts de griffures : ils tremblaient tant l'enfant était bouleversé. Il se saisit du jouet, le jeta sur le sol, cracha dessus, et l'écrasa avec sa botte étrangère, lourde et dure. L'auto grinça sous le talon et resta là, morte, comme d'autres autos que Lung Yen avait quelquefois vues dans la rue après un grand accident. Tout cela était comme un mauvais rêve, et, comme en rêve, il luttait contre l'étouffement.

– Qu'as-tu fait ! murmura-t-il.

Et il se serra à deux mains la poitrine, car là-dedans s'élevait une grande révolte de douleur et d'angoisse. Saileong, l'enfant, s'efforça de reprendre possession de soi.

– Avec l'argent que tu as payé pour avoir cette camelote, on fait des canons qui tueront nos soldats, dit-il calmement, mais non moins cruellement. Tu es un ennemi de la Chine. Mon père est un ennemi de la Chine.

Et comme cette pensée lui donnait une nouvelle cause de peine, il cracha de nouveau sur le jouet assassiné, en même temps qu'il séchait ses larmes avec ses deux poings fermés. Il poussa un soupir, s'essuya le nez de la main, se souvint de son éducation, sortit un mouchoir rouge et sécha ses yeux, son nez et tout son visage brûlant, courroucé et offensé.

Lung Yen regardait sans savoir que faire, les mots lui faisaient défaut, il ne pouvait rien expliquer. Il se pencha pour ramasser le petit objet tout abîmé. Il n'y parvint pas. Quelque chose se produisit au dedans de lui. L'émotion et la peine de la désillusion brisèrent quelque chose dans ses entrailles. Il chancela, gémit indistinctement et s'affaissa contre la table. Sa bouche se remplit de métal chaud et il aurait étouffé s'il ne l'avait pas ouverte. Un flot de sang s'écoula sur la nappe.

– Père ! s'écria Saileong, bouleversé.

Il avait failli tuer son père avec ses grands mots et son mépris. Alors, tandis que Lung Yen considérait avec honte et stupéfaction la saleté qui s'était écoulée de son corps, Saileong, sans manifester de dégoût, l'enlaça, le caressa, mit sa joue contre la sienne et chercha à le consoler, comme si ç'avait été Lung Yen l'enfant et Saileong le père.

Les deux serveurs vinrent armés de serviettes et essuyèrent en grommelant le sang répandu. Le restaurateur était à côté et attendait la fin du repas et le paiement. Lung Yen voulut parler mais rien ne parvint à sortir de lui qu'un long gémissement :

– Père, Haute Personne, pardonne-moi, tu m'entends, mon père, pardonne-moi ! murmurait Saileong dans l'oreille de Lung Yen.

Enfin la douleur qui l'étreignait s'atténua et il put surmonter la « faiblesse sombre » qui l'avait si malencontreusement assailli.

– C'est bon, n'aie pas peur, murmura-t-il à l'enfant.

Et il s'efforça tant bien que mal de sourire. Les mains de Saileong tremblaient aussi : il était effrayé parce qu'il se rendait compte que ses propos sur le boycottage des marchandises japonaises étaient en partie responsables du malaise de son père. Sur les bannières qui flottaient ce jour-là autour du stade on pouvait lire : « La meilleure arme contre l'ennemi est le boycottage », mais on pouvait y lire aussi : « Respectez les gens âgés. N'oubliez pas l'amour et le respect que vous devez à vos parents. » Il aurait voulu pleurer en cachant sa tête dans le giron de sa mère, bien qu'il fût déjà un homme. Il refoula ses larmes par un grand effort et soutint son père.

– Peux-tu marcher ? demanda-t-il, soucieux.

Lung Yen sourit courageusement. Il s'efforça par sa bonne tenue d'effacer l'impression misérable que son malaise avait dû faire sur son fils.

– *Can do*, répondit-il donc en pidgin-english.

Il se tenait, un peu incertain sur ses pieds froids et raides dans les souliers dont il n'avait pas l'habitude. Il sortit sa bourse et paya le restaurateur puis il donna leur pourboire aux garçons. Il leur donna plus qu'il n'aurait voulu car ils avaient eu plus de travail avec lui qu'avec un homme en bonne santé. Pourtant ils grommelèrent derrière lui des paroles dénuées d'amabilité. Saileong glissa son épaule sous le bras de son père pour le soutenir.

– Ne t'inquiète pas, cela fait du bien que le sang impur s'en aille, dit Lung Yen pour le calmer.

– C'est vrai, c'est vrai, dit Saileong avec empressement.

L'air fit du bien à Lung Yen, quoiqu'il se mît à frissonner. Il n'osait pas se regarder car il craignait d'avoir taché sa tunique de soie.

– Où se trouve ton domicile ? demanda Saileong, qui avait pris la conduite des événements.

– A Chapeï, rue des Quatre-Vertus, dit Lung Yen.

Saileong siffla un taxi qui passait à vide et s'arrêta dans un grincement de freins.

– Non, c'est trop cher, dit Lung Yen très agité.

Il savait qu'il n'avait plus que huit cents en poche.

– Monte et sois mon hôte, protesta Saileong avec une générosité un peu exagérée. Ma mère m'a donné assez d'argent.

Dans la voiture il saisit aussitôt la main froide de son père et la pressa contre sa poitrine pour la réchauffer. Deux fois aussi il la porta à sa bouche et souffla dessus. Lung Yen fut forcé de sourire au milieu de son malheur. Quand il était enfant, il lui était arrivé de souffler ainsi sur des papillons qui étaient raidis de froid. Peu après ils étaient arrivés rue des Quatre-Vertus et Saileong paya le chauffeur. Lung Yen ne regarda pas car il voulait ignorer combien d'argent s'en allait pour ce court voyage. Puis son fils l'aida à sortir de la voiture et le conduisit dans la maison.

Le tailleur et sa famille n'étaient pas allés se coucher car ils attendaient leur hôte pour le contempler et le féliciter. Lung Yen s'était imaginé autrement son arrivée, tout autrement. Pourtant c'était bon de sentir la prévenance de l'enfant et de voir avec quels soins attentifs il l'aidait à se déshabiller. Lung Yen était heureux d'avoir pris un bain le matin et de pouvoir montrer à son fils un corps propre. Des frissons glacés l'avaient déjà saisi dans le taxi et ils se multipliaient. Il avait si froid que ses membres grelottaient et que ses dents s'entrechoquaient. Il était pris d'un froid qui ne venait pas de l'extérieur mais qui était installé au-dedans de lui et l'envahissait tout entier. Saileong le mit au lit et le recouvrit. Cela lui fit un peu de bien. La femme du tailleur vint à la porte en traînant la savate et en toussant poliment : elle apportait du thé. Saileong lui murmura quelque chose à l'oreille et elle repartit après avoir jeté à Lung Yen un regard préoccupé. Saileong s'assit sur le pied du lit et posa ses deux mains à plat sur la poitrine de son père. La chaleur traversait la tunique de soie et la couverture et se répandait sur Lung Yen. Il cessa de grelotter et seule la sécheresse de ses lèvres le gênait encore un peu. Il les mouilla avec sa langue et sourit à son fils.

– Eh bien, nous avons manqué le cinéma, dit-il en manière de plaisanterie.

– Nous nous rattraperons, je reste encore deux jours à Shanghaï, répondit Saileong.

Lung Yen réfléchit attentivement et longuement. Il ferma les yeux. « Huit cents. En vendant ma tunique et en achetant un vêtement de coolie en bon état je peux gagner soixante-quinze cents, et même quatre-vingts. Si je peux amener un étranger chez Kwe Kuei, j'aurai encore dix cents de commission. Deux étrangers, vingt cents. Cinq étrangers pour Kuei, un dollar pour Yen. Il y a beaucoup de bateaux dans le port, beaucoup de matelots. Les matelots ne veulent pas de *fumée*, ils veulent des femmes. Je prendrai mon riksha demain et j'irai attendre les diables étrangers à Sang Hai Kwar Lan. Peut-être le jeune monsieur Koo voudra venir avec moi chez Kwe Kuei. Le jeune monsieur Koo a besoin de la grande fumée. Il y a longtemps qu'il n'a pas été chez Kwe Kuei. Je l'attendrai. Dix cents pour le portier. Dix cents pour le policeman à l'angle de la rue. Quarante cents pour le riksha. Trente cents de cotisation à la guilde. Huit cents. Huit dollars de dette. Mon fils est arrivé. Mon fils veut que je le conduise au cinéma. Si une dame oubliait son sac dans le riksha, il y a souvent vingt dollars dans les sacs à main des étrangères, c'est Kuei qui le dit, il doit le savoir, il était bon voleur dans sa jeunesse. Vingt dollars dans un sac. Comment cela se présente-t-il, vingt dollars ? »

Il ouvrit les yeux et rencontra le regard attentif de son fils.

– Il ne faut pas que tu t'en ailles ? Tu n'as pas de permission. Est-ce que tu peux avoir des ennuis avec cette disci… cette chose nouvelle ? demanda-t-il inquiet.

– Je reste près de toi, dit Saileong. Tu es malade. Mon chef de groupe comprendra cela.

– Je ne suis pas malade, dit Lung Yen.

Il était content d'avoir retiré la moustiquaire crasseuse. Certes la pièce était pleine du sifflement des moustiques mais le lit était propre, et les moustiques ne le piquaient jamais : son sang n'était pas assez doux pour eux. Il posa ses mains sur la soie grise de sa robe.

– Je suis content, mon fils, dit-il en clignant des yeux.

Saileong s'assit bien droit et commença de parler.

– La ville ne vaut rien à ta santé, père. Pourquoi vis-tu ici en laissant ta famille sans toi ? Nous préfères-tu ton commerce ? Ne peux-tu le vendre ? L'argent n'est pas tout, bien qu'on dise qu'il fait voir les aveugles et entendre les sourds. Reviens avec nous, et ma mère te rendra la santé. Elle m'a rendu deux fois la santé, tandis que les autres enfants mouraient et que l'épidémie était telle qu'on ne trouvait plus de cercueil à acheter dans toute la ville. – il réfléchit puis exprima une nouvelle formule de sagesse qu'il avait entendue quelque part : Un mendiant vivant vaut mieux qu'un roi mort. Cette ville ne te vaut rien, père. Ne veux-tu pas venir avec moi lorsque nous quitterons Shanghaï ?

Lung Yen écoutait ces mots comme s'ils avaient été une vieille berceuse. Il ne savait pas si le fils intelligent avait percé à jour son misérable mensonge. S'il avait vu à travers les habits de soie la richesse d'emprunt, et s'il avait compris la honteuse réalité : le lit où il se trouvait ne lui appartenait pas. S'il avait su voir à travers les apparences miroitantes son corps affamé, usé et malade. Il respirait profondément et calmement. Il n'avait plus mal maintenant, plus mal. « Non, pensait-il, cette ville ne me vaut rien, cette ville a été méchante dès le début. » Il pensait à la guerre qui l'avait charrié dans cette ville, aux incendies et aux meurtres, aux combats et à la mort dont elle l'avait salué à son arrivée. « On dit qu'il y aura de nouveau la guerre et qu'elle sera pire que jamais », pensa-t-il. Il pensait aux fardeaux qu'il avait traînés et aux fabriques où on l'avait forcé à travailler comme jamais on n'a forcé un bœuf à la roue à eau. Unissez-vous, unissez-vous ! disait-on. Vingt cents retenus sur les salaires, et pourquoi ? Pour la caisse de grève. Les fabriques fermées, le ventre qui crie famine. Unissez-vous, unissez-vous ! Trente cents pour la guilde des coolies tireurs de rikshas, et encore trente cents et encore trente cents. L'union ne remplissait pas de riz les écuelles vides. « Non, cette ville ne vaut rien. Je suis un pauvre coolie, mon fils, un pauvre coolie misérable, même le riksha que je tire et la natte sur laquelle je dors ne m'appartiennent pas. Même la tête qui se trouve au bout de mon cou ne m'appartient pas, pensa-t-il révolté. Sans la grande fumée je suis trop faible pour travailler et mes douleurs sont intolérables. Je fume, ils me prendront et m'exécuteront, et jamais je ne pourrai revenir au pays. »

– Mon fils, dit-il, il faut que je te dise quelque chose.

– Père ? fit Saileong, attentif.

Lung Yen voulait raconter toute la vérité car il lui semblait que le poids qui pesait sur sa poitrine s'en irait.

– Je suis un pauvre coolie, reprit-il depuis le début, un pauvre coolie misérable à qui rien n'appartient.

– Père ? fit de nouveau Saileong.

Et Lung Yen remarqua qu'il avait pensé tout haut mais qu'aucun mot n'était sorti de sa bouche. « C'est trop difficile », pensa-t-il tristement.

– Le poirier, dit-il au lieu de ce qu'il aurait voulu dire, est-ce qu'il porte beaucoup de poires ? Il doit avoir beaucoup poussé.

– Quel poirier ? demanda Saileong.

– Le poirier près de la maison des ancêtres, répondit Lung Yen avec lassitude.

– Mais il n'y a pas de poirier, s'étonna le fils.

– Pas de poirier ? s'écria Lung Yen, ce n'est pas possible, tu as dû mal regarder. Tu es un enfant de la ville, tu n'as pas de regard pour les arbres et les champs. Il doit maintenant être plus haut que le toit, le poirier près de notre maison au village des Claires-Montagnes. Pas de poirier !

– Viens avec moi et tu verras toi-même, fit Saileong plein d'astuce. Je serais heureux que tu n'enseignes quelque chose des champs et des arbres.

– J'y réfléchirai, dit Yen.

« Je dois huit dollars, pensait-il. Il faut que je travaille un an pour payer mes dettes ; ensuite je pourrai revenir au pays. Un an, ce n'est pas long. Je rentrerai et je guérirai. L'air de mon village me guérira. La vue de mon fils est préférable à tous les rêves de *fumée.* »

Saileong continua de caresser la couverture avec ses mains, puis son geste se fit de plus en plus lent.

– Mon fils, dit Lung Yen, ton père n'est pas riche. Ton père est coolie et il est très pauvre. Mais ton père rentrera chez vous bientôt, cela ne durera pas longtemps.

Il ouvrit les yeux, car les mains de Saileong avaient glissé de la couverture. L'enfant s'était endormi et n'avait rien entendu. Sa tête était inclinée en avant, en sorte que la lumière de la lampe électrique pendue au plafond n'éclairait que ses cheveux et l'ovale enfantin de sa joue. Un moustique siffla sur cette joue et Yen le chassa avec douceur. Il se glissa jusqu'à l'extrémité du lit pour faire de la place à Saileong. Il tira l'enfant à lui. Il l'aurait volontiers niché contre sa poitrine, comme autrefois, mais il eut peur que son souffle n'apportât la maladie à son enfant et il se détourna de lui.

– Dors, mon fils, dors en paix, dit-il en entendant Saileong murmurer.

Il se leva et lui retira ses lourds souliers pour que ses pieds pussent respirer. Il éteignit la lampe et tira la couverture sur l'enfant. Dans l'ombre, les moustiques chantaient. La chaleur de ce jeune corps pénétrait en lui, la régularité de la respiration calmait aussi sa propre respiration, et, tandis qu'un brouillard toujours plus dense noyait sa conscience, il pensait avec joie : « Mon fils, mon fils, mon fils. »

Le lendemain matin, quand Lung Yen se réveilla, Saileong avait disparu. Sur la couverture il y avait une lettre et un demi-dollar d'argent.

~

C'était par pure habitude que le Dr Hain regardait dans son casier en arrivant devant le pupitre des entrées. Il n'y avait pas de lettre pour lui quand il avait quitté l'hôtel pour acheter son repas du soir et maintenant il était trop tard pour une nouvelle distribution. Il ne s'avouait pas à lui-même qu'il avait espéré vaguement un miracle, un télégramme peut-être.

– Bonsoir, docteur ! dit le chef de réception.

– Bonsoir ! répondit le Dr Hain, et il se dirigea vers l'ascenseur.

– Qu'est-ce qui se passe dehors ? lança le chef de réception dans son dos.

Il haussa les épaules. Le hall était plus vide qu'aux jours habituels.

– Toutes les lignes téléphoniques sont bloquées, il est impossible d'obtenir une communication, dit le Grec à son commis.

Le Dr Hain monta au sixième où se trouvait sa chambre. Le chemin était long, qui conduisait de l'ascenseur à sa porte ; il fallait tourner plusieurs fois, franchir deux marches et aller jusqu'à l'extrémité du couloir. Il y avait là l'ascenseur de service d'où l'on roulait avec des bruits discrets les tables portant le petit déjeuner et le tiffin dans les chambres occupées par des ermites ou des paresseux. De l'autre côté c'était le réduit à balais de l'étage, et les petits boys chinois y bousculaient leurs seaux et tenaient des conversations qui rappelaient au Dr Hain le bruit du xylophone. Souvent il les écoutait avec envie car les quatre tons de la langue chinoise présentaient pour lui d'infinies difficultés bien qu'il eût l'oreille assez bonne pour comprendre et goûter la tessiture compliquée du dernier quatuor pour instruments à cordes de Beethoven.

Sa chambre était étroite et longue, séparée du débarras aux balais par une cloison de bois. Tout près de la porte se dressait le lit, puis il y avait une commode sur laquelle son violon voisinait avec le pot à eau. La lampe à abat-jour vert lui appartenait ainsi que la cafetière électrique. La moustiquaire de la fenêtre et le ventilateur dans le coin étaient sa participation au luxe du Shanghaï Hôtel. Il n'était pas encore six heures et il aurait fait clair si la chambre n'avait donné sur un puits étroit. Le Dr Hain alluma la lampe et posa son petit paquet. Il retira sa veste et son gilet et les accrocha avec précaution car il devait prendre grand soin de ses vêtements. Il se lava les mains dans la petite cuvette fixée au mur, mit la cafetière en marche et commença de déballer son dîner. Souvent, comme du reste ce soir-là, il prenait la peine d'aller jusqu'à la petite charcuterie allemande de Peking Street, car c'est le propre des déracinés et des exilés de tenir encore à la nourriture et aux livres de leur pays, lorsque depuis longtemps ils sont devenus étrangers à tout le reste. Il coupa le pain noir en tranches, y tartina une mince couche de beurre ramolli par la chaleur et y posa les rondelles de saucisson qu'il venait d'acheter. La cafetière commença de chanter. Le Dr Hain poussa un soupir de satisfaction en s'asseyant à son bureau. Il avait fini par aimer cette chambre, son air misérable et sa tranquillité. Quelque chose y rappelait ses chambres d'étudiant.

– Nous allons avoir fini, dit-il à la cafetière car c'était devenu son habitude, durant sa longue solitude, de converser avec les objets qui l'entouraient.

Sur le bureau il y avait deux photographies. L'une représentait sa femme, Irène, vêtue d'une robe du soir de coupe désuète et regardant, un peu guindée, devant elle. L'autre était un instantané de son fils Roland pris par Irène au jardin quand il avait quatorze ans. Il ne portait qu'un caleçon de bain et courait devant son chien en le regardant en riant. Même sur cette vieille photo maladroite on pouvait remarquer la beauté du garçon. Sur le bord de la photo qu'Irène lui avait envoyée après son départ en exil, on pouvait lire, écrit d'une fine écriture penchée : « Ceux que les dieux aiment, ils les font mourir jeunes. »

Debout, Emmanuel Hain but son café et mangea son pain. Il rinça la cafetière dans la cuvette et remit soigneusement les objets en place. Il avait appris dans les dernières années que la pauvreté n'est supportable que lorsqu'elle est accompagnée du plus grand ordre.

– Maintenant nous allons écrire une lettre, dit-il à son bureau.

Il prit dans le tiroir quelques feuilles à l'enseigne de l'hôtel, les disposa sous sa lampe, sortit son stylo et se mit à écrire.

« Ma chère femme, le jour s'est passé sans un mot de toi. Je suis probablement un enfant d'avoir attendu avec autant d'espoir une lettre de toi. Mais c'est la première fois que tu oublies mon anniversaire et cela m'inquiète. Es-tu malade ? Ou quelque chose de plus grave encore t'est-il arrivé ? Tu sais les soucis que je me fais quand je n'ai pas de nouvelles de toi. Peut-être est-ce seulement la faute de la poste de Shanghaï qui travaille d'ordinaire avec beaucoup de sérieux. Dans ce pays où tout est à l'état de chaos, les lettres sont acheminées avec une grande régularité et dans les plus brefs délais. On prétend que c'est un reliquat du temps où les courriers devaient ramener à une vitesse folle les friandises du Sud à la cour impériale de Pékin. Mais ceci n'est qu'une parenthèse. On dit ici qu'à partir d'aujourd'hui les lignes aériennes et les chemins de fer seront fermés au trafic pour que l'on puisse amener en hâte des transports de troupes à Shanghaï. Personne ici ne croit plus que la guerre puisse être évitée, car les Japonais ont déjà débarqué trop de troupes et le fleuve est plein de leurs destroyers. Je ne peux me faire la moindre idée de cc qu'est une guerre à Shanghaï, car la zone internationale est sacrée et les gens qui sont depuis longtemps ici parlent de l'affaire de 32 comme s'ils avaient été des spectateurs assis à l'orchestre et regardant sauter autour d'eux les faubourgs chinois. Quoi qu'il en soit, il est possible qu'une lettre de toi attende dans un coin quelconque et ne trouve pas le moyen de parvenir jusqu'à moi en ces temps troublés. Si la guerre se déclenche, j'aurai au moins un but dans la vie car on installera des ambulances et ma vieille expérience de la guerre me rendra service.

« Ma chère femme, ma chère Irène, tu me demandes quelle est ma vie : ma vie, ce sont tes lettres, voilà toute la réponse. Plus je demeure dans ce pays, moins je le comprends et plus je désire le quitter. Tu sais, Irène, que ma vie n'a qu'un but et une raison d'être : être de nouveau avec toi. Jamais il n'en sera question ici à Shanghaï, cela je le vois bien. Mais j'ai un petit espoir dont il faut que je te parle. Tu te souviens du Dr Weininger, mal élevé, qui avait été quelque temps à l'hôpital municipal de Mannheim ? Avec l'aide de parents qu'il y avait, il s'est installé il y a trois ans à San Francisco, et, à ce qu'il semble, ses affaires marchent bien. Cet homme fidèle m'a proposé de le rejoindre et de m'installer là-bas comme chirurgien. Il me propose de participer à ses affaires, c'est-à-dire qu'il me confierait toutes les opérations qu'il jugerait nécessaires. Tu peux te représenter, ma chérie, comme cette proposition me séduit. Ce serait le paradis. Je pourrais de nouveau faire du vrai travail, je serais auprès de toi, j'appartiendrais de nouveau au nombre des vivants ! Il faudrait pour cela que je travaille pendant un an à la faculté de San Francisco pour passer ensuite un examen de médecine en anglais. C'est une situation comique, je l'avoue : le professeur Emmanuel Hain, cinquante-cinq ans d'âge, au milieu de jeunes étudiants américains. Mais d'autres l'ont fait avant moi, pourquoi n'y parviendrais-je pas ? Ici je me suis habitué à la langue anglaise et l'examen en anglais ne peut être plus difficile que de se faire comprendre des coolies chinois.

« Une seule chose constitue un obstacle, toujours la même chose misérable, indigne et risible : l'argent. Il faudrait trouver assez d'argent pour vivre durant cette année à San Francisco, plus quelques centaines de dollars pour pouvoir attendre que la clientèle commence à rapporter. Je me martyrise la tête pour savoir d'où tirer cet argent et je ne trouve pas. Nous ne pouvons vivre avec les dix marks par mois qui te seront peut-être alloués. Pourtant je sens qu'il est grand temps qu'enfin nous… »

On frappa à la porte du Dr Hain, une fois, deux fois, trois fois même avant qu'il entendît. L'instant d'avant il était encore tout près d'Irène, maintenant il tirait vivement un journal sur sa lettre inachevée, par un geste bizarre de pudeur, et il ouvrait la porte. Dehors se dressait un boy chinois.

– *Doctor, go catch room number sixteen seven eight chop-chop, boy say master vely much sick*, annonça-t-il en arrondissant les sourcils.

Le Dr Hain assimila la phrase pidgin.

– *All right*, dit-il en refermant sa porte. – il tenait sa trousse toujours prête : Vraisemblablement quelqu'un qui a trop bu, lui dit-il en la prenant.

Il avait quelque expérience de la pratique médicale dans les hôtels.

Helen Russell avait couru la ville cet après-midi-là pour acheter un cadeau de noces pour Frank Taylor. Puisqu'il avait l'air résolu à mener à bien ce mariage infernal avec la petite Américaine, Helen se faisait un plaisir rageur d'offrir au jeune couple un cadeau trop précieux et trop cher. Elle s'était presque décidée pour une coupe en céladon de l'époque des Ming ; mais avec la même ironie sombre qu'elle avait mise à entreprendre cette affaire, elle décida que Ruth Anderson, la future Mrs Taylor, n'aurait pas la moindre notion de la valeur d'un tel cadeau. Vraisemblablement elle se servirait de la coupe à la cuisine pour y faire le pudding, pensa-t-elle. Helen qui ignorait, avant son arrivée à Shanghaï, tout de l'amour et par conséquent aussi des tortures de la jalousie, endurait maintenant des souffrances insupportables et c'était pour elle un plaisir lancinant que de se faire sans cesse souffrir. Une autre Helen assistait à tout cela, la tête froide, et regardait avec un sourire moqueur cette Helen amoureuse, jalouse, tourmentée. C'est comme une rage de dents, mais en pire, pensait celle-là. On presse toujours sur la place qui fait mal. Ruth Anderson et une coupe de céladon, de fait !...

Enfin elle trouva l'horreur qu'elle cherchait : un énorme shaker d'argent, avec douze coupes d'argent, le tout sur un plateau d'argent si lourd que seul un champion de lutte aurait pu le porter à la ronde.

– Vous graverez la date à l'intérieur, dit-elle au vendeur : Shanghaï, 14 août 1937.

L'auto d'Helen l'attendait dehors. Shanghaï, quatorze août mille neuf cent trente-sept, pensait-elle. Le jour de mon exécution. Elle sortit son poudrier et se regarda sérieusement dans le miroir.

Lorsqu'elle entra dans le salon de son appartement elle trouva Potter en train de regarder par le trou de la serrure dans la chambre de Bertie. Il ne se dérangea pas à son entrée mais lui fit signe avec la main de ne pas faire de bruit.

– Le docteur est là, chez Mr Russell, souffla-t-il.

– Quelque chose ne va pas ? demanda Helen en enlevant son chapeau.

– Une petite crise, annonça Potter toujours devant le trou de la serrure.

Helen chercha du regard dans la chambre des objets brisés. Mais seule une chaise gisait sur le sol et l'encrier de verre sur le bureau était renversé.

– Est-ce que cela vous ferait quelque chose de ranger la pièce, Potter ? fit-elle.

Potter abandonna son poste et releva négligemment la chaise. Potter, comme Helen, s'était habitué à considérer avec froideur les crises pendant lesquelles Bertie devenait furieux.

– Quel docteur avez-vous fait venir ? s'enquit Helen, tandis que du bout des doigts elle étanchait l'encre avec son mouchoir.

– Le docteur de l'hôtel, un Allemand à cheveux gris, répondit Potter d'un ton profondément méfiant. Je n'ai pu atteindre un docteur anglais, il est impossible d'obtenir une communication téléphonique. J'ai estimé qu'il était bon de ne pas trop attendre..

Helen réprima un sourire.

– Shanghaï vous plaît, Potter ? demanda-t-elle, moqueuse.

Potter leva les mains d'un air résigné :

– Une sale antiquaille, dit-il, en tout point une sale antiquaille, Mrs Russell.

– Il faut avoir de la patience avec le téléphone, dit Helen amusée, en fin de compte nous sommes en territoire de guerre.

Potter la regarda un instant d'un air songeur.

– Mrs Russell est encore trop jeune, si je puis me permettre cette remarque, trop jeune pour savoir ce qu'est la guerre, ajouta-t-il après mûre réflexion.

Helen s'assit auprès du poste de radio et tourna les boutons. Une haute voix de Chinoise s'éleva, qui avait la sonorité d'une roue mal graissée. Puis elle attrapa un orgue électrique gémissant qui s'efforçait de jouer du jazz. Potter, de nouveau collé au trou de la serrure, ouvrit la porte à temps quand le docteur Hain sortit. Helen jeta un regard fugitif dans l'entrebâillement de la porte et vit Bertie qui gisait sur le lit, sans veste et le col de la chemise ouvert ; il fumait, apparemment calme. Potter referma aussitôt la porte.

– C'est très gentil de votre part, docteur, de vous être occupé de mon baby, dit-elle avec insouciance, est-ce qu'il a un peu retrouvé ses esprits ?

Le Dr Hain la regarda avec une certaine stupéfaction. Il ne pouvait s'habituer à ces manières anglaises : garder pour soi tout ce que l'on ressent et ne jamais le laisser paraître. En Allemagne on aimait les épanchements et les larmes.

– Oui, je crois que c'est passé… pour cette fois, dit-il, et il s'arrêta, indécis.

– Voulez-vous vous asseoir un instant, docteur ? Attendre pour le cas où un nouvel accès se produirait ? Que désirez-vous boire ? dit Helen en prenant le téléphone pour commander quelque chose.

– Merci, merci mille fois, dit le Dr Hain, et il s'assit après une courte hésitation. Je ne bois rien à cette heure-ci.

– Montez de la vodka, commanda Helen au téléphone.

Elle s'était habituée à la vodka à Paris, comme à un accessoire complétant son personnage de grande-duchesse russe exilée. Dans les moments où elle se sentait malheureuse ou sans énergie, elle revenait machinalement à cette forte boisson pure et claire.

– Alors ?… demanda-t-elle en s'asseyant en face du docteur, contre la cheminée inutile surmontée du sourire idiot d'un bouddha. Vous vouliez me dire quelque chose ?

Potter avait quitté la pièce sans plus de bruit qu'un orvet. Le Dr Hain toussota. Il parlait si peu et se trouvait si souvent seul qu'il avait toujours besoin de s'éclaircir la voix avant de parler.

– Votre médecin vous a sans doute déjà dit que le cœur de votre mari est en mauvais état ? dit-il de but en blanc.

Helen l'observa attentivement.

– Il a parfois été question de troubles nerveux du cœur, dit-elle avec insouciance.

– Troubles nerveux… bon, eh bien, nerveux est une expression, comment dirais-je… un euphémisme. Mr Russell semble avoir traité son cœur sans ménagement, conclut le Dr Hain sans circonlocutions.

Helen lui lança un rire d'encouragement.

– Exprimez-vous sans crainte, docteur, je suis habituée aux conversations de ce genre.

– Je ne pourrais prendre sur moi de faire quelques phrases passe-partout, continua le médecin, votre mari est dans un état où l'on peut s'attendre à tout. J'estime nécessaire que vous sachiez où vous en êtes.

– Où j'en suis… reprit Helen.

La conversation la distrayait beaucoup plus qu'elle ne la préoccupait. On frappa et un garçon français entra avec la vodka. Il avait un profil d'Apollon et louchait. Il remplit deux verres et laissa la bouteille sur le plateau. Puis il se plaça, légèrement incliné dans une attitude obligeante, derrière la chaise d'Helen.

– C'est bien, Gaston, merci, je n'ai plus besoin de vous, dit Helen.

Gaston disparut.

– Il a couché une fois avec une millionnaire américaine qui était descendue dans cet hôtel, dit Helen derrière son dos, depuis il se croit tenu à la galanterie envers tous les hôtes féminins d'ici.

Elle tendit un verre au Dr Hain :

– *Prost*, docteur ! dit-elle.

– *Prost!* dit le Dr Hain, et il but par politesse.

– A quoi dois-je m'attendre ? Où en suis-je ? demanda Helen aimablement.

– Mr Russell semble avoir fait ces temps derniers… des excès que son cœur ne peut surmonter. Il faut l'empêcher de recommencer, dit le Dr Hain.

Helen se mit à rire, on aurait dit qu'elle se moquait de lui.

– Des excès ! Évidemment, des excès ! Et pas seulement ces temps derniers ! dit-elle, et elle revint à l'anglais : Ce n'est pas une tâche facile que d'empêcher Mr Russell de commettre des excès. Particulièrement à Shanghaï. Cette ville a été inventée pour les gens excessifs, ne trouvez-vous pas, docteur ?

– Pourquoi ne partez-vous pas ? Vous auriez mieux le contrôle de votre mari sur un bateau. D'autres part le site n'est pas très hospitalier en ce moment, permit le Dr Hain.

– Nous allons partir bientôt, répondit Helen, pensive.

Jusqu'à présent elle n'avait pas réussi à prendre sur elle de quitter la ville où Frank vivait. Comme si elle espérait pouvoir encore à la dernière minute empêcher ce mariage et s'enfuir avec lui, loin de tout dans quelque paradis de l'amour où il n y aurait qu'eux deux. Helen, l'aventurière, ne savait pas à quel point ses désirs étaient simples et naïfs, ni que c'étaient là les désirs de tout le monde, les désirs les plus banals, ceux de tous les amoureux.

– C'est le petit pianiste du bar, reprit-elle, mon mari part sans cesse avec lui, j'ignore ce que ces deux-là font toutes les nuits.

Le Dr Hain devint attentif lorsqu'il fut question de Kurt.

– Vous voulez dire Kurt Planke ? fit-il, inquiet.

– J'ai fréquenté trop de bars... Pour moi, tous les gens des bars s'appellent Jack, cela simplifie l'existence, dit Helen. C'est ce joli garçon qui joue si bien du tango. Est-ce un Allemand ? Je l'imaginais plus exotique.

Le Dr Hain mit son verre de vodka à hauteur de ses yeux en y faisant jouer la lumière. Il n'entendit pas ce qu'Helen disait car il suivait le fil de ses propres pensées. « C'est vrai, pensait-il, j'ai négligé Kurt. Il faut que je lui parle. » Helen leva elle aussi son verre et regarda au travers du liquide limpide qui brisait la lumière en un arc-en-ciel. Elle souriait, abîmée dans ses pensées.

– C'est pour cela que j'aime boire de la vodka, dit-elle avec incohérence.

– Pardon ? fit le Dr Hain qui n'avait pas écouté.

– Rien, un souvenir d'enfance, répondit Helen en vidant son verre.

Cette conversation où chacun suivait son idée tomba complètement.

– Il faut que je prenne congé, dit Hain en se levant.

« Il faut absolument que je parle tout de suite à Kurt, pensait-il. Il ne faut pas qu'il se remette à l'opium. »

– Je parlerai au pianiste, reprit-il à l'adresse d'Helen, je le connais bien. Je lui interdirai de procurer de l'opium à votre mari, ou quoi que ce soit, se hâta-t-il d'ajouter.

Helen l'accompagna aimablement jusqu'à la porte.

– Et son cœur ? questionna-t-elle au dernier moment. Vous vouliez me dire que cela pouvait devenir dangereux ? Je veux dire : pensez-vous qu'il puisse arriver subitement quelque chose ?

– Mrs Russell, dit le Dr Hain désagréablement surpris comme tous les médecins en face d'une question trop directe. Mrs Russell, à cela je ne puis répondre. Quand un cœur qui n'est pas en parfait état veut faire grève, on ne peut le prévoir. J'ai vu mourir d'une attaque des personnes dont le cœur était en bien meilleur état que celui de votre mari. Et je connais des cœurs très malades qui sont comme les vieilles automobiles ; lorsqu'on sait les traiter, ils marchent des années et des années. Tout ce que je puis recommander, c'est la prudence : des soins, du repos, une chaise longue sur le pont d'un navire où le bar ferme à neuf heures. Bonsoir Mrs Russell, mes hommages.

Lorsque la pièce fut vide, Helen Russell demeura quelque temps pensive devant la cheminée, les yeux fixés sur le misérable petit bouddha de bois doré. « C'est idiot, pensa-t-elle, on veut donner à tout prix une allure chinoise à cet hôtel. » Mais ses pensées étaient bien loin du bouddha dont le visage replet la fixait avec indifférence.

– Je n'y pense pas, dit-elle à haute voix en quittant la cheminée pour se diriger vers la fenêtre.

Si les excès pouvaient arrêter le cœur de Bertie, elle serait la dernière à l'empêcher d'en commettre. Elle resta encore quelque temps à la fenêtre et regarda en bas dans la rue profonde et étroite, encombrée d'un flot continuel de voitures, de rikshas et de passants. Elle se versa un autre verre de vodka et but lentement après avoir considéré les jeux de la lumière dans le liquide, puis elle fit une volte-face énergique et se rendit dans la chambre de Bertie. Il était toujours étendu sur le lit et semblait dormir. Elle s'assit près de lui et l'observa. Le soir était tombé, elle étendit le bras et alluma la lampe fixée au-dessus du lit, une lampe idiote comme tout ce qui se trouvait dans le Shanghaï Hôtel, une lampe à abat-jour de soie plissée rose bonbon. Elle s'aperçut que les yeux de Bertie n'étaient pas complètement clos et qu'il la regardait à travers la fente de ses paupières. Comme sa crise l'avait rendu pâle, son joli visage détendu était de nouveau couvert de taches de rousseur.

– Tu fais semblant de dormir ? lui dit-elle en le secouant un peu par l'épaule.

Il se mit à rire sans ouvrir davantage les yeux et l'enlaça.

– Laisse-moi te regarder, dit-il paresseusement. On dirait que ta tête est nimbée de rayons, madone.

Il parlait lentement, d'une voix oppressée, comme chaque fois qu'il avait pris un calmant, et les consonnes n'étaient pas articulées parce qu'il était trop amolli pour fermer la bouche.

– Réveille-toi, idiot, dit Helen non sans amabilité. Réveille-toi, vieux biberon, rassemble tes esprits !

Elle chercha à se libérer de son bras mais il la retint avec une force étonnante.

– Reste avec nous, nous sommes tout à fait gentil maintenant, murmura-t-il en ouvrant les yeux. – il respira profondément et s'étira : Oh Helen, dit-il, oh Helen !

« Est-ce que je pourrais l'étrangler ? pensa Helen sans cesser de sourire. Non, je ne le pourrais pas. » Bertie la lâcha, se mit sur son séant, boutonna son col et chassa de la main les cheveux retombés sur son front.

– Pardon, s'excusa-t-il poliment. – subitement il avait l'air tout à fait réveillé et plein de bon sens : Je suis désolé d'avoir perdu tout contrôle. Cela ne se reproduira pas, Helen, je te le promets.

Elle le suivit des yeux tandis qu'il se levait et mettait, devant la glace, sa veste de toile blanche. Il arrangea sa pochette et revint vers elle.

– Je ne suis pas fait pour cette ville, dit-il ; de meilleurs que moi… comme dit Shakespeare… Ou était-ce Byron ? hein ? – Helen ne répondit pas et il continua de blaguer : J'ai mangé trop de bonbons et je me suis fait mal à l'estomac, c'est tout. Viens, partons d'ici. – il s'assit à côté d'Helen sur le lit et sa voix se fit plus pressante : Viens, Helen, partons. Que faisons-nous dans ce bourbier ? Si nous restons, non seulement je m'empoisonnerai mais encore nous serons tués tous les deux. N'est-ce pas ? Partons !

– Ce n'est pas ma faute si nous sommes encore ici, répondit Helen, de mauvaise foi. Quand veux-tu partir ? Et où veux-tu aller ? Il n'y a plus de trains. Il est absolument impossible de parvenir jusqu'à Pékin.

– Au diable Pékin ! Il y a des bateaux, pour Hong-Kong par exemple, une ville anglaise, jolie et propre. Une ville anglaise, comprends-tu ? Tout autre chose que Shanghaï.

– Je demanderai à Potter de s'occuper d'un bateau, dit Helen.

Tout cela était fabriqué, faux et pourri : elle-même à Hong-Kong avec ce cadavre auquel elle était mariée, Frank dans le lit nuptial avec cette Américaine. « Je voudrais qu'une bombe les anéantisse », pensait-elle cordialement. Soudain Bertie posa sa tête sur la poitrine d'Helen et lui dit :

– Aide-moi, Helen, aide-moi donc !

Elle jeta les yeux sur lui et ne ressentit aucune compassion. Elle n'avait de pitié que pour elle.

– En quoi puis-je t'aider ? fit-elle froidement.

– Pourquoi m'as-tu épousé ? dit-il, et il pressait son visage sur la poitrine d'Helen, qui retint son souffle avec répugnance.

– Il me semble que tu pleures, prononça-t-elle.

Bertie ne répondit rien. Il respirait par à-coups, sa respiration arrivait chaude et humide sur la peau d'Helen. Elle se dégagea en laissant retomber la tête de Bertie sur l'oreiller, comme un quelconque objet, et se leva.

– J'ai faim, dit-elle en se dirigeant vers la glace. Il est temps de se changer.

Elle quitta la pièce, sans se retourner. Contre la porte elle rencontra Potter.

– Potter, dit-elle sans s'arrêter, veuillez demander la liste des bateaux pour Hong-Kong et Singapour. Un bateau anglais de préférence, mais pas avant samedi.

– A l'instant, opina Potter, et l'on pouvait lire sur son visage l'expression du soulagement. Helen avait à peine pris le chemin de sa chambre que Potter avait déjà le téléphone à la main.

~

En quittant l'appartement des Russell, le Dr Hain se rendit directement à la chambre de Kurt, si l'on peut appeler chambre le réduit que la direction avait alloué à ce dernier. C'était un cabinet au dixième étage, utilisé autrefois pour y ranger les draps mais devenu trop petit pour cet usage. Kurt ne pouvait ouvrir son placard qu'en s'asseyant sur le lit. La pièce n'avait pas de fenêtre, mais une cheminée d'aération comme une cabine d'entrepont sur un cargo. Comme Kurt travaillait toute la nuit au bar et qu'il dormait le jour, une fenêtre aurait été, selon ses propres termes, un ornement gaspillé sans raison.

Quand Kurt voulait prendre un bain, il fallait qu'il se fît apporter de l'eau par un magasin chinois d'eau chaude, et qu'il empruntât à l'un des boys un baquet de bois en guise de baignoire. Il n'y avait pas d'ascenseur menant du repaire de Kurt au bar ; il devait grimper les huit étages sur l'étroit escalier aux extrémités duquel brillaient des lumières rouges et qui n'était prévu que pour le cas d'incendie. Kurt ne possédant ni secret ni richesse, le Dr Hain trouva la porte ouverte. Du reste elle n'avait pas de serrure. Mais la pièce était vide.

– *Where Master go*? demanda le docteur au boy qui arriva sur ces entrefaites.

– *Master go topside*, lui fut-il répondu, tandis qu'un index effilé se dirigeait vers le haut pour renforcer l'affirmation.

Le Dr Hain, qui ne connaissait pas le mystère de l'escalier de secours, refit en sens inverse le chemin conduisant à l'ascenseur, redescendit, sortit en face du pupitre des entrées, jeta à la dérobée un regard machinal sur son casier, franchit le hall, arriva au deuxième ascenseur et entreprit enfin véritablement le voyage vers le bar.

Dans l'antichambre déjà, il entendit la musique, prêta l'oreille avec surprise et sourit malgré lui en reconnaissant le deuxième mouvement de la sonate en *do* majeur de Beethoven. Il entra sur la pointe des pieds.

Le bar était vide, car il était encore trop tôt pour les clients, et l'espace désert semblait immense. Un vague crépuscule traînait encore sur la ville, mais les fenêtres du bar étaient tendues de lourds rideaux qui ne laissaient pas filtrer la lumière, et l'on aurait dit qu'un aveugle jouait là-bas dans le noir. C'était inné chez le docteur : il ne troublait jamais un musicien. Il tâtonna donc jusqu'à l'une des banquettes de soie qui s'étendaient le long du mur et s'assit patiemment pour écouter la fin du mouvement. Très loin en bas on entendait des klaxons, des coups de frein, et le grand brouhaha indistinct de Shanghaï. En haut dans le bar on entendait la dernière sonate en *do* majeur de Beethoven.

Kurt tint la dernière note avec la pédale jusqu'à ce qu'elle se fût complètement éteinte; puis le docteur à son grand étonnement entendit quelqu'un applaudir. Là-dessus Kurt alluma la lampe du piano qui projeta un cercle de lumière sur les touches et leur voisinage immédiat. Alors seulement le Dr Hain se rendit compte qu'une jeune fille était assise à côté de Kurt sur le banc du pianiste. Avant même qu'il eût eu le temps de se sentir gêné parce qu'il les avait dérangés, Kurt dit :

– Voici Ruth, docteur, une de ces pauvres orphelines chinoises qui gagnent péniblement leur vie en copiant des dentelles vénitiennes.

Ruth rit un peu et fit avec embarras :

– Il dit les choses les plus comiques, n'est-ce pas ?

– Le professeur Hain est spécialiste de la greffe des glandes, reprit Kurt, continuant les présentations. Il a réussi il y a peu de temps à faire d'un *pavian* un lieutenant de la marine anglaise. Les glandes, toujours les glandes.

– Vous aimez la musique ? questionna le Dr Hain faute de mieux.

– Je suis folle de musique, répondit Ruth avec enthousiasme. Je pourrais rester assise ici toute la soirée à écouter.

– Elle prend Stravinski pour un entremets et croit que Beethoven est chef d'orchestre au Metropolitan de New York, commenta Kurt en allemand.

Ruth regardait attentivement ses lèvres pendant qu'il parlait, comme si elle avait pu comprendre cette langue étrangère.

– Miss Ruth me fait trop d'honneur, ajouta Kurt dans un anglais brusquement formaliste. C'est elle, la jeune femme qui doit épouser Frank Taylor samedi prochain et que nous attendions depuis si longtemps déjà.

A ces mots le Dr Hain s'inclina à plusieurs reprises et prit la main de Ruth pour la serrer.

– Je devais attendre Frank sur la terrasse, dit-elle, mais il n'y a pas de terrasse. C'est alors que j'ai entendu jouer Kurt et que je me suis faufilée ici. Il se fait sûrement déjà tard ?

Le docteur alla vers la porte qui conduisait du bar à la terrasse.

– Pas de terrasse ? s'étonna-t-il en voyant la grande surface déserte dont on avait retiré les tables, les parasols et les caisses de fleurs.

– Peur des attaques aériennes, répliqua Kurt derrière son piano. Pas de terrasse provisoirement.

– Dans ce cas, le bar n'est pas un séjour plus sûr, dit le Dr Hain en se reculant brusquement, comme quelqu'un qui quitte la fenêtre à l'apparition d'un éclair.

– Bah ! le bar, c'est tout à fait différent, n'est-ce pas Ruth ? dit Kurt en souriant à la jeune fille.

– Je n'ai pas peur, dit Ruth.

– Non, nous n'avons pas peur, répéta Kurt ; si ça dégringole nous nous glissons sous le piano, c'est à l'épreuve des bombes.

Il tendit les mains, écarta les doigts et commença le dernier mouvement de la sonate. Ruth était restée assise tout près de lui et écoutait, bouche bée.

Le Dr Hain reprit sa place contre le mur et s'abandonna à la musique. Il y avait longtemps qu'il n'avait plus entendu Kurt jouer. Au fond c'était un miracle que le jeune homme n'eût pas oublié son Beethoven. Il jouait bien, avec retenue et pourtant avec du sentiment. Il n'y avait rien de languide ni de sentimental dans son jeu, mais au contraire une grande force d'expression, presque de la grandeur. « Quel pianiste il aurait pu devenir ! pensa le Dr Hain. Le plus grand pianiste allemand si on lui avait laissé le temps de mûrir. » L'ombre de son ami défunt, Max Lilien, hanta le bar dansant du Shanghaï Hôtel : les portes de la terrasse étaient ouvertes, dehors s'étendait le jardin du Grünewald ; Irène, Roland, Beethoven, la dernière sonate, le long trille, puis la fin du monde.

– Il me semble que vous n'avez pas peur, non plus, docteur, dit Ruth Anderson quand le morceau fut terminé.

– Mon enfant, répliqua-t-il, on arrive dans l'existence à un point qui se situe au-delà de la peur.

Kurt lui jeta un regard scrutateur. Durant toutes les années de commun exil, le docteur n'avait jamais soufflé mot du passé. Quelqu'un avait demandé à Kurt : « Comment vit donc le vieux docteur ? » « Il attend des lettres qui ne viennent pas », avait-il répondu.

– Ne serait-il pas mieux que vous attendiez votre fiancé dans un autre endroit, le hall par exemple ? Dois-je vous conduire en bas ? proposa le Dr Hain qui s'approcha du piano.

Ruth secoua la tête :

– On finit par en être saturé, dit-elle. Si seulement je savais où est Frank. Le téléphone ne marche pas. Je suis allée au magasin, il n'y est pas non plus. Dans le hall, il y a la grosse dame française qui veut me vendre à un riche Chinois. Ici, je me trouve mieux.

– Ruth est née pour être une héroïne, expliqua Kurt. Primo elle est infirmière, secundo elle a fait les choses les plus folles comme hôtesse d'avion, tertio elle est venue toute seule à Shanghaï pour y prendre part à la guerre, et quarto elle n'a pas peur de s'asseoir dans le noir avec un dangereux sujet de mon espèce. Y a-t-il quelque chose à ajouter, Ruth ?

Le docteur écoutait avec une légère inquiétude la volubilité inhabituelle du jeune homme. Ou il est très malheureux ou c'est l'opium, pensait-il en pesant le pour et le contre.

– Vous êtes infirmière ? demanda-t-il à Ruth. Alors nous sommes presque collègues. Voulez-vous être des nôtres si nous organisons un service volontaire d'ambulances ?

– Volontiers, répondit Ruth, comme si elle eût dit : La question ne se pose même pas.

Tout à coup toutes les lumières du bar s'allumèrent, quelqu'un avait dû mettre le contact. Kurt plaqua un accord faux et se leva.

– Excusez-moi, Miss Anderson, dit-il en s'inclinant beaucoup trop profondément. Il faut que je mette ma livrée.

Elle le suivit des yeux, étonnée, tandis qu'il se dirigeait vers la porte.

– Il est fâché ? demanda-t-elle au docteur.

Le docteur secoua la tête. Le barman entra et se mit à ranger verres et bouteilles. Derrière lui arriva Eugène, le chef des garçons, qui glissait sur le parquet en se dandinant légèrement. Il jeta un bref regard préoccupé sur le jardin suspendu et referma la porte.

– On ne fera pas beaucoup d'affaires aujourd'hui, dit-il au barman.

Le nègre avec lequel Kurt partageait le piano se faufila dans le bar, la tête basse, visage noir sur la jaquette blanche de soirée. Il étira ses longs doigts effilés et recourbés vers le haut, en les faisant craquer, puis les jeta sur le piano sans regarder.

– Voilà Frank, dit Ruth avant que Frank fût réellement là.

Kurt Planke était resté dans l'entrée et ne quittait pas Ruth des yeux. Lorsqu'il vit la transformation qui fit briller son visage d'un éclat transparent quand elle donna la main à Frank, son visage grimaça comme s'il avait mordu dans un grain de poivre. Il mit les mains dans ses poches et rentra dans le bar.

– Je suis désolé qu'il soit si tard, mon petit bout, dit Frank. Le fait est que les choses deviennent sérieuses eu ce qui concerne la garde volontaire. Ils ont commencé à nous instruire un peu, c'est cela qui a duré si longtemps. Je te présente Morris, ajouta-t-il en désignant le jeune homme qui l'accompagnait. Morris sera notre deuxième témoin, c'est un brave garçon, Morris. On ne le croirait pas à le voir.

Morris et Frank avaient l'air fatigué et leurs complets blancs étaient défraîchis. Morris avait des cheveux trop roux et des yeux trop bleus, une cigarette collait à sa lèvre inférieure et y restait, qu'il rît, parlât ou bût. Ruth secoua sa grande main :

– Frank m'a beaucoup parlé de vous, dit-elle.

Morris fit une grimace.

– Il est temps de lui mettre la corde au cou, dit-il.

« Pourquoi tous les gens me disent-ils la même chose ? » pensa fugitivement Ruth.

– Morris est un requin de journaliste. Il connaît l'Orient comme sa poche. Il dit que nous allons avoir dans quelques jours des sensations de tout premier choix, déclara Frank.

– Ça a déjà commencé, protesta Morris sèchement. La poudre a déjà parlé, et je saurai bien apprendre où. Les Chinois veulent forcer les Japonais au combat.

– Les Chinois ? J'avais toujours pensé qu'ils étaient lâches, intervint Ruth.

– Justement, dit Morris. Il n'y a pas encore quarante mille Japonais débarqués, et les Chinois sont en masse dans la ville. Je veux bien manger mon chapeau s'ils ne sont pas plus de cent mille.

– Tu n'as pas de chapeau, dit Frank en s'essuyant les mains. Mon petit bout, ajouta-t-il à l'adresse de Ruth, il ne peut être question de voyage en bateau. Je t'aurais volontiers offert quelque chose de romantique, mais les trains sont devenus tout à fait aléatoires maintenant.

– C'est sans importance, Chippy, dit gentiment Ruth. Je reste ici, pas vrai ? Plus tard peut-être.

– C'est ça, plus tard, répondit Frank.

Il s'agissait du bateau de B. S. qui était à l'attache dans Soochow et sur lequel il avait décidé de faire une sorte de voyage de noces durant le week-end. Il regarda autour de lui.

– On se sent mal à l'aise dans un bar aussi vide, commenta-t-il en agitant les épaules dans son complet blanc.

Eugène ajouta :

– Nous n'allons sans doute pas tarder à fermer le bar pour cette nuit.

Le Dr Hain s'était approché, poussé par une curiosité inquiète :

– On a déjà tiré ?

– Encore rien de grave, mais ça va venir, lui répondit Morris.

Le Dr Hain sentit pendant un instant violent l'odeur de la poudre, l'odeur piquante et inoubliable qui persistait au-dessus des tranchées après une attaque au fusil. La poudre, le sang, la saleté défilèrent devant ses yeux, en compagnie de la peur humaine. Frank le prit par le bras et le poussa vers le bar.

– Que veux-tu boire, mon petit bout ? proposa-t-il à Ruth. Et vous, docteur ?

Ruth serra la main de Frank et le regarda sérieusement.

– J'ai soif, dit-elle, que faut-il que je boive, Frank ?

Frank réfléchit.

– Un *white lady* ou un *gin fizz*. Disons plutôt un *white lady*.

– Bien, alors un *white lady*, dit Ruth docilement.

Deux autres hommes étaient entrés dans le bar, mais celui-ci avait pourtant l'air vide.

– Je vous remercie, je ne vais rien boire pour l'instant, dit le Dr Hain, qui était trop gêné pour dire « Au revoir ».

Il attendit Kurt.

– Un scoth soda, ordonna Frank au barman. Toi aussi Morris ?

– Pour moi ce sera un double scotch, dit Morris.

Les deux hommes avaient déjà bu, ainsi que Ruth pouvait s'en rendre compte. Frank lui souriait par-dessus son verre, en fermant un œil.

– Je serai content quand «ça » se déclenchera, dit-il avec entrain, l'attente de la première bombe coûte trop aux nerfs.

– Bonne chance, clama Morris en vidant son verre d'un coup.

– Vous de même, répondit Ruth en buvant avidement son cocktail.

Kurt se tenait à quelque distance et les observait. Le nègre faisait sortir du piano des sons syncopés. Beethoven quitta le bar comme une ombre.

– Dommage que Miss Anderson soit si conventionnelle, dit Kurt d'une manière inattendue et à voix haute.

Frank se retourna, étonné.

– Comment cela ? Un autre scotch, redemanda-t-il au barman.

– Si Miss Anderson n'était pas si conventionnelle, elle tomberait amoureuse de moi, au lieu d'épouser un commerçant américain, correct et ambitieux comme vous, dit Kurt sur un ton querelleur.

Elle chercherait à me tirer du marécage sur lequel tout le monde sait que Shanghaï est bâti, au lieu de soutenir l'exportation américaine à raison de deux cents dollars par mois ; à moins que ce ne soit trois cents ?

– Qu'est-ce que vous allez boire ? proposa Frank bon prince et quelque peu amusé, en poussant Kurt sur le tabouret voisin.

– Gin sec, répondit Kurt en installant ses pieds sur la barre de cuivre.

Il leva son verre d'un geste un peu trop large :

– A Miss Anderson, belle comme l'aurore et vertueuse comme la veuve d'un missionnaire !

– Un autre double scotch ! commanda Morris.

Le bar n'était plus tout à fait vide mais il ne se remplissait pas non plus. Les rares personnes qui venaient faisaient plus de bruit que d'habitude, comme si elles voulaient dominer un vague murmure qui semblait flotter dans l'air.

Le Dr Hain attendait. Kurt avait oublié qu'il était là.

– Encore un gin, lança-t-il.

Eugène lui glissa dans le tuyau de l'oreille qu'il était temps pour lui d'aller se changer.

– Il faut créer l'atmosphère, lui enjoignit-il dans un murmure, et Kurt se mit à rire.

– L'atmosphère, c'est juste, dit-il, l'atmosphère ici est celle d'une fosse commune. Un peu de chaux et c'est fini.

Il but son verre de gin, et le tendit aussitôt.

– Vous ne devriez pas boire comme cela, Kurt, s'inquiéta Ruth.

– Pourquoi pas ? Pourquoi précisément pas moi, jolie jeune fille ? Pourquoi faudrait-il que je ne boive pas ? protesta-t-il, irrité.

Soudain il devint grave, reposa son verre et regarda Ruth droit dans les yeux.

– C'est dommage pour moi, ajouta-t-il plus doucement. Avouez que c'est dommage pour moi, Ruth ? – il étendit le bras, parodiant un salut : Heil ! cria-t-il, Heil ! Si je n'avais pas fait connaissance des Juifs et des intellectuels, tout serait en ordre en ce qui me concerne. Je serais resté chez moi et je serais devenu chauffeur comme mon père ou mécanicien comme mon oncle ; je porterais une chemise brune et je crierais : Heil ! et je serais content. Je suis un aryen, comprenez-vous, Ruth, un pur aryen. Il n'est pas bon pour nous autres aryens d'être intellectuels, nous ne supportons pas cela. Ah, la Baltique ! Nous avons quelquefois le mal du pays et nous aspirons à la revoir.

Son regard rencontra le regard inquiet de Ruth.

– Ah et puis quoi ? dit-il dédaigneusement, tout cela pour vous c'est du… Stravinski Bonsoir, Messieurs.

Le visage du Dr Hain avait légèrement pâli tandis qu'il écoutait les discours de Kurt.

– Pourquoi ne viens-tu jamais faire de la musique de chambre avec nous, dit-il, comme si cela avait pu être d'un quelconque secours. Nous jouons tous les mercredis soir.

Kurt ne l'entendit pas, ne le regarda même pas. Le docteur resta encore un instant, perplexe et hésitant, puis il fit volte-face et sortit du bar. A la porte il rencontra Mr Russell qui entrait, soigneusement vêtu et immaculé.

– Comment vous sentez-vous maintenant, Mr Russell ? s'enquit le docteur.

Russell le regarda avec étonnement et ne le reconnut pas.

– Merci, merci, très bien, et vous ? demanda-t-il en passant. Un pernod, commanda-t-il et il s'assit à côté de Kurt. Potter m'a raconté qu'on devait fermer le bar, dit-il en regardant Kurt avec insistance malgré son air ensommeillé.

Kurt haussa les épaules.

– Ces messieurs se connaissent ? Miss Anderson, je vous présente l'Honourable Mr Russell.

– Comment allez-vous, Frank ? demanda Bertie.

– Merci, et vous, Bertie ? répliqua Frank.

– On demande Mr Taylor au téléphone, cria Eugène en s'approchant de Frank.

– Moi ? demanda Frank surpris.

Eugène attendit à côté de lui.

– Qui est-ce ? demanda Frank.

Eugène haussa les épaules.

– C'est sûrement B. S., estima Frank. Nous nous marions et il a le trac. Excuse-moi, dit-il à Ruth.

Il but son verre et s'en alla.

Morris pendant ce temps s'était enivré d'une manière têtue et silencieuse. « Bonne chance, répétait-il à Ruth à chaque nouveau verre. Beaucoup de bonheur. Il est temps de lui mettre la corde au cou. Allons, beaucoup de bonheur ! »

Le nègre avait cessé de jouer.

– Musique ! dit Eugène à Kurt.

Kurt fit comme s'il n'avait pas entendu.

– Musique ! répéta Eugène avec une certaine grossièreté.

– Pourquoi donc ? demanda Bertie Russell ; il n'y a pas un chat au bar. Vous feriez bien mieux de fermer. Ici c'est désert, et dangereux par-dessus le marché.

Il retint Kurt par le bras quand celui-ci se leva. Kurt se débarrassa de lui, le tabouret tomba derrière lui.

– Venez avec moi au piano, Ruth, proposa Kurt avec une soudaine douceur. Je vais jouer pour vous.

Ruth était contente de s'éloigner du bar. Elle suivit Kurt sur la piste glissante et déserte. Il marchait devant elle, raide et guindé, et mit une chaise pour elle près de lui devant le piano.

– Du Schubert, dit-il, personne n'écoute.

Ruth s'installa, bien droite, les mains dans son giron, comme une enfant sage. Kurt s'en aperçut avec une mélancolie railleuse.

– Il faut que je vous parle, Ruth, dit-il ; c'est très important. Vous ne savez pas à quel point c'est important. Il s'agit d'un sauvetage, Ruth.

Tandis qu'il parlait il s'était mis à jouer et continuait, sans regarder ni les touches ni Ruth. Son regard restait fixé sur le dos de Bertie Russell, comme une aiguille.

– Les sauvetages, c'est votre spécialité, n'est-ce pas ? Infirmière, amour du prochain, etc. Bon, eh bien, écoutez Ruth : restez ce soir avec moi. J'ai besoin de vous. Laissez courir votre Frank Taylor. Il n'a pas besoin de vous. Moi je suis en danger, je suis malade. Il faut me soigner et me protéger, on ne peut me laisser seul. Ruth, vous entendez, je ne veux rien de vous, comprenez-moi bien, mais j'ai besoin de vous ce soir ; je vous jouerai du piano, ou je vous raconterai quelque chose, ou c'est vous qui me raconterez quelque chose, bien calmement, bien sagement. Oui ? Ruth ? Dites à votre Frank que j'ai retenu votre soirée. Lui et ce Morris sont mûrs pour passer la nuit au club.

Vous ne pouvez refuser de sauver une vie, c'est contraire au vœu des infirmières.

Ruth écoutait avec un étonnement croissant ces élucubrations fiévreuses.

– Vous êtes ivre, dit-elle sans méchanceté.

Kurt laissa retomber sa main sur les touches.

– Nous y voilà ! « Vous êtes ivre. » Je savais que cela allait surgir. Non, jolie jeune fille, vous ne m'avez pas encore vu ivre. Aidez-moi donc, restez donc avec moi. Vite, dites oui, avant que Frank revienne du téléphone.

Ruth eut un sourire embarrassé.

– Vous êtes fou, dit-elle, oppressée. – l'angoisse, le désespoir, la sincérité de la voix de Kurt la troublaient, bien que ce qu'il disait n'eût pas de sens : Vous êtes fou, Kurt, nous somme invités, Frank et moi, c'est en quelque sorte une fête pour la veille de nos noces ; comment pourrais- je rester avec vous ? Allons, soyez un bon garçon, ayez un peu de bon sens.

Les mains de Kurt couraient toujours plus vite sur le clavier, comme de petits animaux effarouchés ; chaque doigt avait sa propre intelligence et sa propre peur.

– Écoutez-moi bien, Ruth, dit-il ; si vous passiez en bas dans Nanking Road et que je choisisse ce moment-là pour sauter de la terrasse et atterrir à vos pieds : fracture du crâne, beaucoup de cochonneries, juste un peu de vie dans le cadavre... Iriez-vous à cette réunion ? ou au contraire, ramasser les morceaux et les conduire à l'hôpital pour essayer de me sauver ?

Ruth se mit à rire.

– En voilà une question stupide !

Elle regardait dans la direction de la porte, mais Frank ne revenait toujours pas.

– Vous me sauveriez, n'est-ce pas ? Répondez ! Oui, bien sûr. Eh bien, Ruth, j'ai sauté, je n'ai plus qu'un souffle de vie. Seuls des soins rapides peuvent me sauver. Il est impossible que vous vous rendiez à cette invitation, vous le voyez bien, il faut que vous me ramassiez et que vous me soigniez. Si vous me laissez seul ici cette nuit...

– Excusez moi, voici Frank, dit Ruth.

Elle courut vers la porte d'entrée où Frank avait reparu. Il était pâle, avait l'air souffreteux. Il s'essuyait les mains dans son mouchoir, mais quelques gouttes perlaient sur son visage comme s'il venait de se laver. Bertie Russell quitta le bar et se dirigea mollement vers le piano. Kurt jouait toujours, comme un fou. Ce n'était plus l'impromptu de Schubert, mais l'une des *Danses hongroises* de Brahms.

– Alors ? fit Bertie Russell.

– Bon, répliqua Kurt, qui baissa le couvercle.

– Qu'est-ce que c'était que cette communication ? demanda Ruth dans l'embrasure de la porte.

Frank la regarda comme un spectre.

– Le téléphone, rien, dit-il.

~

Helen resta assise, le téléphone dans la main, sur son lit, alors que Frank ne répondait plus depuis longtemps. Les mots qui avaient été prononcés demeuraient dans l'air, aussi nets que des lettres lumineuses.

– Je n'en peux plus, Frank, je n'y puis plus tenir, il faut que je te voie, rien qu'une fois encore, ce soir seulement ; il faut que tu trouves le moyen, il faut que je te parle.

– C'est une folie, Helen, c'est impossible. Je ne puis laisser Ruth seule, nous sommes invités chez B. S. : une petite réunion en notre honneur, je suis désolé, Helen.

– Je crains d'être maladroite, Frank. Cela semble risible, et pourtant, c'est la première fois de ma vie que je suis amoureuse. Je ne suis qu'une pauvre débutante, pardonne-moi. Qu'allons-nous faire, Frank ?

– C'est la fatalité, darling. Il n'y a rien à faire.

– M'aimes-tu, Frank ?

– Tu le sais bien.

– Et tu te maries après-demain ? C'est bien décidé ?

– Il faut bien que ce soit décidé, Helen. Je t'aime mais je ne suis pas un salaud. Tu ne comprends pas cela ?

– Qu'est-ce que tu as dit ?

– Rien.

– Je t'en prie, viens un instant, je suis dans ma chambre. Je ne puis te parler par téléphone. Cinq minutes seulement, Frank. Viens tout de suite. Frank ? Frank ! Frank !

Le silence de la pièce fut beaucoup trop profond quand le téléphone se fut tu. Helen avait arrêté le ventilateur pour mieux entendre la voix de Frank. Elle garda l'écouteur dans la main, désemparée. Clarkson entra, portant sur le bras la robe blanche décorée de tiges de bambou.

– Mrs Russell m'a appelée ?

– Non merci, Clarkson. Posez ma robe ici. Je ne sais pas si je vais sortir.

« Que vais-je faire, maintenant ? Je pensais ne pas pouvoir supporter cela. Je ne peux pas le supporter, je ne le peux pas, Frank ! »

Elle remit le ventilateur en marche ainsi que la radio : musique de danse au *Club des Pivoines*. Insupportable ! Elle ferma. « Je vais aller au bar et faire du scandale. J'écrirai une lettre à cette Anderson et je lui raconterai la vérité. Il est impossible que Frank me sacrifie à elle. Cette indéfrisable, cette voix, ces vêtements bon marché ; je ne la prendrais même pas comme femme de chambre, et lui, il veut l'épouser ! C'est idiot, impossible, risible, Frank, tu m'entends, tout cela est impossible ! Si seulement je pouvais lui parler, si seulement j'étais sûre qu'il ne m'évite pas ! C'est à en devenir folle, autant être paralysée… »

– Allô, allô, donnez-moi de nouveau le bar, mademoiselle, s'il vous plaît. Allô, allô ! Pouvez-vous demander Mr Frank Taylor ? Frank Taylor, oui, c'est ça, Mr Taylor. Comment ? Il est déjà parti ? Savez-vous où il est ? Non ? Merci.

Le regard d'Helen restait figé sur le téléphone, ce maudit appareil qui ne lui apportait que désillusions et fins de non-recevoir. Elle raccrocha rageusement et se mit à parcourir la pièce comme une lionne en cage. Il y avait trop peu de place ici, comme dans toutes les chambres d'hôtel du monde. Elle écarta quelques chaises pour se donner un brin d'espace.

« Je ne laisserai pas passer cela. On ne me traitera pas ainsi. Qu'est-ce que ce commis s'imagine ? Sous prétexte qu'il est joli garçon, une jeune bête indisciplinée et sans nerfs, il croit pouvoir se conduire de cette façon ?… Une belle bête jeune – oh Frank, ton cou, tes cheveux, tes mains, ta bouche, oh, Frank, oh, Frank, Frank ! Qu'allons-nous faire ? »

Elle aperçut son image dans la glace : une grande femme pâle totalement étrangère, avec une bouche grande ouverte. La bouche semblait un cri, tel un masque de douleur. Elle passa ses mains sur son visage comme pour s'effacer elle-même, puis elle se mit à caresser ses joues du bout des doigts. Elle essayait de consoler, mais elle était inconsolable. Elle s'agenouilla devant une chaise, appuya la tête sur ses bras et s'efforça de pleurer. Rien à faire. Elle ne pouvait pas pleurer. « Je ne puis même pas pleurer, pensa-t-elle avec désespoir. Pauvre de toi, pauvre de toi, toute seule, toute seule sans personne pour t'aider ; Jelena, pauvre Lyenotchka, toute seule. *Sans papa, sans maman*. Qui a dit cela ? Est-ce une bribe de vieille chanson ? Sans papa, sans maman : ah oui, Grischa, le mendiant du *Club des Pivoines*, c'était après notre dernière danse. »

Elle ouvrit de nouveau la radio, la musique de danse revint. « Bien des gens peuvent pleurer en entendant de la musique, moi, je ne peux pas. Bêtises, tout cela ! Pourquoi pleurer, Jelena ? il faut réfléchir froidement. La sentimentalité est nuisible. J'ai toujours mené à bien ce que je voulais. Je ne permettrai pas ce mariage. Est-ce que je veux Frank ? – Oui, je le veux, par chaque goutte de mon sang, par tous les pores de ma peau, par tous les cheveux de ma tête, je le veux. Sois calme, Lyenotchka, ma petite colombe, nous ne permettrons pas cette aberration. Frank m'aime, je l'aime. Combien de temps avons-nous encore pour empêcher ce mariage ? Voyons un peu, voyons… »

Elle prit sur la table de nuit sa petite pendule de voyage, la secoua, la porta à son oreille, et contempla la petite aiguille avançant par saccades rapides. « Minuit dix, comme le temps passe ! Il faut que j'aie perdu connaissance, j'étais hors de moi ; hors de moi ? C'est curieux comme la langue est précise, comme les mots recouvrent les choses. Quelles choses ? Bêtise ! – J'étais hors de moi, maintenant je suis rentrée en moi. Il reste trente-six heures, c'est très long. Toute l'histoire avec Frank n'a duré que soixante-douze heures, du début à la fin. Du calme, ce n'est pas fini. En trente-deux heures de temps il peut se passer bien des choses. Concentrons-nous. Il s'agit d'être stratège. »

Elle sonna et Clarkson parut, portant sur son visage l'air de reproche des serviteurs qui ne vont pas se coucher assez tôt.

– Clarkson, je suis désolée, dit Helen aussitôt. Je voudrais un costume de toile blanche, une blouse et mon panama à ruban vert. Ensuite vous pourrez aller au lit.

– Mrs Russell va-t-elle sortir ? Madame aura-t-elle encore besoin de la voiture ?

– Non, je prendrai un taxi si je sors. Potter est-il encore debout ? Mr Russell n'est pas rentré, n'est-ce pas ?

– Je ne crois pas, répliqua Clarkson, la bouche pincée. Faut-il appeler Potter ?

– Oui, faites-le venir, je vous prie, si ce n'est pas trop vous demander, Clarkson. Bonne nuit, Clarkson.

Au bout de quelques instants on frappa et Potter se présenta.

– Mrs Russell m'a fait demander ? questionna-t-il avec un visage attentif.

– Avez-vous la moindre idée de l'endroit où peut être Mr Russell ? demanda Helen.

Potter eut un sourire devant une telle prétention.

– Et vous ne savez pas quand il rentrera à la maison ? ajouta-t-elle.

Potter leva les épaules jusqu'aux oreilles et les laissa retomber en un geste profondément expressif.

– Du reste, cela est sans importance, dit Helen. Quand il rentrera, vous le laisserez dormir, vous comprenez, Potter ? Quelle que soit la durée de son sommeil, même si c'est toute la journée. Je serai très occupée demain. Veuillez dire à Mr Russell qu'il ne se préoccupe pas de moi. – elle réfléchit un instant, irrésolue, et ajouta dans un brusque inspiration : Il faut que j'achète des souvenirs pour les amis que nous laissons ici, vous lui direz cela.

– Très bien, Mrs Russell, acquiesça Potter. En ce qui concerne le bateau…

– Oui ? dit Helen, distraite et impatiente.

Elle avait pris l'annuaire du téléphone et le feuilletait.

– Il n'y a qu'un bateau pour Hong-Kong ; c'est-à-dire que, sur les autres, il ne reste plus de place. Il s'agit d'un bateau hollandais, petit et sans luxe, le *Sourabaya;* il fait le trafic entre le Japon et l'île de Java. Départ le 14 à une heure de relevée, et trois jours de voyage jusqu'à Hong-Kong, avec un court arrêt à Amoy.

– Ça se présente mal, n'est-ce pas, Potter? interrogea Helen en reposant l'annuaire du téléphone.

– Oh oui, Mrs Russell, approuva Potter. J'ai retenu quatre cabines. Le bateau est à classe unique. L'entrepont transporte des coolies chinois pour les plantations de caoutchouc de Sumatra. Malheureusement il n'y a pas de cabine avec salle de bains. Ce n'est pas un bateau anglais. Tous les bons bateaux sont réservés depuis longtemps. Tous ceux qui peuvent ficher le camp d'ici le font.

– Oui, c'est ce que les gens peuvent faire de plus sage, dit Helen pour être agréable à Potter. Donc, si nous le voulons, nous pourrons partir après-demain. Vous avez bien fait Potter, merci, Potter. Vous avez l'air fatigué, allez dormir. Bonne nuit, Potter.

– Mrs Russell n'a rien mangé, ce soir, avança Potter, légèrement préoccupé.

– Il fait trop chaud, prétexta Helen : vous entendez, Potter, ajouta-t-elle rapidement, dormez tout votre soûl, n'attendez pas mon mari, allez dans votre chambre. Je vais encore rester debout longtemps.

– Très bien, Mrs Russell, s'inclina Potter.

Il lui lança un regard expressif et se retira sans façon comme il en avait l'habitude. Helen écouta, jusqu'à ce que ses pas se fussent éloignés du salon et elle reprit aussitôt l'appareil de téléphone. Elle avait, entre-temps, décidé de voir Frank cette nuit-là, quelles qu'en soient les conséquences. Elle connaissait par cœur son numéro mais il fallut bien dix minutes ce soir-là avant qu'elle obtînt la communication.

– Qu'est-ce qui est détraqué, ce soir, au téléphone? cria-t-elle, folle d'impatience.

La téléphoniste murmura des excuses qui n'expliquaient rien :

– Les lignes sont surchargées, dit-elle, c'est à cause des transports de troupes.

Helen sentit avec mécontentement que ses genoux tremblaient tandis qu'elle était assise là, à attendre. La pensée brûlante, incendiaire s'était emparée d'elle, que son appel téléphonique allait trouver Frank dans son tête-à-tête avec cette Anderson.

– Vous avez votre numéro, Madame, annonça la voix fatiguée de la téléphoniste.

Helen entendit l'appel ronflant de la sonnerie, mais personne ne décrochait.

– Personne ne répond, dit la téléphoniste.

– Continuez à appeler, ordonna Helen, entêtée.

La sonnerie fit écho à son entêtement ; elle ronflait et appelait dans l'appartement vide, puis on entendit un craquement dans l'appareil.

– Allô, dit une voix ensommeillée.

– Frank ? dit Helen, la gorge sèche.

– *Ah Sinfu speak, Master Tay-Lo boy. Master Tay-Lo no home*, répondit l'appareil plein de sens du devoir, mais dormant à moitié.

– Où est Master Tay-Lo ? demanda Helen.

– *Big party*, répondit l'appareil.

– Où ? demanda Helen. Où ? *Sawey*, où ?

– *Master Tay-Lo go Master B. S. big party*, dit Ah Sinfu.

– Quel est le numéro de téléphone ? cria Helen dans le microphone.

Mais Ah Sinfu avait déjà raccroché et s'était glissé sous sa moustiquaire. Helen posa le téléphone et réfléchit. La pendule courait, le temps passait. Elle força son cerveau à fonctionner. B. S… B. S… B. S…

– Scott ! s'écria-t-elle en reprenant l'annuaire.

Elle ne savait dans quel recoin de son subconscient elle avait rangé ce nom que Frank avait cité un fois au cours de la conversation. Il y avait trois pages de Scott dans l'annuaire. Il y avait cinq Scott pourvus de prénoms commençant par B. Helen choisit parmi les cinq numéros et recommença de batailler pour obtenir la communication. Elle était maintenant aussi désespérément résolue qu'autrefois quand elle avait dû se résoudre, par suite de la mort de Lord Inglewood, juste avant leur mariage, à épouser son neveu pour avoir son argent. La pendule continuait son tic tac, le temps passait. De l'église du quartier français les demies sonnaient avec le son de leur catholique pays natal, propre à toutes les horloges d'église. La petite téléphoniste chinoise à la voix fatiguée et déférente plaçait ses fiches et travaillait avec acharnement ; le téléphone était plein de bruissements et de voix embrouillées.

– Il faut y renoncer, je suis infiniment désolée, mais les circonstances sont exceptionnelles aujourd'hui, dit la téléphoniste.

– Cela ne fait rien, je vous remercie, répondit Helen.

Elle avait gardé le doigt entre les pages de l'annuaire. Elle lut l'adresse de ce B. S. Scott : 367 Squarefield Road. Elle prit un morceau de papier à lettres et y nota l'adresse. Elle passa le costume de toile blanche que Clarkson avait sorti, se lava les mains, poudra son visage pâle d'une poudre brun solaire qui se fixa en couleur sombre sur sa peau claire. Elle prit le bouchon de verre de son flocon de parfum et se le passa derrière les lobes des oreilles. Elle mit l'adresse dans sa bourse et quitta l'hôtel.

Elle dut faire en taxi un chemin qui n'en finissait pas, jusqu'au 367, Squarefield Road, et ne savait pas du tout ce qu'elle ferait en arrivant là-bas. Elle allait, elle allait, et l'air de la nuit lui faisait du bien. La voiture passa par Dubbling Well Road et s'éloigna davantage encore du centre ; les maisons s'espaçaient, séparées par des terrains vagues ; deux ou trois fois des camions chargés de troupes les croisèrent. Le voyage n'avait plus aucune réalité, mais la conduisait dans les domaines inhabitables et sans consistance du rêve. Enfin le taxi s'arrêta devant une porte de jardin. Il faisait sombre en cet endroit, une seule lanterne brillait au coin, le jardin s'étendait entre deux terrains vagues. Helen sortit de la voiture et regarda à travers la grille. Derrière il semblait y avoir une pelouse, peut-être un jet d'eau, car des grenouilles coassaient dans l'obscurité. La maison était complètement sombre, on la voyait à peine, la porte du jardin était fermée. Helen appuya à plusieurs reprises sur la clenche puis abandonna. Subitement elle se sentit lasse au point de s'évanouir. Mais Helen ne s'évanouit pas. Le taxi était encore là et le chauffeur chinois souriait de curiosité et d'amusement, la bouche grande ouverte. Deux soldats en blanc passèrent, des Anglais.

– La lady cherche quelque chose ? fit le plus grand des deux en la contemplant avec une légère méfiance.

– J'étais invitée à une réunion, mais je me suis mise en retard, répondit Helen.

– Il y a un quart d'heure, tout ici était encore plein de voitures, dit le soldat. C'était une noce ou des fiançailles, qu'importe. Maintenant les réjouissances sont terminées, Lady.

– Merci, dit Helen. – elle remonta dans le taxi : Reconduisez-moi à l'hôtel, ordonna-t-elle.

Il était un peu plus de deux heures quand elle arriva de nouveau à l'hôtel. Les musiciens de la grande salle sortaient justement, leurs instruments à la main. Le ciel, par-dessus le jardin suspendu, était bas et nuageux. Les projecteurs du fleuve le scrutaient sans arrêt, en quête du danger. Le portier de nuit tint la porte à Helen. Il renifla dans la nuit. « Ça sent comme la poudre mouillée », pensa-t-il. Dans le hall, désert, Mme Tissaud était assise, solitaire comme un monument, entourée de magazines en toutes les langues.

– Mrs Russell, si tard ? et seule ? Quelles sont les nouvelles ? Restez donc un instant, nous allons prendre une consommation, cria-t-elle, suppliante.

– Je suis fatiguée, répondit Helen, qui avait ressenti un peu de vertige en entrant dans le hall clair.

Elle revenait comme d'un lointain et dangereux voyage et s'appuya sur la plaque de marbre noir de la table la plus proche.

– Notre petit Japonais vous cherchait, dit Mme Tissaud, les narines frémissantes comme celles d'un lapin.

Helen eut un sourire vide. « Que vais-je faire maintenant ? pensait-elle. Où vais-je bien pouvoir trouver Frank ? »

Dehors, dans Nanking Road, Frank arrêtait précisément sa petite voiture et retirait son bras placé, suivant une vieille habitude, sur l'épaule de Ruth.

– Il se fait tard, mon petit bout, dit-il, nous avons fait assez de détours, rentrons à l'écurie. Demain il faut que je me rase, toi tu n'as pas cette corvée.

Ruth ensommeillée frotta sa joue sur sa manche :

– Sommes-nous heureux ? demanda-t-elle.

– Heureux comme les crapauds-buffles, répondit-il.

Elle médita la réponse de Frank.

– Les crapauds-buffles sont-ils heureux ?

– Tu n'as qu'à écouter des crapauds-buffles dans un champ de riz, en juillet, par une nuit de pleine lune, dit Frank.

Il sortit, fit le tour de la voiture et lui ouvrit la porte. Elle hésitait encore :

– Bonne nuit, dit-elle sans bouger.

Lorsque Frank comprit qu'elle attendait un baiser, il regarda alentour ; mais il avait bu assez pour ne pas se préoccuper de Nanking Road. Les lèvres de Ruth étaient fraîches : « Une bouche d'aurore, pensa-t-il en s'inclinant vers elle. La fièvre s'apaise, ça ira. Il faut que ça aille. »

– Je suis à Shanghaï, dit Ruth.

– Oui, tu es à Shanghaï, confirma Frank.

Il l'aida à sortir de la voiture, donna une poussée à la porte pour la faire entrer. Ils traversèrent le hall sans remarquer Helen.

– Voici nos tourtereaux, dit Mme Tissaud.

Helen s'empressa de bâiller.

– Je suis fatiguée, bonne nuit, dit-elle à la hâte.

La main de Mme Tissaud, cette main qui sentait la vanille et la poudre, reposait encore sur son bras ; elle s'en débarrassa d'une secousse, la respiration haletante.

– Je ne cesse de répéter que le hall du Shanghaï Hôtel me plaît plus que n'importe quel théâtre, lâcha Mme Tissaud derrière elle.

Helen traversa le hall, ses oreilles bourdonnaient comme si elle traversait à la nage une haute chute d'eau. Frank tenait à la main la clef de Ruth. Celle-ci était déjà près de l'ascenseur et pressait sur le bouton. Il y eut un bruit sourd dans la cage close qui enfin s'ouvrit.

– Faut-il t'accompagner ? proposa courtoisement Frank.

Ruth scruta un court instant son visage.

– Non, Frank, merci, répondit-elle avec la même politesse.

– Bonsoir, dit Helen.

Son parfum l'avait précédée d'une demi-seconde auprès de Frank, et il avait eu le temps de se dominer.

– Bonsoir, Helen, répondit-il.

– Bonsoir, Mrs Russell, renchérit Ruth. Quelle nuit magnifique, n'est-ce pas ?

– Vous trouvez ? fit Helen.

Ils attendirent un instant tous les trois.

– Je suis contente de vous rencontrer, Frank, dit Helen. Comme cela je peux vous faire tout de suite mes adieux. Nous partons après-demain.

– Oui ? dit Frank. J'espère que vous ferez bon voyage.

– Merci, grand merci, peut-être nous rencontrerons-nous une autre fois quelque part.

– Je l'espère, je l'espère, claironna Frank trop impétueusement. Vous reviendrez sûrement à Shanghaï. Tous ceux qui sont venus une fois ici reviennent.

– Bonne nuit, Chippy, dit Ruth à Frank. Il faut que j'y aille. Confucius est sûrement impatient. Vous montez aussi, Mrs Russell ? ajouta-t-elle en s'effaçant pour la laisser passer.

Helen rit de ses lèvres blanches où restaient quelques traces de rouge.

– Quel joli surnom, et qui vous va si bien ! dit-elle d'une voix frêle.

Frank, petite créature désemparée et risible, avait mis les mains dans ses poches. Helen monta dans l'ascenseur, passant devant Miss Anderson qui attendait toujours. Elle n'avait pas d'autre solution. « J'ai encore un mot à dire à Frank. J'ai une lettre à mettre à la boîte. Je n'ai pas fini mon café. Je vais encore faire une partie de dames avec Mme Tissaud. » L'ascenseur l'emportait déjà lorsque toutes les excuses qu'elle aurait pu invoquer lui vinrent à l'esprit. « Je vais dire la vérité à cette Anderson, et tout de suite », pensa-t-elle avec amertume. Elle sortit sa boîte à poudre et se poudra le nez, tout à fait sans motif.

– Je suis heureuse de pouvoir vous voir seule à seule un instant, Miss Anderson, dit-elle.

– Moi ? s'étonna Ruth.

– Il s'agit de Frank et de vous.

– Je sais, il est nerveux, il a mauvaise mine. Je vais le remettre d'aplomb.

– Ce n'est pas cela que je veux dire, objecta Helen.

– Je vous en prie, il est inutile d'en parler, dit Ruth vivement. C'est très aimable de votre part de vous intéresser à lui. Mais je crois que tous les hommes à Shanghaï boivent un peu plus qu'ils ne devraient. Tout cela changera quand nous serons mariés.

L'ascenseur s'arrêta.

– Sixième étage, récita le liftier en ouvrant la porte.

– Bonne nuit, dit Ruth. Et merci encore, merci. Vous êtes gentille, Mrs Russell.

– Bonne nuit, s'entendit répondre Helen.

La porte se referma. Elle s'aperçut que le sourire plein d'une attente déférente du boy chinois était posé sur elle.

– Seizième ? demanda-t-il.

– Non. En bas, dans le hall. Vite ! ordonna Helen.

Mais Frank n'y était plus. Seule Mme Tissaud était toujours à sa place. Helen serra les dents, passa devant elle et traversa le tambour. La nuit devenait déjà moins épaisse.

– Taxi ! cria-t-elle.

La porte de la maison où habitait Frank était fermée. Il n'y avait pas de sonnette. « Je vais attendre ici jusqu'à demain matin », pensa Helen en s'appuyant au mur. Elle renvoya le taxi. « C'est le neuvième cercle de l'enfer », pensait-elle ; elle avait le vertige tant elle était lasse. On entendait déjà, au loin, au-delà du fleuve, les sirènes des usines. Quelques hommes l'interpellèrent, tandis qu'elle s'appuyait ainsi au mur : des matelots, des Juifs, un Eurasien, un Français. Shanghaï était décidément une ville curieuse. Deux camions chargés de soldats passèrent, puis un riksha portant une vieille Chinoise énorme avec une jeune Chinoise menue sur ses genoux. La jeune était ivre, la vieille préoccupée. Le riksha portait des caractères chinois tracés au néon. L'apparition disparut sans bruit, comme un bateau, au coin de la rue. Et voici que les pavés de la rue s'agitèrent devant les yeux d'Helen. Des hommes avaient dormi là, en tas, qui maintenant se séparaient en rampant, dans la grisaille de l'aurore. L'un d'entre eux gémissait, un autre poussa un juron, d'autres encore riaient. Ils s'installèrent de nouveau sur les pavés et ceux-ci les absorbèrent. Au pied d'Helen il y avait des rats. Tout était étranger : l'air, la nuit, la ville mortelle tant elle était étrangère.

Une patrouille composée de quatre Irlandais prit Helen pour une prostituée et la fit circuler avec des mots rudes. Elle ne trouva pas de taxi et rentra à pied à l'hôtel, le chemin n'était pas long. « Je ne veux plus », pensa-t-elle épuisée. A force d'avoir voulu elle était fatiguée et vide. Arrivée en haut, elle ouvrit la porte de la chambre de son mari. Il n'était pas rentré. Le lit n'était pas défait, le ventilateur chantait pour lui seul, partout les lumières étaient allumées. Helen chercha dans la salle de bains de Bertie un somnifère, mais n'en trouva pas et s'en étonna. Sa robe de chambre en shantung blanc bordée de noir et portant un monogramme noir à gauche sur la poitrine était accrochée à la porte. « Que d'élégance ! » pensa Helen avec une raillerie chagrine. La robe de chambre lui répugnait comme si c'eût été Bertie lui-même. Elle s'efforça de ne pas passer devant quand elle sortit. Dans sa chambre elle se mit en devoir de se déshabiller.

« Aujourd'hui nous sommes déjà demain, pensa-t-elle. Je puis passer la journée à dormir, et demain le bateau part. »

Elle se coucha et tira soigneusement la couverture. « Hong-Kong doit être une belle ville. Pas aussi amusante que Shanghaï. C'est une ville amusante, Shanghaï. Pourquoi endort-on les personnes que l'on opère ? Il y a des choses bien plus douloureuses. Un peu de chloroforme, un peu, je vous prie. Je voudrais dormir. Il faut que je dorme. Jelena doit dormir. Je demanderai au docteur allemand un remède contre la douleur. Chloroforme. Narcotique. Bertie a peut-être raison avec son opium. Frank. Ne plus penser à Frank. Ne plus vouloir... Fatiguée... Bien... Frank... Dormir. »

~

Durant deux jours, Yoshio Murata était resté assis sur la galerie qui entourait tout le premier étage de l'hôtel et il avait regardé les troupes chinoises qui déferlaient de la gare du Nord. La nuit, des fenêtres et des portes claquaient au départ des lourds camions d'où pendaient des grappes compactes de soldats. Le vacarme l'empêchait de dormir. Il constata avec surprise que les troupes étaient loin d'être aussi mal équipées qu'on voulait bien le croire au Japon. Les choses avaient bien changé depuis la guerre de Mandchourie où il était difficile de distinguer les bandits des soldats chinois. Si Yoshio avait été un véritable reporter, il se serait promené dans les rues et aurait télégraphié à son journal mille histoires intéressantes. Mais il n'avait en lui que le sang trop clair du littérateur venu au journalisme parce que l'époque moderne laisse peu de place aux gens qui composent des poèmes de trente et une syllabes. Il appartenait d'autre part à cette espèce d'hommes que l'odeur des réalités écœure un peu. Ainsi donc, il restait sur le balcon, rivé à sa chaise, les mains pendantes et comme paralysé.

Le téléphone ne fonctionnait pas. Le manager de l'hôtel, méfiant, anxieux et contrarié en raison des dommages causés à son commerce par la maladresse des amiraux et des généraux japonais incapables d'empêcher que le conflit ne s'étende à Shanghaï, avait renoncé à dire autre chose que « Bonjour » et « Bonsoir ». Yoshio craignait M. Endo. M. Endo était doué d'un caractère trop uni et trop optimiste. Dans sa bouche, la mission de Yoshio avait pris une allure toute simple et facile. Mais Jelena n'avait rien fait de ce que M. Endo avait prédit. Tous les efforts que Yoshio avait mis en œuvre pour l'intéresser à la serviette mystérieuse et aux plans qu'elle contenait avaient échoué. Yoshio ne pouvait dire exactement si c'était la conséquence de l'indifférence de Jelena ou de sa propre maladresse. « Jelena a bien changé », pensait-il, préoccupé. De petite Française prévenante qu'elle était, elle s'était transformée en une grande lady anglaise, froide et intouchable. Il était tout à fait impossible de rappeler à la nouvelle Jelena le passé commun de Paris. Il s'habilla, prit un taxi pour le Shanghaï Hôtel, arpenta le hall, tomba dans la toile d'araignée de Mme Tissaud, attendit, épia, échafauda des plans, but du thé, but du whisky pour se donner du courage, attendit encore : Jelena restait invisible. Au prix de mille tortures, il l'appela de la cabine téléphonique de l'hôtel dans sa chambre. Elle ne vint pas à l'appareil, mais envoya sa femme de chambre. Désespéré, Yoshio Murata alla acheter des fleurs, un arrangement ostentatoirement japonais dans une coupe carrée et basse. Il fonda des espoirs exagérés sur cette coupe sentimentale. Il fonda des espoirs exagérés sur l'action sentimentale de cet arrangement d'un goût réel : un érable rouge nain, de la mousse et trois orchidées blanches sauvages aux tiges rigides et droites. Jelena ne remercia pas. Yoshio revint à son hôtel à travers les rues en effervescence de la gare du Nord. Il essaya d'écrire un poème en langue anglaise, mais en mètre japonais. C'eût été un poème tendre et cependant très expressif qui lui eût conquis une nouvelle rencontre avec Jelena. Il s'était fixé là une tâche délicate; la langue anglaise s'avérait manquer de souplesse et trente et une syllabes anglaises ne formaient même pas un début; pour ne pas parler, à plus forte raison, de l'impossibilité d'exprimer quelque chose de sensé dans le mètre élégant de dix-sept syllabes. C'est ainsi que se passa plus grande partie du jour suivant; le soir, des rubans immenses de fin papier japonais couvraient le sol de la chambre inhabitable de Yoshio.

Le soir, il s'assit sur la galerie et attendit… Rien. La place, en bas, était un fourmillement de soldats, de camions, de baïonnettes, de cris, de commandements et d'éclats de rire. « J'ai échoué », pensait Yoshio. Lorsqu'il eut pensé cela mille fois, il était prêt à se suicider. Le suicide est la punition naturelle d'un homme qui a reçu une mission importante et qui échoue. De plus, il était beaucoup plus facile et beaucoup plus simple de se suicider que de se présenter devant M. Endo. C'est du moins ce que son âme japonaise lui chuchotait en de nombreux colloques muets. La peur de vivre et le courage de mourir cohabitent étroitement dans l'âme japonaise ; si étroitement qu'ils ne font presque qu'un. Yoshio Murata, en tout cas, craignait tellement d'avouer à M. Endo son échec et de retourner ensuite à sa vie de ménage ennuyeuse et vide, sans avoir conquis le lambeau de mérite et de gloire que sa mission devait lui apporter, qu'il pensait avec une satisfaction pleine d'espoir à sa mort. Après quelques réflexions, il avait décidé de s'ouvrir les veines dans la baignoire, ce qui constituait une manière de suicide qui sans être particulièrement héroïque était du moins passablement indolore. Il en fut provisoirement empêché parce qu'à cette heure, juste avant le dîner japonais, la salle de bains commune de l'hôtel *Myako* était littéralement placée sous séquestre. Mais il avait déjà écrit pendant une heure à ses parents, passé son mince kimono d'intérieur bleu clair et préparé une lame de rasoir neuve.

On frappa à la porte de sa chambre et le valet de chambre, mal stylé, lui apporta une lettre. La lettre émanait de M. Endo. Yoshio la lut avec un pâle sourire, tandis qu'il sentait de petites rigoles froides naître et se répandre à la racine de ses cheveux.

« Honoré ami, disait la lettre, permettez-moi de vous exprimer mon étonnement ; c'est une grande désillusion pour moi de ne pas avoir reçu de nouvelles du chrysanthème, au sujet duquel nous avons eu tous deux une conversation si attrayante, l'autre jour. Nos amis ont mis la plus grande confiance dans l'habileté de vos mains honorées et sont persuadés que vous surmonterez toutes les difficultés que le climat de Shanghaï peut opposer au développement de cette noble fleur. Je vous prie de rassurer par une réponse immédiate mon impatience et ma curiosité en ce qui concerne votre expérience botanique. En raison des petites difficultés inattendues que rencontrent les communications téléphoniques, je vous propose d'honorer demain matin de votre visite mon indigne maison ; je suis sûr qu'à cette occasion, vous n'aurez à m'apporter que de bonnes nouvelles. C'est avec ce souhait… »

– La dame attend une réponse, dit le valet de chambre.

C'est seulement alors que Yoshio Murata remarqua une jeune Japonaise habillée à la moderne qui attendait dans le couloir et l'observait par l'entrebâillement de la porte, tandis qu'il lisait.

– Hello, dit-elle en souriant, lorsqu'il la regarda.

– Hello, répondit-il, vide de pensées.

Il parcourut la lettre une deuxième fois.

– Peut-être auriez-vous la bonté d'attendre dans le hall, pendant que je fais réponse à cette lettre, dit-il avec embarras.

Mais la jeune dame entra dans sa chambre et ferma la porte en sorte que le valet de chambre resta dehors. Yoshio s'enveloppa plus étroitement dans son kimono.

– Êtes-vous déjà sorti aujourd'hui ? demanda-t-elle sans ambages.

– Non, répondit Murata, hésitant.

– Mais vous sortirez sans doute ? Vous allez être étonné. On ne peut passer nulle part, il y a des patrouilles partout. La ville est infestée de soldats.

Dès le début, elle avait parlé anglais, cet anglais ordinaire de l'Ouest américain, entremêlé de slang.

– Vraiment ? s'étonna Yoshio.

– Parfaitement. Il vous faut un laissez-passer pour être en règle. Le voici. Notre ami s'est chargé de vous le procurer.

Yoshio prit dans sa main le petit papier revêtu de tampons et s'inclina.

– Est-ce que M. Endo… commença-t-il.

– Pas de noms, dit la jeune fille. Ce passeport vous donne toute liberté d'action. On espère que les choses vont bien. Ici ça se gâte. Vous savez sûrement ce qui s'est passé dans East Paoshan Road ?

Yoshio bredouilla qu'il n'en savait rien. La jeune fille n'était pas jolie, mais elle était jeune. Elle parlait haut et sans modestie. On eût dit qu'elle donnait des ordres. Elle était au plus haut degré ce que l'on appelle *moga* au Japon, une jeune fille moderne de l'espèce la plus déplaisante.

– Une bataille s'est déjà produite dans Hong-Kew Park. Nos troupes ont été attaquées alors qu'elles débarquaient. On dit qu'elles ont tué deux mille soldats. Parfait, n'est-ce pas ?

– Deux mille ? fit Yoshio qui souhaitait de l'objectivité.

– Environ. Bon, je n'ai plus le temps. Y a-t-il une réponse ?

– Je vais écrire quelques lignes si vous voulez bien avoir l'obligeance d'attendre, dit Yoshio en lui avançant une chaise.

– O.K., dit la jeune fille.

Tandis qu'il écrivait, elle sifflotait. C'était sans aucun doute la créature la plus exaspérante qu'il eût jamais rencontrée. Il s'assit à son bureau, sortit du papier, ajusta ses lunettes, prit son stylo et se mit à écrire avec un soupir. Il n'était plus question pour l'instant de suicide, bien que la lettre de M. Endo n'eût pas l'aspect d'un encouragement, mais d'un avertissement.

« Honoré monsieur Endo, écrivit Yoshio, votre honorable lettre me parvient au moment même où je m'apprêtais à sortir pour aller dîner avec J. R. Ce soir sera décisif, je suis plein de confiance. Ayez l'obligeance de m'accorder encore votre honorée patience et je suis persuadé de pouvoir vous apporter demain un chrysanthème en fleur. Dans l'espoir que votre santé honorée... »

Yoshio mit sa griffe au bas des compliments fleuris par lesquels il termina sa lettre, la plia et la tendit à la jeune Japonaise désagréable. Celle-ci l'empocha, dit « bye bye », et se retira. Il s'habilla en hâte. La formule mystérieuse de « chrysanthème » lui paraissait enfantine, mais en même temps lui donnait du courage. Étant lui-même peu exercé au mensonge, il commença bientôt à croire ce que M. Endo lui avait fait savoir. Subitement, il lui semblait plus facile et plus simple de rencontrer Jelena et de l'intéresser aux plans falsifiés, que de se rendre à la salle de bains de l'hôtel *Myako* et de s'enfoncer une lame de rasoir dans les veines. Il tint un instant la lame dans sa main avant de la remettre en place. « Si j'échoue ce soir, j'aurai encore le temps », pensa-t-il. Dans l'escalier, il se fit la promesse solennelle de réussir ou de mourir. Et, ainsi mis devant cette alternative, il se fraya un chemin à travers la foule de soldats chinois crachant et jurant qui encombraient le trottoir de l'hôtel. Il avait laissé dans sa chambre la serviette de cuir, mais avait mis les plans dans sa poche intérieure. Le temps avait l'air incertain, il avait donc pris son parapluie noir qui détonnait avec son humeur audacieuse.

Bien que les rues dans les environs de la gare du Nord fussent pleines de troupes chinoises, rien ni personne ne lui barra la route. Le regard des soldats passait au travers de lui, comme s'il eût été transparent et invisible, un pur esprit. C'était un sentiment désagréable. Il finit par obtenir un taxi et se fit conduire au Shanghaï Hôtel. Plus il approchait du settlement international, plus le va-et-vient de la rue revêtait son allure habituelle. Les magasins russes étaient déjà fermés, mais les nombreuses petites boutiques chinoises étaient encore ouvertes, par toutes les fenêtres nasillaient des phonographes ; les femmes baguenaudaient, les hommes avaient ouvert leurs tuniques pour présenter à la fraîcheur du soir leurs maigres poitrines. Yoshio acheta deux journaux, mais il n'y était pas fait mention d'une bataille. Ayant été correspondant de guerre, il se méfiait d'emblée de toutes les nouvelles sensationnelles. Au reste, il se sentait lui-même à ce moment plus important que deux mille Chinois privés de la vie, et il détourna résolument ses pensées des nouvelles de guerre. Il avait son propre combat à mener. Il lui fallait refouler tous les instincts raffinés, toute la sensibilité de son être né pour la beauté, avant d'avoir pris assez de pouvoir sur lui-même pour franchir de nouveau les limites hostiles du Shanghaï Hôtel. Mais, s'étant engagé à s'ouvrir les veines s'il ne parvenait pas à rencontrer Jelena, c'est d'un élan impétueux qu'il se jeta sur la porte à tambour.

A l'instant même où la porte l'enfournait à l'intérieur, elle éjectait Jelena du côté de la rue. Yoshio la vit filer devant lui comme une hallucination, forme blanche derrière la double glace de la porte. Il prit une aspiration profonde, accomplit un tour complet comme dans un manège et se retrouva dehors. Jelena était encore là, elle regardait de gauche et de droite la grouillante Nanking Road.

– Bonsoir, Jelena San, dit Yoshio.

– Bonsoir, répondit-elle.

C'est seulement un instant plus tard qu'elle regarda qui l'avait saluée.

– Bonsoir, répéta-t-elle, la tête ailleurs.

Son regard passait au travers de Yoshio comme celui des soldats chinois et faisait de lui un fantôme invisible.

– Comment allez-vous ? J'espérais tant vous revoir, ajouta-t-il rapidement avec une violence implorante pour retenir son attention.

Effectivement, ces banalités étaient si pressantes qu'Helen sortit de sa torpeur pour s'étonner de la présence du petit Japonais à ses côtés.

– Comment allez-vous ? répéta-t-il.

– Ma santé ? Elle est bonne, splendide même, réellement je me porte à merveille, dit Helen un peu agacée.

Son rire était fragile comme du verre surchauffé.

– Pourquoi êtes-vous nerveuse, Jelena ? demanda Yoshio. Avez-vous des ennuis ? Puis-je quelque chose pour vous ?

– Quel jour sommes-nous aujourd'hui ? fit-elle en guise de réponse.

« Elle est changée, bien changée, l'honorée Jelena », pensa Yoshio en contemplant ses gestes languissants et son sourire nerveux.

– Nous sommes vendredi, vendredi 13, précisa-t-il.

– Vendredi, dit Jelena. Alors demain c'est samedi, n'est-ce pas ?

– Selon toute vraisemblance, dit Yoshio en faisant un pâle effort pour manifester quelque humour.

– Vendredi 13. Les gens superstitieux diraient que c'est un jour néfaste, n'est-ce pas ? reprit-elle en parcourant de nouveau la rue du regard.

– Vous attendez quelqu'un ? demanda Yoshio. A moins que vous ne vouliez un taxi, Jelena ?

– J'attends mon mari, dit Helen après une courte pause, il n'est pas rentré.

– Il se sera attardé au club. C'est la grande mode à Shanghaï, proféra Yoshio, mondain.

Le regard d'Helen le traversa de nouveau.

– En cela vous avez raison, dit-elle, en riant. – elle retira son chapeau et s'arrangea les cheveux : J'ai mal à la tête, je n'ai pas encore déjeuné.

A ces mots, un soulagement soudain détendit les nerfs de Yoshio. Il venait de reconnaître Jelena. La femme qui, tête nue, les cheveux rebelles, se tenait à neuf heures du soir dans Nanking Road et précisait qu'elle voulait manger, n'était pas l'Honourable Mrs Russell. C'était la folle jeune fille de Paris prête à toute heure du jour, même la plus invraisemblable, à manger, à faire la cuisine, à jouer, à se laisser aimer. Un flot de souvenirs gais monta en lui comme des bulles argentées à la surface d'une eau dormante. Soupe à l'oignon à cinq heures du matin dans le quartier des Halles. Lever de soleil sur la butte. Dans un village, près du lac de Genève, deux jours enivrés d'amour derrière les jalousies baissées. « Il faut que tu apprennes à vivre sans ta cuirasse japonaise, Yo, et tu seras heureux. Cette nuit, vie de bohème, et pour le déjeuner, je vous ferai à tous ma célèbre omelette… » Jelena, la camarade à l'humeur toujours égale, dans sa tunique de soie vert argenté…

– Dans ce cas, il est grand temps que nous allions déjeuner, proposa Yoshio, ému et d'une humeur intrépide.

Un courage grisant, d'un genre inconnu de lui, l'avait envahi.

– Il est neuf heures du soir, Jelena, une heure tout à fait propice pour rattraper son petit déjeuner, et cela est si facile. Souvenez-vous donc de *Chez Marguerite,* le petit bistrot aux bonnes brioches. Qu'allons-nous prendre pour le petit déjeuner ? Chocolat, thé, café ? Jelena, ajouta-t-il, pris d'une nouvelle illumination : Faut-il que Yoshio vous conduise dans l'un de ces séduisants restaurants de sukiyaki ? Je vous promets que cela vous plaira. Il vous suffit de laisser un mot à votre mari.

Il mélangeait toutes les langues dans sa surexcitation. Son anglais correct, dont il était si fier en secret, se mêlait au français défectueux, mais courant, que Jelena lui avait enseigné. Des mots japonais se glissaient dans ses phrases et l'empêchaient de rester court. Jelena le considéra, cette fois avec plus d'insistance et demanda :

– Qui êtes-vous donc ?

– Vous n'avez pas reçu les fleurs de Yoshio, Jelena ? De misérables fleurs indignes qui voulaient s'efforcer pourtant de vous remettre en mémoire une amitié plus chère à Yoshio. La plus chère dans toute l'existence de Yoshio, dit Yoshio, sentimental et beau parleur.

Il était lancé, comme sur une escarpolette très haute, dangereusement, un peu inconsciemment, mais c'était magnifique.

– Qui est Yoshio ? s'enquit Helen avec calme.

– Yoshio ? C'est moi. Yoshio Murata. Yo, dit-il, d'une manière pressante.

Helen eut un bref sourire. Elle se souvenait de l'habitude japonaise de parler de soi à la troisième personne ; elle se demandait si c'était là modestie ou orgueil.

– Vous êtes Yo, dit-elle, contente que sa mémoire voulût bien fonctionner ; évidemment, vous êtes Yo. Nous nous sommes rencontrés à Tokyo, n'est-ce pas, à l'exposition de fleurs ? – elle le considéra pensivement. Un nouveau souvenir jaillit : J'ai toujours le beau kimono dont vous m'avez fait cadeau.

Ainsi c'était Yo, un fantôme timide du temps où elle distinguait les hommes et les appréciait à la valeur de leurs cadeaux. Yoshio, de son côté, tandis qu'elle faisait allusion d'une manière aussi inattendue à l'intimité du passé, se sentait frémir d'espoir et de joie. Enfin, elle commençait à comprendre ses répliques et à entrer dans le jeu. Ils étaient toujours devant la porte de l'hôtel et Nanking Road déversait ses hommes, ses voitures et ses rikshas, ses mendiants et ses camelots, ses agents de police, ses pickpockets, ses prostituées et ses femmes de missionnaires protestants.

– Bien, allons au restaurant de sukiyaki, dit Helen ; vous êtes tombé au moment psychologique, mon bon Yo...

Elle s'était réveillée à six heures du soir, la tête lourde et douloureuse. Dans le salon, Potter et Clarkson étaient en train de faire les malles, opération qui comportait toujours un grand emploi de boules de naphtaline et toujours se terminait par une crise de nerfs de la part de Clarkson. Bertie n'était pas encore rentré de l'expédition de la nuit précédente. Helen en reçut la nouvelle presque avec soulagement. Peu après sept heures, toutes les malles étaient faites et Clarkson s'était apaisée et détendue. Helen à qui l'activité des deux domestiques donnait insupportablement sur les nerfs, leur ordonna de se rendre aussitôt sur le bateau avec les bagages pour arranger un peu les cabines, et d'y passer la nuit. Elle avait traîné à travers son sommeil la résignation avec laquelle elle s'était endormie. Il en restait encore quelque chose lorsqu'elle se réveilla. Elle était résolue à partir. Clarkson prit congé, elle était heureuse de quitter Shanghaï car le monde entier prophétisait la guerre. Potter hésita, déplaça différents meubles, ouvrit et referma à différentes reprises les malles de Bertie.

– Eh bien, Potter ? fit Helen.

– L'idée m'était venue que peut-être Mr Russell pourrait avoir besoin de mes services quand il rentrera, dit Potter.

– Merci Potter, merci bien. Je me débrouillerai seule avec lui, répondit Helen.

Potter soupira et se retira. Il avait aux pieds d'immenses souliers étincelants. Helen avait espéré vaguement que son mal de tête la quitterait dès qu'elle serait seule. Mais maintenant, dans les pièces vidées, elle s'aperçut qu'elle ne pouvait supporter la solitude. « Je deviens folle, se dit-elle à elle-même, je deviens folle. » Elle décrocha le téléphone, le raccrocha, le reprit, le reposa. Elle n'aurait pu dire à combien de reprises. Lorsqu'elle appela Frank, tout d'abord dans son appartement, puis au magasin, et enfin au club, il s'avéra qu'elle avait dépensé à cela trop de forces car elle n'obtint aucune des communications. Peut-être une courte conversation avec Frank l'eût-elle apaisée et calmée. « Je veux seulement lui dire adieu, pensait-elle. Quelques mots seulement comme il convient entre gens civilisés. Adieu, Frank. Bonne chance pour ton avenir. Prends bien garde à toi si la guerre éclate ici. Ne m'oublie pas tout à fait. Peut-être nous reverrons-nous, Dieu sait où et quand. Bien des choses de ma part à ta fiancée. Adieu. »

Et comme elle ne pouvait obtenir cette petite conversation civilisée, le désarroi de la passion inassouvie s'empara d'elle. Bientôt elle ne fut plus qu'un désir vibrant comme une corde tendue, désir d'être seule avec Frank dans cet appartement désert, seuls une dernière fois. Jelena était ainsi faite qu'elle ne pouvait admettre des obstacles à la conquête de ce qui momentanément lui échappait et que c'était son destin de toujours désirer à faux.

Elle emplit sa baignoire d'eau froide et y resta une demi-heure. « Ce sont des bains prolongés qu'il faut pour les fous », pensait-elle avec ironie. Rien n'y fit. Elle sortit en grelottant, se frictionna pour se réchauffer et s'habilla soigneusement. « Il faut encore que je m'achète des films en couleurs avant notre départ », pensa-t-elle.

Lorsqu'elle rencontra Yoshio devant la porte, elle arrivait tout juste du magasin de l'Eos Film and Photo Company. Il était fermé et elle était restée durant dix minutes désespérée, tenacement accrochée à la clenche impassible. Elle se sentait malheureuse comme un enfant qui a reçu la fessée, seule et abandonnée comme un chien perdu, désemparée, affamée et épuisée comme un soldat blessé devant qui passent les régiments victorieux.

– Vous êtes tombé au moment psychologique, répéta-t-elle.

Tandis que Yoshio Murata la conduisait en taxi au restaurant japonais proche de la rue du Thibet, il ne pouvait s'empêcher de penser que l'astucieux M. Endo avait raison. Jelena avait accepté sa folle invitation et montré ainsi qu'elle désirait se comporter avec lui comme M. Endo l'avait prédit. Lui, Yoshio, avait été assez habile pour lui laisser entendre dès la première rencontre qu'il portait sur lui des papiers importants. Maintenant, c'est elle qui se chargeait du reste et tout se passait comme cela devait se passer. Le triomphe, la nouvelle et vitale certitude auraient presque fait exploser Yoshio. Il respirait profondément, prenant de larges goulées d'air qui sentaient l'essence et l'eau stagnante. Il porta machinalement la main à la poche de sa veste de toile dans laquelle reposaient les plans soigneusement pliés. Il riait de lui-même et parlait sans arrêt pour cacher le rire qui l'ébranlait. « Elle m'a seulement tenu quelque temps à distance, pensa-t-il, elle n'est pas d'une maladresse si grossière qu'elle se trahisse à la première occasion. » Il se sentait pris dans le réseau ténu de l'espionnage international, et indescriptiblement élégant et supérieur dans son rôle d'adversaire de cette belle espionne aventureuse. Il réussissait; pour la première fois de sa vie, il réussissait. Son français commençait à s'évanouir et comme en contrepoint des phrases japonaises se superposaient à lui, phrases qu'il avait dû lire dans ses livres de classe. « Quand on connaît l'importance de la victoire et qu'on sait tout ce que retire la défaite, malheur à vous. » Il parlait, il parlait et gesticulait avec ses bras courts, avec ses petites mains japonaises. Bien des portes jadis fermées s'ouvraient devant lui, et il s'aperçut avec une violente émotion qu'il n'avait encore jamais été vraiment heureux. Maintenant, il était heureux. Helen, de son côté, le regard loin de lui, écoutait avec un étonnement distrait ce qu'il avait à lui dire. Elle était reconnaissante par faiblesse lassée de ce qu'il ne la laissait pas penser, de ce qu'il ne l'avait pas laissée seule pour cette soirée infernale, de ce qu'elle avait trouvé quelqu'un pour la forcer à la maîtrise de soi, à la conversation et à une conduite un tant soit peu digne d'une créature humaine. Elle posait quelques brèves questions polies, souriait de temps à autre, elle cita même deux vers d'un poète français. Des minutes durant, elle parvint ainsi à oublier la douleur de la jalousie et le désir térébrant qu'elle éprouvait de Frank. Elle connaissait trop bien les hommes pour ne pas percevoir l'état dans lequel se trouvait le petit Japonais, cet état de surexcitation fiévreuse, cette cour plaintive, cette humilité et cette reconnaissance. Elle pensait mi-compatissante, mi-ironique : « Comme il est amoureux de moi… »

– … Vous me demandez comment je vis, Jelena? Cela vous intéresse réellement d'apprendre comment vit à Tokyo un petit journaliste modeste et sans talent? Je suis marié et quand je dis que ma femme est stupide, je ne le dis pas pour employer la formule habituelle d'humilité et de politesse. Non, Jelena, pardonnez-moi si j'exprime ceci : celui qui vous a connue, comme j'ai eu le bonheur de vous connaître, l'insatisfaction l'habite pour le reste de sa vie, bénédiction ou torture. Vous ne savez pas, Helena, vous ne pouvez savoir ce que signifie pour moi le don de votre compagnie ce soir. Je veux vous avouer la vérité, Jelena. Si Yo ne vous avait pas rencontrée ce soir, il s'en serait allé chez lui et se serait tué.

Yoshio s'arrêta, effrayé. « Mais c'est pourtant la vérité, pensa-t-il, voilà que je recommence à faire des bêtises : je dis la vérité au lieu de mentir. Il faut que je lui raconte des choses qui attirent sa curiosité, n'importe quoi, à condition que ce ne soit pas la vérité. »

– Et, comme je suis chargé d'une mission importante, mon suicide serait pire qu'une désertion, ajouta-t-il faiblement.

Helen n'avait pas écouté, mais son attention fut attirée par le silence qui se produisit lorsqu'il eut fini. Elle chercha à se souvenir du son de ses derniers mots et parvint à les rattraper.

– Vous autres Japonais, avec votre suicide ! dit-elle en souriant; vous avez donc tous le complexe du hara-kiri ? On m'a montré au Japon une montagne d'où les jeunes gens, m'a-t-on dit, se jettent par centaines, simplement pour terminer une agréable excursion du dimanche. Est-ce bien vrai ? Le suicide est-il chez vous aussi contagieux que chez nous la rougeole ?

– Mihara Yana à Oshima. Oui, c'est vrai, là-bas beaucoup de gens se suicident, presque sans raison, et beaucoup le font par simple esprit d'imitation. C'est une fascination difficile à expliquer, dit Yoshio pensivement. Voyez-vous, Jelena, mon frère cadet a fait hara-kiri et cela a rendu ma propre vie totalement dérisoire, sans valeur, inutile et indigne. C'est un bien plus grand honneur d'être un nom sur les tablettes des ancêtres que quatrième reporter d'un journal de deuxième classe. Et c'est bien plus facile aussi, je puis vous l'assurer.

Helen s'était faite un peu plus attentive.

– Un autre complexe ? demanda-t-elle en souriant. Caïn et Abel ? Jaloux de son frère ? Envieux de sa mort ? Ne vous est-il jamais venu à l'esprit qu'un homme vivant peut aussi faire quelque chose d'héroïque et d'utile ? Vous autres Japonais surestimez trop vos morts, ce me semble.

Les pensées de Yoshio étaient tendues et se succédaient avec une grande rapidité.

– Vous avez raison, Jelena, dit-il hâtivement et sur ton un peu trop haut ; c'est pourquoi j'essaie en ce moment de mener à bien une mission importante pour le Dai Nippon.

– Dai Nippon, c'est votre journal ? questionna Helen avant de regagner son indifférence.

Un moment Yoshio en fut malheureux ; puis il se souvint que cette indifférence était feinte. Il oubliait sans cesse que Jelena était une espionne plus exercée que lui.

– Mais vous savez bien ce qu'est le Dai Nippon : Le Japon, le Grand Nippon, Jelena, ma patrie. Autrefois, vous n'en connaissiez que ce que je vous avais raconté, mais maintenant vous avez vu et vous savez vous-même combien le Japon est beau. Dai Nippon ! Vous étonnez-vous encore que chaque Japonais soit prêt à mourir pour ce pays ?

– Encore mourir ! L'idée fixe.

– Ou vivre. Vous avez raison, vivre pour le Dai Nippon.

« L'homme est ivre », pensait Helen, en regardant son visage échauffé et en écoutant ses tirades. Il avait des taches rouges sur ses pommettes saillantes. Elle se souvint que les joues rouges étaient chez ces petits jaunes du Dai Nippon le signe humiliant de l'ivresse. Dai Nippon, en effet :

– Vous étiez en train de me raconter quelque chose au sujet de votre mission, Yo ? Quels sont vos projets ? Un attentat sur la personne de Tchang Kaï-Chek ? A moins que vous n'alliez vous attacher une bombe sur l'estomac pour faire sauter vous-même l'arsenal ? Pour vous parler franchement, je ne puis vous imaginer plaçant une bombe, un peu dans le style des célébrités, dit-elle, un peu plus gaie.

Une pensée lumineuse avait forcé l'entrée de sa tête abasourdie : « Peut-être Frank sera-t-il assis dans le hall, bavardant avec Mme Tissaud lorsque je rentrerai. Peut-être tout est-il fort simple. Bonsoir, Frank lui dirai-je ; buvons encore une tasse de café ensemble avant mon départ. »

– Voici le *Sakuran*, dit Yoshio tandis que le taxi s'arrêtait.

Sur rue, cette maison de trois étages encadrée par une charcuterie russe d'une part, et de l'autre par une boutique de modiste française, ne se distinguait en rien des autres. Mais la cour à laquelle ils parvinrent était plantée dans le style d'un jardin japonais au fond duquel se dressait une deuxième maison dont les vitres de papier étaient doucement éclairées, et qui présentait dans l'ensemble une assez bonne imitation d'un restaurant japonais.

– C'est bien joli, dit Helen qui s'arrêta un instant.

La brise du soir chuchotait à travers les bambous et de l'eau coulait avec un frais clapotis dans une vasque de pierre.

– Ici, on peut oublier Shanghaï, dit Yoshio à côté d'elle.

– En tout cas, essayons, répliqua Helen en respirant.

Ils furent reçus avec tout le cérémonial ; des servantes à genoux sur la première marche de bois leur retirèrent leurs souliers, une hôtesse aimable, vêtue d'un kimono sombre, les conduisit en haut de l'étroit escalier dans une chambre couverte de nattes. D'autres servantes s'agenouillant dans la porte à glissière leur apportèrent de légers kimonos, des éventails, des coussins de soie et la petite cruche élancée contenant le saké chaud. Helen, qui depuis de nombreuses heures frissonnait d'une peur interne, but avec reconnaissance. Ses maux de tête la quittèrent. Ils ne s'affaiblirent pas, mais s'éloignèrent d'elle comme s'ils n'étaient plus dans sa tête, mais dans celle d'une autre personne.

– Avez-vous tout oublié ? demanda Yoshio en voyant Helen contempler son coussin sans s'y agenouiller.

Elle s'agenouilla docilement et répondit :

– Presque ; mais je l'ai réappris quand nous étions au Japon.

– Combien de temps y avez-vous passé ?

– Je ne sais plus exactement. Peut-être six semaines.

– Et il vous a plu ?

– Oui, patriote que vous êtes, dit Helen en souriant, il m'a plu.

Elle vida sa petite coupe et ajouta pour tranquilliser le regard avide de Yoshio :

– Votre Dai Nippon m'a beaucoup plu. Je me suis déjà disputée avec la colonie anglaise de Shanghaï parce que je suis trop portée à défendre les Japonais.

– On nous aime si peu, dit Yoshio Murata, préoccupé. Et nous ne le méritons pas. Pouvez-vous me dire pourquoi personne ne nous aime ?

– Complexe numéro trois ! ironisa Helen en buvant.

– Notre pays est beau, ses habitants sont travailleurs et méritants. Nous n'avons pas de dettes, nous ne mendions auprès de personne ni aide ni argent, nous achetons plus auprès des pays étrangers que nous ne leur vendons, nous observons les lois de notre pays et celles de tous les pays étrangers dont nous sommes les hôtes, nous sommes tolérants envers chaque religion, nous produisons de belles choses à bon marché, nous sommes frugaux et ne revendiquons rien, nous respectons l'ordre et nous favorisons le progrès – qu'est-ce que le monde a contre nous ? demanda Yoshio dont la bouche se remplissait toujours davantage de mots agréables, tandis qu'il buvait son saké chaud. – il s'arrêta brusquement, effrayé du manque de modestie avec lequel il s'était exprimé : Certes, notre pays est petit, et en cela ne peut être comparé aux autres, ajouta-t-il rapidement, par politesse et bienséance.

– Petit et humble, dit Helen égayée. Plein de soldats qui brûlent de mourir pour lui, dirigé par un parti militaire qui rompt tous les traités, et dominé par cinq familles puissantes qui font du Mikado un prisonnier. De plus, excité dans les guerres de conquête par des clans qui perpétuent leur vieille hostilité de seigneurs de l'armée et de la flotte, et qui l'épanchent en utilisant la Corée, la Mandchourie et la Chine comme théâtres de leurs propres luttes. Petit et modeste, frugal et sans revendications, travailleur et méritant, dites-vous ? Possible, oui, très possible. Mais est-ce que ce sont là des qualités qui suscitent l'amour ? Avez-vous jamais vu que l'on aime le meilleur élève de la classe, celui qui apporte des devoirs appliqués et s'estime supérieur aux autres enfants ? Vous êtes le petit magasin du coin qui vend tout cinq cents moins cher, vous êtes ce gamin qui a une carabine neuve et fait pan-pan la nuit et le jour, en sorte que personne ne peut dormir, vous êtes, enfin, le voisin qui verse ses ordures pardessus votre clôture, voilà ce que vous êtes. Et vous voulez en plus qu'on vous aime ?

Yoshio fit plusieurs fois provision d'air pour l'interrompre. Lorsqu'elle eut terminé, il revint sur la seule remarque qu'il eût totalement comprise et qu'il devait absolument relever.

– Je ne me permettrais jamais, Jelena, de m'exprimer avec aussi peu de respect à l'égard d'un homme d'État étranger que vous-même l'avez fait à l'égard du chef du Dai Nippon. Je crains que nous ne nous comprenions pas tant que vous ne prendrez pas en considération le fait que notre chef est une divinité issue en ligne directe, à la cent vingt-quatrième génération, de la déesse du Soleil Ama Terasu. Ce *fait* nous impose naturellement, à nous ses enfants, de plus hauts devoirs et un respect plus profond que ce n'en est le cas dans les autres nations.

Helen regarda le petit Japonais sans trouver de réponse.

– Yo ! dit-elle à plusieurs reprises, Yo ! voyons, Yo ! comme si elle devait l'éveiller d'un profond sommeil. Un *fait?* Mon Dieu, Yo, vous appelez cela un fait ? Vous ne parlez pas sérieusement, Yo, vous, un homme moderne. Souvenez-vous donc de la rive gauche, Yo, avec combien de communistes, de surréalistes et que sais-je encore de « istes » n'étiez-vous pas lié ! et voilà que vous revenez au Japon et que le moyen âge vous absorbe tout entier et que le mikado est une divinité. Mais vous-même ne le croyez pas.

Yoshio fixait avec une expression têtue sa coupe de saké ; ce petit récipient fin était orné des armes des shoguns qui n'avaient rien à faire dans ce restaurant de sukiyaki de Shanghaï et ne s'y trouvaient qu'en raison de leur beauté. Les différentes strates de sa formation et de sa culture se compénétraient si bien que c'était dangereux comme une opération chirurgicale de les séparer.

– Le Japon, dit-il enfin, est un pays de paix et un pays divin, nous avons appris cela à l'école, et quelque chose de ce que l'on a appris étant enfant persiste toujours ; ne le croyez-vous pas, Jelena San ? Le Japon n'a jamais été vaincu, c'est un fait. Mais il n'a jamais cherché la guerre, il n'est jamais parti en des expéditions de conquête, il a vécu dans un isolement pacifique jusqu'à l'arrivée des sombres bateaux du commodore Perry qui l'obligèrent à ouvrir ses ports et à entrer en relation avec les pays étrangers. Nous n'avons point désiré cela, nous n'en sommes pas responsables, nous y avons été forcés.

Helen commençait à s'ennuyer de ces explications, les Japonais sont ennuyeux, au point d'en être impolis, avec leur amour du détail et des explications exhaustives. Yoshio, de son côté, avait reçu de la conversation politique, où il s'était engagé par mégarde et grâce à l'appui du vin de riz, un nouvel élan pour mener à bien sa mission.

– Il est dommage que vous soyez sainte nitouche à ce point, plus mauvais et plus sainte nitouche que les Anglais, remarqua Helen amicalement.

– Je vous remercie de votre sincérité, répliqua Yoshio tout en s'inclinant.

« Elle nous hait, pensait-il, presque content, c'est un agent de l'Angleterre, elle ne nous veut que du mal. Bien, il faut la prendre comme elle est. »

– Excusez-moi, Yo, se ravisa Helen ; le saké dans mon estomac vide me porte à la querelle. La manière dont le Japon se conduit vis-à-vis du reste du monde m'est totalement indifférente. Ce qui m'intéresse, c'est le sukiyaki que vous m'avez promis.

La petite serveuse au kimono orné de fleurs de pruniers, qui leur avait rempli au fur et à mesure leur coupe de saké, se leva pour les aider à passer les kimonos légers que le restaurant tenait à la disposition de ses clients. Helen se serra dans la tunique d'un bleu tendre parsemé de papillons rouge clair, et bien que Yoshio ne voulût pas voir qu'elle était belle, il le vit pourtant. Lui-même refusa tout d'abord de passer un kimono ; il réfléchit un instant et entrevit comment cela lui servirait à atteindre son but.

– Je préfère ne pas mettre de kimono ; j'ai des papiers importants dans ma poche intérieure, dit-il en français comme pour communiquer un secret que les servantes ne devaient pas entendre.

– Le kimono est plus commode et vous va mieux, objecta Helen ; je vous promets de faire attention à votre veste et à ces papiers importants.

Une vague de joie souleva Yoshio. Il sortit les plans de sa poche, puis les y remit, pour être sûr qu'Helen savait où ils se trouvaient. Puis il se laissa passer le kimono.

– C'est bien mieux, Yo, c'est bien plus joli, apprécia Helen.

Il s'agenouilla sur son coussin, tandis que deux servantes préparaient les petites tables basses, le minuscule réchaud, et se mettaient à rôtir les minces tranches de viande, les légumes et la farine de haricots. L'odeur agréable du repas fraîchement préparé se répandit. Il était vrai que le petit Japonais au complet colonial blanc, outrancier et mal ajusté, s'était transformé en une créature pleine de dignité et de grâce depuis qu'il avait passé le kimono et s'était agenouillé sur son coussin. Ses cheveux lisses et brillants, la forme de sa bouche, son sourire poli et ses gestes calmes formaient un tout harmonieux tandis qu'il présentait les premiers morceaux à Helen. Durant un instant, Helen comprit que son intimité avec cet homme – et d'autres de la même espèce – pouvait être agréable. Mais la seconde suivante elle l'avait totalement oublié et se trouvait de nouveau auprès de Frank. Peut-être ce Yo pourrait-il faire quelque chose pour empêcher le mariage demain matin ? pensa-t-elle. Il fera tout ce que je lui demanderai, c'est clair. Les Orientaux sont rusés, peut-être trouverait-il une solution ? Les Chinoises empoisonnent leurs rivales, elles sont sages ; vieille culture, grande civilisation et que sais-je encore. « Quelle heure est-il, Yo ? Dix heures passées. Le bateau part à une heure de l'après-midi, il reste encore quinze heures, c'est une éternité. – C'est très joli, ici, Yo, vous êtes gentil de m'y avoir amenée. Si je pouvais être seule, rien qu'une heure, avec Frank, tout serait bien. Pourquoi ne suis-je pas ici avec Frank, seule ? As-tu peur de moi, Frank ? Peur, cela signifie que tu m'aimes. Il ne faut pas penser, non. Pourquoi ne partons-nous pas ? Parler, boire, ne pas penser, oublier. »

– Qu'y a-t-il d'écrit sur le kakémono, dans la niche, Yo ?

– Ne savez-vous plus lire les caractères japonais, Jelena ? Vous qui étiez si douée pour les langues ?

– J'ai tout oublié, Yo, c'est une honte. Attendez : voici le signe pour « grand » et le signe pour « eau », je n'en sais pas plus, et que signifie l'ensemble ?

– C'est quand la lune est pleine qu'elle commence à diminuer, traduisit Yoshio ; c'est quand la marée est la plus basse que commence le flux.

Détendu comme il l'était, la sagesse et la tranquillité consolante de l'antique dicton l'émouvait jusqu'au fond de l'âme. Les mots lui semblaient profonds, receler avertissements et résignation tout à fait appropriés à cette veille de guerre. Sous le kakémono, il y avait une coupe plate où poussaient seulement trois nénuphars et un unique brin de jonc à fleur brune.

Helen dévisagea Yoshio avec stupéfaction lorsqu'il retira ses lunettes et s'essuya les yeux avec embarras.

– Qu'y a-t-il, Yo ?

– Rien, répliqua Yoshio rapidement pour cacher son embarras.

Elle le considéra de nouveau et oublia pour une minute de penser à elle-même.

– Est-ce en rapport avec votre mission ?

– Non, je vous assure, fit Yoshio.

– Ou avec le frère qui a fait hara-kiri ?

– Non, dit encore Yoshio.

De nouveau, comme auparavant, il éprouva au plus profond de lui-même cette curieuse sensation de désintégration ; il écouta, comme s'il entendait un lointain murmure, puis il confia :

– Je me suis toujours figuré que j'aimais mon frère. Ce n'est pas vrai. Je le haïssais. Il m'a pris tout ce qui aurait pu m'appartenir. Ma propre mère l'a préféré à moi, bien qu'il ne fût pas son enfant. Depuis qu'il est mort, je ne puis me défendre contre lui, il est devenu trop fort. Je ne puis jamais dire à personne ce que je pense. C'est la première fois que je l'exprime, Jelena San : il était sans culture et borné, et il a agi criminellement, ne faisant que du mal au pays. Seppuku, une tunique de soie blanche et un sabre court, tout cela est joli ; c'est émouvant sur un théâtre, c'est fait pour la scène, ne le croyez-vous pas, Jelena ? Tout cela ce sont – comment dites-vous ?... des accessoires. Qu'est-ce que sa mort a prouvé ? Rien. Quel mal a-t-elle fait ? Beaucoup. Oui, tellement. Non, je ne pleure pas Kitaro, Jelena ; peut-être pleuré-je sur Yoshio, sur sa vie qu'il n'a pas vécue.

Helen, embarrassée, détourna de lui son regard, parce qu'il lui fallait de nouveau essuyer ses lunettes, et que deux larmes couraient, sans qu'il cherchât à les dissimuler, le long de ses pommettes saillantes.

– Vous devenez indiscret, Yo, dit-elle. Nous n'allons tout de même pas sortir nos squelettes de leurs placards et nous les montrer réciproquement.

– Excusez-moi, implora Yoshio, honteux. Nous autres Japonais, nous pleurons trop facilement, c'est un vice national.

Il sortit un mouchoir de sa manche pour y cacher sa gêne.

– Oui ? dit Helena stupéfaite, voilà qui est nouveau pour moi. Comment cela peut-il aller de pair avec cette célèbre maîtrise de soi et cette non moins célèbre impassibilité ?

– Nous sommes trop sentimentaux, déclara Yoshio en remettant ses lunettes, préoccupé de les tenir sèches. Parce que nous sommes trop émotifs, nous avons besoin d'une plus grande maîtrise de soi. Nous sommes transparents comme de l'eau : pensez que nous ne mentons jamais, même par politesse ! Mais nous avons de la difficulté à nous exprimer et c'est dû en partie à notre langue. Nous ne pouvons rien expliquer ni analyser. Nous nous taisons plutôt que de dire des choses fausses, et nous sourions plutôt que d'offenser. Nous sommes – comment dit-on ? – des sentimentaux. Nous avons des fêtes mortuaires et des jours anniversaires pour tous les poissons que nous avons mangés, pour nos chats, pour les poupées brisées et même pour les aiguilles, ces bonnes aiguilles fidèles qui ont cousu toute l'année pour nous. Nous sommes reconnaissants et attachés, Jelena, même si les apparences sont quelquefois contraires. Nous sommes des êtres sensibles dans des pardessus de béton.

Yoshio avait commencé avec sérieux à expliquer l'âme japonaise, mais il termina en souriant. Il y avait longtemps qu'Helen ne l'écoutait plus. Lorsqu'il eut fini, son attention revint.

– Des aiguilles, reprit-elle, l'esprit ailleurs.

Bien qu'elle se fût plainte de la faim et qu'elle n'eût pas mangé depuis vingt-quatre heures, elle avait à peine touché aux mets. Sa gorge se contractait chaque fois qu'elle portait une bouchée à sa bouche, c'était là la preuve risible et immature de son épuisement nerveux. « Comme un chien qui ne peut trouver son maître, pensa-t-elle avec colère ; si je n'y prends pas garde, je vais mourir de mélancolie, comme les dames des vieilles histoires avec leur consomption. » Les trois servantes s'étaient donné grand mal, agenouillées et souriantes, jolies et appliquées, et leur activité silencieuse avait quelque chose d'inhumain. Helen se ressaisit.

– Sentimentaux, dit-elle, cela m'a aussi frappée. Nous avons visité le Yoshiwara. Dans chaque maison, un fonctionnaire est assis près de la caisse pour prélever sur place les impôts de chaque visiteur. Dans toutes les chambres des prostituées est placardé un avis indiquant combien chacune doit donner, sur chaque yen qu'elle gagne, au gouvernement. C'est l'avis le plus sentimental que j'aie jamais vu.

– Comment avez-vous su ce qui est écrit sur ces avis, Jelena San ? questionna Yoshio à la hâte. (Donc, elle sait lire le japonais, cette espionne, pensa-t-il avec une joie rapide.)

Helen le regarda distraitement.

– C'est écrit en trois langues, pour les clients internationaux, je suppose, dit-elle.

Yoshio se tut, puis reprit :

– Mais vous avez sans doute aussi remarqué que dans toutes les maisons de ce genre se dresse un petit temple, les filles mêmes ont leur dieu particulier, dit-il faiblement.

Il lui était pénible de parler du Yoshiwara avec une femme. Mais il se souvint que Jelena n'était pas une femme.

– Oui, les prostituées ont dans tous les pays un esprit religieux et de bonté, fit-elle négligemment en chipotant dans les fraises qu'on avait posées devant elle.

Elle en prit une de ses baguettes, qu'elle voulut porter à la bouche. Elle s'arrêta à mi-chemin. Une sorte de panique à la fois brûlante et glacée s'était emparée d'elle. Elle entendait le téléphone sonner dans sa chambre à coucher, il sonnait sans arrêt dans une supplication pressante. « Helen, ma chérie, disait Frank, il faut que je te parle, il faut que je te voie, cette nuit même, maintenant, tout de suite, je t'aime, je t'aime, je t'aime. »

Elle reposa soigneusement la fraise dans la coupelle et se leva. Ses jambes étaient ankylosées par la position à genoux, elle s'étira et se tapota les chevilles ; ce geste lui revenait de l'époque où elle avait été modèle.

– Il faut que je rentre ; il se fait tard, murmura-t-elle.

Yoshio la regarda, désemparé. Le jeu venait seulement de commencer. Il avait joué les premiers coups, maintenant c'était son tour à elle. Au lieu de cela, elle se dépouillait impatiemment de son kimono, arrachait le mince vêtement et s'emparait de son chapeau. Il n'y comprenait rien.

– Ne vous dérangez pas, Yo, dit-elle hâtivement, je trouverai toute seule le chemin de mon hôtel. J'ai l'habitude.

– Pourquoi si brusquement ? demanda-t-il, se dressant en vacillant sur ses jambes endormies.

Il n'était plus habitué à s'agenouiller à la japonaise et la plante de ses pieds, ses mollets et ses genoux le picotaient de milliers de coups d'épingle.

– Mon mari, répondit Helen. Il va être inquiet de mon sort.

Lorsqu'elle eut dit cela, elle eut l'impression que c'était tellement idiot qu'elle se mit à rire. Yoshio ne savait que faire.

– Un instant seulement, implora-t-il ; vous ne pouvez rentrer seule – je ne puis le permettre –, la ville est pleine de soldats.

Il prit sa veste, puis la reposa. C'est à cet instant qu'un éclair de génie le toucha, si bien qu'il ferma les yeux derrière ses lunettes, comme aveugle.

– Une seconde, Jelena, pria-t-il, j'en ai pour une demi-seconde. L'addition – vous comprenez – la coutume japonaise – il faut que je la règle personnellement avec la restauratrice – cela ne peut se faire en présence de l'hôte honoré.

Il se serra dans son kimono et ses pieds en chaussettes faisaient sur le plancher un bruit sourd tandis qu'il se dirigeait vers la porte. Deux servantes s'agenouillèrent et ouvrirent devant lui la porte à glissière.

– Voulez-vous avoir l'obligeance de surveiller ma veste, dit Yoshio pour plus de sûreté, puis la porte se referma derrière lui en glissant.

Jelena souleva la veste avec impatience ; elle sentait la brillantine que Yoshio se mettait sur les cheveux, et Jelena la remit en place du bout des doigts. « Il faut qu'on soit très intime avec un homme pour ne pas être répugné par ses vêtements », pensa-t-elle vaguement. Tout, même cette pensée-là, avait un rapport avec Frank. La chaleur de son épaule revêtue de toile blanche, le parfum de ses cigarettes, la ligne de son cou brun émergeant du col, et même les plis écrasés qui barraient son col de chemise après une nuit passée à danser – chaque ligne du vêtement de Frank lui était familière. Chaque pouce de la petite veste ambitieuse de Yoshio lui répugnait.

Elle était debout près de la fenêtre quand il revint ; elle regardait dans la cour le buisson de bambous qui se dressait d'un trait net dans la lumière douce. La veste de Yoshio était toujours sur la table, mais elle avait changé de position.

– Cela n'a pas duré longtemps, n'est-ce pas ? fit-il en s'éclaircissant la voix pour lui donner le ton convenable.

– Suffisamment longtemps, répliqua-t-elle.

Il se demanda ce que cela signifiait. Il se demanda si elle avait regardé les plans, si elle les avait subtilisés et remplacés par d'autres. Il retira son kimono et passa sa veste. Il lui sembla que les plans occupaient dans sa poche la même place qu'auparavant et qu'on n'y avait pas touché. Un instant, il fut submergé de désespoir. Je ne suis pas assez habile pour cela », pensa-t-il. Helen l'observa tandis qu'il sortait la longue et étroite enveloppe ornée d'un emblème rouge et blanc, sans laquelle le pourboire n'aurait été pour les servantes qu'une injure et non un présent.

– Charmant, dit Helen, l'esprit ailleurs.

Yoshio Murata fit un dernier effort; il parvint à faire tomber les plans sur les nattes du plancher. L'une des petites servantes les ramassa. Il observa, à l'abri de ses lunettes, l'expression d'Helen, et retint son souffle. Elle jeta un regard négligent sur les papiers.

– Du japonais ? demanda-t-elle.

– Chiffré, répondit-il, documents secrets.

Il les remit dans sa poche. Il s'efforçait d'avoir l'air embarrassé et inquiet.

– Quel dommage que je ne sois pas une espionne ! ironisa Helen.

Il se demanda si c'était moquerie de sa part ou suprême habileté.

– *Sayonara*, lança-t-elle aux servantes en se dirigeant vers la porte. *Domo arigato gazaima shita*, ajouta-t-elle à l'hôtesse et aux jeunes filles qui l'aidèrent à mettre ses souliers et restèrent sur le seuil, à genoux et les mains contre terre.

– Vous savez encore le japonais, remarqua Yoshio tandis qu'ils traversaient la cour.

Son cœur s'était mis à battre si fort qu'il faisait un vacarme impoli.

– La soirée a été charmante, commenta Helen, redevenant une dame anglaise conventionnelle.

Un jeune homme avait appelé un taxi qui attendait devant l'entrée. Yoshio ouvrit la porte à Helena.

– Mon bon Yo, dit-elle aimablement, ne m'en veuillez pas – je ne voudrais pas que vous me raccompagniez. Mon mari, comprenez-moi, je vous prie… est très jaloux. C'est dérisoire, je sais. Mais je ne voudrais pas qu'il me fasse une scène, s'il me voyait en votre… dans la compagnie d'un homme.

Yoshio recula d'un pas, frissonnant sous l'offense. « Ces Anglais ! pensa-t-il. J'ai entretenu ta femme, des Japonais ont recueilli ta femme dans la rue et l'ont entretenue. Et maintenant, il ne faut pas qu'on la voie en compagnie d'un Japonais. »

Durant toute la soirée, il avait nagé dans un océan d'émotions, tantôt sur la crête d'une vague, tantôt au creux, suffoquant et presque noyé. En lui, l'angoisse et la colère, le triomphe et l'injure se mêlèrent de telle sorte que se forma le vœu violent, presque incontrôlable, de monter dans l'auto et de posséder Helen. Il s'approcha de la voiture, elle l'arrêta d'un geste. Il pâlit de l'effort qu'il fit pour se maîtriser.

– Bonne nuit, Jelena San, et merci d'avoir bien voulu m'accorder votre compagnie. J'espère que je pourrai vous revoir ?

Il retira ses lunettes et se pencha sur sa main pour la baiser comme il avait appris à le faire à Paris.

– Nous nous reverrons sûrement quelque part, dit Helen. Nous partons demain après-midi par le *Sourabaya.* Peut-être nous rencontrerons-nous à Hong-Kong, à Singapour ou à Londres. Cette soirée a été charmante. Et bonne chance pour votre mission secrète.

Il lâcha sa main et la contempla, les yeux fixes. Puis le taxi partit. Elle lui fit signe d'un curieux geste retenu, puis s'enfonça à l'intérieur de la voiture. Elle avait disparu et Yoshio restait encore debout, là, fixant la rue déserte. Auparavant il était pâle, maintenant il sentait que le sang se retirait de lui à chaque battement de son cœur en lui déchirant douloureusement la poitrine, les genoux, les reins. Le jeune homme qui avait été chercher le taxi le dévisageait avec étonnement : car il était devenu aussi gris que le pavé sous ses pieds.

~

Le Dr Yutsing Chang roulait en taxi en direction du Shanghaï Hôtel. On approchait de minuit et les rues étaient pleines de monde. Les petits vendeurs de journaux criaient les manchettes : A Hong-Kew, on avait tiré sur des troupes japonaises qui débarquaient. Mais Yutsing n'entendait rien ; il était tassé sur lui-même dans la voiture, tortillait son mouchoir, qu'il roulait parfois en boule, parfois tordait en une longue corde, tandis que des larmes de colère coulaient sur son visage. Il se trouvait dans cet état de furieux désespoir qui brise à de rares moments le calme du caractère chinois et conduit aux révolutions, aux pillages, aux tueries et tortures cruelles des ennemis. Yutsing Chang avait reçu une nouvelle qui semblait si invraisemblable, si impossible, si profondément criminelle, qu'il ne put retenir ses larmes avant même de s'être persuadé de sa véracité.

– Mr Chang Bo Gum se trouve avec ses hôtes dans la chambre argentée, avait dit le garçon du dernier ascenseur de l'hôtel.

Yutsing avait payé le chauffeur et avait couru sous les arcades et le hall à coupoles pour éviter le premier hall et ses occupants.

– Alors, à la chambre argentée, lança-t-il, les dents serrées.

Le garçon ferma la porte de l'ascenseur qui monta. Par un grand effort Chang était arrivé à retenir ses larmes, mais ses yeux étaient brûlants et son souffle irrégulier. Il avait abandonné les régions de « la moyenne dorée » et se trouvait livré sans recours à une colère et à une angoisse incontrôlables.

Les serviteurs chinois du Shanghaï Hôtel nommaient chambre argentée une des plus petites salles de banquets à la disposition des hôtes riches qui désiraient offrir un repas ; elle était située au troisième étage. Beaucoup d'étrangers ayant pris l'habitude asiatique d'inviter leurs amis à l'hôtel et non chez eux à l'occasion de tractations d'affaires, la direction de l'hôtel, très à la page, avait fait aménager quatre pièces à cet usage – avec le luxe qu'on en pouvait attendre. Les murs de la chambre argentée étaient revêtus en grande partie de miroirs aux cadres laqués d'argent mat ; de là le nom poétique de la salle. L'architecte avait assorti l'argent et les miroirs de rideaux de soie rouge clair, et le sol était brillant de la laque polie et noire du Ningpo. Il reflétait, presque comme un autre miroir, les images des clients. Yutsing, en s'approchant de la chambre argentée, entendit déjà du corridor des voix d'hommes et de jeunes filles mêlées à de la musique. Craignant que sa révolte ultime ne transparût dans son aspect extérieur, il revint devant la glace encastrée entre deux vases de fleurs près de l'ascenseur. Il arrangea sa cravate, tenta de discipliner ses cheveux qui se rebellèrent pourtant. Il fit quelques inspirations profondes pour calmer son cœur. Il mit ses lunettes devant ses yeux brûlants et se dirigea d'un pas rapide vers la porte de la chambre argentée.

– Yutsing ! Quel bon vent vous amène ? s'enquit Mr Chai, jeune secrétaire de son père, qui se trouvait dans l'antichambre et surveillait une escouade de serveurs en veste blanche prêts à porter dans la salle, sur des plateaux recouverts, les différents plats.

Yutsing repoussa le jeune homme qui fut apparemment interdit, et il ouvrit la haute et lourde porte. Sur le seuil, il s'arrêta en voyant que c'était encore pire que ce qu'il avait imaginé. Les hôtes de son père étaient attablés, chacun ayant à ses côtés une jeune fille en robe de soie multicolore Les hôtes étaient japonais. Trois Japonaises en kimono étincelant dansaient sur une petite estrade aménagée à cet effet. Les autres jeunes filles, Chinoises ou Coréennes, prenaient soin de leur voisin comme de nourrissons qu'il aurait fallu faire boire. Au milieu trônait Chang père vêtu à la moderne d'une blanche veste de soirée. Devant lui, de petites coupes à vin chinoises en argent voisinaient avec des coupes en porcelaine japonaises plus grandes, pour le saké, et avec une rangée de verres pour les boissons occidentales. Il avait à côté de lui l'hôte d'honneur, un Japonais en uniforme, aux cheveux gris et au visage finement ciselé qui, pourtant, fit en cet instant à Chang l'impression d'une face de singe.

Ce Japonais, l'un des amiraux de la flotte japonaise qui avait mouillé devant Shanghaï la veille même et avait fait débarquer ses marins, contemplait en souriant les jeunes danseuses tandis qu'il enlaçait sa voisine coréenne, sans, du reste, prendre garde à elle. De temps à autre, il échangeait quelques mots avec Chang Bo Gum, ce qui était à chaque fois pour lui l'occasion d'une légère inclination.

La vue de ces Japonais fêtés et choyés par son père, tandis qu'au-dehors les troupes chinoises creusaient désespérément des tranchées, coupa le souffle à Yutsing. Il était venu à la hâte ici pour empêcher une chose honteuse et humiliante. Et maintenant, sur le seuil de la chambre argentée, il restait comme paralysé et ne savait que dire. Cependant, son père, le géant, parut bientôt sentir le regard de son fils. Il était possible aussi qu'il regardât alors la porte parce qu'il était impatient, en tant qu'hôte, de l'arrivée du service suivant. Quelle que fût la raison qui l'avait conduit à regarder l'entrée, Yutsing remarqua qu'une petite ombre passait sur le visage de son père ; aussitôt après, celui-ci se mit à rire et brandit sa coupe en direction de son fils.

– Un hôte inattendu nous arrive, mon fils Chang Yutsing ! cria-t-il d'une voix qui dominait largement les bruits divers du phonographe, de la musique japonaise et des voix avinées des invités.

Alors, plusieurs visages se tournèrent vers Yutsing. Des visages japonais, visages grimaçants et haïs de l'ennemi mortel. Yutsing, fait remarquable, s'aperçut précisément à cet instant que son père avait l'air pâle ; la couleur cuivrée de sa peau nordique montrait des tâches blanches, comme s'il était malade ou effrayé. Yutsing ne pouvant rester éternellement sur le seuil, planté comme un arbre, et puisqu'il fallait que quelque chose se produisît, il fit un effort, se mit en mouvement et entra. Il ne s'aperçut pas que, juste derrière lui, s'avançait la cohorte des serveurs, ce qui l'apparentait à un dérisoire maître de cérémonie en veste de toile blanche, précédant les plats.

Il se dirigea d'un pas raide vers son père et lança :

– Que signifie cette fête en un pareil moment ?

Chang ne manifesta aucune hésitation.

– J'ai invité mes amis à un petit repas de bienvenue, répondit-il simplement. Amiral Sagami, puis-je vous présenter mon fils ? Je vous ai déjà parlé de lui. Monsieur Nakano, voici mon fils, le Dr Chang Yutsing, vous trouverez plus d'un sujet de bavardage, car lui aussi a fait ses études en Amérique. – il frappa dans ses mains et deux jeunes filles accoururent : Une chaise et un couvert pour mon fils ! s'écria-t-il.

B. G. Chang parlait à ses invités dans son anglais courant mais dur, l'anglais des grands commerçants. Et les Japonais polis souriaient et s'inclinaient devant Yutsing. Il passa trois fois sa langue sur ses lèvres sèches et sentit enfin qu'il pouvait parler ; pourtant sa voix était rauque, tandis qu'il articulait :

– Il faut que je te parle immédiatement, père.

Chang examina un instant l'air défait de son fils.

– Plus tard, mon fils, plus tard, dit-il à voix basse et en chinois.

– Tout de suite, à l'instant même, répliqua Chang.

Son père le regarda quelques secondes en silence, cependant que le ton de la conversation le long de la table baissait. Les jeunes filles arrêtèrent en un geste rigide leurs mains armées d'éventails et les observèrent. Chang vit que son fils tremblait comme un arbre sous l'orage ou un bateau sous la tempête. Il se leva, s'inclina devant ses invités.

– Je vous prie de m'excuser, une nouvelle pressante – une affaire de famille, précisa-t-il.

Il entoura de son bras les épaules de son fils, bien plus petit que lui, comme pour offrir à ses invités une image de leur bonne entente, et le dirigea sous la pression de son bras aux muscles lourds vers une porte dissimulée derrière les rideaux de soie rouge. Maintenant, ils se trouvaient dans l'antichambre blanche des lavabos des hommes dans laquelle l'hôtel précautionneux avait posté deux sofas pour le plus grand bien des banqueteurs ivres ou tombant de sommeil. Chang Bo Gum s'affaissa aussitôt sur l'un de ces sofas comme si la station debout lui était pénible. Pourtant il n'était pas ivre, cela Yutsing le savait, car son père n'avait jamais été ivre de sa vie.

– Eh bien ? qu'y a-t-il ? demanda Chang, et, ce qui était curieux, il parlait toujours anglais. – il avait vraisemblablement durant toute la soirée tellement dû converser en cette langue que son cerveau en avait pris le pli : Pourquoi viens-tu ici comme un spectre et m'obliges-tu à me montrer incorrect vis-à-vis de mes hôtes ?

Yutsing restait debout devant le sofa et regardait son père qui, assis, était encore presque aussi grand que lui.

– Comment est-il possible que tu donnes une fête à nos ennemis ? une fête, la nuit même où l'on construit des barricades à Chapeï et à Hong-Kew et où les premiers morts gisent dans les rues ? demanda-t-il d'une voix qui devenait toujours plus rauque au fur et à mesure qu'il parlait. Je ne voulais pas le croire. Je pensais que c'était impossible, mais il a fallu que je le voie de mes yeux. Mon père festoie avec les Japonais, ces Japonais qui veulent faire de la Chine une colonie. On m'a raconté que tu avais donné de l'argent aux Japonais. Est-ce que cela est vrai aussi ?

Chang sourit de son visage couvert de taches blanches.

– Les messieurs que j'ai invités sont de vieux amis, dit-il en affectant une aisance exagérée : l'amiral Sagami ; M. Nakano, directeur de la banque d'Osaka ; Tsuneo Fujita, à qui appartient le *Moniteur*, quotidien de Kobe ; Toro Sato, propriétaire avec moi du moulin de Tsingtao, pourquoi ne les inviterais-je pas ? Je connais chacun d'entre eux depuis plus de vingt ans. Ce sont des hommes honorables et de bonne compagnie.

– Leur as-tu donné de l'argent ? Un argent avec lequel ils achèteront des canons pour tirer sur nous ? cria Yutsing d'une voix que l'émotion brisait.

B. G. Chang se contenta de sourire avant d'énoncer :

– Mon expérience des Japonais m'a appris qu'ils sont pratiquement incorruptibles, c'est pourquoi on doit employer des moyens plus délicats pour les influencer.

Il se leva, se dirigea vers le lavabo de marbre, puisa de l'eau dans ses mains comme il avait dû faire quand il était un jeune coolie, et se lava le visage. Puis il revint vers son fils.

– Je n'ai pas grand plaisir à inviter aujourd'hui ces hommes, continua-t-il en chinois, car j'ai une douleur au côté et je préférerais me reposer. Mais je pense qu'il est hautement utile d'avoir des amis dans les rangs des ennemis.

– Mon père, dit Chang en s'efforçant d'être calme, tu as fait cadeau à notre gouvernement de six avions. A quoi cela sert-il de donner également à l'ennemi six avions avec lesquels il pourra combattre les nôtres ?

– J'ai fait cadeau de six avions à Nankin pour te faire plaisir, dit Chang, et non pas parce que j'en attendais une grande utilité. Tu ne sais sans doute pas que notre gouvernement a de bons avions et de bons aviateurs, mais qu'il a oublié de constituer des réserves suffisantes d'essence, dit-il en revenant à la langue anglaise, plus commode pour parler de ces sujets. Nous autres Chinois, nous rendons seulement risibles quand nous jouons aux soldats. Il est facile d'envoyer à la guerre des soldats qui ne savent pas de quoi il s'agit. Il est facile de tuer des porcs qui ne peuvent se défendre. Mais les gens mieux informés agissent de manière irresponsable. Ils donnent aux soldats des fusils anglais avec des munitions françaises, et des avions américains avec des pièces détachées italiennes. Les pièces ne s'ajustent pas, l'armée est équipée de manière misérable. On ne tue personne avec des slogans. La guerre est une affaire où il s'agit de savoir qui tuera le mieux et non pas qui possède le plus de soldats susceptibles d'être tués.

Un goût amer emplit la bouche de Yutsing tandis que son père parlait.

– Il est assez désolant que nous vivions à une période et dans un monde qui ne se laisse convaincre que par les canons, les bateaux de guerre et les bombes d'avion, cria-t-il, exaspéré ; mais nous avons préparé cette guerre et nous la gagnerons quand bien même elle durerait cent ans, deux cents ans, quand bien même elle durerait jusqu'à ce qu'il ne reste plus un seul soldat en vie. Et nous anéantirons, si c'est nécessaire, les gens de ton espèce qui sèment l'incrédulité et pactisent avec les Japonais !

Durant ce discours, Chang Bo Gum tenait sa main pressée contre son côté où il ressentait depuis quelques jours une douleur qu'il s'efforçait en vain d'oublier.

– Il est inutile d'essayer sur moi tes discours de propagande, répondit-il, réserve tes grands mots pour les gens qui te croient. Que me veux-tu, en fin de compte ?

Yutsing réfléchit à cette question. Il était malaisé d'y répondre.

– Je veux que tu ailles tout de suite trouver les Japonais et que tu les chasses de la maison. Je veux que tu te fasses rembourser jusqu'au dernier cent l'argent que tu as engagé dans des entreprises japonaises, je veux que tu aimes la Chine, que tu croies à la Chine et que tu aides la Chine. Notre pays, notre pauvre et malheureux pays, *ton* pays, ne comprends-tu pas cela ?

Peu à peu, la colère commençait à gagner Chang Bo Gum.

– Et si je te disais que je suis d'avis que la Chine sera plus heureuse sous la domination japonaise ?

Son fils, alors, le fixa longuement et en silence, comme si les mots lui manquaient. Chang n'avait pas fermé le robinet à fond lorsqu'il s'était lavé et le son frêle et régulier de l'eau qui tombait goutte à goutte se mêlait aux éclats de rire, aux bruits d'assiettes et aux chants aigus des femmes dans la salle du banquet.

Comme Yutsing ne répondait pas, son père continua :

– Les Japonais ont le don de gouverner, don que nous ne possédons pas à ce qu'il semble : des fonctionnaires incorruptibles, la paix et l'ordre dans le pays, pas de famine, pas d'épidémies, du riz pour tous. Vous, vous le promettez, les Japonais eux, le donnent. Crois-tu que les gens simples perçoivent une différence suivant celui qui gouverne, pourvu qu'ils aient assez à manger et qu'ils n'aient pas d'impôts trop lourds à payer ? En quoi le paysan se soucie-t-il de vos slogans rapportés des écoles ? Liberté ou esclavage, unité ou sécession, l'homme simple ne sait pas seulement ce que c'est. Un ventre plein est plus pour lui que sa liberté car, de la liberté, il en a suffisamment, c'est à manger qui lui manque ; plus il y a de soldats dans le pays, plus le peuple a faim. Mais vous, toi et tes semblables, vous allez de droite et de gauche et vous excitez le mécontentement des gens qui seraient restés satisfaits comme leurs aïeux s'il n'y avait pas eu vos cris d'écoliers, de têtes brûlées et dénuées de bon sens.

Yutsing l'écoutait stupéfait, puis il se souvint de l'endroit où il avait entendu discours semblable. Sun Yatsen aussi, le grand maître, le révolutionnaire, le père de la Chine nouvelle avait dit : Offrez la liberté au peuple, il n'y prendra pas garde car la Chine a la liberté depuis deux mille ans, trop de liberté. Mais offrez-lui de l'argent et il se dressera car le peuple est pauvre et parce que chaque peuple désire ce qu'il ne possède pas. Il fut effrayé de ce que son père, l'opportuniste, le capitaliste, l'égoïste homme d'affaires, parvînt au même but que le grand maître révolutionnaire.

– Les Japonais ont un atout : ils sont patriotes, ils ont un honneur national, ils crachent sur toi si tu n'as aucun sentiment national. Ils te fréquentent mais ils te méprisent comme je suis forcé de te mépriser, s'écria-t-il pour se défendre contre le bon sens calme de son père.

Le sang afflua au visage de Chang Bo Gum et colora la peau couverte de taches blanches comme du cuivre surchauffé :

– Le fils méprise son père. C'est la morale de la Vie nouvelle, dit-il à voix basse.

Chang avait craint un instant que son père ne l'abattît d'un coup comme il avait déjà fait une fois, il y avait dix ans. Cette réponse faite à voix basse et arrachée au prix d'un grand effort contre la colère l'humilia car elle lui donnait tort.

– Qu'achètes-tu aux Japonais contre cette fête éhontée que tu leur donnes ? insista-t-il, aiguillonnant de nouveau la colère qu'il avait éprouvée en entrant.

Son père était redevenu pâle, plus pâle qu'auparavant.

– Que t'importe ? Peut-être la sécurité pour la maison où vit ta mère. Peut-être l'avenir du commerce que j'ai édifié. Peut-être, puisque tu me le demandes... peut-être ta vie.

– Je t'interdis, dit Yutsing tremblant de rage, je t'interdis de négocier ma vie avec les Japonais. Ma vie m'appartient et je n'en veux pas si elle est achetée au prix de la honte et de l'abaissement.

Chang Bo Gum se remit à rire. Il reposa sa tête sur l'appui du sofa en poussant un rire sonore.

– Est-ce que cela est écrit dans ton livre de classe ? N'as-tu pas conservé la moindre étincelle d'humour ? de tolérance ? Je t'ai laissé t'exercer à tes jeux politiques parce que la jeunesse doit faire des sottises et que la vieillesse devient sage d'elle-même. Je me suis même efforcé d'être aimable envers la bru étrangère et stérile que tu m'as amenée à la maison sans me demander mon assentiment. Et je désire que tu m'accordes la tolérance pour mon existence insignifiante et mes opinions certainement stupides et dénuées de valeur. La tolérance, comprends-tu, mon fils, et non pas une arrogance obstinée et dépourvue de sentiments. J'ai été un simple coolie, et toi tu t'es rempli le ventre d'une éducation riche et coûteuse. Mais il semble que je sache une chose que tu n'as pas apprise : c'est une maladie de l'humanité que de négliger son propre champ pour chercher des mauvaises herbes dans les champs des autres.

– L'opium et Confucius, c'est avec cela que vous avez maintenu le peuple dans la docilité de la bête incapable de penser, rétorqua Yutsing sombrement.

– Permets moi de te dire que tu ne connais pas le peuple. Je le connais parce que c'est là que j'ai grandi. Le peuple ne veut pas la guerre, il n'est pas de peuple dans le monde entier qui veuille la guerre, cela je puis te le dire sans avoir lu dans les livres. Les Japonais eux-mêmes ne veulent pas la guerre, ni les Européens, ni les Américains, ni aucun peuple du monde, quel que soit son nom : ils ne veulent pas la guerre. Le peuple veut sa parcelle de bonheur et de satisfaction, et tous les hommes qui vont à la charrue et tous les hommes qui portent des fardeaux et tous les hommes qui font un dur travail sont frères et ont les mêmes désirs. Ils veulent manger leur écuelle de riz ou de nouilles, ils veulent coucher avec leurs femmes et engendrer des fils, ils veulent travailler et se reposer de leur travail, ils veulent rire de temps en temps, chanter une chanson, jouer aux cartes, et pourvu qu'ils puissent se procurer une petite ivresse de temps en temps, par le vin, l'opium ou les dés, leur vie est bonne et leur mort facile. Et tout ce que toi et tes semblables leur prêchez et tout ce à quoi vous les poussez leur est étranger, les rend malades à l'intérieur, mécontents du monde et amers envers eux-mêmes.

Chang Bo Gum, lorsqu'il eut dit cela, respira profondément et pressa de nouveau son côté de ses mains géantes comme pour faire rentrer la douleur, parce qu'une idée comique lui avait traversé l'esprit et que le rire lui faisait mal.

– Je me souviens encore du jour ou j'ai mis pour la première fois des bottines de cuir, des bottines occidentales, elles étaient dures, une torture pour les pieds. Je pensais alors : voilà la raison pour laquelle tous les étrangers sont de mauvaise humeur, sans amabilité et sans bonté. Ils portent des bottines étroites et dures et leurs pieds leur font mal ; comment, dans ces conditions, pourraient-ils être bons et pieux ? Ce que vous donnez au peuple avec votre éducation, avec l'hygiène, la Vie nouvelle et les Trois Principes et cette excitation contre le voisin Japonais, ce sont les bottines étrangères, étroites et dures qui serrent et ne vont pas au pied. Et maintenant, mon fils, il va falloir que tu m'excuses, il faut que je retourne auprès de mes invités.

Yutsing fit rapidement quelques pas et barra la route à son père :

– Père, si tu fais cela, si tu retournes là-bas avec les Japonais, tu ne me verras plus. Je me détache de toi. Je me déclare libre de ta tutelle, je ne suis plus ton fils et tu n'es plus mon père. Décide ! Choisis !

Chang passa devant son fils en le repoussant seulement du coude. Il s'arrêta encore une fois sur le seuil et, se tournant, lui fit face. Il eut un geste ironique, embrassant le confort carrelé de blanc du lavabo des hommes et ce robinet qui coulait goutte à goutte, la rangée de lavabos le long du mur, les distributeurs proprets de savon liquide, les distributeurs de serviettes en papier et les deux sofas tendus de blanc pour invités ivres.

– Ce n'est ni le temps, ni le lieu pour de telles décisions, dit-il presque amusé.

Chang éprouva pendant quelques instants un vide absolu durant lequel les murs carrelés tournèrent devant ses yeux dans un miroitement étincelant.

– Tu l'auras voulu, dit-il en portant la main au revolver qui se trouvait dans sa poche intérieure.

Il se précipita sur son père, tête baissée comme il avait vu faire à des joueurs de football. Chang s'était trouvé durant son existence trop souvent dans des situations dangereuses pour ne pas comprendre la menace du canon de revolver dans la poche de Yutsing. Déjà, le fils avait ouvert la porte et seul le rideau de soie rouge le cachait aux invités.

– Que fais-tu, fol enfant ? murmura Chang Bo Gum.

En rattrapant son fils d'un saut, il sentit une douleur aiguë au côté. Yutsing rit en montrant les dents, mais il ne répondit pas. Il tira le rideau pour y ménager une petite fente.

B. G. Chang avait assisté trois fois dans sa vie à des repas où des adversaires politiques ou militaires avaient été amicalement invités et où ils avaient été tués. Comme il appartenait à chaque fois au parti de ceux qui tuaient, ç'avait été très amusant. C'était tout autre chose si son fils voulait tuer ses invités, des invités japonais, tandis qu'une flotte de guerre japonaise était entrée dans le fleuve et qu'une armée japonaise avait débarqué. La nature de Chang Bo Gum était faite en sorte qu'il ne pouvait penser, au moment du péril, mais qu'il faisait, comme un animal, juste ce qu'il fallait. L'instant d'après, le bras de Yutsing pendait ballant et il s'effondrait sur le sol parce que son père en même temps avait paralysé son bras d'un coup et l'avait renversé d'une poussée dans le dos. Immédiatement après, il avait retiré le revolver de la poche intérieure de Yutsing, l'avait mis au cran de sûreté et déposé dans un coin. Il traîna son fils, encore sous le coup de sa chute, dans l'antichambre carrelée de blanc et referma derrière lui la porte avec son pied. Tout cela dura le temps de respirer trois fois. Après seulement, il sentit de nouveau que son côté lui faisait mal et il se rassit.

Au moment où Yutsing eut retrouvé ses esprits, il se mit debout d'un bond et se jeta sur son père. Il était fou de colère, de honte et possédé d'un désir purement physique de vengeance. Des injures sortaient de sa bouche, injures qu'il avait dû entendre au temps où coolie, il travaillait parmi les coolies ; elles jaillissaient d'un recoin caché de son cerveau, grossières et emportant tout.

– Coolie, monstre, enfant sans père, fils d'une chienne en chaleur, petit-fils de putain, cria-t-il d'une voix rauque en serrant le cou du vieux Chang entre ses doigts et en commençant à l'étrangler.

Mr Chai, jeune secrétaire, avait dû écouter derrière une porte conduisant des lavabos aux salons de restaurant de l'hôtel. Sans cela, il n'aurait pas été là juste au bon moment pour séparer d'un effort acharné, silencieux et haletant, les deux hommes avant qu'ils ne se tuent l'un l'autre. Le père et le fils se mordaient comme deux chiens. Lorsque Mr Chai eut réussi à les séparer, ils ne purent que gémir. D'une éraflure au front de Yutsing, un peu de sang avait coulé sur la blanche et élégante veste de soirée de Chang Bo Gum. Lui-même, affalé sur le sol, avait sa chemise déchirée, son col arraché. Avec des mains fébriles, il s'efforça d'arranger sa cravate verte. Le secrétaire regarda autour de lui, s'empara finalement de son propre mouchoir, l'humecta dans le lavabo et entreprit de laver et de rafraîchir les deux combattants ; le vieux d'abord, le jeune ensuite.

La situation était si inouïe que le jeune homme ne savait où porter ses regards. Car c'est déjà perdre la face que de se laisser aller à la colère et à des voies de fait, et si, dans une rixe, celui-là a toujours tort qui a commencé, un combat entre père et fils était une chose qui paraissait inimaginable, même en ces temps nouveaux où les liens familiaux étaient relâchés. A Mr Chai, qui avait eu la chance ou la malchance d'être témoin de cette scène effroyable, il ne pouvait arriver que deux choses : ou bien B. G. Chang le ferait arrêter et disparaître, pour le rendre inoffensif ; ou bien il lui donnerait le poste précieux de directeur de banque, pour acheter son silence.

– Va auprès de mes invités et excuse-moi encore pour un instant, chuchota Chang Bo Gum lorsqu'il eut repris un peu de maîtrise de soi ; dis que j'ai été pris d'un saignement de nez ; dis-leur n'importe quoi. Va, donne-leur à boire, surveille les filles – je serai bientôt de retour.

Mr Chai s'éclipsa en hésitant. Quand il ouvrit la porte de la chambre argentée, les bruits de la fête entrèrent en un tourbillon plus fort. Le phonographe était passé des chansons chinoises aux plus récents succès américains.

Le Dr Yutsing Chang était toujours affalé sur le sol. Il regarda son père bien en face. Il aurait dû essayer de présenter des excuses, mais il ne voulait pas. Il serra les dents et attendit que son père prît la parole. Chang Bo Gum ouvrit deux fois la bouche, mais aucun son n'en sortit. Il fit une bizarre grimace. Ses sourcils se froncèrent à la racine du nez, son menton se mit à trembler, sa bouche se referma sur d'énormes mâchoires ; mais c'est seulement lorsqu'il mit les mains devant ses yeux et qu'un cri grotesque et comique comme le cri aigu d'un nourrisson s'échappa derrière cette main géante que Yutsing comprit que son père pleurait.

Comme Chang, le géant, n'avait aucune expérience des pleurs, c'était pour lui une contraction de l'être tout entier et non une détente. Yutsing se leva et fit mine de chercher son revolver. Il faisait cela, mi par honte, mi par bravade, comme s'il ne comprenait pas ce qui arrivait à son père. Il trouva le revolver, le remit dans sa poche intérieure arrachée aux coins et qui pendait lamentablement.

– Je suis l'homme le plus riche de Shanghaï, l'homme le plus riche de Shanghaï, gémissait Chang à l'abri de ses mains ; je suis l'homme le plus riche de Shanghaï. Je possède tout, sauf ce que possède le plus pauvre des coolies : l'attachement de son fils.

Yutsing quitta la salle d'un pas raide. Il traversa la petite porte par laquelle le secrétaire était entré et, le visage fermé, chercha son chemin à travers les escaliers de service de l'hôtel. Lorsqu'il arriva à la sortie des communs, il tira son mouchoir et le tint contre la petite blessure qu'il avait au front.

La nuit avait brusquement fraîchi. L'air avait une odeur amère inhabituelle. Il s'arrêta à la sortie des arcades et attendit un taxi libre ; la tête lui tournait. Enfin, l'un des véhicules dorés s'arrêta.

– Bubbling Well Road, Celestial apartments, lança Yutsing au chauffeur.

C'était l'adresse de Meilan, la jeune concubine.

~

Pearl Chang était rentrée à dix heures du soir d'une réunion de femmes où elle avait enseigné les soins à donner aux nourrissons. Elle faisait tous les soirs une conférence de ce genre à l'une des sections des « Filles de la Vie nouvelle », association qui s'était assigné pour but l'éducation des femmes de travailleurs et des femmes de coolies. Ce soir-là, elle était allée à Nantao, elle avait eu un mauvais public et l'on avait toussé plus que de coutume. Pearl, qui s'était efforcée de retenir l'attention de ses auditrices qui mâchaient des pépins de melon et avaient amené leurs enfants et leurs nourrissons comme à une représentation théâtrale, était fatiguée et découragée lorsqu'elle rentra. On pouvait prévoir que cette guerre allait détruire bien des choses parmi le peu qui avait été accompli durant les dernières années. Yutsing n'était pas là et Pearl s'efforça de ne pas être inquiète. L'absence de Yutsing lui laissant la salle de bains en propriété incontestée, elle joua indéfiniment dans la baignoire jusqu'à ce qu'elle se sentît un peu détendue et pût espérer rapidement s'endormir. Mais lorsqu'elle fut au lit et qu'elle eut éteint la lumière, chaque minute la trouva plus éveillée. Il y avait déjà une semaine que c'était ainsi, depuis la dernière semaine où le danger s'était sans cesse resserré autour de la ville, tandis qu'en même temps son mari paraissait s'éloigner toujours davantage d'elle. Le lit vide à côté, avec son appuie-tête dur, l'empêchait de dormir. Yutsing avait passé trois nuits sur sept, cette semaine, hors de chez lui. « Il a souci de la Chine, pensa-t-elle, compatissante. Tout ce qu'il a construit s'écroule. Il est préoccupé à cause des enfants. » C'était un lourd souci, elle le savait. Les scouts étaient toujours à Shanghaï, ils ne pouvaient quitter la ville ; les trains transportant des soldats, les autobus ne suffisaient pas pour ramener dans leurs villages ces trois mille enfants, les routes étaient encombrées, les baraques de Kangwang bondées. Les scouts étaient devenus une charge et un problème insoluble pour tous ceux qui étaient responsables du jamboree. Tous les jours, il devenait plus difficile de leur procurer la nourriture et le gîte et personne ne savait ce qu'il adviendrait d'eux si réellement la guerre éclatait à Shanghaï. « Yutsing est resté à Kangwang, pensait Pearl, le souci qu'il se fait pour les scouts lui fait oublier le sommeil et la nourriture. » Mais un vague pressentiment lui disait que quelque chose d'autre lui enlevait son mari, quelque chose dont elle avait peur depuis qu'elle vivait à Shanghaï…

« Lorsque cette guerre sera finie, nous prendrons des vacances et nous irons quelques mois à la maison », pensait-elle en se tournant et se retournant dans son lit, en enlevant la couverture pour la remettre. « A la maison », cela voulait dire, ainsi que Pearl s'en aperçut avec effroi, l'Amérique et non la Chine. L'Amérique. Il lui sembla qu'elle avait besoin de l'air américain pour retrouver son ressort et sa confiance d'autrefois. Shanghaï les avait beaucoup émoussés. Lorsque minuit sonna à l'église catholique, elle ralluma la lumière, se leva et chercha un somnifère dans la petite pharmacie de la salle de bains. Elle l'absorba, l'esprit ailleurs, debout devant le miroir, le verre d'eau à la main, et se recoucha. Ses pensées devinrent une route tournant toujours plus lentement, enfin elle s'endormit.

Le téléphone placé sur la table de nuit la réveilla ; il était presque quatre heures du matin. Dehors, le jour commençait à poindre. Sa tête était lourde et ses oreilles bourdonnaient tandis qu'elle écoutait au téléphone. « Je n'ai pas assez dormi pour épuiser l'action du véronal », pensa-t-elle avec irritation. Il fallut quelques minutes pour qu'elle comprît que son interlocuteur était le Dr Hain.

– Pearl, disait-il, puis-je parler à votre mari ? Non ? Où est-il ? Vous ne savez pas ? Mais il faut que nous le trouvions et aussi vite que possible. Ce qui s'est passé ? Écoutez, Pearl, votre beau-père est malade. Appendicite aiguë. Oui, la paroi abdominale est tendue, et il a vomi. Il faudrait le conduire immédiatement à l'hôpital. Oui, il y a danger de perforation, il faut l'opérer, mais il refuse. Vous le connaissez mieux que moi, il est terriblement têtu. Oui, j'ai fait venir deux médecins chinois que son secrétaire m'a recommandés ; nous pensions qu'il leur ferait plus confiance, mais il se défend comme un buffle. – Excusez-moi, Pearl ! Nous avons besoin de votre mari pour décider de ce que je dois faire – et vous comprenez, Pearl, cela presse. Lui-même demande sans arrêt le Dr Chang. Le secrétaire m'a dit : « Il s'est produit quelque chose cet après-midi entre les deux hommes ; Mr Chang Bo Gum semble s'imaginer qu'il est malade parce qu'il s'est mis en colère contre son fils. » Non, c'est évidemment un non-sens. Oui, sans aucun doute, une appendicite. Je vous en prie, faites en sorte que votre mari vienne tout de suite. Je suis désolé de vous effrayer, Pearl. Il est très solide, tout peut encore bien aller, à condition qu'il soit rapidement opéré. Alors, au revoir.

Pearl raccrocha, elle était embarrassée. Elle avait posé quelques brèves questions et en savait assez. Elle fronça les sourcils et passa la main sur son front lourd de sommeil. Puis elle alla dans le living-room où se trouvait sa trousse médicale, dans laquelle elle fouilla. Elle alluma toutes les lampes de l'appartement et leur lumière se mêla vaguement à la lueur grise du petit jour. Elle sortit sa seringue et se fit une injection de caféine, afin de se débarrasser d'abord de l'effet du somnifère car elle avait besoin, maintenant, d'avoir les idées claires. Elle n'avait pas la moindre notion de l'endroit où Yutsing pouvait se trouver à cette heure grise où le matin commence à poindre. « Il faut que j'aille chez Liu, il saura peut-être quelque chose », pensa Pearl, sans cesse sur le point de se laisser aller au sommeil. Elle prit une douche froide, ce qu'elle détestait, afin de se réveiller. Son boy Numéro-un, avec la curieuse prescience de sa race, apparut. Elle l'envoya chercher un taxi car elle avait tous les motifs pour se méfier des communications téléphoniques. Numéro-un ramena le taxi avant qu'elle eût fini de s'habiller. Le voyage était long pour se rendre à Hong-Kew où habitait Liu. Et même si le téléphone avait fonctionné, ç'aurait été sans utilité pour elle, car Liu, l'esthète, n'avait pas de téléphone dans sa maison chinoise ; c'était d'une part une réaction contre les mœurs américaines, d'autre part le désir d'être tranquille. Il avait dû pleuvoir durant la nuit, car les rues étaient humides et fraîches. Pearl, dans les veines de qui la caféine faisait tapage, se sentit très éveillée et énervée. Deux fois, elle passa devant des soldats ; devant de petits soldats au teint sombre des troupes coloniales françaises et devant une section de la garde internationale. Elle dut montrer son laissez-passer avant d'avoir l'autorisation de traverser Soochow Creek, et elle fut contente de s'être pourvue à temps du papier qui lui permettait en tant que médecin de passer n'importe où. Les rues autour du Creek étaient devenues étranges, le jour se levait à regret, le ciel était lourd de nuages et il lui semblait, dans la lumière grise, qu'elle voyait des barbelés et des barricades, mais il était possible que ce fût la caféine qui déformât étrangement toutes choses.

Lorsqu'elle eut traversé le Creek et qu'elle eut pris la partie chinoise de North Szechuan Road, une longue file brune de soldats chinois vint à sa rencontre. C'était pour la plupart de tout jeunes hommes dont les visages sous le casque avaient l'air abruti et sans expression. Ils ne marchaient pas au pas, on eût dit plutôt qu'ils se traînaient comme des gens au retour d'une excursion.

– Les dépôts le long du fleuve en sont remplis, dit le chauffeur en se tournant vers Pearl, qui suivait les soldats du regard.

La maison de Liu se dressait au milieu d'un fouillis de rues étroites qui s'étendaient, bordées de maisons chinoises de toutes les tailles, le long de la rive d'un ruisseau. La maison avait une porte cochère flanquée de deux fenêtres. Lorsque Pearl eut tiré la sonnette, un gardien apparut, le regard inquiet et ensommeillé. Bien que Liu se complût à affecter une certaine pauvreté et une certaine simplicité dans ses mœurs, le portier était pourtant gras et insolent et la maison toujours pleine de serviteurs et de parasites, comme il convient à celle d'un homme important, de bonne famille. Pearl exposa avec impatience le but de sa visite matinale. Le portier la fit attendre dans la rue, tandis qu'il disparaissait dans l'obscurité de la maison pour faire la commission à son maître. Il semblait à Pearl que des journées entières s'étaient écoulées depuis l'appel impatient du Dr Hain, elle commençait à être en colère contre son mari introuvable qui l'obligeait à mettre la ville à ses trousses dès l'aube.

Liu se montra au bout d'un laps de temps étonnamment court ; il boutonnait sa longue tunique brune sur le côté et présentait un visage riant en surface, mais préoccupé sous ce vernis.

– Liu, je suis désolée de venir vous surprendre, dit Pearl tandis qu'ils se rendaient au taxi qui attendait au coin de cette rue trop étroite pour lui. Mon beau-père est gravement malade et voudrait voir Yutsing. C'est idiot, mais je ne sais pas où son fils se trouve. – elle eut un rire dépité et ajouta : Peut-être est-ce une idée folle, mais je pensais que vous, son ami, saviez peut-être où il se trouve ?

– Je crois pouvoir le trouver, dit Liu en montant sans plus attendre dans le taxi. Je vous propose de rentrer directement au Shanghaï Hôtel et de vous occuper du vieux Chang. Je continuerai la route en taxi pour aller chercher Yutsing. Au Shanghaï Hôtel, cria-t-il au chauffeur, et ils reprirent le chemin par où Pearl était venue.

– Vous savez où il est ? demanda de nouveau Pearl.

Liu se mit à sourire avec embarras sous son regard, mais ne répondit pas.

– Je ne peux me rendre auprès de mon beau-père sans Yutsing, cela aurait seulement pour effet de l'inquiéter, dit Pearl ; je vais rester avec vous jusqu'à ce que nous l'ayons trouvé.

Liu réfléchit un instant à cette réponse, puis il dit enfin :

– Bon, comme vous voudrez Pearl. Peut-être est-ce aussi bien.

Comme Pearl poussait le chauffeur à aller vite, ils rattrapèrent au bout de quelque temps les soldats qu'elle avait rencontrés en venant. Liu regardait par la portière tandis qu'ils traversaient les rues étroites où les troupes leur donnaient libre passage. C'est seulement lorsqu'ils eurent dépassé les soldats qu'il dit :

– Les choses deviennent donc sérieuses ? Quel dommage !

– Vous n'aimez pas les combats ? Et pourtant vous haïssez les Japonais, Liu ! Vous êtes illogique.

– La logique est une chose maigre et sèche qui ne nous touche pas, Pearl. Mais, si vous voulez entendre parler logique : nous n'avons encore jamais gagné de guerre, nous perdrons encore celle-ci. Ce qu'il nous faut, ce ne sont pas des minutions, mais de la patience, et cela, nous l'avons, certes. Attendons ; cinq cents ans, mille ans, ça n'a pas d'importance. Nous perdons les guerres, mais nous sommes invincibles. Laissez donc venir les Japonais.

– Il semble qu'il ne nous reste rien d'autre à faire que de les laisser venir, s'écria amèrement Pearl ; nous n'avons pas cherché le combat, nous y sommes forcés.

– C'est exact, dit Liu, l'erreur est justement de nous laisser forcer à combattre. Nous ne sommes pas forts comme des tigres, notre force est bien plutôt celle des abeilles, des amibes, des coraux, de tous ces animalcules en foules grouillantes qui engendrent, enfantent, se scindent et s'accroissent indéfiniment, toujours semblables à eux-mêmes et indomptables. Nous existerons toujours. Mais le Japon, où sera le Japon dans dix mille ans ?

Pearl suivait des yeux la main de Liu qui supprimait les Japonais d'un geste négligent. La main de Liu : un ivoire fin et noble, travaillé par des millénaires.

– C'est trop biologique pour moi, dit-elle, je suis une femme. Ce qui se passera dans dix mille ans ne m'intéresse pas. C'est aujourd'hui, Liu, aujourd'hui même que nous devons nous défendre.

– Jetez un morceau de glace dans un seau d'eau bouillante : l'eau doit-elle se défendre ? La glace peut-elle rester de la glace ? dit Liu en souriant de son enthousiasme.

Ces métaphores irritèrent Pearl.

– Il ne manque plus que la vieille trivialité rebattue, vous n'avez plus qu'à me raconter que la Chine transformera les Japonais en Chinois, dit-elle et sa voix devenait plus grave comme chaque fois qu'elle était sous le coup de l'excitation.

– C'est une chose remarquable, Pearl, les lieux communs naissent de la répétition trop fréquente d'une vérité ; il est indéniable que la Chine a toujours absorbé ses conquérants. Et non seulement cela, mais elle a toujours fait une renaissance chaque fois qu'un sang neuf lui était injecté du Nord. Croyez-moi, Pearl, cela ne sert à rien de combattre le Japon. La Chine est toujours plus forte quand elle ne fait rien et se contente d'être.

Pearl avait cessé d'écouter. Elle s'inquiétait du père de Yutsing, elle avait peur pour son mari.

– Plus vite, plus vite ! cria-t-elle au chauffeur.

– Américaine ! dit Liu en plaisantant avec bienveillance.

– Je suis médecin, répondit Pearl, parfois je connais le prix des minutes.

Ils roulèrent quelque temps en silence. « Où est Yutsing ? pensait sans cesse Pearl. Que lui est-il arrivé ? Où vais-je le trouver ? Qu'est-ce qui me l'a pris et me l'a rendu étranger du jour au lendemain ? Comment se fait-il que Liu en sache plus long que moi à son sujet ? Nous étions amis, pensa-t-elle, tristement, n'étions-nous pas amis, Yutsing ? Et pourtant que sais-je de toi ? que sais-tu de moi ? nos joies sont superficielles, nos peines sont profondes.

Son père avait calligraphié ce vieux dicton et l'avait accroché au mur à la mort du petit frère de Pearl. Elle voyait encore les grands signes un peu raides tracés de la main de son père. Circulant à toute allure dans la fraîcheur grise du matin, elle éprouvait cette fierté bizarre que ceux-là seuls apprennent à connaître dont la solitude est la patrie.

Lorsqu'ils approchèrent du pont, ils furent arrêtés par une petite section de soldats chinois. Un jeune officier, la cigarette aux lèvres, s'approcha de la voiture et commença de discuter avec Liu. Il n'accorda aucune attention à la jeune femme. Liu s'efforça de lui expliquer la raison de ce voyage rapide et matinal. C'est seulement lorsque Pearl eut montré son laissez-passer que l'officier salua et leur permit de continuer. Entre-temps, le ciel était devenu beaucoup plus clair et le soleil se montrait sans doute déjà derrière les maisons et les nuages. Liu s'adossa au plus profond des coussins et réfléchit à la meilleure manière de dire à Pearl ce qu'il devait lui dire. Ils continuèrent leur route, arrivèrent au settlement international sans avoir été arrêtés par les soldats anglais qui patrouillaient le long du Creek, ils suivirent Nanking Road encore vide et silencieuse, dépassèrent le Shanghaï Hôtel, devant lequel était appuyé un portier ensommeillé.

– Où allons-nous ? questionna Pearl.

Liu prit son élan.

– Si Yutsing est là où je le suppose, nous le trouverons dans le *Celestial Appartments House*, dit-il en hésitant. – il jeta sur Pearl un regard fugitif. Comme elle était maîtresse de ses expressions et qu'elle ne montra ni étonnement, ni curiosité, il continua, allégé : Il faut bien que vous l'appreniez tôt ou tard, Pearl, et peut-être est-ce mieux que ce soit tout de suite. Yutsing se serait volontiers confié à vous, mais il a eu peur que vous le compreniez mal. Je ne parle pas chinois maintenant, Pearl, mais d'une manière très directe, car je sais que vous êtes trop réfléchie pour accorder plus d'importance que cela ne mérite à des choses inévitables et infimes. Yutsing a... s'est soumis à la volonté de son père, il a pris une concubine. Il ne s'agit pas là de sentiments ou d'amour ou de quoi que ce soit qui ait un rapport quelconque avec Yutsing en tant qu'individu. Je vous en prie, Pearl, comprenez bien cela. Il s'agit de la descendance. C'est en relation avec ce que je vous disais précédemment de la Chine. Il nous faut des générations pour l'avenir, il faut une certitude que la Chine continuera de vivre siècle après siècle. Le vieux Chang est un forban, un pirate et un malfaiteur, mais en ce qui concerne la question d'un petit-fils, il a raison. Yutsing de son côté n'a pas le droit de refuser un petit-fils au vieil homme. Vous comprenez cela, Pearl ? Vous devez le comprendre. Il ne faut pas que vous en soyez froissée dans votre petit cœur moderne et dans vos idées chrétiennes sur la monogamie. Promettez-le moi, Pearl, promettez-moi que vous sourirez comme une bonne partisane du matriarcat consciente de ses devoirs, quand nous emmènerons Yutsing du *Celestial Appartments House*.

Liu regarda Pearl, celle-ci souriait docilement. Quels que fussent ses vrais sentiments, elle souriait. Liu poussa un profond soupir de soulagement, « Yutsing pourra me remercier de l'avoir déchargé de cette tâche », pensa-t-il avec satisfaction.

– Vous êtes une femme excellente, Pearl, vous êtes presque parfaite, dit-il joyeusement pour la faire sourire davantage ; je me permettrai de composer un poème à votre sujet, une ode en style classique. N'avez-vous pas de sœur ? J'irais en Amérique et je demanderais la main de votre sœur, si elle était semblable à vous.

– Vous avez déjà une femme – ou plusieurs, répliqua Pearl en continuant de sourire.

Le taxi s'arrêta.

– Nous sommes arrivés, dit Liu.

Le *Celestial* était un bâtiment gigantesque aux innombrables étages où vivaient des gens chic, élégants et légers. Nous sommes modernes, criait au monde sa façade, nous sommes ce qu'il y a de plus récent, le dernier cri, nous sommes le Shanghaï chromé, dénué de préjugés, coûteux et cosmopolite de demain. La porte de métal et de verre étincelait. Un magasin de fleuriste au rez-de-chaussée faisait couler le long de ses vitres, la nuit et le jour, des cascades d'eau pour garder fraîches les orchidées fatiguées de la devanture.

– Ayez l'obligeance d'aller chercher Yutsing. J'attends ici, dit Pearl.

Elle posa ses mains sur ses genoux et baissa les yeux. Liu lui jeta un dernier regard scrutateur et reconnaissant et disparut dans la magnificence chromée du *Celestial.* Pearl continua de sourire, bien que personne ne la vît. Ce sourire pesait cinq cents livres et elle tremblait sous l'effort qu'elle faisait pour le maintenir, comme tremble l'hercule de foire en soulevant des poids. Son univers s'était effondré sur elle pendant ces dernières dix minutes. Elle s'étonna de ne pas être obligée de pleurer. C'est la caféine, pensa-t-elle : mais ce n'était pas cela. De la profondeur de son sang chinois remontaient la docilité et la soumission à l'homme et à ses lois.

Pearl avait mis un tailleur moderne parce qu'elle n'entrait pas volontiers vêtue à la chinoise dans le Shanghaï Hôtel. Elle enfonça les mains dans les poches de sa veste lorsque Yutsing parut avec Liu sur le seuil du *Celestial.* Il avait l'air d'un chien battu.

– Pearl, murmura-t-il en s'asseyant à côté d'elle.

– Nous avons perdu beaucoup de temps, répondit-elle en continuant de sourire; j'espère que nous parviendrons à persuader ton père de se laisser opérer. Je suis désolée d'être la messagère d'une aussi mauvaise nouvelle.

Yutsing regarda la paume de ses mains comme si quelque chose y était écrit.

– Pearl, répéta-t-il en cherchant sa main sur la banquette.

Mais le bras de Pearl était aussi rigide que du fer et elle gardait ses mains dans les poches de sa veste moderne. Elle sentait qu'elle allait se briser au premier contact.

– Faut-il que j'envoie un télégramme à ta mère? proposa Liu qui cherchait à remettre la conversation sur un sujet pratique.

– Non, je ne crois pas, dit Yutsing. De toute façon, elle ne peut venir maintenant, toutes les voies de chemins de fer sont réquisitionnées. Il est inutile de l'inquiéter, il me semble.

– Le Dr Hain est un très bon médecin, dit Pearl, c'était un chirurgien célèbre dans son pays. Je suis heureuse qu'on l'ait eu sous la main.

Dans le hall du Shanghaï Hôtel, les aspirateurs étaient en plein travail. Ils durent réveiller le liftier car c'était sa dernière heure de service et il s'était endormi.

– Faut-il vous accompagner ? proposa encore Liu, peut-être saurai-je me rendre utile en quelque manière.

Pearl lui tendit la main.

– Nous avons besoin de vous, Liu.

Il considéra la main tendue comme s'il se demandait ce qu'il devait en faire. Puis il se souvint de son éducation anglaise et la secoua avec précaution. L'ascenseur les conduisit, silencieux, jusqu'à la terrasse.

Dans le grand living-room de Bo Gum Chang étaient assises, ramassées sur elles-mêmes, comme des singes, les trois jeunes filles que Yutsing avait déjà vues une fois auparavant en compagnie de son père. Il se rendit compte, maintenant, que la plus âgée d'entre elles était la sœur de Meilan. Des domestiques, des parasites, des employés, des parents éloignés avaient réussi à s'introduire ; les uns étaient assis, d'autres accroupis sur le sol, d'autres encore restaient debout. Quelques-uns fumaient, et sur l'appui de la fenêtre on avait commencé une partie de mah-jong. Ils interrompirent leur vague chuchotement lorsque Pearl entra. Le Dr Hain vint à sa rencontre.

– J'ai envoyé Mr Chai chercher une ambulance, le téléphone recommence à ne pas fonctionner, dit-il à mi-voix. J'espère que votre mari aura assez d'influence sur son père.

Pearl suivit Yutsing dans la chambre à coucher. Elle échangea quelques mots de politesse avec les deux médecins chinois qui s'affairaient sur la pointe des pieds. Leurs souliers craquaient et ils s'appliquaient à donner à leur patient l'image d'une activité incessante. Leurs soucis venaient de disparaître, car Chang gisait dans son grand lit et paraissait dormir. Il avait à demi fermé les yeux ; seule, une mince fente noire restait ouverte sous les cils, et il semblait être nu.

– La température est montée jusqu'à plus de 41°, dit le Dr Hain par-dessus l'épaule de Pearl, tandis qu'elle se penchait sur la couche du malade.

Son mari était tout près d'elle et l'interrogeait du regard.

– Parle-lui, dit-elle.

Yutsing s'assit sur le bord du lit, toussota et murmura :

– Père…

Les épaules nues de Chang Bo Gum qui dépassaient des draps donnaient une impression de solidité telle que son fils ne pouvait croire à une maladie grave. Le visage, d'autre part, qui avait montré dans la nuit des taches blanches, avait repris sa couleur cuivrée et le sang irriguait la peau.

– Père ? répéta Yutsing.

Les trois jeunes filles étaient arrivées dans son sillage jusqu'à la porte, elles s'étaient arrêtées sur le seuil, appuyées l'une sur l'autre, dans une pose tendre de soucieuse sollicitude. Le lit était grand et large, un honnête lit chinois garni de rideaux de soie et sans moustiquaire ; il était pourvu d'un dur traversin recouvert d'étoffe rouge. Les lampes brûlaient encore, bien qu'entre temps le jour se fût tout à fait levé. On avait oublié, au milieu de l'affolement, de les éteindre. Mr Chai, le secrétaire, allait de droite et de gauche et offrait du thé aux médecins. Dans l'antichambre, on entendait ronfler le téléphone. Pearl s'y rendit rapidement. On annonçait que l'ambulance de l'hôpital Hopkin était arrivée. Pearl ordonna aux brancardiers de monter et d'attendre dans l'antichambre.

Chang ouvrit les yeux et ses idées furent immédiatement tout à fait claires. Dans quelque région que son âme eût pu errer, il revenait à lui et souriait à son fils. Il sortit sa grande main de dessous la couverture et caressa le front de Yutsing d'un geste étonnamment tendre. Yutsing comprit qu'il pensait à l'éraflure qu'il lui avait faite pendant la nuit. Les larmes montèrent à ses yeux, il saisit la main de son père et la reposa sur la couverture.

– Je suis venu pour implorer à genoux le pardon de la Haute Personne, dit-il avec tout le respect dû au père.

– Où est Meilan ? demanda Chang en s'humectant les lèvres, l'as-tu amenée avec toi ?

Yutsing secoua négativement la tête avec stupéfaction, son père s'assit brusquement et s'irrita.

– Je veux que tu l'amènes immédiatement. Il faut que tu amènes tes deux femmes ici et que tu les gardes sous ce toit, commanda-t-il.

– Je vais envoyer chercher Meilan, père, dit Yutsing docilement.

Il se retourna vers les deux médecins affairés.

– Est-ce qu'il délire ? demanda-t-il à voix très basse, tandis que Chang Bo Gum refermait les yeux.

L'un des docteurs prit le pouls du père tandis que l'autre lui posait la main sur le front.

– Un fil discontinu, dit celui qui s'occupait du pouls.

Pearl revint du téléphone et chuchota :

– L'ambulance est en route. Pouvons-nous le faire transporter ?

De nouveau, Chang avait tout son bon sens, plus encore que jamais. Il s'assit, serra les dents pour résister à la douleur et jeta un regard hostile à sa bru.

– Je ne quitterai cette maison sous aucun prétexte, dit-il à voix haute, et je refuse de me laisser ouvrir le ventre. J'ai mangé un peu trop hier et j'ai eu quelques ennuis quand j'avais l'estomac plein, c'est cela qui ne m'a pas réussi ! – en disant ces mots, il expédia à son fils un coup d'œil d'intelligence presque jovial : Dès que ce ventre indocile sera rentré dans l'ordre, je serai en bonne santé. Mais si j'étais sûr d'être obligé aujourd'hui même de me rendre auprès des ancêtres, je veux y aller avec mon corps entier et sans mutilation. Je préfère aussi, ajouta-t-il et de nouveau l'expression railleuse passa sur son visage, mourir d'un ventre trop rempli que d'une bombe japonaise. Je me sens plus en sûreté ici qu'à l'hôpital.

Ayant dit cela, il respira profondément, pressa la main contre son côté, grommela un grossier juron de coolie en dialecte du Shantung et regarda tous les assistants pour voir s'ils avaient compris ses ordres. Pearl fut la seule qui entreprit de le contredire.

– La Haute Personne du Père serait mieux traitée à l'hôpital, dit-elle, il y a là-bas de quoi combattre la douleur. Nous autres, ses enfants, avons le droit de prier le Père de chercher à garder sa santé par tous les moyens.

Chang regarda un instant sa bru américaine comme s'il se moquait d'elle. Puis il lui fit signe de s'asseoir sur le lit.

– Femme de mon fils, dit-il d'un ton confidentiel, le Père n'est pas aussi fou que tu sembles le croire. Et pour que tu comprennes ce qu'il y a dans mes pensées, je vais te dire ce qui suit : la ville sera bombardée aujourd'hui, je le sais de bonne source. Mais ce toit et cette maison sont garantis. J'ai arraché aux Japonais la promesse de ne pas tirer sur cette maison. Et les Japonais – vous pouvez en dire ce que vous voulez – sont des gens qui tiennent leurs promesses. C'est pourquoi je veux rester ici et je veux que tous ceux qui me touchent se réfugient sous ce toit.

Quand B. G. eut fait cette communication étonnante, il s'étendit de nouveau, une sombre vague de chaleur submergea son visage, il serra les dents et ferma les yeux. Aussitôt après ne sortit plus de sa gorge qu'un léger gémissement régulier montrant qu'il avait sombré de nouveau dans une sorte d'inconscience. Le temps passa ; au dehors, les pièces de mah-jong claquaient sur la table. Dans un coin on entendait le tic tac d'une pendule électrique. Le temps passa. A un moment les fenêtres vibrèrent faiblement comme sous l'effet d'une lointaine explosion, mais personne n'y prit garde. Pearl se rendit dans la pièce à côté pour y fumer une cigarette, puis elle revint. Son mari était toujours assis sur le bord du lit à écouter les gémissements de son père. Il leva la tête et la regarda tandis qu'elle s'arrêtait sur le seuil. Pour un instant fugitif la bonne entente régna de nouveau entre eux, et Pearl désira pouvoir revenir dans l'autrefois, dans la confiance amicale, dans l'ignorance heureuse qu'on ne pouvait recréer.

– Yutsing, fit-elle doucement, tu es l'unique fils, tu portes toute la responsabilité. Si tu l'ordonnes, on peut l'emporter à l'hôpital. Cette attente est criminelle.

Le Dr Chang se redressa et fit signe à Pearl et aux trois médecins de le suivre dans la grande chambre.

– Est-il certain que l'opération lui sauve la vie ? Ou bien cela présente-t-il aussi quelques dangers ? demanda-t-il.

Pearl le regarda avec stupéfaction :

– Mais, tu es toi-même médecin, Yutsing, tu peux te rendre compte que la tension de la paroi abdominale augmente. Pression sur le point de Mc Burney ; ton père a vomi deux fois. Le danger de perforation est hors de doute.

Le Dr Chang fut stupéfait ; il avait presque oublié qu'il avait débuté comme médecin. Il passait sa vie dans des bureaux, des conseils, dans des séances, des réunions et des conférences, il passait sa vie à composer des articles et à mener le combat bureaucratique de l'argent qui limitait le champ d'action de l'hygiène.

– Docteur Hain, vous êtes le plus âgé, quelle est votre opinion ? demanda-t-il.

Depuis qu'il avait été en relation autrefois avec Le Dr Lee, la confiance dans les médecins âgés et étrangers était profondément enracinée en lui. Le Dr Hain ajusta ses lunettes et se dressa.

– Je suis persuadé que tout délai est un danger de mort, tandis que l'opération ne présente aucun risque, dit-il rapidement. – il y avait longtemps qu'il n'avait pas eu à prononcer de mots décisifs dans une consultation importante : Je n'ai pu empêcher que mes confrères chinois ne donnent au patient une injection qui émousse un peu les symptômes. Mais le diagnostic est absolu.

– S'il en est ainsi, il faut que nous conduisions père à l'hôpital, de force même, si c'est nécessaire, décida Yutsing.

Il s'empara du téléphone pour ordonner aux brancardiers de l'ambulance d'arriver. Il parlait encore que la porte s'ouvrait derrière lui et que Liu entrait précédé du secrétaire. Liu était suivi d'une forme timide et menue, enveloppée d'une étroite tunique verte.

C'était Meilan que Yutsing avait envoyé chercher par le poète, puisque le père insistait tellement pour qu'elle fût à l'abri sous le toit du Shanghaï Hôtel. Elle franchit le seuil les yeux baissés et sa sœur, Chingliu, alla rapidement à sa rencontre et lui passa le bras autour des épaules. Yutsing reposa l'écouteur. Même en cette heure de crainte et d'émotion, où la vie de son père était en jeu, il constatait avec une intime vibration charmée que Meilan était jolie et désirable dans son embarras étudié. Pearl était auprès du Dr Hain et tenait ses mains solidement enfoncées dans ses poches. On eût dit qu'elle avait froid.

– Pearl, dit Yutsing à sa femme, voici, c'est Meilan. Veux-tu avoir la bonté de lui souhaiter la bienvenue ? Elle a peur de toi, ajouta-t-il en anglais.

– As-tu mangé, Meilan ? dit Pearl mécaniquement en la saluant à la manière des gens simples.

– Merci, j'ai mangé, répliqua Meilan.

« Je vais divorcer, pensa Pearl. Ce fut une expérience ratée. La Chine et moi ne nous accordons pas. »

La chaîne sans fin des efforts intenses et des résultats moindres défila devant elle, cette chaîne qui avait constitué toute sa vie dans ce pays. Et voilà qu'à cela s'ajoutait la guerre. C'est pour Yutsing qu'elle avait travaillé, pour lui qu'elle était venue ici. Du coin de l'œil elle observa la concubine. Elle était jeune et très belle, non pas de la beauté d'une femme qui pense, qui sait et qui combat, mais belle comme une plante végétative et sans vie personnelle. « Je vais divorcer et rentrer en Amérique », pensa Pearl, une fois encore, avec une douleur plus brûlante qu'auparavant. Mais en pensant à Chinatown, à la vie étroite qu'elle aurait dans ses quatre rues, à son exclusion de la société, elle se rendit compte que sa place n'était pas non plus là-bas. Elle alla à la fenêtre qui descendait jusqu'au sol, l'ouvrit et regarda au dehors, sans rien voir.

Le Dr Hain jeta un coup d'œil sur la pendule électrique qui tictaquait dans son coin : neuf heures cinq.

– Nous perdons heure après heure, dit-il avec nervosité, lui qui était habitué à la hâte fébrile avec laquelle on traitait en Europe les cas extrêmes.

Les Chinois ne lui avaient jamais été aussi étrangers que ce matin-là.

– Je vais essayer de le convaincre, dit Yutsing en rentrant dans la chambre à coucher.

De nouveau le téléphone sonna ; le secrétaire, Mr Chai, décrocha.

– C'est pour vous, docteur Hain, dit-il, une certaine Mrs Russell désire vous parler.

– A moi ? dit le docteur en se rendant au petit guéridon sur lequel était posé le téléphone. Que désire-t-elle de moi ?

Au moment où il prenait l'écouteur, on entendit dans la chambre à coucher un hurlement semblable à celui d'un grand fauve révolté. C'était la manière dont le vieux Chang se défendait d'être emporté à l'hôpital. Sa voix était si puissante que le Dr Hain ne comprenait pas ce qu'on lui disait au téléphone et qu'il dut demander deux fois : « Excusez-moi, il y a tellement de bruit ici. Je ne comprends pas. Que dites-vous ? Auriez-vous l'obligeance de répéter, Mrs Russell ? »

Il écouta la bouche ouverte et ajusta ses lunettes.

– Je viens, dit-il en raccrochant.

~

Frank Taylor avait mis son réveil sur sept heures avec le vague sentiment qu'il convenait de se lever plus tôt que de coutume le jour de ses noces. Mais, quand le réveil se mit à vibrer et à sonner, il se saisit de ce désagréable instrument et, sans ouvrir les yeux, le fourra sous son oreiller pour en étouffer le bruit. Comme il avait commandé à Ah Sinfu de se présenter à sept heures avec le thé, cela ne servit à rien. Ah Sinfu parut, tira les rideaux, entrechoqua des couverts, mit au pied du lit des souliers blancs fraîchement nettoyés et ouvrit la douche.

– *Master velly much happy; Ah Sinfu velly much happy; Missi velly much happy*, souhaita-t-il en riant, jovial.

Frank se leva, but sa première tasse de thé, les yeux encore fermés et ne se réveilla qu'à la seconde. Il passa dans la chambre de Morris, mais le reporter n'était pas rentré non plus cette nuit-là. Il se précipita sous la douche et en revint au bout de quelques minutes, la chanson aux lèvres. Ah Sinfu tenait déjà une serviette prête pour le frictionner. Durant cette opération, Frank lui donna ses derniers ordres. Il devait faire les malles, remettre l'appartement en état et envoyer deux complets au lavage. Frank avait promis aussi à Ah Sinfu qu'il aiderait à servir au dîner de noces que Mrs B. S. donnait en leur honneur. Ce que Ah Sinfu ne pouvait se mettre dans la tête, c'est le fait que son maître passerait la nuit suivante au Shanghaï Hôtel.

– *Master no can catch house?* ne cessait-il de répéter.

Et Frank de son côté lui répétait avec une impatience croissante :

– *No can do, sabe, no can do. To morrow can do. Today no can do.*

Juste au moment où Ah Sinfu, la mine résignée, se mettait en devoir de retirer le service à thé, le téléphone sonna dans la chambre voisine. « Ruth », se dit aussitôt Frank, et c'était la première fois qu'il pensait à elle depuis qu'il était réveillé. Le mariage constitue un maquis de formalités dans lequel les futurs mariés disparaissent tout entiers. A demi vêtu, il alla au téléphone.

– Bonjour, mon petit bout, cria-t-il. Comment va Confucius ? Je viens juste de t'envoyer un télégramme pour te faire savoir que j'ai réfléchi.

C'est avec des phrases idiotes comme celle-là qu'il lui était le plus facile de franchir la gêne qui s'était élevée entre lui et Ruth, large et profonde comme le Grand Cañon.

– Je suis désolée, répondit le téléphone ; ce n'est pas Ruth, mais Helen.

– Oh ! dit Frank en rassemblant ses esprits. Helen ? Bonjour Helen, je pensais que tu partais aujourd'hui.

– Mes bagages sont déjà partis, le bateau, lui, part à une heure. Je suis vraiment désolée, Frank, de te déranger, mais je ne sais comment faire. Il faut que tu viennes. Il faut que tu m'aides.

Frank tenait le téléphone collé contre son oreille et ne répondait pas.

– Moi, tu sais, j'ai pas mal d'occupations aujourd'hui, dit-il enfin quand le silence devint intenable.

– Je sais, je sais, Frank. Je suis vraiment désolée, mais je n'ai personne d'autre que toi. C'est au sujet de Bertie. Il a disparu. Il faut que tu m'aides.

– Qu'est-ce que cela veut dire, disparu ? demanda Frank, confus. Que veux-tu dire par là, Helen ?

– Viens, je t'en prie, Frank, viens à l'hôtel, je ne peux t'expliquer cela par téléphone. J'essaie depuis une demi-heure déjà. Il est très difficile d'obtenir une communication et je ne sais combien de personnes écoutent sur la ligne.

En fait, on pouvait entendre parallèlement à la voix d'Helen un contrepoint continuel de voix et de sonneries. Frank réfléchit encore un moment.

– C'est bon. Je viens. Ne te préoccupe pas, darling.

Il était submergé à en étouffer par des instincts bons et nobles.

– Merci, je le savais bien, Sir Galahad, dit le téléphone en essayant de plaisanter.

Quand Frank raccrocha, il jura. Néanmoins, une joie inconvenante s'était glissée dans son cœur à la perspective de voir encore une fois Helen. L'adieu devant l'ascenseur, la veille au soir, lui avait laissé une impression pénible. C'est fini. C'est réglé. L'ennui de l'affaire était que ce n'était pas fini, que ce n'était pas réglé, que cela ne cessait pas à l'instant où on l'ordonnait. Fini ? Non-sens. Et pourtant, fini. « Je ne pourrai pas me raser plus tard », pensait-il en enfilant rapidement son complet.

Comme son appartement se trouvait seulement à trois pâtés de maisons de l'hôtel, il ne prit pas de riksha mais alla à pied. Il respirait à grands traits l'air matinal et sifflotait. C'était la méthode naïve par laquelle il voulait se convaincre que l'appel au secours d'Helen ne l'émouvait pas. Il était très tôt et la plupart des magasins étaient encore fermés. Il hésita en arrivant aux arcades, puis se rendit rapidement une fois encore au magasin de l'Eos Film and Photo Company. On apercevait dans la pénombre le jeune commis Petrus, dont le service commençait à sept heures et demie du matin. Il époussetait les vitrines dans lesquelles étaient exposées les caméras et rêvassait. Frank regarda une fois encore la vitrine où l'on voyait déjà à cette heure matinale des agrandissements en couleurs. Lui-même en avait fait quelques-uns et, comme toujours, il ressentit une certaine fierté devant le nouveau tirage du « Colopan », qui donnait des images si fidèles. Il hésita encore, puis entra dans le magasin. Petrus le regarda avec étonnement et se mit à épousseter plus vite. Frank prit le téléphone et appela Ruth.

– Ah ! bon, dit-il en obtenant aussitôt la communication. Mon petit bout, continua-t-il quand il l'eut en ligne, n'oublie pas que c'est aujourd'hui le jour de tes noces, lave-toi bien derrière les oreilles et sois une brave petite fille. J'ai encore quelques petites affaires à régler avant que nous allions sur la chaise électrique ; aussitôt après, je viendrai te retrouver. Tu restes dans ta chambre ? Bon, c'est ça, je t'en prie, attends-moi là. Bien le bonjour à Confucius. A bientôt.

Il raccrocha et resta un instant rêveur, tandis qu'il se remettait à siffler.

– Les quarante paquets de cent seize doivent être enveloppés pour le Soochow, ordonna-t-il à Petrus.

– D'accord, Mr Tay-Lo, répondit le jeune homme en grimaçant un sourire.

– Mr B. S. et moi ne reviendrons pas aujourd'hui. Mr Wang s'occupera de tout, dit encore Frank ; je lui ai donné toutes mes indications par écrit.

Il remit une liste au jeune commis et regarda dans le tiroir où se trouvaient les films développés la veille, proprement enveloppés dans des papiers sur lesquels était imprimée la vue qu'il avait prise de la pagode de Lunghua survolée d'un avion.

– Tu en fais une tête ! dit-il à Petrus.

Celui-ci travaillait à mettre sur pied un compliment, mais sans y parvenir, la langue anglaise se rebellait ; avant qu'il y soit parvenu, Frank était déjà devant la porte. Il soupira en quittant le magasin pour se rendre chez Helen. Le magasin n'était pas un paradis, certes non, mais une petite patrie. Il franchit l'entrée située à l'arrière de l'hôtel, traversa le hall à coupole et prit le deuxième ascenseur pour le dix-septième étage.

Il avait la poitrine un peu serrée en frappant au numéro 1678. N'obtenant pas de réponse, il tourna le bouton et se trouva dans le living-room des Russell ; la lumière y brûlait et des lourds rideaux étaient fermés, si bien qu'il passa en quelque sorte du jour à la nuit. Helen sortit aussitôt de sa chambre à coucher, dont elle laissait la porte ouverte. Elle n'était pas en négligé comme Frank le craignait vaguement ou l'espérait, mais entièrement équipée pour le voyage, dans un tailleur de shantung blanc.

– Merci, Frank ! dit-elle en lui tendant la main, je savais que tu ne me laisserais pas en panne.

Elle se dirigea vers la fenêtre et tira les rideaux.

– Que veux-tu prendre pour le petit déjeuner ? Thé, café, des œufs ?

– Du café et deux œufs à la coque, murmura Frank tandis qu'elle prenait le téléphone pour appeler le valet de chambre.

Il se sentait complètement stupide. Il avait espéré quelque chose d'autre, sans savoir exactement quoi. Helen en larmes, désespérée, désemparée, réduite à lui demander conseil, à compter sur ses forces et gémissant au creux de son épaule.

– Et des toasts, dit-il.

– Voilà ce dont il s'agit, dit Helen en s'asseyant en face de lui devant la cheminée ; le bateau part à une heure de l'après-midi. J'ai déjà envoyé Potter et Clarkson hier soir à bord avec les bagages pour qu'ils arrangent un peu les cabines. Les bateaux sont affreux, n'est-ce pas ? Mais Bertie n'est pas rentré. Il a disparu avant-hier soir et je ne sais où le chercher. Il a passé deux nuits en dehors de la maison, comprends-tu ? Je ne puis à aucun prix laisser derrière nous dans la colonie anglaise le souvenir d'un scandale. Que dois-je faire ?

– N'as-tu aucune idée de l'endroit où il est allé ? demanda Frank.

– Si tu veux appeler cela une idée ; il est parti du bar avec le petit pianiste. Je suppose qu'ils étaient tous deux en quête d'opium, mais j'ignore où ils sont.

Frank rit avec contrariété.

– Il y a quatre mille bouges à opium dans la ville au bas mot. Écoute, est-ce que le pianiste a aussi disparu ?

– Oui, dit Helen, je me suis renseignée. Crois-tu qu'il y ait quelque danger dans ces endroits ? Est-ce que quelque chose a pu arriver à Bertie ?

Elle voulait avoir l'air anxieux, mais en fait, le ton de sa voix était plein d'espoir. Frank était trop préoccupé par ses propres pensées pour le remarquer.

– Tu ne veux pas prévenir la police internationale ? Ce serait le mieux, je crois que ces gens-là sont discrets, dit-il pour tâter le terrain.

Et, bien que toute cette affaire lui répugnât profondément, et qu'il se rebellât à l'idée d'entrer dans les affaires obscures et malpropres des Russell, il ne pouvait rien contre le fait que la vue d'Helen, la présence d'Helen, sa voix, ses gestes, la manière dont elle rejetait ses cheveux en arrière ou croisait les jambes, le remplissaient toujours de la même émotion et du même enchantement.

– Ce doit être une réaction chimique, fit-il à haute voix.

– Quoi ? s'étonna Helen.

– Comment ? Que dis-tu ? demanda-t-il à son tour.

– Qu'est-ce qui doit être une réaction chimique ? fit-elle en souriant.

Frank ne s'était pas rendu compte qu'il avait exprimé sa pensée à haute voix.

– Tu le sais bien, répliqua-t-il presque grossièrement.

– Zéro en psychologie, répondit-elle.

On frappa et le garçon entra en poussant la table roulante qui portait le petit déjeuner. Il la plaça entre eux deux, devant la cheminée.

– Bonjour, Gaston, dit Helen. Merci, je servirai moi-même.

Gaston, offensé, se sépara de la verseuse d'argent et des coquilles de beurre posées sur des morceaux de glace et brillantes comme des fleurs sous la rosée.

– Merci, Gaston. Je sonnerai si j'ai besoin de vous, dit Helen en voyant que Gaston ne faisait pas mine de les laisser seuls.

Il est jaloux, pensa-t-elle amusée. Depuis qu'elle était parvenue à obliger Frank à entrer dans cette chambre, des éclats de rire lui montaient sans cesse à la gorge comme de grosses bulles triomphantes. Elle le regarda, il était là, il était à côté d'elle, il se raccrochait à sa cigarette et avait l'air sombre, pauvre garçon.

C'est seulement le regard de reproches du garçon qui fit comprendre à Frank combien la situation était compromettante : petit déjeuner en tête-à-tête et le mari disparu.

– C'est grand dommage, Mrs Russell, que vous ne puissiez assister à mon mariage, dit-il trop vite et trop haut dans l'espoir que le garçon pourrait encore l'entendre avant d'avoir tiré la porte derrière lui.

– Petit Babbitt, dit Helen tendrement railleuse, tandis qu'elle se levait pour servir le café.

Elle fit le tour de la table et se trouva derrière Frank. Il but rapidement un verre d'eau glacée.

– Ce n'est pas de cette manière que nous allons retrouver ton mari, dit-il sévèrement, il faut que je téléphone à Morris, peut-être est-il au club et pourra-t-il me donner un conseil.

Il alla au téléphone et s'efforça durant quelques minutes laborieuses de mener à bien sa communication.

– Eh bien ? s'enquit Helen en l'entendant raccrocher avec un juron.

– Le téléphoniste du club me rappellera s'il le peut, dit-il en restant près de la fenêtre.

– Ton petit déjeuner, Frank, murmura Helen.

– Merci, je n'ai pas faim, répliqua-t-il. – il réfléchit de nouveau : Pourquoi ne vas-tu pas simplement sur le bateau et ne pars-tu pas comme prévu ? C'est, à mon avis, le mieux. Si ton mari n'est pas là à temps, c'est son affaire. Peut-être ira-t-il directement au vapeur ? Qu'en penses-tu ?

Helen resta près de la cheminée et le regarda.

– Comme tu es impatient de te débarrasser de moi, Frank, se contenta-t-elle de dire.

Il frotta ses mains l'une contre l'autre, elles étaient devenues humides et il avait de nouveau ce sentiment désagréable d'être sale.

– Excuse-moi, où pourrais-je me laver les mains ?

Elle lui indiqua du menton la porte ouverte de sa chambre à coucher.

Dans la chambre, l'air était lourd du parfum d'Helen, bien que les fenêtres fussent ouvertes au grand large et que le lit fût en désordre. Frank passa vite comme s'il traversait du feu. Dans la salle de bains, il chercha du savon, découvrit une savonnette de l'hôtel enveloppée dans du papier, qu'il défit, tourna le robinet et se lava les mains avec un sentiment de soulagement. Tandis qu'il s'essuyait, il regardait, la tête vide, les traces humides qu'avaient laissées les pieds d'Helen sur le carrelage bleu clair. C'étaient des empreintes si légères et si cambrées qu'on eût dit que la moindre trace de cette femme portait encore le sceau de sa beauté. Frank se prit à sourire, en apercevant ces marques, à la pensée de l'image nue qu'elles évoquaient involontairement. Quand il reposa la serviette et se retourna pour quitter la salle de bains avec ses mains fraîches et propres, Helen était derrière lui.

L'homme avait toujours été son ennemi, un ennemi qu'il fallait vaincre et dominer. Elle avait une connaissance sans pitié des signes qui en lui trahissent la faiblesse. Le jeu des muscles du menton, celui des veines de la tempe sous la peau, la pâleur subite, les lèvres glacées, les narines frémissantes et la voix qui devient plus grave : Frank pouvait bien lui faire des souhaits de bon voyage et employer des tournures conventionnelles, elle savait où il était.

Il reposa la serviette et se retourna, Helen derrière lui. L'instant d'après, ils sombraient dans un enlacement furieux, insensé, qui lui enlevait la conscience de toute chose et remplissait le monde entier. Au moment où ils tombaient, lèvres contre lèvres, sur le lit, les fenêtres tremblaient deux fois, faiblement, et quelques instants après, les rayons jaunes du soleil sur le plancher pâlirent, et dehors des nuages d'orage obscurcirent le ciel. Helen, la première, sortit du brouillard irisé dans lequel ils avaient sombré.

– Toute une forêt vierge, chuchota-t-elle.

Frank s'assit. Les fenêtres tremblèrent de nouveau.

– Je crois que ça a commencé, dit Frank.

– Oui ?... demanda-t-elle.

– Le bombardement, dit-il.

Elle le regarda attentivement, l'esprit ailleurs, et sourit à la dérobée en voyant les efforts qu'il faisait pour mettre de l'ordre dans sa chevelure. Il y a des gestes innés chez l'espèce « homme » et qui reviennent toujours chez tous les hommes dans la même situation. Elle sortit son mouchoir et le pressa contre ses lèvres. Quelques gouttes de sang tachèrent la toile.

– Et maintenant ? demanda Frank.

– Maintenant il faudrait qu'une bombe tombe et nous emporte, répondit Helen en chantant presque.

– Pourquoi précisément maintenant ? dit Frank, bien qu'il sût la réponse.

– Nous ne pouvons être plus heureux que nous le sommes maintenant.

Ils étaient toujours assis sur le grand lit en désordre. Ils s'étaient seulement embrassés, rien de plus.

– Cela peut devenir encore plus beau, rétorqua Frank avidement.

Helen fit glisser ses doigts sur la bouche de Frank en une curieuse caresse.

– Frank, dit-elle, tu sais que tu ne peux te marier, tu le sais.

Maintenant, c'était au tour de Frank de désirer une bombe.

– Et alors, que dois-je faire ?

Il posait la question à lui-même, à Helen, aux murs de cette chambre étrangère : Que dois-je faire ?

– Si j'abandonne tout, feras-tu de même? dit Helen dans un souffle.

Elle ne se comprenait pas elle-même, mais c'était ainsi : elle était prête à tout abandonner pour ce dont elle avait toujours nié l'existence : l'amour.

– Et puis ? persifla Frank. Tu veux voyager par le monde en compagnie d'un chimiste sans situation ? Je crois que tu dépenses plus en un mois pour ton parfum que je ne puis gagner en un an.

– Allons, cesse d'être raisonnable, dit Helen plaintivement; si nous restons ensemble, tu deviendras riche et célèbre, tout ce que tu voudras. Tu feras une grande découverte – le film en relief par exemple; il faut d'abord que l'on te sorte de toi-même. Tu vis trop étroitement, tu es un tout autre homme que ne le croient les gens, mais je te connais, je te connais mieux que tu ne te connais toi-même. Si nous restons ensemble…

Elle s'interrompit et prêta l'oreille.

– Il n'y a pas de bombes, dit Frank.

Elle lui mit la main sur la bouche. Dans la chambre voisine la porte s'ouvrit et l'on entendit un pas traînant et irrégulier.

– Bertie, dit Helen en articulant le nom avec ses lèvres, mais sans faire entendre sa voix.

Frank avait complètement oublié Bertie Russell durant les vingt dernières minutes.

Helen se sépara de lui, vit d'un coup d'œil dans la glace que son tailleur de voyage était tout froissé, l'enleva rapidement et passa un kimono. Frank aperçut les papillons brodés sur fond noir. De toute sa vie il n'avait éprouvé une telle impression de netteté. Sur ces entrefaites, l'homme, à côté, dans le living-room, déambulait en grognant.

– Helen ! s'écria-t-il à tue-tête en frappant à la porte.

Au même instant, Helen tournait la clef dans la serrure.

– Oui, Bertie ? je suis en train de m'habiller. Va dans ta chambre, Bertie.

Frank était toujours assis sur le lit, comme paralysé. Helen lui sourit d'un air réconfortant.

– Nom d'un chien, ouvre donc la porte, cria Bertie au dehors. Nom d'un chien de nom d'un chien !

Il donna un coup de pied dans la porte et les flacons sur la table de toilette tintèrent. Helen fit à Frank un geste lui enjoignant d'aller dans la salle de bains. On aurait dit un rêve tragi-comique. Il s'y glissa en faisant aussi peu de bruit que possible. Il laissa la porte entrebâillée.

– Ne démolis pas ce luxueux hôtel, lança Helen à son mari.

Mais elle ne laissa pas entrer Bertie et le repoussa au contraire dans le living-room.

– Où étais-tu donc ? Il s'en est fallu de peu que je ne mette la police à tes trousses, dit-elle sur un ton hostile.

Mais Bertie n'était pas d'humeur à se laisser humilier.

– Au septième ciel, j'étais au septième ciel, lady. J'étais profondément enfoncé dans le bourbier paradisiaque pour lequel tu prétends toujours que je suis fait.

– Ne sois pas grotesque, Bertie, ordonna Helen ; habille-toi, il faut que nous prenions le bateau.

Frank, de sa salle de bains, pouvait entendre tout ce qu'on disait. Il découvrit une deuxième porte qui permettait de sortir de la pièce, probablement dans le couloir. Il tourna la poignée. La porte était fermée et l'on ne voyait pas de clef. Il poussa légèrement la porte de la chambre d'Helen et se reprit à écouter. C'était la situation la plus impossible dans laquelle il se fût trouvé de sa vie. La nuit où le détective l'avait surpris en compagnie de la petite figurante de cinéma qui se donnait au premier venu lui revint à l'esprit. Il sentait de nouveau cette odeur de moisi, l'angoisse qui étreignait son cœur, il revoyait la rue sous la pluie. Mais ce qui lui arrivait maintenant était bien pire.

« Le jour de mon mariage », pensa-t-il avec colère. Cela l'aurait presque fait rire. « Je ne vais pas me marier ; tout cela est fini », pensa-t-il en s'asseyant sur la chaise laquée de blanc près de la baignoire.

Dehors, dans le living-room, une querelle s'était élevée, Bertie avait découvert le petit déjeuner servi pour deux et, dans l'état agressif où l'avait mis sa débauche d'opium, il ne semblait pas prêt à laisser passer cela.

– Qu'est-ce que ça signifie, entendit Frank. Qu'est-ce que cela signifie ? Tu as introduit un amant ici ? Tu m'empoisonnes de drogues et d'alcools pour être libre de mener à bien tes sales histoires. Mais tu te trompes, tu te trompes, putain que tu es. Je t'ai ramassée dans la boue, cria-t-il, et tu te conduis comme une – comme une… Qui est-ce ? Gaston ? Le garçon de chambre ? Tu lui as fait de l'œil. Ou un Chinois puant ? Parle ou bien…

Puis ce fut la voix froide et calme d'Helen répondant sans vergogne :

– Va, il faut que tu te rases.

Frank porta machinalement la main à sa joue. Immédiatement après, il y eut dans la pièce un grand fracas de porcelaine brisée. Bertie avait renversé la table portant l'élégant service à déjeuner et il l'enjambait en titubant à la poursuite de sa femme. Frank oublia toute prudence et se précipita sur la porte. On n'entendait plus qu'un gémissement.

– Lâche-moi ! tu es fou, disait Helen, le souffle coupé.

Un vacarme, une respiration haletante, un cri d'Helen. Frank avait la main sur la poignée. Un gémissement plus faible à côté d'un murmure sourd et régulier.

– Frank ! A l'aide ! cria Helen.

Frank se jeta dans le living-room. Il embrassa toute la scène du regard, comme s'il était doué d'une multitude d'yeux. Helen gisait sur le sol, Bertie à genoux sur elle, le visage figé et idiot, mais pourtant grimaçant de colère. De sa lèvre inférieure pendante coulait sur Helen un filet de bave. Et il frappait sans arrêt la tête d'Helen contre le tapis. Autour d'eux traînaient les débris du petit déjeuner. Un œuf avait fait une trace jaune le long de la cheminée sur laquelle était assis le petit bouddha qui assistait à la scène avec une stupide indifférence.

– Bertie ! cria Frank.

L'homme lâcha aussitôt sa femme, se redressa en titubant et se jeta sur lui en poussant un cri. Frank le devança et lui lança son poing en plein visage. Bertie s'affala aussitôt. Frank massa ses phalanges. Helen s'assit et ajusta son kimono déchiré. Son visage était très rouge ainsi que sa bouche et ses yeux.

– Merci, Sir Galahad, dit-elle d'une voix monocorde, mais avec un sourire. Cette fois-ci c'était dangereux.

Elle se releva avec l'aide de Frank qui la caressait avec compassion.

– Tout cela à cause de moi, dit-il.

Lui aussi avait la gorge sèche. Elle mit un baiser rapide sur son poing saignant.

– Tu as été champion de boxe ? – elle avait déjà retrouvé son rire, Frank s'inclinait sur Bertie qui gisait là avec le sourire stupide des gens knock-out : C'est la deuxième fois que tu le mets dans cet état-là.

Bertie fit une grimace, mais sans revenir à lui.

– Aide-moi.

Elle prit l'homme sous les épaules pour le traîner hors de la pièce.

– Où veux-tu le mettre ? demanda Frank.

– Dans sa chambre. Là il pourra revenir tranquillement à lui.

Frank attrapa les jambes ; un regard rapide lui montra à quel point la veste blanche de soirée de Bertie était sale, et il l'emporta. Ils l'allongèrent sur le divan bas de sa chambre à coucher. Le lit était ouvert, mais intact. Potter, précautionneux, avait placé sur la couverture un complet blanc, propre, avec tous les accessoires. Les rideaux étaient fermés, les lampes allumées, aussi bien celle de la table de nuit que le plafonnier. Visiblement, tout était encore dans l'état où on l'avait mis, le soir précédent, en prévision du retour de Bertie. Lorsqu'ils l'eurent déposé tel un sac, il murmura quelque chose d'incompréhensible, mais resta toujours sans connaissance. Frank comprit l'expression de répugnance avec laquelle Helen contemplait son mari, avant de quitter la chambre.

– Gaston sera étonné, dit Helen dans le living-room en regardant les verres et les assiettes brisées. Il pensait que nous étions des gens bien. Maintenant, il va se mettre à douter de la divinité de l'aristocratie anglaise.

Frank admira la tenue et le calme qu'elle gardait. Pour lui, il se sentait encore à bout de souffle et tout en désordre. Seule, l'aidait un peu la petite satisfaction physique qu'éprouve tout homme qui vient de battre son adversaire. Helen remonta les amples manches de son kimono et regarda la peau bronzée de ses bras.

– Toujours la même chose, dit-elle : depuis que j'ai épousé Bertie, il ne s'est pas passé de jour ou je n'aie des bleus.

Frank prit son bras et posa des baisers à chaque endroit où la peau commençait à changer de couleur. Helen considéra, en arrondissant les sourcils, la jolie nuque brune de Frank et ses sombres cheveux hawaïens qui avaient été la première cause de son amour.

– Tu vois bien, maintenant, qu'il faut m'arracher à cette vie effroyable ? fit-elle doucement.

Frank, toujours penché sur son bras, se contenta de hocher la tête. Il n'avait jamais su qu'il pût exister autant d'amour qu'il en avait en lui en ce moment.

– Dommage que j'aie déjà expédié Potter, dit-elle avec un léger rire, il a l'habitude de mettre un peu d'ordre dans des décombres de ce genre.

Elle se sépara tendrement de Frank et sonna le boy chinois. Il arriva peu après et s'annonça en toussotant et en frappant, puis glissa dans la chambre sur ses semelles de toile. Helen se contenta de montrer la catastrophe. Le gamin sourit et disparut pour revenir avec un chiffon dans lequel il rassembla les débris, puis il se retira, toujours souriant. Frank, durant tout ce temps, était resté à la fenêtre à considérer les nuages qui présageaient un orage.

– Il faut maintenant que je parte, lâcha-t-il d'une voix incertaine, en se retournant.

– Maintenant ? Tu ne parles pas sérieusement. Tu ne peux me laisser seule avec Bertie. Quand il reviendra à lui… – elle ne termina pas sa phrase : Il faut que nous lui parlions.

Frank poussa un soupir qui émanait du plus profond de son cœur. Il semblait inévitable qu'il dût parler à Bertie. Mais il se demandait bien ce qu'il allait lui dire. Helen s'approcha de lui, dans son kimono déchiré, qui pendait sur sa poitrine. Frank remarqua qu'elle était bronzée aussi sous les vêtements, de cette couleur brune qui allait si bien à ses cheveux roux. Mais, lorsqu'elle lui mit les bras autour du cou, tout devint plus pâle et plus froid. Embarrassé, il resta en arrière quand, un doigt sur la bouche, elle glissa sur la pointe des pieds dans la chambre à coucher de Bertie.

Elle s'approcha du divan où était étendu son mari. La tête de Bertie avait roulé sur le côté et il respirait régulièrement avec un petit claquement à chaque inspiration. Il était sorti de l'évanouissement où l'avait jeté le coup de poing de Frank pour sombrer directement dans le sommeil. Sa bouche était ouverte, son menton pendait, et chaque fois qu'il respirait, de petites bulles de salive se montraient. Helen alluma l'une des petites lampes coiffées d'un abat-jour de soie d'un rose bonbon grotesque et regarda sous la lumière son mari d'un regard précis et impitoyable. Il était pâle et amaigri, constellé de taches de rousseur qui se réunissaient par endroits pour former de grandes plaques brunes. Ses vêtements étaient sales et il sentait la crasse ; la crasse sure et pourrie des endroits où il avait passé sans doute les deux dernières nuits. « Pire qu'un cadavre », pensa Helen. Elle écouta la respiration de l'homme. Le claquement régulier donnait l'impression qu'il avait peine à respirer. Elle posa la main sur sa poitrine et tâta le cœur. Il battait toujours, ce cœur lamentable. Elle retira sa main car sa répugnance était immense. Elle s'était agenouillée près du divan pour contempler son mari. Et maintenant, voilà qu'elle se levait et faisait des yeux le tour de la chambre. Elle se dirigea doucement vers le lit, souleva l'oreiller dont la taie avait été fraîchement changée. Le nom du Shanghaï Hôtel était tissé dans la toile. Helen ne quittait pas son mari des yeux, tandis qu'elle revenait vers lui avec l'oreiller. Elle s'agenouilla de nouveau à côté du divan et pressa de toutes ses forces l'oreiller sur ce visage.

Tout d'abord, il ne se défendit pas, puis ses mains se mirent à battre l'air. Helen appuya de tout son poids sur l'oreiller. Les mains de Bertie se crispèrent sur son kimono, il plia les genoux, les détendit, puis les replia spasmodiquement en un geste grotesque. Helen ne se rendit pas compte du temps qui s'écoula jusqu'à ce qu'il eût cessé de remuer. Ses doigts se délièrent et sa main retomba. Sans relâcher la pression qu'elle exerçait sur l'oreiller, elle glissa la main sur la poitrine de Bertie.

Le cœur ne battait plus.

« Je ne savais pas que c'était si simple », pensa-t-elle. Mais elle avait peine à défendre ses propres membres qu'elle sentait contractés. Puis, lorsqu'elle fut en état de se mouvoir et de se lever, elle se mit à trembler violemment. L'oreiller était encore sur le visage de Bertie, mais elle n'appuyait plus dessus. Pendant quelques instants, elle entendit son propre sang siffler dans ses oreilles, mais cela aussi passa. Dans la pièce voisine, le téléphone ronfla puis elle entendit la voix de Frank qui répondait. Cela la ramena du monde irréel et fantomatique, dans lequel elle était partie, à la chambre à coucher, où elle avait étouffé son mari. Elle retira l'oreiller du visage de Bertie, tint son oreille tout contre la bouche ouverte. Il n'y avait plus le moindre souffle. Il lui vint à l'esprit une chose qu'elle avait peut-être lue, peut-être vue dans un film, et elle se leva, prit la glace sur la table de toilette et la tint devant le visage rigide. Non. Elle ne se ternissait pas. Elle remit la glace en place et reposa l'oreiller sur le lit. Puis elle réfléchit une seconde en voyant la taie toute froissée et rapporta l'oreiller vers le sofa. Elle souleva la tête de Bertie ; cette tête était non pas plus flasque, mais plus lourde que toutes les autres fois où elle avait assisté Bertie complètement ivre ; elle la posa sur l'oreiller.

Lorsqu'elle éteignit la lampe, il lui déplut que le visage pâle de Bertie se fût assombri. Les taches de rousseur avaient disparu. Helen s'étira. Dans le living-room qui lui fit l'impression d'être beaucoup trop éclairé, elle s'arrêta et attendit que Frank eût terminé sa conversation téléphonique.

– Non, répondait-il au téléphone, dans ces circonstances tu as raison. Il faudra remettre le mariage. Combien de bombes, dis-tu ? C'est la guigne, mais nous n'y pouvons rien. Est-ce que tu viens au club ? J'ai besoin de toi, j'ai beaucoup de choses à discuter. Alors à bientôt. Ne sois pas trop imprudent, si possible. Aloha.

– C'était Morris, dit-il lorsqu'il eut raccroché l'écouteur. On a tiré à Chapeï, mais il ne peut traverser les barrages. Il dit que c'est impossible de se marier aujourd'hui. Il faut que j'aille voir tout de suite Ruth et que je le lui annonce. Ensuite, nous aurons le temps de réfléchir à la manière de terminer cette histoire. En tout cas, il faut que tu te rendes au bateau. Peut-être pourrai-je aller à Hong-Kong dans quelques jours ; nous avons aussi une filiale là-bas.

– Frank, dit Helen, Bertie est mort.

– Comment ?

– Bertie est mort, répéta Helen.

Alors seulement il s'aperçut que ses lèvres tremblaient et que son visage s'était transformé au point de devenir presque étranger.

– Bertie est mort, répéta-t-elle pour la troisième fois.

– Mais comment cela est-il possible ?

La chambre s'étendait entre eux, de toute sa longueur, comme un précipice sur lequel était tendu le tapis vert jonc. Tout était indifférent au bouddha de la cheminée.

– Cela a dû se produire quand tu l'as abattu d'un coup de poing. Peut-être une fracture du crâne, ou quelque chose comme ça… murmura Helen, là-bas, tout au bout de la pièce.

– Non-sens ! cria Frank.

Il prit un élan, raidit les épaules et se dirigea dans la chambre voisine. Il revint au bout d'un instant et arpenta la pièce en silence. Helen ne le quittait pas du regard.

– Nous sommes dans de beaux draps, dit-il enfin… Il est mort de trop boire, de trop fumer ou de trop coucher avec les poules, que sais-je. Je ne veux pas être mêlé à cette affaire.

– Non, dit Helen, souriant presque devant tant d'incompréhension masculine, évidemment non.

– Qu'allons-nous faire maintenant ? Qu'allons-nous faire, peux-tu me le dire ? Qu'allons-nous faire ?

– Faire front ensemble. – elle jeta un coup d'œil sur elle-même et traversa rapidement la chambre : Excuse-moi. Il faut que je me change, murmura-t-elle lorsqu'elle fut arrivée à la porte.

« Faire front ensemble ? » pensa Frank. C'était pire qu'un tremblement de terre, pire qu'une digue qui se brise, pire qu'une explosion : la fin du monde. Sa tête était complètement vide. Le visage bleu sur l'oreiller blanc…

Helen revint, portant une nouvelle robe blanche. Frank reconnut avec un sourire amer la robe dans laquelle il l'avait vue pour la première fois, là-bas, près de la pagode de Lunghua. De même que cette robe était sortie intacte du grouillement des mendiants lépreux, de même elle reparaissait impeccable et nette en ce moment où l'attitude d'Helen eût pu laisser supposer qu'elle avait tué son mari. Il regarda sa montre-bracelet par un de ces gestes sans raison et fugitifs, particuliers aux gens désespérés. Neuf heures passées. Il était huit heures moins dix quand il avait franchi le seuil de l'hôtel. Le temps avait cessé de posséder sa valeur absolue, il était devenu quelque chose de relatif comme dans les rêves. Helen prit le téléphone.

– Je désirerais parler au Dr Hain, dit-elle.

Frank remarqua qu'elle parlait avec un accent légèrement étranger ; pour ses yeux et ses oreilles, elle devenait une tout autre femme. Helen ne se rendait pas compte qu'elle était trop lasse pour garder la maîtrise qu'elle avait montrée durant sa vie d'imposture. Ses lèvres tremblaient, le russe transparaissait. Elle avait perdu aussi le contrôle de l'expression de son visage ; il avait un aspect sauvage et brillait d'une joie qui s'accordait mal avec les circonstances. Il était remarquable aussi qu'elle vît planer devant ses yeux une image qui n'était pas celle de l'homme qu'elle venait de tuer. C'était plutôt, indistincte et formée de petites taches qui se séparaient et s'unissaient de nouveau, l'image du mendiant Grischa, le mendiant russe devant le *Club des Pivoines*.

– Docteur, supplia Helen au téléphone, je vous en prie, venez immédiatement, mon mari a une crise effrayante, j'ai peur qu'il ne lui arrive malheur.

Frank fut étonné d'entendre cela. « Il est pourtant déjà mort », se dit-il. Il eût aimé partir. « Ruth », pensait-il, mélancoliquement. Mais il restait comme paralysé devant la fenêtre et ils n'échangèrent pas un seul mot jusqu'à l'arrivée du docteur. C'est seulement au dernier moment qu'Helen lâcha :

– Laisse-moi m'occuper de tout. Ne parle pas, je vais nous éviter des ennuis.

Alors on frappa et le vieux docteur allemand avec sa trousse et ses lunettes entra.

~

Le Dr Hain était un peu fatigué par une nuit sans sommeil quand il pénétra dans la suite des Russell ; la nuit, avec le banquier chinois malade, l'humeur récalcitrante du patient, les discussions avec les confrères chinois et la famille, le nombre toujours croissant de parents, de serviteurs, de concurrents et de concubines qui s'étaient rassemblés là-haut, lui avaient imposé un grand effort. Pourtant, il se sentait parfaitement éveillé et plus lui-même qu'il n'avait été depuis longtemps, car c'était un cas véritable et il était possible que l'on parvînt tout de même à opérer. Ç'avait été le son les trompettes qui fait dresser les oreilles au vieux cheval de bataille, et l'appel pressant de Mrs Russell lui donna l'agréable sentiment d'être accaparé par des cas graves.

– Où est notre malade ? lança-t-il avec une bonne humeur professionnelle, en suivant Mrs Russell dans la chambre à coucher. Encore des excès ? demanda-t-il en posant sa trousse. Voudriez-vous avoir la bonté de laisser entrer la lumière du jour ?

Il s'avérait que Mr Bertrand Russell n'avait pas une crise, comme l'avait craint sa femme, mais qu'il était mort.

– Une attaque ? demanda Helen.

Le Dr Hain ne répondit pas, mais examina les yeux dont il leva les paupières, puis l'aspect de la peau. Il écarta du divan les doigts contractés du mort et les examina attentivement.

– Excusez-moi, murmura Helen qui aurait voulu résister, mais ressentit devant cet examen un vertige et une faiblesse.

Elle se réfugia auprès de Frank dans la chambre voisine et celui-ci passa distraitement le bras sur ses épaules.

Le Dr Hain revint peu après dans le living-room, salua rapidement Frank Taylor qu'il n'avait pas remarqué en entrant et s'assit devant la cheminée en réunissant ses dix doigts en forme de toit.

– Je suis désolé, chère Madame, dit-il, c'est une terrible émotion pour vous.

– Je vous suis reconnaissante, docteur, de m'avoir avertie. Cela atténue un peu le coup, dit Helen.

Frank se tenait derrière sa chaise, les doigts crispés sur le dossier.

– Il reste encore quelques formalités à remplir, dit le docteur, j'aimerais vous entendre raconter comment la chose s'est passée, avant de rédiger l'acte de décès. Excusez-moi, mais c'est obligatoire.

– Est-il nécessaire que je reste ? demanda Frank pris subitement d'une absolue lâcheté.

S'échapper, ne plus rien entendre, ne plus rien voir. Ruth. Il désirait retrouver Ruth, comme celui qui souffre d'insomnie désire le sommeil.

– Oui, il faut que vous restiez, Frank. Vous ne pouvez me laisser seule en ce moment, dit Helen avec son nouvel accent un peu dur.

Frank s'inclina.

– Puis-je téléphoner ?

Il téléphona de la chambre de Ruth.

– Pips, dit-il (c'était un autre diminutif de Ruth), bonjour Pips, j'ai de mauvaises nouvelles ! Sais-tu que l'on tire ? N'as-tu pas entendu trembler les vitres ? Écoute, mon petit ; il est possible que nous soyons obligés de remettre le mariage à un autre jour. Morris m'a téléphoné. Il dit qu'il est impossible de circuler dans la ville. Où je suis ? Au magasin, je fais mon testament. Je t'en prie, reste dans ta chambre, mon petit bout, promets-le-moi. Ne mets pas le nez à la fenêtre, ou même à la porte, si tu ne veux pas qu'un éclat te l'enlève ; il est déjà trop court ! beaucoup trop court. Je viendrai bientôt te rejoindre, dès que j'aurai fini ici. Attends-moi.

Il raccrocha, épuisé de tant de jovialité. Puis il reprit son poste, derrière la chaise d'Helen. Helen, pendant ces entrefaites, avait fait au docteur un rapport qui correspondait à la vérité sur bien des points et sur quelques-uns seulement s'en éloignait. Frank était hors de lui en voyant avec quelle sûreté elle menait l'affaire. Lui qui était venu vers elle ce matin-là pour l'aider ! Il s'était attendu à des larmes, à une attitude désemparée. Idiot, fou, Sir Galahad…

Helen indiqua que Bertie n'était pas rentré à l'hôtel depuis trois nuits et qu'elle avait prié Frank de venir parce qu'elle était inquiète. Bertie était alors arrivé dans l'un de ces états qu'elle était habituée à nommer des « crises » et qui s'exprimaient par de la fureur, des idées de persécution, souvent des larmes, parfois des brutalités. Elle était parvenue avec l'aide de Frank Taylor à étendre son mari sur le divan et à le calmer un peu. Puis, il avait commencé de gémir, de manquer d'air, il s'était dressé, s'était accroché à elle et, en bref, avait donné le spectacle d'un mourant. Effrayée, elle s'était précipitée au téléphone et avait appelé le docteur. Lorsqu'elle était revenue auprès de son mari, il était calme. Mais elle n'avait pas eu la moindre idée que cela signifiât la fin. Elle ne savait que faire ni par quel bout commencer, elle ne connaissait pas les formalités à remplir, elle ne savait rien, rien, rien…

Le Dr Hain écouta tout cela avec attention et hocha la tête à plusieurs reprises en signe d'assentiment. Lorsque Helen eut terminé, il dit pensivement :

– Tout cela ne m'explique pas ce qui s'est réellement produit. Il y a quelque chose qui ne va pas. Il va falloir faire une autopsie, Mrs Russell, je suis désolé, mais il faut établir la cause du décès.

– N'est-ce donc pas une attaque ? fit Helen ; quelle autre cause peut entraîner une mort aussi soudaine ?

Le Dr Hain contempla la paume de ses mains et dit :

– Attaque est le nom populaire d'un processus qui peut avoir bien des causes. Noyade, par exemple, strangulation, certains empoisonnements. Je ne puis vous cacher que votre mari ne donne pas l'impression d'un homme qui est mort aisément et calmement. D'autre part, il doit être mort depuis bien plus longtemps que vous ne me le dites, au moins vingt minutes. Il faut que je fasse venir le Dr Bradley.

– Qui est le Dr Bradley ?

– Le Dr Bradley fera l'autopsie, il est compétent pour des cas de ce genre ; je vous conseille cependant d'informer le consulat britannique, toutes sortes de formalités vont être nécessaires. Je suis désolé, Mrs Russell, mais il va falloir déterminer ce qui est arrivé à votre mari avant sa mort.

– Je vais vous le dire, docteur, il s'est trimballé avec un de vos compatriotes, le petit pianiste du bar. Opium, je suppose. Il serait désagréable que ce jeune homme soit mêlé à une affaire d'opium, n'est-ce pas ? dit Helen qui tâtait le terrain.

A l'expression du docteur, elle remarqua qu'elle l'avait touché au point sensible. Elle réfléchit attentivement avant de continuer.

– Je suis désolée de n'avoir pu préciser le moment de la mort de Bertie. J'ai été très effrayée quand je l'ai trouvé se débattant dans des convulsions, ajouta-t-elle ; dans de tels instants, on perd le sentiment du temps, vous ne croyez pas, docteur ? Peut-être était-il mort que je ne le savais même pas.

Le Dr Hain hocha pensivement la tête. « Il y a quelque chose qui ne va pas, pensait-il, il y a là-dedans quelque chose qui ne va pas. » Il n'avait qu'un vague point de départ, un sentiment ; rien qui fût le moins du monde scientifique. Après cette nuit sans sommeil, ses nerfs étaient à vif. Il ressentait quelque chose comme un avertissement qui émanait de l'expression indistinctement convulsée et rigide du corps froid dans la chambre voisine.

– En tout cas, il faut que je fasse venir le Dr Bradley et que j'avertisse le consulat, s'entêta-t-il ; c'est la règle.

– Écoutez, docteur, dit Helen rapidement, mon mari est mort et la découverte du genre d'excès par lequel il s'est tué ne le ressuscitera pas. La mort est, en fin de compte, une affaire privée, n'est-ce pas ? Pourquoi remuer la poussière, pourquoi convoquer des tas de gens ? Cela ne peut plus servir au pauvre Bertie et peut être nuisible à d'autres. Son cœur était faible et, le croyant plus résistant, il lui a donné trop de poison, cela nous le savons. – elle s'efforça de sourire tandis qu'elle continuait un peu plus lentement : C'est peut-être enfantin de ma part, mais cette… cette autorité me fait une impression tellement étrange. Je ne veux pas que mon pauvre Bertie soit disséqué, cela rendra sa mort si effroyable. Je vous en prie, docteur, je vous en prie, aidez-moi à éviter cela.

– C'est le point de vue du profane, dit le docteur. Une autopsie n'a rien d'effroyable, c'est de la science pure et simple, Mrs Russell, le scalpel est un instrument aussi fin… que le violon ; moi-même je joue du violon, j'en parle en connaissance de cause.

Frank se sentait de plus en plus mal à l'aise au fur et à mesure que ces mots frappaient son oreille. Et durant tout ce temps, Bertie Russell gisait à côté avec une fracture du crâne dont le vieux bavard d'Allemand ne semblait pas s'être rendu compte. Durant tout ce temps, il sentait que Ruth l'attendait, et qu'il était entraîné loin d'elle comme par une inondation. Durant tout ce temps, ses genoux tremblaient, si bien qu'il oublia pour plusieurs minutes ce qui était arrivé, en raison de l'effort qu'il fit pour rappeler à l'ordre ses genoux qui flanchaient.

– Intéressant, s'entendit-il dire au milieu du silence qui se produisit lorsque le docteur eut terminé.

Sa réflexion avait l'air complètement idiote. Il sentit qu'Helen s'appuyait contre les mains avec lesquelles il s'agrippait au dossier de la chaise. Le docteur était assis face à la lumière et la moitié de la chambre se reflétait dans ses lunettes. Ses sourcils étaient remontés par de nombreuses rides haut sur le front et les pores de son grand nez étaient largement dilatés ; Frank vit tout cela avec une suprême acuité, cela lui déplut et il pensa : « ce Juif… »

– Vous avez peut-être raison, docteur, dit Helen ; je crois pourtant…

Un coup de tonnerre ébranla le monde. Une fenêtre fermée vola en éclats, les murs parurent frémir, et l'air exerça une douloureuse pression sur le tympan.

– Les bombes, dit le Dr Hain, les lèvres blanches.

Il n'avait aucune peur, mais ses nerfs s'étaient souvenus de la Grande Guerre et son cœur avait cessé de battre le temps d'une pulsation.

– On s'y habitue rapidement au bout de quelque temps, on ne les entend plus, comme les tramways, commenta-t-il d'un ton apaisant.

– Elles ne tomberont pas dans le settlement, dit Frank.

Chose étrange, l'explosion avait redonné un peu de force à ses genoux. « Ruth va être effrayée », pensa-t-il.

– Il faut que j'aille voir Ruth un instant, dit-il, implorant, à Helen, il faut que je la rassure.

– Seulement quand ces formalités seront remplies, répliqua Helen, inexorable.

Frank sentit avec effroi qu'il lui était entièrement livré. « Elle peut faire de moi ce qu'elle veut », pensa-t-il, en saisissant de nouveau le dossier de la chaise. Ses mains étaient humides et sales et tous les lavages n'y feraient plus rien.

– Au-dehors il pleut des bombes et nous nous querellons sur des questions de formalités, commença Helen docilement. Je voudrais vous prier, docteur, de considérer un peu la psychologie anglaise. Nous sommes des saintes nitouches, le monde le sait. Un scandale ? A Shanghaï où le prestige des Anglais est une chose si importante ? Vous ne savez peut-être pas que le frère de mon pauvre Bertie est Mr P. Une autopsie – que peut-il résulter de cette autopsie ? Que le pauvre Bertie a fréquenté des lieux où il n'aurait pas dû aller et qu'il a bu ou fumé ce qui est interdit ? Pourquoi ne pas le faire conduire sans plus au four crématoire en gardant son nom intact ? Je suis sa veuve. C'est sur moi que repose la responsabilité vis-à-vis de la famille. Je dois veiller au nom, docteur.

Elle sentit maintenant qu'elle était bien lancée. Machinalement, elle se tordait les mains dans lesquelles elle éprouvait encore l'impression du corps qui se cabrait, cette impression qui revenait sans cesse. De nouveau, elle ne se sentit pas sûre que Bertie fût réellement mort et immobile. Helen composa l'expression de son visage et dit :

– Vous me trouvez peut-être sans-cœur, docteur, parce que je ne pleure pas ? Mais vous n'êtes pas sans connaître un peu la situation ; j'ai tellement pleuré depuis mon mariage que je n'ai plus de larmes. Tout ce que je puis faire, c'est d'empêcher un scandale.

– Je suis persuadé que les autorités anglaises vous aideront en cela de toutes leurs forces, dit le Dr Hain. La colonie anglaise y a autant d'intérêt que vous.

Le Dr Hain se leva et rangea sa trousse. Il était impatient de s'échapper. Ce Russell était mort. Chang vivait encore et devait être opéré. Le docteur voulait retourner auprès de son malade important. Il trouva Helen sur sa route.

– Écoutez-moi, docteur, encore un instant, dit-elle hâtivement ; considérons l'affaire sous un autre aspect. Je suppose que la raison qui a causé l'arrêt du cœur faible de mon mari vous est indifférente. L'opium, très vraisemblablement, mais il est pour moi et pour la famille d'un très grand prix que sa mort soit respectable – quand bien même sa vie ne le serait pas. D'un très grand prix, extrêmement grand. Rendez-nous le service de remplir l'acte de décès ; une maladie de cœur, mettons, et épargnez-moi des embarras qui ne mèneront à rien. Si j'ai bien compris vos explications, il faut faire une autopsie quand il y a eu attaque, mais non pas quand c'est une maladie de cœur chronique qui a finalement causé la mort. Bon. Vous-même m'aviez dit, il y a quelques jours, que le cœur de Bertie était en mauvais état ; je ne vous demande pas de quitter le droit chemin, mais seulement d'avoir quelques égards. Je ne sais pas si l'argent a quelque valeur pour vous – mais comme je ne peux malheureusement vous montrer ma reconnaissance pour votre amabilité que par de l'argent – je veux dire… j'aimerais vous laisser fixer ce que je vous devrais si vous me simplifiiez les formalités indispensables.

Elle regarda le vieux docteur et remarqua que ses mains tremblaient tandis qu'il remettait son stéthoscope dans sa trousse et la refermait. Elle prit rapidement un carnet de chèques de la Hong-Kong Shanghaï Bank dans le tiroir du bureau et apposa sa grande signature ferme.

– Je vous en prie, docteur, écrivez vous-même le chiffre, dit-elle en posant le petit morceau de papier sur la table.

Elle tendit la plume au médecin et attendit. Il agita la tête :

– Je ne peux pas, dit-il.

Helen lui fit un sourire d'encouragement.

– Combien dois-je écrire ? demanda-t-elle, déjà bien plus sûre d'elle parce qu'elle sentait qu'il faiblissait ; cinq cents livres ?

Elle attendit et il continua d'agiter la tête. Elle était renseignée par Mme Tissaud sur la misérable pauvreté dans laquelle vivait le Dr Hain et elle supposait qu'à Shanghaï tout était à vendre.

– Mille livres, dit-elle en commençant de remplir le chèque. Mille livres pour prix d'une réputation. Le pauvre Bertie, dit-elle en tendant le chèque au docteur.

Il ne le prit pas, mais ne le repoussa pas non plus.

– De toute façon il faut que je revienne, dit-il, irrésolu ; cela ne dépend pas seulement de moi. Je vais parler au Dr Bradley ; s'il est d'accord avec moi sur mon diagnostic de maladie de cœur, et qu'il renonce à l'autopsie…

Il laissa sa phrase inachevée flotter dans l'air, se saisit de sa trousse et quitta la chambre comme s'il fuyait. Le chèque resta sur la table. Helen suivit le docteur des yeux en souriant.

– C'est réglé, fit-elle avec un profond soupir, lorsque les pas du docteur, dans le couloir de l'hôtel, eurent cessé de se faire entendre.

Elle leva son visage vers Frank, toujours debout derrière sa chaise. Il était resté tout le temps là, hypnotisé, paralysé. C'était pire que le plus mauvais rêve. Par-dessus le marché, dehors, les nuages toujours plus noirs passaient dans le ciel et l'air était oppressant et lourd. La lumière avait pris une coloration jaunâtre dans laquelle le visage d'Helen était devenu étrange et dur, lumineux. Elle vint vers lui et il se raidit pour ne pas reculer contre le mur comme son instinct l'y poussait.

– Frank, dit Helen doucement, Frank, maintenant tu m'appartiens. Je t'ai sorti de l'enfer, maintenant il n'y a plus que nous, ensemble, pour toujours.

De nouveau, une bombe tomba, plus loin cette fois. Deux avions aux ailes noires passèrent en vrombissant juste en dessous de la voûte sombre des nuages. Helen jeta un bref regard vers la porte derrière laquelle Bertie était étendu. Mais le mort était bien mort, aucune bombe ne pourrait plus l'éveiller.

Dans le corridor, près de l'ascenseur, il y avait un banc. Le Dr Hain s'y assit pour réfléchir. Il posa sa trousse noire près de lui, inclina son front sur sa poitrine et pressa ses mains sur ses yeux comme il en avait l'habitude lorsqu'il avait un problème à résoudre.

Mille livres. Mille livres. Mille livres. Assez pour aller en Amérique, avec Irène. Loin de cette vallée de damnation, de nouveau parmi les vivants ; mille livres. Une année de travail et de préparation et Irène toujours près de lui. Mille livres. L'avenir, le travail, la justification, l'unique espoir pour lequel il vivait encore. Mille livres.

De l'autre côté, la mort d'un buveur et d'un malade, d'un homme sans valeur dont le cadavre gisait toujours sans dignité. « Qu'est-ce que cela me fait ? pensa le Dr Hain, combattant amèrement contre lui-même. Il est mort d'avoir fumé, il est tombé de lui-même au fond de l'abîme. Peut-être sa femme l'a-t-elle empoisonné, qu'est-ce que cela me fait ? Que me font ces gens, en quoi cela me concerne-t-il ? Milles livres et un mort est enterré et ceux qui restent sont contents et libérés. San Francisco », pensa-t-il joyeusement. Il se souvenait vaguement d'images dans les magazines illustrés : des collines et des gratte-ciel, des baies et les ponts. Il pouvait déjà sentir dans son nez l'odeur des salles d'opération. Il voyait la lumière blanche et crue du champ opératoire, il éprouvait l'activité tendue et muette, la précision du bistouri dans sa main. « Un homme ne vaut pas un cheveu de plus que son travail », pensa-t-il. Lui-même sans son travail n'était qu'un vagabond, un fripon, un gueux qui se dépravait. Avec son travail… Ah ! Irène, Irène, Irène. Il se leva et pressa sur le bouton d'appel de l'ascenseur. Il souriait d'un sourire un peu grimaçant, car il avait perdu depuis longtemps l'habitude du sourire. « Je n'aurais pas résisté à cela un mois de plus », pensait-il en descendant.

Il se dirigea vers le pupitre des entrées et réclama l'annuaire du téléphone.

– Je désirerais le numéro du Dr Bradley, dit-il en feuilletant l'annuaire.

– Comment va le Grand Vieil Homme ? demanda le chef de réception en imitant le ton des Chinois.

Hain le regarda avec étonnement.

– Qui ça ? fit-il distraitement. – puis il se souvint de Chang : Ce n'est pas encore décidé, répondit-il en continuant de feuilleter.

Vraisemblablement Bradley ne voudrait pas venir tant que durerait le bombardement. « Il me laissera le soin du constat et je délivrerai l'acte de décès. » Le jeune assistant avait parcouru un grand registre.

– Nous avons reçu une lettre recommandée pour vous, docteur, dit-il, voulez-vous signer ici ?

Le docteur Hain signa et prit la lettre. Elle était d'Irène.

Il laissa l'annuaire ouvert à la lettre B et ouvrit la lettre qu'il lut debout. Il la lut une fois, puis une autre. Il la mit dans sa poche intérieure et regarda de nouveau l'annuaire, mais il ne vit plus des lettres, mais des fourmis. Il retira ses lunettes, les remit, avec un absurde désespoir. C'est seulement en lisant la lettre pour la troisième fois qu'il la comprit entièrement.

« Cher Emmanuel,

« J'ai longuement hésité à t'écrire cette lettre, mais il fallait bien le faire tout de même. Je crois que tu pressens déjà ce qu'elle contient. Tu as dû sentir comme moi que nous sommes devenus sans cesse plus étrangers l'un à l'autre, durant ces trois dernières années, et que nous avons atteint un point où il n'y a plus aucune communauté d'esprit entre nous. Tu es parti dans des pays étrangers et tu t'es adapté. Je suis restée ici et j'ai compris que l'Allemagne est le seul pays où je sois chez moi et où je puisse vivre. J'ai compris que notre Führer a raison et j'ai appris à croire en lui et au IIIe Reich. Ces quelques mots suffisent à dire tout.

« Notre mariage a été une grave erreur et nous avons payé cette erreur de notre sang. Je sais que tu ne me refuseras pas la possibilité d'essayer de reconstruire une vie correspondant à mon être et à mon origine. Je te souhaite bonne chance, pour l'avenir, et je suis sûre que tu iras loin à l'étranger grâce à l'ambition, l'habileté et l'adaptabilité de ta race. J'ai introduit une instance en divorce ; dans notre cas, il nous sera accordé sans plus de difficulté.

« Oublie-moi, comme j'essaie de t'oublier.

« Irène. »

Telle était la lettre. Telle était la fin. « Peut-être a-t-elle raison, pensa le Dr Hain. J'ai voulu me vendre mille livres. Habile, adaptable. Mais pas adaptable au point que je puisse faire cause commune avec les assassins de mon fils », pensa-t-il avec une colère brûlante, désespérée et tout à fait impuissante.

– Dois-je vous demander le Dr Bradley, docteur ? s'enquit le réceptionniste.

Le Dr Hain retira ses lunettes qui s'étaient embuées.

– Non, dit-il, j'ai réfléchi. Appelez-moi d'abord Sir Kingsdale Smith au consulat britannique. Il y a eu un incident.

~

B. G. Chang s'était défendu de ses grands poings, avec une force peu commune, contre son transport à l'hôpital. Les médecins chinois redoutant qu'il ne se tuât à force d'excitation et de mouvements violents, avaient conseillé de céder momentanément a ses volontés. Sans son consentement, on ne pouvait l'opérer. Après avoir gagné son combat de boxe, le malade difficile était retombé dans une demi-torpeur, ou une vague perte de connaissance, et personne n'osait l'en troubler. Bientôt, il s'était réveillé et s'était emparé avec une grande douceur des mains de son fils, et Yutsing les lui laissait avec émotion.

– Je me souviens, dit le malade au bout d'un instant, je me souviens clairement du jour où ma sœur aînée m'a confié les rames. J'en étais très fier. J'avais à peine quatre ans puisque je ne portais pas encore la grande natte, mais quatre petites que ma sœur avait tressées en y entrelaçant de la laine rouge. C'était au début de l'hiver, un temps à mettre quatre tuniques, et je n'en avais même pas une. Ma sœur aînée me mit sa propre veste et se lova sous la natte de paille. C'est du bon travail. Si je meurs, il faudra que tu sois bon pour ma sœur.

– Tu ne mourras pas, dit Yutsing sachant bien pourtant que lorsque l'esprit d'un malade se met à explorer le passé, c'est le signe précurseur de la mort.

– Je vois tout, aussi clairement que si c'était ici, dans la chambre, dit le père : le fleuve, les rapides ; des chèvres sur la rive, une vieille chèvre grise avec ses deux petits chevreaux noirs. J'ai l'impression de ne pas avoir vécu une seule vie, mais cinq ; de ne pas avoir été un seul homme, mais cinq hommes différents. Cela provient de la rapidité avec laquelle les choses se sont transformées durant ma courte existence. Va et fais venir tes femmes auprès de moi, mon fils. – Yutsing hésita : Va, dit le père un peu moins calmement.

Et Yutsing alla. Pearl et Meilan avaient mis entre elles toute la longueur de la vaste pièce. Pearl, une cigarette aux lèvres, parlait avec les médecins chinois. La lumière vitreuse du ciel couvert tombait en plein sur elle à travers les hautes fenêtres. A l'autre bout de la pièce, près de la porte, Meilan était à genoux à côté de sa sœur; elle semblait un roseau brisé ou un oiseau touché par la chaleur. Yutsing alla de l'une à l'autre et les pria de se rendre au chevet de son père. Pearl passa la première, Meilan se glissa derrière elle. Il ne se retourna pas pour la regarder, bien qu'il sentît sa présence par chaque goutte de son sang.

– Venez près de moi, mes filles, asseyez-vous près de mon lit, dit Chang avec une douceur telle que jamais son fils ne l'avait entendu parler ainsi.

Et les femmes s'assirent docilement sur deux sièges que le secrétaire leur avait avancés avec empressement. Chang fils se rendit compte avec la clarté d'un éclair que son gigantesque père n'avait pas seulement acheté des femmes, mais qu'il avait su les gagner; c'était tout à fait nouveau pour lui de penser que Chang Bo Gum était capable non seulement de violence, mais aussi de tendresse.

Lorsque les deux femmes furent assises en face de lui, différentes autant que peuvent l'être deux êtres du même sexe et de la même race, ses regards allèrent de l'une à l'autre non pas comme ceux d'un mourant, mais comme ceux d'un homme qui se distrait en bonne compagnie.

– C'est un bon dicton, celui qui dit : L'épouse laide est de bon service à la maison, mais pour une fête, on préfère la jolie. Je te prie de m'excuser, femme de mon fils, de ne pas t'avoir accueillie avec l'affection et la compréhension que tu mérites sans doute. Je suis un homme stupide, sans éducation, un homme à l'ancienne mode qui comprend mal la valeur de tes mérites assurément élevés. Mais comme tu sembles pleine de bon sens et douée de la force nécessaire pour diriger une grande maison, c'est à toi que je parle et non à celle-ci, que j'ai fait élever uniquement pour le plaisir de mon fils.

A ces mots, Meilan se fit encore plus petite et Pearl réprima un sourire, car son beau-père semblait parler avec une bonne intention, quand bien même son appréciation se présentait comme une injure.

– Ma fille, lui dit-il sévèrement, tu es malheureusement incapable de donner un fils à la maison et à la famille des Chang. Celle-ci, la concubine Meilan, a conçu et engendrera selon tout espoir un fils, plusieurs fils, car elle provient d'un jardin où les arbres portent généreusement leurs fruits. Je te transmets la responsabilité de veiller sur elle et je désire que tu t'occupes d'elle comme une sœur aînée. Tu la protégeras pendant la guerre, tu la soigneras quand elle enfantera et chaque fois qu'elle sera malade, et tu ne lui rendras pas la vie amère, empoisonnée par une jalousie dérisoire. Car tu es l'épouse, la compagne, le numéro un. Puisque tes entrailles sont stériles, il te faut aimer les enfants que ton mari aura d'une autre femme, comme s'ils étaient les tiens propres. Il faut que tu me promettes cela pour que je puisse mourir en paix. Quant à toi, dit-il à l'adresse de Meilan qui frémit faiblement comme une feuille au crépuscule, tu porteras des fils et tu les élèveras pour honorer les ancêtres, leur offrir des sacrifices et faire monter vers eux la fumée consacrée, suivant la mode antique. Sinon, dit-il en dirigeant vers elle un doigt menaçant, je reviendrai comme un esprit insatisfait, je serai un esprit violent et courroucé et je te poursuivrai si tu ne fais pas ce que j'attends de toi. Va dans les temples et demande au prêtre quelles prières tu dois faire et à quel dieu tu dois offrir la fumée consacrée et les sacrifices pour avoir un fils. Et si tu as des fils, dit-il en devenant toujours plus impétueux, si tu as des fils, qu'il ne te vienne pas à l'esprit de dédaigner la femme de ton seigneur et de créer du mécontentement; retiens bien ceci : même les cinq doigts d'une même main ne peuvent être d'une même longueur, c'est pourquoi tu ne dois pas oublier où est ta place. Celle-ci est au-dessus de toi et je t'ai achetée comme esclave moyennant huit dollars.

Il reposa avec satisfaction sa tête sur les coussins et fit signe aux deux femmes de s'en aller.

– Toi, reste, ordonna-t-il à Yutsing.

Le fils s'agenouilla auprès du lit.

– Il y a longtemps que j'ai fait mon testament et tu trouveras tout en ordre. Il dépend de toi de garder l'auto; j'ai assuré une petite pension au chauffeur pour le cas où tu le congédierais. Pour toi et ta mère, j'ai établi un petit capital qui passera plus tard à tes enfants. J'ai eu dans l'esprit la nuit dernière de te renier, mais la mort efface toute colère. Qui est sans défaut parmi les hommes ? Y a-t-il un cheval qui ne bronche jamais ?

– Ne te fatigues-tu pas en parlant, père ? demanda Yutsing préoccupé car la voix du vieux Chang s'enflait et ses grandes mains gesticulaient avec une vivacité toujours accrue.

– Non, je vais bien et je ne sens presque plus de douleurs. Je meurs de mauvais gré, mon fils, de très mauvais gré. Quand bien même on dit que les choses de ce monde passent comme une journée de printemps et que l'on doit penser à la mort comme à un retour au pays. Les choses de ce monde ne sont pas si simples, fils, elles ne sont pas simples, mais plus intéressantes que le meilleur des jeux. Il est aussi difficile de s'en arracher que de quitter la table de jeu, ou d'abandonner la bouteille à demi bue, ou de quitter une femme au milieu de la nuit. Je ne suis pas vieux et je possède encore assez de forces pour trois hommes. Pourquoi faut-il que je meure ? On dit qu'un mendiant en bonne santé est plus qu'un roi mort. Qu'est-ce alors qu'un banquier mort ? J'aurais aimé attendre mon premier petit-fils. Tu es venu au monde avec une dent – comment sera mon petit-fils à sa naissance ? Tu prendras garde qu'il m'apporte d'abondantes offrandes de nourriture car j'ai toujours été un homme de grand appétit et je serai un esprit affamé, je le crains.

Il y eut un grand vrombissement tout proche et une poussée d'air entra avec la violence d'une tempête. Des meubles tombèrent, on entendit des bruits de verre brisé. Dans la grande pièce, les femmes poussèrent des cris. Yutsing avait involontairement saisi la main de son père. Pour le protéger ? Pour être protégé par lui ? Les médecins passèrent dans l'embrasure de la porte leurs visages pâlis pour voir l'effet de la peur sur leur malade ; Yutsing se rendit compte avec mécontentement qu'il tremblait. Ces dernières dix années l'avaient amolli. Il avait presque oublié ce que c'était que de marcher au feu, de dormir sur des obus et de transporter des bombes avec soi pour les jeter au bon moment sur l'ennemi. Chang Bo Gum avait repoussé la couverture et s'était dressé de toute sa hauteur.

– Qu'est-ce que c'est ? s'écria-t-il, des bombes ? Des bombes dans

Nanking Road ? Ce devait être tout près ! Qu'est-ce que ça signifie ? Ils m'avaient promis de tenir cette partie de la ville en sûreté. Les porcs, les chiens, les tortues, les fils et petits-fils de diables, ces nains japonais, ces menteurs, ces escrocs, ces voleurs ! Ah les bandits ! Ils jettent des bombes, ils brisent leur parole, non contents de prendre mon argent, ils veulent tuer ma famille !

Chang Bo Gum en fureur était un spectacle qui valait la peine d'être regardé. Tous ceux qui, dans la chambre voisine, attendaient sa mort entrèrent l'un après l'autre et considérèrent ébahis cet homme nu dans son grand lit. Il faisait plus de bruit, il était plus terrible que les bombes. Cette explosion de fureur était d'autant plus étonnante que, quelques instants auparavant, Chang s'était mis en mesure d'acquérir la mansuétude, la paix de l'âme et la résignation qui conviennent à un mourant et lui assurent une bonne renommée posthume. Pearl fut la première à comprendre le comique de la situation et à posséder le courage de couper la parole au banquier en fureur.

– Ce ne sont pas des bombes japonaises, père, dit-elle en sortant du petit groupe, ce sont nos propres aviateurs – des bombes chinoises, des aviateurs chinois.

– Chinois ? comment ça, chinois ? voudrais-tu dire que ce sont nos avions qui jettent des bombes sur Nanking Road ? fit Chang en baissant la voix d'étonnement.

Comme une réponse, on entendit à ce moment se rapprocher le ronflement de plusieurs avions qui plongeaient au-dessus des maisons puis remontaient à la verticale vers les nuages pour s'éloigner de l'endroit qu'ils venaient de détruire. Mr Chai, le secrétaire, jeta un coup d'œil par la fenêtre. Ils volaient tout là-haut, en triangle comme des canards sauvages le soir au-dessus d'un lac ; leurs ailes étaient noires. Tout le monde retint involontairement son souffle dans l'attente de la prochaine bombe. Mais le vrombissement s'éloigna, faisant place au silence.

– Qu'est-ce que ça signifie ? Quelle utilité y a-t-il que des aviateurs chinois bombardent la concession anglaise ? demanda Chang aussi froidement que s'il présidait une assemblée générale d'actionnaires. Qu'y gagnera-t-on ? Où est l'avantage d'un tel acte ?

Comme personne ne pouvait lui répondre et que son fils se contentait de hausser les épaules, le banquier Chang les regarda les uns après les autres.

– Qu'avez-vous à rester ici ? Que faites-vous ici du reste, alors qu'à tout instant une bombe peut y tomber ? Si ce ne sont pas les Japonais, mais les Chinois, cette maison est la place la plus dangereuse de toute la ville, ne comprenez-vous donc pas cela ? Les Chinois ! des aviateurs chinois ! Ce serait une formidable plaisanterie s'ils nous tuaient avec les bombes mêmes que j'ai offertes à ces vers de Nankin. Allez, dépêchez-vous, qu'avez-vous à rester plantés là ? Courez vous mettre en sûreté ! cria-t-il en se dressant d'une brusque rotation qui lui mit les pieds au contact du sol. Chingliu, tortue ! hurla-t-il à l'adresse de la sœur de Meilan qui se tenait bouche bée au dernier rang. Vite, apporte-moi mes vêtements ; Chai, la voiture, tout de suite, nous partons immédiatement.

Au milieu de l'activité hésitante que l'on put constater aussitôt après, Yutsing restait pétrifié de stupéfaction.

– Où est-on en lieu sûr, père ? Quel est l'endroit que cette guerre n'atteindra pas ?

– N'importe quel endroit est préférable à ce toit, fou que tu es ! hurla Chang. Personne n'a donc assez de bon sens dans le ventre pour m'aider à partir d'ici ?

Alors, il aperçut au fond les autres brancardiers vêtus de blanc qui répandaient une violente odeur d'hôpital.

– Qui sont ces deux gaillards ? – et de nouveau irrité, il répéta : Qui sont ces deux gaillards étrangers ?

Il repoussa tous ceux qui se trouvaient sur sa route et se planta de toute sa haute nudité devant les deux hommes stupéfaits qui ébauchèrent lentement un sourire grimaçant.

– Nous sommes les brancardiers, Excellence, dit l'un d'eux, nous attendions pour porter l'Excellence à la voiture d'ambulance.

– Ambulance ? s'écria Chang plus réjoui qu'irrité, et vous voulez me porter ? Avez-vous déjà essayé de transporter un homme de mon poids ? Six d'entre vous n'y suffiraient pas, vous autres avec votre brancard fait d'allumettes. Disparaissez, mes bons amis, vous et votre attirail risible. Je m'y connais en transport, j'ai été coolie porteur et ce n'est pas à moi que vous pourrez en remontrer. Vous avez des jambes de mouche – j'aurais peur, peur de vous briser les membres, tout malade que je suis. Donne-leur un pourboire et renvoie-les, dit-il subitement adouci à son secrétaire, et les deux hommes étonnés furent entraînés dans l'antichambre et congédiés.

De nouveau, Pearl fut la seule qui eût offert son épaule à son beau-père lorsqu'il s'était levé. Il s'appuya lourdement, mais pourtant avec précaution, car il avait pris l'habitude, dans ses rapports avec les femmes, de faire attention à ne pas les briser. Il se dressait là, nu, gigantesque et sans pudeur, et il ne pouvait plus être question de mourir.

– Va-t-il résister à cela ? chuchota Yutsing à sa femme, dominé qu'il était par l'énergie inattendue de son père.

– Ça en a tout l'air, chuchota-t-elle en réponse.

Elle conduisit Chang Bo Gum vers une grande chaise et leva les yeux vers lui. Il baissa les yeux vers elle comme du haut d'une tour. Il caressa ses cheveux coupés court.

– Les laides ont reçu l'intelligence en partage, les sottes la beauté, dit-il ironiquement.

Et Pearl comprit que pour la première fois le cœur de son beau-père se sentait incliné vers elle.

Chingliu et Meilan apparurent avec les immenses vêtements du Seigneur, une tunique de dessous, des bas, des pantoufles et une robe de soie. Elles commencèrent à le vêtir avec l'habileté attentive des nurses. La grande chambre était un embroussaillement d'hommes, de domestiques, de femmes, d'employés. Les pièces du mah-jong étaient tombées sur le sol, une théière s'était cassée lorsque la bombe avait explosé et un chameau précieusement laqué de la période des Tang gisait en morceaux tandis que les vieilles et lourdes têtes de chevaux de l'époque des Han restaient intactes sur les consoles. A l'effroi et à la stupéfaction succéda une animation générale : tout le monde parlait à la fois et les employés s'inclinaient les uns devant les autres en agitant les mains comme s'ils se congratulaient de ce qui ne leur fût rien arrivé et de ce que le banquier Chang, leur seigneur et père, parût aller mieux. Dans un coin, Liu, assis, fumait de petites boules de tabac dans une longue pipe effilée.

– Eh bien ? demanda-t-il à Pearl qui s'asseyait à côté de lui en tirant une nouvelle cigarette.

– Il faut que nous attendions jusqu'à ce que la Haute Personne exprime d'autres désirs, répondit-elle en souriant.

Liu réfléchit, puis se mit aussi à sourire.

– La Haute Personne ne vous fait-elle pas penser à la fin du yi king ? demanda-t-il joyeusement :

Je ne crains rien d'autre
Que de m'affaisser sur le bord de la route,
Faites ce qui est bon pour moi.
Envoyez l'ambulance.
Faites-moi porter toujours plus loin.

Avant même qu'il eût terminé sa citation, on entendit dans la chambre du malade un hurlement impérieux.

– Avec notre ambulance, nous n'avons pas eu beaucoup de chance auprès de la Haute Personne, commenta Pearl, amusée.

Elle croisa ses mains sur ses genoux et se disposa à attendre.

~

Le mécanisme de l'âme humaine est un mécanisme de précision. Personne n'est soumis à une peine plus grande ou à un fardeau plus lourd qu'il ne les pourrait supporter. Il y a des pertes de conscience, des narcoses, des évanouissements bienfaisants qui sont prescrits par la nature.

Lorsque le Dr Hain eut lu la lettre de sa femme et que le moindre espoir mensonger et le plus intime but de vie se fut dérobé sous lui, comme se dérobe le sol dans un glissement de terrain, tout en lui devint insensible. Ainsi, en tant que chirurgien, il avait rendu insensible à force de glace les membres condamnés. Mais bien qu'il ne restât plus rien de lui après ce coup final, rien d'Emmanuel Hain, l'homme et le médecin, il se trouva pourtant tout à fait en état de fonctionner avec le bon sens quotidien. Dans cette ville où la panique se répandait dans les rues et où toutes les communications s'interrompaient, il parvint à faire fonctionner le téléphone rebelle, à traverser un mur de fonctionnaires consulaires maugréant, effarouchés et arrogants, et à parvenir ainsi jusqu'à l'avocat de la couronne, le très occupé Kingsdale Smith. Il lui annonça brièvement et avec tact que Mr Bertrand George Russell était décédé d'une manière si énigmatique qu'en tant que médecin il se voyait obligé de proposer un examen plus attentif des faits; et qu'il s'était adressé à Sir Kingsdale Smith, ami de la famille et représentant britannique, et non à la police internationale compétente, de manière à éviter le scandale. Il s'excusa poliment, mais avec un mauvais accent, d'importuner Sir Kingsdale Smith intempestivement et pria ce haut fonctionnaire de se saisir de l'affaire avant qu'elle se fût ébranlée. Sir Kingsdale Smith, de son côté, remercia, toussota dans le téléphone, puis communiqua hâtivement qu'il se rendait immédiatement et en personne au Shanghaï Hôtel pour offrir son aide à Mrs Russell.

Malgré l'état d'inconscience où il se trouvait, le Dr Hain parvint à parler du temps et des bombes avec Mme Tissaud, qui s'était approchée de lui en reniflant avec curiosité, et ne lui raconta rien de plus. « Quoi de plus ? » pensa-t-il en faisant effort car ses pensées avaient la propension étonnante de quitter son cerveau. C'était une curieuse impression que ce vide et ce silence derrière son front où il ressentait en général un vrillement et un travail continuel et palpitant. « La fabrique à pensées est arrêtée », pensa-t-il, et cette formule lui parut spirituelle. Il s'arrêta devant l'ascenseur et fixa le groom qui lui rendit en riant avec étonnement son regard fixe. Chang traversa l'esprit du docteur.

– A la terrasse, lança-t-il. – en cours de route, il se ravisa : Dixième étage.

Il sortit et parcourut les couloirs embrouillés qui menaient au réduit de Kurt Planke. Il frappa, ne reçut pas de réponse et pressa prudemment la poignée.

A l'intérieur, une lumière éclairait le jeune homme qui dormait. Le Dr Hain s'assit sur le bord du lit et regarda un instant Kurt en réfléchissant. Il semblait s'être jeté sur le lit tel qu'il était entré, dans son unique complet d'été sale et couvert de faux plis. Il était étendu sur le côté, la joue appuyée sur le coude et semblait, dans le calme du sommeil, beaucoup plus jeune, presque enfantin. Cela fit un peu de peine au docteur de le réveiller, mais comme il ne pouvait en être autrement, il secoua Kurt par l'épaule. Kurt ouvrit les yeux et sourit amicalement au docteur, sans le moindre étonnement.

– Quel jour sommes-nous donc? fit-il sur le ton d'un enfant qui veut être flatté.

Le Dr Hain ne répondit pas à cette question; il dit :

– Tu as fait les cent coups avec ce Russell ?

– Oui, dit Kurt, un peu mieux éveillé, j'ai brisé avec un certain succès l'arrogance anglaise de l'Honourable.

– Il est mort, dit Hain.

– Tiens, rétorqua Kurt sans plus d'étonnement, voilà que l'on peut féliciter l'Honourable.

– Sais-tu quelque chose à ce sujet, comment cela a pu se produire ?

– Peut-être l'Honourable était-il allergique aux déchets d'opium, bien que je sois tenu à dire que cela a eu la meilleure influence sur son esprit. Vous auriez été étonné, docteur, doux comme un agneau. Presque correct. Et par-dessus le marché, vraiment intelligent.

– Es-tu rentré avec lui ? demanda le docteur un peu agacé par l'ironie rêveuse et vague de Kurt. Étais-tu avec lui à la fin ? On va t'interroger. Lève-toi, prends une douche froide, retrouve tes esprits.

– Lève-toi, prends une douche froide, retrouve tes esprits, répéta Kurt. Cruel, très cruel, mais pourtant sans importance, docteur, tout est sans importance, docteur, tout n'est qu'illusion. – il décrivit avec sa main un petit cercle embrassant le réduit, le docteur et lui-même : Illusions, répéta-t-il, tout est inexistant et par suite tout à fait insignifiant. Vous, moi, la vie, la mort ; la mort particulièrement : illusion. Vous devriez devenir morphinomane, docteur. La plupart des médecins sont morphinomanes, n'est-ce pas ? Lève-toi, prends une douche froide, retrouve tes esprits.

Il se leva et se raccrocha solidement au bord de son matelas comme s'il avait le vertige.

– Vous voudriez m'aider, docteur, je le sais. Je voudrais aussi vous aider, mais c'est comme ça ; personne ne peut aider personne. Merci, merci quand même, dit-il. – il se mit à rire : Je ne crois pas à la musique de chambre, ajouta-t-il.

Le Dr Hain n'était pas disposé à discuter philosophie. Les gens ivres avaient une manière de proférer les lieux communs les plus lamentables comme des illuminations profondes ; cela l'agaçait. Il quitta la pièce en espérant vaguement que Kurt dans son humeur euphorique serait à la hauteur de l'enquête qui se préparait. Dehors, il s'arrêta et réfléchit à grand-peine. Une idée importante lui vint à l'esprit. « Il faut tout d'abord opérer Chang, ensuite nous aurons encore le temps. » Mais le temps de quoi faire ? Cela il ne le savait pas.

Il revint à l'ascenseur et se fit conduire au dix-huitième étage. Dans l'antichambre, il entendit déjà les hurlements courroucés du banquier malade ; personne ne s'en inquiétait au milieu de ce va-et-vient de Chinois surexcités, et les deux brancardiers étaient accroupis, indifférents, à côté de leur civière et mangeaient du riz. Le Dr Hain se fraya un chemin jusqu'à la grande chambre. Ici, on eût dit une société animée. On buvait du thé, une bouteille de whisky circulait à la ronde, de petits groupes s'étaient formés, on parlait, on discutait et on riait. Un instant, le Dr Hain crut s'être trompé, mais il découvrit Pearl dans un coin et lui fit signe. Tandis qu'elle traversait la pièce pour venir, la paralysie de son esprit le quitta un instant pour le reprendre aussitôt. A cet instant-là, il se rendit compte de ce qui lui était arrivé durant le court laps de temps qui s'était écoulé depuis le moment où il avait quitté la pièce jusqu'à son retour ; une angoisse froide monta à la racine de ses cheveux et il pensa : « Combien de morts ne peut-on pas endurer sans cesser de rester en vie ! » Il entendit un lambeau de musique vulgaire qui provenait du phonographe ; au même instant, la radio donna des explications rassurantes, il en comprit le ton, mais non les mots. Le Dr Hain redevint un automate fonctionnant mécaniquement et il dit à Pearl :

– Avez-vous réussi à le convaincre de se faire opérer ?

– Non, docteur. Ça n'en prend pas le chemin. On a l'impression que la bombe a fait du bien à mon beau-père, c'est en tout cas un traitement qui correspond à son format particulier.

– La bombe ?

Pearl le regarda attentivement.

– Oui, la bombe. N'avez-vous pas remarqué que le settlement est bombardé ?

– Si, dit le Dr Hain, mais c'était ce matin.

« Il a reçu un choc », pensa Pearl, lorsqu'elle eut examiné le visage défait de son vieux collègue.

– Avez-vous été très effrayé ? fit-elle amicalement ; nous deux ne sommes pas aussi endurcis que les gens de Shanghaï, hein ?

– Si, si, dit le Dr Hain, je suis endurci. (La Grande Guerre lui vint à l'esprit.) J'ai participé à la Grande Guerre. Ainsi donc, pas d'opération ?

– Non, je ne crois pas, il a l'air de vouloir s'en tirer sans cela.

Le Dr Hain se tassa un peu.

– En ce cas, je ne suis plus utile ici, se contenta-t-il de dire.

Il faisait peine à Pearl.

– Non, non, je vous en prie ; restez, dit-elle très vite, il y a encore la question du transport. Qui sait ce qui arrivera encore ? Dans ce pays on n'a jamais fini d'apprendre.

Liu apparut, mince dans sa tunique brune, négligée et flottante.

– Ordre du Seigneur et Maître, énonça-t-il en anglais ; j'ai mission de vous conduire sans délai, vous et la précieuse concubine, dans un taxi à la banque et de vous y déposer dans le souterrain près du coffre-fort d'acier. Là-bas, le refuge est sûr, c'est un fait connu. Êtes-vous prêtes ?

– Et mon beau-père ? s'enquit Pearl.

– La Haute Personne a décidé d'attendre ici sa propre voiture. La Haute Personne est plus entêtée que jamais ; de plus, le brave Chang éprouve encore de grandes douleurs et on ne peut l'habiller et l'envelopper qu'avec de grandes précautions. Mais, malgré tout, c'est un gaillard magnifique. Vous connaissez le proverbe chinois, docteur : Tiens le cercueil prêt, et tu ne mourras pas.

Le Dr Hain resta encore un instant, hésitant, puis il se glissa vers la sortie. Il lui était venu à l'esprit une autre affaire, où l'on avait besoin de lui. « Sir Kingsdale Smith aura besoin de moi ainsi que le Dr Bradley » : ce fut la dernière béquille sur laquelle il s'appuya pour se diriger vers l'ascenseur. Pearl ne remarqua pas qu'il était parti.

– Yutsing vient-il avec nous ? demanda-t-elle à Liu.

– Le fils reste auprès de son père, répliqua Liu.

Elle lui fit un signe de tête. Elle avait compris durant cette dernière heure qu'elle était là pour la famille et non pour être en tête à tête avec Yutsing. Le nouveau devoir que le père lui avait imposé adoucissait sa peine et calmait sa jalousie. Elle se secoua, alluma une cigarette pour se donner une contenance et sortit les mains de ses poches tandis qu'elle se dirigeait vers Meilan.

– Cela te convient-il, Meilan ? fit-elle aimablement, le père désire que nous restions ensemble jusqu'à ce qu'il ait pris plus ample décision. Si tu le veux, nous pouvons partir maintenant. Et n'aie pas peur, Meilan.

– Grand honneur pour mon indigne personne, murmura Meilan en faisant une légère inclination.

Elle posa le petit ivoire sculpté qu'était sa main dans la grande main rude de Pearl, tout en pensant : « Pas étonnant que Yutsing n'éprouve aucun plaisir à être caressé par elle. »

Le groom de l'ascenseur était passablement désemparé.

– Les bombes, ne cessait-il de répéter, ces dames ont-elles entendu les bombes ? Il paraît qu'elles ont tué trois cents personnes à moins d'un demi-li d'ici. Les bombes, les bombes !

Meilan prit la soie du tailleur de Pearl entre ses doigts et l'examina.

– Une belle soie, dit-elle d'un ton confiant, avec une telle soie je pourrais broder une veste si cela vous plaît. Je sais broder, j'aime broder. Je m'y connais en point de Pékin.

« Petit ver à soie, pensa Pearl avec un peu de chaleur orgueilleuse. Sang clair, anémique, élevée à l'ombre. » Elle se souvint d'une expression qu'elle avait lue ou entendue.

– Pourquoi dit-on : des sourcils comme des vers à soie ? demanda-t-elle à Liu en anglais.

Liu la comprit aussitôt et regarda Meilan.

– Vous n'avez pas encore regardé un ver à soie, Pearl ; vous êtes du reste trop intellectuelle, c'est ce qu'il y a de malheureux.

Il dit cela comme les parents de Chine traitent leurs enfants de méchant garçon et de fille stupide, au lieu de leur donner des diminutifs câlins qui pourraient rendre les esprits jaloux.

Au dixième étage, l'ascenseur s'arrêta pour laisser entrer d'autres personnes. Kurt Planke entre deux civils dont on devinait la profession à des milles de distance. Seuls, les détectives ont de telles épaules, de telles nuques et cette expression de menace bienveillante. Meilan perdit toute contenance devant cette rencontre inattendue et s'efforça de se dissimuler. C'est seulement un instant plus tard que Kurt l'aperçut. Il ouvrit la bouche pour la saluer avec les derniers soupçons de nonchalance que lui laissait encore l'opium :

– Reconnais-tu ma cravate, Gretchen ? Je la porte comme talisman, maintenant et à l'heure de notre mort, amen.

Mais Meilan s'était glissée derrière Pearl, et derrière son dos elle mit un doigt sur sa bouche avec une expression suppliante et en même temps rayonnante du plaisir qu'elle prenait à cette intrigue.

Kurt se tut. Pearl ne remarqua rien. Liu le poète remarqua tout. Il avait déjà composé les deux premières lignes d'un poème lorsque l'ascenseur s'arrêta au troisième étage et que Kurt les quitta avec ses deux compagnons.

– A droite, mon garçon, dit l'un d'eux.

Kurt regarda derrière lui jusqu'à ce que la porte de l'ascenseur se fût refermée. Il avait réussi, durant ces courts instants, à faire en sorte de se trouver près de Meilan et de lui serrer la main. Main bien-aimée, petite main chinoise. Le rien de chaleur, le rien du parfum de ses cheveux, ce petit rien de beauté qui le quittait définitivement pour descendre dans le puits de l'ascenseur jusqu'au sein de la terre.

Mme Tissaud était assise dans le hall bondé de gens surexcités, plein du bruit des voix et de la musique pépiante du quatuor à cordes de la grande salle à manger.

– Madame Chang, madame Chang, s'écria-t-elle, comment va votre beau-père ? Est-il mort ? Et qui avez-vous donc avec vous ? Une de ses orphelines ?

– Mon beau-père n'est pas de ces gens qui se laissent mourir sans plus de façon, répliqua Pearl, presque joyeusement.

Elle prit Meilan par la main et la conduisit à un taxi doré qui attendait devant le tambour d'entrée.

~

Gris de visage et malheureux, Yoshio Murata était resté planté devant le restaurant de sukiyaki après que le taxi s'était enfui avec Helen. Il s'était mis à pleuvoir. Les rues mouillées s'étaient transformées en miroirs troubles où nageaient les lumières des lanternes. Il prit les papiers dans sa poche et se demanda ce qu'il devait faire. Il se haïssait lui-même, il haïssait les plans faux, la mission dont on l'avait chargé ; ce qu'il haïssait le plus, c'était Jelena qui s'en allait sur un bateau au lieu de voler ces maudites feuilles de papier. Peut-être n'est-elle pas le moins du monde espionne, pensa-t-il dans un moment de soulagement, mais il rejeta aussitôt cette idée. La crainte de l'espionnage – l'idée fixe de tous les Japonais – faisait partie intégrante de la moelle de ses os. La confiance dans les autorités de son pays était trop profondément enracinée en lui pour qu'il pût admettre que M. Endo fût dans l'erreur. « Ma faute, pensa-t-il avec abattement, ma stupidité, ma maladresse. » Tandis qu'il restait là sur le trottoir à se creuser la tête, une nouvelle averse tomba. Les grosses gouttes s'écrasaient sur ses épaules, l'air se pressa comme une serviette chaude et mouillée contre son visage. Bien qu'il ne restât plus entre lui et son suicide qu'un très court délai, Yoshio fut pourtant content d'avoir pris son parapluie. Il l'ouvrit et se sentit un peu mieux. « Il faut que je parle avec M. Endo », pensa-t-il, pris de panique. Il était consolant de penser que les communications téléphoniques ne s'établissaient que sporadiquement et que M. Endo, par téléphone, ne pourrait faire que des allusions voilées par des chrysanthèmes. Dès qu'il se fut persuadé lui-même qu'il n'était pas question de téléphoner, il s'en fut, un peu requinqué, sous son parapluie.

Dans la rue du Thibet, il trouva un taxi ; il avait résolu d'aller chez M. Endo et de lui rendre compte de sa mission avant de revenir à sa lame de rasoir et à la promesse d'honneur qu'il s'était faite à lui-même. La pluie cessa aussi subitement qu'elle avait commencé. Partout dans les rues, de petites patrouilles circulaient, françaises, anglaises, américaines, internationales. Deux fois, il fut nécessaire de montrer le laissez-passer que M. Endo lui avait remis. La route était longue et lorsque Yoshio parvint dans la maison de M. Endo, dans le Yangtsepo, il était minuit passé. Il leva les yeux vers la façade à quatre étages et vit filtrer derrière les jalousies de bambou de faibles rais de lumière. La porte de la maison était ouverte et l'escalier était éclairé. On aurait dit que M. Endo était prêt et qu'il attendait des visiteurs tardifs.

Yoshio pressa sur la sonnette, attendit un certain temps, puis M. Endo lui-même ouvrit la porte. Il était en manches de chemise, ses bretelles bleues avaient l'air trempées de sueur et étaient bien peu élégantes.

– Je regrette extrêmement d'être obligé de troubler votre honoré repos, dit Yoshio, j'ai à vous faire une communication d'importance.

M. Endo le regarda vivement et s'inclina encore plus rapidement.

– Pas de résultat ? dit-il brièvement et presque impoliment.

– Hélas ! Un début qui promettait beaucoup, mais une fin pleine de désillusions, murmura Yoshio, conscient de sa responsabilité.

C'est seulement alors que M. Endo le fit entrer.

– Voulez-vous avoir l'obligeance de me suivre, dit-il en le précédant à travers le bureau vide, puis dans un étroit escalier de service qui conduisait à l'étage du dessous.

Tandis qu'ils descendaient les marches de bois qui craquaient, Yoshio eut une nouvelle idée.

– Peut-être ces plans sont-ils mal falsifiés ? s'interrogea-t-il à haute voix dans le dos de Endo, Jelena est une femme intelligente, très intelligente. Peut-être a-t-elle regardé les plans, les a-t-elle rejetés…

M. Endo s'arrêta et se retourna.

– Elle les a donc regardés ?

– Je… je le suppose… balbutia Yoshio.

M. Endo se remit en marche. Il sembla à Yoshio qu'ils descendaient cet escalier depuis un temps infini et qu'ils n'arriveraient jamais.

– Je conseillerais de laisser tomber cette hypothèse, proposa M. Endo, les plans sont un travail remarquablement réussi. – il ouvrit une porte et fit entrer Yoshio : Mon modeste logement, dit-il.

C'était une pièce arrangée avec une charmante négligence, où, seul, un rouleau couvert d'une calligraphie choisie attira l'attention de Yoshio. Cette calligraphie eut pour effet qu'il s'inclina trois fois les mains sur les genoux. Ce rouleau calligraphié était le Japon. Tout le reste était Shanghaï.

Autour de la table étaient assis quatre Japonais ; il y avait une bouteille de whisky, de la glace et de l'eau de seltz devant eux. La nuit était pleine d'appels de sirènes que lançaient les bateaux sur le fleuve ou les fabriques qui travaillent de nuit. Yoshio fut surpris que M. Endo ne l'introduisît pas auprès des Japonais, et qu'il lui versât un verre sans le présenter. Il but avec une reconnaissante avidité.

– Continue-t-il à pleuvoir ? demanda l'un des hommes en regardant le complet mouillé de Yoshio.

– Il a plu, mais maintenant c'est fini.

– Cela a rafraîchi le temps, dit un autre.

– Cet après-midi, il a fait trente-huit degrés, rectifia M. Endo.

– Le baromètre est tombé, contesta le premier.

Ils parlèrent encore quelques instants du temps, puis M. Endo s'excusa auprès des quatre Japonais et entraîna Yoshio dans la pièce voisine.

– Racontez, ordonna-t-il.

Yoshio raconta. Tandis qu'il parlait, il commençait à se sentir mieux. Il donna une grande importance à son dîner en tête à tête avec Jelena et à l'intimité qu'il avait réussi à recréer entre eux deux. Il avait l'impression, en fin de compte, qu'il n'avait pas mal travaillé et M. Endo, à différents passages de son exposé, lui lança un sourire appréciateur de toutes ses dents en or. Même, lorsque Yoshio aborda avec une sûreté moindre le départ brusqué de Jelena, M. Endo ne cessa pas de sourire. Yoshio termina, s'inclina trois fois et attendit sa condamnation à mort.

– Sur le *Sourabaya*. Pour Hong-Kong. Demain à midi, fit M. Endo pensivement.

Il sortit un petit carnet d'un tiroir et y écrivit quelques brèves indications. La pièce dans laquelle ils étaient assis, sous une ampoule électrique sans abat-jour, était dépourvue de tout ornement. Le long du mur se dressaient des chaises comme dans la salle d'attente d'un dentiste. Dans les murs étaient pratiqués des placards et des tiroirs à la mode japonaise. Yoshio chercha machinalement des fleurs, mais il n'y avait pas de fleurs.

– Je suppose que vous voulez mener à bien votre mission, maintenant que vous êtes allé si loin ? demanda enfin M. Endo.

– Tout n'est donc pas perdu ? répondit Yoshio qui ne savait quelle attitude prendre.

M. Endo le considéra en prenant son temps. Yoshio ignorait que son innocence absolue était la raison pour laquelle on lui avait confié ce travail.

– Perdu, non, non, en aucune façon, dit M. Endo d'un ton distrait, vous avez fait du bon travail, honoré ami. Nous savons maintenant que cette dame s'intéresse à nos plans, pourquoi sans cela serait-elle allée manger du sukiyaki avec vous ? Nous savons aussi qu'elle sait lire et parler le japonais, bien qu'elle cherche à le dissimuler. Elle va partir parce que son ivrogne de mari le veut ainsi. Selon toute vraisemblance, elle en est très irritée. Eh bien, nous allons l'aider dans cette circonstance et tout se terminera au contentement général.

A ces mots Yoshio agita ses petites ailes avec désespoir, mais aussi avec une certaine humiliation. Peut-être avait-il cru dans une profondeur où n'atteignait pas sa conscience que Jelena n'était pas sortie avec lui en raison des plans falsifiés, mais uniquement pour lui; peut-être l'état extraordinaire dans lequel il s'était trouvé toute la soirée n'était-il pas imputable à l'accomplissement d'un devoir patriotique, mais à la présence toute proche et exaltante de la femme qui avait jadis été sa maîtresse. Peut-être son sang s'était-il figé lorsque Jelena avait pris subitement congé de lui, non pas parce qu'il avait échoué en tant qu'agent, mais en tant qu'homme. De quelque manière que ces courants se croisassent en lui, il n'en avait pas clairement conscience. Au lieu de cela, une strophe d'un poème allemand qu'il avait cherché en vain ces derniers jours émergea de sa mémoire :

Sur toutes les cimes
C'est le repos,
Sur tous les sommets
Tu sens à peine
Un faible souffle.

Il se ressaisit.

– Que dois-je entreprendre ? demanda-t-il.

– Je vous propose de partir pour Hong-Kong. Je vais tâcher d'obtenir une cabine pour vous sur le *Sourabaya*. Ce n'est pas facile, mais j'espère pouvoir arranger cela. Un voyage en bateau serait la meilleure occasion pour vous. La proximité continuelle, les mœurs relâchées, vous me comprenez. Tous les avantages sont de votre côté. Vous ferez naturellement comme si vous aviez suivi cette dame dans une attaque de passion romantique. Il n'y a pas de femme trop intelligente pour ne pas croire cela. Aussitôt que vous arriverez à Hong-Kong, vous vous mettrez en rapport avec M. Yamado. Il travaille à l'agence de voyage japonaise, tout près du port. Maintenant, vous devez être fatigué ?

– Pas le moins du monde, dit Yoshio qui éprouvait un peu de vertige, au contraire. Je suis prêt à tout. Je désirerais accomplir cette mission rapidement, car je voudrais être ici quand cela éclatera. Vous savez que je suis journaliste, et les guerres constituent une excellente matière.

Yoshio se leva. M. Endo resta assis.

– Il y aura encore assez de matière lorsque vous reviendrez, dit-il sèchement. – il examina Yoshio un moment encore en silence, sans précisément faire montre de politesse et ajouta : Je vous propose de passer la nuit ici. Vous ne pouvez rentrer cette nuit à l'hôtel *Myako*. Demain matin, vous partirez directement d'ici pour le bateau.

M. Endo n'attendit pas l'assentiment de Yoshio, mais sortit sans plus de façon un lit japonais d'un placard ainsi qu'un matelas ouaté, une légère couverture, un petit coussin, et il étendit le tout sur le plancher.

– Malheureusement, nous avons des moustiques, remarqua-t-il.

Il semblait attacher beaucoup d'importance à tenir Yoshio loin de ces visiteurs dont les rires traversaient la porte par saccades. Lorsque Yoshio vit le lit, il eut d'un seul coup envie de dormir.

– Mais mes bagages sont à l'hôtel, se contenta-t-il de protester.

– En mettant les choses au pis, vous ferez le sacrifice de vos honorés bagages, rétorqua M. Endo avec un sourire compatissant.

Les fenêtres étaient ouvertes, mais les jalousies en bambou étaient baissées. Lorsque M. Endo l'eut quitté en faisant trois inclinations, Yoshio resta quelques instants désemparé dans cette chambre nue. Jamais il n'avait vécu autant d'événements en si peu de temps, même pas en Mandchourie. Il se déshabilla, plia soigneusement son complet, éteignit la lumière et se glissa dans le lit étranger.

Des sirènes. Un rai de lumière provenant des lanternes, là-bas à l'endroit où les jalousies de bambou ne s'adaptaient pas exactement à l'encadrement de la fenêtre. Un klaxon, un autre. Puis un bruit comme au pays. Le claquement des getas japonaises sur le pavé de la rue. Yoshio sourit dans l'ombre. Des geishas invitées à une fête, pensa-t-il. De nouveau, quelques lignes d'un poème :

Les geishas vont à petits pas à la fête.
Ô vous, getas, pourquoi
Marchez-vous sur mon cœur ?

Lui-même avait écrit ces vers alors qu'il avait dix-huit ans.

Une détonation – peut-être était-ce le pneu d'une voiture attardée qui venait d'éclater. Puis on entendit un sifflet à roulette. Le silence, puis les sirènes. Un peu plus tard une petite pluie fine se mit à tomber et c'est alors seulement qu'il s'endormit.

C'est M. Endo lui-même qui l'éveilla et lui apporta son thé.

– Je souhaite une bonne journée à mon hôte honoré, dit-il joyeusement et un peu plus cérémonieusement que de coutume.

Yoshio eut tout d'abord du mal à retrouver ses idées.

– Je vous recommande de partir bientôt, dit M. Endo, le remorqueur ne marche pas aujourd'hui et plus tard la voiture pourrait rencontrer des obstacles qui empêcheraient votre départ.

– Je pars réellement ? Vous avez obtenu une place pour moi ? questionna Yoshio en s'éveillant complètement.

– En effet, il est vrai que tous les bateaux sont entièrement loués, mais un honorable compatriote, M. Watanabe, avait loué une cabine pour sa femme et sa fille qu'il voulait envoyer pour la durée de la guerre à Singapour chez des parents. Il s'estime heureux de la mettre à votre disposition. J'espère que vous vous sentez dispos. La salle de bains est malheureusement aussi inconfortable que le lit.

– A-t-on tiré des coups de feu cette nuit ou les ai-je entendus en rêve ?

– Les rapports sont contradictoires, répondit M. Endo avec prudence.

Yoshio se rendit dans la salle de bains pour se laver. Il y avait longtemps qu'il n'avait pas été aussi joyeux. La nuit passée dans le lit improvisé l'avait arraché au traintrain quotidien. Il était en plein dans l'aventure. Sa mission avait dans la lumière matinale un air agréable et tout à fait prometteur. Il ne savait pas qu'il se réjouissait du voyage avec Jelena. Mais au moment où il attachait ses bretelles, les portes, les fenêtres et les meubles se mirent à trembler et le service à thé sur la table tinta. Le canon, pensa-t-il, le canon déjà. Il se souvint du fracas lointain et sourd des arrivées tel qu'il l'avait entendu durant l'expédition de Mandchourie. M. Endo entra, masque souriant.

– Voici votre honoré billet, dit-il sans faire d'allusion au coup de canon ; quand vous arriverez à Hong-Kong, n'oubliez pas de rendre visite à notre agence de voyages. Je vous ai écrit le nom sur ce morceau de papier : M. Yonosuké Yamado. Il vous donnera un coup de main si c'est nécessaire. La voiture attend déjà en bas. Le trajet jusqu'au quai d'embarquement dure assez longtemps. Il faut compter aussi avec des obstacles imprévus. Bon voyage. Bon succès. Cela a été pour moi un grand honneur que de vous héberger sous mon toit. Je suis désolé que vous deviez partir si vite ; ce sera aimable à vous de revenir…

Les formules de politesse étaient exprimées si machinalement que M. Endo aurait pu dire aussi bien : « Tâche de continuer, il y a des choses plus importantes à accomplir, de plus dangereuses aussi. » Yoshio sortit de la maison en s'inclinant. Il avait cessé d'agir, les choses arrivent d'elles-mêmes. Devant la maison attendait un petit Philippin en casquette et complet blancs avec une grande voiture privée. Yoshio monta, effaré. Il n'avait rien d'autre avec lui que son parapluie noir et il était humilié que son complet eût l'air fripé. Il s'était rasé avec le rasoir de M. Endo et sentait le savon au muguet. La route fut longue comme M. Endo l'avait dit. Elle le mena à travers des quartiers que Yoshio ne connaissait pas par un lacis de petites rues où il perdit complètement le sens de l'orientation. Mais le chauffeur semblait suivre des instructions particulières en évitant les rues importantes.

Une fois encore, pendant le voyage, Yoshio ressentit cet ébranlement silencieux et cette pression sourde contre le tympan qui provenaient sans doute de coups de canon lointains. Le Philippin se retourna et fit un geste vers le ciel, alors Yoshio entendit un vrombissement d'avions mais il ne pouvait les apercevoir dans le maigre coin de ciel qui s'étendait comme un couvercle au-dessus des rues étroites. Au bout d'un temps assez long, le fleuve se montra inopinément avec son grouillement de bateaux de toutes espèces et de toutes tailles. De grands bateaux de guerre gris gisaient immobiles dans l'eau bourbeuse comme des buffles au repos. De noirs cargos, des remorqueurs rouges, de petites vedettes blanches et rapides, et partout les jonques et les sampans qui se faufilaient avec affairement. Dans le ciel, des nuages sombres se réunissaient et leurs reflets avaient changé la couleur jaune du fleuve en un gris indistinct.

Le *Sourabaya* était un petit vapeur blanc avec une grosse cheminée. Sur le côté, on avait descendu un escalier abrupt sur les marches branlantes duquel grimpait une file grouillante de passagers. Sur les planches du quai d'embarquement étaient accroupis les coolies vêtus de bleu qui attendaient avec une patience indifférente d'être chargés et envoyés en Inde orientale. Chacun d'entre eux avait près de lui une couverture en laine neuve de couleur criarde, constituant une partie de son salaire. Quelques-uns trompaient l'attente en jouant avec des pièces de bronze trouées. Yoshio grimpa l'escalier derrière une vieille dame et fut reçu par un gigantesque steward hollandais. Ce dernier le transmit à un petit boy javanais qui avait un grand air de dignité sous son foulard de tête. Yoshio scruta rapidement le pont avant de se laisser conduire à sa cabine; il n'y avait pas trace de Jelena. La cabine était petite et deux lits avaient été mis côte à côte dans l'angle droit ou plutôt on les y avait fait entrer de force. Pourtant, une surprise attendait Yoshio : ses bagages au complet l'avaient précédé, placés sur la couverture décorée de motifs bleus et pimpante de propreté. Yoshio se mit activement en mesure de sortir ses affaires car il voulait se changer avant de rencontrer Jelena. Quelque part un haut-parleur diffusait la musique d'un phonographe, et dans le couloir des voix nombreuses s'entrecroisaient. Lorsque Yoshio ouvrit sa deuxième valise, les livres que Miss Anderson lui avait prêtés à l'arrivée lui tombèrent sous la main. Le sang lui afflua au visage, il sentit qu'il devenait rouge : au milieu de toutes ces fatigues, de tous ces échecs et des émotions des jours précédents, il avait oublié de rendre ses livres à Miss Anderson.

« Que va-t-elle penser de moi ? » se demanda-t-il, profondément consterné. Car son sentiment japonais de l'honneur était de nature si tendre et les lois non écrites du bushidô étaient si profondément ancrées dans sa poitrine, malgré son complet américain de toile blanche, qu'il se faisait l'impression d'être un voleur. Cette impression se mêlait aux innombrables humiliations que sa race dans son ensemble et individuellement endurait de la part des blancs. Elle se mêlait à l'admiration de ces mêmes blancs, de ces hommes barbares et fiers du monde occidental; et à l'ambition incessante et malheureuse d'arracher à ces gens l'estime et le respect, sinon la compréhension – cette ambition qui est le moteur de la plupart des actions japonaises. Yoshio Murata prit donc les livres qu'on lui avait prêtés et s'assura qu'il avait le temps d'aller au Shanghaï Hôtel et d'en revenir avant le départ du bateau. Un coup d'œil lui montra que le petit Philippin blanc était encore sur le quai où il se distrayait à regarder les coolies au milieu de leurs jeux et de leurs paris. Il considéra cela comme un signe que son entreprise était sensée et facile à réaliser.

Il refit donc le chemin par lequel il était venu, un peu plus vite et avec un peu plus d'impatience. Il revint dans la ville au-dessus de laquelle les avions chinois rôdaient comme des oiseaux noirs, il revint à Nanking Road où les premières bombes de la guerre qui se déclenchait étaient tombées. Il n'avait pas d'autre raison que celle de rendre à une jeune Américaine qui s'était montrée aimable envers lui quatre livres représentant une valeur totale de deux dollars et quatre-vingts cents…

~

– Et comment expliquez-vous que l'on ait trouvé sur vous le portefeuille, l'argent et les bagues de Russell ? interrogea Sir Kingsdale Smith en regardant le mur devant Kurt Planke.

– L'Honourable m'a remis en garde toutes ses affaires avant de s'endormir, répondit Kurt sur un ton dénué de toute solennité.

La conversation avait lieu dans une pièce du troisième étage qui avait été souvent utilisée pour les réunions des grands hommes d'affaires de Hong-Kong, Singapour et Saigon qui descendaient au Shanghaï Hôtel. Sir Kingsdale était arrivé rapidement, avait jeté un coup d'œil sur le cadavre de Bertie ; il avait eu une courte conversation avec les docteurs Hain et Bradley, puis avait parlé un peu plus longuement avec la veuve. Il s'était efforcé de se montrer serviable et plein de tact, et il portait un complet sombre de circonstance qui était beaucoup trop chaud. Plus il avait saisi la situation, moins il était parvenu à cacher son antipathie et sa mauvaise humeur. Il avait ordonné l'autopsie immédiate du cadavre et le transport grotesque du mort avait lieu tandis que les premières bombes chinoises tombaient sur la ville, que les canons de DCA des bateaux de guerre japonais aboyaient et que des centaines d'hommes trouvaient la mort. Sir Kingsdale Smith s'efforçait encore de tenir la police en dehors de cette affaire, mais la conversation prenait de plus en plus l'allure d'un interrogatoire. L'avocat avait amené avec lui deux de ses employés au cas où il aurait besoin d'eux. Lorsque les deux détectives de l'hôtel, des russes gigantesques, eurent introduit Kurt Planke, Sir Kingsdale envoya chercher les deux hommes qu'il avait laissés dans le hall où Mme Tissaud s'était chargée d'eux. L'un était un chef du protocole, anglais aux yeux glauques et à la peau rouge, l'autre un interprète eurasien parlant chinois et à l'air de très jeune Bouddha quelque peu corrompu. Ils s'étaient tous groupés autour de la longue table qui servait généralement à des réunions d'affaires ; à l'autre bout étaient assis Helen et Frank Taylor. Les deux Russes qui avaient amené Kurt Planke étaient partis chercher le coolie du riksha qui avait reconduit Russell. Les fenêtres étaient ouvertes, mais la rue était peu bruyante car depuis la chute d'une bombe d'avion, beaucoup plus bas dans Nanking Road, tous ceux qui le pouvaient restaient chez eux.

Le regard de Sir Kingsdale Smith quitta le mur et se dirigea sur le joli visage frivole de Kurt Planke.

– Je voudrais que vous me fassiez maintenant un rapport exact de tout ce qui s'est passé depuis minuit vingt, jeudi dernier, heure à laquelle vous avez quitté l'hôtel en compagnie de Mr Russell, jusqu'au moment où, ce matin, il est rentré pour mourir quelques minutes plus tard. Je vous recommande de dire strictement la vérité, je vous le recommande dans votre propre intérêt. Je ne vous cache pas que vous vous trouvez dans une situation fâcheuse, pour ne pas dire tout à fait compromettante.

– S'il m'était possible d'avoir une cigarette… dit Kurt, apparemment rien moins qu'impressionné.

Sir Kingsdale Smith connaissait suffisamment les effets de l'opium pour savoir d'où venaient l'indifférence et l'ironie rêveuse du témoin. L'interprète lui lança un regard interrogateur et tendit son lourd et inesthétique étui.

– Merci, dit Kurt en allumant une cigarette ; ainsi donc vous voulez savoir la vérité au sujet du défunt Russell ? Je vous la donnerai volontiers. Mais elle ne pourra servir à son épitaphe car c'était un véritable cochon. *De mortuis nil nisi bene, amen.*

Sir Kingsdale Smith ne se fâcha pas : la nonchalance avec laquelle Kurt Planke traitait l'affaire l'amusait un peu. Pourtant il était persuadé que le jeune Allemand avait sinon tué, du moins drogué le défunt et l'avait volé. Il était passablement fier de sa faculté de percer à jour les choses embrouillées. Il avait tout de suite remarqué, ce qui n'était même pas venu à l'esprit de la femme de Russell, que le mort avait été totalement dépouillé car il était impossible de trouver sur lui son portefeuille et les deux bagues dont il ne se séparait jamais. Le portier interrogé sur le retour de Russell indiqua que ce monsieur et le pianiste étaient arrivés dans deux rikshas et que le pianiste avait aidé Russell à franchir la porte à tambour et à traverser le hall comme s'il avait transporté un homme ivre en s'efforçant de ne pas se faire remarquer. Ayant obtenu ce renseignement, Sir Kingsdale Smith avait envoyé les deux détectives de l'hôtel à la chambre de Planke où ceux-ci l'avaient trouvé dormant profondément. Mais sous son oreiller se trouvaient les objets manquant sur le cadavre. Sir Kingsdale Smith aperçut une ligne droite et la suivit. Kurt pour sa part prit le tout pour une bonne plaisanterie et se comporta en conséquence.

– Donc, jeudi soir, le bar était si languissant que nous avons fermé à minuit, se mit-il à raconter ; l'Honourable m'avait importuné toute la soirée pour que je parte avec lui. Il se trouvait par hasard que j'étais d'humeur à le faire. Nous prîmes deux rikshas et nous dirigeâmes vers l'hôtel *Chrysanthème*. Je ne peux dire exactement combien de temps nous y sommes restés.

– Quelles sortes d'attractions avez-vous trouvées à l'hôtel *Chrysanthème* ? demanda Sir Kingsdale.

– Vous savez cela aussi bien que tout autre à Shanghaï, répondit Kurt d'un ton irrité, des jeunes filles qui vous préparent des pipes.

Le chef du protocole écrivait, l'interprète dont on n'avait pas encore eu besoin souriait. Sir Kingsdale battit deux ou trois fois des cils. Il haïssait les endroits vulgaires où des gens fumaient l'opium pour s'enivrer, pour s'imaginer qu'ils étaient supérieurs à ce qu'ils étaient en réalité. Lui-même fumait l'opium et l'aimait comme le moyen le plus noble de rendre l'esprit clair, de se délivrer des liens de la vie physique et de libérer sous forme de force sublime les peines et les angoisses qui sommeillent au fond de chaque âme. Il fumait depuis vingt ans, mais jamais plus de deux pipes le matin et deux le soir. Il était fier des victoires qu'il avait conquises sur lui-même en ne se laissant pas aller, en dominant sa faim de grande fumée, en attendant que le moment soit venu et en cessant de fumer avant d'être enivré juste au moment où il atteignait la première sensation de légèreté. Il n'avait aucune espèce de sympathie pour les gens qui allaient à l'hôtel *Chrysanthème* et prostituaient l'opium.

Sir Kingsdale Smith avait été auparavant affecté à la légation britannique de Pékin. Les Européens de Pékin sont très différents des Européens de Shanghaï. Shanghaï est le lieu de rassemblement de tous ceux qui veulent gagner de l'argent. A Pékin vivent ceux qui aiment la Chine et qui se sont laissé séduire par l'enchantement passif de ce pays. Sir Kingsdale Smith lisait et écrivait le « Manda » classique en Chinois, il avait même commencé à traduire les œuvres du grand Tou Fou, mais il avait besoin d'un interprète pour parler avec un coolie. Il était devenu dans son allure et sa mentalité quelque peu chinois, comme le deviennent beaucoup d'étrangers vivant à Pékin. Sa peau dessinait étroitement les os de son visage, ses doigts étaient longs, effilés et leurs phalanges étaient nettement marquées. Ses yeux même se bridaient un peu lorsqu'il se concentrait. Des citations de Lao Tseu se glissaient fréquemment dans sa conversation. Il en était de lui comme de la plupart des gens de son espèce : il perdait son identité d'Européen sans parvenir à être chinois. Après 1937, lorsque les gouvernements démocratiques eurent décidé d'appuyer Tchang Kaï-Chek contre le danger japonais, l'influence russe et la propagation du communisme en Chine, commença pour la politique des puissances étrangères une ère nouvelle. Auparavant, on avait traité la Chine sans ménagements, comme une colonie. Maintenant, on cherchait des fonctionnaires qui comprennent un peu ce pays et sa psychologie étrange, et qui fussent aimés des Chinois. Ainsi, il advint que Sir Kingsdale Smith, alors retiré dans un ancien temple des Collines occidentales où il se reposait, fut nommé avocat de la Couronne à Shanghaï. Sa nomination fut un geste pour se rapprocher des Chinois qui haïssaient son prédécesseur, mais respectaient Sir Kingsdale Smith. Il avait peu de travail.

Il était dix heures passées; c'était le moment où Kingsdale avait l'habitude de fumer ses deux pipes et il se départait de son calme et de sa patience. Il devenait de plus en plus nerveux au fur et à mesure que l'enquête traînait en longueur. Kurt Planke, sur qui les derniers effets calmants de l'opium commençaient à s'estomper, était dans le même état que lui.

– Comment se fait-il que vous soyez allé tout droit à l'hôtel *Chrysanthème*? demanda Sir Kingsdale d'un ton plein de reproches.

– C'est par hasard que j'y ai été introduit, dit Kurt. Vous savez qu'on doit y être introduit. J'ai eu quelques temps des relations avec l'une des petites Japonaises. Auparavant, j'avais remis à l'Honourable une lettre adressée à ces femmes, mais elles n'ont pas voulu le laisser entrer sans moi. C'est pourquoi il s'était accroché à moi comme un liseron. Lorsque j'avais fini mon travail au bar, il ne me laissait pas rentrer chez moi. Il m'entraînait dans toutes les boîtes possible et buvait comme un insensé. L'Honourable n'était pas très agréable quand il était ivre, dit Kurt en se tournant vers Helen comme s'il guettait son approbation.

Helen ne remarqua pas son regard ; du reste, elle n'écoutait pas ce qui se passait à l'autre extrémité de la table. Ses yeux étaient fascinés par les mains de Frank qui venait d'allumer une cigarette et éteignait l'allumette dans le cendrier, un cendrier déjà plein de mégots. Quelques-uns portaient la trace de son propre rouge à lèvres. Elle ressentait le meurtre qu'elle avait commis, non pas dans son esprit, non pas dans sa conscience, mais uniquement comme un souvenir physique désagréable peu différent du sentiment qui lui était resté le jour où elle avait écrasé un chien. De temps à autre, elle sentait un frisson parcourir son dos à ce souvenir, c'était tout. En même temps elle avait le souci de retenir le rire triomphant et hystérique qui cherchait sans arrêt à se frayer un chemin dans sa gorge, tandis que Sir Kingsdale Smith poursuivait avec entêtement sa piste stupide. « Tu m'appartiens, pensait-elle, le regard fixé sur les mains de Frank. Je t'ai tiré du plus profond de l'enfer et je ne te rendrai plus. Maintenant, tu m'appartiens. » Les pensées de Frank Taylor étaient de tout autre espèce ; il fumait toujours plus vite, jetait des cigarettes à demi consumées pour en allumer d'autres l'instant d'après.

La porte s'ouvrit et le Dr Hain entra. Sir Kingsdale Smith lui jeta un regard interrogateur tandis qu'il s'asseyait sans bruit.

– Je viens de téléphoner au Dr Bradley, dit le Dr Hain.

– Nous y viendrons plus tard, répondit Sir Kingsdale Smith en dirigeant de nouveau son regard sur Kurt Planke.

– Mr Russell était-il un fumeur d'opium ? demanda-t-il.

– Non, c'est seulement ici qu'il s'y est mis, mais je dois dire que l'opium lui a mieux réussi que l'alcool, rétorqua Kurt. L'opium a tiré au jour le peu d'intelligence qu'il avait en lui.

– Voulez-vous dire qu'il a fumé pour la première fois dans la nuit de jeudi à vendredi ?

– Non, cela aussi est inexact. L'Honourable avait, déjà auparavant, été roulé par une crapule quelconque qui lui avait vendu dix dollars un cornet piteux de déchets d'opium, positivement ridicule. Il est venu avec cela il y a quelques jours au bar ; il n'avait pas de lampe, pas de pipe, pas d'aiguille, je crois qu'il ne savait pas du tout comment on fait. Il me fit réellement peine et je l'emmenai après la fermeture du bar chez quelques filles de Chapeï, qui ne possèdent pas elles-mêmes d'opium, mais s'y connaissent dans l'art de préparer une pipe. C'était... attendez un peu... lundi dernier.

– Avez-vous fumé aussi à cette occasion ?

– Non, Sir, je regrette. Je me suis juste donné le plaisir de regarder l'Honourable.

– Pas très vraisemblable, Mr Planke.

– Sans doute connaissez-vous le proverbe chinois qui dit : Pour te déshabituer de l'opium, tu n'as qu'à regarder un fumeur quand tu es toi-même dans tout ton bon sens, répliqua Kurt.

C'était là de l'ironie pure et simple.

– Prétendez-vous affirmer que vous cherchiez de cette façon à vous déshabituer de l'opium ? demanda Sir Kingsdale Smith avec mauvaise humeur.

– Certainement. j'ai fait quelques efforts modestes et sans grand succès en ce sens, fit Kurt en souriant.

Le Dr Hain se remuait sur sa chaise avec inquiétude. Le fait qu'il vivait toujours était quelque chose d'extrêmement précaire. « Il faut encore que j'opère ce banquier Chang », avait-il pensé le matin. Le banquier Chang ne fut pas opéré. « Il faudra encore que j'attende le résultat de l'autopsie, se dit-il plus tard. Il faut que je reste là et que j'aide Kurt à sortir de cette situation », pensait-il maintenant. Kurt lui souriait et c'était presque un sourire d'encouragement.

– Nous étions là quand vous avez emmené jeudi soir Mr Russell à l'hôtel *Chrysanthème*. Savez-vous alors combien d'argent il avait sur lui ? questionna Sir Kingsdale Smith avec sévérité.

– Je désirerais dès maintenant faire raison d'une erreur psychologique, dit Kurt. L'argent ne m'intéresse pas. Je ne sais qu'en faire.

– Non ? N'a-t-on pas raconté à Shanghaï que vous vous êtes à l'occasion laissé payer par des femmes pour... des services... qui... comment m'exprimerai-je ?...

– Si vous voulez dire que j'ai fait le gigolo, Sir, il faut que je vous fasse un aveu qui peut sembler étrange. J'ai aimé toutes les femmes avec lesquelles j'ai couché, j'aurais beaucoup mieux aimé leur offrir des brillants qu'accepter d'elles ne fût-ce qu'une cravate, dit Kurt en portant involontairement la main vers sa cravate à pois, dernier cadeau de Meilan.

– Donc, à l'hôtel *Chrysanthème*, vous et Russell avez fumé l'opium, dit Sir Kingsdale Smith sans chercher à poursuivre plus avant cette explication. Combien de pipes ? Combien de temps êtes-vous restés là-bas ? Y avez-vous dormi ?

– Je n'ai pas fumé, je me suis contenté de regarder et d'écouter l'Honourable. Il parlait à cœur ouvert quand il fumait. Il se plaignait amèrement ; il avait peur de sa femme.

– Peur ? Comment ça ?

Helen avança le haut du corps pour attirer l'attention sur elle.

– Ce n'est malheureusement plus un mystère que mon mari avait un caractère rongé, infâme. Il souffrait de crises, une sorte de folie de la persécution. Les médecins m'avaient expliqué que de telles crises constituaient le prélude du délirium tremens, ajouta-t-elle en s'appuyant de nouveau au dossier de sa chaise.

Elle jeta un regard rapide à Frank, mais ne parvint pas à rencontrer ses yeux. Sir Kingsdale Smith soupira profondément. Il aurait préféré une veuve en pleurs et inconsolable. « Ça ne va pas être facile de blanchir ce Russell, pensa-t-il. Même la mort ne le rend pas propre. »

– Vous ne visiez pas le portefeuille de Mr Russell. Vous ne vouliez pas d'opium. Vous ne trouviez même pas le défunt sympathique. Pouvez-vous m'expliquer pourquoi vous avez passé chaque nuit de cette semaine en sa compagnie ? reprit-il à l'adresse de Kurt avec rudesse.

Kurt le regarda pensivement et le considéra comme un objet amusant. Sir Kingsdale Smith commençait à se sentir mal à l'aise. Son cœur avait eu à souffrir de son long séjour en Chine. Quand il ne fumait pas ses deux pipes à temps, il avait des palpitations, son cœur battait faiblement et arythmiquement, il éprouvait de l'angoisse.

– Laissez-moi réfléchir dit Kurt sans façon, vous touchez là un point. Attendez, dit-il, je crois que je sais. L'Honourable appartenait à une classe que j'ai toujours haïe et... oui, haïe... et méprisée, que j'ai toujours trouvée ridicule. A la bonne société, il appartenait à la bonne société et pourtant il est tombé plus bas que rien. Cela me fait du bien. Oui, je suis aussi tombé plus bas que rien moi-même. Vous l'avez indiqué vous-même il y a quelques instants par vos allusions désagréables à ma conduite envers les femmes. Je suis tombé plus bas que rien, Sir Kingsdale Smith, parce que j'ai eu affaire à des circonstances délicates pour lesquelles je n'étais pas à la hauteur. Pour m'exprimer autrement : j'ai eu affaire à des circonstances que seul un Juif peut supporter sans que ce soit sa perte. Les Juifs sont florissants quand il sont exilés et persécutés. Nous autres, nous tombons plus bas que rien. Thomas Mann dit quelque part que les circonstances difficiles sont les circonstances favorables, ou quelque chose de semblable, mais il dit aussi qu'il n'y a rien de moins hygiénique que l'existence. C'est pourquoi…

– Qui est Thomas Mann ? s'enquit Sir Kingsdale Smith.

– Vous ne devez pas avoir entendu parler de lui, Sir, dit Kurt vaguement, c'est un poète, prix Nobel, le plus grand des Allemands. Il ne joue réellement aucun rôle. Ce que je voulais dire est ceci : l'Honourable a grandi au milieu de circonstances favorables, argent, famille, un pays riche, sûr et libre, tout. Pourtant, il est devenu lui aussi moins que rien – et cela nous fait plaisir à nous autres, cela, c'est d'un grand attrait et d'un grand prix pour nous autres. J'ai eu plaisir à regarder hier l'Honourable se transformer en cochon, bien que l'eau ne lui soit pas arrivée au niveau de la bouche, comme à moi. Je ne sais si vous allez me comprendre, Sir. C'était quelque chose de commun entre ce Russell et moi et je vous prie de m'excuser d'employer un grand mot pour déterminer cela : autoanéantissement. C'était bien cela : autoanéantissement. Cela m'a réjoui l'âme de regarder le gaillard se mettre dans cet état-là. Autoanéantissement.

Sir Kingsdale fit une grimace comme s'il avait un mauvais goût dans la bouche.

– Revenons-en aux faits et laissons la psychologie de côté, grogna-t-il, vous avez été à l'hôtel *Chrysanthème* et vous y êtes restés…

– Pas longtemps ; en tout cas pas assez longtemps pour l'Honourable – il n'avait fumé que cinq pipes environ, que cinq pipes, dis-je, parce qu'il fallait longtemps avant qu'un effet quelconque se manifestât. Immunisé, comprenez-vous : je crois que les buveurs cèdent difficilement à la narcose… n'est-ce pas ? fit-il en jetant un coup d'œil au Dr Hain.

Le docteur eut un signe d'assentiment hâtif.

– Cinq pipes, ce n'est absolument rien pour notre Honourable. Juste assez pour le réveiller. C'est alors que quelque chose est survenu, la police sans doute. La police voulait peut-être « sonner » les Japonais auxquels appartient l'hôtel. Quoi qu'il en soit, les filles nous jetèrent dehors par une porte dérobée et nous nous retrouvâmes dans la rue à deux heures du matin, moi avec tout mon bon sens, et l'Honourable criant pour avoir davantage d'opium. Aucune possibilité de le faire rentrer chez lui et de le coucher dans son petit lit. Après la cinquième pipe, il avait encore plus peur de sa femme qu'après la seconde. Alors…

– Eh bien ? demanda Sir Kingsdale devenu curieux lui-même des autres événements de la nuit.

Mais avant que Kurt eût recommencé à parler, la porte s'ouvrit et les deux Russes amenèrent un coolie qu'ils tenaient sous les coudes.

C'était Yen, dans un vêtement relativement propre : une tunique blanche ouverte, un pantalon à plis et le chapeau européen sur la tête car il n'avait pu s'en séparer, même lorsque les heures étincelantes où il s'était trouvé en compagnie de son fils furent passées et qu'il eut revendu la tunique de soie.

– Attendez, dit Sir Kingsdale Smith en étendant son index effilé.

Yen resta debout appuyé au mur près de la porte, comme prêt à être exécuté.

– Vous savez, Sir, que l'hôtel *Chrysanthème* se trouve tout près de Nanking Road ? Oui, tout près de Nanking Road. Comme il n'y avait plus rien par là, nous nous sommes dirigés vers North Szechuan Road puis vers Foochow Road, puis dans tous les autres recoins sales de la ville. Mais on avait dû nous jeter un sort : tous les endroits que je connaissais étaient fermés, les volets mis et pas de lumière à l'intérieur. Tout le monde avait peur des Japonais, vous comprenez. A la fin j'ai dit au coolie de nous mener chez Kwe Kuei, vous savez, c'est l'endroit le plus misérable, le plus sale, le plus bas de tout le Grand Shanghaï. Là, il faut se coucher sur les nattes en compagnie de coolies et il n'y a pas de différence entre vous et eux ; tout au plus une différence de prix, les blancs payant plus cher. J'ai dit cela à l'Honourable, je n'ai pas fait mystère de l'endroit. Mais l'Honourable était littéralement déchaîné au sujet de l'opium. Il lui en fallait davantage, cette nuit-là précisément, il ne pouvait pas attendre. Quant à moi... Naturellement, cela m'amusait de conduire l'Honourable vêtu de son joli complet de soirée au milieu de la boue, je trouvais cela une plaisanterie splendide. S'il voulait descendre toujours plus bas, je n'étais pas homme à l'en empêcher. Et c'est ainsi que nous nous sommes rendus chez Kwe Kuei. Kwe Kuei était fermé, lui aussi, mais le coolie semble y être *persona grata*. Grâce à lui nous fûmes acceptés. Là, l'Honourable s'est rempli d'opium à loisir. Avant de s'endormir, il me remit son argent et ses bijoux en garde ; vraisemblablement, la société ne lui semblait pas absolument digne de confiance. Mais c'était évidemment une erreur : les coolies là-bas sont bons comme l'or.

– Avez-vous des témoins qui aient vu Mr Russell vous remettre ses affaires ? demanda Kingsdale attaquant avec impétuosité.

Kurt haussa les épaules.

– Je ne sais pas si le coolie avait encore les idées assez nettes pour remarquer cela, répondit-il.

Pourtant, il s'avéra que Yen savait très bien à quoi s'en tenir ainsi que l'attesta la réponse qu'il fit à l'interprète.

– Le coolie corrobore ces indications, annonça l'interprète. Il dit « Le Grand Seigneur a remis au petit et bienveillant Seigneur Ku son portefeuille et ses bagues. Le petit et bienveillant Seigneur Ku a ri et les a empochés sans y faire attention, tout comme si c'étaient des cailloux. »

Sir Kingsdale Smith contempla avec un frisson le gouffre dans lequel sa soif d'opium avait jeté le défunt Russell. Il l'imagina fumant en compagnie d'un tireur de riksha, fumant lui-même. Sir Kingsdale connaissait les réunions élégantes où la pipe passait de bouche en bouche et cette fraternité lui répugnait déjà. Il ne pouvait se représenter exactement les grabats dans l'antre de Kwe Kuei.

– Continuez, dit-il en portant involontairement la main à son cœur qui lui faisait des difficultés.

– Ensuite, il advint que je finis moi-même par m'endormir, car il y avait longtemps que je n'avais pas fumé et ma tête s'alourdissait rapidement. Lorsque je m'éveillai, ou plus exactement lorsque le coolie et Kuei me réveillèrent, l'Honourable dormait encore comme une souche. Les Chinois me donnèrent toute une série d'explications que je ne compris pas. Je demandai au coolie : Franz, qu'est-ce que tout cela signifie – je les appelle tous Franz, c'est simplement une habitude idiote, Sir –, mais le gaillard avait oublié ses rudiments de pidgin tant il était ému. Le fait était que Kwe Kuei nous avait bien laissés entrer mais qu'il était impossible de sortir de ce lieu puant. Tout était barricadé, et dehors, dans la rue, les troupes chinoises avaient commencé à empiler des sacs de sable, à fixer des fils de fer barbelés et à faire toutes sortes d'autres préparatifs belliqueux. Je pus m'en rendre compte à travers une fente du volet. Kuei et les coolies renversèrent tous les grabats en jetant tout simplement les gens par terre et barricadèrent les fenêtres. Seul, l'Honourable ne remarqua rien de ce remue-ménage et continua de dormir comme un bienheureux. C'était une fameuse cochonnerie que celle où nous nous étions mis : prisonniers d'une fumerie d'opium. La fenêtre donnait sur des toits bas, car nous étions dans l'arrière-bâtiment. Au dehors, on entendait des cliquetis d'assiettes métalliques ou des objets, quels qu'ils fussent, avec lesquels les soldats se trimbalaient et l'on en entendait un qui chantait sans arrêt avec une voix qui lui sortait du nez. Cette chose qu'ils chantent ici et qui vous rend si mélancolique que vous avez envie de hurler comme un chien qui écoute un violoniste. Finalement, l'Honourable se réveilla et je lui racontai ce qui se passait. Il était étonnamment docile et doux. Il trouva cela comique, il était tellement plein d'opium qu'il trouva cela comique ! Il réclama à manger, Kuei nous donna du riz bouilli qui sentait la crotte de rat ou du moins qui avait un goût tel que j'imagine celui de la crotte de rat…

– Ce riz a-t-il pu être empoisonné ? fit Sir Kingsdale Smith, qui poursuivait son interrogatoire.

– Comment cela, empoisonné ? s'étonna Kurt dont le compte rendu tournait de plus en plus au monologue ; ah, vous pensez… parce que l'Honourable… ? Non, je ne crois pas. Je tiens Kwe Kuei pour un homme d'honneur à sa manière. D'autre part, j'ai mangé le même riz que l'Honourable sans passer l'arme à gauche. Vous voulez dire que Kuei voulait nous empoisonner, nous voler et nous jeter aux ordures ? Curieux… une telle idée ne me serait jamais venue ! Non, à coup sûr, je ne crois pas que le riz était empoisonné. C'est un goût, c'est un simple goût qu'il avait comme ça.

Sir Kingsdale Smith hocha la tête. Si Kurt Planke était coupable de la mort de ce malheureux Russell, il ne faisait pas grand-chose pour prouver son innocence.

– Bien, et ensuite ? dit-il en tapotant la table avec son long index effilé comme celui d'un Chinois.

– Dans la soirée, l'Honourable se montra intenable, continua Kurt ; il fit un tapage jusqu'à ce que Kuei lui donne une nouvelle pipe. Il se mit à fumer comme un fou, je dois le dire. Je me remis aussi à fumer. C'était une sottise, une folie, je le reconnais. Mais en fin de compte, la pipe était le seul plaisir qui me restât. Nous avions passé une journée très peu agréable. Je ne sais ce que Kwe Kuei nous donna à fumer, c'était noir comme du cirage à bottes et le goût en était détestable. Au lieu de nous mettre dans un état de béatitude somnolente, cela nous surexcita. L'Honourable, en tout cas, en fut littéralement exaspéré. Il devint très désagréable, en particulier lorsque Kuei lui dit qu'il n'en avait plus à la maison. Très désagréable, encore plus désagréable que ne le rend l'alcool. Je réfléchis à la situation et je me dis : nous ne pouvons attendre éternellement dans cette boutique pour savoir si la guerre affecte Shanghaï ou non. Je sortis cent dollars du portefeuille que l'Honourable m'avait remis et les montrai à Kwe Kuei. Il en eut presque une attaque. Je ne sais comment les cent dollars furent partagés, toujours est-il que le lendemain matin il nous fit sortir. Nous eûmes quelques difficultés lorsque, quittant la ville chinoise de Chapeï, nous voulûmes franchir les postes de garde de l'*International Settlement*, mais nous en vînmes à bout. Alors, j'ai conduit l'Honourable jusqu'à sa porte, car il était faible sur ses jambes. C'était ce matin, seulement, seulement ce matin… répéta Kurt profondément stupéfait.

– Ensuite… dit Kingsdale avec impatience.

– Ensuite ? j'étais réellement fatigué. Je me suis jeté sur mon lit et endormi. Si les deux envoyés charmants que vous m'avez adressés ne m'avaient pas réveillé, je dormirais vraisemblablement encore.

– Comment se fait-il que vous ayez su déjà en vous réveillant que Mr Russell était mort ? demanda Sir Kingsdale Smith, fonçant toujours sur sa proie comme un faucon sur un oiseau.

– Oui, comment cela ? fit Kurt en réponse, en le regardant avec des yeux ronds.

Le Dr Hain, à l'autre bout de la table, se leva et dit :

– Je me suis rendu dans la chambre de Kurt et je lui en ai parlé. Il a dû se rendormir et oublier ce que je lui avais raconté.

– J'ai une question à vous poser, dit Sir Kingsdale Smith, n'avez-vous pas, par hasard, étranglé quelque peu Mr Russell tandis que vous vous trouviez seul avec lui dans le corridor de l'hôtel et ne lui avez-vous pas pris son portefeuille en profitant de la perte de connaissance entraînée par la strangulation ?

– Non ! s'exclama Kurt en riant franchement de la supposition.

De nouveau, le Dr Hain voulut prendre la parole.

– On n'a relevé aucune trace de strangulation sur le cou du cadavre, annonça-t-il.

Frank Taylor eut un frisson lorsqu'il entendit nommer cadavre le défunt Russell. Comme si cette expression rendait tout définitif.

– Vous savez qu'il est contraire aux lois de fumer de l'opium et que ce délit est sévèrement puni, précisa Sir Kingsdale Smith.

Kurt estima qu'il était inutile de répondre.

– Pourquoi avez-vous donc fumé, et cela dans des circonstances particulièrement indignes ? poursuivit Sir Kingsdale Smith.

Il ne jouait pas les innocents, il ne voyait réellement aucun rapport entre son opium et l'opium des autres.

– Je n'ai pas besoin de vous expliquer cela, Sir, répondit cependant Kurt. – il inclina la tête sur sa poitrine pour réfléchir : Vous ne comprendrez vraisemblablement pas, ajouta-t-il, c'était en fait à cause de la musique.

– A cause de la musique ? répéta sottement Kingsdale.

Le Dr Hain s'inclina en avant comme si on l'avait appelé.

– Oui, à cause de la musique, reprit Kurt en hochant la tête ; lorsque vous avez suffisamment fumé, juste avant de vous endormir, il se fait de la musique, une musique comme on n'en a encore jamais écrit. Une musique si pure, si spécifiquement musicale, cela a peut-être l'air risible, mais j'ai toujours pensé : si seulement, je pouvais retenir cette musique et l'écrire, alors… C'est que je suis un musicien, ajouta-t-il hâtivement. Ç'aurait été une justification, n'est-ce pas ? que je sois devenu un grand compositeur… dit-il encore en jetant un regard fugitif dans la direction du docteur. Enfin, bon, c'est vraisemblablement le malheur de cette ivresse : on croit en soi.

Sir Kingsdale Smith s'était abstrait dans une méditation silencieuse.

– Interrogeons maintenant le coolie, fit-il enfin.

– Avance, coolie, dit l'interprète qui prononça le mot *coolie* comme une injure.

Yen quitta le mur et fit un pas en avant.

– Puis-je avoir une cigarette ? demanda Kurt.

Et lorsqu'il l'eut obtenue, il avala violemment la fumée. Yen se tenait, là, debout, les mains pendantes, la bouche ouverte ; sa poitrine ravagée se montrait sous la veste ouverte ses dents sur leurs mâchoires proéminentes de Mongol avaient l'air nues et il sentait la bête affolée, car sa peau se couvrait sans cesse de la sueur froide de la peur. Il avait déjà appris par les boys de l'hôtel que son client du matin était mort. Bien qu'il n'établît pas de rapport entre son arrestation et cette mort, une chose l'avait profondément effrayé – à savoir la présence du vieux docteur qui lui avait administré, quelques jours auparavant, l'injection bienfaisante. La peau de ses pommettes brillait de maigreur et il s'efforçait instamment de ne pas tousser, de ne pas cracher et de comprendre les interrogations de l'interprète. La seule chose qui lui donnât une certaine contenance était la conscience de son riche couvre-chef. Il accompagnait chaque « oui » et chaque « non » d'une petite inclination, ces deux mots étaient ses seules réponses.

Ses réponses corroborèrent la narration que Kurt Planke venait de terminer. Et lorsqu'on lui demanda s'il avait aussi fumé l'opium, il se troubla et se mit à mentir.

Connaissait-il le monsieur qui venait de parler ?

– Oui, dit Yen.

Avait-il conduit ce monsieur en compagnie d'un autre dans la nuit de jeudi à vendredi ?

– Oui, dit Yen, lui et un de ses amis.

Avait-il emmené ces deux messieurs à la fumerie d'opium d'un certain Kwe Kuei à Chapeï, était-il resté là-bas avec eux jusqu'à ce matin ?

– Oui.

Le jeune monsieur avait-il déjà été avec lui chez Kwe Kuei ?

– Oui.

– Lui-même, Yen, y avait-il fumé l'opium ?

– Non.

Sûrement non ?

– Non.

Non, sur la foi du serment ?

– Non.

Le visage de Yen ne trahissait rien, mais Sir Kingsdale Smith pouvait reconnaître à sa pomme d'Adam qui montait et descendait dans sa gorge amaigrie qu'il mentait.

– Dites-lui que nous savons qu'il fume l'opium : il est inscrit comme fumeur d'opium au service de la lutte contre les stupéfiants, ordonna-t-il à l'interprète.

Yen sentit bien à ces mots que quelque chose en lui se brisait, mais son visage resta impassible. Il jeta au docteur un regard en coin, car il était persuadé que c'était ce dernier qui l'avait barré au tribunal et qui allait être cause de son inévitable exécution. Il ne lui vint pas à l'esprit que les blancs connaissaient des sentiments comme par exemple la compassion et l'exerçaient.

– Demandez-lui pourquoi il emmène les étrangers chez Kwe Kuei, continua Sir Kingsdale Smith.

Sur toute l'affaire stagnait un nuage de fumée d'opium qui voilait tous les faits, et Sir Kingsdale Smith lui-même sentait grandir en lui la soif du calme que donne la pipe.

– A cause du *komsha*, répondit l'interprète, vingt cents par étranger amené.

– A-t-il fumé à la même pipe que Russell ? Sait-il ce que Kuei leur a vendu ? Je voudrais déterminer si c'est un toxique quelconque, s'impatienta Kingsdale.

Kurt se permit de l'interrompre.

– Il peut facilement arriver qu'un blanc crève de quelque chose qu'un Chinois supporte sans inconvénient, dit-il sans ambages.

L'interprète rapporta :

– Kuei a gratté les résidus des pipes de la veille et les a fait chauffer avec un peu d'opium frais. C'est la chose la plus infâme qui soit et c'est beaucoup plus fort que l'opium ordinaire, ajouta-t-il de son propre chef.

Sir Kingsdale Smith se tourna vers le Dr Hain.

– Est-il possible que Mr Russell en soit mort ?

Le docteur Hain réfléchit avant de donner sa réponse.

– Théoriquement, il serait possible qu'il soit mort de n'importe quoi, ne serait-ce que d'un verre de whisky.

– Mrs Russell, dit Sir Kingsdale Smith, en essayant de la ménager par le ton de sa voix, aviez-vous l'impression que votre mari était gravement malade, disons même mourant, lorsqu'il rentra ce matin ?

– Je ne m'entends pas à ces choses, répondit sèchement Helen. Il était très excité et sa démarche était incertaine : il titubait. J'ai pensé qu'il était ivre ; mais il était peut-être malade.

Frank s'agitait, mal à l'aise. Il voulut se lever et parler. Mais Helen le retint de la main sous la table et l'obligea à rester assis. Elle le fit d'une pression dure en le maintenant comme elle aurait fait d'un cheval qui s'emballe. Il faisait très chaud dans la pièce, mais la main d'Helen était glacée et Frank en sentit le froid à travers son complet : il éprouva une compassion très fugitive pour cette main froide. Lorsqu'il leva les yeux, son regard surprit une expression stupéfaite de Sir Kingsdale Smith. Helen, après avoir répondu, sortit une cigarette de l'étui posé devant elle et Frank frotta machinalement une allumette pour elle. Tandis qu'il approchait la flamme de la cigarette d'Helen, celle-ci s'efforça de lui sourire. Elle était devenue une femme incompréhensiblement étrangère. Elle parlait comme une Russe, avec des consonnes dures et des voyelles légèrement assourdies. Elle avait l'air d'une Russe avec ses cheveux roux et rebelles et sa grande bouche sauvage. Jelena Trubova croyait se dominer, elle était fière d'elle-même, elle ne savait pas qu'elle se dissolvait déjà aux yeux de tous.

– Vous vouliez dire quelque chose, Mr Taylor ? lança Sir Kingsdale Smith après un silence.

– J'étais là lorsque Bertie est rentré, et je suis persuadé qu'il était en parfaite santé, dit Frank rapidement.

– Vous êtes américain, n'est-ce pas ? fit Kingsdale avec indulgence.

– Je suis américain, en effet, je crois que j'ai…

Soudain Yen se mit à parler, Yen le coolie, là-bas au fond contre le mur, le coolie dont personne ne s'occupait. Durant les dernières phrases, ses regards étaient allés de l'un à l'autre et il s'était de plus en plus persuadé qu'il en allait maintenant de sa tête, de rien d'autre que de sa tête. Son cœur se rapetissa et chercha à sortir de sa poitrine.

On pouvait le voir battre contre les maigres côtes. Comme il en allait de sa vie, il ouvrit la bouche et se mit à parler.

– Qui veut d'un coolie aux pieds lents ? dit-il, qui veut du faible coolie aux pieds lents ? Vite ! crient les messieurs, vite, vite, coolie, cours à droite, cours à gauche et ils te donnent des coups de pied dans le derrière dès que tu essaies de reprendre ton souffle. Qui veut donner de l'argent au pauvre coolie trop lent pour gagner de l'argent ? Qui donnera au coolie des pieds rapides, qui lui donnera du souffle ? Il est injuste de punir celui qui mange la grande fumée car la fumée est le seul ami du coolie. Elle remplit le ventre vide et donne de l'agilité aux pieds fatigués, elle calme les douleurs dans la poitrine, elle donne des rêves à celui dont la vie est une peine. Sans la grande fumée, le coolie meurt, mais s'il mange de la grande fumée, on lui tranche la tête. Le sort du coolie est injuste. Reviens au pays, reviens dans ta famille, dit le fils. Amères sont les larmes de l'exil, dit le conteur d'histoires sur le marché. Je veux rentrer avec mon fils, mais j'ai des dettes ; il faut que j'y pense sans cesse, il faut que je gagne beaucoup d'argent, il faut que je gagne huit dollars pour payer mes dettes. Alors, je pourrai rentrer avec mon fils dans ma patrie. Ne pas traîner un riksha pendant une semaine, et ne pas fumer, cela pourrit les os et suce le souffle. Comment pourrais-je gagner de l'argent si je suis affaibli à ce point ? Comment pourrais-je revoir mon fils ? Est-ce un péché lorsque le coolie fume pour rassembler des forces en vue de son travail et pour ainsi payer ses dettes ? Kwe Kuei me donne vingt cents pour chaque diable étranger que je lui amène. Amène-moi beaucoup de clients, ils paient tes dettes, dit Kuei. Je te fais cadeau de la fumée, dit Kuei, pour que tu saches que je suis ton ami, car je me rends compte que tu tombes de faiblesse. Est-ce un péché de prendre un médicament quand le corps est malade ? La grande fumée est la médecine du pauvre. Je ne suis pas né coolie, dit Yen – et il était si épuisé que les larmes lui montèrent aux yeux et coulèrent sur ses joues –, je ne suis pas né coolie. J'appartiens à l'honorable famille Lung et mon grand-père était maire de son village, c'était un homme honoré, un homme de qualité. Et voilà que je veux rentrer au pays et oublier les étrangers comme un mauvais rêve. Depuis que j'ai vu mon fils, il ne m'est pas resté d'autre souhait que celui du retour. Bientôt, pensé-je sans arrêt, bientôt, mes dettes seront payées et j'aurai acquis ma liberté et je rentrerai dans mon village. Là-bas, je n'aurai pas besoin de fumée, là-bas tout est bon et personne ne crie : Vite, coolie ! vite ! Mais je ne rentrerai pas. Maintenant, on va me couper la tête. En quoi ma tête importe-t-elle au vieux médecin étranger ? Pourquoi livre-t-il ma tête ? Sera-t-il payé pour cela ? Sera-t-il payé pour ma tête ? Combien ? cria Yen en s'approchant du Dr Hain et en levant ses deux poings. Les têtes des étrangers pourraient aussi être tranchées, cria-t-il dans la profonde amertume de son cœur ; le temps viendra où l'on vous coupera la tête en sorte que vous ne pourrez plus revoir vos fils. On nous a dit et on nous a promis que les étrangers seraient chassés du pays ou mis à mort et, alors, nous obtiendrons les richesses que vous détenez maintenant. Mais moi, dit-il en pleurant, moi je n'en serai pas. Je vais être exécuté et ma tête sera tranchée. Je ne reverrai jamais mon fils et je n'ai pas de famille près de moi pour enterrer mon corps…

Lorsqu'il en fut arrivé là, Yen se mit les mains devant le visage et pleura à grands sanglots gémissants, car il lui était venu à l'esprit que son cadavre serait mutilé et ne recevrait pas les honneurs. Car il n'y avait personne là pour recoudre sa tête tranchée, ainsi il était destiné à devenir un esprit indécent, insatisfait pour l'éternité, au lieu d'être un aïeul à qui l'on rend un culte avec l'encens et les offrandes de riz. Et dans son désespoir, il se représentait l'enfer comme une vie de coolies qui se prolongerait dans l'éternité, mais sans la consolation de l'opium.

Le Dr Hain avait fait un léger mouvement de recul lorsque le coolie avait brandi ses deux poings dans sa direction, et de tout le discours qu'il prononça, il n'entendit et ne comprit qu'un mot : *tsu* qui signifie « fils ». Il saisit un vague reflet du destin de Yen et ressentit une grande compassion pour l'homme. Sir Kingsdale Smith s'enquit auprès de l'interprète :

– Qu'est-ce qu'il raconte ?

L'interprète qui avait lui-même peiné à suivre les phrases entrecoupées de Yen haussa les épaules.

– Des formules communistes… répliqua-t-il.

Kurt Planke éteignit sa cigarette dans le cendrier qu'il tira à lui.

– S'il est de quelque utilité de démontrer l'innocence du coolie, je suis tout prêt à reconnaître que j'ai étranglé l'Honourable, que je l'ai empoisonné et que je lui ai planté un poignard dans le dos, dit-il nonchalamment bien que tous ses nerfs aient tremblé et vibré à l'unisson, au rythme des paroles douloureuses du coolie.

– Il faut que j'établisse si Mr Russell était en bonne santé lorsqu'il quitta le riksha, s'entêta Kingsdale, il importe de savoir s'il a rapporté de Chapeï la cause de sa mort ou si quelque chose lui est arrivé dans le court laps de temps qui sépare son entrée dans l'hôtel et son arrivée à sa chambre à coucher. C'est le seul moment où vous vous êtes trouvé seul, sans témoin, avec le défunt, Mr Planke. Le fait extrêmement compromettant que l'on ait trouvé sur vous son portefeuille et ses bijoux n'a pas encore été éclairci.

A ces mots, Sir Kingsdale Smith dirigea son regard vers l'autre bout de la table où Helen était assise les yeux baissés comme si elle ne voulait rien voir de toute cette misère. Sous la table elle pressait son genou contre celui de Frank sans que ce contact parvînt à calmer le tremblement qui s'emparait de ses membres. Tout à coup, Frank se leva, jeta sa cigarette par terre, s'appuya des deux mains à la table et dit :

– Je vous demande pardon de vous interrompre, Sir. Il y a longtemps que j'aurais dû parler. Russell n'était pas malade quand il est rentré. Il était en si bonne santé qu'il s'en est fallu de peu qu'il ne tuât sa femme. Comme j'étais malheureusement témoin de cette scène de ménage, je lui ai donné un coup de poing qui l'a jeté par terre. Il est tombé contre le coin de la table. Je me vois forcé d'admettre que je suis responsable de sa mort. Fracture du crâne, ou quelque chose de semblable. Il est stupide de vous laisser davantage battre une fausse piste, Sir. C'est moi qui ai fait cela et j'en porte la responsabilité.

A ces mots, Helen laissa échapper un curieux petit gémissement de douleur. Frank n'y prit pas garde. Durant l'heure qui venait de s'écouler, il avait mis des océans et des continents d'éloignement entre cette femme et lui. Lorsqu'il eut fini, il resta debout dans la même attitude, les mains posées sur la table, attendant ce qui allait se produire. Sir Kingsdale Smith, interpellé de cette manière sans douceur, avait l'air d'un homme contre l'oreille de qui se déclenche un réveille-matin. Mais avant même qu'il eût pris la parole, le Dr Hain s'était dressé d'un bond et s'écriait :

– J'ai parlé avec le Dr Bradley : fracture du crâne ou toute autre espèce de lésions internes ou externes sont absolument hors de question, l'autopsie a déjà permis de le constater. Mr Taylor n'a par conséquent rien à voir avec la mort de Russell; du moins, directement.

Il se rassit, étonné de lui-même. Le fait qu'il prenait encore part aux intrigues humaines, qu'il s'efforçait encore d'assister la justice, l'étonnait profondément. La nuit d'insomnie et le malheur qu'il portait sous la forme d'une lettre froissée dans sa poche intérieure l'avaient mis dans un curieux état de perceptivité. Il était persuadé que ni Kurt ni le coolie n'étaient mêlés à la mort de Russell. Mais ce fut seulement au moment où Frank se mit à parler qu'il comprit clairement que la femme avait tué son mari. Sir Kingsdale Smith n'en était pas encore là. Son cerveau s'entourait au contraire d'une brume toujours plus épaisse au fur et à mesure que le temps s'écoulait et que l'on s'éloignait de l'heure où il aurait dû fumer ses deux pipes. Il s'appuya largement sur la table et dit aimablement :

– Vous voyez, Mr Taylor, vous n'avez pas commis de meurtre, c'est un fait établi. Que Mr Russell ait réellement attaqué sa femme et que vous ayez défendu cette dernière – ce dont je n'ai aucune raison de douter – n'était de votre part qu'un geste tout à fait naturel et même louable. Il n'est pas un d'entre nous qui assisterait impassible à des brutalités envers une femme sans la défendre.

– Merci, Sir, dit Frank en se rasseyant.

Subitement, tout en lui se relâcha après cette tension. Il tira son étui à cigarettes. Il était vide. « J'ai besoin de whisky », pensa-t-il. Ses membres reprenaient leur plénitude et leurs forces. Il était mort et voilà qu'il revivait.

– Comment se fait-il, du reste, que vous ayez été présent au retour de Mr Russell ? entendit-il Sir Kingsdale Smith demander.

La table s'allongea et Kingsdale était assis au loin tout là-bas sur l'autre rive d'un large fleuve. Il hésitait encore lorsque Helen, sans lever les yeux qu'elle tenait dirigés sur ses mains jointes, répondit :

– Mr Taylor venait prendre congé de nous avant que nous embarquions. Il voulait nous remercier du cadeau de noces que nous lui avions envoyé. C'est qu'en effet il se marie aujourd'hui.

Frank ne comprit pas le triomphe rebelle et amer qui se cachait derrière ces mots. Sir Kingsdale Smith bredouilla poliment :

– Je suis désolé de troubler le jour de vos noces. Vous avez choisi une bien mauvaise date, ajouta-t-il.

Car l'air était ébranlé du fracas sourd des obus, et cela, à des intervalles toujours plus rapprochés. C'était peut-être aussi le tonnerre. Il y avait de temps en temps des éclairs et tout le monde s'efforçait de croire que c'était bien le tonnerre. Frank se leva de nouveau et dit :

– Je voulais précisément vous demander l'autorisation d'aller voir ce que devient ma fiancée, Sir. Elle se fait sûrement du souci pour moi. Elle habite ici, dans l'hôtel, je resterai donc dans la maison pour le cas où l'on aurait encore besoin de moi. Je suis tout à votre disposition. Et maintenant, si vous pouvez vous passer de moi, Sir…

Frank respira. Il avala à grands traits l'air chargé d'orage qui entrait du dehors. Il dévorait avidement cet air qui avait un goût éventé, qui était pesant, chargé de la sueur d'angoisse du coolie chinois et de l'odeur des explosions lointaines. Il s'évada, comme un homme qui aurait été pris sous un éboulis, lorsqu'il comprit qu'il n'avait rien à voir avec la mort de Russell. C'est seulement alors qu'il remarqua que ses pieds et ses mains étaient comme morts. Puis le sang se remit à y battre, il éprouva des brûlures et des picotements comme s'il avait été gelé et que la glace en fondant le rendît à la vie. La table s'allongeait toujours davantage devant lui, elle devenait toujours plus étroite et plus longue, on aurait dit maintenant un rail sur lequel Sir Kingsdale se serait éloigné, c'était une sensation démente. Puis tout redevint normal et Sir Kingsdale fut assis assez près pour que Frank pût lui sourire.

– Oui, je pense que nous pouvons nous passer de vous pour quelque temps, dit-il, mais ne vous éloignez pas trop, n'est-ce pas, Mr Taylor ? Et si je puis me permettre une recommandation, ne racontez rien à votre fiancée. Nous allons essayer de garder cette affaire pour nous, si possible. Vous comprenez que ceci n'est pas un interrogatoire, ce n'est qu'une petite discussion, nous sommes tous les deux amis de la famille Russell…

« C'est un gaillard intelligent, cet Américain, pensa Sir Kingsdale Smith, lorsque Frank Taylor se leva. Il veut prendre toutes les responsabilités sur lui. Fair, very fair. »

– Quant à vous, docteur Hain, je vais vous prier de rester encore un instant, ainsi que Mr Planke. – il étendit son index effilé, et, désignant Yen : Le coolie peut attendre dehors.

Yen était de nouveau contre le mur, il se sentait vide et inconscient de peur après la violente sortie à laquelle il s'était livré. Il se méprit sur le sens du geste impératif de ce doigt osseux. Il crut que c'était sa sentence de mort. A l'instant où les deux Russes gigantesques le touchèrent pour le mener dehors, il tomba sans bruit sur le sol, comme un sac vide.

– Eh bien, Frantz ! lança Kurt Planke involontairement.

Les deux géants le ramassèrent et le traînèrent dehors. Frank fit deux courbettes, l'une en direction de Sir Kingsdale Smith, l'autre, vague et mal dirigée, vers Helen. Elle était assise très raide et ne le regarda pas lorsqu'il se dirigea vers la porte. Mais elle vieillit de plusieurs années et pâlit sous sa poudre foncée. Sir Kingsdale Smith mit l'un contre l'autre ses doigts de Chinois et dit :

– Et maintenant, à vous, Mrs Russell.

Frank ferma la porte et se retrouva dehors dans le corridor, atteignit l'ascenseur, sonna, attendit, puis sonna de nouveau. Il découvrit qu'il sifflait, conformément à son habitude. « Il faudra encore que je me rase », pensa-t-il. « Ruth », pensa-t-il, « whisky », pensa-t-il également. Il revenait lentement à lui comme des profondeurs de l'hypnose. « Ah ! mes enfants, pensa-t-il encore, j'aurais pu recevoir ça dans l'œil. Ainsi donc, c'était simplement une attaque… »

L'ascenseur arriva, il y entra, se mit à siffler plus fort, l'ascenseur lui fit monter deux étages ; il sortit, traversa de nouveau des couloirs et s'arrêta devant la chambre de Ruth. Il écouta mais n'entendit rien. Il resta de longues minutes avant de frapper car il lui fallait tout d'abord retrouver son équilibre. Comme personne ne répondait, il tourna lentement la poignée. La porte s'ouvrit.

Il avait espéré que Ruth se serait endormie à force de l'attendre. Mais Ruth n'était pas là. Confucius non plus. La chambre était silencieuse et vide. Sur la table se trouvaient un plateau avec un shaker à cocktail et douze coupes d'argent. Frank se rendit dans la salle de bains et se lava les mains.

~

Déjà, la première bombe est tombée dans Nanking Road ; déjà le premier sang a coulé, amer ; des centaines de bouches ont répété le premier cri de douleur ; les premières murailles ont été éventrées. Jamais plus la ville ne sera comme elle était une heure auparavant car une nouvelle guerre est là qui marque au fer rouge de nouvelles cicatrices dans son visage meurtri. Pour cette poignée d'hommes aussi, que nous avons accompagnés depuis leur naissance jusqu'en cet instant, c'est la fin qui commence. La vie les a entraînés jusqu'à l'embouchure de ce grand fleuve majestueux, les a jetés sur la rive à ce large carrefour du monde pour les y anéantir. Quelques-uns d'entre eux ont vécu auparavant des moments effroyables, d'autres au contraire sont tellement innocents qu'ils ne reconnaîtraient pas la mort quand bien même ils la rencontreraient en pleine rue. Ils sont, ces hommes, le fruit de leur époque, de même que les galets du fleuve, ronds ou pointus, toujours étranges dans leurs formes, sont le résultat du courant qui les entraîne, les roule et les use sans qu'ils puissent rien y faire. Mais cette époque – celle de ces cinquante dernières années – ne se présentera peut-être pas aux yeux des générations futures comme une période de renaissance et, au contraire, fera figure d'époque décadente et de faillite. Quoi qu'il en soit, l'époque n'aura pas plus d'importance pour le cours des événements qui se succèdent sur cette petite planète froide et sombre – notre demeure – que le pas d'un voyageur qui écrase une fourmilière. Si ce n'est, pour toute différence, que les petites fourmis, ces travailleurs jamais fatigués de rebâtir, sont asexuées et ne se préoccupent que d'accomplir au mieux leurs devoirs pour le bien de l'État. Tandis que les petits hommes, parce que leur sexe les détermine, vivent sans liberté, mais aussi sont indomptables. Immortels par les poèmes et les romances qu'ils lancent sous l'emprise du sexe, par les larmes que celui-ci leur arrache, par les danses et mascarades au milieu desquelles il les fait s'enlacer, se croiser puis de nouveau se séparer.

~

De bonne heure, le matin, Ruth Anderson s'était réveillée et avait pensé à Frank. « Il est changé, pensait-elle, c'est la faute de Shanghaï ; il redeviendra comme autrefois quand nous serons ensemble. » Elle resta quelque temps au lit, les bras croisés sous la tête, souriant pensivement, puis elle se rendormit. Elle eut un rêve bref et joyeux, mais ne put s'en souvenir lorsqu'elle se réveilla la seconde fois. L'air était alors déjà chargé des multiples bruits du matin ; en bas, on entendait des cliquetis de tasses et d'assiettes, une Chinoise chantait d'une voix étrange et Ruth s'émerveilla que les filles de cuisine chantent en travaillant, chez elle comme en Chine. Elle sauta hors du lit, les deux pieds à la fois, car c'était très important le jour de son mariage. Se lever du pied gauche aurait pu tout gâter.

Confucius avait quitté sa petite corbeille qui était vide et froide dans son coin. Préoccupée, Ruth chercha le petit caneton et l'appela, mais Confucius ne voulut pas répondre. Elle finit par le découvrir sous le lit, contre le mur, tout recroquevillé. A son appel, il répondit par un petit râle plaintif. A plat ventre sur le sol elle rampa sous le lit et sortit Confucius avec précaution.

– Es-tu malade ? Qu'est-ce qui ne va pas ? Tu as faim, froid ? lui demanda-t-elle, tandis qu'elle le tenait dans ses mains réunies en forme de nid.

Elle sentait le petit corps duveteux trembler et fut prise d'une grande compassion. Elle éleva le petit animal à la hauteur de son visage et commença de le flatter.

– Écoute, Confucius, il ne faut pas que tu sois malade aujourd'hui, tu ne peux pas me faire ça à moi, aujourd'hui c'est le jour de mon mariage.

Elle frotta sa joue contre les plumes et Confucius sembla se réjouir. Il sortit sa tête de dessous ses ailes et se donna quelques petits coups de bec à droite et à gauche.

– Comme ça c'est bien, dit Ruth. Tu es un brave garçon (le sexe de Confucius n'était pas encore déterminé, mais Ruth en avait fait un garçon). Fais-toi beau pour maman.

Cette petite boule jaune mat avec ses taches gris foncé était un si petit caneton ! Le bec était si mou que Ruth craignait que Confucius ne se le tordît.

– Mais attention, dit-elle, ne fais rien qui soit au-dessus de tes forces. – elle le replaça dans sa petite corbeille, mais il s'efforça d'en sortir en émettant quelques petits couinements : Mais qu'y a-t-il ? s'inquiéta-t-elle. La maison ne te plaît plus ? Attends un peu, nous allons bientôt déménager. Il faut avoir un peu de patience, sais-tu ? J'ai dû attendre moi aussi, Cony.

Elle soupira, observa encore quelques instants le caneton, puis ouvrit la radio « pour nous distraire tous les deux ». Bientôt, elle parvint à capter un air de musique de jazz. Elle alla dans sa salle de bains et laissa la porte ouverte pour que Confucius pût la suivre s'il en avait envie. De fait, le petit canard arriva derrière elle. Ruth fut charmée.

– Mon petit chéri, cria-t-elle avec enthousiasme, mon tout petit rien, voilà qui est gentil. Tu aimes ta maman ?

Pourtant elle se rendait bien compte qu'il y avait quelque chose qui n'allait pas. Si Confucius avait été l'un de ses malades, elle lui aurait pris sa température.

Sous la douche, elle continua de fredonner le succès entendu à la radio, se frictionna vigoureusement pour se sécher et revint dans la chambre, Confucius toujours sur ses talons. Elle devint grave en s'installant devant la table de toilette pour se maquiller. C'était particulièrement important. Elle s'étudia le visage, les cheveux et la peau avec une scrupuleuse attention et presque avec reproche car elle ne se trouva pas jolie. A Shanghaï, il y avait de très jolies femmes, comme elle avait déjà pu le constater. Des troupes entières de voyageuses élégantes qui faisaient le tour du monde débarquaient quotidiennement, raffinées et coquettes, dans le magasin de Frank. Ruth se sentit lamentablement inexpérimentée et simple. « Flathill ! pensa-t-elle. Je suis un pur produit de petite ville. » Elle plissa le front en essayant de se rappeler la formule d'un article qu'elle avait lu dans un journal sur le bateau : « Personne ne peut me prendre mon mari. » L'auteur, une femme, avait fait de son mari supposé un portrait qui avait évoqué Frank à Ruth. Grand, svelte, de belle allure, cultivé, de bonne famille, d'humeur égale, sportif, aimé de tous. Exactement comme Frank. Je suis l'esclave de mon mari, c'est mon secret, avait écrit l'auteur. Ruth soupira profondément, elle était prête à se faire l'esclave de Frank si cela pouvait servir. Avant même qu'elle se fût mis du rouge à lèvres, le téléphone sonna. Frank. Ruth passa machinalement sa robe de chambre avant de lui parler, ce fut un geste de pudeur dont elle ne se rendit pas compte. « Ainsi donc, il faut attendre », pensa-t-elle, désillusionnée, lorsque la courte conversation eut pris fin et qu'elle se fut rassise. Elle se sentait tout agitée comme si elle allait exploser. Elle regarda sa montre : pas encore huit heures. La noce devait avoir lieu à une heure de l'après-midi. « Esclave », pensa-t-elle, et elle téléphona pour commander son petit déjeuner et un œuf dur pour Confucius. Elle se regarda de nouveau dans le miroir, acheva son maquillage et passa enfin la robe prévue pour le mariage, une des robes à dix-neuf dollars cinquante qui arrivaient en tête de sa garde-robe. Elle était blanche, simple. Elle lui plut.

Ruth avait un secret : elle achetait toujours ses robes au rayon « enfants » des grands magasins, car toutes les autres étaient trop grandes pour elle. Comme son petit déjeuner lui fut servi avant même que la chambre eût été faite, elle mit elle-même la main à la pâte, retapa son lit comme elle avait fait pour des milliers de lits à l'hôpital, rangea tout et s'assit à la fenêtre pour donner à manger à son oiseau et boire son café et son jus d'orange. Confucius lança quelques coups de bec d'un air dégoûté dans l'œuf dur, puis n'y toucha plus. Elle regarda sa montre : dix minutes s'étaient écoulées depuis le coup de téléphone de Frank. « Cela va être encore une de ces journées qui s'écoulent à un train de tortue », pensa Ruth avec un soupir. Peu à peu, elle sentait la mauvaise humeur monter en elle. « Depuis que je suis à Shanghaï, l'essentiel de ma vie se passe à attendre Frank. » Elle prit Confucius qui s'était endormi dans son giron. « Il faut apprendre à être paresseux », se dit-elle, car elle avait grand-peine à rester assise et cela la fatiguait tellement qu'elle ouvrit la bouche toute grande et bâilla. Elle alla dans la salle de bains et lava trois paires de bas, c'était encore une bonne chose de faite. On frappa et un jeune Chinois entra, remorquant un énorme paquet. Ruth fut embarrassée comme elle l'était chaque fois qu'il s'agissait de donner un pourboire. Lorsque le jeune homme fut parti, elle porta Confucius dans sa petite corbeille, puis défit le paquet. C'était le pompeux cadeau de noces d'Helen. Ruth restait debout, les bras ballants, se sentant toute petite.

Elle leva les coupes les unes après les autres, puis le shaker à cocktails et finalement le plateau. Elle lut la carte jointe qui portait ces mots : *Vœux de bonheur pour les jeunes mariés.* « C'est du véritable argent », se dit-elle pleine de respect. Elle installa l'objet sur la petite table au milieu de la pièce, s'assit dans l'unique fauteuil et regarda devant elle, les doigts croisés. « Il faut que j'écrive cela à maman », pensa-t-elle, reconnaissante.

Le temps avait cessé de s'écouler. Ruth, uniquement pour s'occuper, enleva son vernis à ongles rose, se gonfla la joue avec sa langue et se refit les ongles. C'était une occupation délicate qui prenait du temps et empêchait de penser. Elle prit un vieux journal et chercha à faire les mots croisés. Elle regarda par la fenêtre devant laquelle il ne s'élevait rien. Elle s'étendit sur le lit pour réfléchir, attentive à ne pas faire de faux plis à sa robe. Peut-être aussi dormit-elle un peu. Elle tenta d'appeler par téléphone Frank au magasin, mais n'obtint pas la communication ; elle ferma la radio pour la rouvrir aussitôt. Enfin, Frank la rappela.

De tout ce qu'il disait, Ruth comprit seulement qu'il fallait différer le mariage et qu'elle devait rester à la maison parce que les choses prenaient une tournure dangereuse. « Où es-tu donc, demanda-t-elle ? – Au magasin », dit Frank. Ses mots résonnaient étrangement et révélaient une nervosité, comme si le danger était derrière lui et regardait par-dessus son épaule pendant qu'il téléphonait. Lorsque la conversation fut terminée, Ruth retira sa robe blanche. « Il est vraiment inutile de la salir », pensa-t-elle avec raison. « Un jour de plus ou de moins, ça n'a pas grande importance », se dit-elle encore. N'avait-elle pas attendu Frank des années durant ? « A quoi sert-il d'être impatient ? » pensa-t-elle, mécontente de son propre mécontentement. Elle sortit sa robe corail, celle qu'elle portait à son arrivée. Lorsqu'elle se trouva devant le miroir dans sa combinaison rose saumon en rayonne, la première bombe tomba avec un bruit de tonnerre. Elle resta là, immobile, comme pétrifiée, sa robe à la main, et ne comprit pas bien ce qui se passait. Un orage, pensa-t-elle, mais ses genoux tremblaient. « Le danger », s'avoua-t-elle enfin. C'était le danger dont Frank avait parlé. Depuis le jour de son arrivée, il avait été sans cesse question de bombardements et de danger et rien ne s'était produit. Ruth avait cru à une pure affabulation nerveuse, une fantaisie due à cette ville bizarre de Shanghaï. Mais maintenant l'air grondait, les murs tremblaient et le danger était tout près d'elle. Confucius poussa une plainte et voulut quitter sa petite corbeille, mais il y retomba malgré tous ses efforts ; peut-être lui aussi se sentait-il les jambes faibles. Il battait de ses petites ailes grotesques et voulait s'en aller. Ruth était habillée, le chapeau sur la tête et le sac sous le bras, avant même de s'être rendu compte de ce qu'elle faisait. De la porte elle contempla le caneton désespéré, eut un rire bref et compatissant, revint vers Confucius, le prit avec sa corbeille et l'emporta avec elle.

– Sois calme, il ne nous arrivera rien, lui déclara-t-elle.

Les fenêtres vibrèrent de nouveau lorsqu'elle ferma la porte derrière elle. Elle se mettait en route pour aller retrouver Frank, car s'il y avait un danger réel, elle voulait naturellement se trouver là où il était. Mais ni Frank, ni B. S. n'étaient au magasin, et Mr Wang était tellement hystérique qu'il ne put donner un renseignement sensé.

– Ça se déclenche, ne cessait-il de répéter, ça commence, c'est la fin ; cette fois-ci ils vont tout démolir avec leurs bombes.

Ruth fut étonnée, elle qui avait toujours entendu dire que les Chinois n'attachent aucune importance au fait de mourir, comme si la mort chinoise était tout autre chose que la mort américaine. Mr Wang, pourtant, n'offrait nullement l'image d'un homme résigné ou courageux devant la mort : il courait de-ci de-là, comme une poule à qui l'on va couper la tête. Déçue, Ruth quitta le magasin. Elle s'arrêta sous les arcades et réfléchit à l'endroit où Frank pouvait se trouver, puisqu'il n'était pas où il aurait dû être. « Ou bien il est au club, ou bien il a déjà à faire son service comme volontaire. » Elle eut une vision estompée de tranchées : Frank entre d'autres soldats, un casque d'acier sur la tête, peut-être avait-elle déjà vu une image de ce genre. « Ces Japonais ! » pensa-t-elle, bouillante de colère. Depuis qu'elle était arrivée à Shanghaï, la haine des Japonais, qui faisait l'objet de la propagande, s'était aussi emparée d'elle. Cette détestation était entrée en elle, par les oreilles et même par les pores de sa peau. Il était clair que ces Japonais ne se gêneraient pas pour tuer Frank s'il s'opposait à leurs désirs de conquête.

Ruth quitta les arcades d'un pas assuré et descendit Nanking Road, qui certes ne pouvait être ni plus pleine ni plus grouillante que d'habitude, mais n'était pas non plus moins animée. Elle s'engouffra dans une rue latérale, atteignit la maison où habitaient Frank et Morris, monta le petit escalier sombre et pressa la sonnette ; personne ne répondit. Ruth sonna plusieurs fois en respirant avec prudence l'odeur de poivre de l'escalier. Comme personne ne venait, elle soupira et revint sur ses pas. Confucius s'était endormi.

Au club, elle trouva Morris, mais de Frank, nenni. Elle fit appeler le reporter dans l'antichambre car elle savait que le club n'admettait pas les femmes. Il sortit, spectre parfumé au whisky, le visage verdâtre, les cheveux roux, les yeux rouges et une barbe rousse qui commençait à lui garnir le menton, car il ne s'était pas rasé depuis plusieurs jours. Il se tenait la main devant le visage.

– Voilà trois nuits que je n'ai pas couché dans un lit, dit-il en manière d'explication, il y a trop d'événements nouveaux.

Le club avait l'air d'une ruche.

– Où est Frank ? demanda Ruth.

– Si vous, vous ne savez pas cela… répliqua Morris.

– Je ne sais pas du tout où le chercher, fit-elle désemparée, car elle s'attendait sans doute à le trouver au club.

– Chercher Frank ? C'est une folie ; vous allez rentrer tout de suite à l'hôtel, vous me comprenez ? Sainte madone, les femmes sont bien les êtres les plus dénués de bon sens que Dieu ait jamais créés ! A l'hôtel, on est en sûreté. Ici, nous sommes trop près du fleuve où les jolis petits bateaux de guerre japonais sont à l'ancre. Voulez-vous être blessée, voulez-vous que l'Amérique fasse la guerre au Japon à cause de vous ? Si Frank savait que vous vous promenez par ici, il vous passerait un savon ; je connais mon Frank. Et par surcroît, vous traînez cet animal avec vous, grand Dieu !…

Tous les hommes qui passaient lui jetaient un coup d'œil. En Amérique, on ne regardait pas les femmes de cette manière. Ruth se retira tandis que Morris, bredouillant une excuse, se précipitait à l'intérieur du club où il y avait des appareils téléphoniques, du whisky et des nouvelles sensationnelles. En fait c'était la première fois que Ruth se trouvait seule dans la rue à Shanghaï. Quand elle était avec Frank, elle ne voyait que lui. Maintenant, elle découvrait l'abondance chatoyante qui régnait dans la ville. Là-haut, des nuages noirs s'étaient rassemblés et les mille bannières, les mille drapeaux, les mille banderoles des magasins tombaient tout droits, immobiles. De temps à autre, pourtant, ils s'animaient soudain comme si une main invisible les avait tiraillés. Les petits marchands de journaux chinois criaient d'une voix rauque au coin des rues, les coolies tiraient leur riksha pour des courses rapides, les autos s'entrecroisaient, le trottoir grouillait de gens pressés, européens et chinois. Ruth admira trois jeunes dames chinoises qui passaient, portant avec le chic new-yorkais leur robe et leur chapeau modernes. Elle-même commençait à avoir chaud, et la robe corail lui collait à la peau. Elle s'était perdue dans l'embrouillamini des ruelles qui s'étendent derrière les hauts bâtiments du Bund. Elle avait dû prendre une mauvaise direction quand elle avait quitté le club. C'était une petite aventure qui lui faisait presque plaisir. Du moins le temps passait-il. « Il va y avoir un orage », pensa-t-elle, oppressée. A un croisement, elle s'arrêta et leva la tête vers les nuages. Le ciel n'était qu'un vrombissement d'avions.

Ruth se trouvait dans une rue étroite en train de contempler l'étalage d'un magasin de tissus, lorsque tomba une nouvelle bombe. Elle venait de s'étonner du bon marché d'un service à thé finement brodé. « Il faudra que nous ayons un service pour huit personnes, lorsque nous inviterons B. S. », pensait-elle encore, lorsque se produisit un vacarme trop violent pour être perçu dans son ensemble : un craquement monstrueux suivi d'une poussée brutale qui projeta Ruth sur le côté. Elle éprouva une folle terreur, tout s'assombrit, mais elle n'avait mal nulle part. Elle aurait perdu connaissance, si une clameur poussée par mille poitrines ne l'avait rappelée à la réalité. Des gens passèrent en courant devant elle. Elle gisait sur le pavé, tout près du mur où le choc l'avait jetée, elle avait toujours la petite corbeille et l'oisillon serrés contre elle. La devanture du magasin de tissus gisait en débris sur le trottoir, elle-même avait été projetée à quelques mètres de là. La clameur grandit et devint plus sauvage tandis que Ruth s'efforçait de retrouver ses esprits. « C'est une bombe qui vient de tomber », pensa-t-elle, en regardant d'abord le ciel bas et couvert de nuages plombés. Elle ressentit alors une petite douleur vague derrière la tête, y porta la main et découvrit une bosse à l'endroit où elle s'était heurtée lors du choc. Elle rit car cela lui sembla comique, puis elle agita la tête pour s'éclaircir les idées. Elle vit un homme passer au pas de course, un Européen qui avait jeté comme un sac sur son épaule une femme ensanglantée. Une Chinoise en pantalon noir entraînait deux enfants avec elle. Un jeune Chinois se prit les pieds dans sa longue tunique, tomba et continua de se traîner sur les genoux. Puis ce fut une autre femme avec des enfants, elle en portait un sur le bras, et la petite tête pendait en ballottant, couverte de sang. Ruth rassembla toute son énergie et se leva. Elle avait un peu le vertige ; elle ne se sentait pas très assurée sur ses jambes, mais elle n'avait aucune blessure. Elle se mit en devoir de se frayer un chemin en remontant le fleuve des fuyards. Car il était dans sa nature de ne pas fuir le danger, mais d'aller à sa rencontre pour aider, là où l'on pouvait avoir besoin d'elle. Elle ne s'arrêta qu'une fois pour regarder Confucius. Il gisait au fond de la petite corbeille et semblait rapetissé. Elle le prit dans sa main; il était chaud et flasque. Elle le mit contre son visage, il était mort. Elle le replaça doucement dans sa corbeille et déposa celle-ci à terre.

– Je n'ai pas le temps mon petit, j'en ai grand-peine… murmura-t-elle.

Elle se fit un chemin en jouant des coudes, parvint à un coin de rue mais ne reconnut pas Nanking Road, transformée au point d'en devenir méconnaissable. La moitié d'une façade s'était effondrée et la poussière continuait de s'élever en nuages épais des débris et des gravats. Au milieu de ce nuage, des blessés se tortillaient avec ces gestes étrangement vermiculaires qu'impose la douleur. Une bizarre odeur de mort flottait dans l'air opaque. Ruth était maintenant si près des gens qui criaient que son tympan se mit à vibrer après la surdité partielle que l'explosion avait provoquée. Déjà des Européens s'étaient précipités dans la rue et commençaient à aider ceux qui gisaient dans les décombres. Ruth grimpa sur le monceau de pierrailles et se mit à la besogne. Aussitôt du sang colla à la semelle de ses chaussures. Elle avait tout à la fois l'impression d'être retenue et de glisser. L'odeur du sang domina bientôt celle, plus âcre, du ciment, de la poussière et de la poudre; beaucoup étaient déjà morts et c'était tant mieux. D'autres étaient étendus, déchirés, éventrés comme la maison qui les avait partiellement ensevelis. Quand les volontaires eurent déblayé des pans de murs et eurent mis au jour ce qu'il y avait dessous, on vit alors des membres, des fragments, des parties de ce qui dix minutes plus tôt était des hommes. Ruth saisit une main de femme qui émergeait des ruines en un geste de supplication. La main fut suivie d'un bras, puis d'un morceau d'épaule sanguinolent. La femme à qui cette main avait appartenu avait été projetée ailleurs, ou réduite en petits morceaux. Ruth n'éprouva pas de malaise, car elle avait appris à se contrôler dans les salles d'opérations et aux séances de dissection. Elle essuya de l'épaule la sueur qui coulait sur son visage et tira les corps qui gisaient sous les décombres. Des blancs et des Chinois étaient intimement mélangés dans une mort cruelle.

« Tous les hommes sont frères », dit quelqu'un à côté de Ruth. Cette phrase sentait l'église. Elle chercha et aperçut un vieux Chinois au visage impassible. Il ramassait un enfant européen qu'il transporta dans la maison la plus proche, un hôtel avec une porte à tambour, et qui n'avait plus une seule vitre.

Près du trottoir éventré, Ruth découvrit une femme qui semblait indemne mais se tordait convulsivement; c'était une Chinoise des basses couches sociales, vêtue d'un pantalon noir et d'une veste de toile blanche. Lorsque Ruth se pencha sur elle pour l'aider, elle comprit de quoi il retournait. La femme était dans les derniers mois d'une grossesse et la peur avait provoqué la naissance. Elle bredouillait sans cesse des mots chinois et ses cheveux étaient trempés par la transpiration que suscitent les douleurs. Ruth réfléchit à peine, s'arc-bouta de toutes ses forces sous la femme et l'emporta loin du lieu de l'explosion, dans une rue latérale un peu plus calme et déserte. La femme cessa de gémir et quelques chose comme un sourire découvrit ses grandes dents. Lorsque Ruth la déposa sur le pavé et lui défit son pantalon, elle se remit à geindre.

Il semblait miraculeux à Ruth qu'au milieu de tous ces morts, au milieu de cette dévastation, un enfant dût naître. Elle avait souvent assisté à des naissances, mais elle n'avait jamais elle-même fait office de sage-femme. L'absence de tout antiseptique tourmenta son cœur bien ordonné d'infirmière. Mais aussitôt elle ressentit une sorte de joie sauvage parce qu'elle pouvait se rendre utile. La femme était maintenant étendue sur le pavé, les cuisses nues, son corps se recroquevillant; elle leva les genoux jusqu'au menton. Les gens continuaient de courir, mais la clameur s'était un peu atténuée. Personne ne prit le temps de s'arrêter près de la parturiente sur laquelle se penchait Ruth. Déjà on pouvait voir la sombre petite tête humide de l'enfant. Ruth le saisit à deux mains et le tira hors du corps de la mère. Il était doré, tout petit, c'était un garçon. Elle lui donna une petite tape sur le derrière et il ouvrit la bouche, montra sa gorge bien rouge et cria. Il était encore attaché à sa mère par le cordon ombilical qui traînait entre les cuisses de la femme. La Chinoise souleva sa tête et chercha à regarder l'enfant. Ruth comprit son désir et leva le petit paquet de chair vivante pour le montrer tout entier à la mère : la tête, le corps, les bras, les jambes, les jolies petites mains et les jolis petits pieds avec leurs ongles bien formés. Un enfant pourvu d'une voix et d'un sexe. La femme reposa sa tête. Ruth resta accroupie quelques instants auprès d'elle sur le pavé, un peu désemparée. Elle passa la main sous sa propre robe et arracha sa combinaison rose saumon. La soie craqua et se déchira. Elle tira sur le sous-vêtement, en fit une sorte de paillasse qu'elle glissa sous le nouveau-né chinois, entre les jambes de la mère. Elle réfléchit de nouveau. Elle saisit les bretelles déchirées de sa combinaison et les tira de dessous sa robe, les lia bout à bout et noua le cordon avec ce lien de fortune. Quelques gouttes de sang s'écoulèrent, qui se coagulèrent rapidement. Alors, Ruth sentit que son cœur battait comme il n'avait encore jamais battu. De nouveau, elle essuya sur son épaule la sueur de son visage, c'était là un geste primitif comme en ont les ouvrières dans les champs. La femme lui parla.

– C'est bien, tout va bien, dit Ruth d'un ton apaisant en écartant du visage de la femme les cheveux noirs trempés et collés par mèches.

Elle enveloppa soigneusement l'enfant dans sa combinaison de rayonne et le mit dans les bras de la femme. Une nouvelle grimace de douleur déforma le visage de la mère, et Ruth lui enleva rapidement son enfant, puis elle aida la femme en lui donnant les derniers soins.

C'est sur l'asphalte que s'était faite cette naissance, mais une naissance semblable à celles qui se produisent dans les profondeurs de la jungle. Ruth avait si bien oublié Frank durant ce quart d'heure qu'on eût dit qu'il n'existait pas. Les yeux fermés, l'enfant commençait maintenant à chercher le sein comme une petite bête nouveau-née et affamée. Ruth eut un grand éclat de rire et la mère aussi se mit à rire. Ruth reposa l'enfant, elle avait déjà peine à se séparer de cette petite vie chaude. Elle rhabilla la mère. La femme qui reprenait lentement ses forces cria quelque chose en montrant la robe de Ruth. C'est alors seulement, en se regardant, que celle-ci se vit couverte du sang des blessés qu'elle avait aidés à transporter. Elle hocha la tête et sourit à la Chinoise.

On entendit un coup de sifflet et une ambulance blanche arriva qui s'arrêta au coin de la rue. Des médecins et des brancardiers sautèrent sur la chaussée. Ruth courut dans leur direction, l'enfant dans ses bras.

– J'ai là une accouchée qui vient de mettre au monde son bébé, cria-t-elle.

Le médecin l'écarta délibérément.

– Je n'ai pas de place, murmura-t-il en s'éloignant au pas de course avec les brancardiers.

Ruth revint vers sa patiente. Elle était pleine d'une joie sauvage, quelque chose qu'elle n'avait jamais ressenti auparavant, quelque chose dont elle ignorait qu'elle le portât en elle. Elle essaya d'obliger la Chinoise à se lever, elle voulait l'aider à quitter cette rue. Mais la femme ferma les yeux et hocha la tête. Elle avait l'air fatiguée et tout à fait satisfaite. Elle voulait rester où elle était. Ruth eut quelques souvenirs effrayants de tétanos et de bacilles blancs comme de la farine, mais cette idée ne fit que lui traverser l'esprit. Elle s'agenouilla sur le pavé, glissa sa cuisse comme appui sous la tête de la Chinoise tout en tenant l'enfant étroitement serré contre elle ; il avait de petites mains qui s'agitaient. C'était certainement mieux qu'un million de chats malades, de moineaux aux ailes paralysés et de canetons morts.

C'est dans cette situation que Pearl les trouva, tandis qu'elle passait en taxi dans cette ruelle pour conduire la précieuse concubine jusqu'aux caves blindées de la banque. Elle-même était depuis longtemps résolue à ne pas se mettre à l'abri, mais à partir pour Chapeï où elle ouvrirait un poste de secours au dispensaire.

– Qu'est-ce que c'est ? demanda-t-elle en faisant arrêter le taxi. Ne bougez pas, ordonna-t-elle à Liu qui voulait sortir avec elle.

Meilan mit la main devant ses yeux quand elle aperçut Ruth éclaboussée de sang et la femme qui gisait dans une flaque rouge, morte ou endormie. Ruth leva les yeux quand Pearl Chang s'inclina vers elle, et elle supplia :

– Parlez-vous anglais ? Pouvez-vous emporter la femme et l'enfant dans votre voiture ? Elle vient d'accoucher.

– Bien entendu, répliqua Pearl en déshabillant de nouveau la Chinoise. Je suis médecin, ajouta-t-elle pour répondre au regard étonné de Ruth.

– Tout est en ordre, le placenta et le reste, dit Ruth. Il se trouve que je suis infirmière. Ce qu'il faudrait, c'est transporter cette femme dans un hôpital, elle a besoin d'une injection antitétanique.

– Je vais m'occuper de tout, dit Pearl, attendez un instant. Vous êtes infirmière ? Ne seriez-vous pas la fiancée de Mr Taylor ? Il m'a montré une fois votre photo, je crois…

– Vous connaissez Frank ? s'étonna Ruth qui ne se souvint de lui qu'à cet instant.

– Oui, nous étions amis, dit Pearl, indifférente ; venez, aidez-nous à porter cette femme dans la voiture ! cria-t-elle à Liu.

Elle n'avait pas revu Frank depuis la fin soudaine et blessante du banquet qu'elle avait donné en l'honneur des Russell. Liu souleva la femme qui murmura quelques paroles ensommeillées. Pearl la glissa dans le taxi et Ruth suivit avec l'enfant. Le chauffeur eut un rire.

– Nous l'emmenons avec nous à la banque, annonça Pearl en écartant Meilan pour faire de la place à l'accouchée.

– Voulez-vous venir aussi avec nous ? La banque a des caves à l'épreuve des bombes, lança-t-elle à Ruth qui n'était pas montée dans la voiture mais avait, du trottoir, tendu l'enfant.

– Comme vous parlez bien anglais ! dit Ruth en guise de réponse.

– Je suis américaine, précisa Pearl.

« Que ne rencontre-t-on pas ! », pensa Ruth, stupéfaite.

Elle posa l'enfant avec précaution sur le strapontin que Liu venait d'abaisser.

– Adieu, petit homme, dit-elle tendrement.

C'était son enfant. Il n'était pas simple du tout de s'en séparer.

– Il faut que je retourne au Shanghaï Hôtel, se reprit-elle ; peut-être Frank me cherche-t-il. Il va être inquiet.

Cela lui était venu à l'esprit à l'instant. Pearl tenait toujours la porte de la voiture ouverte.

– L'hôtel n'est pas un endroit particulièrement sûr, vous feriez mieux de venir avec nous. Nous pourrons téléphoner à Mr Taylor de la banque. Venez avec nous, montez.

– Non, répondit Ruth, je vous remercie, non, merci beaucoup. Je voudrais chercher Frank. J'ai eu plaisir à faire votre connaissance, ajouta-t-elle poliment, car peu à peu les conventions reprenaient possession d'elle.

– Montez tout de même, insista Pearl, nous vous emmènerons au moins jusqu'à l'hôtel. Vous avez eu un dur travail, cela se voit.

– Je dois avoir l'air d'un petit cochon… ironisa Ruth.

Elle monta et prit une fois encore l'enfant contre elle. L'auto choisit des rues latérales, car le chauffeur avait peur. Les occupants étaient assis à l'étroit, serrés les uns contre les autres, et il flottait une odeur d'accouchement. Meilan s'inclina timidement et contempla l'enfant par-dessus l'épaule de Ruth.

– C'est un homme, dit-elle, en souriant à Pearl et à Liu.

La Chinoise qui avait mis l'enfant au monde ouvrit les yeux, reprit l'enfant à Ruth et le serra contre elle, jalousement. Liu, qui se faisait aussi petit que possible, rit du spectacle. Ces quatre femmes, quelque différentes qu'elles fussent, étrangères, hostiles même, formaient assises face à face un groupe uni. Lui, l'homme, était assis, tassé dans son coin et ne comprenait rien à ce fait : la naissance. « Sœurs dans le sang », pensa-t-il en souriant avec indulgence.

– Nous nous reverrons bientôt, dit Pearl, lorsque la voiture fut arrivée devant le Shanghaï Hôtel qu'elle avait quitté il n'y avait pas si longtemps.

La Chinoise eut une phrase.

– Elle vous souhaite cent fils et dix mille ans de vie, traduisit Liu en faisant une légère inclination.

– C'est beaucoup trop, beaucoup trop de tout ! répondit Ruth, souriante, en descendant de la voiture.

Le portier fit tourner pour elle la porte à tambour.

Lorsque Ruth ouvrit la porte de sa chambre, Frank se tenait devant la petite table sur laquelle était installé le cadeau de noces. Il la regarda comme si elle était un fantôme. Avant même qu'elle eût eu le temps de faire un pas, il était près d'elle, l'avait prise dans ses bras et couvrait de baisers ses cheveux, ses yeux, son visage, la léchant comme un jeune chien dont le maître rentre au logis. Elle se laissa aller à ce courant de tendresse, écoutant les chuchotements discontinus de Frank. On n'aurait pas dit que c'était là Frank, bien qu'elle eût souhaité souvent en rêve un Frank comme celui-là.

– Où étais-tu ? Qu'est-ce qui t'est arrivé ? Tu en as un air ! On t'a fait quelque chose ? Il ne faut plus que tu me quittes, plus jamais, plus jamais, plus jamais, Ruth, ma chérie, mon unique Ruth, ma Ruth à moi, ma…

Ruth lui échappa, puis appuyant ses deux mains contre la poitrine de Frank elle lança, rayonnante :

– J'ai mis un bébé au monde, moi toute seule, un bébé chinois, si mignon…

– Qu'est-ce est-ce que tu as fait ? Tu as aidé à un accouchement ? On dirait que tu as pris un bain de sang...

Ruth se regarda dans la glace. Elle avait perdu son chapeau, sa robe corail était ensanglantée, comme ses bas poussiéreux et tachés, elle n'avait plus de combinaison, ses mains étaient sales.

– Excuse-moi, dit-elle embarrassée, dans un instant je serai propre.

Mais Frank la suivit dans la salle de bains.

– Non, dit Ruth faiblement, tandis qu'il la soulevait et l'emportait.

– Aujourd'hui, nous sommes mariés, répliqua Frank en commençant à la déshabiller comme un petit enfant.

Il fit couler de l'eau dans la baignoire, regarda autour de lui, trouva un flacon d'eau de lavande et en versa dans le bain. Il prit une éponge et une brosse, assit doucement sa fiancée dans l'eau chaude et commença de la laver. A maints endroits le sang s'était si bien coagulé qu'il résistait et que Frank s'efforça, laborieusement et tendrement, de rendre cette peau bien propre.

– Penser que tu es de nouveau là, Ruth, ne cessait-il de répéter, que tu es de nouveau là !

– As-tu eu peur ? demanda-t-elle, les genoux serrés et les mains croisées sur la poitrine, cachant ainsi en partie sa nudité.

– Peur ? Peur ? Ruth, tu ne sais pas par où je suis passé. Peur...

Il la sortit du bain lorsqu'elle lui parut propre, l'enveloppa dans le grand peignoir et la rapporta sur son lit.

– Voilà que je me sens tout d'un coup fatiguée, fit-elle plaintivement, en laissant sa tête retomber sur l'épaule de Frank.

Il s'allongea près d'elle et, bien qu'elle fût toute petite et qu'il fût grand, il fit en sorte que sa tête reposât sur la poitrine de Ruth, le lieu le plus calme, le plus sûr, le plus pur du monde.

– Oh ! Ruth ! Oh, Ruth ! ne pouvait-il que répéter.

Il l'enlaça à la taille et resta immobile.

– Confucius est mort. La peur a été trop grande pour lui, dit Ruth.

Les cheveux de Frank étaient tout près de sa bouche, chauds et bons. La naissance s'était interposée entre elle et les images terribles qu'elle avait vues, mais maintenant qu'elle fermait les yeux et se détendait dans les bras de Frank, tout lui revenait à la mémoire.

– Les bombes sont une chose effroyable, lâcha-t-elle, toute tremblante.

Frank la caressait doucement. Il trouva la main de Ruth, la porta à sa bouche, la mit devant ses yeux et la contempla.

– Qu'est-ce que c'est que cela ? fit-il en découvrant une petite blessure.

– Ce n'est rien. La femme m'a mordue au moment de la naissance, dit Ruth en oubliant de nouveau les bombes.

– Mordue ? dit Frank hors de lui.

– Oui, elle souffrait, alors elle m'a mordue. Je mordrais aussi, ajouta-t-elle en hochant sérieusement la tête.

Frank sourit.

– Ma femme… dit-il.

– Mon mari… répondit Ruth.

– Ne plus jamais être seul, dit-il encore.

– Plus jamais, dit Ruth.

« Tu n'as jamais été ainsi », pensait-elle étonnée. Mais Frank ne se rendait pas du tout compte que les heures qui s'étaient écoulées depuis ce matin l'avaient si bien secoué et ramené à Ruth que, pour la première fois, il oubliait les petits mots travestis et qu'il montrait à nu le sentiment qui l'envahissait.

– Les bombes, c'était seulement le commencement, dit-il, il viendra des choses bien pires. J'ai réfléchi à tout cela, Ruth : nous ne resterons pas à Shanghaï. Nous partirons. C'est une ville lamentable.

– Comme tu veux, répondit Ruth docile. – pourtant elle ne le croyait pas : Où pourrions-nous aller ? Ici tu as ta situation, ajouta-t-elle, raisonnable.

Frank balaya tout cela d'un geste de la main.

– J'en ai assez de Shanghaï, cette ville provoque la déchéance de tous, crois-moi, mon petit bout. Trois cents billets par mois, ce n'est pas payé. Et voilà maintenant la guerre, et les bombes par-dessus le marché. Je me rends bien compte que tu seras toujours à l'endroit où tomberont les plus grosses bombes.

– Et toi ? demanda Ruth.

– Oui, moi aussi, dit-il distraitement. Écoute ce à quoi j'ai songé : nous nous enfuyons, nous sommes lâches et nous partons le plus vite possible ; qu'avons-nous affaire des Chinois et des Japonais, hein ? Quelle importance a pour nous Shanghaï ? Ici on ne gagne rien, si ce n'est des mains sales. Nous partirons sur le prochain bateau américain et nous irons à Hawaï. Qu'en penses-tu ?

– Hawaï...

– Hawaï, oui, reprit Frank. C'est l'endroit pour lequel nous sommes faits. Nous partirons pour Hawaï.

Et tandis qu'il disait ces mots, des vues tourbillonnantes commencèrent de défiler devant ses yeux : des palmiers, des fleurs, d'immenses cannes à sucre, le chant des coolies au travail, une pluie dorée et pour finir Mamo sur un petit cheval. Mamo sur la table de la rive, Mamo nageant à son côté ; et lui-même redevenait un enfant.

– En fait, je n'ai pas eu de mère, c'est ça qui a fait mon malheur, dit-il.

Ruth le serra plus fort contre elle et le berça tendrement.

– Petite maman, murmura-t-il presque imperceptiblement, car c'était un de ces sentiments qui ne se laissent pas exprimer.

– Nous partons pour Hawaï, répéta-t-il, mon beau-père me trouvera bien quelque chose. Du reste, nous pourrons vivre de bananes, de noix de coco rapinées et de poisson. Du humahuma, nukanukaapuaa rôti, dit-il – et il sourit en retrouvant ces mots étranges : A Hawaï, nous serons heureux et nous n'aurons pas honte de notre bonheur immense, veux-tu ?

Il se dressa sur les coudes et eut pour Ruth un regard sérieux et implorant comme si c'était là une question difficile à résoudre. Mais Ruth commençait d'être soucieuse.

– Tu as bu ? interrogea-t-elle.

Il continua de la regarder avec le même sérieux et elle agita la tête comme pour se défendre.

– Peut-être te raconterai-je un jour, dit-il, plus tard...

– Quoi ? demanda Ruth, inquiète. Qu'est-ce que tu me raconteras ?

– Tout, dit Frank.

Il s'étendit de nouveau à ses côtés, à la fois crispé et détendu ; il entendit alors le cœur de Ruth qui battait contre sa propre tempe.

– Petit oiseau, ajouta-t-il.

Puis il se glissa et posa ses lèvres sur la bouche de son aimée. Ruth poussa un profond soupir comme on en pousse en dormant. Lentement, les années, la séparation, l'éloignement, la solitude, l'angoisse fondirent comme la neige au soleil. Ils restèrent longtemps étendus ainsi, en silence, respirant au même rythme. « Je ne savais pas qu'il existât bonheur semblable », pensait Ruth.

– Je vois des arcs-en-ciel, dit-elle beaucoup plus tard et sans ouvrir les yeux.

– Tais-toi, murmura Frank, ne parle pas, ne dis rien, reste seulement près de moi. Toujours.

On frappa à la porte de la chambre, d'abord doucement, timidement, puis un peu plus fort. Frank s'assit.

– N'aie pas peur, ne t'effraie pas. Ce n'est rien. Personne ne peut nous séparer. Il ne peut plus rien nous arriver. N'aie pas peur.

Ruth s'étonna :

– Pourquoi aurais-je peur ?

Frank se dirigea vers la porte, mais il hésitait encore. On frappa pour la troisième fois. Il lissa ses cheveux, tourna la clef dans la serrure et ouvrit. Dehors, dans la pénombre du corridor, se tenait un petit Japonais. Il avait un paquet à la main et s'inclina en souriant.

– Je rapporte les livres, dit-il.

~

L'instant d'après, la bombe tombait. Elle déchirait la maison, ensevelissait les hommes et mettait fin à l'angoisse et au bonheur, à la haine et la vie. Il ne reste plus rien à raconter de ceux que nous avons accompagnés jusqu'ici, si ce n'est la minute de leur mort.

RUTH : assise sur le bord du lit, le regard fixé sur Frank dans une admiration pleine de tendresse. Presque railleuse au milieu de cette surabondance que ce jour avait fait jaillir de sa petite âme quotidienne, comme un sculpteur arrache les éclats de la pierre. Il est bon de mourir sur les cimes, avant que la descente ait commencé.

FRANK : avait senti pour la première fois qu'une femme peut être cette patrie qu'il avait recherchée toute sa vie, avait trouvé l'abri et la chaleur, calmé le besoin de son âme qui l'avait poussé jusque-là à errer. Retour au sein maternel, à la chaude obscurité maternelle d'avant la naissance, si semblable à la mort qu'au moment où il mourut il ne s'en rendit même pas compte.

YOSHIO MURATA : dehors, devant la porte, avec à la main les livres qu'il avait empruntés. Il est touchant et risible – frappé au beau milieu d'une courbette polie. Reconnaissant peut-être envers la bombe chinoise qui enterre avec faste guerrier sa vie absurde, vide et sans but.

CHANG PÈRE ET FILS : ensevelis par l'effondrement de la cage de cet ascenseur dans lequel ils descendaient vers la sécurité. Ennemis par la mentalité, liés l'un à l'autre par l'amour issu de la communauté du sang : le jouisseur et l'ascète, le matérialiste et l'idéaliste, le profiteur et le combattant d'avant-garde, le capitaliste international et le héros nationaliste du droit et du progrès. Irréconciliables et pourtant indissolublement unis. Chang, le père, à qui la vie a tout donné excepté cela : l'estime du fils. Et Chang, le fils, égaré, troublé, accablé sous la responsabilité de trois mille enfants qui sont enfermés dans le Kwang Lang comme dans une souricière, par sa faute, oui par sa faute. Yutsing, un de ces cent mille Chinois qui prêchent le courage, le combat et la foi en la patrie mais savent pourtant au fond d'eux-mêmes que ce n'est pas ainsi que la Chine se relèvera.

KURT PLANKE : un dévoyé pris dans des rets inextricables ; il ne lui reste plus d'autre avenir que la prison quand, pour la fuir, il a quitté son pays. Un accord monstrueux s'abat sur lui, d'immenses tuyaux d'orgues grondent des notes basses, des ailes frémissent. Il sort de lui-même car la mort est une ivresse plus puissante que l'opium et l'amour.

LE DR EMMANUEL HAIN : spectre pâli d'une époque confusément libérale, homme qui a jusqu'alors *survécu à sa mort*, boîtier sans contenu. La bombe qui l'anéantit lui épargne de rassembler la force d'âme nécessaire pour prendre une dose de cyanure.

JELENA TRUBOVA : l'aventurière, coulée par le premier sentiment qu'elle a laissé s'introduire dans sa vie. Amour inutile, meurtre inutile, vie inutile : le calcul est faux. Elle fixe la paume de ses mains, ses doigts exsangues, raidis et froids, ces doigts qui peuvent saisir mais ne savent pas retenir. Les portes sont fermées, le chemin est mal construit, la vie gâchée. Elle ne meurt pas sur-le-champ, il faut encore qu'elle se purifie ; elle traverse des enfers de douleur jaunes, verts et blancs. Cette demi-seconde de vie est une éternité de souffrances. Puis elle devient claire et dure, transparente et insensible. Un morceau de cristal brisé sous les décombres : Jelena Trubova.

LUNG YEN : inconscient quand la mort le frappe, il expire sans avoir été mutilé ; sa tête qui appartenait déjà au bourreau est toujours attachée à son corps malade et martyrisé. Il ne reverra pas son fils, Lung Yen, ni son village ni la terre que ses aïeux ont cultivée, ni les tombes où ils reposent – et cela est triste. Mais il ne saura pas que son fils est tué, là-bas à Kwang Lang, après de longues souffrances et un dur combat – et cela est bien. Il est tué, son fils, un parmi cent mille, en même temps que des enfants, des femmes, des vieillards, des innocents faibles et sans défense, tué comme un de ceux que le Japon tue pour transformer – comme le dit la voix officielle – une mentalité hostile au Dai Nippon.

Mme Tissaud, assise contre une colonne de marbre qui s'effondre, n'est pas blessée, elle. Quand tout est fini, seule sa perruque blanche est un peu dérangée. Elle boit une absinthe et l'affaire lui paraît avoir un côté comique, car elle a vu trop de guerres.

– Et voilà Shanghaï, dit-elle à B. S. venu inspecter le magasin de l'Eos Film and Photo Company : des Chinois tirent sur les Chinois et personne ne peut dire si c'est là suprême bêtise ou suprême habileté. J'ai coutume de dire : Un chien en paix vaut mieux qu'un homme en guerre. Mais que voulez-vous, monsieur Scott, *Maski* comme on dit ici dans de telles circonstances – ce qui doit arriver arrive.

TABLE

Cet ouvrage
réalisé pour le compte des Éditions Phébus
a été mis en pages par In Folio,
reproduit et achevé d'imprimer
en janvier 1997
dans les ateliers de Normandie Roto Impressions S.A.
61250 Lonrai
N° d'imprimeur : 96-2437

Dépôt légal : février 1997
I.S.B.N. : 2-85940-459-7
I.S.S.N. : 1157-3899